ROBYN YOUNG

Rebell der Krone

Buch

Schottland im Jahre 1286. Ein ganzes Volk trauert, denn König Alexander III. kam bei einem Reitunfall tragisch ums Leben. Doch sein Tod war kein Zufall, und seine Mörder schmieden bereits eifrig Pläne, die Herrschaft über das geschwächte Land zu ergreifen, dessen einzige Thronfolgerin ein kleines Mädchen ist. Der gewiefte englische König Edward holt sich jedoch vom Papst die Erlaubnis, seinen kleinen Sohn mit der schottischen Kronprinzessin zu vermählen. Der skrupellose Engländer sieht hier eine Möglichkeit, den schottischen Thron unblutig an sich zu bringen. Doch die Schotten wollen mit aller Macht verhindern, dass ein Engländer ihre Krone ergreift, und kämpfen unter sich um die Nachfolge des Königs. Der junge Robert Bruce, Enkel eines der mächtigsten Adligen des Landes, ist einer der Anwärter auf den Thron. Als die Infantin auf der Reise nach England jedoch an einer mysteriösen Krankheit stirbt, bricht in Schottland endgültig das Chaos aus. Mit Hilfe des englischen Königs besteigt schließlich John Balliol den Thron. Was Edward zu diesem Zeitpunkt noch nicht weiß: Balliols Männer sorgten für die „Krankheit", der die Infantin zum Opfer fiel. Der Konflikt spitzt sich zu und wird zu einem offenen Krieg, als die schottischen Lords Balliol zwingen, eine Rebellion gegen den englischen König zu initiieren.

Robert und sein Vater beziehen Stellung, indem sie Edward die Treue schwören. Doch bereits ein Jahr danach bricht Robert seinen Schwur und schließt sich den rebellierenden Schotten an. Vorerst, denn es wird der Tag kommen, an dem Robert eine unglaubliche Entscheidung trifft und für eine ganze Nation alles aufs Spiel setzt …

Autorin

Mit ihrem Debüt *Die Blutschrift* gelang der Britin Robyn Young in Großbritannien und den USA ein großartiger Durchbruch, der sie auf die Bestsellerlisten schnellen ließ. Geboren 1975 in Oxford, begann sie schon früh, Gedichte und Kurzgeschichten zu schreiben. Aber erst während eines Seminars in Kreativem Schreiben, fand sie den Mut, ihre Ideen für einen Roman zu Papier zu bringen. Heute lebt Robyn Young in Brighton, und wenn sie nicht gerade an einer Trilogie schreibt, unterrichtet sie Kreatives Schreiben an verschiedenen Colleges.

Bei Blanvalet von Robyn Young bereits erschienen:

Die Blutschrift (38360)
Die Blutritter (36658)
Die Blutsfeinde (0159)
Rebell der Krone (37246)
Krieger des Friedens (37247)
König des Schicksals (0076)

Robyn Young

Rebell der Krone

Roman

Aus dem Englischen
von Nina Bader

blanvalet

Die Originalausgabe erschien 2010 unter dem Titel »Insurrection«
bei Hodder & Stoughton, an Hachette UK Company, London.

MIX
Papier aus verantwortungsvollen Quellen
FSC® C014496

Verlagsgruppe Random House FSC® N001967

1. Auflage
Taschenbuchausgabe Februar 2017 bei Blanvalet,
einem Unternehmen der Verlagsgruppe Random House GmbH,
Neumarkter Straße 28, 81673 München.

Umschlaggestaltung und -motiv: © Johannes Wiebel | punchdesign,
unter Verwendung von Motiven von Shutterstock.com
Herstellung: wag
Satz: Uhl+Massopust, Aalen
Druck und Bindung: GGP Media GmbH, Pößneck
Printed in Germany
ISBN: 978-3-7341-0400-8

www.blanvalet.de

BRITANNIEN
1286 A.D.
ORKNEY
SCHOTTLAND
BUCHAN
MARR
Aberdeen
BADENOCH
ATHOLL
ANGUS
Dundee
MENTIETH
LENNOX
Perth
St Andrews
Stirling
Kinghorn
Falkirk
DUNBAR
Glasgow
Edinburgh
Berwick
NORDSEE
Irvine
Peebles
Roxburgh
ISLAY
Lanark
Ayr
The Forest
NORTHUMBERLAND
ARRAN
Turnberry
Lochmaben
CARRICK
ANNANDALE
Newcastle
ANTRIM
GALLOWAY
Carlisle
Durham
ULSTER
ENGLAND
Lancaster
YORKSHIRE
York
IRLAND
ANGLESEY
LINCOLN
Conwy
Caernarfon
Snowdon
Nefyn
GWYNEDD
Leicester
NORFOLK
POWYS
WALES
WARWICK
Cambridge
HEREFORD
GLOUCESTER
ESSEX
PEMBROKE
Oxford
GWENT
London
Canterbury
Dover
Salisbury
Lewes
Portsmouth
CORNWALL
ÄRMELKANAL

Ah, Gott!
Wie oft sprach Merlin
in seinen Prophezeiungen die Wahrheit, wenn du
sie lasest.
Nun sind die beiden Ströme vereint,
die von mächtigen Bergen getrennt wurden.
Und aus zwei verschiedenen Reichen entstand eines,
das von zwei Königen regiert wurde.
Jetzt haben die Bewohner der Inseln wieder zueinander-
gefunden,
Und Alba ist vereint unter den Herrschern,
über denen allen König Edward steht.
Cornwall und Wales befinden sich in seiner Hand,
und das stolze Irland beugt sich seinem Willen.
Es gibt keinen König oder Prinzen in all diesen Ländern
außer König Edward, der sie zusammenbrachte …

Peter Langtoft (englischer Chronist, ca. 1307)

PROLOG

A.D. 1262

König Artus selbst wurde tödlich verwundet, und als er zu der Insel Avalon gebracht wurde, um dort geheilt zu werden, übergab er die Krone Britanniens im Jahr 542 der Menschwerdung unseres Herrn seinem Verwandten Konstantin, dem Sohn des Cador und Herzog von Cornwall.

Geoffrey of Monmouth,
»Die Geschichte der Könige Britanniens«

Gascogne, Frankreich
A.D. 1262

Die Pferde wieherten schrill. Klingen durchschnitten die Luft, fraßen sich in Schilde und prallten auf Helme. Männer stießen durch ihre Visiere heisere Drohungen und Verwünschungen aus; sengende Schmerzen schossen bei jedem Hieb durch ihre Arme und Schultern. Von der ausgedörrten Erde stiegen Staubwolken auf und färbten die Luft über den Weingärten gelblich. Der Geruch der in der Hitze angeschwollenen Trauben brannte bitter in ihren trockenen Kehlen, salziger Schweiß tropfte ihnen in die Augen und blendete sie.

Mitten im Kampfgetümmel hob ein Mann in einem rotgoldenen Überwurf gerade seinen Schild, um einen weiteren Hieb abzuwehren. Sein Pferd bäumte sich unter ihm auf, doch er brachte es mit seinen Sporen zur Ruhe, ging zum Gegenangriff über und rammte sein Schwert in die Seite seines Gegners, durchbohrte Leinen und Polster und traf auf das Kettenhemd darunter. Neben ihm ließ ein hochgewachsener Mann in einem blau-weiß gestreiften Umhang seine Waffe mit voller Wucht auf den Rücken eines Ritters niedersausen, wobei er vor Anstrengung Speichel in sein Visier sprühte. Der Getroffene kippte vornüber, sein Schwert entglitt ihm, und als sein Pferd stolperte, wurde er aus dem Sattel geschleudert. Er schlug hart auf dem vom Saft geplatzter Trauben schwarz verfärbten Boden auf und rollte sich in dem Versuch, den Hufen der Schlachtrösser ringsum auszuweichen, von einer Seite zur anderen. Eines traf ihn seitlich am Kopf und zermalmte seinen Helm, danach trampelten die anderen über seinen Körper, während der Kampf seinen Fortgang nahm.

Der Mann in Rotgold schwang sein Schwert mit einem wilden

Kriegsruf durch die Luft, der sogleich von seinen Gefährten aufgenommen wurde.

»Artus!«, donnerten sie. »Artus!«

Neue Kraft strömte in erschöpfte Glieder, neue Luft in ausgepumpte Lungen. Die Männer kämpften jetzt erbarmungslos, gewährten keine Gnade. Nachdem weitere Gegner zu Boden gegangen oder von ihren Pferden gestoßen worden waren, wurde über dem Schlachtfeld ein Banner gehisst und flatterte im Wind. Es war blutrot, und darauf prangte ein sich aufbäumender, Feuer speiender Drache.

»Artus! Artus!«

Der Mann in dem blau-weißen Umhang hatte sein Schwert verloren, kämpfte aber, seinen Schild als Waffe einsetzend, mit unverminderter Heftigkeit weiter, traf mit dem oberen Rand den Kiefer eines Widersachers, fuhr herum und schmetterte den Schild gegen das Visier eines anderen. Über einen Ritter verärgert, der sich weigerte, sich zu ergeben, packte er den Mann am Hals und zerrte ihn aus dem Sattel. Als sein Gegner zwischen den Pferden hinabglitt und vor Wut brüllend nach Halt suchte, ertönten Fanfaren.

Bei diesen Tönen ließen die berittenen Männer einer nach dem anderen langsam ihre Schwerter sinken und versuchten nach Atem ringend, ihre aufgeregten Schlachtrösser zu bändigen. Die am Boden Liegenden rappelten sich auf und gaben sich Mühe, sich einen Weg durch das Gewühl zu bahnen, wurden aber augenblicklich von wartenden Fußsoldaten umringt, die Krummschwerter schwangen. Ein Mann, der zwischen den Weinreben hindurch zu entkommen versuchte, wurde zurückgeschleift und durcht Tritte zur Kapitulation gezwungen. Knappen begannen die reiterlosen Pferde einzufangen.

Der Mann in Rotgold nahm seinen mit silbernen Drachenflügeln verzierten Helm ab. Ein junges Gesicht mit markanten Zügen und hellen grauen Augen kam zum Vorschein. Ein Lid hing ein wenig herab, was ihm ein leicht verschlagenes Aussehen verlieh. Edward sog die staubige Luft tief ein, während sein

Blick über die besiegten Männer schweifte, von denen die letzten gerade entwaffnet wurden. Eine ganze Anzahl war im Kampf verwundet worden, zwei von ihnen schwer. Einer schwankte im Griff seiner Kameraden und stöhnte laut, weil ihm die Schneide- und Vorderzähne ausgeschlagen worden waren.

»Ein weiterer Sieg, Neffe.«

Die barsche Feststellung kam von dem Mann in dem blauweiß gestreiften Umhang, welcher hie und da mit kleinen roten Vögeln bestickt war. William de Valence hatte seinen Helm abgenommen und sein Visier heruntergeklappt, sodass es über den eisernen Kragen hing, der dafür sorgte, dass der Helm nicht verrutschte. Schweiß strömte über sein rundes Gesicht.

Ehe Edward etwas erwidern konnte, rief einer der Knappen: »Hier ist ein Toter, Mylord!«

Edward drehte sich um und sah, dass sich der junge Mann über einen Leichnam beugte. Der Überwurf des Toten war mit Staub bedeckt, sein Helm wies eine tiefe Delle auf. Blut war aus einer seiner Augenhöhlen gequollen. Andere Männer blickten gleichfalls zu dem Leichnam hinüber, während sie sich den Schweiß aus dem Gesicht wischten.

»Nimm ihm Rüstung und Schwert ab«, befahl Edward dem Knappen nach einer kurzen Pause.

»Lord Edward!«, protestierte einer der Männer, die zusammengetrieben und entwaffnet worden waren. Er trat vor, aber die ihn umringenden Fußsoldaten versperrten ihm sogleich den Weg. »Ich erhebe Anspruch auf die sterblichen Überreste meines Kameraden!«

»Nachdem die Lösegeldforderungen ausgehandelt und die Summen entrichtet worden sind, könnt Ihr ihn begraben, darauf habt Ihr mein Wort. Aber seine Ausrüstung gehört mir.« Edward reichte einem anderen Knappen seinen Drachenflügelhelm und seinen Schild, griff nach den Zügeln und trieb sein Pferd zwischen den Weinstöcken hindurch.

»Bringt die Gefangenen«, gebot William de Valence den Fußsoldaten.

Der Rest von Edwards Männern folgte ihm. Das Drachenbanner erhob sich wie eine Faust über ihren Köpfen und zeichnete sich dunkel von der einsetzenden Dämmerung ab. Der Trupp ritt davon, überließ es den Knappen, zerbrochene Waffen und verwundete Pferde einzusammeln, und achtete nicht auf die Arbeiter, die angerannt kamen und angesichts der zerstörten Weingärten entsetzte Rufe ausstießen. Das in der vergangenen Nacht errichtete Turnierfeld lag wie gewöhnlich zwischen zwei Städten, aber es ließ sich nicht vermeiden, dass Äcker, Weideland und gar Dörfer in Mitleidenschaft gezogen wurden.

Als er sein Pferd im Schritt über die Felder gehen ließ, streifte Edward seine Handschuhe ab. Trotz des Lederpolsters wiesen seine Handflächen Blasen auf. Hinter sich hörte er das Gemurmel einiger seiner Männer. Vermutlich sprachen sie von dem Toten und seiner schroffen Reaktion auf den Vorfall – immerhin war dies nur ein Spiel, und die Gegner waren keine echten Feinde. Aber Turniere währten nicht ewig. Bald würden das Schlachtfeld und die Feinde darauf nur allzu gegenwärtig sein. Dann mussten sie gewappnet sein.

Er öffnete und schloss seine schmerzenden Hände und sah den neben ihm reitenden de Valence an. Der Mann saß entspannt auf seinem Pferd, den massigen Körper gegen die hohe Sattellehne gestützt. Die miteinander verbundenen Ringe seines Kettenhemdes klirrten leise. Im Gegensatz zu den jüngeren Rittern schien er sich an dem Zwischenfall nicht zu stören, sondern säuberte in aller Ruhe die abgenutzte Klinge seines Schwertes, die wesentlich schärfer wirkte als die stumpfen Waffen, derer sich Edward und der Rest der Männer bedient hatten.

Valence, der Edwards Blick auffing, lächelte wissend. »Wo gehobelt wird, da fallen Späne, Neffe. Das ist immer so.«

Edward sagte nichts dazu, nickte aber, als er sich wieder zur Straße drehte. Er hatte nicht die Absicht, über Turnierregeln zu streiten, nicht, nachdem ihm sein Halbonkel geholfen hatte, die meisten Turniere zu gewinnen, die er während dieser Saison mit seiner Truppe bestritten hatte. Das hatte ihm genug Pferde und

Rüstungen eingetragen, um eine ganze Armee damit auszustatten, von den Dutzenden junger Männer ganz zu schweigen, die von seinem wachsenden Ruhm angelockt worden waren. Bei einem Siegesfest vor einigen Monaten hatte einer von ihnen ihn Artus genannt, und der Name war haften geblieben – mehr und mehr Freiwillige schlossen sich der unter dem Drachenbanner kämpfenden Truppe an. Valence mochte ein ungehobelter Klotz sein, dessen Ruf äußerster Grausamkeit weit über die Grenzen seiner französischen Geburtsstadt hinausgedrungen war, aber sein Geschick auf dem Turnierfeld verlieh ihm zusammen mit dem Umstand, dass er zu den wenigen Mitgliedern von Edwards Familie gehörte, die sich nicht von ihm abgewandt hatten, einen unschätzbaren Wert, und so ließ Edward seinem Onkel freie Hand und ignorierte dessen Wutausbrüche und zahlreichen Indiskretionen.

Als ein paar der älteren Ritter ein zotiges Siegeslied anstimmten, in das andere bald einfielen, drehte sich Edward um, um die Reihen grinsender, schweißglänzender Gesichter zu mustern. Die meisten waren wie er Anfang zwanzig, viele jüngere Söhne des französischen Adels, die von der Aussicht auf Beute und Ruhm angelockt worden waren. Nach Monaten voller Turniere kannte Edward sie gut. Alle würden jetzt bedingungslos für ihn kämpfen. Nur noch ein paar Wochen Training, dann wären sie bereit. Dann würde er an der Spitze einer Armee nach England zurückkehren, um seine Ehre und sein Land zurückzugewinnen.

Neun Monate zuvor hatte sein Vater, der König, ihn ins Exil geschickt. Sogar seiner Mutter hatte das Urteil die Sprache verschlagen: die Zurücknahme seiner Ländereien in Wales und England, die ihm mit fünfzehn als Teil des Heiratskontrakts übertragen worden waren. König Henry hatte in grimmigem Schweigen zugesehen, wie sein Sohn den Palast von Westminster verlassen und sich auf den Weg nach Portsmouth und zu dem Schiff gemacht hatte, das ihn zu seinem einzig noch verbliebenen Landsitz in der Gascogne bringen würde. Edward erinnerte sich daran, sich noch ein Mal umgedreht zu haben, nur um festzustellen, dass sich sein Vater bereits abgewandt hatte und durch die Palasttore schritt. Mit zusammengepressten Lippen verdrängte er das Bild und richtete sein Augenmerk auf den Anblick der Ritter, die ihm in Hochstimmung auf ihren erschöpften Tieren folgten und dabei den Namen Artus sangen. Sein Vater würde sich gezwungen sehen, sich zu entschuldigen, wenn er erfuhr, was für ein Krieger aus seinem Sohn geworden war – von seinen Männern nach dem größten König benannt, der je gelebt hatte.

Das Abendrot verblasste, und die ersten Sterne funkelten am Himmel, als die Gruppe in den Hof des von Nebengebäuden umgebenen und vom Wald eingeschlossenen Jagdhauses ritt. Edward stieg ab, übergab sein Pferd einem Stallburschen und wies William de Valence an, die Gefangenen gut zu bewachen, sobald sie eingetroffen sein würden. Dann steuerte er auf das Haupthaus zu, um sich den Staub aus dem Gesicht zu waschen und seinen Durst zu stillen, bevor die anderen Kommandanten erschienen und die Lösegeldsummen festgelegt werden konnten. Er musste sich aufgrund seiner Statur unter dem Türsturz hinwegducken, betrat das Haus und schritt an den Dienstboten vorbei zu den oberen Räumen und seinem Privatgemach.

Sein Kettenhemd und seine Sporen klirrten, als er über den Holzfußboden schritt. Er löste den Gurt, an dem sein Breitschwert hing, warf die Waffe auf das Bett und genoss es, den Druck an seiner Hüfte nicht mehr zu spüren. Der Raum lag im Dämmerlicht da, nur eine einzige Kerze brannte auf einem Tisch am Fenster. Dahinter hing ein Spiegel. Als er in den Kerzenschein trat, sah Edward sich selbst aus den Tiefen des Glases auftauchen. Ein Wasserkrug und eine Waschschüssel standen bereit, daneben lag ein Leinentuch. Er beförderte den Stuhl vor dem Tisch mit einem Tritt zur Seite, goss Wasser in die Schüssel, beugte sich darüber und schöpfte etwas davon in seine Hände. Es fühlte sich wie Eis auf seinem erhitzten Gesicht an. Er schöpfte mehr, spürte, wie es über seine Haut rann und Schweiß und Blut fortwusch. Als er fertig war, griff er nach dem Tuch und betupfte damit seine Augen. Und als er es wieder sinken ließ, sah Edward seine Frau vor sich stehen. Ihr dichtes Haar fiel ihr in Wellen bis zur Taille hinab. Allzu oft war es aufgesteckt und unter Schleiern und Hauben versteckt. Er liebte es, es offen zu sehen, und sonnte sich in dem Wissen, dass er der einzige Mann war, der dieses Vorrecht genoss.

Eleanor von Kastiliens Mandelaugen verengten sich, als sie lächelte. »Du hast gewonnen.«

»Woher weißt du das?« Er zog sie an sich.

»Ich habe die Männer schon aus einiger Entfernung singen hören. Aber selbst wenn das nicht der Fall gewesen wäre, hätte ich es dir vom Gesicht abgelesen.« Sie strich über seine stoppelige Wange.

Edward nahm ihr Gesicht zwischen seine Hände, zog sie noch enger an sich und küsste sie. Sie duftete nach der Honig- und Kräuterseife aus dem Heiligen Land, die sie stets benutzte.

Eleanor machte sich lachend von ihm los. »Du bist nass!«

Edward grinste, küsste seine junge Frau erneut, presste sie trotz ihrer Proteste an sich und besudelte ihr fleckenloses Hemd mit Schmutz von seinem Überwurf und Kettenhemd. Endlich gab er sie frei und hielt nach Wein Ausschau. Eleanor stellte sich auf die Zehenspitzen, legte die Hände auf seine Schultern, drückte ihn auf den Stuhl am Tisch nieder und bat ihn, sitzen zu bleiben, während sie ihm Wein einschenkte.

Edward war zu erschöpft, um seine hinderliche Rüstung abzulegen. Stocksteif saß er da und beobachtete im Spiegel, wie Eleanor aus einem glasierten Krug mit Pfauenfedermuster Rotwein eingoss. Als sie den Krug abstellte und einen Finger rasch unter den Rand legte, um einen Tropfen aufzufangen, den sie dann ableckte, durchzuckte ihn ein Stich der Zuneigung. Es war die Art von Liebe, die mit der Erkenntnis möglichen Verlustes einhergeht. Abgesehen von seinem Onkel war sie die Einzige, die ihm in die Verbannung gefolgt war. Sie hätte in London, im Luxus und der Sicherheit von Windsor oder Winchester bleiben können, denn das Urteil erstreckte sich nicht auch auf sie.

Aber sie hatte diese Möglichkeit nicht ein einziges Mal angesprochen.

Als er in Portsmouth an Bord des Schiffes gegangen war, hatte Edward allein im Laderaum gesessen. Dort hatte er, den Kopf in den Händen geborgen, zum ersten Mal geweint, seit er ein Junge gewesen war und sein Vater von denselben Docks aus ohne ihn nach Frankreich gesegelt war. Als er sich die Tränen der Demütigung und, wie er sich eingestand, der Furcht abwischte und sich damit abzufinden versuchte, alles verloren zu haben, kam Eleanor zu ihm. Sie kniete sich vor ihn, nahm seine Hände zwischen die ihren und sagte ihm, sie bräuchten weder den König noch die Königin noch seinen Ränke schmiedenden Paten Simon de Montfort, den Grund seiner Verbannung. Sie brauchten niemanden. Sie hatte entschieden gesprochen, mit festerer Stimme, als er es je zuvor von ihr gehört hatte. Später liebten sie sich in dem säuerlich riechenden Laderaum unter Deck. Sie waren seit sieben Jahren verheiratet, und bislang waren ihre Umarmungen zumeist sanft, fast höflich ausgefallen. Jetzt waren sie hungrig, verströmten ihren Zorn und ihre Furcht ineinander, bis sie beide ausgepumpt liegen blieben, während rings um sie herum die Planken knarrten und das Meer sie von der Küste Englands forttrug.

Ihr Kind – das erste, vielleicht das Ergebnis jenes wilden Liebesaktes – wuchs jetzt in Eleanors Leib heran, der von ihrem bauschigen Hemd verborgen wurde.

Eleanor trat hinter ihn und drückte ihm den Becher in die Hand. Edward trank einen großen Schluck. Der Wein brannte in seiner ausgedörrten Kehle. Als er den Becher abstellte, heftete sich sein Blick auf ein Buch, das am Rand des Tisches, gerade außerhalb des Kerzenlichtkreises lag, wo er es an diesem Morgen zurückgelassen hatte.

»Ich werde die Diener anweisen, dir etwas zu essen zu bringen.«

Als er ihre Hand auf seiner Schulter spürte, erblickte Edward sein Gesicht im Spiegel. Jetzt wirkte es nachdenklich zerfurcht. Er berührte ihre Finger; dankbar dafür, dass sie ihn gut genug kannte, um zu verstehen, dass er allein sein wollte. Sie wandte sich ab und schlang einen Mantel um die Schultern. Edward sah ihr im Spiegel nach, als sie sich zurückzog und ihr schwarzes Haar mit den Schatten verschmolz. Sobald sich die Tür hinter ihr geschlossen hatte, betrachtete er das Buch, dann zog er es über das verschrammte Holz zu sich heran. Es war jetzt alt, denn er besaß es seit seiner Kindheit, der Einband löste sich auf, die Seiten waren fleckig. Die in das Leder eingebrannten Worte waren größtenteils abgewetzt, aber er konnte noch immer die Umrisse erkennen.

Geoffrey of Monmouth,
»Die Prophezeiungen des Merlin«

Es gehörte zu den wenigen persönlichen Besitztümern, die er aus England mitgebracht hatte. Im Laufe der Jahre hatte er es viele Male gelesen, zusammen mit Monmouth' anderen Werken, dem Leben des Zauberers Merlin *und der* Geschichte der Könige Britanniens, *von der gemunkelt wurde, es gäbe mittlerweile mehr Ausgaben davon als von der Bibel. Edward kannte die Heldentaten des trojanischen Kriegers Brutus auswendig, der nach dem trojanischen Krieg gen Norden gesegelt war und Britannien gegründet hatte; er kannte die Geschichte von König Lear und der Ankunft Cäsars. Aber es waren die Sagen von König Artus, die ihn am meisten in ihren Bann geschlagen hatten, von der ersten Prophezeiung, in der Merlin Uther Pendragon weissagte, er werde König werden und sein Sohn nach ihm über ganz Britannien herrschen bis hin zu Artus' verheerender Niederlage bei Camblam, nach der er seine Krone seinem Vetter Konstantin übergeben hatte, bevor er nach Avalon gesegelt war, um dort geheilt zu werden. Als Edward bei Smithfield in London sein erstes Turnier gesehen hatte, hatte er tiefe Ehrfurcht vor den wie Männer an Artus' Hof gekleideten Rittern verspürt, von denen einer den legendären König selbst verkörperte.*

Als Edward das Buch zur Hand nahm, öffnete es sich wie von selbst an einer Stelle, wo ein Stück Papier zwischen zwei Seiten geschoben worden war. Er starrte die Handschrift des Schreibers an; hörte im Geist die mit der gebieterischen Stimme des Königs diktierten Worte. Er hatte diesen Brief häufig gelesen, seit er ihm überbracht worden war – der erste Kontakt, den er seit seiner Abreise aus London mit seinem Vater hatte. Der Zorn, den er anfangs verspürt hatte, war verflogen. Was blieb, war brennende, freudige Erregung.

Der Brief berichtete von dem Erdboden gleichgemachten Burgen und geplünderten Städten, verwüsteten Feldern und Weiden, verbrannter Erde, Leichen, die in den Straßen und auf den Wiesen verstreut lagen, und Gestank, der die Luft erfüllte wie eine Wolke des Todes. Männer unter dem Befehl des Kriegsherrn Llewelyn ap Gruffud waren aus ihren Bollwerken in den Bergen des alten walisischen Königreichs Gwynedd heruntergeströmt und hatten eine Schneise der Zerstörung hinterlassen. Bei seiner Hochzeit mit Eleanor hatte sein Vater Edward große Ländereien übertragen, zu denen auch ein ausgedehntes Gebiet entlang der Nordküste von Wales, von der Grenze bei Chester bis hin zu den Ufern des Flusses Conwy, gehörte. Laut des Briefes war es dieser Landstrich, der jetzt brannte. Und das nicht zum ersten Mal.

Vor sechs Jahren, als Edward sechzehn gewesen war, hatte Llewelyn die Männer von Gwynedd in einem Aufstand gegen die englische Besatzung seines Herrschaftsgebietes angeführt. Der Überfall erwies sich als unerwartet erfolgreich, und innerhalb weniger Tage befand sich die Region unter Llewelyns Kontrolle, englische Burgen standen in Flammen, Garnisonen waren zur Flucht gezwungen. Edward, dem es an Geldmitteln fehlte, hatte sich an seinen Vater gewandt, sobald die ersten Berichte eingetroffen waren. Der König hatte ihm seine Bitte mit der Begründung abgeschlagen, dies sei für Edward eine gute Gelegenheit, sich als Krieger und Befehlshaber seiner Männer zu bewähren. Doch Edward kannte die Wahrheit. Henry war zu sehr damit beschäftigt, seinen jüngsten Sohn Edmund zum König von Sizilien krönen zu lassen, um ihm Geld oder Unterstützung zu gewähren. Am Ende war er, nachdem ihm einer seiner Onkel eine größere Summe geliehen hatte, alleine mit seinen Männern aufgebrochen, um seine walisischen Ländereien zu retten. Llewelyn hatte ihn vernichtend geschlagen. Er war nach einer einzigen Schlacht zum Rückzug gezwungen gewesen; seine Armee war dezimiert, sein Ruf schwer angeschlagen. Edward erinnerte sich noch immer an die Spottlieder, die über ihn gesungen worden waren. Die siegreichen Waliser hatten sich an seiner Niederlage geweidet.

Inzwischen hatte sich Henry mit seinen absurden Bestrebungen bezüglich Sizilien und der ständigen Begünstigungen seiner Halbbrüder, den berüchtigten Valences, die kürzlich in England eingetroffen waren, bei Hof zunehmend unbeliebt gemacht. Der Anführer der Proteste gegen den König war Edwards Pate, Simon de Montfort, der Earl of Leicester. Montfort hatte viele Anhänger um sich geschart und sich gemeinsam mit ihnen gegen Henry aufgelehnt, was zur Einberufung eines Parlaments in Oxford geführt hatte, bei dem der König den Rückhalt der meisten seiner Edelleute verlor. Über Henrys törichte Handlungsweise und die Niederlage ergrimmt, die Llewelyn ihm beigebracht hatte, hatte sich Edward auf die Seite seines Paten geschlagen und ihn davon überzeugt, sich mit ihm gegen seinen Vater zu verbünden. Nachdem der König von diesem Verrat erfahren hatte, hatte er ihm sein Erbe aberkannt und ihn in die Verbannung geschickt.

Edward las den Brief ein letztes Mal, überflog die letzten Absätze. Dieser Aufstand unterschied sich von früheren dadurch, dass Llewelyn ap Gruffudd das Unvorstellbare gelungen war – er hatte alle Waliser unter seinem Oberbefehl vereint. Bis jetzt waren der Norden und der Süden durch mehr als nur die Berggrenze von Snowdonia getrennt gewesen. Jahrhundertelang hatten die Kriegsherren der drei alten Königreiche von Wales die Alleinherrschaft angestrebt, ständig gegeneinander und gegen die englischen Lords gekämpft, deren Ländereien südlich und *östlich an ihr Reich grenzten. Das Land hatte sich stets in Aufruhr befunden. Nun hatte Llewelyn die sich untereinander grollenden streitsüchtigen Menschen zusammengebracht, und ihre Speere und Bogen richteten sich fortan nicht mehr gegeneinander, sondern Richtung Osten auf England. Henry schrieb, dass Llewelyn sich eine goldene Krone aufs Haupt gesetzt und sich zum Prinzen von Wales ausgerufen hatte. Allerdings handelte es sich bei dieser Krone nicht um irgendeinen gewöhnlichen Stirnreif, sondern um die von König Artus.*

Edward starrte das Pergament noch einen Moment lang an, dann hielt er es über die Kerze. Die Flammen züngelten wild um das Versprechen seines Vaters, ihm seinen gesamten Landbesitz zurückzugeben, wenn er wiederkam und Llewelyn besiegte. Edward lächelte in sich hinein: Er war bereit. Bereit, mit den unter seinem Banner versammelten Männern heimzukehren, den ihm angestammten Platz in England wieder einzunehmen und die Entschuldigung seiner Eltern zu akzeptieren. Bereit, Llewelyn entgegenzutreten. Die Waliser mochten zum ersten Mal vereint sein, aber darin lag auch ihr Schwachpunkt, wie Edward dem Brief entnahm. Er hatte mit eigenen Augen gesehen, welche Macht es mit sich brachte, das Gewand einer Legende anzulegen. Auch Llewelyn musste das begriffen haben, denn er hätte kein wirksameres Symbol wählen können, um die Völker von Wales zu vereinen. Artus war für sie nicht nur ein herausragender Krieger, sondern der letzte große britische König vor den Sachsen und den Normannen. Aber wenn etwas so Mächtiges wie diese Krone Völker vereinen konnte, ließ sich daraus nicht folgern, dass es sie auch zu zerstören vermochte?

Als das Pergament zu schwarzer Asche zerfiel, klopfte es an der Tür. Sie öffnete sich, und die massige Gestalt von William de Valence füllte den Türrahmen aus.

»Die Kommandanten sind eingetroffen, um über die Lösegeldsummen für ihre Männer zu verhandeln.«

Edward erhob sich und ließ die Reste des Briefes sowie das Buch zurück. Die Worte auf den Seiten schimmerten schwarz.

ERSTER TEIL

A.D. 1286

Es war Nacht, und die Mondsichel schien hell …Vom Gipfel eines luftigen Berges aus betrachtete der Prophet den Lauf der Sterne und sprach laut zu sich selbst: »Was hat dieser Strahl des Mars zu bedeuten? Sagt mir seine junge Röte, dass ein König tot ist und ein anderer seinen Platz einnehmen wird?«

Geoffrey of Monmouth,
»Das Leben des Zauberers Merlin«

1

ES WAR DIE STIMME GOTTES. Und Gott ließ sie seinen Zorn spüren.

Der Kellermeister des Königs, der sich zwischen den Tischen und Bänken hindurchzwängte, zuckte zusammen, als erneut ein greller Blitz über den Himmel zuckte und ein dröhnendes Donnergrollen in der Ferne erklang. Auf der anderen Seite der überfüllten Halle neigte einer der jüngeren Diener den Kopf. Der alte Kellermeister nahm an, dass er ein kurzes Gebet sprach. Direkt über ihnen tobte der Sturm, fegte über die Türme und Brustwehren, verdunkelte das fahle Nachmittagslicht und tauchte die Burg in ein frühes Mitternachtsdunkel. Die Atmosphäre von Furcht, vor einigen Monaten durch unheilvolle Gerüchte ausgelöst, hatte jetzt eine so greifbare Spannung erzeugt, dass sich sogar Guthred – der für all das Gerede nur Hohn und Spott übrig gehabt hatte – dem allgemeinen Unbehagen nicht zu entziehen vermochte.

Beim nächsten Blitz blickte er zu den Balken hoch über dem flackernden Fackelschein empor und fragte sich, was wohl geschehen würde, falls der Blitz in das Dach einschlug. Er stellte sich eine biblische Szene vor: Weißes Feuer regnete auf sie herab, verkohlte Leichen, die noch Messer und Becher umklammert hielten, lagen auf dem Boden verstreut. Würden sie wieder auferstehen? Er betrachtete den Krug in seinen altersfleckigen Händen. Würde ihm diese Gnade gewährt werden? Mit halb geschlossenen Augen begann Guthred ein Bittgebet zu murmeln, brach dann jedoch abrupt ab. So ein Unsinn! Es waren diese furchtbaren Märzstürme, die die alten Weiber von Unglück zetern und die Geistlichen das nahe Ende prophezeien ließen. Aber als er seinen Weg durch die Halle fortsetzte, fiel es ihm dennoch schwer, die Stimme zu ignorieren, die ihm zuraunte, dass die Gerüchte, lange bevor der Norden seinen Rachen geöffnet und Schnee, Unwetter und Donner über Schottland ausgespien hatte, im Umlauf gewesen waren.

Den Krug fest umklammernd, um keinen Tropfen der darin enthaltenen kostbaren Flüssigkeit zu verschütten, erklomm der Kellermeister die hölzernen Stufen des Podests am Ende der großen Halle. Mit jedem Schritt erhob er sich über die Köpfe der Lords, königlichen Beamten, Diener, Hunde und Höflinge, die unter ihm um Platz und Aufmerksamkeit kämpften. Guthred hatte bereits bemerkt, dass die Türhüter auf Geheiß des Haushofmeisters mehrere junge Burschen aus der Halle gewiesen hatten, denen es gelungen war, sich uneingeladen einzuschleichen. Festtage verliefen immer chaotisch: Die Ställe waren überfüllt, die Unterkünfte mancher Lords nicht bereit, Botschaften wurden falsch ausgerichtet, Diener verrichteten ihre Tätigkeiten in ihrer Eile ungeschickt und wurden von ihren Herren ungehalten angefahren. Doch trotz all dieser Widrigkeiten und des schlechten Wetters schien sich der König in guter Stimmung zu befinden. Er lachte über irgendetwas, das der Bischof von Glasgow gerade gesagt hatte, als Guthred zu ihm trat. Alexanders Gesicht war vom Wein und der Hitze, die die Feuer in den Kaminen der Halle verströmten, gerötet, und er hatte irgendetwas über seinem Gewand verschüttet. Das Stroh rund um den Tisch auf dem Podest, heute Morgen frisch ausgelegt, klebte jetzt vor Honigkuchenkrümeln, vergossenem Wein und blutigem Fleischsaft. Guthred musterte die kostbaren silbernen Platten und Becher und erfasste mit einem diskreten Nicken sofort, wem er nachschenken musste. Die Stimmen der acht Männer zu beiden Seiten des Königs wurden in dem Versuch, den Sturm und einander zu übertönen, immer lauter, und der alte Kellermeister musste sich vorbeugen, um sich verständlich zu machen.

»Noch Wein, Mylord?«

Ohne sein Gespräch zu unterbrechen, hielt ihm König Alexander seinen Kelch hin, der größer als die anderen und mit Juwelen besetzt war. »Ich dachte, diese Angelegenheit wäre endgültig geklärt«, brummte er, an den Mann zu seiner Linken gewandt. Nachdem der Kellermeister ihm den blutroten Wein eingeschenkt hatte, nahm der König einen großen Schluck.

»Verzeiht mir, Mylord«, erwiderte der Mann, dabei hielt er eine Hand über seinen eigenen Kelch, als der Kellermeister sich anschickte, ihn erneut zu füllen. »Aber die Bitte um …«

»Danke, Guthred«, sagte der König, als der Kellermeister zu dem Bischof von Glasgow trat, der seinen Becher bereits gehoben hatte.

Die Kiefermuskeln des Mannes spannten sich an. »Mylord, die Bitte um die Freilassung des Gefangenen kommt direkt von meinem Schwager, und als sein Verwandter sowie in meiner Eigenschaft als Justiziar wäre es eine Nachlässigkeit von mir, seinem Anliegen nicht die Aufmerksamkeit zu widmen, die ihm zukommt.«

König Alexander runzelte die Stirn, als John Comyns dunkle Augen ihn forschend musterten. Das Gesicht des Lords of Badenoch wirkte im Fackelschein wächsern, sein Ausdruck war so streng wie seine Kleidung: ein schwarzer wollener Umhang, mit dem grauen Pelz eines Wolfes gesäumt, der so genau zu seinem Haar passte, dass es sich schwer feststellen ließ, wo seine Mähne endete und die des Wolfs begann. Das Wappen auf dem Überwurf, den er darunter trug, war gerade eben sichtbar: ein roter, mit drei weißen Weizengarben bestickter Schild. Der König war von der Ähnlichkeit des Roten Comyn mit seinem Vater fasziniert – dasselbe kalte Gebaren, dieselbe freudlose Miene. Waren alle männlichen Comyns so? Lag es ihnen im Blut? Alexanders Blick schweifte über den Tisch zu dem Earl of Buchan, dem Oberhaupt der Schwarzen Comyns, der wie der Rote Comyn nach den Farben seines Wappens benannt worden war: einem schwarzen Schild mit gleichfalls drei Weizengarben darauf. Er erntete ein wachsames Aufflackern misstrauischer Augen in einem langen, verkniffenen Gesicht. Wären die beiden keine so fähigen Beamten gewesen, hätte er sie vielleicht schon vor Jahren vom Hof verbannt. Wenn er ehrlich war, musste er zugeben, dass die Comyns ihm Unbehagen einflößten. »Wie ich schon sagte – ich werde darüber nachdenken. Thomas of Galloway wurde vor über fünfzig Jahren eingekerkert. Er wird zweifellos noch ein paar Jahre in seiner Zelle überstehen.«

»Selbst ein Tag muss einem unschuldigen Mann wie eine Ewigkeit vorkommen.« John Comyn bemühte sich um einen beiläufigen Ton, aber die Herausforderung war unmissverständlich.

»Unschuldig?« Alexanders blaue Augen wurden schmal. Er stellte seinen Kelch ab. Seine gute Laune war verflogen. »Der Mann hat sich gegen meinen Vater aufgelehnt.«

»Der Mann war damals nur ein Junge, Mylord. Es war das Volk von Galloway, das ihn zu seinem Anführer gewählt hat.«

»Und mein Vater hat dafür gesorgt, dass sie mit Blut dafür bezahlt haben.« Alexanders Ton wurde scharf, der Wein erhitzte ihn, und rote Flecken begannen in seinem Gesicht aufzulodern. »Thomas Galloway war ein Bastard. Er hatte kein Recht, die Rolle eines Lords zu bekleiden, und die Leute wussten das.«

»Sie standen vor einer unangenehmen Wahl – entweder von einem Bastard regiert zu werden oder ihr Land zwischen drei Töchtern aufgeteilt zu sehen. Sicherlich könnt Ihr ihre Zwangslage verstehen, Majestät?«

Etwas Verschlagenes schwang in Comyns Stimme mit, registrierte Alexander. Versuchte der Lord of Badenoch anzudeuten, seine eigene Situation sei vergleichbar mit dem, was sich vor über einem halben Jahrhundert in Galloway ereignet hatte? Bevor er sich Gewissheit verschaffen konnte, erklang eine kühle Stimme vom anderen Ende des Tisches her.

»Ihr haltet unseren großmütigen Gastgeber mit Eurem Gerede von seiner Mahlzeit ab, Sir John. Die Ratsversammlung ist vorüber.«

John Comyns Blick wanderte zu dem Sprecher. Als er die ruhigen Augen von James Stewart, dem Großhofmeister, auf sich ruhen sah, ließ er seine undurchdringliche Maske einen Moment lang fallen, und nackte Feindseligkeit malte sich auf seinen Zügen ab, doch bevor er antworten konnte, ertönte die gebieterische Stimme von Robert Wishart, dem Bischof von Glasgow.

»Wohl gesprochen, Sir James. Unsere Münder sind jetzt dazu bestimmt, diese Speisen zu verzehren und Gott dem Herrn für seine üppigen Gaben zu danken.« Wishart hob seinen Kelch. »Dieser Wein ist ausgezeichnet, Mylord. Aus der Gascogne, nicht wahr?«

Die Antwort des Königs ging in einem ohrenbetäubenden Donnerschlag unter, der die Hunde aufschreckte und den Bischof von St. Andrews derart zusammenzucken ließ, dass er seinen Wein verschüttete.

Wishart grinste breit. »Wenn dies tatsächlich der Tag des Jüngsten Gerichts ist, dann werden wir wenigstens mit vollen Bäuchen wiederauferstehen.« Er trank einen großen Schluck, der rote Flecken an seinen Mundwinkeln hinterließ. Der Bischof von St. Andrews, so hager und ernst, wie Wishart stämmig und lebhaft war, setzte zu Protesten an, doch Wishart schnitt ihm das Wort ab. »Ihr wisst so gut wie ich, Eure Exzellenz, dass wir bereits ein Dutzend Mal wiederauferstanden wären, wenn jeder zum Jüngsten Tag erklärte Tag tatsächlich selbiger gewesen wäre!«

Der König wollte etwas einwerfen, hielt jedoch inne, als er in der Menge unter ihm ein bekanntes Gesicht entdeckte. Es gehörte einem der Knappen des Hofes der Königin, einem fähigen Franzosen namens Adam. Sein Reiseumhang glänzte im Fackelschein, und sein dunkles Haar klebte ihm nass am Kopf. Als Adam an einem der Kamine vorbeikam, konnte der König die Kälte sehen, die ihn wie Nebel umgab. Der Knappe hastete die Podeststufen herauf.

»Mylord.« Adam blieb vor dem König stehen, um sich zu verneigen und Atem zu schöpfen. »Ich bringe eine Botschaft aus Kinghorn.«

»In diesem Unwetter?«, wunderte sich Wishart, als sich der Knappe vorbeugte und leise auf den König einzureden begann.

Als Adam geendet hatte, spielte ein Lächeln um Alexanders Lippen, und die vom Wein hervorgerufene Röte auf seinen Wangen breitete sich über seinen Hals aus. »Adam, geh und hol Tom aus seiner Unterkunft. Sag ihm, er soll meinen Umhang bringen und mein Pferd satteln lassen. Wir brechen unverzüglich nach Kinghorn auf.«

»Wie Ihr wünscht, Mylord.«

»Ist etwas geschehen?«, erkundigte sich der Bischof von St. Andrews, während der Knappe über das Podest davoneilte. »Die Königin … ist sie …?«

»Der Königin geht es gut«, erwiderte Alexander breit lächelnd. »Sie verlangt nach meiner Gesellschaft.« Er erhob sich. Bänke wurden gerückt, und Füße scharrten, als alle anderen Gäste in der Halle gleichfalls aufsprangen. Einige stießen ihre berauschten Nachbarn an und bedeuteten ihnen, es ihnen gleichzutun. Der König hob die Hände und wandte sich an sie. »Behaltet bitte Platz. Ich muss mich leider verabschieden, bitte euch aber, zu bleiben und das Fest auch weiterhin zu genießen.« Er gab seinem Harfner ein Zeichen, woraufhin dieser sofort zum Tanz aufzuspielen begann. Die metallischen Klänge erhoben sich über das Tosen des Windes.

Als der König vom Tisch zurücktrat, verstellte ihm James Stewart den Weg. »Mylord, wartet bis morgen früh«, murmelte er. »Es ist ein gefährlicher Tag für eine Reise, besonders auf dieser Straße.«

Die Besorgnis im Gesicht des Großhofmeisters ließ den König zögern. Als er sich umdrehte, las er dieselbe Sorge in den Augen der anderen Männer an seiner Tafel, abgesehen von John Comyn, der sich vorgebeugt hatte, um sich leise mit seinem Verwandten, dem Earl of Buchan, zu unterhalten. Einen Moment lang erwog der König, zu seinem Platz zurückzukehren und Guthred anzuweisen, ihm Wein nachzuschenken. Aber ein anderer Drang war stärker. Die letzten Worte John Comyns hatten einen bitteren Nachgeschmack bei ihm hinterlassen. *Sicherlich könnt Ihr ihre Zwangslage verstehen?* Das konnte Alexander nur allzu gut, denn die Thronfolgefrage lastete seit zwei Jahren schwer auf ihm – seit dem Tag, an dem sein Erbe, in den er all seine Hoffnungen gesetzt hatte, seiner Frau, seiner Tochter und seinem jüngsten Sohn mit erbarmungsloser Endgültigkeit ins Grab gefolgt war. Nach dem Tod seines Ältesten war Alexanders Blutlinie abgeschnitten worden wie ein Lied, das vor dem Refrain endete. Es klang jetzt nur als schwaches Echo über die Nordsee, in Gestalt seiner dreijährigen Enkelin Margaret, des Kindes seiner ältesten Tochter und des Königs von Norwegen. Ja, Alexander verstand die Zwangslage sehr gut, in die das Volk von Galloway vor fünfzig Jahren geraten war, als ihr Lord ohne männlichen Erben das Zeitliche gesegnet hatte.

»Ich muss gehen, James.« Die Stimme des Königs klang ruhig, aber bestimmt. »Meine Hochzeitsnacht liegt fast sechs Monate zurück, und Yolande ist noch immer nicht in Hoffnung – nicht, dass wir nicht alles dafür getan hätten. Wenn sie heute Nacht mein Kind empfängt, könnte ich, so Gott will, um diese Zeit im nächsten Jahr einen Erben haben. Dafür nehme ich auch einen Sturm in Kauf.« Alexander nahm den Goldreif ab, den er während der Ratsversammlung und des Festes getragen hatte, und reichte ihn dem Großhofmeister. Dann fuhr er sich mit der Hand durch das Haar, das der Reif flachgedrückt hatte. »Ich werde bald zurückkehren.« Sein Blick heftete sich auf John Comyn. »In der Zwischenzeit könnt Ihr dem Lord of Badenoch ausrichten, dass ich der Bitte seines Schwagers stattgeben werde.« Alexanders Augen glitzerten. »Aber wartet damit bis morgen.«

James' Mundwinkel zuckten leicht. »Sehr wohl, Mylord.«

Alexander schritt über das Podest, folgte den schlammigen Fußspuren des Knappen. Die Goldverzierung seiner scharlachroten Robe schimmerte im Licht. Als die Türhüter sich verneigten und die Flügeltür der Halle öffneten, rauschte der König hindurch. Die Harfenklänge verhallten hinter ihm.

Draußen traf ihn die Wucht des Sturms wie ein Faustschlag. Eisregen stach wie Nadeln in sein Gesicht und blendete ihn, als er die Stufen zum Hof hinunterstieg. Er zuckte zusammen, als ein Blitz den Himmel zerriss. Die Wolken hingen so tief, dass sie die Dächer der Gebäude zu streifen schienen, die sich vor ihm bis zu den inneren Mauern erstreckten, hinter denen der Boden steil zu den äußeren Verteidigungsanlagen abfiel. Von seinem hoch gelegenen Aussichtspunkt aus konnte der König über die Reihe der Außenmauern hinweg bis zu der korporierten Stadt Edinburgh blicken, die sich in östlicher Richtung an dem mächtigen Felsen hinunterzog, auf dem die Burg thronte.

In der Ferne vermochte er am Fuß des Hügels die fahle Silhouette von Holyrood Abbey auszumachen, hinter der schwarze Felsblöcke sich zu windumtosten Klippen erhoben, die in den Wolken verschwanden. Im Norden lagen Weiden und Getreidefelder, dann Marschen, die in die weitläufige Fläche des Firth of Forth übergingen, den die Engländer den schottischen See nannten. Hinter dem von Wetterleuchten erleuchteten Wasser befanden sich die bewaldeten Hügel von Fife und der Weg, den er einschlagen musste. Das zwanzig Meilen entfernte Kinghorn schien in weiterer Ferne zu liegen denn je. Die unheilschwangere Bemerkung des Bischofs von St. Andrews über den Jüngsten Tag kam ihm wieder in den Sinn. Alexander blieb auf der untersten Stufe stehen. Der Regen durchweichte ihn. Doch als er Adam auf sich zueilen sah, zwang er sich, die Füße in den Schlamm zu setzen, und dachte an seine junge Frau, die in einem warmen Bett auf ihn wartete. Dort würde es gewürzten Wein und ein hell prasselndes Feuer geben.

»Mylord, Tom ist krank geworden.« Adam erhob die Stimme über den Sturm. Er hielt den Reiseumhang des Königs in den Händen.

»Krank?« Alexander zog die Brauen zusammen, als der Knappe ihm das pelzgefütterte Kleidungsstück um die Schultern legte. Tom, der ihm seit über dreißig Jahren diente, reiste immer mit ihm. Adam mochte ein fähiger Mann sein, aber er war ein Günstling der Königin und erst im letzten Herbst mit ihrem Gefolge nach Schottland gekommen. »Heute Nachmittag ging es ihm doch noch gut. War der Arzt bei ihm?«

»Er sagt, das wäre nicht nötig.« Adam führte den König über den nassen Untergrund. »Passt auf, wo Ihr hintretet, Sire.«

Vor ihnen brannten Laternen, die Flammen darin glichen kleinen Vögeln in Käfigen, die flatternd gegen das Glas schlugen. Der Wind trug Pferdegewieher und Männerstimmen zu ihnen herüber.

»Wer wird mich an seiner Stelle begleiten?«

»Tom hat Master Brice geschickt.«

Alexanders Stirn furchte sich tiefer, als Adam die Ställe betrat. Der beißende Geruch nach Stroh und Mist stieg ihm in die Nase.

»Majestät«, grüßte der Stallmeister ehrerbietig. Er führte einen prächtigen grauen Hengst am Zügel. »Ich habe Winter eigenhändig für Euch gesattelt, obwohl ich es kaum glauben konnte, als Master Brice mir sagte, Ihr wolltet bei diesem Wetter ausreiten.«

Alexanders Blick wanderte zu Brice, einem wortkargen, etwas begriffsstutzigen Mann, der seit weniger als einem Monat in seinen Diensten stand und als Hilfe für Tom angeheuert worden war. Alexander hatte beabsichtigt, den Haushofmeister zu bitten, ihn zu ersetzen, aber wegen der Vorbereitungen für die Ratsversammlung keine Zeit dazu gefunden. Brice verbeugte sich, sagte aber nichts. Mit einem verdrossenen Grunzen und sich plötzlich allzu nüchtern fühlend streifte Alexander die Reithandschuhe über, die der Stallmeister ihm reichte. Als er auf den Block kletterte und sich in den Sattel schwang, rutschte sein Gewand an seiner Hose hoch. Es war bereits am Saum mit erdigem Schlamm besudelt. Er hätte sich umgekleidet, hätte er nicht befürchtet, das Wenige einzubüßen, das vom Tag noch übrig war. Während der Stallmeister den Sattelgurt mit einem Ruck festzurrte, der Winter veranlasste, ungeduldig aufzustampfen, bestiegen die beiden Knappen die Pferde, die für sie aus dem Stall geholt worden waren. Beide waren kleiner und leichter als das mächtige Schlachtross des Königs. Adam saß auf einem frischen Pferd; sein eigenes war nach dem Ritt nach Edinburgh völlig erschöpft.

Die Stimme des Stallmeisters folgte ihnen durch den Regen. »Gute Reise, Mylord.«

Adam ritt an der Spitze der kleinen Gruppe über den Burghof. Es war noch nicht Abend, trotzdem brannten hinter den Fenstern des Torhauses bereits Fackeln und kämpften gegen die Dunkelheit an. Die Wächter öffneten das Tor, und die drei Männer ritten den dahinter liegenden steilen Pfad hinunter. Bald ragte das Torhaus über ihnen auf dem schwarzen Felsen auf; der Fackelschein verwandelte die Fenster in bernsteinfarbene Augen. Als sie ein zweites Tor in der unteren Mauer passierten, grüßten die Wächter den König voller Überraschung.

Über die durch die Stadt führende Hauptstraße strömte Regenwasser, aber weder Menschen noch Karren waren zu sehen, sodass der König und seine Knappen ihre Geschwindigkeit beschleunigen konnten. Der Wind zerrte an ihren Umhängen und Haaren, und als sie die Stadtgrenze erreichten, waren sie durchnässt und durchgefroren. Von dort aus jagten sie über die Meilen offenen Landes auf den Firth of Forth zu und ließen Edinburgh weit hinter sich.

In Dalmenty stiegen sie vor dem Quartier des Fährmanns ab. Windböen peitschten von der Flussmündung zu ihnen herüber. Es war jetzt vollkommen dunkel. Während Adam an die Tür hämmerte, starrte der König über die sich über zwei Meilen erstreckende angeschwollene tintenschwarze Wasserfläche. Blitze zuckten über die fernen Hügel, und Donner rollte wie eine Welle auf ihn zu. Der Sturm zog Richtung Norden über Fife hinweg.

Der Fährmann öffnete mit einer Laterne in der Hand die Tür. »Ja?«, fragte er in barschem Schottisch. »Ah, Ihr seid es wieder.«

Der Mann spähte an Adam vorbei und stutzte verwirrt, als er im Schein seiner Laterne das Gesicht des Königs erkennen konnte. »Mylord!« Er zog die Tür weiter auf. »Ich bitte um Verzeihung. Bitte tretet ein.«

»Ich will nach Kinghorn.« Alexander wechselte rasch von dem Französisch, das er den ganzen Tag über bei der Ratsversammlung gesprochen hatte, in den rauen schottisch-englischen Dialekt.

»Bei diesem Sturm?« Der Fährmann blickte mit sorgenvoller Miene über den Sandstreifen hinter seinem Haus, hinter dem seine Fähre auf den Wellen tanzte. »Ich halte das nicht für klug.«

»Der König hat dir einen Befehl erteilt«, wies ihn Adam scharf zurecht. »Es interessiert ihn nicht, wie du darüber denkst.«

Der Fährmann schlug seine Kapuze hoch und drängte sich an Adam vorbei zu dem König hinüber. »Mylord, ich flehe Euch an, wartet bis zum Morgen. Ich kann Euch und Eure Männer hier beherbergen. Es ist nicht sonderlich komfortabel, aber trocken.«

»Ihr habt meinen Diener etwas früher bereitwillig genug hinübergerudert.«

»Das war lange, bevor der Sturm mit voller Kraft losgebrochen ist. Jetzt – nun, Mylord, es ist einfach zu gefährlich.«

Alexander machte seiner Ungeduld Luft. Es schien, das alles und jeder ihn daran hindern wollten, zu seiner Frau zu gelangen. »Wenn du Angst hast, werden meine Knappen rudern. Aber was immer auch kommt, ich werde heute Abend übersetzen!«

Der Fährmann senkte resigniert den Kopf. »Jawohl, Mylord.« Er machte Anstalten, ins Haus zurückzugehen, drehte sich dann jedoch wieder um. »Gott der Herr weiß, dass ich nicht besser sterben könnte als in der Gesellschaft des Sohnes Eures Vaters.«

Alexander biss die Zähne zusammen, als der Mann im Inneren des Hauses verschwand.

Kurz darauf kehrte er mit sechs Männern zurück, alles Mönche aus Dunfermline Abbey, denen seit den lange zurückliegenden Tagen der heiligen Margaret das Recht zustand, die Fähre zu rudern. Ihre wollenen Kutten und Sandalen konnten nicht viel Schutz vor dem schneidenden Wind bieten, aber sie beklagten sich nicht, als sie den König zum Wasserrand hinuntergeleiteten. Hinter ihnen kamen Brice und Adam, der die eisernen Steigbügel an den Lederriemen befestigt hatte, damit sie während der Überfahrt nicht gegen die Leiber der Pferde schlugen.

Die Reise dauerte lange und war höchst unbequem; die Männer duckten sich unter dem endlosen Hämmern des Regens auf ihren Kapuzen, die Pferde störte das Schwanken des Schiffes. Gischt stob auf und benetzte ihre Lippen mit Salz, als die Fähre von den Wellen auf und ab geschleudert wurde. Alexander saß, in einen durchweichten Pelz gehüllt, den ihm der Fährmann gegeben hatte, zusammengekauert im Heck. Der Donner war zu einem fernen Grollen abgeebbt, aber der Wind machte keine Anstalten, endlich abzuflauen, und das wehmütige Lied, das die Mönche beim Rudern sangen, war in dem Tosen kaum zu vernehmen. Doch trotz der Befürchtungen des Fährmanns legte das Schiff sicher bei der königlichen Burg von Inverkeithing an.

»Wir nehmen den Küstenpfad«, beschied Alexander Adam, als dieser Winter von der Fähre auf den nassen Sand führte. In manchen der Häuser hinter dem Strand brannten einladende Feuer. »Dort sind wir geschützter.«

»Nicht heute Nacht, Mylord«, warnte der Fährmann, als er dem König den nassen Pelz abnahm. »An manchen Stellen spülen die Springtiden das Wasser bis zu den Klippen hoch. Euch könnte der Weg abgeschnitten werden.«

»Ich schlage vor, wir reiten über die Klippen, Sire«, rief Adam, der gerade Winters Steigbügel wieder herunterzog. »Das geht auch schneller.«

Der König stimmte zu und ritt mit seinen Knappen den Pfad hinauf, der die bewaldeten Hänge hinter Inverkeithing empor zu dem Klippenweg führte. Im Dunkel des Baumkronenbaldachins kamen sie nur langsam voran, aber zumindest bot das Geäst etwas Schutz vor dem Regen. Doch sobald sie den Wald verließen, waren sie dem Sturm wieder hilflos ausgeliefert, der auf sie einhämmerte, während sie dem gewundenen Pfad durch die Klippen folgten. Der Untergrund war schlammig; die Hufe der Pferde sanken tief ein und zwangen sie zu einer kräftezehrenden Gangart. Adam bildete die Vorhut, wies Brice an, sich hinter ihm zu halten, und rief dem König Warnungen zu, wenn sie trügerische Stellen erreichten. Alexander war ein erfahrener Reiter, aber seinem Schlachtross, um einiges größer und wuchtiger als die Pferde der Knappen, fiel der Aufstieg durch den zähen Schlamm zunehmend schwerer, und bald hatte der König den Anschluss an seine Gefährten verloren. Er konnte die Rufe der Männer im Wind hören, sie aber in der undurchdringlichen Finsternis nicht erkennen. Mit zusammengebissenen Zähnen schalt er sich einen Narren, weil er den Rat des Großhofmeisters nicht befolgt hatte, und trieb Winter fluchend und schimpfend weiter, bis das Pferd gereizt schnaubte. Immer wieder beschwor er vor seinem geistigen Auge das Bild seiner jungen Frau in ihrem warmen Bett herauf, aber jetzt haftete dieser Vision die Verheißung naher Rettung an.

Alexander kämpfte auf dem Hang mit seinem Pferd; das Tier wehrte sich heftig gegen den starken Druck der Zügel. Die ganze Situation war Irrsinn. Er hätte auf James hören und bis zum Morgen warten sollen! Alexander schickte sich an, seine Knappen zu rufen und umzukehren. Sie konnten in Inverkeithing Zuflucht suchen, bis der Sturm abflaute. Doch als ein weiterer Blitz die Nacht erhellte, sah der König die Klippen, die sich vor ihm über dem Pfad erhoben. Hinter dieser Landzunge lag Kinghorn. Es war nicht mehr weit, vielleicht noch eine Meile. Der König beugte sich im Sattel vor, stieß Winter die Fersen in die Flanken und trieb das erschöpfte Tier weiter. Der Weg stieg noch steiler an, und Alexander vernahm im Heulen des Sturms das Kreischen von Möwen. Die Stimmen seiner Männer konnte er nicht mehr hören. Der Pfad wurde schmaler, links von ihm ragten hohe Felsen auf, rechts gähnte ein schwarzer Abgrund. Er wusste, dass er nicht mehr als hundert Fuß zum Ufer abfiel, aber er hätte sich genauso gut bis in den tiefsten Schlund der Hölle erstrecken können. Als sein Pferd ausglitt, zog er die Zügel scharf an. Seine Hände schmerzten vor Anstrengung. »Weiter!«, donnerte er, als das Schlachtross erneut ausglitt, vor Angst wieherte und kehrtzumachen versuchte. »*Weiter!*«

Ein schwarzer Schatten türmte sich vor ihm auf. »Sire!«

Tiefe Erleichterung durchströmte Alexander. »Nimm meine Zügel«, brüllte er Adam über das Tosen des Sturms hinweg zu. »Ich muss absteigen. Winter kann mich nicht hier hochtragen.«

»Wartet, Mylord, ich werde mich neben Euch halten. Weiter vorn ist der Untergrund fester. Ich kann Euch führen.«

»Vorsicht, ich befinde mich hier nah am Rand«, warnte der König, der den Regen in seinen Umhang rinnen spürte; ein eisiger Strom, der ihn erschauern ließ. »Wo ist Brice?«

»Ich habe ihn vorausgeschickt.« Adam lenkte sein Pferd zwischen den König und die Felsen neben dem Pfad. Ein Blitz beleuchtete sein Gesicht, auf dem ein seltsam eindringlicher Ausdruck lag, als er eine Hand ausstreckte, nach Winters Zügeln griff und sein eigenes Pferd mit den Knien dirigierte.

»Gut, Mann.« Alexander holte tief Atem. »Jetzt steht uns nur noch ein letzter Kraftakt bevor.«

»Ein letzter Kraftakt, Mylord«, echote Adam und drängte sich gegen ihn.

Das Erste, was Alexander spürte, war ein Stoß, als sein Pferd ins Taumeln geriet. Er vermutete sofort, dass das Tier lahmte, und sein schmerzliches Schnauben bestätigte diesen Verdacht. Sein eigener Schrei verklang in einem erstickten Grunzen, als er nach vorne kippte und sein Magen auf den hölzernen Sattelknauf traf. Er krallte sich Halt suchend an Winters Hals fest und verspürte in diesem Moment einen neuerlichen Schmerz, diesmal in seinem Bein, als etwas seitlich gegen ihn prallte. Ihm blieb gerade noch Zeit, um zu begreifen, dass es Adams Pferd war und dass der Knappe die Zügel des Schlachtrosses losgelassen hatte, dann stürzten er und Winter in den Abgrund.

Adam hatte Mühe, sein in Panik geratenes Pferd zu beruhigen, während der Schrei des Königs allmählich verhallte. Nach einer Weile hatte er es so weit unter Kontrolle, dass er absteigen konnte. Er hielt die Zügel in einer Hand und bückte sich, um mit dem nassen Gras, das auf dem Pfad spross, das Blut von seinem Dolch zu wischen. Danach hob er seine kurze Hose und schob die Waffe in die um seine Wade geschnallte Lederscheide zurück. Vorsichtig trat er zum Klippenrand und wartete einige Momente, dabei tupfte er sich Regentropfen von seiner Nasenspitze. Nach ein paar Minuten flammte erneut ein Blitz auf. Adams scharfe Augen konnten unten am Ufer einen großen grauen Schatten ausmachen. Er wartete weiter. Heute Nacht hätte der Mond scheinen sollen, aber der Sturm hatte ihn verdunkelt. Trotzdem würden Regen und Wind den Schrei des Königs übertönt haben, und dieser Narr Brice sollte weit genug vor ihm sein, um nichts von dem Geschehen mitzubekommen. Erneut blitzte es drei Mal. Das Pferd blieb dort liegen, wo es aufgeschlagen war, und diesmal erkannte Adam eine ganz in der Nähe liegende kleinere Gestalt. Die scharlachrote Robe des Königs leuchtete wie eine Flagge. Zufrieden schob der Knappe den Fuß in den Steigbügel und schwang sich in den Sattel. Selbst wenn der König den Sturz überlebt hatte, würde er in der Kälte sterben, bevor ihn jemand fand, denn Adam gedachte, den Suchtrupp in die falsche Richtung zu schicken. Er stieß dem Pferd die Sporen in die Flanken und setzte seinen Weg nach Kinghorn fort, wobei er schon über die Lügen nachdachte, die er der jungen Königin auftischen würde.

Unten am Ufer drehte das sterbende Pferd den Kopf. Blut strömte aus der tiefen Schnittwunde in seinem Vorderbein, die die Sehnen durchtrennt und es aus dem Gleichgewicht gebracht hatte, aber die Wunde unterschied sich nicht mehr von den Verletzungen, die von dem Sturz herrührten. Ein paar Schritte entfernt lag sein königlicher Reiter mit ausgebreiteten Armen und grotesk verrenktem Hals. Der Wind vom Forth hob eine Ecke des Umhangs des Königs an und ließ sie gegen den Sand schlagen, aber ansonsten rührte sich nichts mehr.

Die Toten würden in dieser Nacht nicht auferstehen.

2

DIE ATEMZÜGE DES JUNGEN kamen schnell und abgehackt, als das Schlachtross über den Strand donnerte, nasse Sandklumpen in die Höhe schleuderte und ihn immer weiter von den Rufen forttrug, die hinter ihm erklangen. Der Junge umklammerte mit einer Hand die Zügel, lehnte sich weit im Sattel zurück und stand fast in den Steigbügeln, während er sich bemühte, das Pferd zum Stehen zu bringen, bis seine Muskeln von der Anstrengung schmerzten. Der schneidende Wind wehte ihm das Haar in die Augen und blendete ihn, und die Lanze in seiner rechten Hand hüpfte wild auf und ab. Ohne Vorwarnung schoss das Pferd plötzlich vorwärts, sodass die Zügel schmerzhaft durch die geballte Faust des Jungen gezogen wurden. Als das Tier in wildem Galopp auf die Brandung zujagte, entglitt seinem Reiter die Lanze und fiel in den Sand, wo sie unter einem der Hufe des Pferdes zersplitterte. In der Ferne hörte er, wie sein Name gebrüllt wurde.

»*Robert!*«

Der Junge packte die Zügel jetzt mit beiden Händen, kämpfte gegen das Tier an und schrie vor hilfloser Wut und Furcht, als es auf das tosende Wasser zustürmte. Das im Sonnenlicht weiß schimmernde Meer kam rasend schnell näher und erfüllte seine Welt mit Dröhnen und Brausen. Plötzlich spürte er unter sich einen heftigen Ruck. Der Himmel schien sich um ihn zu drehen, und eine Sekunde lang erblickte er Wolken und eine ihre Kreise ziehende Möwe. Dann wurde er kopfüber in die Wellen geschleudert.

Die Kälte traf ihn wie ein Schlag. Salzwasser drang in seine Lunge, als er in der Brandung versank. Er wurde in den Wellen umhergewirbelt; wusste vor Schreck und aufkeimender Panik nicht mehr, wo oben und wo unten war. Seine Brust zog sich zusammen, er vermochte nicht mehr zu atmen. Dann traf sein Fuß mit einem Mal auf festen Untergrund. Er richtete sich auf und kämpfte sich keuchend an die Oberfläche. Die nächste Welle traf ihn in den Rücken, aber obwohl sie ihn in die Knie zwang, gelang es ihm, den Kopf über Wasser zu halten. Den Blick fest auf das Ufer gerichtet, stapfte er mühsam an Land. Seine Tunika klebte ihm am Körper. Als er über den Sand taumelte und dabei Meerwasser aushustete, bemerkte er, dass er seine Schuhe verloren hatte. Kies und zersplitterte Muscheln schnitten ihm in die bloßen Füße, als er sich vorbeugte und Wasser aus Nase und Ohren rinnen ließ.

»Robert!«

Der Junge straffte sich, als der Ruf erklang, und beobachtete die Gestalt, die über den Strand auf ihn zukam. Sein Herz wurde schwer, als er die zerbrochene Lanze, eine kleinere Version der großen Waffen der Männer, in der Hand seines Ausbilders sah.

»Warum hast du die Zügel nicht angezogen?« Der Mann blieb vor dem durchnässten Jungen stehen und schwenkte die zersplitterte Lanze. »Ruiniert! Und alles nur, weil du selbst einfache Anordnungen nicht befolgen kannst!«

Der im Wind fröstelnde Robert hielt dem grimmigen Blick seines Ausbilders unverwandt stand. Der stämmige Bulle von einem Mann war hochrot im Gesicht und schwitzte vor Anstrengung und Wut. Zumindest dies verschaffte ihm eine boshafte Befriedigung. »Ich habe es versucht, Master Yothre«, erwiderte er gepresst und schielte zu dem Schlachtross hinüber, das inzwischen aus freien Stücken stehen geblieben war, den

Kopf hochwarf und schnaubte, als würde es ihn auslachen. Ärger stieg in Robert auf, als er sich daran erinnerte, wie er vor vier Wochen zu den Ställen geführt worden und seine Freude über diese neue Phase seiner Ausbildung schlagartig verflogen war, nachdem er gesehen hatte, dass das einzige gesattelte Pferd im Stall seines Vaters dieses mächtige Schlachtross war. Er hatte auf einem gutmütigen Pony reiten gelernt und vor kurzem ein lebhaftes junges Pferd bezwungen, aber das schwarze Ungeheuer ließ sich mit keinem von beiden vergleichen. Es war, als würde man versuchen, den Teufel selbst zu reiten. Roberts Blick wanderte wieder zu Yothre. »Mein Vater hat über dreißig Pferde in seinen Ställen stehen. Warum habt Ihr ausgerechnet Ironfoot ausgewählt? Noch nicht einmal die Stallburschen wagen sich in seine Nähe. Er ist zu wild und zu stark.«

»Das Problem ist nicht deine mangelnde Kraft«, grunzte Yothre. »Sondern dein mangelndes Geschick. Das Pferd wird dir gehorchen, wenn du meine Anweisungen befolgst. Außerdem«, fügte er etwas weniger beißend hinzu, »habe nicht ich ihn für dich ausgesucht, sondern dein Vater.«

Robert verstummte. Das Sonnenlicht schimmerte auf seinen nassen Wangen, als er auf das Meer hinausblickte. Sein blasses Gesicht unter dem dunklen Haarschopf wirkte angespannt. Hinter den krachenden Brechern glänzte das Wasser tiefgrün. Noch weiter hinten, bei dem Ailsa Craig, dem Feenfelsen, verdunkelte es sich zu schiefergrau, und in Richtung der fernen Insel Arran wurde es tintenschwarz. Hier an der Küste von Carrick war es ein heller, windiger Frühlingstag, aber hinter den Hügeln von Arran hatte sich im Laufe des Morgens eine Wolkenbank aufgebaut; ein Überbleibsel der heftigen Stürme, die Schottland seit Jahresbeginn plagten. Roberts Blick blieb an dem Fleck am südlichen Horizont hängen, der die Nordspitze von Irland bildete. Beim Anblick der schwachen, so oft von Nebel oder Dunst verschleierten Linie durchzuckte ihn ein Gefühl des Verlusts.

Sein Bruder befand sich noch immer irgendwo dort, in der

Obhut eines irischen Lords, eines Vasallen ihres Vaters, der sie beide als Ziehsöhne aufgenommen hatte. Zweifellos hatte Edward sein Tagesprogramm bereits absolviert. Vielleicht ließ er zusammen mit seinen Ziehbrüdern die kleinen Holzschiffchen schwimmen, die sie unten am Fluss vor dem Herrenhaus von Antrim geschnitzt hatten. Am Abend würden sie Lachs essen und in der Halle des Lords am Feuer süßes Bier trinken und seinen Geschichten von irischen Helden, großen Schlachten und Schatzsuchen lauschen. Die zwölf Monate, die Robert in Antrim verbracht hatte, waren die schönsten seines Lebens gewesen. Sein Ziehvater hatte ihm alles beigebracht, was er als ältester Sohn einer der mächtigsten Familien Schottlands wissen musste. Robert war davon ausgegangen, dass er heimkehren würde, um den ihm angestammten Platz an der Seite seines Vaters einzunehmen – kein Junge mehr, sondern ein junger Mann auf dem Weg zu Ritterwürden. Die Realität hatte ihm eine herbe Enttäuschung beschert.

»Los, wir fangen noch einmal von vorne an.« Yothre bedeutete Robert, ihm zu folgen, als er über den Strand hinweg auf Ironfoot zustapfte. »Und wenn du tust, was ich sage, können wir einen weiteren Zwischenfall dieser Art …« Ein heller Schrei schnitt seine Worte ab.

Ein kleiner Junge kam quer durch die Dünen auf sie zugerannt. Hinter ihm thronte die Burg Turnberry auf ihrem Felsvorsprung über dem tosenden Meer. Die Zinnen der Brustwehr wurden von Kormoranen und Möwen umkreist.

Robert lächelte, als der Junge noch schneller zu laufen begann. Seine kurzen Beine wirbelten Sandwolken auf. »Niall!«

Sein jüngster Bruder machte atemlos Halt, ohne auf den erneut vor Wut rot angelaufenen Yothre zu achten.

»Männer sind gekommen …«, Niall schnappte nach Luft, »… und Großvater!«

Ein breites, überraschtes Grinsen trat auf Roberts Gesicht. Er schloss sich Niall an; seine nasse Tunika schlug um seine Beine.

»Master Robert!«, bellte Yothre hinter ihm her. »Dein Unterricht ist noch nicht beendet.« Als die Jungen sich umdrehten, deutete der Mann mit der zerbrochenen Lanze auf Ironfoot. »Du wirst ihn noch einmal reiten, bevor wir Schluss machen.«

»Ich reite ihn morgen.«

»Dein Vater wird von deinem Ungehorsam erfahren.«

Roberts sturmblaue Augen verengten sich. »Dann erzählt es ihm doch«, fauchte er, ehe er seinem Bruder nachsetzte.

Hinter den Dünen passierten die beiden Jungen die kleine Ansammlung von Häusern, Fischerbooten und Bauernhöfen, die das Dorf Turnberry bildeten, und rannten zu dem Sandpfad, der zu der Burg führte. Hier beschleunigte Robert sein Tempo. Seine langen Beine trommelten über den Boden, als er Niall weit hinter sich ließ. Die Erde unter seinen Füßen war mit frischen Spuren zahlreicher Pferde übersät. Seine Lunge brannte, die körperliche Anstrengung vertrieb die Eiseskälte aus seinen Gliedern und ließ ihn Yothres Drohung vergessen.

Als er sich den weit geöffneten Toren näherte, rief ihm einer der Wächter etwas zu.

»Master Robert!« Der Mann grinste. »Was hat dieser Teufel heute mit Euch angestellt?«

Ohne auf ihn zu achten, betrat Robert den Burghof, der von Männern und Pferden wimmelte. Inmitten der sich langsam bewegenden Tiere erblickte Robert seine Familie, die sich vollzählig versammelt hatte, um die unerwarteten Neuankömmlinge zu begrüßen. Ungeduldig musterte er seine beiden Brüder, seine Mutter und seine drei Schwestern, von denen eine in den Armen ihrer Amme greinte. Sein Blick ruhte einen Moment lang auf seinem Vater, dem Earl of Carrick, der einen karminroten Umhang mit Goldbesatz trug, dann schweifte er über die Besucher. Verwundert erkannte er in einem von ihnen James Stewart. Der Großhofmeister von Schottland, einer der höchsten Beamten des Reiches, dessen Familie dieses Amt seit Generationen innehatte, stand bei einem mächtigen Earl aus dem Osten. Es hatten sich noch weitere einflussreiche Männer eingefunden, aber Robert nahm sie kaum zur Kenntnis. Seine Aufmerksamkeit galt dem löwenhaften Mann mit der silbernen Haarmähne und dem harten, verwitterten Gesicht in der Mitte. Robert Bruce, Lord of Annandale. Der Mann, dessen Namen sowohl er als auch sein Vater trugen.

Als er Niall hinter sich herankeuchen hörte, trat Robert auf seinen Großvater zu, der einen staubigen Überwurf und einen Mantel mit dem Wappen von Annandale trug. Das Lächeln gefror ihm auf den Lippen, als er die ernste Miene des alten Mannes bemerkte. Derselbe Ausdruck spiegelte sich auch auf den Gesichtern der anderen Männer wider. Seine Mutter wirkte erschrocken, sein Vater schüttelte den Kopf. Dann vernahm Robert die Worte. Sie klangen unfassbar, aber das Gebaren der Erwachsenen bestätigte sie. Ohne nachzudenken, wiederholte er sie laut in Form einer Frage: »Der König ist tot?«

Alle drehten sich zu ihm um. Er stand tropfnass, mit Seetang im Haar und Sand auf der Wange da, registrierte den besorgten Blick seiner Mutter und die Missbilligung seines Vaters, bevor die Stimme seines Großvaters die Stille durchschnitt.

»Komm her und lass dich ansehen, mein Junge.«

Und die dunklen Augen, scharf wie die eines Falken, richteten sich auf ihn.

3

DIE UNVORHERGESEHENE ANKUNFT der mächtigen Lords bescherte den Burgdienern bis spät in den Tag hinein zusätzliche Arbeit. In den leeren Kammern mussten Feuer entzündet, die Betten mit frischem Leinen bezogen und in den Ställen Platz für die Pferde geschaffen werden. Am hektischsten ging es in der Küche zu, wo die Köche vor der schwierigen Aufgabe standen, eine Mahlzeit für den ohnehin schon beachtlichen Haushalt der

Familie in ein Festmahl für sieben Edelleute und ihr Gefolge zu verwandeln. Am späten Nachmittag stieg die Zahl noch einmal an, als weitere sechs Männer durch die Tore der Burg geritten kamen. Für Robert, der am Fenster des Raumes stand, den er mit seinen Brüdern teilte, haftete dem Tag etwas Unheilvolles an, das über die Nachricht vom Tod des Königs hinausging. Er fragte sich, was das zu bedeuten hatte und was nun geschehen würde, als die Wächter unten im Hof das Tor hinter den sechs Reitern schlossen. Irgendwo in der Burg läutete eine Glocke. Das letzte Licht erstarb im Westen, wo Blitze stumm über die Hügel von Arran tanzten.

Als die Männer die Halle der Burg betraten, huschten Diener zwischen ihnen umher und gossen rubinroten Wein in Zinnkelche. Draußen war das dumpfe Dröhnen des Meeres allgegenwärtig; der salzige Geruch vermischte sich mit dem des Essens und des Holzrauchs. Drei zusätzliche Tische und Bänke waren aufgestellt worden, damit alle Platz fanden. Die Halle war überfüllt, die Luft stickig von der Hitze, die das in dem riesigen Kamin prasselnde Feuer verströmte. An der Wand hinter der Haupttafel hing das Banner des Earls mit dem Wappen von Carrick: einem roten Sparren auf weißem Grund. An einer anderen prangte ein Wandbehang, der in leuchtenden Farben den Augenblick festhielt, in dem Malcolm Canmore seinen verhassten Rivalen Macbeth im Kampf tötete, den Thron bestieg und die illustre Dynastie gründete, von der die Familie Bruce entfernt abstammte. Robert hatte immer gefunden, dass die Gestalt des siegreichen Königs eine bemerkenswerte Ähnlichkeit mit seinem Vater aufwies.

Ungeduldig scharrte er vor der Tür der Halle mit den Füßen, als die Gäste hindurchströmten, die Edelleute ihre Plätze einnahmen und ihre Ritter und Gefolgsleute die Bänke rings um die anderen Tische besetzten. Bei Robert standen seine jüngeren Brüder Alexander, Thomas und Niall sowie seine ältere Schwester Isabel. Als der letzte der Männer, ein junger Bursche mit verblüffend blauen Augen, mit denen er den wartenden Kindern zuzwinkerte, die Halle betreten hatte, folgte Robert ihm – entschlossen, sich einen Platz in der Nähe seines Großvaters zu sichern, doch die Stimme seiner Mutter hielt ihn zurück.

»Du wirst heute Abend in deiner Kammer essen.«

Wie vor den Kopf geschlagen drehte Robert sich um. Die hochgewachsene Gestalt seiner Mutter, der Gräfin von Carrick, durch die sein Vater nach der Hochzeit zum Earl der wilden Grafschaft geworden war, löste sich aus dem Schatten des Ganges. Ihr üppiges schwarzes Haar war auf dem Kopf zu einer komplizierten Krone aus Zöpfen aufgetürmt, die von Silberdraht gehalten wurde. Ihr weißes Leinengewand spannte sich über ihren von der zehnten Schwangerschaft gewölbten Bauch.

Sie fixierte Robert, als sie mit einem kleinen Mädchen an der Hand auf ihn zutrat. »Hast du mich verstanden?«

»Mutter …«, begann Isabel.

»Sag deinem Vater und deinem Großvater gute Nacht, und dann ab nach oben.« Das sagte sie auf Gälisch, was bedeutete, dass Widerspruch zwecklos war, das wussten die Kinder. Sie sprach nur Gälisch, wenn sie zornig war oder den Dienstboten Befehle erteilte. »Geht jetzt«, fuhr sie auf Französisch fort, der bevorzugten Sprache ihres Mannes.

Robert betrat die von leisem Gemurmel erfüllte Halle und ging auf seinen am Kopfende der Tafel sitzenden Vater zu. Er versuchte seinen Blick aufzufangen, forschte nach Zeichen des Ärgers, der ihn erwartete, wenn sein Vater erfahren hatte, dass er sein tägliches Training nicht bis zum Ende absolviert hatte. Der Earl war in ein Gespräch mit einem in schwarze Pelze gehüllten Bären von einem Mann verstrickt. Robert erkannte in ihm einen der verspäteten Neuankömmlinge. »Gute Nacht, Vater«, murmelte er.

Der Earl sah ihn an, unterbrach sein Gespräch aber nicht. Robert überlegte erleichtert, ob die ungewöhnlichen Ereignisse des Tages Yothre wohl daran gehindert hatten, seinem Vater von seinem Vergehen zu berichten, und huschte rasch zu seinem Großvater, der am anderen Ende des Tisches saß. Der Lord of Annandale hatte seine kleine Schwester Christina auf den Schoß genommen, die mit ihrer Mutter in die Halle gewatschelt war.

»Was habt Ihr ihr zu essen gegeben, Lady Marjorie?«, fragte der alte Bruce, als er das Kind mit einem Grunzen absetzte.

Die Gräfin lächelte den alten Mann wohlwollend an. »Kommt jetzt endlich«, schalt sie dann und scheuchte ihre herumtrödelnden Kinder zur Tür, wo ihre Kinderfrau wartete, um sie nach oben zu bringen.

Während Robert noch hoffnungsvoll abwartete, erklang die barsche Stimme seines Vaters.

»Du hast gehört, was deine Mutter gesagt hat. Hinaus!«

Der Lord of Annandale blickte zu Robert hinüber und konzentrierte sich dann auf den Earl. »Sohn, nach dir ist der Junge der Herr dieses Hauses. Deshalb finde ich, er sollte bleiben.« Er nickte Marjorie zu. »Mit Eurer Erlaubnis, Mylady.«

Ehe Marjorie antworten konnte ergriff Roberts Vater erneut das Wort. »Herr des Hauses?« Sein Ton klang schneidend. »Elf Jahre alt und unfähig, sich mit einer Lanze im Sattel zu halten! Ich frage mich, warum ich ihn überhaupt nach Antrim geschickt habe, wenn das der Lohn für meine Bemühungen ist.«

Robert spürte, wie ihm das Blut in die Wangen stieg. Er war davon überzeugt, dass alle Männer in der Halle sich an seiner Demütigung weideten.

In Wahrheit schenkte ihm niemand Beachtung, die allgemeine Aufmerksamkeit galt den beiden Männern zu beiden Enden der Haupttafel, die mit den Augen – ein Paar schwarz und voller Arroganz, das andere eisblau und verächtlich zusammengekniffen – ein stummes Duell ausfochten.

»Ich habe nichts dagegen, dass Robert bleibt.« Die Gräfin trat zu ihrem Mann und legte ihm beruhigend die Hände auf die Schultern.

Der Earl knurrte etwas, als sich seine Frau auf dem für sie bereitgestellten gepolsterten Stuhl niederließ, aber Robert achtete nicht darauf. Er biss sich auf die Lippe, um sich ein Grinsen zu verkneifen, als sein Großvater auf die Bank direkt neben sich deutete. Die drei Männer, die darauf saßen – einer davon der Großhofmeister persönlich –, rückten zur Seite, um ihm Platz zu machen. Robert fing einen eifersüchtigen Blick seines Bruders Alexander auf, der den Sieg noch süßer schmecken ließ, dann wurden die restlichen Kinder aus dem Raum geführt. Als Robert sich umsah, bemerkte er, dass er neben dem blauäugigen jungen Mann saß, der ihm zugezwinkert hatte. Er neigte den Kopf und deutete eine Verbeugung an, da er nicht recht wusste, ob der Mann schlichte Höflichkeit oder tiefen Respekt verdiente. Der junge Mann lächelte verschmitzt.

»Lord Stewart«, begann Roberts Großvater mit gebieterischer Stimme, die die Männer ringsum zum Schweigen brachte. »Würdet Ihr diese Beratung eröffnen, indem Ihr meinem Sohn und dem Lord of Islay die Nachrichten vom Königshof mitteilt, die wir inzwischen kennen.« Er nickte dem bärenhaften Mann in den Pelzen zu, der mit dem Earl gesprochen hatte. »Meine Botschaft hat dich von den düsteren Neuigkeiten in Kenntnis gesetzt, Angus, die der Grund für unsere heutige Versammlung sind, aber es gibt noch andere Einzelheiten, die ich in einem Brief nicht enthüllen durfte und …«

»Ich glaube, Vater«, unterbrach ihn der Earl schroff, »dass einige Vorstellungen angebracht sind, bevor wir beginnen. Unsere Kameraden hier mögen einander namentlich kennen, aber nicht unbedingt vom Sehen.« Ohne eine Antwort abzuwarten, erhob er sich. Sein karminrotes Gewand bauschte sich um ihn, als er mit einer Hand auf den breitschultrigen Mann mit schwarzem, öligem Haar deutete, der mit an der Haupttafel saß. »Sir Patrick, Earl of Dunbar.«

Robert wandte den Blick von den versteinerten Zügen seines Großvaters ab, als sein Vater weitersprach.

»Sir Walter Stewart, Earl of Menteith, und seine Söhne Alexander und John.« Der Earl zeigte auf drei Männer mit rotem Haar und rötlicher, sommersprossiger Haut. Dann wandte er sich an den alternden Lord of Islay zu seiner Rechten – dem Mann in den Pelzen. »Sir Angus Mór MacDonald.« Er nickte einem stämmigen Mann mit offenem Gesicht und dem blauäugigen Jugendlichen neben Robert zu. »Seine Söhne Alexander und Angus Og.« Zuletzt deutete der Earl auf den Großhofmeister. »Und selbstredend Sir James Stewart und sein Bruder John.« Er nahm neben seiner Frau Platz und breitete die Arme aus. »Es ist Lady Marjorie und mir eine Ehre, Euch trotz der widrigen Umstände in unserer Halle willkommen zu heißen.« Er neigte den Kopf in James' Richtung, als die Diener Schüsseln mit dampfendem, mit Thymian gewürztem Wildbret auftrugen. »So beginnt, Lord Stewart. Ich bin begierig darauf, Eure Neuigkeiten zu hören.«

Robert starrte in die Runde und versah die Gesichter vor ihm mit Namen und Geschichten. Er wusste, dass er sich in der Gesellschaft einiger der mächtigsten Männer des Königreichs befand, was ihn derart faszinierte, dass er den Umstand ausblendete, dass sein Vater ihn bei den Vorstellungen übergangen hatte.

Der Großhofmeister erhob sich. »Ihr alle wisst, dass unser edler Herrscher Alexander letzten Monat während eines Rittes zu seiner Königin nach Kinghorn ums Leben kam. Er wurde in einem Sturm von seiner Eskorte getrennt. Wie es aussieht, stolperte sein Pferd und stürzte über die Klippe. Dabei brach er sich das Genick.«

Nur das Kratzen der Schöpfkellen untermalte die ernsten Worte des Hofmeisters – die Diener legten den Männern an der Haupttafel zuerst vor. Der würzige Fleischduft stieg Robert in die Nase, als ein Diener den dicken Eintopf auf seine Platte schöpfte. Die Brotscheibe war in der Mitte ausgehöhlt, um den spärlichen Saft aufzufangen. Als er zu seinem Vater schielte, registrierte er, dass dieser sich vorgebeugt hatte und aufmerksam lauschte. Er tastete nach einem Löffel, musste aber feststellen, dass man ihm keinen gegeben hatte. Der Diener war inzwischen weitergegangen, und Robert wagte nicht, nach ihm zu rufen. Er hatte seit dem Morgen nichts mehr gegessen, und sein Magen schmerzte vor Hunger.

»Sein Leichnam war kaum gefunden, da versuchten die Comyns auch schon, die Macht an sich zu reißen.« Ein zorniger Unterton schwang in Sir James' beherrschter Stimme mit. »Zum Glück befand sich eine größere Anzahl der Beamten des Königs wegen einer Versammlung in Edinburgh, und es gelang uns, ihrem Ehrgeiz Einhalt zu gebieten.« Er nickte dem Earl of Dunbar zu. »Sir Patrick und ich haben mit der Unterstützung des Bischofs von Glasgow die Wahl eines Rates von Hütern durchgesetzt. Diese werden regieren, bis ein neuer Herrscher auf dem Thron sitzt.«

»Wer sind diese Männer?« Die grollende Stimme des Lords of Islay erfüllte die Halle. Sein Französisch klang abgehackt, denn seine Muttersprache war Gälisch.

»Ich«, erwiderte James Stewart. »Außerdem die Bischöfe von Glasgow und St. Andrews, der Earl of Fife und die Oberhäupter der Roten und Schwarzen Comyns.«

»Ein ausgewogenes Machtgleichgewicht«, murmelte der Earl of Carrick säuerlich und tauchte seinen Löffel in seinen Eintopf. »Zu schade, dass Ihr die Waagschale nicht stärker zu Eurem Vorteil ausrichten konntet, Lord Stewart.«

»Die Comyns bekleiden einige der mächtigsten Ämter des Reiches. Wir konnten sie nicht ausschließen.«

Robert betrachtete seine Mahlzeit und überlegte gerade, ob er mit den Fingern essen sollte, als von rechts ein Löffel in sein Blickfeld glitt. Angus Og MacDonald zog ein Messer aus der Scheide an seinem Gürtel, schnitt sich ein Stück Brot ab und schob es in den Mund. Seine blauen Augen glitzerten im Fackelschein. Robert nickte dem Sohn des Lords of Islay dankend zu, dann machte er sich über den Eintopf her.

»Wir alle wissen um die Bemühungen der Comyns, die Macht hinter dem Thron zu stellen«, fuhr James fort. »Das war schon immer so, und manchmal war sogar Gewalt im Spiel, woran sich einige von uns wohl noch gut erinnern.« Sein Blick wanderte zu dem Lord of Annandale, der nickte, sich aber nicht dazu äußerte. »Aber es gibt noch etwas Beunruhigenderes als ihr Streben nach Macht.« Er wandte sich an den Rest der Männer. »Bei Hof habe ich gelernt, dass es sich auszahlt, die im Auge zu behalten, die dem König am nächsten stehen. Meine Männer beobachten die Vorgänge am Königshof schon seit geraumer Zeit. Nicht lange nach dem Tod des Königs hat einer meiner Spione gehört, wie Sir John Comyn einen seiner Ritter anwies, eine Botschaft nach Galloway zu bringen. Comyn sprach von Alexanders Tod und davon, dass der König einen Gefangenen freilassen wollte, für den er sich bei der Ratsversammlung eingesetzt hat. Aber etwas hat meinen Spion misstrauisch gestimmt. Comyn sagte: ›Teilt meinem Schwager mit, dass ich ihn bald treffen werde, denn die Zeit naht, wo der weiße Löwe erröten wird.‹«

Einige der Männer ergriffen gleichzeitig das Wort.

Der Earl of Carrick starrte den Großhofmeister mit zusammengezogenen Brauen an. »Balliol?«, versetzte er scharf.

»Wir glauben«, sagte James und nickte bestätigend, »dass der Rote Comyn beabsichtigt, den Lord of Galloway auf den Thron zu bringen.«

Roberts Löffel blieb kurz vor dem Mund in der Luft schweben. Er musterte die grimmigen Gesichter der Männer, aber keines verriet, wie diese erstaunliche Schlussfolgerung zustande gekommen war. Als die Männer erneut zu sprechen begannen, legte Robert seinen Löffel nieder. Auf einmal begriff er. Der Löwe auf dem Banner von Galloway war weiß, der auf dem königlichen Banner Schottlands rot. Wenn der weiße Löwe errötet …

Die tiefe Stimme des Lords of Islay übertönte die anderen. »Das ist eine schwere Anschuldigung, die Ihr gegen Männer erhebt, die den Treueeid geleistet haben.« Angus Mór MacDonald beugte sich vor, seine Pelze raschelten. »Erst vor zwei Jahren haben die Edelleute Schottlands geschworen, Alexanders Enkelin als seine Erbin anzuerkennen. Margaret hat jetzt das Anrecht auf den Thron. Alle von uns haben diesen Eid geleistet. Ich hege keine Liebe für die Männer der Comyns, aber sie und John Balliol of Galloway zu beschuldigen, den Schwur zu brechen …?«

»Wer von uns hat denn damit gerechnet, ihn erfüllen zu müssen – vor allem seit der Hochzeit des Königs mit Yolande?«, konterte Patrick of Dunbar und fuhr sich mit einer Hand durch das ölige Haar. »Die Ernennung der Enkelin des Königs in Norwegen zu seiner Erbin war eine vernünftige Sicherheitsvorkehrung, aber nichts, mit dem sich einer von uns konfrontiert sehen wollte. Der Treueeid, den wir an jenem Tag geschworen haben, lastet schwer auf unseren Schultern. Wie viele werden sich jetzt zurücklehnen und sich damit zufriedengeben, aus der Ferne von einer Kinderkönigin an einem fremden Hof beherrscht zu werden?« Er nickte dem Großhofmeister zu. »Ich bezweifle nicht, dass Balliol, angespornt von dem Ehrgeiz der Comyns, nach dem Thron strebt.«

»Wir müssen rasch handeln«, meinte der Earl of Carrick. »Wir können nicht zulassen, dass die Comyns ihren Verwandten auf den Krönungsstein setzen.« Er hieb mit der Faust auf den Tisch. Platten und Kelche klirrten. »Sie dürfen sich nicht aneignen, was uns rechtmäßig zusteht!« Er brach ab und schielte zu dem Lord of Annandale hinüber. »Was rechtmäßig dir zusteht, Vater«, berichtigte er sich. »Wenn irgendein Mann in Schottland den Thron besteigen soll, dann du. Dein Anspruch ist stärker als der Balliols.«

»Nicht nach dem Erstgeburtsrecht«, wandte der Earl of Menteith ruhig ein, ohne den Blick von dem Lord of Annandale zu wenden, der bislang geschwiegen hatte. »Nach diesem Gesetz siegt Balliol.«

»Mein Vater kann nicht nur aufgrund seiner Blutslinie Anspruch auf den Thron erheben. Er wurde vom Vater des Königs zu seinem Nachfolger ernannt.«

Als die Männer alle gleichzeitig zu sprechen begannen, starrte Robert seinen Großvater an. Der alte Lord hatte ihm einmal vor vielen Jahren diese Geschichte erzählt. Robert erinnerte sich gut an den Ausdruck von Stolz im Gesicht seines Großvaters, als dieser ihm in allen Einzelheiten den Tag beschrieben hatte, an dem König Alexander II. ihn zu seinem Erben bestimmt hatte. Sie waren auf der Jagd gewesen, und der König war von seinem Pferd gestürzt. Er hatte sich nicht schwer verletzt, aber der Unfall hatte eindeutig Besorgnis bei ihm ausgelöst, denn er ließ alle seine Begleiter auf dem staubigen Waldweg auf die Knie sinken. Dort bat er sie, Sir Robert Bruce, in dessen Adern königliches Blut floss, als seinen Erben anzuerkennen, falls er ohne Nachkommen sterben sollte. Sein Großvater war zu dieser Zeit achtzehn gewesen. Zwei Jahre später war dem König ein Sohn geboren worden, der die Erbfolge sicherte, aber das Versprechen hatte sich unauslöschlich in das Gedächtnis des Bruce eingebrannt. Damals hatte Robert das Ganze für eine unglaubliche Geschichte gehalten; wahr, aber einer fernen Vergangenheit angehörig wie die Geschichten von dem irischen Helden Fionn mac Cumhaill, die sein Ziehvater ihm in Antrim erzählt hatte. Jetzt, wo er zusammen mit all diesen mächtigen Männern in der Halle seines Vaters saß, gewann sie eine Realität, die ihn erschauern ließ.

Sein Großvater könnte König werden.

Als das Gespräch der Männer immer lauter wurde und in einen Streit auszuarten drohte, erhob sich der Lord of Annandale. Das Feuer tauchte sein verwittertes Gesicht in einen rötlichen Schein. »Genug.« Seine Stimme brachte die Menge augenblicklich zum Schweigen. »Ich habe Alexander nicht nur geliebt, wie ein Untertan seinen König liebt, sondern wie ein Vater seinen Sohn.«

Robert sah, wie seinem eigenen Vater bei diesen Worten das Blut in die Wangen stieg.

»Ich habe ihm versprochen, ihm bis zu meinem letzten Atemzug zu dienen«, fuhr der Lord fort, wobei er jeden Mann in der Runde mit einem harten Blick fixierte. »Und das bedeutet, den Schwur zu halten, den ich, den wir alle geleistet haben – seine Enkelin als unsere Königin anzuerkennen. Wir müssen verhindern, dass John Balliol den Thron besteigt. Wir müssen diesen Thron schützen, aber für sie. Ein Mann, der seinen Eid bricht, ist seinen Atem nicht wert«, schloss er schroff, bevor er wieder Platz nahm.

»Dem stimme ich zu«, sagte James Stewart in die darauf folgende Stille hinein. »Aber wie sollen wir den Thron schützen? Wenn die Comyns Balliol zum König machen wollen, werden sie sämtliche Proteste einfach übergehen. Ich fürchte, sie verfügen über genug Macht im Reich, um ihren Willen durchzusetzen, ob die Hüter nun damit einverstanden sind oder nicht.«

»Ratsversammlungen und Hüter sind keine Lösung«, erwiderte der Lord of Annandale. »Ich habe auf der Reise hierher lange darüber nachgedacht. Es gibt nur eine Sprache, die die Comyns verstehen, und das ist Gewalt.« Er blickte die anderen an. »Wir müssen einen stählernen Ring um Galloway legen. Mit einer Reihe von Angriffen werden wir die Bollwerke einnehmen, die der Justiziar John Comyn und die Balliols halten. Mit einem Streich können wir die Comyns in Galloway entmachten und Balliol als einen Schwächling hinstellen, der noch nicht einmal in der Lage ist, seine eigenen Grenzen zu sichern, geschweige denn, über ein Königreich zu herrschen.«

Robert wusste, wie sehr sein Großvater die Comyns hasste, die weitläufige Gebiete Schottlands kontrollierten und seit Generationen Einfluss in königlichen Kreisen ausübten. Als der erste Comyn mit William dem Eroberer den Ärmelkanal überquert hatte, hatten sie dies nicht wie Roberts Vorfahren als Edelleute mit großen Landsitzen in der Normandie getan, sondern als einfache Sekretäre. In dieser Rolle waren sie in England unter den Königen, die nach der normannischen Eroberung den Thron bestiegen, zu Macht und Wohlstand gelangt. Durch Gönnerschaft und Gerissenheit erreichte ihr Vermögen ein solches Ausmaß, dass ein Comyn und kein Bruce der erste normannische Earl in Schottland wurde und sogar durch Heirat einen geringen Anspruch auf den Thron erlangte. Für die Söhne von Sekretären war im Adel kein Platz, hatte Roberts Großvater stets betont. Demnach schien der Hass des alten Mannes über bloße Abneigung hinauszugehen. Robert hatte dies nie ganz verstanden und war bis heute auch nicht auf den Gedanken gekommen, nachzufragen.

»Wir sollten uns mit Richard de Burgh in Verbindung setzen«, meinte Roberts Vater. »Der Earl of Ulster wird uns gern Waffen und Soldaten zur Verfügung stellen. Die Männer von Galloway und ihre Angriffe auf Irland sind ihm schon lange ein Dorn im Auge. Und wir sollten König Edward informieren. Als Alexanders Schwager wird er in die Frage der Nachfolge mit einbezogen werden wollen, sobald er von seinem Tod erfährt.«

»Der König von England war der Erste außerhalb der Grenzen Schottlands, der benachrichtigt wurde«, entgegnete der Großhofmeister. »Der Bischof von St. Andrews hat Edward noch am selben Tag, an dem Alexanders Leichnam gefunden wurde, eine Botschaft nach Frankreich geschickt.«

»Ein Grund mehr, persönlich Kontakt mit ihm aufzunehmen.« Der Earl fixierte seinen Vater. »Wenn Margaret hierher gebracht wird, um zu herrschen, wird sie einen Regenten brauchen, der sie vertritt, bis sie volljährig ist, und ein möglicher Erbe muss ausgewählt werden. Indem wir die Festung der Comyns erobern, beweisen wir, dass wir würdig sind, dieses Amt zu bekleiden, und wir beweisen Stärke. Und Stärke«, fügte er mit fester Stimme hinzu, »ist etwas, was König Edward zu schätzen weiß.«

»Wir werden ein Bittgesuch an Richard de Burgh richten, wenn es sich als nötig erweisen sollte«, stimmte der Lord of Annandale zu. »Aber es besteht kein Grund, den König in unsere Angelegenheiten mit einzubeziehen.«

»Da bin ich anderer Meinung«, widersprach der Earl. »Mit Edwards Unterstützung befinden wir uns in der besten Position, um uns als Kopf der neuen Regierung zu etablieren.«

»König Edward ist ein guter Freund und Verbündeter, und unsere Familie verdankt ihm einen großen Teil ihres Vermögens, aber er wird immer erst im Interesse seines eigenen Reiches und keines anderen handeln.« Der Ton des alten Mannes war unnachgiebig.

Der Earl starrte seinen Vater noch einen Moment lang an, dann nickte er. »Ich werde die Männer von Carrick zusammenziehen.«

»Ich kann gleichfalls ein paar Männer erübrigen«, meinte der Lord of Islay.

»Wir können Euch nicht alle öffentlich unterstützen«, warf James Stewart ein. »Nicht mit Waffen. Dieses Königreich wurde im Lauf der Jahre schon oft genug gespalten. Ich kann nicht zulassen, dass sich aus einer Blutfehde ein Bürgerkrieg entwickelt.« Er hielt inne. »Aber ich stimme Euch zu. Der Thron muss an Margaret gehen.«

Der Lord of Annandale lehnte sich zurück und griff nach seinem Kelch. »Dann möge Gott uns die nötige Kraft schenken.«

4

ROBERT SANK NACH ATEM RINGEND ins Gras. Schweiß rann ihm über die Wangen, und das Blut pochte in seinem Kopf. Als keine schwarzen Punkte mehr vor seinen Augen tanzten, ließ er sich auf den Rücken fallen. Er hörte atemlose Stimmen und gedämpfte Schritte näher kommen. Robert stützte sich auf die Ellbogen, blinzelte in das Sonnenlicht und beobachtete, wie seine Brüder den Hang heraufkeuchten.

Thomas kam zuerst, mit gesenktem Kopf richtete er sein Augenmerk auf den Anstieg. Niall folgte ihm, versuchte verzweifelt, Thomas zu überholen, obwohl er zwei Jahre jünger war. Alexander lag weit zurück, er lief absichtlich langsam. Thomas gewann, ließ sich neben Robert in das warme Gras fallen und sog den Atem zwischen den Zähnen hindurch ein. Seine Tunika war schweißgetränkt.

Kurz darauf gesellte sich Niall zu ihnen. »Wieso bist du so schnell?«

Robert grinste seinen jüngsten Bruder an, legte sich zurück und genoss es, dass der Schmerz in seinen Muskeln abebbte.

Es dauerte einige Minuten, bis Alexander sie erreichte. Sein Schatten fiel über Robert. »Wenn wir den Pfad nach Hause genommen hätten, wären wir schneller gewesen.« Er bemühte sich sichtlich, ruhig zu atmen.

»Diesen Weg hier sind wir seit Jahren nicht mehr gegangen. Außerdem …«, Roberts Grinsen wurde breiter, »… wollte ich sehen, ob ich es noch kann.«

»Du schlägst uns immer, du bist ja der Älteste.« Thomas richtete sich auf. Sein schweißfeuchtes Haar klebte ihm an der Stirn. Es war lockig und blond wie das seiner kleinen Schwester Christina. Die restlichen Kinder waren dunkel wie ihre Mutter, mit Ausnahme ihrer hellhaarigen Halbschwester Margaret, die geheiratet hatte und fortgezogen war.

»Alexander ist älter als du und Niall, und ihr besiegt ihn beide«, erwiderte Robert.

»Ich habe mir gar keine Mühe gegeben«, entgegnete Alexander scharf. »Und jetzt, wo du gewonnen hast, können wir ja zurückgehen.«

Robert setzte sich seufzend auf. Nach Wochen ohne Üben und Ausbildung war er ruhelos geworden. Alle in der Burg hatten sich auf den Angriff vorbereitet. Die Erwachsenen waren angespannt und besorgt; jeden Tag trafen aus den Städten und von den Landsitzen Carricks mehr Ritter ein, alles Vasallen seines Vaters. Robert kannte die meisten von ihnen, weil alle einmal dem Earl ihre Reverenz erwiesen hatten, vor ihm niedergekniet waren, ihre Hände in die seinen gelegt und ihm bedingungslose Loyalität geschworen hatten. So wie ihr Vater sein Land im Namen des Königs hielt, wofür von ihm erwartet wurde, dass er in den Krieg zog, Abgaben entrichtete und Pflichten wie der Bewachung von Burgen nachkam, hatten die Männer von Carrick im Gegenzug für ihr Land für den Earl zu kämpfen. Sie brachten ihre eigenen Knappen und Fußsoldaten mit; jeder Mann war bewaffnet und für den Angriff auf Galloway bereit.

Das unüberschaubare Kommen und Gehen hatte ihren Vater in äußerst schlechte Laune versetzt, und vor einiger Zeit waren Robert und seine Brüder ohne Aufsicht zum Tor hinausgehuscht. Die Freiheit, der erdrückenden Atmosphäre und dem schroffen Bellen des Earls entronnen zu sein, wirkte berauschend, und der goldene Spätnachmittag gehörte zu den schönsten, die Robert seit seiner Rückkehr aus Irland erlebt hatte. Er hatte nicht die Absicht, ihn zu vergeuden. »Lasst uns noch ein bisschen bleiben.«

»Irgendjemand wird uns vermissen. Wir sind schon fast seit einer Stunde fort.«

»Wem soll schon etwas auffallen? Alle sind beschäftigt.«

»Willst du damit sagen, dass du nicht mitkommst?«

Robert starrte seinen Bruder an, der mit gegen die Seiten gepressten Händen über ihm stand. Alexander war schon immer ernst gewesen, sogar als Junge in Nialls Alter, aber in der letzten Zeit trug er eine so düstere Miene wie ein Mönch zur Schau. Er wunderte sich über die unübersehbare Veränderung, die seit seiner, Roberts, Rückkehr aus Antrim mit ihm vorgegangen war. Zuerst hatte er gedacht, es hätte etwas mit ihrem Vater zu tun, vielleicht war der Earl während seiner Abwesenheit übermäßig streng mit seinem Bruder umgegangen? Aber ihr Vater schien noch immer mit Alexander und Thomas überaus zufrieden zu sein, die die gehorsamsten und am leichtesten zu lenkenden der fünf Brüder waren. Plötzlich kam ihm eine Erkenntnis: Während er und Edward sich in Irland in der Obhut von Zieheltern befunden hatten, war Alexander der älteste Sohn des Hauses gewesen. Nun, wo Robert wieder daheim war, fühlte sich sein Bruder vielleicht zurückgesetzt und um seine rechtmäßige Position betrogen. Aber Robert konnte kein Mitleid für ihn aufbringen. Alexander hatte keine Ahnung, wie glücklich er sich schätzen konnte, dass nicht er derjenige war, auf dem alle Hoffnungen für die Zukunft seiner Familie lasteten. Vor allem, sinnierte Robert bedrückt, wenn ihr Vater entschlossen schien zu verhindern, dass er sich dieser großen Verantwortung würdig erwies.

»Geh ruhig, wenn du willst.« Er legte sich wieder ins Gras und schloss die Augen. »Ich bleibe hier.«

»Ihr solltet beide mitkommen«, wandte sich Alexander an Thomas und Niall. »Es sei denn, ihr möchtet Vaters Gürtel zu spüren bekommen.«

Robert öffnete ein Auge einen Spalt breit, als Thomas sich auf die Füße zog. Ärger keimte in ihm auf, als die beiden Jungen gemeinsam den Hang hinuntergingen. Es hatte einmal eine Zeit gegeben, da hätten sowohl Thomas als auch Niall alles getan, was er sagte. Er ließ den Kopf wieder sinken, lauschte dem Summen der Bienen im Heidekraut und wünschte, Edward wäre hier. Aber der Bruder, ein Jahr jünger als er, musste noch sechs Monate bei seinen Zieheltern ausharren. Edward handhabte sein Übungsschwert wie ein Derwisch, konnte höher als jeder andere auf Bäume klettern, log mit unschuldigster Miene und stellte sich jeder Herausforderung. Ohne ihn war das Leben langweilig.

Niall kroch zu ihm hinüber. »Was wollen wir machen?«

Nach einem Moment sprang Robert auf; entschlossen, sich von Alexander nicht den Nachmittag verderben zu lassen. »Ich bringe dir bei, wie man mit einem Schwert kämpft.« Er lief zu ein paar windgepeitschten Bäumen hinüber, packte einen dünnen Ast und bog ihn, bis er abbrach. Nachdem er ihn in zwei Teile zerbrochen hatte, streifte Robert die Blätter ab und reichte seinem Bruder, dessen Augen vor Eifer funkelten, den längeren Stock. »Wir üben dort drüben.« Er deutete auf eine ebene Grasfläche. In der Ferne zogen sich die hohen Hügel von Carrick gen Osten. Die unteren Hänge waren mit Bäumen bewachsen, die Gipfel jedoch kahl. Robert musste bei ihrem Anblick immer an glatzköpfige alte Männer denken, die einen schützenden Ring um Turnberry bildeten.

Mit ernster Miene folgte Niall dem Beispiel seines Bruders. Die Knie seiner Hose wiesen Grasflecken auf.

Robert schwang den Stock langsam durch die Luft und senkte ihn auf den Hals seines Bruders hinab. »Versuch jetzt, die Klinge abzuwehren.«

Niall holte aus und schlug nach Roberts Stock.

»Das war zu schnell. Du musst langsam beginnen. So.« Robert hob den Stock erneut, hielt ihn vor seine Brust, schwang ihn dann betont langsam erst in die eine, dann in die andere Richtung und dann über seinen Kopf. »Und jetzt schneller«, fuhr er fort, den Stock durch die Luft wirbelnd. »Tu so, als würdest du gegen einen Feind kämpfen«, brüllte er über seine Schulter.

»Gegen wen?« Niall rannte ihm nach.

»Einen Feind eben. Einen … einen Comyn!«

Niall ließ den Stock auf die Grasnarbe herabsausen. »Schau her, Robert! Ich habe zwei Gegner getötet!«

»Zwei?« Robert deutete mit seinem Stock hangabwärts. »Da unten ist eine ganze Armee!« Er stieß einen schrillen Kriegsschrei aus und jagte mit hoch erhobenem Stock den Hang hinunter. »Tod allen Comyns!«

Niall folgte ihm, seine lauten Rufe schlugen in Gelächter um, als Robert stolperte und der Länge nach zu Boden schlug. Robert grunzte, als sein Bruder mit einem Siegesschrei auf ihm landete. Gemeinsam rollten sie den Hang hinunter, ihre provisorischen Waffen blieben vergessen im Gras zurück. Am Fuß des Hanges blieben sie liegen, ohne die Gestalt zu bemerken, die dort stand und sie beobachtete.

»Was tut ihr denn da?«

Beim Klang der unbekannten Stimme schlug Robert die Augen auf und erkannte, dass er von unten zu einem Mädchen emporstarrte. Er schob seinen Bruder von sich herunter und musterte sie. Sie war auffallend mager, ihr langes schwarzes Haar fiel ihr strähnig um die knochigen Schultern, und sie trug ein fadenscheiniges Kleid, das vielleicht einst weiß gewesen war, jetzt aber vor Schmutz starrte. Mit einer erdverschmierten Hand umklammerte sie einen kleinen Sack. Ein starker Geruch von Moos und Blumen ging von ihr aus, aber Robert faszinierten vor allem ihre Augen, die riesig in dem schmalen Gesicht leuchteten. »Was geht dich das an?«, erwiderte er auf Gälisch. Ihr eindringlicher Blick flößte ihm Unbehagen ein.

Das Mädchen legte den Kopf schief. »Wer bist du?«

»Er ist der Erbe des Earl of Carrick, des Herrn all dieser Ländereien.«

Robert warf Niall einen missbilligenden Blick zu, um ihn zum Schweigen zu bringen, aber das Mädchen achtete nicht darauf. Sie betrachtete seine schweißfeuchte Tunika, sein schmutziges Gesicht und dann sein zerzaustes Haar. Unwillkürlich hob Robert eine Hand und ertastete einen Heidekrautzweig zwischen seinen Haaren. Er zerbröselte ihn zwischen seinen Fingern, als das Mädchen die Achseln zuckte.

»Du siehst nicht wie ein Earl aus«, meinte sie, wandte sich ab und schritt über das Gras davon.

Robert sah ihr nach. Er bemerkte, dass sie keine Schuhe an den Füßen hatte, noch nicht einmal die einfachen Holzpantinen, die die Bauern bei der Feldarbeit trugen. Nachdenklich runzelte er die Stirn. Er kannte die Gesichter aller Bewohner von Turnberry und der näheren Umgebung: die Gefolgsleute und Vasallen seines Vaters, die Bauern und Fischer und ihre Frauen und Kinder und sogar Kaufleute und Beamte aus Ayr und anderen nahe gelegenen Städten. Warum wusste er nicht, wer dieses unverfrorene Mädchen war, das ganz allein in der Wildnis umherstreifte?

»Wie kann sie es wagen, so etwas zu sagen?«, murmelte Niall.

Robert hörte ihm nicht zu. »Komm mit«, flüsterte er, ehe er durch das Gras auf die Bäume zuschlich, die die unteren Hänge der Hügel bedeckten.

»Das ist die falsche Richtung.« Niall blickte in das Tal hinunter und dann zum Meer, das als flache blaue Decke in der Ferne zu erkennen war. Dann rannte er los, um seinen Bruder einzuholen. »Robert!«

»Still«, befahl Robert scharf, als sie die Baumlinie erreichten. Das Mädchen schlenderte ohne Eile einen steinigen Pfad entlang, der der Biegung eines seichten Flusses folgte. Im warmen Wind konnte er sie über das Gurgeln des Wassers hinweg leise singen hören. Bei einem steinernen Übergang hob sie den Rock ihres grauen Kleides und hüpfte hinüber, dann erklomm sie den mit Farn überwucherten Hügel auf der anderen Seite. Robert musterte das Gelände, dabei dachte er an eine Jagd in Annandale, auf die ihn sein Großvater einmal mitgenommen hatte. Der alte Mann hatte ihm eingeschärft, wie wichtig es war, dass sich ein Jäger vor seinem Wild verbarg. Zwischen ihm und dem Wasserrand lagen ein Eschenhain, ein kleiner Hügel und ein paar Felsbrocken.

»Wir sollten nach Hause gehen, Robert«, flüsterte Niall neben ihm. »Alexander hat recht. Jemand wird uns vermissen.«

Robert blieb stehen, ohne den Blick von dem Mädchen abzuwenden. Vor seinem geistigen Auge entstand das Bild von Alexanders verkniffenem Gesicht, und ein Anflug von Ärger stieg in ihm auf, als er sich vorstellte, wie er und Niall gehorsam durch die Tore der Burg trotteten. »Mach genau das, was ich tue«, wies er seinen Bruder an, bevor er auf die Bäume zurannte, während das Mädchen seinen Aufstieg fortsetzte.

Sobald sie außer Sicht war, setzte Robert ihr nach. Als er hörte, dass Niall ihm folgte, drehte er sich um. »Komm weiter!«

»Ich weiß, wo wir sind«, wisperte Niall. Auf seinem halb vom Schatten der Zweige verdeckten Gesicht lag ein ängstlicher Ausdruck.

Robert nickte ungeduldig. »Wir sind in der Nähe von Turnberry. Pass auf, wir schauen, wohin sie geht, und dann machen wir uns auf den Rückweg.«

»Robert, warte!«

Ohne auf seinen Bruder zu achten, kletterte Robert den Hang empor. Oben angelangt erhaschte er einen Blick auf etwas Graues im Wald unter ihm und rutschte, sich an Wurzeln festhaltend, auf der anderen Seite hinunter. Als er unten ankam, stieg ihm Holzrauch in die Nase. Er fragte sich, ob er von der Stadt herüberwehte, aber Turnberry lag zwei Meilen westlich von hier. Vor ihm wurde der Baumbestand spärlicher. Robert blieb stehen. Das Mädchen steuerte auf ein grünes, von einem mächtigen Hügel überschattetes Tal zu. Der Gipfel des Hügels leuchtete im Sonnenuntergang tief rosa, doch im Tal war es dämmrig. Am Fuß des Hanges duckte sich ein kleines Haus aus Lehm und Holz. Daneben suhlten sich zwei große Schweine in einem Pferch aus zusammengebundenen Stangen. Robert blickte sich um, als sein Bruder hinter ihm auftauchte. »Es ist ihr Haus«, murmelte er mit einem Nicken in Richtung des niedrigen Gebäudes.

»Das meinte ich ja«, flüsterte Niall, der plötzlich rachsüchtig und furchterfüllt zugleich wirkte.

Das Mädchen hatte die Tür fast erreicht, hielt sich im Schatten einer riesigen Eiche. In dem dichten Blattwerk erspähte Robert mehrere netzartige Gebilde, die an den Ästen hingen. Er war schon einige Male zuvor in diesem Tal gewesen und hatte den Baum gesehen, doch noch nicht einmal Edward hatte es gewagt, nahe genug heranzugehen, um herauszufinden, was es mit diesen eigenartigen Netzen auf sich hatte.

»Lass uns gehen«, bat Niall und griff nach seinem Arm.

Robert zögerte, den Blick auf das Haus gerichtet. Die alte Frau, die darin lebte, war allgemein bekannt, denn sie galt als Hexe. Sie besaß zwei Hunde, die Edward als Höllenwölfe bezeichnete. Alexander war einmal von einem gejagt und gebissen worden. Robert hatte von der Tür der Schlafkammer seiner Eltern aus zugesehen, wie der Arzt die Wunde genäht hatte. Er hatte fest damit gerechnet, dass sein Vater jetzt zu drastischen Vergeltungsmaßnahmen greifen würde – Männer zum Haus der alten Frau schicken, um die Tiere zu töten –, doch der Earl hatte nur Alexanders Schultern so fest umfasst, dass der Junge zusammengezuckt war. *Geht nie wieder zu diesem Haus*, hatte er eindringlich gemurmelt. *Nie wieder*.

Robert machte schon Anstalten, sich von Niall fortziehen zu lassen, doch da blieb das Mädchen plötzlich an der Tür stehen, drehte sich um, hob die Hand in ihre Richtung und winkte. Roberts Augen wurden groß. Als sie die Tür öffnete und im

Inneren des Hauses verschwand, hörte er einen Hund bellen, dann trat Stille ein. Er löste sich aus Nialls Griff und lief entschlossen den Hang hinunter. Er war der Sohn eines Earls, stand in der Adelshierarchie direkt unter einem König, er würde eines Tages Land in Irland und England erben, die reichen Ländereien von Annandale und die alte Grafschaft Carrick, und die Männer, die jetzt den Befehlen seines Vaters gehorchten, würden irgendwann einmal vor ihm knien. Niemand konnte ihn daran hindern, zu tun und zu lassen, was ihm beliebte.

Ein lautes Knacken erklang, als er auf einen verrotteten Ast trat. Robert drehte sich um. Hoffentlich hatte das Mädchen ihn nicht zusammenzucken sehen. Er grinste kühn, dann fuhr er herum, als er wildes Gebell hörte. Zwei große Schatten kamen um die Hausecke herumgeschossen. Robert sah noch gelbliche Zähne und verfilztes schwarzes Fell, dann raste er, den vor Entsetzen kreischenden Niall vor sich, so schnell er konnte auf die Bäume zu.

5

EINE GRAUE MORGENDÄMMERUNG brach über den Hügeln von Galloway an. Nebel waberte über den Feldern, das Vieh auf der Weide bildete in dem Weiß seltsam geformte Schatten. Es würde ein heißer Tag werden, aber ohne Sonne, denn der Himmel im Osten versprach nur stickige Feuchtigkeit. Möwen zogen über dem braunen Wasser des Flusses Urr langsame Kreise, während sie die schlammigen Ufer nach Beute absuchten. Das Wasser stand tief, es sank mit der Tide des Solway Firth.

Am Westufer thronte auf einem großen Erdhügel eine Burg, die zu einer Seite von dem Fluss und zur anderen von einem tiefen Graben geschützt wurde. Der Grund des Grabens war mit klebrigem rotem Lehm bedeckt. Der einzige Weg, der darüber hinwegführte, war die jetzt für die Nacht hochgezogene Zugbrücke. Eine Doppelreihe von Pfählen erhob sich aus den Tiefen wie eine Reihe von Sargträgern bei einem Begräbnis, die darauf warteten, ihre Last aufzunehmen. Am Fuß dieser Pfähle kauerten, unsichtbar für die Burgwächter, die auf der Brustwehr über ihnen patroullierten, im Schutz der Dämmerung sieben Männer. Der Lehm klebte an ihren Händen, Armen und an den Brustteilen ihrer gepolsterten Wämser, verschmierte ihre Gesichter, die von wollenen Kapuzen verdeckt wurden, und besudelte ihre Hosen und Stiefel. Seit über einer Stunde harrten sie bis zu den Knien im Schlamm versunken hier aus. Die Kälte ließ ihre Füße zu Eis erstarren. Keiner sprach ein Wort. Nur die heiseren Schreie der Möwen und die gedämpfte Unterhaltung der Wachposten wehten zu ihnen hinunter. Gelegentlich trafen sich ihre Blicke, aber sie wandten sich sofort wieder ab, jeder in seiner eigenen stillen Welt gefangen, wo er auf das Läuten der Morgenglocke wartete oder sich beklommen fragte, ob sie erklingen würde, bevor der Nebel, der sie einhüllte, sich auflöste oder der Himmel sich zu einem weißen Ascheton verfärbte.

Die Minuten zogen sich endlos hin, bis schließlich in den Eingeweiden der Burg ein Klirren ertönte. Die Männer im Graben erstarrten bei dem Geräusch. Einige krümmten vorsichtig die Finger und verlagerten ihr Gewicht in dem eisigen Schlamm. Das Gemurmel der Wächter verwandelte sich in barsche Rufe, als sie sich daranmachten, die Zugbrücke herunterzulassen. Knarrend senkte sie sich an ihren Seilen, und die Männer unten im Graben hoben die Köpfe, als sich Dunkelheit über sie legte. Die Brücke landete mit einem dumpfen Aufschlag auf den Pfählen, gefolgt von dem Klirren, mit dem die Riegel der Burgtore zurückgeschoben wurden, und den Schritten der Wächter auf den Bohlen über ihnen.

Einer der Männer trat zum Rand der Zugbrücke, gähnte laut und öffnete seinen Hosenlatz.

»Benutz gefälligst die Pissrinne, Boli!«

Der Wächter blickte über seine Schulter. »Seine Lordschaft ist fort. Niemand kann mich sehen.«

»Außer uns«, schnarrte ein anderer. »Und noch nicht einmal deine Frau kann den Anblick deines verschrumpelten Schwanzes ertragen.«

Boli grunzte eine Obszönität in Richtung seines grinsenden Kameraden und fuhr fort, sich in den Graben zu erleichtern.

Der gelbe Strom rann an einem der Pfähle herab, sammelte sich kurz in den Kerben im Holz, tröpfelte dann weiter und floss heiß über die Hände eines der Männer, der sich gegen den Pfahl presste. Angewidert wandte er den Kopf ab.

Als Boli seine Hose wieder schloss, ertönte ein schwaches Rumpeln. Der Wächter drehte sich zu dem ausgetretenen Pfad um, der von der Zugbrücke in den Wald führte, und sah, wie sich zwei Gestalten aus dem Nebel lösten. Auch seine Kameraden hatten sie bemerkt, denn sie verstummten und legten die Hände an die Griffe ihrer Schwerter. Boli blinzelte in das Dämmerlicht, als das Rumpeln lauter wurde. Nach einem Moment begriff er, dass es sich bei den schattenhaften Gestalten um zwei Männer handelte, die ein Fass vor sich herrollten. »Halt!«, donnerte er, strich sein Wams glatt, ging auf die beiden zu und nickte zu dem Fass hinüber. »Was habt ihr da?«

»Den besten Met auf dieser Seite des Solway«, erwiderte einer der Männer und blieb am Rand der Zugbrücke stehen. »Unser Herr ist wegen des Marktes in Buittle hergekommen, aber er schickt uns, um Lord John Balliol dieses Fass als Geschenk zu überbringen. Wenn Seiner Lordschaft der Met mundet, kann ihm unser Herr mehr davon liefern – zu einem vernünftigen Preis.«

»Sir John ist nicht hier.« Boli schritt um das Fass herum und inspizierte es.

»Was ist das denn?«, erkundigte sich ein anderer Wächter, der, die Hand immer noch an seinem Schwert, die Zugbrücke entlangkam.

»Met für Sir John.«

»Nicht für uns?«

Boli grinste den Händler an. »Nun, ich denke, ich werde davon kosten, um mich davon zu überzeugen, dass er wirklich von guter Qualität ist.« Er hakte einen fleckigen irdenen Becher von seinem Gürtel, an dem auch noch ein Breitschwert in einer abgewetzten Lederscheide hing. »Und ich erwarte, dass du mir einschenkst wie einem Lord.«

Der Händler nahm den Becher, während sein Begleiter das Fass aufrichtete, sich bückte und an dem Spundloch herumnestelte. Ein Stück entfernt schloss sich eine rot verschmierte Hand um den Rand der Zugbrücke. Mit einem Mal straffte sich der Händler und schmetterte seine Faust mitsamt dem Becher in das Gesicht des Wächters.

Das Gefäß traf Bolis Kiefer, zerbarst bei dem Aufprall und trieb eine Tonscherbe in seine Wange. Er taumelte zur Seite. Blut strömte aus seiner zerfetzten Wange und Lippe. Als der andere Wachposten einen lauten Ruf ausstieß und losrannte, hob der zweite Händler einen Fuß. Unter seiner Tunika glitzerte ein Kettenhemd. Er versetzte dem Fass einen kräftigen Tritt. Das Holz zersplitterte unter seinem Stiefel. Er schob die Hände in das Loch. Wolkenähnliche Lammwollebüschel kamen zum Vorschein, aus denen er zwei kurze Schwerter zog. Eines davon warf er seinem Gefährten zu, während Boli sich von seinem Schreck erholte und mit einem Wutschrei sein eigenes Schwert zückte. Als die Männer aufeinander losgingen, ertönten weitere Rufe. Die restlichen Wächter hatten die Gestalten bemerkt, die sich über den Rand der Zugbrücke hievten.

Der erste Mann hielt ein Messer zwischen den Zähnen. Als ein Wächter auf ihn eindrang, rollte er sich über die Bohlen und packte die Waffe. Der Wächter ließ sein Schwert niedersausen. Der Mann warf sich zur Seite, schoss dann hoch und trieb dem Wachposten von hinten die Klinge zwischen den Riemen seiner Beinschiene in die Wade. Als der Mann mit einem Aufschrei zusammenbrach, zog sein Angreifer das Messer heraus und rammte es ihm ins Auge. Während der Verwundete sich stöhnend am Boden wand, sah sein Angreifer zu seinen Gefährten hinüber, die auf die Brücke kletterten, wo die beiden Männer mit dem Fass noch immer in einen erbitterten Kampf mit den Wächtern verstrickt waren. Ihm blieb keine Zeit, sich mit einer der Waffen zu versehen, weil ein anderer Wachposten auf ihn losging. Er duckte sich unter dem ersten Schwerthieb hinweg, aber der zweite traf ihn in den Magen. Sein gepolstertes Wams fing die größte Wucht des Stoßes ab, aber er wurde nach hinten geschleudert, sein Fuß landete im Leeren, und er stürzte in den Graben zurück.

Boli, aus dessen Wange, in der noch immer die Tonscherbe steckte, Blut quoll, drang vor Schmerz und Wut schnaubend auf den Mann ein, der ihn verwundet hatte. Der Angreifer wehrte den Hieb ab, schmetterte seine Faust in Bolis Wange und trieb die Scherbe noch tiefer hinein. Boli schrie auf und versuchte zurückzuweichen, doch sein Widersacher warf sich mit seinem ganzen Gewicht gegen ihn, hieb ihm seine freie Hand gegen die Brust und stieß den blutenden Wachposten dann unsanft in den Graben.

Während seine Kameraden weiterkämpften, ließ sich der Mann neben dem zerbrochenen Fass niedersinken und zog weitere Kurzschwerter aus der Lammwolle. Dann jagte er über die Zugbrücke auf die anderen zu, die nur mit Messern bewaffnet waren, mit denen sie den Breitschwertern der Wachposten nur wenig entgegenzusetzen hatten. Zwei waren bereits getötet worden. Aber nun, wo sich die restlichen Angreifer um ihn scharten und nach den Waffen griffen, war das Gleichgewicht wiederhergestellt.

Als die Angreifer sich erneut formierten und zur nächsten Attacke ansetzten, erklang Glockengeläut. Der Tumult hatte den Rest der Burgwache alarmiert. Pfeile regneten von der Brustwehr. Einer landete hinter dem Mann im Boden, der die Waffen gebracht hatte und jetzt die Zugbrücke entlangeilte. Über einen toten Wächter hinwegsetzend, erreichte er das Tor im selben Moment, in dem ein Verteidiger auf ihn zurannte. Der Schwung des Wächters trieb ihn direkt vor die Schwertspitze des Angreifers. Die Klinge drang durch Stoff und Polsterung direkt in das weiche Fleisch seines Magens. Der Angreifer stemmte sich mit seinem ganzen Gewicht gegen das Schwert, rammte es noch tiefer hinein und riss es dann mit einer groben Drehung wieder heraus. Während der Wächter auf die Knie sank, eine Hand auf die Wunde presste und sich ein roter Fleck auf seinem mit einem weißen Löwen bestickten Überwurf ausbreitete, lief sein Angreifer auf die Zugbrückenwinde hinter dem Tor zu und hackte auf das Seil ein. Als es riss und schlaff wurde, zog der Mann ein Horn aus seiner Tunika, setzte es an die Lippen und blies hinein.

Der Lärm, der auf die Hornfanfare folgte, begann als gedämpftes Pochen in dem die Burg umgebenden Wald. Es verstärkte sich zu einem Trommeln, als sich ungefähr sechzig Männer aus dem Schatten der Bäume lösten. Zwanzig waren beritten, der Rest folgte den Reitern zu Fuß. Als sie sich der Zugbrücke näherten, trennte sich ein Reiter von der Gruppe und galoppierte darüber hinweg. Die Hufe seiner weißen Stute dröhnten auf dem Holz. Er hielt ein Breitschwert in der Hand, und an seinem anderen Arm war ein Schild befestigt, auf dem ein roter Sparren auf weißem Untergrund zu sehen war. Unter seinem mit demselben Wappen bestickten weißen Umhang trug er Kettenhemd und Hose. Ein großer Helm verbarg sein Gesicht. Der Reiter trieb sein Pferd auf das Tor zu, drängte sich zwischen den noch verbliebenen Wächtern hindurch, die versucht hatten, es zu schließen, und ritt in den Hof.

Ohne auf die fliehenden Wachposten zu achten, brachte er seine Stute vor einer großen Halle zum Stehen. Hinter ihm ertönten laute Rufe, als weitere Männer herbeigaloppierten. Der Reiter stieß mit seiner freien Hand die Türen so weit auf, dass er sein Pferd hindurchzwängen konnte, obwohl er den Kopf einziehen musste, um nicht gegen den Türsturz zu prallen. In der dahinter liegenden Halle brannten nur ein paar Fackeln, doch das Licht reichte aus, um festzustellen, dass der Ort verlassen war. Aus den auf dem Tisch verstreuten Schalen, einem umgestürzten Wäschekorb auf dem Boden und einem hellen Fleck an der Wand, wo zweifellos ein Wandbehang gehangen hatte, schloss er, dass die Burg überstürzt verlassen worden war. Der Reiter lenkte sein Pferd tiefer hinein. Der Hufschlag hallte hohl von den Fliesen wider. Hinter dem Tisch auf dem Podest hing ein riesiges blaues, mit einem sich aufbäumenden weißen Löwen verziertes Banner an der Wand. Eins seiner Augen schien zu funkeln. Der Reiter schob sein Schwert in die Scheide zurück und nahm den Helm ab. Ein scharf geschnittenes Gesicht mit stahlblauen Augen kam zum Vorschein. Robert Bruce, Earl of Carrick, musterte den Löwen. »Balliol«, murmelte er.

Draußen konnte er Kampflärm hören, aber die Burg wurde nur von einer kleinen Garnison verteidigt. Es war offensichtlich, dass ihr Hauptbewohner trotz gegenteiliger Gerüchte nicht mehr hier war. Der Earl beugte sich vor, legte seinen Helm auf einen Tisch und löste den Schild von seinem Arm. Seine Stute kaute auf der Kandare, Schaum stand vor ihren Nüstern. Bruce zog die Füße aus den Steigbügeln und stieg ab. Sein Kettenhemd klirrte leise. Er trat zu einer der fast heruntergebrannten Fackeln, nahm sie aus dem Halter und ging zu dem Podest hinüber. Mit zusammengebissenen Zähnen stieg er die Stufen zum Podest empor, blieb, den Blick unverwandt auf den weißen Löwen gerichtet, kurz stehen und hielt die Fackeln dann an den unteren Rand des Banners. Die dünne Seide fing sofort Feuer. Der Earl trat zurück. Ein leises, kindlich-boshaftes Lächeln spielte um seine Lippen.

Er stand immer noch da und sah zu, wie die Flammen das Banner verzehrten, als er plötzlich einen Stoß im Rücken spürte. Der Earl schrak zusammen und ließ die Fackel fallen, die über das Podest rollte und erlosch. Er fuhr herum und sah sich einem Mann gegenüber, der mit weit aufgerissenen Augen ein Küchenmesser umklammerte. Sobald ihm bewusst wurde, dass seine Rüstung ihren Zweck erfüllt und die Klinge aufgehalten hatte, ging Bruce mit einem wütenden Schnauben auf seinen Angreifer los und schmetterte ihm seine kettenhandschuhbewehrte Faust ins Gesicht. Der Mann taumelte zurück und stürzte von dem Podest rücklings auf einen Tisch, der unter ihm zerbarst. Silberne Schüsseln rollten über den Boden. Der Earl stapfte die Stufen hinunter, zog sein Breitschwert, beförderte einen Stuhl mit einem Tritt zur Seite und baute sich vor dem inmitten von Holzsplittern liegenden Mann auf.

»Bitte!«, stöhnte dieser, dabei hob er flehend die Hände. »Bitte, ich …«

Der Earl stieß ihm die Spitze seines Breitschwerts in den Hals. Der Mann gab einen eigenartigen gurgelnden Laut von sich, der in einer dunklen Blutfontäne endete. Sie quoll aus seinem verzerrten Mund und der Halswunde, als der Earl die Klinge so tief in seine Kehle trieb, dass sie auf den Steinboden traf. Der Mann bäumte sich noch einmal auf und blieb dann reglos liegen. Als sich der Earl vorbeugte, um sein Schwert an der Tunika des Toten abzuwischen, wurden die Türen erneut geöffnet, und eine Gruppe von Männern trat ein.

An der Spitze schritt Bruce' Vater. Der alte Lord of Annandale hatte sich seinen Helm unter einen Arm geklemmt. Sein silbernes Haar schimmerte in dem Licht, das durch die Tür fiel, fast durchsichtig. Auf seinem Überwurf prangte ein blauer Löwe, das alte Wappen der Familie Bruce aus den Zeiten von König David I., der ihnen die Herrschaft über Annandale übertragen hatte. Über seinem Herzen war ein getrocknetes braunes Blatt befestigt: ein Stück eines Palmwedels aus dem Heiligen Land, ein frommes Andenken an ihre Zeit als Kreuzritter. Für den Earl stellte es eine Erinnerung an eine endlose ockerfarbene Fläche hinter den Mauern der Kreuzritterhauptstadt Akkon dar, an einen zinnoberroten Himmel und Aufrufe zum Gebet, die von Minaretten erschollen und von Glockengeläut übertönt wurden. Sie hatten unter Lord Edwards Banner gegen die Sarazenen gekämpft, und er hatte sie für ihre treuen Dienste belohnt und sie in England zu einem noch höheren Rang aufsteigen lassen. Der Earl war plötzlich entschlossen, dass diese glorreichen Tage nicht mit einem trockenen, spröden Talisman auf der Brust seines Vaters enden sollten.

Der Lord betrachtete Balliols hinter seinem blutbespritzten Sohn in Flammen aufgehendes Banner. »Die Garnison hat sich ergeben. Buittle ist in unserer Hand.«

Ein schriller Schrei schnitt ihm das Wort ab. Er kam von einem jungen Mann, der zusammen mit einigen anderen von den Rittern des Lords festgehalten wurde. Er riss sich unverhofft von seinen Häschern los und rannte zu dem zwischen den Überresten des Tisches liegenden Mann hinüber. Dort ließ er sich niedersinken, schob die Holzstücke zur Seite und nahm den Kopf des Toten zwischen beide Hände. Blut sickerte in seine Kleider. Sein Blick wanderte zu Bruce, dessen Schwert noch immer rot verschmiert war. »Bastard«, schnaubte er, als er aufsprang. »*Bastard!*«

Die Augen des Earls wurden schmal. »Tötet diesen unverschämten Hund«, befahl er zweien seiner Vasallen, beide Ritter aus Carrick.

Die Ritter traten vor, doch die Stimme des Lords of Annandale hielt sie zurück. »Ich sagte, es ist vorbei. Die Männer sind frei.«

Die Ritter blickten von dem Earl zu dem Lord und ließen ihre Waffen sinken.

»Du kannst gehen«, sagte der Lord zu dem jungen Mann, ohne auf die Wut im Gesicht seines Sohnes zu achten. »Dir wird nichts geschehen.«

»Nicht ohne meinen Vater«, zischte der junge Mann zähneknirschend. »Er war John Balliols Haushofmeister und verdient eine angemessene Beerdigung.«

Nach einem Moment nickte der Lord zweien seiner Leute zu. »Helft ihm.«

Als der junge Mann mit Hilfe der Ritter aus Annandale den blutüberströmten Leichnam seines Vaters davontrug, kam er an dem Earl of Carrick vorbei. »Möge Euch der Fluch des Malachias treffen!«, fauchte er.

Bruce gab ein höhnisches, bellendes Lachen von sich. »Malachias? Spar dir deine Drohungen für die auf, die daran glauben«, schnarrte er, dabei trat er drohend vor.

Sein Vater gebot ihm Einhalt. »Lass ihn.« Sein Ton duldete keinen Widerspruch.

Doch als er zusah, wie der junge Mann den Leichnam in den aschgrauen Morgen hinaustrug, spiegelte sich Furcht im Gesicht des Lords of Annandale wider.

6

»BITTE ... SEINE LORDSCHAFT BETET gerade. Wenn Ihr einen Moment warten wollt, kann ich ...«

Ohne auf den Protest des Mönchs zu achten, stieß John Comyn die Türen der Kirche St. Mary auf. Vor ihm erstreckte sich das nach Weihrauch duftende Kirchenschiff. Nachdem sich seine Augen an die Dunkelheit gewöhnt hatten, bemerkte er eine Gestalt, die vor einem mit Kerzen bestückten Altar kniete. Als Comyn weitergehen wollte, vertrat ihm der Mönch den Weg.

»Sir, ich bitte Euch. Er hat ausdrücklich gesagt, dass er nicht gestört werden will.«

»Bei mir wird er eine Ausnahme machen«, erwiderte Comyn, bevor er entschlossen auf die kniende Gestalt zuschritt.

Der Mann hob abrupt den Kopf, als Comyn näher kam. Der Unmut in seinem Gesicht wich Erleichterung. »Bruder.« Er erhob sich und streckte grüßend die Hand aus. »Dem Himmel sei Dank, du hast meine Botschaft erhalten.« Mit einer Handbewegung scheuchte er den sich unsicher im Hintergrund haltenden Mönch weg, dann richtete er den Blick wieder auf Comyn, registrierte die Rüstung unter dem Umhang des Mannes, auf dem das Wappen der Roten Comyns prangte: drei weiße Weizengarben auf rotem Grund. »Du bist Balsam für eine gequälte Seele.«

Als er John Balliols dankbaren Blick auffing, empfand Comyn einen Anflug von Verachtung, der schwer zu unterdrücken war, obwohl er die Umarmung seines Schwagers erduldete. Comyns Aufmerksamkeit richtete sich auf den Altar hinter Balliols Schulter. Unter einer Marienstatue stand inmitten eines Rings von Kerzen ein kleiner elfenbeinerner Sarg. Bei diesem Anblick schlug Comyns Verachtung in Zorn um. Galloway – über das Balliol nach dem Tod seiner Mutter ohne Einschränkungen herrschen würde – wurde von Feinden angegriffen, und der Mann lag hier in diesem abgelegenen Kloster auf den Knien und betete vor dem Herzen seines toten Vaters. Wenn Comyn den Finger auf den Stammbaum seiner eigenen Familie legte und den lateinischen Zeilen folgte, konnte er seine Abstammung bis zum Königshaus von Canmore zurückverfolgen – nur nicht so direkt wie Balliol. Was für eine schlüpfrige Sache Blut doch war; wie willkürlich es einen Mann an die Macht bringen konnte. Entschlossen verdrängte er diesen Gedanken. Die Roten Comyns hatten schon immer sehr erfolgreich Macht hinter dem Thron ausgeübt. Der König war nur ein Instrument, wie sein Vater zu sagen pflegte. Sie hingegen waren die Musiker.

Balliol folgte dem Blick seines Schwagers zu dem Elfenbeinsarg. Er nickte ernst, da er Comyns gedankenverlorenen Gesichtsausdruck mit Mitleid verwechselte. »Es war das Erste, was meine Mutter mitnahm, als wir Buittle verließen. Sie hält jeden Abend für ihn einen Platz an der Tafel frei.« Er hob die Hände, umfasste eine der dicken Säulen, die zu beiden Seiten des Kirchenschiffs Bögen bildeten, und beschrieb einen Halbkreis. »Ist es nicht unglaublich, was Liebe bewirken kann? Meine Mutter hat diese Abtei zum Gedenken an meinen Vater erbauen lassen. Als der Hochaltar fertig war, sagte ich ihr, sie solle das Herz dort begraben, aber sie weigerte sich, sich von diesem Sarg zu trennen. Er soll nach ihrem Tod zusammen mit ihr bestattet werden. Ich bewundere ihre Stärke – eine Witwe im Winter ihres Lebens, die ein solches Werk vollendet.« Balliols abwesender

Blick richtete sich auf Comyn und wurde wieder klar. »Glaubst du, sie werden ihn zerstören?«

»Was zerstören?« Comyn dachte immer noch an den Sarg mit dem Herzen des ehemaligen Lord of Galloway darin.

»Diesen Ort hier.« Balliol schritt jetzt erregt auf und ab. »Werden diese Hurensöhne mich bis hierher verfolgen?«

Comyn beobachtete, wie Balliol sich mit der Hand durch das Haar fuhr. Es war kastanienbraun wie das seiner Schwester, die Comyn vor elf Jahren geheiratet hatte, aber damit endete die Ähnlichkeit auch schon. Balliol besaß weder das leidenschaftliche Naturell seiner Schwester noch ihren scharfen Verstand. Comyn war immer der Meinung gewesen, die Frauen der Familie Balliol seien den Männern haushoch überlegen. »Hast du Neuigkeiten bezüglich ihres momentanen Aufenthaltsortes?«

»Allerdings«, bestätigte Balliol bitter. »Die Bruces haben Buittle eingenommen.«

Comyn verarbeitete die schlechte Nachricht nur langsam. Die Angriffe der Bruce-Truppen auf die Burgen von Wigtown und Dumfries hatten die Wurzeln der Macht der Comyns im Südwesten Schottlands getroffen, aber obwohl die Einnahme zweier Bollwerke den Familienstolz verletzt hatte, hatte sie den langfristigen Plänen der Comyns nicht geschadet. Mit Buittle, Balliols wichtigster Festung, verhielt es sich anders. »Woher weißt du, dass Buittle gefallen ist? In deiner Botschaft sagtest du, du würdest vorsichtshalber nach Sweetheart Abbey fliehen, wenn die Bruce-Truppen in Galloway einfallen.«

»Der Sohn meines Haushofmeisters hat mich benachrichtigt. Ich habe seinen Vater sowie eine kleine Garnison in Buittle zurückgelassen, um meinen Besitz zu beschützen, den ich nicht mitnehmen konnte. Mein Haushofmeister wurde von diesem Bastard, dem Earl of Carrick, getötet.« Balliol spie den Namen förmlich aus. »Zusammen mit acht meiner Männer. Acht!«

»Wann ist das passiert?«, hakte Comyn nach.

»Vor vierzehn Tagen.«

»Und seitdem hast du nichts von den Truppenbewegungen der Bruces gehört?«

»Wir nehmen an, dass sie in Buittle Rast gemacht haben.«

Comyn runzelte nachdenklich die Stirn. »Ist der Sohn deines Haushofmeisters noch hier?«

»Ja, ich habe ihn für die Armee von Galloway rekrutiert. Sein Hass auf die Bruces wird ihn erbittert kämpfen lassen, wenn der Tag der Abrechnung kommt.«

»Ich will mit ihm sprechen.«

Balliol folgte Comyn, als dieser das Kirchenschiff hinunterschritt. »Natürlich, aber lass uns erst einmal deine Männer versorgen. Hinter dem Abteigelände gibt es ein Feld, auf dem sie lagern können. Einer der Mönche soll es dir zeigen.«

»Das ist nicht nötig. Ich habe nur meine Knappen bei mir.«

Balliol blieb stehen. »Knappen? Wo ist denn deine Armee?«

Comyn drehte sich um und sah ihm ins Gesicht. »Es gibt keine Armee. Ich bin allein gekommen.«

»Aber ich habe dir doch geschrieben, dass ich Männer und Schwerter brauche, um die Bruces aufzuhalten. Meine Vasallen sind in alle Winde zerstreut, ich habe keine Möglichkeit, Truppen zusammenzuziehen. Wie soll ich denn alleine kämpfen?« Balliols Stimme wurde schrill vor Zorn. »Ich habe mich auf dich verlassen, sowohl als Bruder als auch als Justiziar von Galloway.« Er warf die Hände in die Luft. »Warum in Gottes Namen bist du dann überhaupt hier?«

»Das sage ich dir, wenn ich mit diesem Mann gesprochen habe.«

Balliol wollte weitere Einwände erheben, aber angesichts von Comyns halsstarriger Miene deutete er resigniert auf die Kirchentür. »Dann komm«, forderte er seinen Schwager auf. »Dungal wird am Grab seines Vaters sein. Er rührt sich kaum von dort weg.«

In das Licht blinzelnd, das ihn nach der Dunkelheit in der Kirche blendete, führte Balliol Comyn über das Klostergelände. Die Mittagssonne beleuchtete sein Gesicht auf unvorteilhafte

Weise, betonte die Schatten rund um seine Augen, die herabgezogenen Mundwinkel und die Pockennarben auf seinen Wangen. Mit siebenunddreißig war er fünf Jahre jünger als Comyn, wirkte aber mit seinem schütter werdenden Haar und dem entstellten Gesicht wesentlich älter. »Haben die anderen Hüter überhaupt eine Ahnung, was in Galloway geschieht?« Balliol klang mürrisch. »Oder interessiert es sie nicht?«

»Die Berichte aus Edinburgh waren ziemlich wirr, aber jeder bei Hof weiß von den Angriffen der Bruces.«

»Nun, sie haben ja auch kein Geheimnis daraus gemacht«, erwiderte Balliol bitter. »Ich habe gehört, sie sind mit wehenden Bannern durch das Land gezogen.« Er ballte die Fäuste, während sie durch einen Kreuzgang schritten. Zwei der Laienbrüder, die den Mönchen bei der Arbeit halfen, spritzten Wasser über die Kräuter in dem von der Julisonne ausgedörrten Garten. »Wie es aussieht, wollen sie, dass ganz Schottland erfährt, was sie treiben.«

»Sie wollen dich in Verruf bringen«, meinte Comyn nach einer kurzen Pause. »Ich glaube, das steckt hinter ihren Angriffen. Schon als der erste Bericht eintraf, fürchtete ich, dass die Bruces von unserem Plan erfahren haben mussten. Und jetzt, nach dem Fall von Buittle, bin ich ganz sicher. Dieser raffinierte Hund von James Stewart hat seine Spione überall.«

»Du hättest vorsichtiger sein sollen!«

»Unsere Absicht, dich auf den Thron zu bringen, hätte sich ohnehin nicht lange geheim halten lassen.« Comyns Miene verfinsterte sich. »Obwohl ich zugebe, dass wir besser darauf vorbereitet gewesen wären, uns gegen unsere Rivalen zu behaupten, wenn die Entdeckung später stattgefunden hätte.«

»Der Lord of Annandale strebt gleichfalls nach dem Thron. Er behauptet, im Namen der Maid of Norway zu kämpfen.«

»Der Maid of Norway?«

»So wird Alexanders Enkelin Margaret genannt.« Balliol starrte seinen Schwager grimmig an. »Bald werden ihn alle als eine Art Erretter betrachten und mich bestenfalls als Räuber und schlimmstenfalls als verräterischen Schuft, der seinen Eid gebrochen hat und beabsichtigt, einem Kind den Thron zu stehlen. Ich habe alles verloren, John!«

»Es ist noch nicht vorbei, Bruder, und ich würde mir um deinen Ruf keine Sorgen machen. Der Lord of Annandale schadet seinem eigenen viel mehr. Durch ihre Übergriffe in Galloway drohen die Bruces das ganze Reich zugrunde zu richten. Ich sorge dafür, dass sich der wachsende Groll gegen sie für uns vorteilhaft auswirkt.«

Balliol erwiderte nichts darauf, sondern verfiel in ein angespanntes Schweigen, als sie den Kreuzgang verließen und auf ein Tor in der Mauer zugingen. Dahinter erstreckten sich gelbe Felder unter einem flirrenden Hitzeschleier. Insektenschwärme umschwirrten die beiden Männer, die den Weg zu dem Friedhof am Ende der mächtigen Kirche einschlugen, deren rote Ziegelmauern einen Schatten über Reihen hölzerner Kreuze warfen. Als er näher kam, bemerkte Comyn einen jungen Mann, der neben einem frischen Erdhügel kniete.

Bei ihrem Anblick sprang er auf. »Mylord.« Er verneigte sich vor Balliol, dann musterte er Comyn argwöhnisch. »Ich habe meine Arbeit getan. Ich schwöre, dass meine Gebete für das Seelenheil meines Vaters mich nicht von meinen Pflichten abhalten.«

»Ich bin nicht hier, um dich zu tadeln«, beruhigte ihn Balliol. »Dieser Mann ist mein Schwager, Sir John Comyn, Justiziar von Galloway und Lord of Badenoch. Er wünscht mit dir zu sprechen.«

Als der junge Mann ihn erneut ansah, bemerkte Comyn, wie hohläugig er wirkte. Anscheinend hatte er seit Tagen nicht mehr geschlafen. Comyn bedeutete ihm, ihm zu folgen. »Dungal, nicht wahr?«

»Ja, Sir, Dungal MacDouall.«

»Erzähl mir von dem Angriff auf Buittle, Dungal.«

Comyn hörte aufmerksam zu, als der junge Mann zu sprechen begann. Seine zuerst stockende Stimme wurde rasch klarer und fester und schließlich rau vor Wut, als er den Mord an seinem Vater durch den Earl of Carrick beschrieb.

»Und du bist hergekommen, um Sir John zu berichten, was in Buittle geschehen ist?«, fragte Comyn, als Dungal geendet hatte.

»Nicht unmittelbar«, erwiderte Dungal. »Die restlichen Männer, die freigelassen worden sind, gingen nach Sweetheart Abbey, um Sir John und Lady Devorguilla zu informieren. Ich übergab den Leichnam meines Vaters ihrer Obhut und erbot mich, ein Auge auf die Burg zu haben, um zu sehen, wohin sich die Bruces als Nächstes wenden.«

»Wie lange bist du geblieben?«

»Zehn Tage.«

»Und in dieser Zeit machten die Bruces keine Anstalten, wieder aufzubrechen?« Comyn wandte sich an Balliol. »Nachdem sie Wigtown und Dumfries eingenommen hatten, ließen sie in beiden Burgen eine Garnison zurück und zogen dann weiter. Sie sind nie länger als ein paar Tage geblieben. Irgendetwas muss sie in Buittle aufgehalten haben.«

»Ein Reiter traf ein«, sagte Dungal langsam, dabei starrte er Comyn an. »Ich glaube, am vierten Morgen nach der Einnahme der Burg. Ich konnte ihn von meinem Versteck im Wald aus gut sehen. Er wurde sofort eingelassen.« Dungal senkte den Kopf und wagte nicht, Balliol anzusehen. »Es tut mir leid, das hatte ich ganz vergessen.« Sein Blick wanderte zum Grab seines Vaters.

»Trug der Ritter ein Wappen?«

»Sein Schild war golden mit blau und weiß gewürfeltem Rand.«

»Das Wappen der Stewarts«, kam es augenblicklich von Balliol.

Angesichts des Beweises dafür, dass der Großhofmeister in die Angelegenheit verwickelt gewesen war, konnte Comyn seinen Zorn nur mühsam zügeln. »Der Zeitpunkt passt«, versetzte er gepresst. »Ich nehme an, die Bruces erfuhren von dem Reiter, was der Rest von uns bei Hof jetzt weiß, und deswegen sind sie geblieben.« Er stieß sich von der Mauer ab und bedeutete Balliol, ihm zu folgen. »Ich glaube, der Kampf ist vorüber«, stellte er ruhig fest, als sie dem unebenen Pfad zwischen den Gräbern hindurch folgten. »Vorerst jedenfalls.« Comyn blieb in einiger Entfernung von Dungal stehen und musterte Balliol eindringlich. »Es ist noch nicht öffentlich bekannt gegeben worden, aber das wird bald geschehen, und das ist auch der Grund, warum ich hier bin. Ich wollte es dir selbst sagen.«

»Was denn?«

»Die Königin trägt ein Kind.«

Balliol sah aus, als habe sein Schwager ihn geschlagen.

Comyn fuhr fort: »Sie muss es wenige Wochen vor Alexanders Tod empfangen haben. Die Hebamme, die sie untersucht hat, sagt, sie sei im fünften Monat. Anscheinend hat sie schon vorher Symptome gezeigt, aber sie wurden auf ihren Kummer ob des Dahinscheidens des Königs zurückgeführt.«

»Dann war alles umsonst? Das ganze Risiko ... alles umsonst?« Balliol starrte Comyn an. Sein Gesicht verzerrte sich. »Ich habe mein Heim und meine Männer verloren! Und meinen Respekt!«

»Es ist noch nicht vorbei«, versetzte Comyn scharf.

»Natürlich ist es das. Es handelt sich schließlich nicht um irgendein Kind an einem fremden Hof. Dieses Kind wird der rechtmäßige Erbe des Königs sein!«

»Ja, aber ein Regentschaftsrat wird an seiner Stelle herrschen, bis er oder sie volljährig ist.« Comyn zwang seinen Schwager kraft seines Willens, ihn anzusehen. »Uns bleibt immer noch Zeit.«

7

ROBERT VERSTÄRKTE SEINEN GRIFF um die Zügel und zerrte Ironfoots großen Kopf nach hinten, als das Pferd gegen ihn ankämpfte. Mit zusammengebissenen Zähnen bedachte er das Tier mit einem Wort, das ihm einer seiner Ziehbrüder in Irland beigebracht hatte, dann brachte er die Lanze in die richtige Position.

»Zügel kürzen!«, bellte Yothre.

Diesmal galt das gemurmelte Wort seinem Ausbilder. Den Blick fest auf sein Ziel geheftet, stieß Robert dem Schlachtross die Fersen in die muskulösen Flanken. Ironfoot schoss über den Strand davon. Der Junge beugte sich vor, um sich dem wilden Rhythmus besser anpassen zu können. Der am Schwenkarm des Holzpfostens befestigte Schild kam rasch näher, der Sandsack am anderen Ende des Balkens schwang leicht hin und her. Robert holte aus. Ein sengender Schmerz zuckte durch seine Finger, und im letzten Moment beschrieb er einen zu hohen Bogen. Er jagte an dem Ziel vorbei, sodass die Lanze nur die leere Luft über dem Schild traf.

Robert zog die Zügel an, als Ironfoot auf das heute still und türkisfarben daliegende Meer zugaloppierte. Yothre brüllte Anweisungen. Robert stemmte die Füße in die Steigbügel und brachte das Pferd so abrupt zum Stehen, dass er fast aus dem Sattel geschleudert worden wäre.

»Miserabel!«, dröhnte Yothre. »Noch einmal!«

Robert hielt sein Pferd ruhig, um sein Gleichgewicht wiederzuerlangen. Er atmete schwer, und der Schmerz in seinen Fingern wurde immer stärker. Zwei waren geschient, was ihm die Handhabung der Lanze erschwerte. In der vergangenen Woche hatte er während einer Übungsstunde das Ziel in einem ungünstigen Winkel und mit solcher Wucht getroffen, dass er sich dabei die Finger gebrochen hatte. Einen Moment lang verharrte er so, ohne auf Yothres Befehl, das Pferd zu wenden, zu achten, und genoss den kühlen, salzigen Wind auf seiner Haut. Es war September, aber so heiß wie im Juli. Der lange Sommer hatte ihn braun gebrannt, und sein zwölfter Geburtstag war vergangen, ohne dass er etwas von seinem Vater oder seinem Großvater gehört hatte. Sie waren nun schon drei Monate fort. Er wünschte, er könnte bei ihnen sein und seiner Familie dienen, wusste aber, dass er noch nicht so weit war. Wieder richtete er die Lanze aus, wendete Ironfoot und fasste das Ziel entschlossen ins Auge.

»Lass dich nicht ablenken!«, brüllte Yothre.

Robert trieb das Schlachtross an. Turnberry Castle geriet in sein Blickfeld, aber er nahm es nur als mächtigen Schatten wahr, da er sich einzig und allein auf den kleinen, rasch näher kommenden Schild konzentrierte. Mit einem lauten Ruf stieß er zu. Einen Moment lang bewegten er und das Pferd sich in vollkommenem Einklang miteinander. Die Lanze traf die Mitte des Schildes und stieß ihn zur Seite. Der Schwenkarm schnellte herum. Robert duckte sich, da er damit rechnete, dass der Sandsack gegen seinen Hinterkopf schlagen würde, aber er war an der Gefahr schon vorbei. Er grinste breit. Wilde Freude keimte in ihm auf.

»Gut gemacht, Master Robert. Und jetzt noch einmal.«

Ohne Ironfoot anzuhalten, beschrieb Robert einen weiten Bogen, fest entschlossen, seinen Erfolg zu wiederholen. Das Schlachtross gehorchte ihm willig. Es war fast so, als ritte er sein gewohntes Pferd, nur schneller und aufregender. Der Schild war wieder in seine Ausgangsposition zurückgeschwungen. Robert ließ Ironfoot angaloppieren. Zielte. Über dem Wasser erklangen ein schriller Schrei und wildes Flügelschlagen, als sich zwei Möwen um einen Fisch zu zanken begannen. Das Schlachtross erschrak, warf schnaubend den Kopf hoch, ging durch und jagte den Strand hoch.

In rasendem Galopp flog das Tier über den Sand, fort von dem verzweifelt winkenden Yothre, über die Dünen und dann über die morastigen Felder, die die Burg umgaben. Robert, der im Sattel auf und ab geschleudert wurde, begriff, dass sich Ironfoot diesmal nicht so leicht zum Stehen bringen lassen würde. Er warf die Lanze fort. Das Pferd setzte unverhofft über einen schmalen Bach hinweg. Als er nach vorne geworfen wurde, rutschten Roberts Füße aus den Steigbügeln. Die Zügel entglitten seinen Händen, und er klammerte sich an dem hohen Sattelknauf fest. Das Schlachtross stürmte weiter, auf den Wald zu, der in die Hügel hinter Turnberry führte. Robert versuchte vergeblich, sich dem Rhythmus des mächtigen Tieres anzupassen. Seine Beine schlugen nutzlos gegen Ironfoots Seiten, und er fand keinen Halt mehr in den Steigbügeln. Und plötzlich befanden sie sich unter einem Baldachin aus Baumkronen, und Zweige peitschten ihm ins Gesicht.

Das Pferd setzte seine wilde Jagd fort, tiefer und tiefer in den Wald hinein. Ein Ast streifte Roberts Wange. Er duckte sich und kniff die Augen zusammen, um nicht von einem weiteren geblendet zu werden. Dann warf er sich nach vorne und versuchte, die Zügel zu fassen zu bekommen. Seine Finger berührten das harte Leder, konnten es aber nicht packen. Mit einem erstickten Laut bog Robert sich zur Seite, als Ironfoot nach links abschwenkte, um einem Baum auszuweichen. Der Laut wurde zu einem Schrei, als sein Knie dabei heftig gegen den Baumstamm stieß. Da seine Aufmerksamkeit ganz von dem stechenden Schmerz in Anspruch genommen wurde, bemerkte er den vor ihm auftauchenden Ast nicht, wurde bei dem Zusammenprall aus dem Sattel geschleudert und landete rücklings auf dem Boden, wobei er eine Wolke aus Staub und Blättern aufwirbelte. Ironfoot raste weiter, während Robert regungslos liegen blieb.

Licht tanzte hinter seinen Lidern. Mühsam schlug er die Augen auf und zuckte angesichts der plötzlichen Helligkeit zusammen. Als er den Kopf zur Seite drehte, sah er ein Farngestrüpp, hinter dem sich Bäume erhoben. An den Stämmen wuchsen fleischige, giftige Pilze. Etwas kroch an seiner Wange herunter. Als er versuchte, sich aufzurichten, wurde das Hämmern in seinem Kopf so stark, dass er meinte, sich übergeben zu müssen. Robert ließ sich matt wieder zurücksinken. Hoch über ihm tanzte das Licht in den Baumkronen. Er hob eine Hand zu seinem Gesicht, betastete seine Stirn und stellte fest, dass sich seine Finger rot verfärbt hatten. Nachdem das Hämmern in seinem Kopf zu einem dumpfen Pochen abgeebbt war, flammten andere Schmerzen auf. Sein Knie brannte wie Feuer. Robert stemmte die Hände in den Waldboden und zog sich vor Anstrengung keuchend in die Höhe. In seiner Hose klaffte am Knie ein Riss, die Ränder waren dunkel vor Blut, die Haut darunter aufgeschürft und nass. Er blickte sich um, versuchte sich zu orientieren. Ringsum sah er nichts als Bäume. Am Strand war es später Nachmittag gewesen, doch inzwischen brach eine kupferfarbene Dämmerung herein. Ihm wurde bewusst, dass im Wald Totenstille herrschte. Er konnte Äste im Wind knarren und Blätter rascheln hören, aber kein Vogel zwitscherte, und im Unterholz waren keine Geräusche kleiner Tiere zu vernehmen. Doch dann drang etwas viel Bedrohlicheres an sein Ohr – ein tiefes, heiseres Knurren.

Robert blickte nach links und sah, dass der Farn sich bewegte. Sein Kopf fuhr herum, als plötzlich rechts von ihm ein weiteres Grollen ertönte. Er stützte sich auf die Hände, kämpfte gegen die Schmerzwellen an und versuchte aufzustehen, dann erstarrte er, als das Farngestrüpp sich teilte und ein großer schwarzer Kopf zum Vorschein kam. Einen Moment lang hielt er das Tier für einen Wolf, aber der eckige Kiefer und der quadratische Kopf gehörten eindeutig zu einem Hund. Dieser zog die Lefzen zurück und entblößte einen leberfarbenen Gaumen und gefletschte Zähne. Seine Schultermuskeln spannten sich an, als er mit vorgeschobener Schnauze auf Robert zukam. Aus den Büschen zu seiner Rechten löste sich ein zweites Tier, dessen blutunterlaufene Augen wild flackerten. Robert schrie die beiden Hunde beherzt an, was aber nur bewirkte, dass sie noch bedrohlicher knurrten. Verzweifelt durchwühlte er mit den Fingern das Laub; suchte nach einem Stein, einem Stock oder sonst irgendetwas, das sich als Waffe verwenden ließ. Irgendwo weiter hinten im Wald erscholl ein barscher Ruf. Augenblicklich ließen sich beide Hunde auf den Bauch fallen. Der mit den wilden Augen winselte leise.

Eine alte Frau bahnte sich einen Weg durch das Unterholz. In einer Hand hielt sie einen knorrigen Stock, in der anderen einen Lederbeutel. Sie trug einen braunen Umhang, dessen Saum mit Dornen bedeckt und schlammverschmiert war. Ihr dunkles, an den Wurzeln ergrauendes Haar fiel ihr über den Rücken. Zweige und Blätter hatten sich darin verfangen. Ihr Gesicht wirkte furchteinflößend. Scharf geschnittene Wangenknochen erhoben sich über einem humorlosen Mund, die zerfurchte Stirn war mit Schweiß und Schmutz verklebt. Robert hatte sie schon häufiger im Wald und einmal vor langer Zeit auch im Dorf gesehen. Sie war die Hexe aus dem Haus im Wald, und die Hunde, die sie liebevoll anblickten, waren die, die ihn und Niall gejagt hatten.

Als sie ihn sah, blieb die Frau stehen und zog nachdenklich die Brauen zusammen. Dann gab sie einen zischenden Laut von sich, bei dem sich Roberts Magen zusammenkrampfte, doch er galt nicht ihm, sondern den Hunden, die sich erhoben und zu ihr liefen. Als sie auf ihn zukam, bemerkte Robert, dass sich in ihrem Beutel etwas bewegte. Sie lehnte den Stock gegen einen Baum, beugte sich über ihn und streckte eine verwitterte Hand nach ihm aus. Robert wich erschrocken zurück. Der Geruch, den sie verströmte, ekelte ihn an, und noch mehr Angst hatte er davor, sich von ihr berühren zu lassen. Die Augen der Frau verengten sich zu schmalen Schlitzen.

»Dann bleib eben hier und lass dich von den Wölfen fressen«, giftete sie.

Ihr Gälisch klang so rein und unverfälscht, als hätte sie nie etwas anderes gesprochen. Es war besser als seines, da er sich, seit er sprechen gelernt hatte, sowohl der französischen als auch der schottischen, lateinischen und gälischen Sprache bediente. Sie griff nach ihrem Stock und schritt durch die Büsche davon.

Die Hunde folgten ihr. Als Robert sich aufzurichten versuchte, schoss ein glühender Schmerz durch sein Knie. »Warte!«

Die Frau ging unbeirrt weiter. Sie war schon fast außer Sicht, die Zweige schlossen sich hinter ihr.

»Bitte!«

Einen Moment herrschte Stille, dann raschelte es im Unterholz, als sie zurückkam. Robert streckte ihr eine Hand hin, die sie wortlos ergriff. Die Kraft in ihren Fingern setzte ihn in Erstaunen. Er kam zu schnell auf die Füße und unterdrückte einen Aufschrei, als er sein Knie belastete.

»Hier«, brummte die Frau schroff und reichte ihm den Stock.

Robert griff danach, wobei er an ein Gemälde denken musste, das er einmal gesehen hatte – ein Zauberer, der mit einem Stab einen Kreis auf die Erde malte, in dessen Mitte ein Feuer brannte, aus dem sich ein schwarzer Dämon erhob. Halb rechnete er damit, dass sich der Stock gar nicht wie Holz anfühlte, aber er tat es. Das Ende war noch warm von ihrer Hand.

Die Frau nahm ihn am Arm, mit dem anderen stützte er sich auf den Stock, und gemeinsam machten sie sich langsam auf den Weg durch den Wald. Die Hunde stöberten im Gestrüpp herum. Nach einiger Zeit wurde der Wald lichter, und der Boden fiel zu einem geschützten Tal ab. Als er das Haus am Fuß des Hügels sah, begriff Robert, dass Ironfoot ihn weiter in den Wald getragen haben musste, als er gedacht hatte. Bei jedem Schritt zusammenzuckend, blickte er auf, als sie sich der Eiche näherten, die neben dem Haus aufragte. Jetzt konnte er die an den Ästen hängenden netzartigen Gebilde deutlich erkennen. Sie bestanden aus von Rinde und Laub befreiten dünnen Zweigen, die so zusammengebunden worden waren, dass sie primitive Käfige bildeten. In jedem davon hingen verschiedene Gegenstände wie missgebildete Spinnen an Strängen aus geflochtenem Garn – ein Stück gelber Stoff, ein winziger silberner Dolch mit angelaufener Klinge, eine verwitterte Pergamentrolle und anderes mehr, doch ehe Robert Zeit hatte, sich alles genauer anzusehen, stieß die alte Frau die Tür auf, und sie traten in das Haus.

In der Mitte des Raumes prasselte ein Feuer, das einen bernsteinfarbenen Lichtkreis über den Boden warf. Die Hunde ließen sich hechelnd neben den Flammen nieder. Als sich seine Augen an das Dämmerlicht gewöhnt hatten, bemerkte Robert, dass die Kammer mit allen möglichen Dingen vollgestopft war. Töpfe und Pfannen hingen an den Deckenbalken, dazwischen Kräuter- und Blumenbündel. Robert kam sich vor, als befände er sich tief unter der Erde, als er die Wurzeln und Pflanzen über ihm betrachtete. Der strenge Geruch, den sie verströmten, benebelte ihn. An der Wand am anderen Ende stand eine mit Pelzen bedeckte Pritsche. Davor waren Schädel und Knochen auf dem Boden verstreut – von Tieren, nicht von Menschen, wie er erleichtert feststellte. Dann gab es noch glatte Kiesel vom Strand, aus Holz und Stein gefertigte Werkzeuge und zahlreiche ausgestopfte Vögel, deren tote Augen kleinen Perlen glichen. Doch am erstaunlichsten war der Bücherstapel in einer Ecke neben einem Bündel Häute. Einige waren eindeutig sehr alt, die Einbände lösten sich schon auf. Robert schielte zu der Frau hinüber, die ihren Beutel neben ein paar irdenen Tiegeln und einer Reihe tückisch aussehender Messer auf ein Regal gelegt hatte. Fasziniert schlich er auf die Bücher zu. Er und seine Geschwister konnten lesen und schreiben, aber derartige Fähigkeiten blieben für gewöhnlich der Geistlichkeit, dem Adel und einigen reichen Kaufleuten vorbehalten. Diese Frau gehörte zu keiner dieser Gruppen. Allerdings passte sie auch in keine andere – eine Frau mit einem Haus voller Habseligkeiten, die ganz allein in der Wildnis lebte.

Die Frau löste sich mit einem Stuhl in der Hand aus dem Schatten und stellte ihn vor das Feuer. »Brigid!«

Robert zuckte zusammen, als sich der Pelzhaufen auf der Pritsche bewegte und sich eine Gestalt daraus befreite. Es war das Mädchen, dem er vor Monaten hierher gefolgt war. Sie gähnte herzhaft, als sie sich von ihrer Bettstatt erhob. Ihr graues Kleid bauschte sich zerknittert um ihren schmalen Körper. Die großen Augen richteten sich auf ihn und füllten sich mit Neugier.

»Setz dich«, sagte die alte Frau zu Robert und im selben Atemzug zu dem Mädchen: »Hol mir Wasser.«

Als Robert Platz nahm, verließ das Mädchen den Raum, und die Frau machte sich an einem Regal zu schaffen, wo sie eine Hand voll Kräuter in einem Mörser zerrieb. Ein bitterer Geruch verbreitete sich in der Kammer. Das Mädchen kam mit einem Eimer zurück. Sie stellte ihn beim Feuer ab und ging dann zu der alten Frau hinüber. Die beiden murmelten etwas, das Robert nicht verstehen konnte. Er verfolgte aufmerksam, wie das Mädchen mit einem Leinentuch in der Hand auf ihn zukam, sich neben den Eimer kauerte und das Tuch hineintauchte. Das Kleid hing wie ein Sack an ihr, er konnte ihren knochigen Oberkörper deutlich erkennen. Sie richtete sich auf und trat mit dem tropfenden Tuch zu ihm.

Robert wich zurück, als sie die Hand nach ihm ausstreckte. »Das kann ich selber machen.«

Brigid überließ ihm wortlos das Tuch, hockte sich neben dem Feuer nieder und schlang die Arme um die Knie. Einer der Hunde hob den Kopf und winselte. Sie beachtete ihn nicht, sondern sah zu, wie Robert sich das Blut vom Gesicht wischte. »Vielleicht wurde er angegriffen?«, mutmaßte sie, an die alte Frau gewandt.

»Ich bin vom Pferd gefallen«, stellte Robert klar.

»Er ist ein Earl, musst du wissen.«

»Der Sohn eines Earls«, berichtigte Robert sie knapp. Es verdross ihn, dass das Mädchen über ihn sprach, als sei er gar nicht anwesend.

»Ich weiß, wer er ist.« Die alte Frau kam mit einer mit einer dunklen Substanz gefüllten Schale zurück. »Ich habe ihn ja auf die Welt gebracht.«

Robert erstarrte. Als er seine Stimme wiederfand, hallte sie unnatürlich laut in seinen Ohren wider. »Nein. Das ist nicht wahr. Meine Mutter hatte für alle ihre Kinder dieselbe Hebamme.« Er schüttelte den Kopf. Die ausdruckslose Miene der alten Frau ärgerte ihn. »Sie hätte nie eine…« Er brach ab.

Die Alte gab keine Antwort, sondern schöpfte eine Hand voll Kräutermixtur aus der Schale, zog seine zerfetzte Hose zur Seite und trug sie dick auf seinem verletzten Knie auf, dann reichte sie ihm den Stab. »Bring ihn in den Wald zurück, Brigid. Er kennt den Heimweg.« Ihre Augen bohrten sich in die seinen. »Komm nie wieder hierher«, sagte sie bestimmt. »Weder du noch sonst jemand von deiner Familie.«

Robert ließ sich von dem Mädchen in die Dämmerung hinausführen. Nach der stickigen Hitze im Haus erschien ihm die Luft kühl und frisch, und er erschauerte unwillkürlich, als er an der Eiche mit den sich langsam im Wind drehenden Netzen vorbeikam. Sein Kopf fühlte sich klarer an, und die Kräuter betäubten sein Knie, obwohl sich immer noch bei jedem Schritt glühende Nadeln in sein Bein zu bohren schienen. Er schielte zu dem Mädchen hinüber, das schweigend neben ihm herging. »Ist sie deine Mutter?«

»Meine Mutter ist tot. Ich bin im Winter zu Affraig gekommen, um bei ihr zu leben. Sie ist meine Tante.«

»Ist sie eine Hexe?«

Brigid hob zur Antwort nur die Schultern.

Robert wollte sie fragen, ob sie glaube, dass an der Behauptung ihrer Tante, ihn auf die Welt geholt zu haben, etwas Wahres war, als er Stimmen in der Ferne hörte. Sein Name wurde gerufen. »Das ist mein Ausbilder«, teilte er dem Mädchen mit.

»Wozu brauchst du einen Ausbilder?«

»Er bringt mir bei, ein Schlachtross zu reiten. Für den Krieg.«

Die Lippen des Mädchens verzogen sich zu einem Grinsen. »Du solltest dir einen besseren suchen«, meinte sie, ehe sie über das Gras davonhüpfte.

Robert sah ihr nach, dann steuerte er auf den Wald zu und antwortete auf die lauten Rufe.

Zu dem Suchtrupp gehörten außer Yothre noch einige Diener

aus der Burg und Roberts Brüder. Niall entdeckte ihn als Erster. Mit einem Freudenschrei rannte er auf ihn zu, dann blieb er abrupt stehen und musterte ihn entsetzt. Yothre stapfte, Zweige zur Seite schiebend, hinter ihm her.

»Wo ist Ironfoot?«, fragte Robert, als sein Ausbilder einen muskulösen Arm um seine Taille legte, um ihn zu stützen.

»Wir haben ihn in der Nähe des Dorfes gefunden«, erwiderte Thomas atemlos und trat mit Alexander und den Dienern zu ihm. »Und dann stundenlang nach dir gesucht. Was ist passiert?«

»Ich bin gestürzt.«

»Aber wo warst du?«

»Kommt jetzt«, befahl Yothre barsch. »Wir wollen ihn nach Hause bringen. Seine Mutter wird sicherlich darauf bestehen, dass ein Arzt ihn untersucht.«

Auf dem gesamten Rückweg zur Burg ging Robert die Enthüllung der alten Frau im Kopf herum. Er war sicher, dass es sich um eine Lüge handelte, obwohl er nicht begriff, was sie davon hatte – außer vielleicht der Befriedigung von Grausamkeit. War es nicht das, was Hexen taten? Mit den Gefühlen der Menschen spielen und sich an ihren Schwächen weiden? Robert wurde aus seinen Überlegungen gerissen, als sie sich Turnberry näherten und er einen Kriegertrupp durch die Tore strömen sah.

Die Männer waren aus dem Krieg zurückgekehrt!

Robert versuchte, seine Schritte zu beschleunigen, und verzog vor Schmerz und Enttäuschung das Gesicht, als seine Brüder jubelnd vorausrannten. Einige Männer drehten sich um, als sie die Rufe der Jungen hörten. Ihre sonnenverbrannten Gesichter wirkten verhärmt. Ihnen folgten zwei Ochsenkarren. Robert stieß erleichtert den Atem aus, als er seinen Großvater inmitten der Truppe entdeckte. Ein Stück vor dem Lord of Annandale ritt der Earl of Carrick auf seiner weißen Stute. Beim Anblick seines Vaters durchströmten Robert widersprüchliche Gefühle, dann wurde er von einem vorbeirumpelnden Karren abgelenkt, auf dem sich zehn oder mehr Männer befanden. Er und Yothre blieben wie angewurzelt stehen.

Roberts Blick wanderte über ihre schmutzigen Kleider und verbundenen Gliedmaßen. Einer trug ein zusammengefaltetes Tuch über einem Auge, die Wange darunter war von Blut verkrustet. Einem anderen fehlte die linke Hand, der Stumpf war mit Leinen umwickelt, sein Gesicht wachsbleich. Die meisten lehnten sich zusammengekauert gegen die Seite des Karrens. Drei lagen in der Mitte, einer unter einer Decke, unter der nur geschwollene nackte Füße hervorragten. So zusammengedrängt und mit Wunden übersät wirkten sie seltsam wesenlos, als seien ihre Seelen ebenso zerstört wie ihre Körper. Robert konnte die Augen nicht von ihnen abwenden, auch nicht, als Yothre ihn weiterzog und der Karren auf die Burgtore zurumpelte. Er hatte schon verstümmelte Körper gesehen: Gesetzlose, die auf dem Weg nach Annandale vor einer Burgmauer in Käfigen an den Zinnen hingen und deren Fleisch von Krähen gefressen wurde. Aber diese Männer hatten auf ihn irgendwie unwirklich gewirkt – er hatte sie ja nicht gekannt.

8

SORGSAM DARAUF BEDACHT, SEINE schlafenden Brüder nicht zu stören, hinkte Robert durch den Raum. Alexander hatte sich auf die Seite gerollt, sein Gesicht wirkte im Mondlicht angespannt und ängstlich. Thomas lag auf dem Rücken, ein Arm hing über die Bettkante, die Decke schlang sich um seine Beine. Als er an Niall vorbeikam, sah er, dass die Augen seines jüngsten Bruders offen standen und er ihn beobachtete. Robert legte einen Finger an die Lippen und huschte aus der Kammer.

Sich an der Wand abstützend, schlich er den dunklen Gang entlang. Das Dröhnen des Meeres übertönte seine Schritte. Er passierte den Raum, den sich seine Schwestern teilten. Weiter unten drang aus der kleinen Kammer neben der seiner Eltern ein jämmerliches Geschrei. Die Tür stand einen Spalt breit offen, Kerzenlicht quoll heraus. Robert pirschte sich näher heran. Sein Knie pochte unter dem festen Leinenverband. Er konnte den Rücken der Amme ausmachen, die mit seiner Schwester Matilda, der Quelle des Lärms, auf dem Arm langsam im Raum auf und ab schritt. Dann steuerte er auf die Schlafkammer seiner Eltern zu.

Vor der Tür blieb er stehen, voller Furcht, die Stimme seines Vaters zu hören. Vielleicht war die Versammlung schon zu Ende? Aber nein, es war noch früh, und er hatte die Schritte seines Vaters nicht auf der Treppe gehört. In der Kammer herrschte Stille. Robert schob die Tür auf. Die Kerzen im Raum flackerten in dem Luftzug.

»Bist du das, Robert?«

Die Stimme seiner Mutter wehte von dem von weinroten Vorhängen umgebenen Bett her zu ihm herüber.

»Nein«, murmelte Robert, wohl wissend, dass sie seinen Vater meinte.

Lady Marjorie setzte sich auf und schob die Vorhänge zur Seite. Ihr Haar fiel ihr lose um die Schultern. Die Schatten im Raum fingen sich in ihrem Gesicht, verdunkelten ihre Augen und füllten die Hohlräume unter ihren Wangen. Matildas Geburt vor einem Monat war schwer gewesen, und seine Mutter hatte seither ihr Bett kaum verlassen.

»Hast du Schmerzen?«, erkundigte sie sich besorgt.

Roberts Knie schmerzte genauso wie seine Kopfwunde, die der Arzt genäht hatte, aber er war nicht deswegen gekommen und wollte sich auch nicht von seiner eigentlichen Absicht ablenken lassen. »Nein.« Er hinkte näher an das Bett heran und blickte sich verstohlen um. Er konnte sich unmöglich vorstellen, dass die alte Frau aus der Hütte im Wald je einen Fuß in dieses luxuriöse, mit Vorhängen, Läufern und geschnitzten Möbeln ausgestattete Gemach gesetzt hatte. »Erzähl mir von meiner Geburt.«

Ein überraschter Ausdruck trat auf das Gesicht seiner Mutter, dann wandte sie den Kopf zur Seite. Robert beschlich eine böse Vorahnung. In ihrem Blick hatte Schuldbewusstsein gelegen.

»Warum fragst du?«

»Ich …« Er brach ab. Das Geschrei seiner kleinen Schwester kam ihm in den Sinn. »Wegen Matilda«, log er hastig. »Ich wollte wissen, wie meine Geburt war. War sie genauso schwierig wie ihre?«

Seine Mutter starrte ihn einen Moment lang an, dann seufzte sie. »Eine Zeitlang dachten wir, du würdest nie das Licht der Welt erblicken.« Sie streckte eine Hand aus und strich ihm über die Wange. »Aber dann ging doch alles gut.«

Robert wich zurück. Er wollte Antworten auf seine brennenden Fragen bekommen, also entschloss er sich zu völliger Offenheit. »Ich habe heute gelogen.« Als er sie die Stirn runzeln sah, senkte er den Blick und zupfte an einem Fingernagel herum, den er sich bei dem Sturz eingerissen hatte. »Ich war nicht allein im Wald. Jemand hat mich gefunden und mir geholfen.«

Seine Mutter musterte ihn schweigend.

»Die alte Frau mit den Hunden.«

Ihre Finger krallten sich in die Bettdecke.

»Sie hat etwas gesagt.« Robert wich dem Blick seiner Mutter aus. »Sie sagte, sie hätte mich auf die Welt geholt.«

»Das stimmt«, murmelte die Gräfin.

Robert schüttelte ungläubig den Kopf. »Aber sie ist eine Hexe! Wie konntest du zulassen, dass sie …« Er brachte den Satz nicht zu Ende. Der Gedanke, dass die schmutzigen Hände der alten Frau die ersten waren, die seinen nackten Körper berührt hatten, verursachte ihm Übelkeit. Er bedachte nicht, dass sie damals jünger gewesen sein musste. In seiner Vorstellung lebte sie nur als vertrocknete alte Vettel.

»Einige mögen sie als Hexe bezeichnen«, erwiderte seine Mutter ruhig. »Andere als Heilerin.«

»Ich dachte, Ede hätte mich entbunden. Du hast mir selbst erzählt, sie hätte alle deine Kinder auf die Welt geholt, sogar

Margaret.« Robert registrierte, dass sich ihre Züge bei der achtlosen Erwähnung seiner Halbschwester anspannten. Der erste Mann seiner Mutter war ein Ritter gewesen, der während ihrer Schwangerschaft auf einem Kreuzzug gestorben war. Sein Waffenkamerad Sir Robert Bruce war aus dem Heiligen Land zurückgekehrt, um der verwitweten Gräfin zu berichten, was geschehen war, und die beiden waren sich nähergekommen. Nach wenigen Monaten hatten sie überstürzt geheiratet, ohne zuvor König Alexanders Erlaubnis einzuholen, woraufhin dieser in seinem Zorn beider Landbesitz beschlagnahmt hatte. Nur dank der Intervention des Lords von Annandale hatte der Streit beigelegt werden können, und Roberts Vater durfte im Namen seiner neuen Frau über Carrick herrschen.

»Ede hat dich auf die Welt gebracht – oder es zumindest versucht. Du drohtest in meinem Leib zu sterben, Robert.« Marjories Augen leuchteten im Kerzenschein. »Die Wehen dauerten zu lange. Affraig lebte damals im Dorf, sie war für ihre Heilkünste bekannt. Sie hat dir das Leben gerettet. Und mir.«

Robert wusste, dass hinter der Geschichte noch mehr steckte. Eine Vielzahl anderer Fragen schoss ihm durch den Kopf. Warum hatten seine Eltern nie etwas davon erzählt, noch nicht einmal, als Alexander von einem der Hunde gebissen worden war? Und warum war die alte Frau so erbost gewesen? *Komm nicht wieder hierher*, hatte sie gesagt. *Weder du noch sonst jemand von deiner Familie.* Robert blickte sich um, als er Schritte im Gang hörte. Seine Mutter schien nichts bemerkt zu haben. »Warum hat sie das Dorf verlassen?«, bohrte er rasch nach.

»Sie wurde verbannt«, räumte seine Mutter zögernd ein. »Dein Vater …« Sie brach abrupt ab, als auch sie die Schritte vernahm. Rote Flecken loderten auf ihren Wangen auf. »Geh in dein Bett zurück, Robert«, befahl sie mit ungewöhnlich lauter Stimme.

Als hinter ihm die Tür geöffnet wurde, drehte sich Robert um und blickte in das nachdenkliche Gesicht seines Vaters. Die Miene des Earls verfinsterte sich, und er zog die Tür weiter auf. »Geh!«

Robert wandte sich ab, doch dann spürte er die kühle Hand seiner Mutter auf der seinen.

Sie beugte sich vor und hauchte einen sanften Kuss auf seine Stirnwunde. »Sprich jetzt nicht mehr davon«, flüsterte sie ihm ins Ohr, während ihr Mann seinen pelzgefütterten Umhang abstreifte und auf einen Kleiderhaken an der Wand hängte.

Robert verließ die Kammer; dabei warf er seinem Vater, der sich auf einen Stuhl gesetzt hatte, um seine Stiefel auszuziehen, einen verstohlenen Blick zu. Das Gesicht des Earls wirkte im Kerzenschein verhärmt und abgespannt. Robert fragte sich, was in Galloway geschehen sein mochte. Am liebsten wäre er zu seinem Großvater gegangen, um es herauszufinden, aber es war spät, seine Verletzungen brannten wie Feuer, und ihm gingen zu viele andere Fragen im Kopf herum.

Marjorie sah zu, wie ihr Sohn aus der Kammer humpelte. Ihr Mann, der seinen von dem Stiefel aufgeschürften Fuß rieb, blickte nicht auf. Marjorie seufzte. Er konnte so liebevoll sein, schien aber unfähig, dem Jungen einen Teil dieser Liebe zukommen zu lassen. Ihr gegenüber hatte er immer behauptet, er wolle nicht, dass sein Erbe verhätschelt und verzärtelt aufwuchs, und ginge deswegen so streng mit ihm um, aber Marjorie wusste, dass das nicht der wahre Grund war.

»Ist etwas?«

Da sie begriff, dass er sie dabei ertappt hatte, wie sie ihn anstarrte, rang sie sich ein Lächeln ab. »Ich bin nur müde.« Sie runzelte die Stirn, als er den Stiefel wieder anzog und dabei vor Schmerz zusammenzuckte. »Kommst du nicht ins Bett?«

»Gleich.« Er trat zu ihr.

Marjorie ließ den Kopf auf das Kissen sinken und schloss die Augen, als er sie küsste. Sie war nicht müde, sie war zu Tode erschöpft. Die Geburt schien ihr den letzten Rest ihrer Jugend geraubt zu haben. Zehn Kinder waren einfach zu viel für eine Frau wie sie.

»Ruh dich etwas aus.«

Gleich darauf hörte sie ihn im Raum umhergehen, sich einen Becher Wein einschenken und eine Truhe öffnen. Langsam trieb sie dem Schlaf entgegen, die vertrauten Geräusche ihres Mannes lullten sie nach all den Monaten des Alleinseins ein. Kurze Zeit später hörte sie ein Klopfen an der Tür. Marjorie schrak hoch, weil sie fürchtete, Robert könnte mit weiteren Fragen zurückgekommen sein. Der Junge hatte keine Vorstellung davon, wie zornig sein Vater sein würde, wenn er erfuhr, dass er in Affraigs Haus gewesen war. Aber der Besucher war nicht ihr Sohn, sondern einer der Gefolgsleute ihres Mannes. Sie beobachtete, wie der Earl dem Mann eine Geldbörse reichte. In der anderen Hand hielt er eine Pergamentrolle.

»Das reicht für die Passage nach Frankreich und zurück. Sei vorsichtig.«

»Keine Angst, Mylord.« Der Mann nahm die Börse entgegen und stopfte sie in einen Beutel an seinem Gürtel. »Ich bringe es sicher in die Gascogne.«

»Liefere es bei Lord Edward persönlich ab. Ich will nicht, dass einer der Diener es liest.«

Der Mann verneigte sich und verließ mit der Schriftrolle den Raum. Als ihr Mann die Tür zuschob, schloss die Gräfin die Augen. Nach einem Moment spürte sie, wie er sich neben sie legte. Diesmal empfand sie es nicht als tröstlich.

9

ROBERT EILTE DURCH DEN WALD; er zog die Kapuze hoch, als immer stärker das Regenwasser von den Zweigen tropfte. Das Rascheln der Bäume übertönte das Rauschen der Wellen am fernen Strand von Turnberry. Die ersten Herbststürme hatten dieses Jahr früh eingesetzt. Erst letzte Woche hatten die Männer von Carrick unter blauem Himmel die letzte Ernte eingebracht

– gerade rechtzeitig, denn ein paar Tage später wären Hafer und Gerste auf den Feldern ertrunken. Jetzt wurde das Vieh von den höher gelegenen Weiden heruntergetrieben. Die Tiere, die während der Wintermonate nicht durchgefüttert werden konnten, würden geschlachtet und verzehrt werden. Es war eine arbeitsreiche Zeit, während der alle mit anpacken mussten. Die Männer, die die Familie Bruce bei dem Angriff auf Galloway verloren hatten, hatten an allen Ecken und Enden gefehlt.

Robert stieß den knorrigen Stock in den Boden. Jeder Schritt brachte ihn tiefer in den Wald hinein. Es kam ihm lächerlich vor, den Stock als Vorwand zu benutzen, aber ihm war nichts Besseres eingefallen, obwohl er trotz der Wirren der letzten Wochen ständig darüber nachgegrübelt hatte.

Die in den Kämpfen um die Burgen von Wigtown, Dumfries und Buittle errungenen Siege waren über die Nachricht von der Schwangerschaft der Königin, die sich rasch im ganzen Reich verbreitet hatte, in den Hintergrund getreten. Robert war zu keiner der Ratsversammlungen dazugebeten worden, die nach der Rückkehr der Männer einberufen worden waren, hatte aber Gesprächsfetzen aufgeschnappt, aus denen hervorgegangen war, dass sein Großvater beschlossen hatte, sich aus Galloway zurückzuziehen und sich darauf zu beschränken, in jeder Burg eine kleine Garnison zurückzulassen, bis die Königin niederkam und die ehrgeizigen Pläne von Comyn und Balliol endgültig durchkreuzt waren. Sein Vater war über diese Entscheidung sichtlich verärgert gewesen, und als der alte Bruce vor zwei Wochen mit seinen Rittern nach Annandale zurückgekehrt war, hatte zwischen beiden eine frostige Stimmung geherrscht. Trotz der Zwistigkeiten innerhalb seiner Familie war Robert jedoch vornehmlich mit seinen eigenen Problemen beschäftigt gewesen, und heute war es ihm zum ersten Mal nach Erntebeginn gelungen, sich unbemerkt davonzustehlen.

Als der Baumbestand spärlicher wurde, konnte er das Haus am Fuß des Hügels sehen. Große Pfützen zogen sich um die Eiche herum, deren Blätter rostrot und golden schimmerten –

die letzte Pracht des sterbenden Sommers. Die Schweine suhlten sich in einer Ecke ihres Pferches. Drei schöne rote Färsen hatten sich in der Zwischenzeit zu ihnen gesellt. Während er, sich auf den Stock stützend, vorsichtig den schlammigen Hang hinunterkletterte, fragte sich Robert, woher die alte Frau das Geld für den Erwerb dieser Tiere haben mochte.

Robert war bereits in der Nähe der Tür, da ertönte wütendes Gebell. Die schwarzen Hunde kamen kläffend und knurrend um die Hausecke geschossen. Robert widerstand dem Drang, die Flucht zu ergreifen, und blieb regungslos stehen. Die Hunde verlangsamten ihre Geschwindigkeit und ließen sich schließlich zu Boden sinken. Robert öffnete seine freie Hand und hielt ihnen die Handfläche hin, so wie er es mit den Jagdhunden seines Großvaters zu tun pflegte. Regen tropfte von seiner Nasenspitze. Der größere der beiden kam leise knurrend näher, hob den Kopf und schob die Schnauze in seine ausgestreckte Hand. Robert lachte erleichtert auf, als er die feuchte, rosige Zunge des Tieres spürte. Die Tür wurde aufgestoßen, und die alte Frau erschien auf der Schwelle, woraufhin die Hunde durch die Pfützen auf sie zutrotteten.

»Ich habe dir doch gesagt, du sollst nicht wieder herkommen.« Ihre Stimme klang hart.

Robert trat auf sie zu und hielt ihr den Stock hin. »Ich wollte ihn nur zurückbringen.« Sobald die Worte heraus waren, begriff er, wie lahm sie klangen, wie das, was sie waren – eine Lüge. Seine Befürchtungen spiegelten sich im verächtlich verzogenen Gesicht der alten Frau wider. Als sie sich anschickte, die Tür wieder zu schließen, rief er: »Und ich wollte Brigid besuchen!«

Die Frau hielt inne. Ihre Miene schwankte zwischen Ärger und Belustigung. »Sie ist fort, Junge.«

»Fort?«

»Nach Ayrshire. Ein Hufschmied hat Gefallen an ihr gefunden.« Affraig deutete auf den Stock. »Lass ihn draußen stehen«, wies sie ihn an und schloss die Tür.

Robert starrte das verkratzte Holz an, das ihm den Weg versperrte. Zorn wallte in ihm auf, gepaart mit Demütigung und Enttäuschung. Bis zu diesem Moment war ihm nicht klar gewesen, dass der letzte Teil seines Vorwandes der Wahrheit entsprach: Er hatte das seltsame Mädchen wirklich wiedersehen wollen. Entschlossen hämmerte er mit der Faust so lange gegen die Tür, bis diese wieder geöffnet wurde. »Warum hast du sie gehen lassen?«, zischte er.

Grausamer Spott malte sich auf dem Gesicht der Frau ab. »Wenn ich geahnt hätte, dass der Sohn eines Earls Interesse an ihr zeigen würde, hätte ich noch gewartet. Vielleicht hätte das Mädchen mir dann mehr als nur drei Kühe eingebracht.«

Robert fühlte sich abgestoßen, als sich ihre Lippen öffneten und gelbe Zähne in einem lachenden Mund freigaben. Er warf den Stock in den Matsch und wandte sich zum Gehen, dann nahm er all seinen Mut zusammen und drehte sich noch ein Mal um. »Sobald ich der rechtmäßige Earl bin, werde ich dafür sorgen, dass deine Verbannung nicht aufgehoben wird. Du wirst Turnberry nie wieder betreten.«

Ihr spöttisches Gelächter erstarb. »Wie ähnlich du deinem Vater bist«, murmelte sie. »Ich hätte nie gedacht, dass der große Lord of Annandale zwei so jämmerliche Nachkommen sein Eigen nennen könnte, aber du bist der lebende Beweis für das Versagen dieser mächtigen Blutslinie.« Sie dämpfte ihre Stimme weiter. »Es ist eine Schande. Eine wirkliche Schande.«

Roberts Wangen glühten. »Wie kannst du es wagen! Du *kennst* meinen Großvater doch gar nicht!«

Die alte Frau zeigte mit einem knochigen Finger auf die höheren Äste der Eiche. Als Robert sich umdrehte, sah er eines der Netze im Wind schwingen. Bei seinem letzten Besuch hier hatte er es nicht bemerkt, weil der Baum in vollem Laub gestanden hatte. Dieses Netz wirkte älter als die anderen, die Zweige waren morsch und verwittert. Es enthielt ein vom Regen dunkles, zu einer Schlinge geknüpftes kleines Seil.

»Was ist das?«, wollte Robert wissen, doch die alte Frau war bereits wieder im Haus verschwunden, hatte aber die Tür einen Spalt breit offen gelassen. Robert zögerte, doch seine Neugier war größer als sein Zorn, also öffnete er die Tür und trat über die Schwelle. »Was hat dieses Netz mit meinem Großvater zu tun?«

Affraig schürte das Feuer. Funken sprühten auf. Sie gab keine Antwort.

»Was ist das für ein Baum?«, bohrte er weiter.

»Eine Eiche«, versetzte sie knapp.

»Nein, ich meine, was hat das alles …«

»Ich weiß, was du meinst.« Affraig richtete sich auf und sah ihn an; musterte ihn im Dämmerlicht forschend, während der Regen auf das Dach trommelte. »Schließ die Tür, sonst zieht die Wärme hinaus.«

Robert tat, wie ihm geheißen. Er schlug seine durchweichte Kapuze zurück und stellte fest, dass sein Umhang und seine Stiefel kleine Pfützen auf dem Boden hinterlassen hatten. Die alte Frau schien es nicht zu bemerken. Sie hatte auf einem Stuhl vor dem Feuer Platz genommen und starrte in die Flammen. Ihr Haar fiel ihr wie ein verfilzter Schleier über die Schultern. Die Hunde lagen zu ihren Füßen, ihre Köpfe ruhten auf ihren großen Pfoten, ihre Körper hoben und senkten sich in dem rötlichen Schein.

»Schicksale.«

Robert schüttelte den Kopf. Er verstand nicht, was sie meinte, also wartete er darauf, dass sie fortfuhr.

»Wenn Männer oder Frauen sich etwas wünschen, kommen sie zu mir. Ich webe diese Wünsche in ihre Schicksale und nutze die Macht der Eiche, um sie in Erfüllung gehen zu lassen.«

»Sie sollten in die Kirche gehen und beten. Gott um Seinen Segen bitten«, erwiderte Robert. Die freimütige Art, mit der sie über diese Dinge sprach, faszinierte ihn, flößte ihm aber zugleich Unbehagen ein. Er kannte einen Begriff für das, worauf sie anspielte, einen Begriff, der das Wort »Hexerei« noch übertraf. Ketzerei. »Nur Gott allein bestimmt über die Zukunft und das Schicksal eines Menschen.«

Sie schielte zu ihm hinüber. »Manche Gebete werden nicht erhört. Nicht von diesem Gott.«

Robert verspürte einen Anflug von Angst, trat aber trotzdem einen Schritt näher an das Feuer. Seine nassen Kleider waren vergessen. »Es gibt keinen anderen.«

»Was weißt du über das Land unter deinen Füßen?« Ihre Stimme klang plötzlich wieder gebieterisch. »Über seine wilde Vergangenheit?«

Robert erinnerte sich an einen seiner Lehrer, der ihn wieder und wieder die Namen der schottischen Könige hatte aufschreiben lassen, von Kenneth mac Alpin über Malcolm Canmore bis hin zu Alexander, bis er die Reihenfolge beherrschte. »Meine Mutter hat die Grafschaft von ihrem Vater Niall of Carrick und von ihrer Mutter unsere Ländereien in Antrim geerbt. Als mein Vater aus dem Heiligen Land zurückkehrte, hat er …«

»Du glaubst, die Geschichte Schottlands beginnt mit deiner Familie?«, schnitt sie ihm das Wort ab. »Nein, mein Junge. Sag mir … was weißt du über diese Inseln?« Sie hob die Hände und spreizte die Finger. »Schottland, England, Irland und das alte Königreich Wales?«

Schwache, blasse Bildfetzen zogen an Robert vorbei, und wieder hörte er die Stimme seines Lehrers, der von der Ankunft der Römer erzählte – von großen Männern der Antike, die mit ihren riesigen Armeen durch Britannien marschiert waren und alle Heiden niedergemetzelt hatten, die es wagten, ihnen Widerstand zu leisten. Dann hatten die flachshaarigen, in Pelze gehüllten Sachsen die Britannier in die wilden Hügel von Wales und Cornwall zurückgetrieben, und danach waren die Normannen unter dem Banner des Eroberers gekommen. An diesem Punkt hatte sich der Tonfall seines Lehrers immer verändert, war leiser und ehrfürchtiger geworden. Erst nachdem er ähnliche Geschichten in Irland gehört hatte, war Robert auf den Gedanken gekommen, dass der Mann vielleicht seinem Schüler zuliebe die sich um den Eroberer rankenden Legenden ein wenig abgemildert hatte – immerhin war sein Zögling der Abkömmling eines normannischen Lords namens Adam de Brus. Die Stimme seines Lehrers verklang und machte der seines Großvaters Platz, der von der Schlacht gegen die Wikinger in ihren Drachenbooten sprach, die vor über zwanzig Jahren bei Largs stattgefunden hatte. Und dann gab es noch die ganzen Heiligen: Columba, Ninian, Andrew und Margaret ... so viele Bilder und Namen, dass Robert nicht wusste, wo er beginnen sollte. Also hob er nur hilflos die Schultern.

Affraig stieß einen Zischlaut aus, der die Hunde veranlasste, die Köpfe zu heben und zu bellen. Sie trat nach ihnen, woraufhin sie winselnd verstummten.

»Die Römer.« Robert seufzte. »Die Sachsen und die Normannen. Über sie weiß ich Bescheid.«

Affraig musterte ihn. »War es der Christengott, dem die Römer in ihren Tempeln Opfer dargebracht haben?«

»Sie waren Heiden«, räumte Robert ein. »Bis zu Konstantin.«

»Und die Männer aus dem Osten? Was ist mit ihren Gottheiten? Mit Woden und Frigg?«

»Die Sachsen waren aber ebenfalls Christen«, gab Robert zurück.

»Und was ist mit den Göttern deiner irischen Vorfahren mütterlicherseits? Mit den Göttern Britanniens? Mit Lugh, dem leuchtenden Speer, und den Dagda? Rhiannon und Bel?« Sie sprach weiter, bevor Robert etwas einwerfen konnte. »Das sind die anderen Götter, Junge.«

»Aber es sind falsche Götter, aus der alten Welt. Niemand betet sie heute noch an.«

»Nein? Wen flehen denn die Frauen an, bei einer Geburt ihre Schmerzen zu lindern? Du musst doch die Gebete deiner Mutter gehört haben.«

»Die heilige Bride«, erwiderte Robert prompt. »Eine christliche Heilige.«

»Einst war sie Brigantia, die Göttin der Geburten und des Frühlings.« Affraig beugte sich vor, griff nach einem Holzscheit und warf es ins Feuer. »Die Priester geben gern vor, das vergessen zu haben.«

Als die Flammen ihr Gesicht beleuchteten, erkannte Robert, dass sie nicht so alt war, wie er zunächst angenommen hatte, vielleicht nur ein paar Jahre älter als seine Mutter. Unter dem Schmutz und Schweiß bemerkte er etwas Faszinierendes in ihren Zügen, einen Abglanz von denen des Mädchens Brigid, aber aus Stein, Knochen und eiserner Härte geformt. Er fragte sich, wie sie sich so viel Wissen hatte aneignen können, aber dann fielen ihm die Bücher ein, über die er sich bereits zuvor gewundert hatte. Er betrachtete den hinter dem Lichtkreis des Feuers gerade noch sichtbaren Stapel, dann stellte er die Frage, die ihm am meisten auf der Zunge brannte. »Warum hast du auf das Netz im Baum gezeigt, als ich nach meinem Großvater gefragt habe?«

»Du kennst doch sicherlich den heiligen Malachias.« Affraig lachte leise, als Robert sich hastig bekreuzigte, aber diesmal klang es nicht spöttisch, sondern fast respektvoll. »Ja, es war ein mächtiger Fluch, mit dem der Heilige deine Familie belegt hat. Mächtig genug, um den Fluss bei Annandale über die Ufer treten und die Burg davonspülen zu lassen. Mächtig genug, um auch noch über hundert Jahre, nachdem Malachias ihn ausgestoßen hat, wie ein Schatten über der Familie Bruce zu liegen.«

Robert nickte stumm. Er wusste von dem Fluch, seit er denken konnte; lange bevor sein Lehrer ihn mit der Geschichte Schottlands vertraut gemacht hatte. Im letzten Jahrhundert war Malachias, ein Erzbischof von Armagh, auf einer Reise nach Rom durch Annandale gekommen. Während er sich in der Burg von Annan aufhielt, die einem von Roberts Vorfahren gehörte, erfuhr er, dass ein Mann, der von der Familie Bruce des Raubes bezichtigt wurde, gehängt werden sollte. Malachias bat darum, den Räuber zu verschonen, was ihm der Lord auch zusagte. Doch am nächsten Tag sah der Erzbischof den angeblich Begnadigten am Galgen baumeln. Ob dieses Wortbruchs erzürnt, verfluchte Malachias die Familie Bruce, und auf diesen Fluch wurde die kurz darauf folgende Zerstörung der Burg und alles weitere Unheil zurückgeführt, das die Familie traf. Robert hatte die Burgruine von Annan gesehen und kannte die furchtbare Geschichte des Hochwassers. Jetzt verstand er, warum das kleine Seil in dem Netz zu einer Henkersschlinge geknüpft worden war.

Affraig ergriff erneut das Wort.

»Während seiner Rückreise aus dem Heiligen Land entzündete dein Großvater am Schrein des Heiligen Kerzen, um ihn versöhnlich zu stimmen. Aber vor einigen Jahren kam er zu mir. Da er glaubte, seine Gebete seien nicht erhört worden, bat er mich, den Fluch aufzuheben. Er wollte seine Familie endgültig davon befreien.«

Robert sah einen seltsamen Ausdruck über ihr Gesicht huschen, eine Art widerwilliger Zuneigung, aber er vergaß ihn über der erstaunlichen Erkenntnis, dass sein Großvater sich an eine Hexe gewandt hatte, um einen Fluch auszulöschen, sofort wieder. »Wann wird das denn geschehen?«

Affraig schüttelte den Kopf. »Das kann ich nicht sagen. Die Eiche muss ihr Werk vollenden. Ist es so weit, wird das Netz herunterfallen.«

Robert fragte sich, ob man es nicht einfach abschneiden könnte, wenn es nur herunterfallen musste, nahm aber an, sie würde sagen, so funktioniere das nicht. Aber eines verstand er immer noch nicht: An dem Tag, an dem Alexander gebissen worden war, hatte sein Vater seinem Bruder verboten, je wieder in die Nähe des Hauses der alten Frau zu gehen. Robert hatte das auf die Bedrohung durch die Hunde zurückgeführt und nicht auf die Frau selbst, denn der Earl hatte für Aberglauben stets nur Hohn und Spott übriggehabt. Doch seine Mutter hatte angedeutet, Affraigs Verbannung sei auf Befehl seines Vaters erfolgt. Jetzt überlegte er, ob noch mehr dahintersteckte. »Warum bist du aus Turnberry verbannt worden?«, fragte er geradeheraus.

Augenblicklich verschloss sich ihr Gesicht, und sie schien sich in sich selbst zurückzuziehen. »Du solltest jetzt gehen.« Sie erhob sich und trat zu dem Regal, an dem sie die Kräuterkompresse für sein Knie hergestellt hatte.

Robert war der ersehnten Antwort schon zu nahe gekommen, um sich jetzt noch einfach abwimmeln zu lassen. »Sag es mir. Ich will es wissen.«

»Du sollst gehen.« Sie kehrte ihm den Rücken zu und griff nach ein paar Wurzeln und einem Messer.

»Ich kann auch meinen Vater fragen.«

Affraig fuhr herum. Die Klinge blitzte in ihrer Hand auf. Angesichts der Wut in ihren Augen wich Robert einige Schritte zurück. Einen Moment lang fürchtete er, sie würde auf ihn losgehen. Doch dann änderte sich ihre Miene, die harten Linien wurden weicher. Langsam ließ sie das Messer sinken. Robert bemerkte, dass ihre Hand zitterte. »Ich habe auch einmal für deinen Vater sein Schicksal gewebt.«

Robert starrte sie an. Die Enthüllung, dass sich sein Großvater an diese Frau gewandt hatte, war ein Schock gewesen, doch er konnte sich einfach nicht vorstellen, dass sein Vater Affraig ebenfalls gebeten haben sollte, seine Zukunft mittels eines Zaubers in bestimmte Bahnen zu lenken. Der Gedanke war einfach lächerlich. Robert erinnerte sich, wie sich sein Vater über die Wache seines Großvaters am Schrein des heiligen Malachias lustig gemacht hatte und wie er die hiesigen Bauern wegen ihres Geredes von Dämonen im Wald verspottete. Er pflegte sogar die Stirn zu runzeln und ihm den Mund zu verbieten, wenn Robert von Fionn mac Cumhaill und den anderen irischen Helden sprach, von denen er bei seinen Zieheltern gehört hatte.

»Ich habe sein Schicksalsnetz in die Eiche gehängt«, murmelte Affraig. »Aber dann geschah etwas. Einer seiner Männer …« Mit zusammengezogenen Brauen betrachtete sie das Messer in ihrer Hand. »Ich habe ihn in dieser Angelegenheit um Hilfe gebeten, um der Gerechtigkeit willen. Er wies mich ab.« Sie hob den Kopf und sah Robert an. »Also riss ich sein Schicksal von dem Ast ab und verstreute die einzelnen Stücke vor den Burgmauern.«

Obwohl er nicht wusste, ob er ihr Glauben schenken sollte oder nicht, jagte die Bemerkung Robert einen Schauer über den Rücken.

Affraig legte das Messer auf das Regal zurück. »Danach hat er mich aus dem Dorf verbannt. Ich weiß, dass er mich auch aus Carrick vertreiben wollte, aber deine Mutter hat ihn daran gehindert, weil ich das Leben ihres Erstgeborenen gerettet hatte. Deines«, schloss sie, ohne sich umzudrehen.

Ein Scheit barst im Feuer, doch Robert wandte den Blick nicht von der alten Frau ab. »Was war denn das Schicksal meines Vaters?«

Affraig schwieg eine Weile. »König von Schottland zu werden«, erwiderte sie dann langsam.

Sechs Männer drängten sich in der stickigen, nach Schweiß riechenden Kammer. Die Diener hatten das Feuer im Kamin so stark geschürt, dass es den ganzen Palast hätte heizen können, obwohl die Schlafkammer mit ihrer kostbaren Bewohnerin ein Stück gangabwärts lag, allerdings nahe genug, dass die Männer die Schreie deutlich hören konnten. Zwischen den gequälten Lauten erhoben sich drängende Frauenstimmen. Gelegentlich ebbten die Schreie zu einem Wimmern ab, und die Frauen verstummten. In solchen Momenten sprachen die ohnehin schon schweigsamen Männer kein Wort mehr, sondern lauschten auf den nächsten Schrei. So ging es jetzt schon seit Stunden, und die nervliche Anspannung der sechs wuchs zusehends.

James Stewart lehnte nahe der Tür an der Wand. Die Steine kühlten seine erhitzte Haut ein wenig. Die dicken Vorhänge vor den Fenstern waren zugezogen, dahinter erklang das leise Prasseln des Regens. Er fragte sich, wie spät es sein mochte, widerstand aber dem Drang, die Kammer zu durchqueren und den Vorhang etwas zur Seite zu schieben. Die Dämmerung musste bald anbrechen. James verlagerte sein Gewicht, um seine schmerzenden Füße zu entlasten. Es gab nur zwei Stühle im Raum, die von dem Schwarzen Comyn und dem korpulenten

Earl of Fife mit Beschlag belegt worden waren, dessen Erbrecht ihn ermächtigte, einen neuen König zu krönen. Stewart blickte zu dem beim Feuer betenden Bischof von St. Andrews hinüber. Er fragte sich, woher der gebrechliche alte Mann die Kraft nahm, die ganze Zeit auf den Knien zu verharren. Der stämmige Robert Wishart, Bischof von Glasgow, stapfte an ihm vorüber, und James musterte den am Fenster stehenden John Comyn.

Der Lord of Badenoch starrte zurück. In seinen dunklen Augen lag ein herausfordernder Ausdruck. James hielt seinem unverschämten Blick gelassen stand. Er spürte die tiefe Feindseligkeit, die von dem anderen Mann ausging. Sie beide hatten einander nie über den Weg getraut und bei Hof nur so viel wie unbedingt nötig miteinander zu tun gehabt, aber seit dem Angriff der Bruces auf Galloway war die Abneigung des Roten Comyn gegen ihn noch gewachsen. James hatte den Eindruck, dass der Lord of Badenoch von seiner Rolle bei der Invasion wusste. Nun, das tat jetzt nichts mehr zur Sache. Innerhalb der nächsten Stunden würde den Versuchen Comyns, seinen Schwager auf den Thron zu bringen, endgültig ein Ende gesetzt werden.

Ein weiterer schriller Schrei zerriss die Stille, länger und lauter als die vorigen, mehr ein qualvolles Heulen als ein Schmerzenslaut. Danach herrschte lange wieder Stille. Als eilige Schritte im Gang widerhallten, wandte James den Blick von Comyn ab. Der Bischof von Glasgow hielt mit seinem rastlosen Auf-und-ab-Schreiten inne, und der Bischof von St. Andrews sah von seinen gefalteten Händen auf. Der Earl of Buchan erhob sich von seinem Stuhl. Nur der Earl of Fife, dem das Kinn auf die Brust gesunken war, rührte sich nicht, als die Tür geöffnet wurde.

Die Frau, die auf der Schwelle erschien, musterte die erwartungsvollen Männer einen Moment lang. Ihre weiße Schürze starrte vor Blut; James konnte den kupferartigen Geruch deutlich wahrnehmen. Ihr Blick wanderte über die anderen Anwesenden im Raum hinweg und blieb auf ihm ruhen.

»Ein Junge, Lord Stewart«, verkündete sie.

»Dem Himmel sei Dank«, kam es von Wishart.

James Stewart jedoch sah der Frau aufmerksam in das ernste Gesicht. Nach einem Moment beantwortete sie seine unausgesprochene Frage.

»Er starb im Mutterleib, Sir. Ich konnte leider nichts mehr für ihn tun.«

Wishart fluchte laut.

James wandte sich ab und fuhr sich nervös mit der Hand durch das Haar. Dabei fiel sein Blick auf John Comyn, dessen dunkle Augen triumphierend zu funkeln begonnen hatten.

10

BORDEAUX WAR IM ERWACHEN begriffen. Vom Glockenturm der Kathedrale wehte das Morgengeläut über das Straßenlabyrinth hinweg. Vögel flatterten von den Dächern auf, ihre Flügel bildeten schwirrende weiße Wolken am blauen Himmel. Fensterläden wurden aufgestoßen und schlugen gegen die Vorderfronten von Geschäften, Nachttöpfe wurden in die Abfallrinnen geleert, und Schuster und Tuchhändler, Schmiede und Hufschmiede riefen sich gegenseitig etwas zu, als sie ihr Tagewerk begannen – schroffe Wortfetzen, die in den schmalen Gassen widerhallten.

Adam lenkte sein Pferd durch die erwachende Stadt. Das Geläut der Kathedralenglocken dröhnte in seinen Ohren. Nach dem langen Aufenthalt in einem fremden Land kam es ihm eigenartig vor, sich wieder in seiner Geburtsstadt zu befinden. Sie erschien ihm seltsam neu und von Versprechen erfüllt, nicht mehr so vertraut wie seine eigene Haut. Dennoch kannte er all diese verschlungenen Gassen und erkannte die Gerüche, die ihm an jeder Ecke entgegenschlugen, von dem Blutgestank der

Schlachthäuser bei den Stadttoren bis hin zu den beißenden Ausdünstungen der Tiere auf dem Viehmarkt und der Salzfäulnis der Garonne. Die Luft war mild, der Winterwind nicht mehr so schneidend, und die Last seines Geheimnisses war von ihm abgefallen, was es ihm ermöglichte, jedes Geräusch auszukosten, das ihn begrüßte, jeden Geruch, der ihm in die Nase stieg, jedes Gespräch, das er mit anhörte, und jeden Zwischenfall, dessen Zeuge er wurde, ohne Gefahren und Vorteile der jeweiligen Situation abschätzen zu müssen.

Als die Kathedralenglocken verstummten, trieb Adam sein Pferd auf die mächtigen Mauern der Burg zu, die über der Stadt aufragte. Banner und Flaggen wehten an den Türmchen und bildeten Farbflecke am Himmel. Ein scharlachrotes Banner, größer als die anderen und mit drei goldenen Löwen geschmückt, fesselte Adams Blick, als er auf die Tore zuritt, dann fragten ihn die Wachposten in ihren gut sitzenden gepolsterten Wämsern und bunten Hosen auch schon nach seinem Begehr, und seine Aufmerksamkeit wurde abgelenkt. Adam stieg ab und entnahm seiner Satteltasche eine Pergamentrolle. Das Leder war von der Reise durch Frankreich durchweicht. Ein Wächter inspizierte das Siegel auf den Dokumenten, während der andere ihn weiter ausfragte. Seine Antworten schienen den Mann zufriedenzustellen, denn er trat zur Seite und gestattete ihm, unter den eisernen Zähnen des Fallgitters hindurchzureiten.

Obwohl es noch früh war, wimmelte der Hof bereits von Dienern und königlichen Beamten. Die blasse Eleganz der Gebäude und die kostbaren Gewänder der Männer und Frauen, an denen Adam vorbeikam, waren nach dem langen Winter in Edinburgh, den er zusammen mit vielen weißgesichtigen Schotten in einer zugigen Burg auf einem schroffen schwarzen Berg verbracht hatte, eine wahre Erholung für ihn. Als er sah, wie einige Männer riesige bunte Fahnen entrollten und sie an den Seiten der Gebäude befestigten, wurde ihm klar, dass das Weihnachtsfest unmittelbar bevorstehen musste. Die Luft, die zunehmend milder geworden war, je weiter er gen Süden gereist war, hatte ihn zu dem Irrglauben verleitet, der Frühling zöge bereits ins Land. Ein Mädchen mit braunem Haar, das drei fette Gänse vor sich herscheuchte, huschte an ihm vorbei. Adam gönnte sich einen Moment, um den sanften Schwung ihrer Hüften zu bewundern, bevor er zu den Ställen ritt. Nachdem er einem Stallburschen sein Pferd übergeben hatte, ging er auf den Turm in der westlichen Ecke des Gebäudekomplexes zu, von dem das scharlachrote Banner mit den drei Löwen wehte.

Am Toreingang waren weitere Wachen postiert, und er musste erneut Fragen beantworten, aber schließlich wurde er eine Wendeltreppe empor zu einer kleinen Kammer geführt, wo Weihrauchduft kaum den ätzenden Geruch frischer Farbe überdecken konnte. Er wartete, während der Page, der ihn eskortiert hatte, an eine weitere Tür klopfte. Als sie geöffnet wurde, erhaschte Adam einen Blick auf einen weiteren Diener, und sein Begleiter schlüpfte in den Raum. Adam trat an das einzige Fenster in der Kammer und spähte durch die kreuzförmig angeordneten Glasscheiben, die den Blick auf die unter ihm liegende Stadt verzerrten. Die Tür wurde wieder aufgestoßen, und er drehte sich erwartungsvoll um, doch der Page verschwand ohne ein weiteres Wort oder irgendwelche Anweisungen die Treppe hinunter. Adam lehnte sich gegen die Wand, denn es gab keine Möbel in dem Raum, nur einen Wandbehang, der eine Gruppe junger Ritter zeigte, die alle scharlachrote, mit jenem Symbol verzierte Schilde trugen, das Adam so vertraut war wie sein eigenes Familienwappen: ein sich aufbäumender, in Feuer gehüllter goldener Drache.

Nach einer Weile wurde die Tür ein weiteres Mal geöffnet, und der dahinter stehende Mann bedeutete Adam, einzutreten. Das Studierzimmer war von hellem Morgenlicht erfüllt, das durch bogenförmige Fenster flutete. Nach dem Dämmerschein in dem Vorraum brauchte Adam einen Moment, um sich an das Licht zu gewöhnen, dann sah er den Mann hinter einem Tisch stehen, der mit ordentlich aufgestapelten Pergamenten bedeckt war. Mit seinen über sechs Fuß zählte dieser Mann zu den am höchsten gewachsenen, denen Adam je begegnet war. Sein schulterlanges, von weißen Strähnen durchzogenes Haar war der herrschenden Mode entsprechend an den Enden gelockt, aber seine blaue Leinenrobe war schlicht, ohne jegliche Verzierung, aber erstklassig geschnitten. Sie betonte seine athletische Gestalt und wurde von einem silberbeschlagenen Gürtel zusammengehalten. Seine Züge wirkten ernst, ein sorgfältig gestutzter aschfarbener Bart umgab einen strengen Mund. Nur die durchdringenden grauen Augen gaben etwas von dem preis, was in ihm vorging – wachsende Ungeduld flackerte darin auf. Eines seiner Lider hing ein wenig herab, der einzige Makel in einem ansonsten ansprechenden Gesicht. Adam bemerkte, dass diese Auffälligkeit heute stärker ausgeprägt war als bei ihrer ersten Begegnung vor vierundzwanzig Jahren, als der Mann vor ihm ein feuriger junger Lord im Exil gewesen war. Jetzt, mit fast fünfzig, war er König von England, Herzog der Gascogne, Herrscher von Irland und Eroberer von Wales.

»Mylord.« Adam verneigte sich tief.

Die blassen Augen des Königs hefteten sich auf den Diener. »Lass uns allein.«

Als der Mann die Kammer verließ, bemerkte Adam eine gemalte Szene an einer Wand, die bei seinem letzten Besuch noch nicht dagewesen war. Auch sie zeigte die Ritter mit den Drachenschilden, aber diesmal umringten sie einen Mann mit einem goldenen Stirnreif, der auf einem steinernen Thron saß. In einer Hand hielt er ein Schwert mit zerbrochener Klinge, in der anderen einen schmalen Goldstab. Unter dem Fresko stand ein kunstvoll geschnitztes Lesepult, auf dem ein großes, in Leder gebundenes Buch lag. In den Einband waren goldene Worte eingestanzt. Adam hatte dieses Buch noch nie gesehen, wusste aber trotzdem, worum es sich handelte.

»Ich hatte Euch früher erwartet, Sir Adam.«

Adam drehte sich um, als Edwards Stimme ihn aus seinen Gedanken riss. »Die Niederkunft der Königin erfolgte später als erwartet, Mylord.«

»Ich gehe davon aus, dass Ihr Euren Auftrag erfolgreich ausgeführt habt?«

Edward, der für gewöhnlich ruhig und beherrscht sprach, klang auffallend erregt. Noch außergewöhnlicher war die Besorgnis im Blick des Königs. Er hatte sich vorgebeugt und stützte seine von Adern durchzogenen Hände auf den Tisch.

»Gott hat uns die Arbeit abgenommen. Das Kind starb bereits im Mutterleib.«

Edward richtete sich auf. »Gut«, sagte er nach einem Moment. »Das ist gut.« Er nahm auf einem hochlehnigen Stuhl Platz. Seine Augen blickten mit einem Mal hart und anklagend. »Diese ganze Angelegenheit hätte bereits vor Monaten erledigt sein sollen – bevor die Königin schwanger werden konnte!«

Zorn wallte in Adam auf, obwohl er sorgsam darauf achtete, sich nichts anmerken zu lassen. Er verdiente Edwards Lob, nicht seinen Tadel. Sicher, die Schwangerschaft der Königin hatte ein unerwartetes Hindernis dargestellt, aber es war auch nicht leicht gewesen, den König zu töten. Hätte Adam ihn aus einiger Entfernung ermorden, ihm einen Armbrustbolzen in den Hals jagen können, dann hätte er die Tat schon lange begangen, bevor die Königin das Kind empfangen hatte. Aber Edward hatte darauf bestanden, dass Alexanders Tod wie ein Unfall aussah, und so war Adam dazu auserkoren worden, im Gefolge von Alexanders neuer Braut nach Schottland zu reisen, ein gesichtsloser Diener unter vielen.

Gift, seinen ersten Gedanken, hatte er sofort wieder verworfen; er konnte nicht unbemerkt in die Nähe der Küchen gelangen, und außerdem beschäftigte der König Vorkoster. Jedes Amt im königlichen Haushalt wurde von speziellen Dienern bekleidet, die für nichts anderes zuständig waren, und sie alle gingen ihren Pflichten voller Eifer nach. Erst nach einigen Wochen, nachdem er den tückischen Klippenpfad zwischen Edinburgh und Kinghorn entlanggeritten war, hatte Adam seine Entscheidung getroffen. Und auch nachdem der Tatort ausgewählt war, hatten die Planung und Vorbereitung der Tat viel Zeit gekostet –

er musste das Vertrauen der Königin gewinnen und auf die richtige Gelegenheit warten, die sich schließlich in Gestalt des Festes bot. Der König würde trinken und leichter zu überwältigen sein, falls sich die Notwendigkeit ergeben sollte, und die Springflut bewirkte, dass der Klippenpfad die einzige passierbare Route war. Dann musste er nur noch die junge Königin überreden, unwissentlich das Schicksal ihres Mannes zu besiegeln, indem sie ihn durch ihren Günstling Adam in ihre Schlafkammer bestellen ließ, und dafür sorgen, dass der Leibdiener des Königs nicht in der Lage sein würde, ihn zu begleiten und Alexander mit diesem Tölpel Brice vorliebnehmen musste. Der Sturm war ein zusätzliches Geschenk gewesen, mit dem Adam nicht hatte rechnen können, aber die poetische Analogie zu dem vorhergesagten Jüngsten Tag wäre ohnehin an ihn verschwendet gewesen.

»Aber dennoch«, Edward erlöste Adam endlich von seinem durchbohrenden Blick, »ist es vollbracht.«

Als der König die Dokumente auf dem Tisch durchblätterte und eines davon aus dem Stapel zog, sah Adam am unteren Rand ein großes Siegel. Er kannte es, es stammte von der päpstlichen Kurie in Rom.

»Ich habe die Erlaubnis Seiner Heiligkeit bekommen.« Edward glättete den Bogen mit der flachen Hand. »Wenn ich nach England zurückkehre, werde ich diese Sache zu Ende bringen. Im Moment muss ich mich um dringendere Angelegenheiten kümmern. König Philipp gibt sich alle Mühe, mein Tun und Lassen hier in der Gascogne zu kontrollieren. Es missfällt meinem jungen Vetter, dass ich in dem Herzogtum mehr Macht ausübe als er. Ich glaube, das macht ihn nervös.« Bei den letzten Worten leuchteten Edwards Augen triumphierend auf.

»Könnt Ihr es Euch denn erlauben, so lange zu warten, Mylord? Seit dem Tod des Königs herrscht in Schottland große Unruhe. Die Familie Bruce hat die Waffen gegen die Balliols erhoben und beschuldigt den Lord of Galloway, ein Komplott zu schmieden, um die Krone an sich zu reißen.«

»Die Bruces bereiten mir kein Kopfzerbrechen. Der Earl of

Carrick hat mir bereits eine Botschaft geschickt und mir seine Unterstützung bei jeder Entscheidung zugesagt, die ich bezüglich der Zukunft des Königreichs treffe. Er wird tun, was ich ihm befehle. Und zu den restlichen Adeligen Schottlands werde ich Boten senden und sie anweisen, sich den Befehlen des Hüterrates zu fügen, bis das Kind aus Norwegen abgeholt werden kann.«

»Glaubt Ihr, die Edelleute werden Euch gehorchen?«

»Keiner wird das Risiko eingehen, seinen Landbesitz in England zu verlieren, was unverzüglich geschehen würde, wenn er sich mir widersetzt.«

Adam wusste, was dieser Mann in England, Wales und dem Heiligen Land geleistet hatte, wusste, was er im Laufe der Jahre erreicht hatte und auf welche Weise. Er nickte bedächtig. Die unerschütterliche Sicherheit in Edwards Augen flößte ihm Respekt ein. »Was soll ich jetzt tun, Mylord?«

»Ihr könnt Euer altes Kommando wieder übernehmen.« Edward griff nach dem Dokument mit dem Siegel des Papstes, erhob sich und trat zu einer in die Innenwand der Kammer eingelassenen Eisentür. Auf einer Seite sah Adam ein Schlüsselloch. Edward öffnete die Tür, schob das Pergament in den kleinen Tresor und und förderte dann eine lederne Börse zutage. »Hier.« Er hielt sie Adam hin. »Der Rest Eures Lohnes. Ich entschuldige mich für den Staub, der sich darauf angesammelt hat.«

»Danke, Mylord«, murmelte Adam. Er zögerte, dann stellte er eine Frage, die ihm im Kopf herumging, seitdem der König ihm diese gefährliche Aufgabe übertragen hatte. »Habt Ihr irgendjemandem aus dem Orden von meiner Beteiligung an dieser Sache erzählt?«

Edwards Augen begannen kalt zu glitzern. »König Alexanders Tod war ein Unfall. Dabei bleibt es.«

»Ja, Mylord.« Adam stopfte die pralle Börse in den Beutel an seinem Gürtel. »Ein Unfall.«

Die Tür hinter ihnen wurde geöffnet, und eine weiche, melodische Stimme erklang.

»Oh, tut mir leid. Ich wusste nicht, dass du Besuch hast.«

Adam drehte sich um und erblickte eine hochgewachsene Frau mit olivfarbener Haut und zarten Zügen. Ihr Haar wurde von einer seidenen Haube bedeckt, und ihr bodenlanges Gewand war reich bestickt. Adam hatte sie seit einigen Jahren nicht mehr gesehen und registrierte verwundert, wie viele Falten jetzt das Gesicht der Königin durchzogen.

»Ich werde euch allein lassen.«

»Dazu besteht kein Anlass, Eleanor.« Edward trat zu ihr. »Ich habe nur weitere Nachrichten aus England erhalten.«

Eleanors Gesicht umwölkte sich besorgt. »Die Kinder?«

»Denen geht es gut.« Ein seltenes, überraschend liebevolles Lächeln huschte über Edwards hartes Gesicht. »Es geht nur um ein paar politische Angelegenheiten, weiter nichts.« Er legte eine Hand auf die schmale Schulter seiner Frau und führte sie in den Raum. Dann sah er Adam an, und sein Lächeln erstarb. »Sir Adam wollte gerade gehen.«

Als Adam sich zur Tür wandte, blickte er noch einmal zu dem Fresko und dem Lesepult hinüber. Die kunstvolle Goldschrift auf dem Einband schimmerte im Licht, bildete deutlich erkennbare Worte:

»Die letzte Prophezeiung des Merlin«

ZWEITER TEIL

A.D. 1290–1292

Sie wollten nicht warten, bis sie das Königreich nach Recht und Gesetz in ihren Besitz bringen konnten, sondern sie rissen die Krone mit Gewalt an sich.

Geoffrey of Monmouth,
»Das Leben des Zauberers Merlin«

11

RINGSUM ERSCHOLLEN HÖRNER, ihre Fanfaren übertönten das Bellen der Hunde. Die Meute jagte rasch dahin, den Geruch ihrer Beute in der Nase. Seit Stunden verfolgten sie sie schon, von der ersten kalten Tagesdämmerung bis zu den frühen Morgenstunden, in denen sich der Nebel allmählich zu einem feinen Schleier lichtete. Jetzt war der Todesstoß nahe, und sie gierten danach, ihr Opfer zu überwältigen.

Robert trieb sein Pferd an und setzte den Hunden nach. Der Wald flog links und rechts an ihm vorbei. Die Bäume waren mit jungen grünen Knospen übersät, und der Duft neuen Wachstums erfüllte seine Lunge, während er sich bemühte, mit der Meute mitzuhalten. Sein Schlachtross reagierte auf jeden Zug an den Zügeln in seinen behandschuhten Händen. Vor ihm lag ein umgestürzter Baum, ein Opfer der Winterstürme. Er stieß dem Pferd die Fersen in die Flanken. Das mächtige Tier setzte über das Hindernis und donnerte dann weiter; Blätter stoben unter seinen Hufen auf. Die Hunde waren hinter einem steilen Hügel verschwunden; Robert konnte ihr Geheul hören, es war jetzt lauter als der Klang der Hörner, der hinter ihm in der Ferne widerhallte. Von prickelnder Vorfreude erfüllt, galoppierte er den Hang hinauf. Oben fiel der Boden zu einer schüsselähnlichen Lichtung ab, die an einem hohen, von knorrigen Baumwurzeln durchzogenen Erdwall endete. Darin klaffte eine breite Lücke, vor der sich die Hunde versammelt hatten und in das Dunkel bellten.

Als ihm klar wurde, dass die Beute nicht in die Falle gegangen war, stieg Robert leise fluchend ab und ging zu den Hunden hinunter. Hier war der Wald dichter und der Geruch nach feuchtem Moos und Erde stärker. Er griff nach dem Horn, das an seinem Gürtel hing. Als seine Finger darüber hinwegstrichen, hörte er in der Höhle ein Geräusch, das an dumpfes Donnergrollen erinnerte. Roberts Hand schloss sich um den Griff seines Schwertes. Die älteren Hunde knurrten und pressten die Ohren flach an die Köpfe. Einige der jüngeren winselten, ihre Läufe zitterten vor Erschöpfung und Furcht. Bei jeder anderen Beute, selbst ausgewachsenen Hirschen und gereizten Keilern, wären sie nicht so ängstlich gewesen. Robert zog sein Schwert und schritt entschlossen auf sie zu. Irgendwo im Nebel wurde sein Name gerufen, aber er achtete nicht darauf.

Als er schwer atmend näher kam, sah er, dass die Höhle nicht sehr tief war, nicht viel mehr als eine mit Wurzeln überwachsene Senke. Darin konnte er einen zusammengekauerten Schatten entdecken. Er war größer, als er erwartet hatte, wenn auch nicht so riesig, wie manche Berichte behauptet hatten. Das Gesicht war lang und schmal, der Kiefer vorgeschoben und die Lefzen zurückgezogen, sodass gekrümmte Reißzähne zu sehen waren. Der Pelz schimmerte dicht und schwarz, das Tier hatte sein Winterfell noch nicht vollständig gewechselt. Ein grässlicher Gestank ging von ihm aus, ein beißender animalischer Geruch, der sich mit nichts vergleichen ließ, was Robert je in die Nase gestiegen war. Aber die Augen waren das Faszinierendste an ihm, Zwillingsseen aus geschmolzenem Gold. Wie viele Opfer hatten wohl ihr Leben ausgehaucht, während sich dieser brennende Blick auf sie geheftet hatte, überlegte Robert. Er hatte das blutige Zerstörungswerk auf den Weiden außerhalb der Stadt gesehen, das diese Bestie im Lauf des Winters angerichtet hatte: zerfleischte Schafe, gerissene und ausgeweidete Rinder. Der Wolf, so hatte sein Großvater es ihn gelehrt, tötete nicht nur um der Nahrung willen, sondern auch aus schierer Mordlust. Sein Hunger konnte nur mit Blut gestillt werden, in seinem Herzen herrschte Finsternis, und sein Biss verströmte Gift.

Die Hörner waren jetzt verstummt. Robert konnte die Rufe der Männer und das Hufgetrommel hören, als der Rest des Jagdtrupps auf die Lichtung strömte. Er packte den schweißfeuchten Griff seines Schwertes fester und schickte sich an, sich auf den Schatten in der Höhle zu stürzen, doch der Wolf kam ihm zuvor und sprang ihn mit funkelnden Augen an. Robert stieß zu, aber es gelang ihm nur, dem Tier die Seite aufzuritzen, als es an ihm vorüberflog. Der Wolf schnappte nach einem der Hunde, fuhr dann herum, als er sich in die Enge getrieben sah, und vollführte einen weiten Satz in Roberts Richtung. Robert duckte sich, verfing sich aber mit dem Fuß in einer Baumwurzel, schlug der Länge nach zu Boden und schrie auf, als sich die Zähne des Wolfes um seine Knöchel schlossen. Rasch griff er nach seinem ihm entglittenen Schwert, drehte sich um und trieb der Kreatur die Klinge in den Nacken. Sie drang durch den buschigen Pelz in das darunter liegende Gewebe. Der Wolf gab ihn knurrend frei und setzte erneut zum Sprung an, heulte dann aber laut auf, als drei Hunde ihn von hinten anfielen und ihre Zähne in seine Hinterläufe und seinen Rumpf gruben. Robert rollte sich zur Seite und rappelte sich auf, während sich zwei weitere Hunde auf das Tier stürzten. Als sie an seinem Fleisch zu zerren begannen, jaulte der Wolf vor Schmerz und Wut markerschütternd auf. Den Schwertgriff mit beiden Händen umklammernd, rammte Robert dem Wolf die Klinge mit voller Wucht in die Seite. Blut schoss aus der Wunde und benetzte seine Tunika und sein Gesicht. Der heiße Gestank würgte ihn in der Kehle. Er wandte den Kopf ab, bemüht, nicht zu würgen, als die restlichen Männer und Hunde näher kamen.

Zuerst rannten die Jäger mit gabelähnlichen Stöcken in den Händen den Hang hinunter, bereit, ihre Beute zu durchbohren. Als sie Robert sahen, der sich zwischen den Hunden über den Wolf beugte, verlangsamten sie ihre Schritte. Zwei hakten Peitschen von ihren Gürteln los, um die Hunde zurückzutreiben, andere zückten Leinen. Robert hörte, wie sie ihm etwas zuriefen, aber er hörte nicht hin, er war zu sehr damit beschäftigt, zu beobachten, wie das goldene Feuer in den Augen des Wolfes erlosch. Sein Kopf fiel nach hinten, er keuchte schwach, erzitterte dann und regte sich nicht mehr. Robert erhob sich und zog sein Schwert mit einem Ruck aus dem Kadaver. Als sich die Jäger um ihn scharten und die Hunde mit Peitschenhieben verscheuchten, drehte er sich um und sah sich seinem Großvater gegenüber. Hinter dem alten Lord kamen sein Vater und sein Bruder Edward mit zehn Einheimischen, denen befohlen worden war, sich an der Jagd zu beteiligen. Robert fing den stählernen Blick seines Großvaters auf. Sein Herz schwoll vor Stolz, und ein Grinsen breitete sich auf seinem Gesicht aus, erstarb aber, als der alte Mann wortlos an ihm vorbei zu den Jägern hinüberstapfte, die die Hunde zusammentrieben. Der Wolf lag schlaff in einer Blutlache im Staub. Zwei Hunde waren bei dem Kampf verletzt worden. Der alte Lord beugte sich über einen davon und untersuchte die klaffende Wunde in der Seite des Tiers. Es war Scáthach, seine Lieblingshündin. Mit einem flauen Gefühl im Magen betrachtete Robert die Bissspuren an seinem Stiefel.

Der alte Lord richtete sich auf und wandte sich ihm zu. »Warum hast du dein Horn nicht benutzt?«

Robert leckte sich über die trockenen Lippen. »Dazu war keine Zeit«, log er. Sein Triumphgefühl war schlagartig verflogen.

Die Miene seines Großvaters wurde noch finsterer. Er winkte den Jägern zu. »Sorgt dafür, dass ihre Wunden gründlich gesäubert werden.«

»Wie schwer ist sie verletzt?«, erkundigte sich Roberts Vater grimmig. Er kam zu ihnen herüber, um die Hunde gleichfalls zu untersuchen, würdigte seinen Sohn jedoch keines Blickes.

Robert sah zu, wie sich die Männer um die verwundeten Hunde scharten. Die Aufregung der Jagd hatte sich in nichts aufgelöst, war so tot wie der Wolf, im Nebel vergessen. Er drehte sich um und verschwand zwischen den Bäumen. Auf einem verrotteten Baumstumpf ließ er sich nieder, warf sein blutverschmiertes Schwert auf den Boden und streifte mit zitternden

Fingern seinen Stiefel ab, dann zog er langsam seine Hose hoch. Zwei leuchtend rote Linien verunzierten die weiße Haut seines Knöchels.

»Blutet es?«

Robert fuhr herum, stellte teilnahmslos fest, dass Edward auf ihn zukam, und richtete seine Aufmerksamkeit wieder auf die Bissspuren. »Nein«, erwiderte er. »Die Zähne sind nicht durch die Haut gedrungen.«

»Dein Glück. Ich habe gehört, einen Wolfsbiss kann man nur heilen, wenn man neunmal nackt im See badet.«

Robert gab keine Antwort, sondern beschäftigte sich angelegentlich damit, seinen Stiefel wieder anzuziehen. Edward trat näher, lehnte sich gegen den Baum vor ihm und füllte so unvermeidlich sein Blickfeld aus. Robert musterte ihn verstohlen. Plötzlich wurde ihm bewusst, wie groß sein Bruder inzwischen wirkte. Seine grüne Tunika und die braune Hose ließen ihn mit dem Wald verschmelzen, das dunkle Haar wurde von einer mit Federn besetzten Kappe verdeckt. Mit seinen vierzehn Jahren war sein Gesicht jedoch noch immer pausbäckig und jungenhaft, und in seinen Wangen erschienen Grübchen, wenn er lächelte, was nicht zu seinem sich rasch entwickelnden Körper passte. Obwohl sie ein Jahr auseinander waren, hatten sie sich immer sehr ähnlich gesehen, das sagten alle, und Robert fragte sich nun, welche Veränderungen wohl mit ihm in den zwei Sommern vorgegangen waren, seit er nach Annandale gekommen war, um seinem Großvater als Knappe zu dienen. Seinen Bruder, der kurz vor seiner Abreise aus Irland zurückgekehrt war, hatte er über ein Jahr lang nicht mehr gesehen.

»Das Vieh war ein *Monster*«, fuhr Edward genüsslich fort. »Hätte ich es erlegt, hätte ich es ausstopfen und in meiner Halle ausstellen lassen, obwohl der Gestank wohl alle meine Gäste vertreiben würde.« Er grinste. »Er erinnert mich an die Ausdünstungen von Vaters Stiefeln.«

Robert nagte an seiner Lippe, konnte aber ein Lächeln nicht unterdrücken.

Edward schüttelte lachend den Kopf. »Du musst das Feuer des Mars in dir tragen – ihn anzugreifen, obwohl er so in die Enge getrieben war!«

Roberts Lächeln verblasste. Er hob sein Schwert auf und begann, mit einer Hand voll Blättern das Blut von der Klinge zu wischen. »Wir sind schon seit Monaten hinter ihm her. Den Rest des Rudels haben wir ausgelöscht, aber er ist uns immer entkommen.« Er stand auf und sah seinen Bruder an. Am liebsten hätte er ihm entgegengeschleudert, dass Edward die blutigen Felder nicht gesehen hatte, die die Wölfe hinterlassen hatten, nicht wie er mitten im Winter mit den Männern von Annan und Lochmaben Fallen aufgestellt und bis zum Abend gearbeitet hatte, bis die Finger vor Kälte steif waren und der Atem Wölkchen in der Luft bildete, wenn die Weinschläuche herumgereicht wurden. Am Tag von Roberts erstmaliger Teilnahme an einer Jagd, bei der er geholfen hatte, einen Wolf in einem Netz einzufangen, hatte ihm sein Großvater mit dem Blut des Tieres eine rote Linie auf die Stirn getupft und ihm erklärt, jetzt sei er ein Mann. Er wandte sich ab. Die Worte blieben ihm im Hals stecken, denn er wusste, dass sie nicht seinem Bruder, sondern seinem Vater galten.

Nach der überwältigenden Enttäuschung, die er nach seiner Rückkehr aus Irland erlebt hatte – die Fortsetzung seiner Ausbildung durch den Earl persönlich war eine unangenehme, undankbare Erfahrung gewesen –, war Robert schließlich im Haus seines Großvaters aufgeblüht. An der Seite des alten Lords hatte er die ersten Schritte auf dem Weg zum Mann getan, voller Zuversicht und in dem wachsenden Bewusstsein, dass es ihm bestimmt war, ein mächtiger, einflussreicher Edelmann und Ritter zu werden. An seinen ersten Abend in Lochmaben Castle konnte er sich gut erinnern – sein Großvater hatte mit ihm in der Halle gesessen und ihm mit ernster Stimme die Bedeutung des Erbes erklärt, das er eines Tages antreten würde.

»Stell dir unsere Blutlinie als einen mächtigen Baum vor«, hatte der alte Lord gesagt. »Seine Wurzeln reichen durch die

Jahrzehnte bis zu der Zeit des Eroberers und der Herrschaft Malcolm Canmores zurück und dann von der Seite deiner Mutter noch weiter in die Vergangenheit hinein, bis hin zu den alten Königen Irlands. Und diesen Wurzeln entspringen Äste, die sich durch Eheschließungen mit dem Königshaus von Schottland und den Adelshäusern Englands verflechten und aus denen schließlich ich und nach mir dein Vater hervorgegangen sind. Du, Robert, bist ein neuer Trieb dieser alten Äste.«

Doch nun hallten just diese Worte hohl in seiner Erinnerung wider. Erst vor zwei Tagen war der Earl in Lochmaben eingetroffen, und schon fühlte Robert sich wieder, als sei er zwölf Jahre alt und nicht fünfzehn – als wären diese vergangenen Jahre und alles, was er erreicht hatte, einfach ausgelöscht worden. Er konnte ein wildes Tier jagen und zur Strecke bringen, aber angesichts der kalten Missbilligung seines Vaters war und blieb er machtlos.

»Letzten Winter dachten wir, es könnten sich Wölfe in den Wäldern vor Turnberry herumtreiben.« Edward sah zu, wie Robert sich bückte und fortfuhr, seine Klinge zu säubern. »Ein paar Lämmer wurden gerissen. Vater meinte, es wären die Hunde der alten Vettel gewesen.«

»Affraig?« Robert kauerte sich auf die Fersen. Er hatte schon lange nicht mehr an die alte Frau und ihren Baum voller Netze gedacht.

»Ich kann immer noch nicht glauben, was du mir vor deiner Abreise erzählt hast.« Edward hielt inne. »Hast du Großvater je danach gefragt?«

Robert nickte, dabei fuhr er mit dem Blätterbüschel über die Klinge.

»Und?«, drängte Edward.

»Er wollte nicht darüber sprechen. Und auch über sie nicht.«

»Er hat es nicht abgestritten?«

»Nein, aber er hat es auch nicht zugegeben.« Robert erhob sich und schob sein Schwert in die Scheide an seinem Gürtel zurück. Er würde es später gründlich reinigen. »Du hast doch nicht mit Vater darüber gesprochen?«

»Wo denkst du hin? Ich lege keinen Wert auf Prügel. Vater gerät in der letzten Zeit so leicht in Zorn. Letzte Woche hat er Niall mit seinem Gürtel verdroschen. Vor ein paar Monaten hatte er Fieber, und Mutter machte sein Temperament dafür verantwortlich.« Edward schnaubte. »Aber er hat wegen Salisbury so oft herumgetobt, dass die Ärzte ihm wohl hundert Schröpfköpfe ansetzen könnten, ohne dass es seine Körpersäfte ins Gleichgewicht bringt.«

»Was hat er denn gesagt?« Roberts Interesse war geweckt.

»Er meint, es wäre nicht richtig, dass er nicht in die Verhandlungen mit König Edward mit einbezogen wurde. Dass er Großvater nach Salisbury hätte begleiten sollen.«

Robert empfand einen Anflug von Befriedigung. Sicher, auch er war nicht bei der Ratsversammlung zugegen gewesen, in deren Rahmen der Vertrag von Salisbury besiegelt worden war, aber er war mit dem Gefolge seines Großvaters in die Stadt gereist und hatte die Staatsmänner aus Westminster eintreffen sehen.

Nachdem die Königin einen tot geborenen Sohn zur Welt gebracht hatte, waren Spannungen aufgekommen, aber kurz darauf waren Boten von König Edward aus Frankreich eingetroffen und hatten in seinem Namen verlangt, dass die Männer des Reiches sich dem Hüterrat fügten, bis die kleine Margaret gekrönt werden konnte. Roberts Großvater hatte, mit dieser Entscheidung sehr zufrieden, seine restlichen Truppen aus Galloway abgezogen und zum Wohle des Königreichs die eroberten Burgen an Balliol und die Comyns zurückgegeben. Danach hatte sich die Lage beruhigt, viele erklärten sich mit Edwards Befehlen einverstanden, und die, die anderer Meinung waren, behielten diese für sich, um ihre Ländereien in England nicht zu gefährden. Zu der Zeit, als Robert im Haushalt seines Großvaters aufgenommen worden war, herrschte wieder Frieden im Reich.

Letzten Herbst war König Edward nach drei Jahren aus der Gascogne zurückgekehrt und hatte sich mit den Hütern in Verbindung gesetzt, um mit ihnen die Verbringung der jungen, jetzt fast siebenjährigen Margaret von Norwegen nach Schottland zu besprechen. Lord John Comyn hatte alles darangesetzt, die schottische Delegation anzuführen, die zu den Verhandlungen nach England geschickt werden sollte, doch mit der Hilfe von James Stewart war der Lord of Annandale in diese Gruppe gewählt worden. Robert hatte seinen Großvater gen Süden zu einer der wichtigsten Ratsversammlungen seit Jahrzehnten begleitet, bei der beschlossen worden war, dass Margaret Ende des Jahres nach Schottland gebracht werden würde. Jetzt galt es noch, Einzelheiten zu klären, was bei einer weiteren Versammlung in der Stadt Birgham geschehen würde.

Robert wünschte, sein Vater wäre nicht zu der Abschlussbesprechung geladen worden, aber als einen der dreizehn Earls hatte man ihn nicht übergehen können. Er war jedoch entschlossen, den Status, den er im Haus seines Großvaters bekleidete, mit Zähnen und Klauen gegen ihn zu verteidigen. Die Jagd hatte ihm nicht den erhofften Erfolg beschert. In seinem Versuch, sich zu beweisen, war er unvorsichtig geworden, aber nun, da er den Kummer kannte, der an seinem Vater nagte, fühlte er sich nicht mehr ganz so klein und unbedeutend. »Komm«, sagte er zu seinem Bruder. »Schauen wir uns das Ausweiden an.«

Die Brüder schlenderten durch den Wald zu dem Rest der Gruppe hinüber, wo die Jäger bereits damit begonnen hatten, den Wolf aufzuschneiden. Sobald der Magen entfernt war, würde der Hohlraum ausgewaschen und mit einer Mischung aus Hammelfleisch und Getreide gefüllt werden, an der sich die Hunde zur Belohnung für die erfolgreiche Jagd laben durften. Die anderen Männer ließen Weinschläuche kreisen. Die Stimmung war jetzt merklich gelöster.

Robert schritt hoch erhobenen Hauptes an seinem Vater vorbei und trat zu seinem Großvater. »Wird Scáthach wieder gesund?« Er betrachtete die Hündin, die ihre Wunden leckte.

»Sie ist ein zähes Mädchen«, erwiderte sein Großvater nach einer kleinen Pause.

Robert blickte zu ihm auf. »Es tut mir leid, Großvater«, entschuldigte er sich leise. »Ich hätte auf dich warten sollen.«

Der alte Lord grunzte nur.

Robert nickte beschämt und ging zu seinem Pferd, das an den nahe gelegenen Büschen knabberte, doch die Stimme seines Großvaters hielt ihn zurück.

»Aber ich bin sicher, die Schäfer von Annandale schlafen heute Nacht ruhiger.«

Als er nach den Zügeln des Schlachtrosses griff, breitete sich ein Grinsen auf Roberts Gesicht aus.

12

ROBERT STELLTE SICH IN DEN Steigbügeln auf, als sie den zu der kleinen Grenzstadt Birgham führenden Pfad entlangtrotteten, und versuchte, einen Blick auf die zusammengedrängte Menge zu erhaschen. Sein Großvater ritt zusammen mit Earl Patrick of Dunbar, dem mächtigen Grundbesitzer, der schon vor vier Jahren bei der Besprechung in Turnberry dabei gewesen war und in dessen Haus sie die letzten drei Nächte verbracht hatten, an der Spitze der Gruppe. Roberts Vater folgte ihnen mit sechs Rittern aus Carrick, und er und sein Bruder bildeten mit den Knappen und Gefolgsleuten die Nachhut. Auf einem Feld neben einer Kirche vor ihnen waren Hunderte von Zelten aufgestellt worden. Von Kochkesseln stieg Dampf auf, Männer standen beieinander und unterhielten sich, während die Knappen die Pferde versorgten. Sogar ein paar Musikanten spielten auf.

»Kannst du die Engländer sehen?«, fragte Edward, der Roberts Blick folgte und sich den Hals verrenkte. »Sind sie schon hier?«

»Wir sind noch zu weit weg«, gab Robert ungeduldig zurück. Sein Großvater trieb sein Pferd etwas an. Die Hufe der Tiere sanken in der aufgewühlten Erde ein.

Allmählich wurden die Stimmen und die Musik lauter und der Geruch nach Pferdemist und Holzrauch stärker, bis sie endlich hinter einer anderen Reisegruppe das Feld überquerten. Robert musterte die Männer, an denen sie vorbeikamen und von denen einige seiner Familie große Aufmerksamkeit zu schenken schienen. Nicht alle Blicke waren freundlich.

»Robert!«

Auf den Ruf seines Großvaters hin glitt Robert aus dem Sattel und führte sein Pferd zu dem Lord hinüber, der in der Nähe einer Zeltreihe Halt gemacht hatte. Er nahm die Zügel des gescheckten Schlachtrosses seines Großvaters, während der alte Mann mit schmerzlich verzogenem Gesicht abstieg. Als er einige gebrüllte Befehle vernahm, drehte Robert sich um und sah, wie ein paar Männer Bänke über die Kirchenmauer wuchteten.

»Die Versammlung sollte eigentlich in der Kirche stattfinden«, erklärte sein Großvater, der zusah, wie die Bänke zur Mitte des Feldes geschafft wurden, wo im Schatten einer Eiche eine Plattform errichtet worden war. »Aber ein Blitz ist in das Dach eingeschlagen.«

Robert blinzelte in das Sonnenlicht und entdeckte ein schwärzliches Loch in einer Seite des Kirchendaches.

»Vielleicht ist es ein böses Omen«, murmelte Edward, der hinter ihm auftauchte. Er hielt die weiße Stute ihres Vaters am Zügel.

Ihr Großvater schien die Bemerkung nicht gehört zu haben. Er hatte sich abgewandt, weil er von einem zerbrechlich wirkenden, rothaarigen Mann mit rötlichem Gesicht begrüßt wurde, der mit zwei jüngeren Burschen auf ihn zuhumpelte.

Robert erkannte die drei. »Das ist Sir Walter, Earl of Menteith, mit seinen Söhnen«, teilte er seinem Bruder mit. »Sie waren in Turnberry, als Großvater den Angriff auf Galloway plante.« Noch während er sprach, fiel sein Blick auf eine Gruppe, die vor ihnen das Feld überquerte. Robert starrte in das lange, hagere Gesicht von John Comyn, den er zum ersten Mal in Salisbury gesehen hatte. Der mit Wolfspelz besetzte Umhang des Lords war mit drei Weizengarben auf rotem Grund verziert. Sein Haar fiel ihm lose über die Schultern. »Schau – der Teufel persönlich!«

Edward runzelte die Stirn. »Wer?«

Robert senkte die Stimme, als die Männer ihren Weg kreuzten. »Das ist der Lord of Badenoch, das Oberhaupt der Roten Comyns.« Hinter dem Lord ging ein blasser Jugendlicher ungefähr seines Alters mit glattem, dunklem Haar. Er sah Comyn zu ähnlich, um nicht mit ihm verwandt zu sein. Ein Sohn, vermutete Robert.

»Ich dachte, er wäre größer«, meinte Edward. »Wer ist denn da bei ihm?«

Robert folgte dem Nicken seines Bruders in Richtung eines Mannes mit dünnem kastanienbraunem Haar, pockennarbiger Haut und einem angespannten Gesichtsausdruck, der an Comyns Seite ging. »Ich glaube, das ist der Lord of Galloway – John Balliol.«

Balliol blickte sich um. Einen Moment lang fürchtete Robert, er könne ihn gehört haben, aber er war zu weit entfernt, und außerdem hatte sich die Aufmerksamkeit des Lords zunächst auf seinen Vater und Großvater gerichtet.

Balliols stockende Schritte bewirkten, dass sich auch seine Begleiter umdrehten. Beide Parteien blieben einen Augenblick lang stehen, die Bruce-Männer unterbrachen ihr Gespräch mit den Earls of Menteith und Dunbar. Robert fiel ein junger Mann in Balliols Gruppe auf, der ein Lederwams trug und einen Spieß in der Hand hielt. Aber weder die Rüstung noch die Waffe hatten sein Interesse geweckt, sondern der abgrundtiefe Hass im Gesicht des Mannes. Er hielt den Blick direkt auf seinen Vater gerichtet.

»Mylords. Willkommen.«

Die Stimme von James Stewart riss die Männer aus ihrer Erstarrung. Der Großhofmeister schritt über das Gras auf den Lord of Annandale und den Earl of Carrick zu. Bei ihm war ein breiter Mann mit Tonsur und einem erhitzten, schweißüberströmten Gesicht – Robert Wishart, der Bischof von Glasgow. Robert war ihm nur einmal kurz begegnet und hatte großen Respekt vor diesem mächtigen Geistlichen verspürt.

Als Balliol und Comyn weiter auf die Plattform zugingen, sah Robert, wie der junge Mann mit dem Spieß ins Gras spie, ehe er seinen hasserfüllten Blick von dem Earl of Carrick abwandte und hinter dem Lord of Galloway hertrottete.

James Stewart und der Lord of Annandale begrüßten einander mit einer Umarmung. Robert registrierte, dass der Großhofmeister seinem Vater weniger herzlich begegnete.

»Eure Exzellenz.« Der alte Bruce beugte sich vor, um die Hand des Bischofs von Glasgow zu küssen. »Ich freue mich, Euch zu sehen.«

»Und aus einem so willkommenen Anlass«, stimmte der Bischof zu. »Wenigstens wird der Thron unseres Reiches nach der jüngsten Tragödie wieder besetzt werden. Es ist ein gutes Zeichen, dass unsere neue Königin denselben Namen trägt wie eine unserer geschätztesten Heiligen. Möge Gott die junge Margaret sicher an unsere Küste geleiten.«

Robert sah, wie sich das Gesicht seines Vaters bei diesen Worten verhärtete. Allmählich dämmerte ihm, was dieser Tag für ihn bedeutete. Die Zukunftsträume seines Vaters standen vor dem Zerplatzen. Bald würde Margaret den Thron von Schottland besteigen, und aus ihr würde eine neue Blutlinie entspringen, die sich immer weiter von der Familie Bruce und ihren Ansprüchen entfernte. Im selben Moment wurde ihm klar, dass dies auch für ihn einen herben Verlust mit sich brachte. Das Bild von Affraig, die das Schicksalsnetz in Fetzen riss, das sie für seinen Vater gewoben hatte, stieg vor seinem geistigen Auge auf, und er fragte sich, ob die Hexe bei alldem irgendwie ihre Hände im Spiel gehabt hatte. Aber dann hörte er Trompetenfanfaren und drehte sich zusammen mit den anderen um, um eine prächtige Prozession zu beobachten, die unter wehenden bunten Bannern das Feld überquerte. Die Engländer waren eingetroffen.

Angeführt wurden sie von John de Warenne, dem Earl of Surrey und Enkel des legendären William Marshal, einem der größten Ritter, die England je hervorgebracht hatte. Warenne war selbst ein erfahrener Krieger und mit seinen sechzig Jahren Veteran zahlreicher Feldzüge unter Henry III. und seinem Sohn Edward. Der Earl hatte während der Rebellion Simon de Montforts und in Edwards blutigen Kriegen in Wales gekämpft und war zu einem der geschätztesten Kommandanten des Königs aufgestiegen. Sein Ruf eilte ihm voraus, und Robert starrte den stämmigen grauhaarigen Mann auf seinem massiven schwarzen Schlachtross voller Ehrfurcht an. Er trug einen prächtigen blaugoldenen Brokatmantel, den er über einer Schulter zurückgeschlagen hatte, um sein unter dem Überwurf glitzerndes Kettenhemd und ein Breitschwert mit goldenem Griff sehen zu lassen.

Dem Earl folgte ein kräftiger Mann in einem violetten Gewand, der sich fast ebenso großer Berühmtheit erfreute, obwohl er zwei Jahrzehnte jünger war. Anthony Bek, der Bischof von Durham, hatte seine beeindruckende Karriere im Klerus begonnen, nachdem er an der Universität von Oxford seinen Abschluss gemacht hatte. Nach seiner und König Edwards Rückkehr aus dem Heiligen Land wurde er zum Konnetabel des Towers von London ernannt und dann zum Bischof von Durham, dessen Diözese die nördlichste Verteidigung Englands bildete. Die Macht, die ihm dieses Amt verlieh, machte ihn in seinem kleinen Reich praktisch zum König. Tatsächlich wirkte Bischof Bek auf Robert weniger wie ein Geistlicher als vielmehr wie ein kriegerischer Prinz, als er mit dreißig Rittern im Gefolge auf seinem Schlachtross vorbeiritt.

Robert hatte beide Männer bei den Gesprächen in Salisbury gesehen, aber hier auf diesem sonnenüberfluteten Feld, über das Trompetenfanfaren wehten, wirkten sie noch weitaus imposanter. Vielleicht lag es an dem großen Anlass – oder an dem

Kontrast, den sie zu den auf dem Feld wartenden Männern bildeten. Viele der schottischen Edelleute hielten ihre pelzverbrämten Umhänge mit juwelenbesetzten Broschen oder Silberketten zusammen, trugen Federn an ihren Kappen und Schwerter und Dolche in bestickten Scheiden am Gürtel. Aber ihre Kleider aus gefärbter Wolle und Leinen waren schlichter als die der Engländer, und nur wenige hatten Kettenhemden angelegt. Sie waren nicht zum Kämpfen hergekommen, was den Engländern niemand gesagt zu haben schien. Alle, vom Earl und dem Bischof bis hin zu den Rittern und Knappen, trugen irgendeine Art Rüstung, auch wenn sie nur aus gepolsterten Wämsern bestand, und viele Pferde strotzten vor Schildpanzern. Ihre Kleider waren aus kostbaren Stoffen gefertigt und sehr auffällig: bestickte Seide und gemusterter Samt in leuchtenden Farben. Die Männer erinnerten Robert an überdimensionale, über das Gras schwebende Schmetterlinge.

John de Warenne stieg ab und ging zuerst zu Balliol und Comyn, die auf ihn zukamen. Dies war nicht weiter verwunderlich, denn Balliol war mit Warennes Tochter verheiratet, doch es schien Roberts Vater, der die Begüßung verdrossen verfolgte, sichtlich zu missfallen. Als die anderen Edelleute auf das Podest zusteuerten und sich auf den davor aufgestellten Bänken niederließen, bedeutete James Stewart dem Lord of Annandale und dem Rest der Gruppe, ihm zu folgen. Robert trat einen Schritt vor, doch sein Großvater drehte sich zu ihm um.

»Du bleibst hier.«

Robert wollte Einwände erheben, aber der Lord hatte sich bereits wieder abgewandt.

»Ich dachte, wir würden an der Versammlung teilnehmen«, beschwerte sich der neben ihm stehende Edward.

Die Brüder sahen zu, wie sich die Männer zu der wachsenden Menge von Earls und Baronen, Bischöfen und Äbten gesellten, die für das Reich sprachen. Ihre Ritter, Knappen, Pagen und Stallburschen hatten sie am Rand des Feldes zurückgelassen, um die Pferde zu versorgen und Lagerfeuer zu entzünden. Die

Musik war verstummt, die Spielmänner lagen im Gras und hatten ihre Flöten und Lauten gegen Bierhumpen getauscht.

Die kribbelnde Erregung, die Robert während der Reise verspürt hatte, war unterschwelligem Zorn gewichen. Sein Blick ruhte grimmig auf dem Rücken des Earls, während er sich fragte, ob er auch von der Besprechung ausgeschlossen worden wäre, wenn sein Vater seinen Großvater nicht begleitet hätte. Er schützte seine Augen mit einer Hand vor der Sonne, als die Männer ihre Plätze einnahmen. Bischof Bek bestieg das Podest, und der Earl of Surrey begrüßte ihren Großvater, der sich neben John Balliol geschoben hatte. »Vielleicht bekommen wir ja auch von hier aus etwas mit«, murmelte er, sah aber schon, dass die Männer bereits das Wort ergriffen hatten und ihre Stimmen bis auf eine alles übertönende nicht zu verstehen waren.

Edward trat nervös von einem Fuß auf den anderen. Dann führte er sein Pferd und die weiße Stute ihres Vaters zu einem der jüngeren Ritter von Carrick hinüber. »Sir Duncan, würdet Ihr die Pferde für mich halten?«

»Das ist Eure Aufgabe, Master Edward«, tadelte der Ritter.

John de Warenne war neben Bischof Bek auf die Plattform gestiegen und wandte sich an die versammelte Menge. Es gab mehr Zuhörer als Sitzplätze, und diejenigen, die keinen ergattert hatten, drängten sich hinter den Bänken. Robert konnte seinen Vater und seinen Großvater nicht mehr sehen. Er blickte sich um, als Edward weitersprach.

»Bitte, Duncan.«

»Warum sollte ich?«

Edward legte eine kleine Kunstpause ein. »Wenn Ihr es tut, erzähle ich meinem Vater nicht, dass Ihr einmal versucht habt, Isabel zu küssen.«

Der Ritter lachte. »Eure Schwester? Ich habe noch nie ein Wort mit ihr gewechselt.«

»Das weiß mein Vater aber nicht.«

»Ihr beliebt zu scherzen«, versetzte der Ritter, doch sein Lächeln war verflogen.

Edward gab keine Antwort.

Die Züge des Ritters verhärteten sich, aber er griff nach den Zügeln. »Wo immer Ihr auch hinwollt, Ihr solltet besser zusehen, dass Ihr vor dem Earl wieder hier seid.«

Edward machte Robert ein Zeichen. Dieser zog sein Pferd sowie das Schlachtross seines Großvaters mit einem breiten Grinsen gleichfalls zu dem missmutigen Ritter hinüber. Dann huschten die Brüder eilig über das Feld, ohne auf die neugierigen Blicke der anderen Ritter zu achten. Als sie sich unauffällig unter die Männer am Rand der Menge mischten, setzte John de Warenne gerade zu einer Rede an.

»Hundert Jahre lang herrschte zwischen unseren Reichen Frieden. Schottland und England sind gute Nachbarn geworden, die beide durch Handel, Landgeschenke, Ämtervergaben und das heilige Sakrament der Ehe zu Wohlstand gelangt sind. König Alexander, Gott schenke seiner Seele Frieden, sah die Vorteile, die eine Vereinigung unserer Kräfte mit sich brachte, und heiratete deshalb seine erste Frau, die Tochter König Henrys und Schwester des erlauchten König Edward.«

Robert und Edward verbargen sich hinter einer Gruppe von Prioren, deren Tonsuren im Sonnenlicht glänzten.

»Und obwohl sein Tod für uns alle eine Tragödie war, entspringt seinem Dahinscheiden jetzt eine neue Hoffnung, die unsere Königreiche vielleicht noch enger zusammenbringt. Diese Hoffnung trägt einen Namen – Margaret von Norwegen, seine Enkelin. Wie im Vertrag von Salisbury festgelegt, wird das Kind in Kürze nach Schottland gebracht werden, um als eure neue Königin den Thron zu besteigen.«

Zustimmendes Gemurmel folgte auf seine Worte. Robert stellte sich auf die Zehenspitzen und versuchte, über die Köpfe der Prioren hinwegzuspähen. Zwischen ihren Schultern konnte er die massige Gestalt Bischof Beks in seiner violetten Robe ausmachen. Der Bischof hielt etwas in seiner Faust. Es war eine dicke Pergamentrolle.

»Zwei Jahre vor seinem Tod schrieb Alexander an König Edward und deutete die Möglichkeit einer Heirat zwischen den Königshäusern von England und Schottland an.«

Während der Earl sprach, sah Robert, wie Bischof Bek das Pergament entrollte. Am unteren Rand hing ein großes Siegel.

»Nun kann der Wunsch beider Könige endlich erfüllt werden. Ich habe hier einen Erlass Seiner Heiligkeit in Rom, in dem er der Hochzeit von Margaret mit Edward of Caernarfon zustimmt, dem Sohn und Erben des Königs.«

Nach den Worten des Earl of Surrey herrschte einen Moment lang Stille. Dann brach in der Menge ein Sturm von überraschten und protestierenden Rufen los.

13

»WUSSTET IHR DAVON, LORD STEWART?«

Der Earl of Menteith übertönte das erregte Stimmengewirr. Einer nach dem anderen drehten sich die am Tisch sitzenden Männer zu James Stewart um, an den die Frage gerichtet war.

Der Großhofmeister wich dem finsteren Blick des älteren Earls nicht aus. »Nein, Walter. Es kam für mich ebenso überraschend wie für Euch.«

»Und Ihr, Sir Robert?« Menteith richtete seine Aufmerksamkeit auf den Lord of Annandale. »Ihr wart in Salisbury, um den Vertrag zu unterzeichnen. Haben der Earl of Surrey oder Bischof Bek mit Euch über diesen Vorschlag gesprochen? Oder mit Euch, Exzellenz?«, fragte er den Bischof von Glasgow, der das Kinn auf seine gefalteten Hände stützte und nachdenklich vor sich hin starrte.

»Niemand wusste davon«, warf James in einem Ton ein, der keinen Widerspruch duldete.

»Glaubt irgendeiner der Anwesenden, dass Lord Alexander König Edward wirklich einen solchen Vorschlag unterbreitet hat?«, erkundigte sich ein junger Mann mit lockigem dunklem Haar und konzentrierter Miene. »Ich kann mir nämlich nicht vorstellen, dass er eine königliche Heirat in Erwägung gezogen hätte, ohne sich zuvor mit seinen Beratern zu besprechen.«

»Wollt Ihr damit andeuten, dass die Engländer lügen, John?«

Der junge Mann lehnte sich zurück und hob trotzig die Schultern. »Vielleicht.«

Wieder brach erregtes Stimmengewirr los, doch Robert, der mit seinem Bruder am Rand des Podestes in der Halle saß, hielt den Blick auf den lockenköpfigen Sprecher gerichtet. Er hatte Sir John vor einem Jahr kennen gelernt, nachdem der junge Mann die Grafschaft Atholl geerbt hatte. Der Earl, der zugleich auch das Amt des Sheriffs von Aberdeen bekleidete, stand in dem Ruf, ein Hitzkopf zu sein, doch Robert empfand seine freimütige Art als angenehme Abwechslung von der vorsichtigen Zurückhaltung vieler anderer Lords, denen er begegnet war. John war mit der Tochter von Donald, Earl of Mar, verheiratet, einem der engsten Kameraden seines Großvaters.

Es war auch Donald, der seinen Schwiegersohn jetzt ins Auge fasste. Seine Stimme übertönte die der anderen. »Hüte dich, John, derartige Anschuldigungen zu erheben, ohne Beweise dafür erbringen zu können. Lord Alexander machte sich nach dem Tod seines letzten Sohnes natürlich große Sorgen. Sogar nachdem er die Männer des Reiches Margaret die Treue hatte schwören lassen, beschäftigte er sich unablässig damit, einen passenderen Erben zu finden – deshalb auch seine Suche nach einer neuen Braut. Wir können nicht wissen, was er in diesen unsicheren Zeiten wem versprochen hat.«

Robert spürte, dass sich Edward zu ihm beugte, um ihm etwas ins Ohr zu flüstern.

»Wie es scheint, versprechen die Könige von Schottland viele Dinge, die sie nicht halten.«

Robert nahm an, dass sich sein Bruder auf den Umstand bezog, dass Alexanders Vater ihren Großvater einst zu seinem präsumtiven Erben bestimmt hatte. Sein Blick wanderte zu dem alten Lord, der tief in Gedanken versunken wirkte. Robert trank einen Schluck Bier aus dem Becher, den ihm einer von Sir Patricks Dienern gereicht hatte. Nach ihrer Rückkehr aus Birgham hatten sie sich zusammen mit dem Rest der Männer gleich in die große Halle begeben. Auf den Bänken rund um den Tisch war nicht genug Platz für alle gewesen, also hatten sich die Brüder auf den Rand des Podests gesetzt. Robert hatte darauf gewartet, dass sein Vater sie wutentbrannt der Halle verwies, aber der Earl und die anderen waren offenbar zu sehr mit anderen Problemen beschäftigt, um von ihnen Notiz zu nehmen, und so hatten sie bislang schweigend dagesessen und der Diskussion gelauscht.

»Was auch immer Lord Alexander versprochen haben mag, es entschuldigt nicht, dass sich der englische König in dieser Angelegenheit hinter unserem Rücken an den Heiligen Vater gewandt hat.« John of Atholls Stimme klang unbeirrt. »Es ist ein weiterer Beweis für die Entschlossenheit des Königs von England, sein Reich auszuweiten. Vergesst nicht, wie er mit Wales verfahren ist. Der Krieg ist erst vor sieben Jahren mit der Versklavung der Bevölkerung und dem Tod von Prinz Llewelyn zu Ende gegangen. Vielleicht hat er hier etwas Ähnliches vor, nur mit Heiratsbanden statt mit eisernen Fesseln.«

»Ihr sprecht von Dingen, von denen Ihr wenig Ahnung habt«, fuhr ihm der Earl of Carrick über den Mund.

Robert schielte zu seinem Vater hinüber, der während der Eroberung von Wales in Edwards Armee gedient hatte. Robert war acht gewesen, als der Earl mit seinen Männern aufgebrochen war – und nur zwei waren nach Hause zurückgekehrt. Er erinnerte sich an die Veränderung, die danach mit seinem Vater vorgegangen war: seine Schlaflosigkeit, seine Wutanfälle, die unzähligen Weinkrüge, die er geleert hatte. Der Earl war an den erbittertsten Kämpfen des Feldzuges beteiligt gewesen, einem von vielen in den seit Jahrhunderten andauernden Kriegen zwischen den Prinzen von Wales und den Königen von England.

»Bei allem Respekt, Sir Robert«, fuhr John of Atholl fort, »aber ich glaube, Eure Loyalität gegenüber König Edward trübt in diesem Fall Euer Urteilsvermögen.«

Die Augen des Earl of Carrick wurden schmal. »Ich will doch hoffen, jedem Mann, dem ich Loyalität geschworen habe, auch treu gedient zu haben!«

»Vasallentreue ist eine Sache«, erwiderte John und hob die Stimme, als James Stewart sich in die Debatte einmischen wollte. »Aber es ist allgemein bekannt, wie nahe Ihr dem König von England steht. Ihr habt sogar Euren zweiten Sohn nach ihm benannt.« Er deutete auf den neben Robert auf dem Podest sitzenden Edward. »Erst Euer dritter erhielt dann den Namen Alexander.«

Robert musterte seinen Bruder, der sich angesichts der allgemeinen Aufmerksamkeit aufgesetzt hatte.

»Ich wusste nicht, dass es Gesetze bezüglich der Namensgebung von Kindern gibt«, grollte der Earl.

»Das bringt uns nicht weiter«, ergriff James Stewart nun doch das Wort. »John de Warenne und Bischof Bek erwarten in zwei Tagen unsere Antwort. Wir müssen eine Entscheidung treffen.«

»Ihr sprecht nicht für alle Hüter, Lord Stewart«, warnte Earl Donald of Mar. »Egal welche Entscheidung wir treffen, Comyn und die anderen müssen ihr zustimmen.«

»Darüber zerbrechen Bischof Wishart und ich uns schon den Kopf, Donald«, gab James zurück. »Jetzt sollten wir erst einmal zu einem Beschluss kommen.« Er wandte sich an den Lord of Annandale, der bislang geschwiegen hatte. »Ihr habt Euch noch gar nicht geäußert, mein Freund. Ich würde gern hören, wie Ihr darüber denkt.«

Einige der anderen nickten.

Stille trat ein. John of Atholl rutschte unruhig auf seinem Platz hin und her, als sie sich immer mehr in die Länge zog. Robert bezweifelte, dass sein Großvater antworten würde.

Endlich hob der alte Lord sein Löwenhaupt. »Meiner Meinung nach müssen zwei Fragen beantwortet werden, ehe es zu einer Entscheidung kommen kann. Die erste lautet: Was haben wir zu gewinnen, wenn wir auf den Vorschlag eingehen? Zweitens müssen wir uns fragen, was wir verlieren könnten, wenn wir uns weigern. Bezüglich der zweiten Frage kann ich nur mutmaßen, dass es um das Land geht, das König Edward vielen von uns zugestanden hat. Nur wenige von uns besitzen in England keine Landgüter. Auch meine Familie hat im Lauf der Jahre sehr von der Gönnerschaft der englischen Könige profitiert. Es scheint mir sehr wahrscheinlich, dass uns diese Geschenke – oder der größte Teil davon – wieder entzogen werden, wenn wir uns gegen diese Heirat aussprechen. Ich habe mit König Edward immer auf gutem Fuß gestanden, aber ich weiß, wie rasch er mit Vergeltungsmaßnahmen zur Hand ist, falls man sich ihm widersetzt.«

Roberts Vater nickte; und war somit einmal einer Meinung mit dem Lord. Sein hartes Gesicht glich dem eines gereizten Bullen, als er den Blick über die anderen Männer schweifen ließ und jeden stumm zu Widerspruch herausforderte. Doch alle blieben stumm.

»Aber es gibt etwas, was mir noch mehr zu schaffen macht als der mögliche Verlust eines Teils meines eigenen Vermögens«, fuhr der Lord nach einer kurzen Pause fort. »Und das ist der Preis, den unser Königreich zu zahlen hat. Margaret ist jung. Sie hat ihre wenigen Jahre auf dieser Welt an einem fremden Hof verlebt, und sie wird die erste Frau sein, die je auf dem Krönungsstein sitzt. Sie wird viele Jahre lang einen Regenten oder einen Regentschaftsrat brauchen, der an ihrer Stelle herrscht. Ich kann mich noch gut daran erinnern, wie Alexander im Alter von acht Jahren den Thron bestiegen hat. Ich war Zeuge des Machtstrebens der Comyns und ihrer aggressiven Versuche, sich den jungen König gefügig zu machen – sie haben ihn sogar gegen seinen Willen festgenommen und gefangen gehalten. Alexander hat seine Jugend als Schachfigur verbracht, die benutzt und umkämpft wurde. Erst als er ein Mann wurde, konnte er seinen Willen durchsetzen und sich gegen die durchsetzen, die ihn beherrschen wollten. Das wird Margaret nie gelingen. Sie kann ihre Position nur durch eine Heirat festigen. Eines Tages wird sie aber, so Gott will, einen Sohn gebären, durch den wir dann wieder erstarken werden.«

»Dann lasst sie doch einen Schotten heiraten«, knurrte John of Atholl. »Wenn Margaret Edwards Sohn ehelicht, wird er durch sie unser rechtmäßiger König, und unser Reich wird seine Freiheit verlieren. Wenn Edward of Caernarfon den Thron seines Vaters erbt, wird Schottland zu einem weiteren Glied am schwellenden Körper Englands degradiert, dessen Kopf er bildet. Sir James«, John wandte sich an den Großhofmeister, »wollt Ihr Euer hohes Amt an einen Engländer verlieren? Und Ihr, Exzellenz?« Er drehte sich zu Wishart, der die Stirn runzelte. »Wollt Ihr, dass die schottische Kirche den Bischofssitzen von York und Canterbury unterstellt wird? Und was ist mit dem Rest von Euch? Wollt Ihr durch Steuern bis zum letzten Blutstropfen ausgesaugt werden wie die Waliser?«

»Ich verstehe Eure Befürchtungen, John.« Der Lord of Annandale musterte den hitzigen jungen Mann mit einem eindringlichen Blick. »Aber unsere Situation ist nicht mit der von Wales vergleichbar. Die Engländer sind hier, um zu verhandeln, nicht, um uns den Krieg zu erklären. Wir können festlegen, unter welchen Bedingungen die Hochzeit stattfindet.« Der alte Bruce beugte sich vor. Er stützte seine großen Hände auf den Tisch und sah die anderen Männer an. »Wir können selbst über unsere Zukunft bestimmen.«

John Comyn ritt in das Lager, als die Sonne hinter purpurroten Wolkentürmen versank. Am Nachmittag war im Westen Wind aufgekommen, der an den Zelten auf der Lichtung zerrte. Die hohen Bäume des Selkirk Forest schwankten, die alten Äste knarrten. Ein Sturm braute sich zusammen.

Der Lord of Badenoch überließ es seinem Knappen, sich um sein Pferd zu kümmern, und schritt durch die windige Dämmerung auf das größte Zelt zu. Tannenzapfen knirschten unter seinen Stiefeln. Er schob die Zeltklappe zur Seite und trat ein.

John Balliol erhob sich rasch von der niedrigen, mit Pelzen bedeckten Liege, auf deren Rand er gekauert hatte. Als er Comyn musterte, veränderte sich sein Gesichtsausdruck. »Lasst uns allein«, gebot er seinen Pagen. Sowie diese das Zelt verlassen hatten, trat er zu Comyn. »Sie haben es getan, nicht wahr? Ich lese es in deinen Augen.« Noch während er sprach, mischte sich Hoffnung in seinen Ton, als könne er die Miene seines Schwagers falsch gedeutet haben.

Comyn zerschmetterte sie mit einem Nicken. »Ich wurde überstimmt.«

Balliol sank auf die Liege zurück.

Comyn sprach unbeirrt weiter. »Die anderen treffen sich heute Nachmittag mit den Engländern, um ihre Zustimmung zu der Heirat zu geben.«

Balliol blickte wie betäubt auf. »Ich kann nicht glauben, dass der Lord of Annandale sich damit einverstanden erklärt hat.«

»Warum nicht? Auf diese Weise erreicht er, was er schon immer angestrebt hat – die Maid of Norway wird den Thron besteigen, so wie es Alexanders Wunsch war.«

»Aber durch ihre Billigung dieser Verbindung haben die Bruces unsere Eigenstaatlichkeit verspielt!«

»Die Hüter stimmen der Hochzeit nur zu, wenn strenge Bedingungen erfüllt werden.« Comyn zählte die Punkte tonlos auf. »Die Freiheit und die Sitten und Gebräuche Schottlands bleiben erhalten. Königliche Ämter werden ausschließlich an Schotten vergeben, Steuern nur für die Belange unseres Königreiches verwendet. Kein Schotte fällt außerhalb unserer Landesgrenze unter fremde Gesetze, und kein fremdes Parlament darf sich in schottische Angelegenheiten einmischen. Unsere Reiche werden zwar durch Heirat vereint, bleiben aber unabhängig und werden separat regiert, von einer Königin und einem König.« Nachdem Comyn geendet hatte, trat Stille ein, die nur von dem Wind zerrissen wurde, der gegen die Zeltbahnen hämmerte.

»Ich habe stundenlang hier gesessen und das Schlimmste befürchtet«, murmelte Balliol schließlich. »Aber ein Hoffnungsschimmer ist mir geblieben.« Er erhob sich. »Lass uns zu meinem Schwiegervater gehen. Lass uns John de Warenne bitten, mit König Edward zu sprechen. Vielleicht kann er den König von dieser Idee abbringen.«

»Hast du die päpstliche Bulle nicht gesehen, die Bek präsentiert hat? Sie wurde vor vier Jahren verfasst. Edward hat das Ganze geplant, seit er von Alexanders Tod erfahren hat. Nichts wird ihn von seinem Kurs abbringen.«

Zorn flammte in Balliols Augen auf. »Das war es dann also?« Er funkelte seinen Schwager an. »Du willst es nicht noch einmal versuchen?«

»Das bringt nichts. Die Lawine ist ins Rollen gekommen.«

Balliol trat einen Schritt auf ihn zu und streckte die Hände aus, als wolle er sie um Comyns Hals legen. »Ich habe alles für diese Chance geopfert! Eine Chance, die zu ergreifen du mich überredet hast! Und indem ich das getan habe, habe ich mich für meine Feinde verwundbar gemacht und meinen guten Namen befleckt. Meine Mutter haben wir nach dem Angriff auf Buittle zu Grabe getragen. Ich bin sicher, dass sie noch leben würde, wenn dies nicht geschehen wäre. Und jetzt erwartest du von mir, dass ich mich … dass ich mich …« Balliol wandte sich ab, suchte nach den richtigen Worten, fuhr wieder herum und schleuderte sie Comyn entgegen. »Dass ich mich völlig vom öffentlichen und gesellschaftlichen Leben zurückziehe! Dann bin ich nicht nur nicht König, sondern auch kein bei Hof respektierter Lord mehr!« Auf seinen pockennarbigen Wangen loderten fiebrige rote Flecken. »Nun, eines ist sicher, *Bruder*. Egal was die Hüter mit den Engländern vereinbaren – die Zeit, da deine Familie die Macht hinter dem Thron gebildet hat, ist vorbei.« Sein Gesicht verzerrte sich vor Hass. »Ich mag ruiniert sein, aber ich begebe mich nicht allein in die Dunkelheit, denn ich teile meinen Niedergang mit den mächtigen Comyns!«

Balliols Wut schien an Comyn wirkungslos abzuprallen. »Ich

bin davon überzeugt, dass weder deine noch meine Familie dem Untergang geweiht ist.«

»Was kannst du schon tun, um das zu verhindern?«, schäumte Balliol. »Was denn? Willst du die junge Königin gefangen nehmen, wie es deine Familie einst mit Alexander getan hat? Sie festhalten, bis deine Forderungen erfüllt werden?« Er schüttelte den Kopf. »Diese Entführung ging letzten Endes für die Roten Comyns nicht gut aus. Der Bruce hat dafür gesorgt. Ich bezweifle, dass du überhaupt die Gelegenheit zu einer solchen Aktion bekommst.«

»Wenn morgen ein Kampf um den Thron ausbrechen würde, stünden wir anders da als vor vier Jahren. Unsere Festungen sind uns zurückgegeben und verstärkt worden. Ich war während der herrscherlosen Zeit nicht untätig und die Schwarzen Comyns und die Comyns von Kilbride auch nicht. Wir haben Bündnisse geschlossen, unsere Positionen gefestigt und die Grenzen unserer Ländereien gesichert.«

Balliol stieß einen Laut hilfloser Wut aus. »Warum sprichst du immer noch von Kampf? Das Mädchen kommt nach Schottland gesegelt, um mit dem Erben von England verlobt zu werden. Es ist vorbei, sage ich dir!«

Comyn drehte sich um, als sich die Zeltklappen blähten. Draußen konnte er die Geräusche des Lagers hören. Er wandte sich wieder zu Balliol. »Nicht, wenn Margaret unsere Küste nie erreicht.«

Balliol machte Anstalten, Comyn mit einer weiteren Schimpftirade zu überschütten, doch dann hielt er inne, als er erfasste, worauf sein Schwager hinauswollte. »Ich hoffe nur, dass du nicht meinst, was ich denke«, murmelte er.

»Es ist der einzige Weg, das Überleben unseres Königreiches zu sichern, egal was die Hüter sagen oder unter welchen Bedingungen sie dieser Heirat zustimmen. Edward of Caernarfon ist sechs Jahre alt, um Gottes willen! Er wird während der nächsten Jahre nichts mit den Regierungsgeschäften dieses Reiches zu tun haben, und wenn er alt genug ist, hat sein Vater uns in gesetzliche Fesseln gelegt, aus denen wir uns nie befreien werden können. Mach jetzt keinen Fehler! König Edward plant, durch seinen Sohn über Schottland zu herrschen.« Comyns Miene wurde grimmig. »Ich täte übrigens dasselbe.«

Balliol trat zu ihm. »Du sprichst von Kindermord – nein, *Königsmord*! An diesem Teufelswerk beteilige ich mich nicht.«

»Ist es Teufelswerk, unser Reich und seine Freiheit zu schützen? Denn nichts anderes liegt in meiner Absicht. Das Mädchen ist ein Opfer des Krieges. Ein notwendiges Opfer. Ein Leben für die Zukunft unseres Reiches. Das ist ein kleiner Preis, den wir entrichten müssen.«

»Ein kleiner Preis, um direkt in die Hölle zu kommen!«

»Die Hüter schicken eine Eskorte schottischer Ritter nach Norwegen, um das Mädchen abzuholen. Ich kann dafür sorgen, dass einer unserer Männer zu dieser Gruppe gehört.«

»Ich will nichts mehr davon hören!« Balliol drängte sich an Comyn vorbei und steuerte auf den Zelteingang zu.

»Trotzdem wirst du mir zuhören, John.« Comyns Stimme klang jetzt stahlhart. »Wenn dieses Kind einen Fuß auf schottischen Boden setzt, wirst du nie auf dem Krönungsstein sitzen. Bist du wirklich bereit, deine letzte Chance aufzugeben, König zu werden?«

Balliol schob die Zeltklappen auseinander und und neigte den Kopf. Seine Silhouette im rötlichen Feuerschein erinnerte an den gekreuzigten Christus.

14

DAS LANGSCHIFF DURCHSCHNITT DIE WELLEN, sein Drachenkopf erhob sich über die Gischt, und vierzig Ruder hoben und senkten sich zu beiden Seiten wie die Flügel eines gigantischen Vogels. Die Spätnachmittagssonne fing sich in den bemalten Schuppen des Untiers; der Goldglanz spiegelte sich auf der Wasseroberfläche wider, als das Schiff in westlicher Richtung auf die Nordsee zuhielt.

Bischof Navre von Bergen saß zusammengekauert im Heck. Er schwitzte in seinen dicken Pelzen, denn für September war es ungewöhnlich mild, sogar auf dem offenen Wasser, aber er wusste, dass er für die warmen Kleider dankbar sein würde, sobald die Sonne unterging und er sich mit dem Rest der Besatzung unter dem Segel schlafen legen musste. Er befand sich seit viereinhalb Tagen auf See und hatte sich immer noch nicht daran gewöhnt. Das endlose Auf und Ab des Blaus über ihm verursachte ihm Schwindel und verwandelte seine Beine in Wasser. Er blickte über das Deck hinweg, über die Ruderer auf ihren Bänken, und versuchte den Kapitän auszumachen. Navre wollte unbedingt wissen, wann der Mann meinte, Orkney zu erreichen. König Erik hatte ihm gesagt, die Reise zu den norwegischen Inseln sollte bei gutem Wind nicht länger als fünf Tage dauern, aber seit sie in Bergen abgelegt hatten, hatte die schwache Brise kaum die Segel gebläht, und sie waren größtenteils auf die Ruderer angewiesen gewesen.

Der Bischof lehnte sich zurück, da er den Kapitän hinter dem weißen Segel im Mittschiff nicht erkennen konnte und sich vor dem tückischen Weg über schwankende Planken und die Beine und Schilde so vieler Männer hinweg zum Bug scheute. Das Langschiff, das in seiner Sprache *Ormen Lange – Große Schlange* – hieß, war überfüllt, nicht nur mit Besatzungsmitgliedern, sondern auch mit schottischen und englischen Rittern, die vor einigen Wochen am norwegischen Hof eingetroffen waren. Beide Parteien hatten darauf bestanden, die ihnen anvertraute kostbare Fracht zu begleiten. Der Bischof hatte nicht geringe Befriedigung daraus gezogen, dass König Erik die Galeere zurückgewiesen hatte, die Edward von England ihm geschickt hatte. Die Schotten mochten eine Königin und die Engländer eine Frau für ihren zukünftigen König bekommen, aber sie würde zu Ehren ihres Vaters und des Königreichs, in dem sie geboren worden war, auf einem norwegischen Schiff zu ihnen reisen. Die Niederlage der Norweger in der Schlacht von Largs lag erst siebenundzwanzig Jahre zurück, die Unterzeichnung des Vertrags von Perth, der die Westlichen Inseln und Man den Schotten zusprach, vierundzwanzig Jahre. Für ein Volk, das jahrhundertelang die Nordmeere beherrscht hatte, läutete diese Reise in dem furchterregenden Drachenschiff das Ende eines Zeitalters ein und stellte einen letzten, stolzen Akt des Widerstands dar.

Als er das Lachen des Mädchens hörte, das aus einem Holzverschlag im Heck des Schiffes kam, drehte Navre sich um. Die Konstruktion war nicht mehr als eine Hütte, die gerade genug Raum für ein Kind und einen Erwachsenen bot, aber kunstvoll aus Eibenholz gearbeitet, mit einer kleinen bogenförmigen Tür und einem schrägen Dach. Auf dem Langschiff gab es keine Decks, die Schutz vor Wind und Regen boten, und der König hatte gewünscht, dass es seiner Tochter nicht an Bequemlichkeit mangelte. Die Tür wurde geöffnet, und Margaret hüpfte mit einem Stück Ingwerbrot in der Hand heraus. Krümel klebten an ihrem Mund. Sie lächelte dem Bischof zu, dann kletterte sie auf eine Bank, um über den Schandeckel hinweg auf das Wasser hinauszuspähen. Navre wollte aufspringen, weil er Angst hatte, das Mädchen könnte sich zu weit hinauslehnen, aber ihre Kinderfrau duckte sich bereits unter der Tür der Hütte hinweg und mahnte sie zur Vorsicht. Der Bischof lehnte sich wieder zurück, als Margaret aufgeregt lachend auf einen Fisch deutete. Er war froh, sie so fröhlich zu sehen, denn sie hatte bitterlich geweint, als sie von ihrem Vater getrennt und auf das Schiff gebracht worden war. Navres Lächeln verblasste. Wieder musste er daran denken, was dieses Kind, das er seit seiner Geburt kannte, erwartete. Just in diesem Moment würden sich die Vertreter des schottischen Adels in Scone versammeln, der alten Krönungsstätte ihrer Könige. Sieben Jahre war die Kleine alt, und schon ruhten die Hoffnungen eines ganzen Königreichs auf ihren Schultern.

Als das Kind zur Backbordseite des Schiffes lief, um sich

dort umzusehen, stieg dem Bischof ein starker Ingwergeruch in die Nase. Sein Magen krampfte sich zusammen. »Du solltest sie nicht so viel davon essen lassen«, tadelte er die Kinderfrau. »Sie wird uns sonst noch krank.«

»Aber Seine Lordschaft sagte …«

»Ich weiß, was ihr Vater gesagt hat«, schnitt Navre ihr das Wort ab. »Er hätte alles gesagt, um sie glücklich zu machen. Aber ein Bauch voller Süßigkeiten ist nicht der richtige Weg.« Der Bischof sah voller Unbehagen zu, wie sich das Mädchen das letzte Stück Ingwerbrot in den Mund stopfte. Obwohl König Erik das englische Schiff zurückgeschickt hatte, hatte er die Geschenke akzeptiert, die die Schotten dem Kind zu Ehren seiner toten Mutter gebracht hatten, der Tochter des verstorbenen Königs Alexander.

»Wann sind wir denn in Orkney?« Margaret setzte sich neben ihn und klopfte sich Krümel vom Kleid.

»Bald, Kind.«

Als Margaret eine Melodie zu summen begann, die sie die Ruderer hatte singen hören, legte der Bischof den Kopf zurück, schloss die Augen und ließ sich die letzten Sonnenstrahlen ins Gesicht scheinen.

Navre erwachte, weil er eine Hand auf seinem Arm spürte. Als er benommen die Augen aufschlug, sah er, dass die Kinderfrau auf ihn herunterstarrte. Hinter ihr bildete der Himmel eine sanft gewellte weißblaue Fläche. Nach einem Moment begriff er, dass die Segel eingeholt worden waren und das Langschiff jetzt vor Anker lag. »Was ist?« Stöhnend richtete er sich auf. Sein Nacken schmerzte von der unbequemen Haltung, in der er geschlafen hatte.

»Bitte kommt mit, Exzellenz.«

Navre erhob sich unsicher, folgte der Frau zu der Hütte, duckte sich und zwängte seine massige Gestalt durch den schmalen Eingang. Als Erstes schlug ihm der bittere Gestank von Erbrochenem entgegen. Margaret lag zusammengekrümmt auf ihrer mit Fellen bedeckten Pritsche. Ihr Gesicht wirkte im Schein der einzigen Laterne im Raum aschfahl. Sie presste eine Hand gegen ihren Bauch. Er kniete sich neben sie und berührte ihre Stirn. Sie fühlte sich klamm an, ihr Haar war feucht. Braune Streifen klebten an ihrem Kinn und auf ihrem Kleid. Navre drehte sich zu der Kinderfrau um, die nervös an der Türschwelle wartete. »Ich habe dir doch gesagt, du sollst ihr keine Süßigkeiten mehr geben«, murmelte er ärgerlich.

»Das habe ich auch nicht, Exzellenz«, flüsterte die Frau.

Navre streckte eine Hand aus und hob eine Schale vom Boden auf. Sie enthielt eine halb verzehrte Portion dicker, sämiger Brühe. Er schnupperte argwöhnisch daran.

»Ihre Mahlzeit war frisch.« Die Stimme der Frau klang gekränkt. »Ich habe sie selbst für sie zubereitet. Es muss das fremde Essen sein. Oder ein Fieber.«

Das Mädchen wimmerte und warf den Kopf zurück. Ihr Gesicht verzerrte sich vor Qual. Blaue Adern traten unter ihrer Haut hervor. Ihre Augen hatten sich zu Schlitzen verengt. Der Bischof stellte die Schale ab und drängte sich an der Kinderfrau vorbei.

Gebückt huschte er unter dem Segel hinweg, die Länge des Schiffes entlang, das auf dem Wasser dümpelte. Er stolperte über einen Schild, taumelte weiter, stieß mit dem Schienbein gegen eine Bank, richtete sich mit schmerzlich verzogenem Gesicht auf und stieß mit dem Kopf gegen das Segel. Dann prallte er gegen Beine, seine Hände streiften Köpfe. Das Boot tanzte über eine Welle. Jemand packte ihn am Arm, als er zur Seite zu kippen drohte.

»*Vorsichtig!*«

Navre murmelte einen Dank in die Schatten. Endlich erreichte er den Bug, wo eine Gruppe von Männern einen Metkrug kreisen ließ und über eine Geschichte lachte, die der Kapitän gerade erzählte.

Beim Anblick des Bischofs brach er ab. »Eure Exzellenz?«

»Wie weit sind wir vom Land entfernt?«

»Wenn wir im Morgengrauen die Segel setzen, müssten wir Orkney am Mittag erreichen.«

»Wir müssen früher dort sein.« Navre dämpfte seine Stimme. »Die Prinzessin ist krank.«

Der Kapitän runzelte die Stirn, dann nickte er. »Ich wecke die Männer. Wir rudern die Nacht durch.« Er deutete auf einen seiner Gefährten. »Svein hier ist ein Heiler. Er wird sich das Kind ansehen.«

Als der Bischof und der Heiler den Rückweg antraten, ertönte eine Glocke, und der Kapitän wies die Besatzung an, die Segel zu setzen. Ein Raunen lief durch das Schiff. *Die Prinzessin ist krank.*

Einer der englischen Ritter, der von dem Lärm geweckt worden war, vertrat dem Bischof den Weg. »Was ist passiert?«, fragte er auf Lateinisch, das sie beide verstanden. »Sie sagen, das Mädchen ist krank. Können wir irgendetwas tun?«

»Ihr könnt beten.« Navre verschwand in der Hütte.

Die Männer betätigten die Ruder, trieben das Schiff durch die Dunkelheit. Der Drachenkopf glühte im Sternenlicht. In der Hütte warf sich das Mädchen schweißüberströmt auf den Pelzdecken von einer Seite auf die andere. Manchmal weinte sie nach ihrem Vater, aber meistens litt sie stumm, mit im Laternenschein totenblassem, verkrampftem Gesicht. Der Heiler versuchte ihr Salzwasser einzuflößen, um sie noch einmal zum Erbrechen zu bringen und den Körper von der Fäulnis zu reinigen, die ihr Essen enthalten haben mochte, obwohl die Kinderfrau darauf beharrte, dass alles frisch gewesen war. Aber Margaret war zu schwach, um das Wasser zu schlucken. Am Ende begnügte Svein sich damit, ihr ein feuchtes Tuch auf die Stirn zu legen, um das Fieber zu senken. Navre kniete neben ihr nieder. Er hatte sein Kruzifix aus der Truhe mit seinen Besitztümern geholt und hielt es jetzt über ihren Kopf, um alle Dämonen abzuwehren, die vielleicht über ihr kreisten, während er für die Seele des Kindes betete.

Ein paar Stunden später tauchte im Westen eine dunkle Linie auf. Der sternenübersäte Himmel wurde allmählich heller. Die erschöpften, verschwitzten Ruderer durchströmte beim Anblick des Landes neue Kraft, und wenig später hielt das Langschiff auf einen verlassenen Sandstreifen von einer der Inseln der Orkney-Gruppe zu.

Die Besatzung sprang ins Wasser und packte die Seile. Mit den Wellen zogen sie das große Schiff auf den Sand. Navre bückte sich, um Margaret auf die Arme zu nehmen. Sie atmete jetzt nur noch flach und hatte seit einiger Zeit nicht mehr geweint. Voller Furcht vor der Nähe des Todes hatte er ihr die sieben Fragen gestellt und die letzten Riten vollzogen. Ihre Haut schimmerte marmorweiß; ein Zeichen, dass sie sich bereits im Schattenreich befand. Er trug sie in das Morgengrauen hinaus, wo der kalte Wind an ihrem Haar zerrte. Svein und die Kinderfrau machten Anstalten, ihm zu helfen, aber der Bischof gab das Mädchen nicht frei, als er vorsichtig die Gangplanken hinunterschritt.

Die Männer verstummten, als der Bischof von Bergen durch das seichte Wasser watete, das seinen Umhang durchnässte. Die englischen und schottischen Ritter drängten sich mit ernsten, angespannten Gesichtern hinter ihm. Als der Bischof das Mädchen auf den trockenen Sand legte, fiel ihr Kopf schlaff gegen seinen Arm. Er sah auf sie hinab. Margarets Augen standen offen, starrten blicklos in den fahlen Himmel.

15

»ICH FLEHE EUCH AN, SIR ROBERT!«, keuchte der Mann, der sich beeilen musste, um mit ihm Schritt zu halten. »Betretet das Haus Gottes nicht mit Waffen!«

Der Lord of Annandale schenkte ihm keine Beachtung, sondern schritt entschlossen auf die Kirche zu. Sein mit einem blauen Löwen bestickter Umhang bauschte sich im Wind um seine hohe Gestalt. Ihm folgte der Earl of Carrick mit zehn bewaffneten Rittern. Der Earl hatte eine Hand an den Griff seines Schwertes gelegt, und unter seinem Überwurf und Mantel glitzerte ein Kettenhemd. Die Kirche, die sich vor ihnen erhob, wurde vom ersterbenden Licht in einen blutroten Schein getaucht.

Robert blickte sich um, während er mit Edward rasch hinter ihrem Vater und Großvater herstapfte. Die Brüder hatten ihre Schwerter in die Scheiden geschoben und trugen beide gepolsterte Lederwämser, die mit Öl und Wachs eingerieben worden waren, damit sie steifer wurden. Hinter dem Abteigebäude konnte Robert den Moot Hill erkennen, der in die rote Dämmerung hineinragte. Die Kronen des Baumrings, der die alte Krönungsstätte umgab, flammten im letzten Licht kupferfarben auf. Einer der Ritter seines Vaters lenkte seine Aufmerksamkeit von dem Hügel ab.

»Bleibt hinter uns«, warnte der Mann die Brüder, als sich die Gruppe der Kirche näherte.

Taub für die unaufhörlichen Bitten des Mönchs, stieß der Lord of Annandale die Tür auf. Erregtes Stimmengewirr und flackernder Fackelschein schlugen ihnen entgegen. Die Stimmen verstummten abrupt, als die Türen gegen die Wände prallten.

Robert, der hinter den Rittern die Kirche betrat, sah, dass sich ungefähr zwanzig Männer zu ihnen umdrehten und sie musterten. Die meisten kannte er von der Versammlung in Birgham vor fünf Monaten her: die Bischöfe von Glasgow und St. Andrews, Earl Patrick of Dunbar, Earl Walter of Menteith und andere. Bei dem Rest handelte es sich um Augustinermönche aus der Abtei, die in ihre Kutten gewandet waren. Hinter der Menge erstreckte sich das von Engels- und Heiligenfiguren gesäumte Kirchenschiff. Ihre steinernen Gesichter waren auf den Altar gerichtet.

»Ist das wahr?«, fragte Bruce mit donnernder Stimme. Sein Gesicht war gerötet, und seine vom Ritt nach Scone Abbey zerzauste Mähne stand ihm wild vom Kopf ab.

Robert hatte seinen Großvater noch nie so wütend erlebt. Es erstaunte ihn, denn bislang war der alte Mann trotz der katastrophalen Ereignisse des letzten Monats relativ ruhig geblieben.

Die Familie Bruce war auf dem Weg nach Scone gewesen, um dort auf das Eintreffen der Maid of Norway zu warten, als sich die Nachricht vom Tod des Kindes im Süden verbreitet und sie erreicht hatte. Gerüchten zufolge war das Langschiff, das das Mädchen nach Orkney gebracht hatte, umgekehrt und über die Nordsee zurückgesegelt, um ihren Leichnam in ihre Heimat zu überführen. Aus dem Hochzeitsschiff war ein Leichenboot geworden. Die Bruces hatten sich sofort getrennt, der Lord war nach Annandale zurückgaloppiert, um dafür zu sorgen, dass die Verteidigungsanlangen seiner Bollwerke Annan und Lochmaben verstärkt wurden, und Roberts Vater kehrte nach Carrick zurück, um Turnberry zu befestigen und seine Vasallen in Alarmbereitschaft zu versetzen. Die optimistische Stimmung, die während des Sommers in Schottland geherrscht hatte, als die Menschen auf die feierliche Ankunft der Prinzessin und die Bekanntgabe der Verlobung gewartet hatten, war schlagartig verflogen. Die Thronfolgerfrage stand erneut zur Debatte.

Robert war mit seinem Großvater in Lochmaben gewesen, als sie noch schwärzere Nachrichten erreicht hatten, diesmal aus Galloway. Selbst da hatte sein Großvater noch Ruhe bewahrt und auf die Rückkehr seines Sohnes gewartet, bevor die Gruppe, durch ihre Ritter verstärkt, so schnell wie möglich nach Scone geeilt war, wo sich der Rest der Edelleute versammelte.

Doch jetzt verlor der Lord seine Fassung.

»Sagt mir, ob es wahr ist«, grollte er. Sein Blick durchbohrte die schweigende Menge. »Hat sich John Balliol zum König ausgerufen?«

»Ja«, erwiderte eine Stimme.

Robert erkannte sie augenblicklich und schob sich hinter den Rittern hervor, um James Stewart aus der Menge heraustreten zu sehen.

»Aber wir haben dem nicht alle zugestimmt.«

»Zugestimmt?«, erklang die barsche Stimme John Comyns. »Ihr sprecht, als könnte die Thronfolge von einem Komitee entschieden werden, Lord Stewart. Aber sie beruht auf Blutrecht!«

»Außer dem Lord of Galloway können sich auch noch andere auf just dieses Blutrecht berufen«, erwiderte James unbeirrt. »Also können wir nur nach dem Abstimmungsverfahren darüber entscheiden, wer den stärksten Anspruch hat.«

»Das ist Lord John Balliol«, zischte Comyn. »Und wir alle hier wissen das. Das Erstgeburtsrecht …«

»In unserem Königreich gelten ältere Gesetze als das Erstgeburtsrecht«, schnitt ihm der Earl of Carrick das Wort ab. »Diesen Gesetzen zufolge hat mein Vater ein Anrecht auf den Thron«, wandte er sich an die Männer. Seine Stimme hallte gebieterisch durch das luftige Kirchenschiff. »Da keine Nachkommen Alexanders mehr existieren, fällt die Thronfolgelinie an seinen Urgroßvater König David zurück, den jüngsten Sohn von Malcolm Canmore. Davids nächster überlebender Abkömmling war der Earl of Huntingdon. Als Sohn einer der drei Töchter des Earls steht mein Vater der königlichen Blutlinie, die dem Haus Canmore entspringt, am nächsten.«

»Aber er ist ein Sohn der *zweit*geborenen Tochter«, versetzte Comyn herausfordernd. »Als Enkel von Huntingdons *erst*geborenem Sohn sollte John Balliol König werden. Laut Erstgeburtsrecht ist die ältere Linie die vorherrschende.«

»Wir gehören seit fast zwei Jahrhunderten zu den einflussreichsten Familien des Reiches. Mein Vater wurde von König Alexander II. zum Thronfolger bestimmt, um Himmels willen!«

Der Abt von Scone zuckte bei den letzten Worten des Earls zusammen und wollte Einwände erheben, doch John Comyn gab ihm keine Gelegenheit dazu.

»Dieser Anspruch ist so veraltet wie die Macht Eurer Familie in diesem Reich«, geiferte er. »Das Versprechen wurde gegeben, als der frühere König keine Erben hatte. Mit der Geburt seines Sohnes verlor es seine Bedeutung. Wer hat denn in den vergangenen Jahrzehnten heimlich am Hof geherrscht?«, fragte er giftig. »Die Comyns. Wenn Macht und Einfluss den nächsten König auszeichnen sollen, dann steht meine Familie an erster Stelle!«

Das Gesicht des Earls lief vor Zorn rot an, doch als er protestieren wollte, gebot der Lord of Annandale ihm Schweigen. »Wir leben in einer dunklen und schwierigen Zeit.« Seine raue Stimme hallte in der Kirche wider. »Wir haben einen König und jetzt auch die Hoffnung auf eine Königin verloren. Was dieses Reich braucht, sind Stärke und Eintracht. Wählt Ihr Balliol, erhaltet Ihr einen willensschwachen Herrscher, der von anderen gelenkt wird.«

»Und wenn sie Euch wählen?«, zischte Comyn. Er wandte sich an die Edelleute. »Vergesst nicht, dass es sich bei diesem Mann, der es gewagt hat, bewaffnet ein Gotteshaus zu betreten, um denselben handelt, der in Krisenzeiten in Galloway eingefallen ist. Und jetzt spricht er von Eintracht? König Alexanders Leichnam war in seinem Grab noch nicht kalt, da griff der Bruce auch schon seinen Nachbarn an! Wollt Ihr einen Tyrannen als König?«

Robert, der den Wortwechsel gespannt verfolgte, trat bei dieser Bemerkung vor. Seine Finger schlossen sich um das Heft seines Schwertes. Das Lederband fühlte sich in seiner Hand heiß an. Einige der Ritter seines Großvaters rückten gleichfalls näher. Ihre Gesichter hatten sich angesichts dieser Beleidigung ihres Herrn verfinstert. Ein paar Edelleute wichen verunsichert zurück, doch Comyn rührte sich nicht von der Stelle, sondern fixierte den Lord of Annandale mit einem kampfeslustigen Blick. Robert zog sein Schwert ein Stück aus der Scheide. Die Drohung in Comyns dunklen Augen flößte ihm Unbehagen ein.

»Bitte, Mylords!« Der Abt blickte die Edelleute Hilfe suchend an. »Dies ist nicht der geeignete Ort für einen solchen Disput!«

»Ich habe das Recht, angehört zu werden.« Der Lord of Annandale drängte sich an James Stewart vorbei, der ihm in den

Weg treten wollte. »Mein Anspruch kann nicht übergangen werden!«

»Ruhig, mein Freund«, warnte James.

»Ihr habt keinen Anspruch, Bruce«, schleuderte Comyn ihm entgegen. »Es ist vorbei!«

»Bei Gott, das ist es nicht!«, schäumte der Earl of Carrick, bahnte sich einen Weg durch die Menge und stapfte mit blitzenden Augen den Gang hinunter.

Robert sah, dass sein Vater auf den Altar zusteuerte, auf dem ein großer Steinblock lag. Er war cremefarben und mit einer Art Kristallsand durchsetzt, der im Fackelschein glitzerte. An jedem Ende war ein Eisenring angebracht, und er ruhte auf einem Stück goldener Seide, auf dem er die Tatzen und den Kopf eines roten Löwen ausmachen konnte. Robert wusste sofort, dass dies der Stein der Vorsehung sein musste, der traditionelle Sitz, der anlässlich der Krönung eines neuen Königs den Moot Hill hochgetragen werden würde. Er war vor über vierhundert Jahren von Kenneth mac Alpin, dem ersten König der Schotten, nach Scone gebracht worden, aber seine Herkunft war in den Tiefen der Zeit verloren gegangen. Es war der Stein, auf dem Macbeth gesessen hatte, bevor er von Malcolm Canmore gestürzt worden war.

»Dann werde ich mir mit Gewalt nehmen, was meiner Familie gehört!«

Der Lord of Annandale rief etwas, als sein Sohn die Hand nach dem Stein ausstreckte. Andere Edelleute protestierten empört. Inmitten der allgemeinen Verwirrung trat Comyn auf den Lord zu.

Robert sah, wie Comyn nach dem Essensmesser griff, das neben einem Geldbeutel an seinem Gürtel hing. Sein Blut schien sich plötzlich in flüssiges Feuer zu verwandeln. Er zog die Klinge aus der Scheide und stürmte vor. Das Knirschen von Metall auf Leder erklang, Stahl blitzte auf. Alle Anwesenden drehten sich zu dem jungen Mann mit den lodernden Augen um, der sich zwischen den Lord of Annandale und den Lord of Badenoch geschoben hatte und Comyn sein Schwert an den Hals setzte. Der Earl of Carrick war zwischen den Reihen steinerner Engel im Gang stehen geblieben und starrte seinen Sohn ungläubig an.

Robert hielt Comyns Blick mit wild hämmerndem Herzen stand. Die Spitze seines Schwerts zitterte unmittelbar vor der Kehle des Lords. Er wollte den Männern klarmachen, dass Comyn kein Recht hatte, seinen Großvater herauszufordern, der einen gerechten Kampf gegen Comyns geheimes Komplott geführt hatte, John Balliol entgegen den Wünschen König Alexanders auf den Thron zu bringen. Er wollte ihnen entgegenschleudern, dass sein Großvater ein besserer und weiserer Mann war als jeder Einzelne von ihnen und dass es eine Ehre für sie wäre, ihn zum König zu haben. Doch ehe er ein Wort hervorbringen konnte, spürte er eine Hand auf seiner Schulter.

»Lass das Schwert sinken, Robert«, befahl sein Großvater leise, aber in einem Ton, der keinen Widerspruch duldete.

Robert gehorchte langsam. Er registrierte, dass die Aufmerksamkeit aller Männer in der Kirche jetzt auf ihn gerichtet war. Sein Bruder, der bei den Rittern aus Carrick stand, starrte ihn überrascht an.

»Heute Abend kann nichts entschieden werden.« James Stewart ließ den Blick über die Menge schweifen. »Ich schlage vor, wir kommen erneut zusammen, wenn sich die Gemüter abgekühlt haben und alle ranghöchsten Edelleute des Reiches anwesend sind, um sich zu der Situation zu äußern.«

»Dem stimme ich zu«, kam es von Robert Wishart. Andere nickten beifällig.

Die Versammlung begann sich unter erregtem Gemurmel aufzulösen. Der Earl of Carrick machte kehrt und stapfte den Gang wieder hinunter. Seine Miene verhieß nichts Gutes. Als sich der Lord of Annandale abwandte, packte John Comyn ihn am Arm und beugte sich vor. Der zwischen ihnen gefangene Robert nahm den bitteren Geruch war, der dem Wolfspelz an Comyns Umhang entstieg. Er hörte ihn ein paar giftige Worte zischen.

»Mein Vater hätte Euch in dieser Zelle in Lewes töten sollen, als er die Gelegenheit dazu hatte!«

Der Lord machte sich mit einem Ruck von ihm los, schob Robert vor sich her und ging auf die Kirchentür zu. Dabei kam er an dem Bischof von St. Andrews vorbei, der eindringlich auf Wishart einsprach.

»Es wird Blut fließen«, murmelte der Bischof düster. »Es sei denn, diese Angelegenheit wird schnell geklärt.«

16

ALS ROBERT IN DEN ABEND hinaustrat, hörte er seinen Vater barsch seinen Namen rufen, aber er drehte sich nicht um, sondern beeilte sich, seinen Großvater einzuholen. »Was hat Comyn mit Lewes gemeint?« Seine Brauen zogen sich zusammen. »Großvater!«

Der Lord blieb abrupt stehen. »Erhebe deine Stimme nicht gegen mich, Junge.« Er umfasste Roberts Kinn. »Und du hättest ihn nicht mit dem Schwert bedrohen sollen, hörst du? Wir müssen unsere Sache mit Worten verfechten, nicht mit Gewalt.«

»Ich dachte, Comyn wollte dich angreifen.« Robert entwand sich dem Griff seines Großvaters. »Und warum stört es dich, wenn ich mein Schwert auf ihn richte, wo du doch seine Burg attackiert hast? Du hasst ihn!«

»Ja!«, bellte der alte Lord. »Und dieser Hass hat die Macht, ein Königreich zu spalten!« Er blieb stehen, als er den Earl auf sich zukommen sah, wandte sich von Robert ab und ging zu ihren Pferden hinüber.

Robert folgte ihm verbissen. Sein Wunsch nach Antworten war stärker als seine Ehrfurcht vor diesem Löwen von einem Mann. »Du hast mir Reiten und Jagen beigebracht und mich das Kämpfen gelehrt. Du hast mich nach Salisbury und Birgham mitgenommen und mich den mächtigsten Männern des Reiches vorgestellt. Du schärfst mir immer ein, wie wichtig ich für die Zukunft der Familie bin. Und trotzdem hast du mir fast nichts über deinen Hass auf die Comyns und den Grund dafür erzählt, egal wie oft ich gefragt habe. Ich möchte die Wahrheit wissen, Großvater.«

»Dafür bist du zu jung.«

Robert schnitt eine Grimasse. »Wenn du König wirst, bin ich der Thronerbe. Dieses Recht wird nicht vom Alter bestimmt. Warum sollte es sich mit der Wahrheit anders verhalten?«

Der Lord of Annandale drehte sich um. Der Zorn in seinem zerfurchten Gesicht machte Überraschung Platz. Nach einem Moment kam er auf Robert zu und packte ihn an der Schulter. »Komm mit.« Er blickte sich um, als sich Roberts Vater mit seinen Rittern und Edward näherte. »Hol die Pferde. Wir kommen nach.« Ehe der Earl etwas erwidern konnte führte der Lord seinen Enkel über den Hof davon.

Als sie zwischen den Gebäuden hervortraten, erkannte Robert, dass sein Großvater mit ihm zum Moot Hill wollte. Gemeinsam stiegen sie den Hang bis zu dem kahlen Gipfel empor. Die Sonne war jetzt vollständig untergegangen. Von der königlichen Burg von Scone hinter dem Abteigelände wehte Rauch herüber. Allerseelen rückte näher. Ihr Atem bildete kleine Wölkchen in der Luft, als sie den Gipfel erreichten. In der Mitte des Baumrings ragte ein steinerner Sockel aus der Erde. Als Robert ihn sah, begriff er sofort, dass hierauf der Krönungsstein gesetzt werden würde, sobald ein neuer König darauf Platz nehmen sollte. Von diesem feierlichen Ort zutiefst beeindruckt starrte er ihn an.

Allmählich wurde ihm klar, dass er trotz allem, was nach dem Tod der Maid of Norway geschehen war, den Thronanspruch seines Großvaters noch immer als etwas Entferntes und Unwirkliches betrachtet hatte. Jetzt, auf diesem heiligen Hügel, auf dem unvergessene schottische Könige gekrönt worden waren, wuchs in ihm eine Erkenntnis: Hier ging es nicht nur um

Worte, Ansprüche und Gegenansprüche – es ging um etwas, das so real und solide war wie der Stein selbst. Er dachte an den Baum, von dem sein Großvater direkt nach seiner Ankunft in Lochmaben so ernst gesprochen hatte; dem Baum, dessen Wurzeln sich in die Vergangenheit erstreckten. Männer, deren Blut in seinen Adern floss, waren diesen Hügel emporgestiegen und hatten an dieser Stelle gestanden. Plötzlich meinte Robert, die Geister seiner Vorfahren überall in den dämmrigen Schatten zu spüren. Die alten Könige.

Sein Großvater drehte sich in dem ersterbenden Licht zu ihm um.

LEWES, ENGLAND
A.D. 1264

Der Kriegsrat war zu Ende gegangen, die Fehdebriefe waren ausgetauscht worden. Jedes weitere Worte schien überflüssig geworden. Jetzt würden die Schwerter sprechen.

Nacheinander verließen die drei Divisionen der königlichen Armee die Sicherheit der Stadtmauern. Stumm ritten die Männer hinter ihren Befehlshabern her. Weiße Wolken jagten über den Morgenhimmel und warfen ihren Schatten über das die Stadt Lewes umgebende Hügelland. Maiblüten fielen auf die Köpfe der Kavalleristen und ihrer Pferde und auf die Fußsoldatentruppen hinter ihnen. Ab und an brachen Sonnenstrahlen zwischen den Wolken hervor und ließen Lanzenspitzen und Kettenhemden aufblitzen. Die Soldaten ritten zu höher gelegenem Gelände empor und ließen die Stadt hinter sich. Der Bergfried der Burg war noch eine Weile zu sehen, er ragte von einer Grasnarbe auf, hinter der das Land zu einem von einem Fluss durchzogenen Tal abfiel. Vor ihnen, ganz in ihrer Nähe, befanden sich die Männer, um deretwillen sie hier waren.

Der Feind hatte sich in drei Truppenkontingenten auf dem Hang des Hügels verteilt. Sie hatten den Vorteil des höheren Geländes; die Fläche hinter ihnen war dicht mit Bäumen be-

wachsen. Vor und in der Mitte der Kompanie war ein Banner gehisst – eine Hälfte weiß, die andere rot, ein passendes Symbol für die Spaltung des Reiches, die diese Männer – einst Verbündete und Kameraden – in diese wolkengekrönten englischen Hügel geführt hatte. Die Ritter der königlichen Armee konzentrierten sich auf dieses Banner wie auf eine Zielscheibe; ihre ganze Aufmerksamkeit galt dem flatternden Stück Tuch in der Ferne, das für all ihren Hass und den Grund stand, aus dem sie hier waren. Es war das Wappen von Simon de Montfort, dem Earl of Leicester.

Sir Robert Bruce, Lord of Annandale, Sheriff von Cumberland und Statthalter von Carlisle, verfolgte, wie die reglose Feindeslinie mit jedem Ausgreifen seines Pferdes näher kam. Seine Männer bildeten einen Ring um ihn, elf Lanzenkämpfer sowie ein Bannerherr, der seine Standarte trug. Das Klirren der Zügel hallte in seinen Ohren wider, übertönte das Hufgetrommel der dreitausend Mann starken Kompanie, in der er ritt und die vom König von England angeführt wurde. Hinter seinen Rittern kamen seine Landsleute, die wie er selbst auf König Henrys Geheiß die Grenze überquert hatten, um für ihre englischen Ländereien zu kämpfen. Unter ihnen befanden sich John Balliol, der Herr von Barnard Castle, und John Comyn of Badenoch. Beide Lords waren Mitte fünfzig, zehn Jahre älter als er, grauhaarig und mit schlaffen Bäuchen, aber dennoch bereit, in den Kampf zu ziehen. Die Spaltung der beiden Armeen erstreckte sich sogar auf vereinzelte Familien, denn während John Comyn hier war, um dem König zu dienen, hatte sich ein anderer Zweig der Familie, die Comyns von Kilbride, auf die Seite der Rebellen geschlagen. Zweifellos kämpften sie in der Hoffnung für Simon de Montfort, etwas von dem Ruhm zu erlangen, dessen sich die einflussreicheren Roten und Schwarzen Comyns bereits erfreuten.

So nah wie jetzt war Bruce Comyn seit seiner Ankunft in England bislang noch nicht gekommen. Die beiden Männer hatten einander gemieden, ihre Feindschaft brodelte unsichtbar zwischen ihnen. Erst vor sieben Jahren hatten die Comyns König

Alexander entführt, um so zu versuchen, die Kontrolle über Schottland zu erlangen. Obwohl Alexander inzwischen wieder auf dem Thron saß und Frieden geschlossen worden war, war für Bruce noch nicht genug Zeit verstrichen, um den Verrat an dem jungen König zu verzeihen, den er wie einen Sohn liebte. Auch die Roten Comyns hatten nicht vergessen, dass Bruce während der Krise ihren Feind unterstützt und maßgeblich an Alexanders Wiedereinsetzung beteiligt gewesen war, die fast zur Vernichtung ihrer Familie geführt hätte.

Daher ritt der Lord of Annandale mit wachsendem wachsamem Argwohn auf das Hügelland zu – wohl wissend, dass sich der Feind neben ihm als gefährlicher erweisen konnte als der oben auf den Hügeln. Eine verirrte Klinge in den Rücken. Ein fehlgeleiteter Pfeil. Derartige Dinge widersprachen jedem ritterlichen Kodex, denn Edelleute töteten einander nicht absichtlich, noch nicht einmal in einer Schlacht. Aber in den Adern der Comyns floss wenig edles Blut, obwohl sie hohe Ämter bekleideten.

Als er eine Hornfanfare hörte, blickte Bruce nach vorn, wo König Henrys Banner seine Position in der Vorhut der linken Flanke der königlichen Armee markierte. Die vordersten Reihen der Kompanie des Königs verlangsamten ihre Geschwindigkeit. Bruce zügelte sein Pferd, seine Männer scharten sich um ihn. Durch den Lanzenwald hindurch konnte er zwei weitere Kontingente auf dem Hügelhang erkennen. Die Mitte wurde von dem Earl of Cornwall befehligt, Henrys Bruder, die rechte Flanke vom Sohn des Königs. Edward war sogar aus der Entfernung nicht zu übersehen, unverwechselbar in Scharlachrot und Gold. Er war im Januar zuvor an der Spitze einer großen Kompanie französischer Edelleute aus Frankreich zurückgekehrt, um sein Land in Wales von Llewelyn ap Gruffudd zu befreien. Stattdessen war er in den Konflikt zwischen seinem Vater und seinem Paten geraten, der zum Unvorstellbaren ausgeartet war – zu einem Bürgerkrieg.

Sechs Monate lang hatte Edward Montfort und seine An-

hänger quer durch das Reich bis nach Wales verfolgt, von den schroffen Bergen behindert und immer auf der Hut vor Llewelyn. Bruce, der seit Anfang des Jahres im Dienst des Königs stand und zu einem Sieg über Montforts Truppen in Northampton beigetragen hatte, hatte viel von Edwards Taten gehört. Trotz der Bedenken, die er hinsichtlich seines herrischen, aggressiven Temperaments gegen den jungen Mann hegte, war er beeindruckt gewesen. Er hatte noch nie einen Krieger gesehen, der so zuversichtlich in den Kampf zog. König Henry hatte einem seiner Barone den Befehl über die linke Flanke übertragen, und der Earl of Cornwall hatte seinen ältesten Sohn ausgewählt, um den Angriff der Mitte anzuführen, aber Edward befehligte seine eigenen Männer. Der Earl of Leicester mochte den Vorteil des höheren Geländes auf seiner Seite haben, aber das war auch schon alles. Die zehntausend Mann umfassende königliche Armee war zahlenmäßig doppelt so stark wie die Rebellentruppen, Montfort selbst schon in den mittleren Jahren; überdies hatte er noch nie in einer offenen Feldschlacht gekämpft. Edward dagegen war fünfundzwanzig, von der wilden Entschlossenheit und dem Unsterblichkeitsgefühl der Jugend erfüllt – und er hatte den gesamten letzten Sommer auf französischen Turnierfeldern verbracht.

Auf beiden Seiten wurden Schildriemen festgezogen, Helme über gepolsterte Kettenhauben gestülpt, Steigbügel gerichtet und Gurte überprüft. Ritter nahmen von ihren Knappen Lanzen – Kriegslanzen ohne abgestumpfte Spitzen – entgegen und schlossen die Finger um die Eschenholzschäfte. Hinter den vorderen Reihen königlicher Kavallerie machten sich die kleineren Truppen, unter ihnen die von Bruce, bereit, doch die Männer setzten ihre Helme noch nicht auf. Sie würden die zweite Angriffswelle bilden. Hinter ihnen überzogen die Fußsoldaten den Hang mit einem Dickicht aus Speeren und Schwertern. Ihre Zeit würde später kommen. Zuerst waren die Ritter an der Reihe.

Wieder erscholl in Henrys Reihen das Horn, gefolgt von einer tieferen Antwortfanfare von den feindlichen Linien her: zwei

Ungeheuer, die einander über den grünen Hügel hinweg anbrüllten. Die Ritter der königlichen Armee rückten vor, ritten Knie an Knie. Auf dem Hügelhang verharrten Montforts Truppen regungslos, hielten ihre Pferde strikt unter Kontrolle. Diese Männer trugen die weißen Kreuze der Kreuzritter, ein Zeichen dafür, dass sie, wie ihr Anführer verkündet hatte, einen heiligen Kampf ausfochten. Die Royalisten beugten sich im Sattel vor, um ihren Schlachtrössern den Anstieg zu erleichtern. Sie trieben sie von Schritt zu Trab an, sodass die Glocken an den Schabracken der Tiere zu klirren begannen. Als sie sich dem Feind näherten, wurden die Lücken zwischen den drei Kompanien deutlicher sichtbar, Henrys linke Flanke hielt auf Montforts rechte, die Mitte seiner Armee auf die Rebellenmitte zu. Doch Montforts Truppen warteten immer noch ab. In der Royalistenarmee erklangen Kriegsrufe, wilde, furchteinflößende Laute, ausgestoßen von Männern, die wussten, dass dieser Kampf ihr letzter sein konnte. Die Erde erzitterte unter den Hufen ihrer Pferde. Erst im letzten Moment, um so viel Energie wie möglich für die Schlacht aufzusparen, schickte Montfort seine Kavallerie los. Die Ritter gaben ihren Schlachtrössern die Sporen und donnerten den Hügel hinunter, um sich der heranrückenden Armee zu stellen. Die mächtigen Tiere rissen weiße Wunden im Gras auf, als die Hufe die darunterliegende Kalkschicht aufwirbelten. Lanzen wurden in die Höhe gerissen, derweil Hunderte Tonnen Stahl und Muskelmasse aufeinander zujagten.

Als die Armeen aufeinandertrafen, lernte der Lord of Annandale, der mit dem Rest der Flanke das Geschehen verfolgte, die ungeheure Macht eines englischen Kavallerieangriffs kennen. Lanzen zersplitterten, Pferde bäumten sich auf, Männer wurden aus dem Sattel geschleudert. Blut floss in Strömen, Fleisch klaffte unter Klingen und eisernen Spitzen auf, die Polstermaterial und Kettengeflecht durchdrangen. Beide Seiten versuchten, die Gegner vom Pferd zu stoßen, zu verwunden und gefangen zu nehmen, denn Leichen brachten wenig Lösegeld ein, aber in dem blinden Chaos des Kampfes war der Tod eine Hure, die nicht drauf achtete, wen sie ins Dunkel zerrte, ob erfahrenen Veteran oder blutjungen Neuling.

Edwards Kompanie durchdrang die linke Flanke des Feindes wie eine Faust ein Stück Pergament, riss große Löcher in ihre Reihen. Lanzen wurden fortgeworfen, und die Männer zogen ihre Schwerter und begannen, aufeinander einzuhacken. Das Krachen, mit dem der Stahl auf die Schilde traf, und die Schreie der Kämpfer und Pferde vermischten sich zu einem infernalischen Lärm. Immer mehr Ritter fielen; die vom Pferd gestoßenen zerrten an denen, die noch auf ihren Tieren saßen, und zogen sie in das Kampfgetümmel hinunter, wo sie erbarmungslos niedergemetzelt wurden. Jegliche Gebote der Ritterlichkeit waren vergessen. Waffen blitzten auf und stießen zu, suchten nach Lücken in der Deckung. Arme und Finger zersplitterten unter Hufen, Rückgrate brachen, Lenden wurden zermalmt.

Der kupferne Blutgestank, der in der Luft hing, verstärkte sich, als sich Edwards Kompanie den Rebellen entgegenwarf. Die Hälfte seiner Männer verstrickte die linke Flanke in einen erbitterten Kampf, während die anderen einen Bogen schlugen, um den Feind einzuschließen. Montforts Männer setzten sich nach Kräften zur Wehr, waren aber bald umzingelt. Die, die sich im Sattel gehalten hatten, stellten fest, dass jetzt ihre Tiere angegriffen und die Sehnen ihrer Hinterbeine durchtrennt wurden. Edwards Männer ließen seinen Kriegsruf erschallen, jenen Ruf, der so viele ehrgeizige junge Adlige unter sein Banner gelockt hatte und die ihm von den Turnierfeldern Frankreichs nach Wales gefolgt waren. Langsam, aber sicher begannen die Reihen der Feinde unter dem Ansturm von Edwards Truppen auseinanderzubrechen. Hörner feuerten die Männer an, als der junge Lord und seine Ritter tief in die dezimierte linke Flanke von Montforts Armee eindrangen.

Die beiden anderen Kontingente des königlichen Heeres kämpften weit weniger wild gegen Montforts rechte Flanke und Mitte. Die Rebellen hatten für den Angriff weniger Energie eingesetzt und auf das ansteigende Gelände gesetzt, das die könig-

lichen Truppen ermüdete. Montfort selbst behauptete sich zusammen mit seinen erfahrensten Rittern in der Mitte gegen den Earl of Cornwall. Die Attacke von Cornwalls Sohn war wenig diszipliniert durchgeführt worden, seine Männer hatten im entscheidenden Moment den Kopf verloren und keine feste Front gebildet. Montfort dagegen hatte seine Krieger zusammengehalten und eine uneinnehmbare Barriere gebildet auf die Cornwalls Ritter zugerollt waren wie eine Welle auf Felsgestein, ohne Schaden anzurichten. Der Kampf in der Mitte hatte sich auf den gesamten Hang ausgebreitet. Mehrere Male versuchten Cornwalls Truppen, die Flanke der Rebellen zu umgehen, aber Montforts Hörner hatten die Bogenschützen herbeigerufen, um die Ritter mit einem Pfeilhagel zurückzutreiben, der sie so blendete, dass sie vollkommen die Orientierung verloren.

König Henry und seine Barone fochten an der Spitze der linken Flanke. Zusammen mit den kleineren Truppen gewannen sie gegen Montforts rechten Flügel an Boden, aber im Gegensatz zu Edwards wildem Angriff, der die feindlichen Linien durchbrochen hatte, gelang es ihnen nicht, die zu allem entschlossenen Rebellen in die Knie zu zwingen.

Auf der anderen Seite des Hanges, über dem Chaos von Montforts linker Flanke, hissten Edwards Männer ein scharlachrotes Banner. Der Drachen in der Mitte war in goldene Flammen gehüllt – ein Zeichen dafür, dass keine Gnade gewährt werden würde. Die Edelleute, die die Schlacht überlebten, würden gefangen genommen werden, damit man Lösegeld für sie fordern konnte. Mit dieser ritterlichen Geste konnten die Fußsoldaten nicht rechnen. Bei den meisten handelte es sich um Arbeiter aus London, für die niemand bezahlen würde. Sie waren nichts als eine willkommne Gelegenheit, den Blutdurst an ihnen zu stillen; nichts als wertloses Würmerfutter. Edwards Ritter, die einen Bogen um die noch immer erbitterten Widerstand leistenden Überreste der Kavallerie beschrieben, schlugen eine Schneise in ihre Reihen. Als die Infanterie, die diesem wütenden Ansturm nicht länger standzuhalten vermochte, kehrtmachte und in den schüt-

zenden Wald in ihrem Rücken floh, nahmen Edwards Männer die Verfolgung auf. Sie stürmten den Hang empor, donnerten auf der anderen Seite wieder hinunter und waren kurz darauf nicht mehr zu sehen.

Vor ihm wogte ein Meer aus Speeren, während Montforts rechte Flanke verbissen gegen König Henrys Truppen vorrückte. Der Lord of Annandale umfasste seine Lanze fester und bemühte sich, sie ruhig zu halten, als sein Pferd einen Stoß erhielt und heftig zu tänzeln begann. Sein Helm teilte sein Blickfeld in zwei Schlitze, hinter denen ein Inferno tobte, und sein Knie wurde zwischen seinem Sattel und dem Schlachtross eines anderen Ritters eingeklemmt. Die stickige Hitze unter dem schweren Helm und der Gestank seines eigenen Schweißes raubten ihm fast den Atem. Immer wenn sich in seinen Reihen eine Bresche auftat, brüllte Bruce seinen um ihn gescharten Männern zu, sie unverzüglich zu schließen und jeden niederzustrecken, der sich hindurchzuzwängen versuchte. Edwards Kompanie war schon lange außer Sicht, genau wie die Fußsoldaten, die sie verfolgt hatte. Nur Montforts Mitte und seine rechte Flanke waren auf dem Schlachtfeld verblieben, doch obwohl sie ihnen zahlenmäßig unterlegen waren, kämpften sie mit aller Entschlossenheit. Edwards Verschwinden hatte bewirkt, dass Cornwalls Kompanie zu allen Seiten angreifbar war, und Montfort nutzte diesen Vorteil weidlich aus, indem er die Veteranentruppe des Earls einkreisen ließ.

Die Masse vor Bruce teilte sich erneut, und ein anderer von Montforts Männern brach durch. Er war mit Blut bespritzt, sein Schild in der Mitte zersplittert. Der Mann kam direkt auf Bruce zu, gesichtsloser Stahl, nur das Wappen auf seinem Überwurf und seine Schulterplatten ließen Rückschlüsse auf seine Identität zu. Beides kannte Bruce nicht. Er stieß mit seiner Lanze zu, die gegen die Seite des Helms seines Gegners prallte. Der Mann schwankte unter dem Hieb, holte mit dem Schwert aus und traf Bruce am Kopf. Der Lord of Annandale kam sich so vor, als habe man ihm mit einem Hammer auf den Schädel geschlagen. Hinter seiner Stirn setzte ein heftiges Pochen ein. Zähneknirschend unterdrückte er den Schmerz und wollte zum Gegenangriff übergehen, doch sein Widersacher war bereits von einem von Bruce' Männern von seinem Schlachtross gezerrt worden, unter dessen Hufen er jetzt zertrampelt wurde. Der Schlamm auf dem Schlachtfeld färbte sich rot vor Blut. Überall ringsum konnte Bruce Schreie hören, die von qualvollem Pferdegewieher begleitet wurden. Immer mehr von Montforts Männern drängten nach und schlugen weitere Breschen in Henrys Reihen. Direkt neben Bruce bäumte sich ein Pferd auf. Sein Reiter wurde gegen ihn geschleudert und stieß ihm die Lanze aus der Hand. Bruce zog die Zügel fester an, als sein eigenes Pferd in Panik geriet, fand das Gleichgewicht wieder und riss sein Schwert aus der Scheide, als sich ein anderer Rebell auf ihn stürzte. Obwohl sein Schlachtross unter ihm bockte, gelang es ihm, einen wuchtigen Hieb gegen den Hals des Mannes zu führen, der das Kettengeflecht des Nackenschutzes durchtrennte. Die Klinge blieb einen Moment lang im Fleisch seines Gegners stecken, bevor der Lord sie herausriss. Irgendwo wurde ein Horn geblasen.

Der Earl of Cornwall war von Montforts Truppen eingeschlossen worden. Als er sich inmitten eines Meeres feindlicher Soldaten wiederfand und feststellen musste, dass seine Ritter nicht zu ihm gelangen konnten, kämpfte sich der Bruder des Königs verzweifelt den Weg frei, trieb sein Pferd aus dem Kampfgetümmel heraus und floh quer über das Feld. Als ihm seine Truppen folgten und ihre Hörner zum Rückzug bliesen, war der Kampf um die Mitte verloren. Der Rest von Cornwalls jetzt führerlosen, von Panik erfüllten Soldaten begann sich zu zerstreuen, und die jubelnden Rebellen nahmen die Verfolgung auf. Nach dem Zerfall der Mitte des Schlachtfeldes war die Flanke des Königs Angriffen schutzlos preisgegeben. Der Anblick der auseinanderbrechenden Reihen der königlichen Armee spornte Montforts Männer noch zusätzlich an. Immer größere Lücken klafften in König Henrys Kompanie auf. Simon de Montfort hatte dem Kö-

nig den Krieg erklärt. Nun sah es so aus, als sei Gott auf seiner Seite.

Ein lauter Schrei erhob sich. Rückzug! Rückzug!

König Henry und seine Ritter flohen von dem Schlachtfeld. Das Banner des Königs wehte rot hinter ihm her, als er sein Schlachtross den Hang hinunter auf Lewes zutrieb. Der Rückzug glich einer Stampede, der Lord of Annandale wurde in dem blinden Tumult hügelabwärts gespült. Vor ihm brach das Pferd eines Ritters in einer Staubwolke zusammen. Bruce gab seinem Schlachtross die Sporen und setzte über das Tier hinweg. Kalk wurde aufgewirbelt, als das Tier hart auf der anderen Seite landete. Bruce' Bannerherr hielt sich dicht neben ihm, einige Männer direkt dahinter, er konnte sie durch seinen Sehschlitz gerade noch erkennen. Überall ringsum herrschte heillose Verwirrung, die Infanterie des Königs stürmte vor den Rittern Hals über Kopf den Hügel hinab.

Überall rings um die Stadt Lewes brannten Fackeln. Die Flammen züngelten zum Abendhimmel empor und setzten beißenden Rauch frei, der über die Dächer wehte. Rund um die in einiger Entfernung von der Burg gelegenen Gebäude bildeten sie einen dichten Kreis.

In einer Zelle der Priorei Lewes warteten vier Männer. Einer saß auf der einzigen Pritsche im Raum und barg den Kopf in den Händen, ein anderer lehnte mit geschlossenen Augen an der Wand neben der Tür, und einer kauerte auf dem Boden und hatte die Knie bis zur Brust hochgezogen. Der vierte stand am Fenster und starrte über die dunklen Umrisse der Nebengebäude der Priorei hinweg zu dem flackernden Feuer hinüber, das eine Schar von Männern beleuchtete.

In der leichten Brise konnte Bruce die Schreie der Pferde hören, die im Kampf zu schwer verletzt worden waren, um gerettet werden zu können, und nun von ihrem Leid erlöst wurden. Die qualvollen Laute wurden von wüstem Gelächter und zotigen Liedern übertönt. Montforts Männer hatten keine Zeit verloren, ihren Sieg zu feiern. Bruce konnte sie durch die von Spinnweben verhangenen Fenster der Zelle deutlich sehen. Als er ein leises Schniefen hörte, drehte er sich um. John Comyn an der Tür hielt die Augen immer noch geschlossen und Balliol den Kopf in den Händen vergraben. Bruce vermutete, dass das Geräusch von der am Boden kauernden dritten Gestalt kam. Der Knappe konnte nicht älter als achtzehn sein, somit nicht viel jünger als sein ältester Sohn daheim in Schottland. Seine Augen bildeten im Dämmerlicht leuchtende Teiche. Bruce schielte mit einem unmutigen Grunzen zu Balliol hinüber, dem Herrn des Knappen, der noch nicht einmal aufgeblickt hatte. Nach einem Moment drehte er sich wieder zum Fenster, nicht gewillt, dem Diener eines anderen Trost zu spenden. Außerdem hatte er keinen anzubieten, denn wo gab es im Angesicht von Niederlage und Gefangenschaft noch Trost?

Stunden zuvor, nachdem sich im Kampf in den Hügeln das Blatt zu seinen Ungunsten gewendet hatte, waren König Henrys Truppen in die Sicherheit des Abteigebäudes geflohen, das dem König seit seiner Ankunft in Lewes als Lager gedient hatte. Andere Angehörige der Kavallerie hatten die Stadt gleichfalls sicher erreicht, sich aber anderswo verschanzt. Der Infanterie war dieses Glück verwehrt geblieben. Die Fußsoldaten waren nicht imstande gewesen, mit dem raschen Rückzug der Ritter Schritt zu halten und so leichte Beute für Montforts Truppen geworden. Ihr Tod war zwar grausam gewesen, aber zumindest schnell eingetreten. Die Demütigung der Kerkerhaft, das Warten darauf, dass ein anderer Mann über seine Zukunft entschied, erschienen Bruce als das schlimmere Schicksal. In der Schlacht konnte ein Mann wählen, wie er kämpfte und wie er starb. Er war immer noch frei. Hier gab es keine Wahl. Er hasste es, nicht mehr der Herr seiner eigenen Entscheidungen zu sein, fürchtete es mehr als den Tod.

Nicht lange, nachdem der König und seine Männer sich in der Priorei verbarrikadiert hatten, hatten Montforts Truppen die Stadt gestürmt. Die Priorei wurde umzingelt, und Montfort ließ *einige der Gefangenen von dem Schlachtfeld vorführen, darunter auch den Earl of Cornwall. Es bereitete ihm sichtliche Genugtuung, Henry zuzurufen, dass sein feiger Bruder vom Feld geflohen war und sich in einer Windmühle versteckt hatte. Dann drohte er, den Earl draußen vor der Priorei hinrichten zu lassen, wenn der König sich weigerte, auf seine Bedingungen für eine Kapitulation einzugehen. Eine solche Drohung schien unvorstellbar, denn seit fast zwei Jahrhunderten war in England kein Earl mehr hingerichtet worden; eine solche Vorgehensweise verstieß gegen jeden Kriegskodex. Aber Montfort führte keinen gewöhnlichen Krieg, er kämpfte gegen seinen König und strebte danach, das Reich unter seine Kontrolle zu bringen. Henry solle sich seiner Gnade überantworten, verlangte Montfort, und sich einverstanden erklären, dass ein Regentschaftsrat an seiner Stelle regierte. Dem Namen nach sollte er König bleiben, aber all seiner Autorität beraubt werden.*

Bruce hatte sich mit seinen Rittern im Refektorium aufgehalten, als fünf Gestalten in den Raum gestürzt waren. Einer der Männer war schwer verwundet und wurde von zwei Kameraden gestützt. Alle starrten vor Blut und Schmutz und verströmten einen ekelerregenden Gestank. An der Spitze der Gruppe ging Lord Edward. Bruce hörte zusammen mit den anderen zu, als der junge Mann einem der Barone des Königs berichtete, wie er Montforts flüchtende Infanterie meilenweit verfolgt und vernichtet hatte, nur um bei seiner Rückkehr festzustellen, dass die Schlacht vorüber war. Als er versucht hatte, in die Stadt zu reiten, war seine Kompanie angegriffen worden. Ihm war die Flucht gelungen, und da er vermutete, dass sein Vater sich in die Priorei zurückgezogen hatte, war er unbemerkt von Montforts Truppen durch einen Abwassergraben gekrochen.

Kurz darauf betrat der König die überfüllte Halle und bahnte sich einen Weg durch die Menge. Die Sorge und Erleichterung, die sich auf Henrys Gesicht widerspiegelten, wichen rasch heftigem Zorn. Rote Flecken loderten auf seinen Wangen, als er seinem Sohn eine Strafpredigt hielt und zu wissen verlangte, warum dieser das Schlachtfeld verlassen hatte. Edward ließ sich jedoch nicht einschüchtern. Mit gebieterischer Stimme verkündete er, er habe gedacht, sein Vater sei in der Lage, seine eigene Flanke zu verteidigen. Daraufhin trat Stille ein. Henry schien in sich zusammenzusinken, und seine Wut verflog, als er seinem Sohn mitteilte, dass ihnen nichts anderes übrig blieb, als sich zu ergeben. Edward widersprach, wies darauf hin, dass sie über genug Vorräte verfügten, um Montfort monatelang Widerstand zu leisten. Aber nun beharrte der König auf seinem Willen. Montfort hatte gedroht, seinen Bruder hinzurichten. Es war vorüber.

»Du hast unser Schicksal besiegelt, als du das Schlachtfeld verlassen hast«, schloss Henry. »Jetzt wirst du die Bitternis der Niederlage auf dich nehmen.« Er wandte sich zu der schweigenden Menge. »Ihr alle. Mein Entschluss steht fest.«

Die Verhandlungen zwischen den königlichen Truppen und den Rebellen draußen vor der Priorei wurden fortgesetzt, aber es handelte sich nur noch um Formalitäten. Auf Montforts Befehl wurden die Männer nach Rang und Herkunftsgebiet aufgeteilt und ihre Waffen eingezogen. Ihr Zufluchtsort, die sichere Kirche, wurde zu ihrem Gefängnis, in dem sie ausharren mussten, bis Montfort entschied, was mit ihnen geschehen sollte. Edward sollte als Geisel festgehalten werden, Henry durfte nach London zurückkehren, wo er entschieden mehr Handlungsfreiheit hatte als sein gefangener Sohn.

Bruce biss die Zähne zusammen, als der Knappe erneut vernehmlich schnüffelte. Dabei hatte gerade er von den vier Männern in der Zelle die besten Aussichten, glimpflich davonzukommen. Er war kein niedriger Fußsoldat, also würde er, wenn Montfort nicht wirklich die Absicht hatte, die Adeligen hinrichten zu lassen, nicht getötet werden, und über die für seine Freilassung zu entrichtende Summe konnte verhandelt werden. Der Gedanke an die zu erwartende Lösegeldforderung lastete schwer auf dem Lord of Annandale. Er war ein hoher Beamter König Henrys und ein mächtiger Lord in Schottland. Montfort würde ihn nicht billig davonkommen lassen. Seine Forderung konnte seine Familie für Generationen ruinieren. Er schloss die Augen. Der Zorn des heiligen Malachias verfolgte ihn über Jahrzehnte hinweg, verdunkelte seine Blutlinie von seinen Vorvätern bis hin zu seinen Söhnen.

Das Quietschen des Riegels ließ alle vier Gefangenen aufblicken. Balliol erhob sich ächzend, sein altes Gesicht legte sich in entschlossene Furchen. Die Tür wurde geöffnet, und ein Mann mit einer Fackel in der Hand erschien. Bruce erkannte ihn sofort, er hatte ihn schon in Edinburgh gesehen. Es war William Comyn, das Oberhaupt der Comyns von Kilbride.

John Comyn brach das Schweigen. »Wie es aussieht, hast du wenigstens ein Mal die richtige Seite gewählt, Vetter.«

William Comyn lächelte grimmig. »Die Roten Comyns haben ihre Zeit der Macht gehabt und unsere Familie mit eiserner Hand regiert. Vielleicht sind wir jetzt an der Reihe.«

»Wenn du gekommen bist, um dich vor mir zu brüsten, kannst du dir deinen Atem sparen«, grollte John. »Was auch immer mir Montfort antun wird – die Roten Comyns werden fortbestehen. Mein Sohn und Erbe wird dafür sorgen.« In seinen Worten schwang eine verschleierte Drohung mit.

William Comyns Lächeln verblasste. »Ganz im Gegenteil, Vetter. Ich bin hier, um dich freizulassen.«

Balliol verzog höhnisch das Gesicht, aber sein Knappe richtete sich hoffnungsvoll auf. »Ich wusste nicht, dass der Earl of Leicester Befehle von einem Schotten entgegennimmt.«

»Sir Simon belohnt die, die ihm die Treue halten. Ich habe um Gnade für meine Verwandten gebeten, und er hat mir als Lohn für meine Dienste die Freilassung dreier Gefangener zugesichtert.«

»Warum solltest du das tun?«, murmelte John.

»Wir mögen nicht immer einer Meinung sein, Vetter, aber unter der Decke unseres persönlichen Ehrgeizes sind wir alle Comyns. Es würde weder mir noch den Comyns von Kilbride etwas nützen, dich durch eine Lösegeldforderung ruiniert zu sehen. Als Gegenleistung für deine Freiheit verlange ich einen größe-

ren Anteil an dem Einfluss, den unsere Familie ausübt. Ein Amt am königlichen Hof.«

John wirkte immer noch nicht überzeugt. »Allein das Lösegeld für mich würde Montfort zu einem reichen Mann machen. Warum sollte er drei Gefangene freigeben, ohne einen Vorteil davon zu haben?«

»Montfort hat genug hochrangige Gefangene in seiner Gewalt, darunter auch Lord Edward. Dank ihnen wird er seine Truhen bis zum Bersten füllen können, und außerdem ist Geld nicht sein Hauptmotiv. Er versteht, dass du nur deine Pflicht gegenüber deinem König erfüllt hast. Ihm ist es lieber, ihr seid frei und seine kooperationsbereiten Verbündeten«, fügte William mit einem Blick zu Bruce und Balliol hinzu.

Balliol nickte. »Nun, das kann ich ihm und den Comyns von Kilbride versichern. Die Familie Balliol steht in Eurer Schuld, Sir William.«

»Sir?«, warf der junge Knappe furchterfüllt ein, als Balliol auf die offene Tür zuschritt.

Balliol drehte sich zu ihm um. »Dein Lösegeld wird bezahlt werden«, sagte er abwehrend.

»Sir, ich bitte Euch«, flehte der Knappe.

»Kommt«, forderte William Comyn den Lord of Annandale ungeduldig auf.

Als Bruce vortrat, baute sich John Comyn vor der Tür auf. »Er nicht.« Sein Blick kreuzte sich mit dem des Lords of Annandale, seine dunklen Augen glitzerten im Fackelschein.

»Vetter?«

John Comyn wandte den Blick nicht von Bruce ab. »Der Bruce bleibt hier.«

»Sir Simon de Montfort hat mir die Freilassung von drei Gefangenen zugesagt.«

»Hat er bestimmt, wer die drei sein sollen?«

»Nein, aber …«

»Dann ist er der dritte.« John deutete auf den Knappen, der erleichtert aufatmete.

»Für einen Knappen kann man so gut wie kein Lösegeld verlangen, John. Das ist die Sache nicht wert.«

»Für mich schon«, erwiderte John Comyn. Seine Lippen verzogen sich, doch sein Lächeln war alles andere als humorvoll. »Erinnert Ihr Euch, Sir Robert, dass meine Familie einst zu Euch gekommen ist und Euch um Eure Unterstützung gegen unsere Feinde gebeten hat, als Alexander so jung den Thron besteigen musste? Natürlich erinnert Ihr Euch, denn es war eine schwierige Zeit, was niemand stärker zu spüren bekam als meine Familie, deren durch jahrzehntelange harte Arbeit und loyaler Dienste an der Krone erworbener Einfluss uns durch die Finger zu gleiten drohte. Ihr wart der Einzige, der uns hätte helfen können; der Einzige, der während der Minderjährigkeit des Königs das Machtgleichgewicht hätte halten und verhindern können, was wir später im Rahmen unseres Überlebenskampfes zwangsweise tun mussten.«

»Überlebenskampf?«, spie aus Bruce und trat einen Schritt vor. »Ihr habt unseren König gegen seinen Willen festgehalten!«

»Aber erinnert Ihr Euch auch noch daran, wie Eure Antwort lautete?«, schnitt John Comyn ihm das Wort ab. »Ihr würdet eher dem Teufel helfen als den niedriggeborenen Söhnen von Sekretären? Ich sagte Euch damals, dass ich Euch eines Tages für den Ruin meiner Familie bezahlen lassen würde, den Eure Entscheidung nach sich zog. Dieser Tag ist jetzt gekommen.«

Als William Comyn zur Seite trat und John Balliol und der Knappe ihm in den Gang hinaus folgten, schloss John Comyn die Zellentür. Das Letzte, was der Lord of Annandale sah, war Comyns im Fackelschein glühendes hasserfülltes Gesicht.

17

DIE STADT LINCOLN ERTRANK im Regen; die dicke Wolkendecke ließ einen unaufhörlichen Wasserstrom auf die Köpfe der vor der Kathedrale versammelten Menschen niederprasseln. Mütter und Kinder, Gildemitglieder und Bauern, Schankwirte und Bettler, Fromme und Schaulustige drängten sich aneinander und warteten darauf, einen Blick auf die königliche Prozession zu erhaschen, die vor einer Stunde im Dunkel der Kathedrale verschwunden war. Über ihnen läutete eine Glocke; der vibrierende Klang rollte über die Köpfe der schweigenden Menge und den mit Pfützen übersäten Markt hinweg und verebbte in den dahinter liegenden leeren Straßen.

Im gewölbeähnlichen Inneren der Kathedrale war eine bedrückte Gemeinde mit gesenkten Köpfen tief in Gebete versunken. Lords und Ladys, Barone und Ritter, Mägde und königliche Beamte – sie alle waren schwarz gekleidet, und ihre Gesichter wurden von Kapuzen und Schleiern verdeckt. Die Ritter hatten ihre Schilde mit Tüchern verhüllt, damit die Farben und Wappen nicht zu sehen waren, was die Männer zu anonymen, in Trauer vereinten Schatten machte. Auch die Kathedrale war für eine Trauerfeier hergerichtet worden, Bahnen schwarzer Seide hingen von den Bögen herab. Ein schwaches Licht fiel durch die Drei- und Vierpässe des mittleren Stockwerks und beleuchtete geisterhaft wabernde Weihrauchschwaden und Kerzenrauch. Regen hämmerte gegen das östliche Fenster; trommelte ein Stakkato auf das Buntglas, das zwischen den einzelnen Glockenklängen deutlich zu vernehmen war.

Für Edward, der, in tiefschwarzen Samt gekleidet, mit versteinerter Miene vor dem Hochaltar stand, glich das Glockengeläut einem hohlen Herzschlag. Hinter ihm erhob sich der Lettner, hinter dem sich die an eine groteske Version eines Brustkorbs erinnernden steinernen Bögen des Kirchenschiffs entlangzogen. Vor dem König war ein von Kerzen umgebener Sarg aufgebahrt. Er war mit venezianischer, mit Hunderten kleiner goldener Blüten bestickter Seide bedeckt, sodass nur die Umrisse zu erkennen waren: eine schwarze, eckige Silhouette von der Größe eines Menschen. In diesem Sarg ruhte seine Frau.

Edward konnte immer noch nicht fassen, wie rasch die Faust des Todes sein Leben zerschmettert hatte. Nur wenige Tage nach der vernichtenden Nachricht, dass Margaret of Norway, die zukünftige Braut seines Sohnes, auf dem Weg nach Schottland gestorben war, war Eleanor krank geworden. Sie hatte in der Gascogne bereits an einer Krankheit gelitten, die sie sehr geschwächt hatte, und der Arzt vermutete, sie habe auch zu dem Fieber geführt, das sie so heftig befallen hatte. Edward hatte sie nach Lincoln gebracht, in die Nähe des Schreins des heiligen Hugo von Avalon, aber nichts, weder Gebete noch Medizin noch ein Wunder hatten sie retten können.

Eleanor, seine spanische Königin, war sechsunddreißig Jahre lang an seiner Seite gewesen. Am Tag ihrer Hochzeit im Königreich Kastilien war er fünfzehn, Eleanor gerade erst zwölf gewesen. In all dieser Zeit hatte sie sich kaum von ihm getrennt, ihn auf einen Kreuzzug in das Heilige Land begleitet und ihn bei seinen Kämpfen in Wales und der blutigen Rebellion Simon de Montforts unterstützt. Sie war in Zeiten von Krankheit und Niederlage, im Exil und bei seinen Triumphen bei ihm gewesen, hatte sechzehn Kinder geboren und elf davon sterben sehen. Sie war seine Stimme der Vernunft gewesen, seine Beraterin und seine weise Gefährtin. Geblieben war ihm jetzt nur ein kalter Leichnam in einer hölzernen Kiste. Ihre Organe waren entnommen worden, um in einem Schrein in Lincoln zu verbleiben, ihr Körper würde mit allem Prunk, den Edward aufzubieten vermochte, nach London überführt werden. Er hatte bereits Fürbitter bezahlt, die überall im Reich Seelenmessen lesen sollten, und bald würden in allen Städten Englands, von Winchester und Exeter bis nach Warwick und York die Totenglocken erklingen.

Als der Bischof einen Psalm aus dem Brevier intonierte, vernahm der König hinter sich ein leises Weinen. Er drehte sich zu seinem Sohn Edward of Caernarfon um, der dort mit seinen vier älteren Schwestern stand. Der kleine Junge schluchzte in seine Hände, seine Schultern bebten. Wortlos wandte sich der König wieder ab. Sein eigener Schmerz war tief in ihm verwurzelt, mit seinen Muskeln und Sehnen verwoben, saß in seiner Brust und seiner Magengegend fest. Ihm freien Lauf zu lassen würde unweigerlich zu einem Zusammenbruch führen, und er hatte nicht die Absicht, das zuzulassen. Er mochte seine große Liebe verloren haben, aber nicht sein großes Ziel.

Der Bischof murmelte die letzten Worte der Totenmesse, dann kam Bewegung in die Trauergemeinde. Die Akolythen besprengten den Sarg mit Weihwasser, das von Ysopzweigen tropfte, und die Lords und Geistlichen traten vor, um seiner toten Frau die letzte Ehre und ihm selbst ihre Reverenz zu erweisen. Edward legte auf ihr Beileid wenig Wert, zumal es bei einigen ohnehin nur geheuchelt war. Viele seiner widerspenstigen Barone waren über seinen langen Aufenthalt in Frankreich nicht glücklich gewesen und hatten ihrem Unmut letzten Monat im Parlament Luft gemacht. Für Edward waren ihre bekümmerten Gesichter nichts als Masken, deren Anblick er genauso wenig ertragen konnte wie den des Sarges. Er gab dem in der ersten Reihe stehenden John de Warenne einen knappen Wink, steuerte auf eine Tür im nördlichen Querschiff zu und betrat den Gang, der zu den Arkaden führte. Der Earl of Surrey folgte ihm einen Moment später.

Edward erreichte die Arkaden, wo der Regen stetig auf das Grasquadrat in der Mitte der Bogengänge tropfte. Er schloss die Augen und sog die kühle Novemberluft ein, die er nach dem erstickenden Weihrauchgeruch als angenehm belebend empfand. Als sich John de Warenne zu ihm gesellte, drehte er sich um. Der alternde Earl, der ein gutes Stück kleiner war als er, hatte in der letzten Zeit einen Wanst bekommen. Die während vieler Jahre des Kampfes und Übens aufgebauten Muskeln verwandelten sich in schlaffes Fett, das den ohnehin schon massigen Leib des Earls zusätzlich anschwellen ließ. Der König registrierte die körperliche Veränderung, die mit seinem fähigsten Befehlshaber vorgegangen war, voller Schrecken und fragte sich, ob sie als eine Art Metapher für seine Herrschaft zu werten war. Wurde auch er schlaff und nachlässig? Waren alle seine Pläne deshalb gescheitert? Bei dem Gedanken biss er die Zähne zusammen. »Sagt mir noch einmal, was Euch der Bischof von St. Andrews in seiner Botschaft mitgeteilt hat.«

John de Warenne zögerte, schien seine Antwort sorgfältig abzuwägen.

»Nun?«, drängte Edward.

Der Earl räusperte sich. »Verzeiht mir, Mylord, aber ist dies nicht der falsche Zeitpunkt für eine solche Diskussion? Wollt Ihr nicht lieber warten und …«

»Ganz im Gegenteil«, gab Edward kalt zurück. »Ich möchte meinen nächsten Zug planen, ehe die Schotten sich noch enger zusammenschließen und wir außen vor bleiben. Also beantwortet meine Frage!«

»Der Bischof sagte, Sir John Balliol habe sich nach Margarets Tod zum König ausgerufen, aber Sir Robert Bruce of Annandale habe seinerseits Ansprüche auf den Thron geltend gemacht. Die Männer des Reiches ergreifen zum Teil für den einen, zum Teil für den anderen Partei. Der Bischof fürchtet, diese Spaltung innerhalb des Reiches könnte zu einem Krieg führen. Er beschwört Euch, in den Norden zu kommen und zu helfen, den Frieden wiederherzustellen. Er glaubt, die Edelleute Schottlands werden auf Euch hören, und er möchte Euch an der Wahl des Nachfolgers beteiligen.«

Edward starrte über den durchweichten Rasen hinweg; sah zu, wie der Regen von den Bögen strömte. »Befinde ich mich nicht in derselben Situation wie einst mein Vater, als Alexander den Thron bestieg?«

John de Warenne grunzte. »Es gibt Gemeinsamkeiten, aber ich würde es nicht als dieselbe Situation bezeichnen, Mylord.«

»Aber die Schotten baten meinen Vater einzugreifen, als Alexander als Kind auf den Thron kam«, beharrte Edward ungeduldig. »Und eben durch seine Einmischung konnte Vater die Heirat meiner Schwester mit dem König arrangieren.«

Der Earl nickte. »Ja, obwohl diese Hochzeit Eurem Vater zu nicht allzu viel Kontrolle über den Thron von Schottland verhalf.«

»Mein Vater wusste eine Situation noch nie zu seinem Vorteil auszunutzen«, versetzte Edward. »Was ist mit Balliol und Bruce? Wie würde sich jeder der beiden Eurer Meinung nach als König machen?«

»Nun ja, da der Mann mit meiner Tochter verheiratet ist, kenne ich Sir John besser als Bruce.« Warenne hob die breiten Schultern. »Balliol ist leicht zu beeinflussen, würde ich sagen. Kein geborener Anführer, nimmt lieber Befehle entgegen, als dass er welche erteilt. Bruce seinerseits ist scharfsinnig und willensstark, aber er ist Euch immer ein loyaler Verbündeter gewesen, und das Land, das er in England besitzt, macht ihn genauso zu Eurem Untertan, wie er der Alexanders war.«

Die Furche zwischen Edwards Brauen vertiefte sich. »Als Alexander die Möglichkeit einer ehelichen Verbindung zwischen unseren beiden Häusern ansprach, glaubte ich, einen Weg gefunden zu haben, mein Ziel ohne großen Aufwand oder den Verlust von Männern zu erreichen. Ihr wisst, dass die Kriege in Wales meine Truhen ausgeblutet haben. Ich kann mir keinen teuren militärischen Feldzug leisten – nicht jetzt, wo die Barone ohnehin schon über meine lange Abwesenheit nörgeln.« Edward wandte sich an Warenne. »Aber ich werde auch nicht zulassen, dass alles, wofür ich so hart gearbeitet habe, umsonst war. Mein Vater mag blind für die Gelegenheit gewesen sein, die sich ihm da in Form der Bitte der Schotten um sein Eingreifen geboten hat. Ich bin es nicht. Sobald meine Frau zur letzten Ruhe gebettet worden ist, werde ich gen Norden reisen und vollenden, was ich vor sechs Jahren begonnen habe. Ich glaube, die Prophezeiung kann noch immer ohne Krieg erfüllt werden.«

Affraig schlang ihren Umhang enger um sich, als sie in den späten Dezemberabend hinaustrat. Der Wind fraß sich in ihre Haut und trieb ihr die Tränen in die Augen. Der Hügel hob sich kahl und braun vom aschegrauen Himmel ab. Nur noch wenige Blätter hingen an den nackten Ästen der Eiche, und der Boden ringsum war mit Zweigen und Laub übersät. Affraig stellte fest, dass zwei weitere Schicksalsnetze in der Nacht von dem Unwetter herabgerissen worden waren, das wie ein Dämon durch das Tal getobt war und mit windigen Fäusten gegen ihr Haus gehämmert hatte. Sie würde sie später hereinholen, die Zweige und die dünnen Stricke verbrennen, die sie zusammenhielten, und die darin enthaltenen Gegenstände dann der Erde übergeben.

Affraig kauerte sich nieder und stellte den Mörser und den Stößel ab, den sie bei sich trug. Dann fuhr sie mit dem Finger über den Boden. Er war steinhart. Sie nahm den Stößel in beide Hände, trieb ihn in die schwarze Erde und lockerte sie langsam auf. Bei der Anstrengung wurde ihr warm, sie hielt inne, um sich das Haar aus der Stirn zu streichen. Ein modriger Geruch erfüllte die Luft, als sie die Erde rings um ihre Füße langsam in Klumpen zerlegte. Sie legte den Stößel in den Mörser zurück und zog einen Beutel aus ihrem Gürtel. Ein fetter Wurm wand sich bereits aus einem der Erdklumpen heraus. Sie griff danach und zog ihn ans Licht. Er krümmte sich zwischen ihren Fingern, als sie ihn in dem Beutel verstaute. Dann drehte sie den Klumpen um und suchte nach weiteren Tieren. Nachdem sie auf diese Weise sieben Regenwürmer gesammelt hatte, drehte sie den Beutel zu, hob Stößel und Mörser auf und erhob sich.

Die Hunde hoben erwartungsvoll die Köpfe, als sie das Haus betrat. Ohne auf sie zu achten, ging sie zu ihrem Arbeitsbereich, wo sie Mörser und Beutel abstellte. Die Frau würde bald hier sein. Affraig schüttete eine Hand voll muffig riechender Gerste in den Mörser und legte einen Wurm nach dem anderen darauf. Die Tiere wanden sich, ihre gegliederten Leiber glänzten im Licht einer einzelnen Kerze. Affraig legte die Hand so über die

Schale, dass ihr gerade noch genug Platz blieb, um den Stößel zwischen Daumen und Zeigefinger zu handhaben, dann stieß sie das abgerundete Ende des steinernen Werkzeugs in den Mörser. Er rutschte mehrere Male ab, bevor die Körper zerplatzten und der Stößel Halt fand. Affraig schloss die Augen, zerrieb die Würmer und murmelte dabei ein paar Worte, bevor sie den Stößel herauszog und damit gegen den Rand des Mörsers klopfte. Darin befand sich jetzt eine glitschige, durch die Gerste angedickte Masse. Sie erwog, etwas getrockneten Lavendel hinzuzugeben, entschied sich dann aber dagegen. Dafür zahlte die Frau nicht genug.

Affraig säuberte gerade den Mörser, als die Hunde aufsprangen und zu bellen begannen. Sie zischte ihnen etwas zu, als sie die vollgestopfte Kammer durchquerte, woraufhin sie sofort verstummten. Dann öffnete sie die Tür und sah zwei Frauen den Hügel hinunterkommen. Der Wind zerrte an ihren wollenen Umhängen, und sie hörte die größere der beiden lachen. Das Geräusch verdross Affraig. Es hatte einmal eine Zeit gegeben, da waren die Menschen in ehrfürchtigem Schweigen zu ihr gekommen, von Furcht und Respekt erfüllt. Jetzt lachten die Frauen und neckten sich, wenn sie an ihre Tür klopften und um Liebeszauber baten. In vieler Hinsicht bezweifelte sie, dass sie überhaupt an die Wirksamkeit ihrer Mittel glaubten, obwohl sie ihr Münzen dafür in die Hand drückten. Es war lediglich eine Vorsichtsmaßnahme, falls Gott ihre Gebete nicht erhörte. Sie hatten die alten Tage vergessen, wo Kriegerinnen ihren Feinden Flüche wie Blitze entgegenschleuderten; die Tage, als die Druiden über den Boden Britanniens gewandelt waren und alle Menschen die Augen niedergeschlagen hatten, da es ihnen verboten war, die heiligen Männer anzublicken. Die alte Magie erstarb … schon seit langer Zeit.

Die beiden Frauen betraten aneinandergedrängt das Haus und musterten die Hunde argwöhnisch. Affraig trat zu ihrem Regal, griff nach einem mit Zwirn zusammengebundenen Leinenbeutel, in dem sich die Mixtur aus Würmern und Gerste befand, und ging damit zu der größeren Frau hinüber. »Es ist vollbracht.«

»Was muss ich tun?« Die Frau streckte die Hand gierig nach dem Beutel aus.

»Gebt es in der nächsten Vollmondnacht in sein Essen. Ihr müsst darauf achten, dass er alles aufisst. Hat er das getan, ist er für die Liebe empfänglich.«

Die Frau leckte sich die Lippen, während sie den Beutel anstarrte. »Und dann wird er mich bitten, seine Frau zu werden?«

»Er wird sich nach Euch verzehren, das kann ich Euch versprechen.«

»Wie willst du ihm es denn in das Essen mischen?«, fragte die andere Frau über die fleischigen Schultern ihrer Gefährtin hinweg.

»Ich werde dafür sorgen, dass ich in der Küche bin, bevor die Abendmahlzeit im Wachraum aufgetragen wird.«

»Achte nur gut darauf, dass er nicht die falsche Portion bekommt«, kicherte die Begleiterin. »Sonst könntest du am Ende von diesem alten Bock Yothre umworben werden.«

Die Frau funkelte ihre Freundin finster an, dann wandte sie sich besorgt an Affraig. »Was, wenn er es beim nächsten Vollmond nicht isst?«

»Dann wird der Zauber verfallen.«

Die große Frau drehte sich stirnrunzelnd zu ihrer Begleiterin um. »Er ist in Annandale, um Sir Robert zu dienen. Ob er rechtzeitig zurückkommt?«

»Sie werden jeden Tag erwartet, sagt Lady Marjorie.«

»Der Earl of Carrick ist in Annandale?«, schnitt Affraig ihnen das Wort ab.

»Ja«, bestätigte die korpulente Frau. Ihre Augen glitzerten vor Gier nach Klatsch. »Habt Ihr das nicht gehört? Jetzt, wo die arme Margaret tot ist, soll eine große Ratsversammlung abgehalten werden. Lady Marjorie sagt, der König von England wird im Frühjahr in den Norden kommen, um bei der Wahl unseres neuen Königs ein Wort mitzureden. Earl Robert wird bald nach Turnberry zurückkehren, um sich darauf vorzubereiten, seinen Anspruch geltend zu machen.«

»Seinen Anspruch?« Affraigs Stimme klang gepresst. »Es ist nicht das Recht des Earls, sondern das seines Vaters, des Lords of Annandale, den Thron unseres Reiches zu besteigen.«

Die große Frau wirkte wenig überzeugt. »Der Lord ist so alt wie diese Hügel. Er wird die Krone nicht lange tragen, und der Earl wird seine Nachfolge antreten.« Sie setzte ein selbstzufriedenes Lächeln auf. »Und seine Ritter werden von seinem neuen Rang profitieren.«

»So wie du, wenn du einen von ihnen heiratest«, murmelte ihre Freundin, kniff sie in den Arm und brachte sie zum Kichern.

Die große Frau hielt Affraig ihre freie Hand hin. »Hier ist dein Lohn.«

Affraig spürte, wie heiße Pennys in ihre Handfläche fielen. Sie widerstand dem Drang, sie der Frau in das fleischige Gesicht zu werfen, schloss die Finger um das klebrige Metall, ging zur Tür und öffnete sie mit grimmiger Miene, ohne ein Wort zu sagen.

Die beiden Frauen traten in den schneidenden Wind hinaus. Affraig sah sie den Hügel erklimmen. Die rundliche schwang den Beutel durch die Luft und sang dabei ein kindisches Lied, während ihre Freundin wie eine Henne gackerte. Affraigs Blick wanderte zu einem verwitterten Zweignetz an einem der höheren Äste der Eiche und der darin baumelnden kleinen Schlinge. Im Geiste sah sie sich sie anfertigen, während sie einen Zauber gegen Malachias' Fluch murmelte. Sie erinnerte sich an die Hand des Lords auf ihrer Schulter, das Zischen und Prasseln des Feuers, seinen Atem in ihrem Nacken und die Sterne, die draußen vor der Tür wie ein feuriger Regen vom Himmel fielen. Dann richtete sie den Blick Richtung Westen, in Richtung Turnberry. Ihre Erinnerungen verdunkelten sich bei dem Gedanken an den Earl, klarten aber wieder auf, als sie an seinen Sohn dachte. Auch in der Nacht seiner Geburt hatte es Sterne geregnet. Sie entsann sich, Mars gesehen zu haben, voll und rot, ein blutiges Auge, das ihr im Dunkeln zuzwinkerte.

18

DER BREITE FLUSS TWEED WAND sich durch die Wiesen und Getreidefelder. Die südlichen Ufer markierten das Ende des Königreichs England, während auf der anderen Seite des sich im Wind kräuselnden Wassers das Königreich Schottland begann.

An einer großen Schleife des Flusses auf der englischen Seite lag die kleine Ansiedlung Norham. Die in der sirupartigen Hitze eines Mittsommernachmittags schlummernde Stadt wurde von einer steinernen Burg beherrscht, einem der mächtigsten Bollwerke von Anthony Bek, dem Bischof von Durham. Die weiß getünchten, sich in der Wasseroberfläche widerspiegelnden Mauern waren mit Schießscharten durchsetzt, die alle auf das schilfbedeckte nördliche Ufer hinausgingen. Auf dem höchsten Turm wehte ein scharlachrotes Banner mit drei goldenen Löwen.

In der Halle der Burg hatte sich eine Gruppe von Männern versammelt. Balken verliefen kreuz und quer über die Decke über ihren Köpfen, die bemalten Wände waren mit Gobelins bedeckt, die auf der einen Seite Szenen der Erlösung, auf der anderen solche der Strafe Gottes zeigten. Am Ende der Halle stellte ein Buntglasfenster den Erzengel Michael dar, der die Seelen der Menschen wog. Sein grimmiges Gesicht setzte sich aus Hunderten rubinroter Glasstückchen zusammen. Unter dem Fenster stand in der Mitte eines Podests ein Thron, auf dem der König von England saß. Zu Edwards beiden Seiten standen seine höchsten Beamten, unter ihnen der Earl of Surrey und Bischof Bek. Zu ihnen gesellten sich dreizehn Männer auf die Plattform.

Robert, der neben seinem Bruder in der Menge der schottischen Edelleute stand, verfolgte zusammen mit dem Rest der Anwesenden, wie einer der dreizehn nach dem anderen das Podest überquerte, um vor dem König niederzuknien. In der Halle herrschte eine gespenstische Stille. Eigentlich hätte dies ein feierlicher Augenblick sein sollen, was er auch tatsächlich war, nur nicht so, wie die Schotten es sich vorgestellt hatten. Robert entging nicht, dass die einzigen Anwesenden, die zufrieden wirkten, die Engländer waren. Wozu sie auch allen Grund hatten, denn ihr König war jetzt der Obersouverän von Schottland.

Erst im letzten Monat hatten die Schotten Edwards Ankunft noch voll freudiger Erwartung entgegengesehen. Zwar hatte es auch argwöhnische Bedenken gegeben, und besonders der Bischof von Glasgow hatte Zweifel bezüglich ausländischer Einmischung geäußert, aber größtenteils war die Stimmung von Hoffnung geprägt gewesen. Nach fünf Jahren voller Wirrnisse würde die Frage von Alexanders Nachfolger endlich geklärt werden. Trotz mehrerer Versammlungen in Scone hatten sich die Hüter und die Vertreter des Reichs weder auf Balliol noch auf Bruce einigen können, also war König Edward gekommen, um zwischen beiden Seiten zu vermitteln.

Spät im April begann sich der Adel in der königlichen Burg Berwick am Nordufer des Tweed zu versammeln, um den König dort zu erwarten. Doch als Edward schließlich entraf, kam er nicht als Bruder oder Freund, sondern in der Rolle eines potenziellen Eroberers, der von einer Armee von Anwälten und Beratern sowie einer Kriegsschiffflotte und an Land von sechshundert Armbrustschützen und fünfhundert Rittern begleitet wurde. Hier in Norham Castle hatte Edward ihnen mitgeteilt, dass er ihren König auswählen würde, sie ihn jedoch vorher als ihren Obersouverän anerkennen mussten. Er sagte, er habe Beweise in Form von eindeutigen Dokumenten mitgebracht, die seine Sekretäre verwalteten und die ihm nach altem Recht diese Position zusprachen. Die Hüter unter Führung von Bischof

Wishart hatten vehementen Einspruch gegen diese Forderung eingelegt, aber der König war während aller darauffolgenden hitzigen Debatten nicht von seinem Anspruch abgewichen, und während der ganzen Zeit hatte seine Armee am Ufer des Tweed gelagert – eine unausgesprochene, aber unmissverständliche Drohung.

Am Ende mussten die schottischen Edelleute trotz ihrer Proteste nachgeben, da sie dringend eine Entscheidung brauchten, die der Unsicherheit im Reich ein Ende machte. Die Konnetabels übergaben den Engländern die Kontrolle über die königlichen Burgen, die Hüter wurden entmachtet, woraufhin Edward sie wieder in ihre Ämter einsetzte, ihnen aber einen englischen Beamten zur Seite stellte. Es gab jedoch eine Bedingung, über die zu verhandeln sich die Hüter strikt geweigert hatten. Schottlands zukünftige Unabhängigkeit sollte durch Edwards Einwilligung gesichert werden, nur so lange als Obersouverän zu fungieren, bis ein neuer König ernannt worden war. Innerhalb von zwei Monaten nach der Krönung sollte er die Kontrolle über die königlichen Burgen wieder den Schotten übertragen, seine Autorität als König von Schottland aufgeben und danach keine Forderungen mehr stellen. Edward stimmte zu und setzte sein Siegel unter die Abmachung, bevor er den schweigenden Edelleuten verkündete, er sei ein gerechter Mann und dies eine gerechte Anhörung, was hieß, dass es allen potenziellen Thronanwärtern gestattet werden würde, die Gründe für ihre Ansprüche darzulegen.

Robert sah zu, wie ein auffallend gekleideter Mann, der vor einer Woche mit einem großen Gefolge in Berwick eingetroffen war, über das Podest schritt, um vor dem englischen König niederzuknien.

Wieder dröhnte Bischof Beks Stimme durch die Halle von Norham. »Seid Ihr, Sir Florence, Graf von Holland, bereit, Euch dem Urteil des erlauchten König Edward, Herzog der Gascogne, Herr über Irland, Eroberer von Wales und Obersouverän von Schottland zu unterwerfen? Und erkennt Ihr in Gegenwart aller

Anwesenden an, dass er das gesetzmäßige Recht hat, über Euer Anrecht auf den Thron zu verhandeln?«

Der bunt gewandete Graf verneigte sich vor dem Thron und bestätigte die Frage, wie es schon die neun Männer vor ihm getan hatten. Jetzt warteten nur noch drei auf der linken Seite des Podestes.

Als Nächster war John Comyn an der Reihe. Als der Lord of Badenoch niederkniete, bemerkte Robert, dass er den Kopf nicht so tief senkte wie die anderen. Im Gegenteil, der steife Körper des Earls schien sich kaum nach vorn zu neigen. Robert spürte, wie ihn jemand anstieß, und sah seinen Bruder an. Edward nickte zu einem blassen jungen Mann mit strähnigem schwarzem Haar hinüber: John Comyns ältester Sohn und Erbe, der den Namen seines Vaters trug. Seit der Versammlung in Birgham ein Jahr zuvor hatte Robert ihn ein paar Mal gesehen, jedoch nie mit ihm gesprochen. Der Blick des jungen Mannes hing wie gebannt an der knieenden Gestalt seines Vaters. Rote Flecken loderten auf seinen Wangen, und seine Augen glühten vor Stolz.

»Glaubt er wirklich, sein Vater darf hoffen, gewählt zu werden?«, murmelte Edward.

»Er muss wissen, dass das nicht der Fall sein wird«, gab Robert zurück. »Comyn vertritt keinen ernsthaften Anspruch. Er will, dass Balliol König wird. Großvater meint, er will nur der Form halber sein Anrecht öffentlich vortragen.«

Der junge John drehte sich um. Sein stolzer Gesichtsausdruck wich Feindseligkeit, als sich sein Blick mit dem der Bruce-Brüder kreuzte.

Robert richtete seine Aufmerksamkeit auf die zur Rechten des Königs versammelten Männer, zu denen sich jetzt der Graf von Holland und John Comyn gesellt hatten. Die meisten schienen wie Comyn nicht ernsthaft daran zu glauben, dass ihr Anspruch stark genug war, um sie auf den Thron zu bringen. Trotz der Zusicherung einer gerechten Anhörung wusste jeder, dass der Wettbewerb nur von zwei Männern ausgetragen wurde. Diese beiden waren die Letzten, die vortreten und sich der Autorität des Königs unterwerfen würden. Der diensteifrig lächelnde John Balliol machte den Anfang.

»Wenn er sich noch tiefer verneigt, bricht er in der Mitte durch«, spöttelte Edward.

Als Nächster kam der Lord of Annandale, und jetzt schwoll Roberts Herz vor Stolz. Sein Großvater kniete langsam, mit schmerzlich verzogenem Gesicht nieder; sein hochgewachsener Körper protestierte gegen die unnatürliche Haltung, die er einzunehmen gezwungen war. Dennoch büßte Bruce keinen Zoll seiner Würde ein.

Robert musterte den englischen König, während Bischof Bek das Wort an seinen Großvater richtete. Er konnte kaum eine Gefühlsregung in den grauen Augen erkennen, außer vielleicht einem Anflug von Trauer, aber das mochte auf Einbildung beruhen, denn die Nachricht vom Tod Königin Eleanors war dem König vorausgeeilt. Sie hatten alle gehört, dass Edward die Steinmetze angewiesen hatte, an allen Orten, an denen der Leichnam seiner Frau während der Prozession von Lincoln nach London geruht hatte, riesige Kreuze zu errichten. Robert hatte sich vorgestellt, wie sich diese steinernen Monumente der Trauer durch Englands Landschaft zogen. Ihm war einiges über den König zu Ohren gekommen: seine Tapferkeit als Kreuzritter, sein Geschick und seine Furchtlosigkeit als Krieger, seine Gerissenheit als Staatsmann und seine Leidenschaft für die Jagd und Turniere. Edwards kaltes, drohendes Gebaren hatte ihn überrascht, denn es schien so gar nicht zu dem Mann zu passen, von dem sein Vater immer voller Bewunderung gesprochen hatte.

Sein Großvater erhob sich steif und trat in gebeugter Haltung zu den anderen Anwärtern. Als Bischof Bek sich an die versammelten Männer wandte, stieg Ungeduld in Robert auf. Seit sein Großvater ihn auf den Moot Hill geführt hatte, war der Kampf des alten Mannes um die Krone in sein Blut übergegangen. Wenn der Lord of Annandale von Edward zum König ernannt wurde, würde er direkt nach seinem Vater der Thronerbe sein. Trotzdem zwang er sich zur Ruhe, denn er wusste, dass die Entscheidung erst in Monaten, vielleicht sogar noch später fallen würde. Nach dem heutigen Tag, nachdem sein Großvater seinen Anspruch angemeldet hatte, würden die Bruces wie alle anderen auch nach Hause zurückkehren, um auf das Urteil von Schottlands neuem Obersouverän zu warten.

19

»SIE SIEHT ZU DIR HERÜBER.«

Robert trank einen Schluck pflaumenfarbenen Wein, als Edward sich zu ihm beugte. Leiser Spott schwang in seiner Stimme mit. »Oh?«, erwiderte Robert leichthin und lehnte sich gegen die Wand, aber sein Blick schweifte verstohlen über die Köpfe der Tänzer auf der anderen Seite der Halle hinüber.

Sein Bruder, dem dieser Blick nicht entging, lachte. »Nein, das war nur Spaß.«

»Ratte«, murmelte Robert. Er suchte in der Menge nach dem scharlachroten Schleier, der vor ein paar Minuten noch ständig zu sehen gewesen war. Die Halle war von Musik erfüllt, die Klänge der Dudelsäcke und das Dröhnen der Trommeln übertönten die Schritte der Männer und Frauen. Die Tische, die sich zuvor unter den Speisen gebogen hatten, waren zur Seite geschoben worden, um eine Tanzfläche zu schaffen. Eine Reihe lachender Frauen eilte zu den Männern und versperrte Robert die Sicht. Er wandte sich ab, dabei fiel sein Blick auf etwas Rotes auf dem Podest. Dort war sie!

Sie hieß Eva und war eine Tochter des Earl Donald of Mar, einem der engsten Verbündeten seines Großvaters. Robert hatte sie im letzten Jahr mehrmals getroffen; ihr Vater war nach Annandale gereist, um dem Lord während der Anhörung beizustehen. Sie war nicht die erste Frau, die seine Aufmerksamkeit erregt hatte – während seiner Zeit in Lochmaben hatten zwei oder drei Mädchen sich um ihn bemüht, darunter die Nichte eines der Vasallen seines Großvaters, die ihn in einer spinnwebenverhangenen Scheune am Waldesrand zum Mann gemacht hatte. Aber mit Eva verhielt es sich anders. Sie stand rangmäßig nicht unter ihm und war als junge, gebildete Dame von Stand weitaus selbstsicherer als die Stadtmädchen. Robert fürchtete, dass sie sich nicht so leicht beeindrucken lassen würde.

Während er sie beobachtete, beugte sich Eva zu ihrem Vater und legte kameradschaftlich einen Arm um die breiten Schultern des Earls. Die seidenen Falten ihres roten Schleiers, der von einem geflochtenen Reif gehalten wurde, fielen über ihre Schultern und umrahmten ihr Gesicht. Ein paar Strähnen honigblonden Haares fluteten um ihre vom Feuer und vom Wein erhitzten Wangen. Sie lächelte, als sich der Lord of Annandale zur Seite lehnte und etwas zu dem Earl sagte. Ohne auf das Grinsen seines Bruders zu achten, stieß sich Robert entschlossen von der Wand ab und begann, sich einen Weg durch die Menge zu bahnen. Röcke raschelten, und atemloses Lachen erklang, als sich eine Frau vor ihm drehte und dann wieder in die Arme eines wartenden Mannes wirbelte. Robert hob den Kelch an die Lippen und goss sich die letzten Weintropfen in den Mund, bevor er das Gefäß einem vorbeieilenden Diener reichte. Heute Abend war er kein einfacher Knappe, sondern der Enkel des Mannes, der vielleicht König von Schottland werden würde.

Ein Jahr war verstrichen, seit die dreizehn Thronanwärter in Norham Castle vor König Edward niedergekniet waren. Ein Jahr, seit der englische König die Herrschaft über Schottland übernommen hatte. Die Anhörung hatte im letzten Sommer in der Burg von Berwick mit dem Vortragen der Ansprüche eines jeden Kandidaten und dem Einreichen ihrer Stammbäume begonnen. Ein aus einhundertvier Männern bestehendes Gericht war gebildet worden; achtzig davon hatten die beiden Hauptanwärter, den Lord of Annandale und Balliol, ausgewählt, den Rest Edward persönlich. Die Stammbäume hatte der König nach Frankreich geschickt, um sie von den Gelehrten der Sorbonne prüfen zu lassen. Doch jetzt musste die Wartezeit bald ein Ende haben, der König konnte sein Urteil jeden Tag verkünden, und der Lord of Annandale veranstaltete das heutige Fest in Lochmaben, um den Adeligen zu danken, die ihn unterstützt hatten. Der alte Bruce, der jetzt im siebzigsten Jahr stand, hatte allen Grund zur Zuversicht. Seinen über die Blutlinie führenden Anspruch teilte er nur mit Balliol, und er war ein loyaler Vasall des Königs, hatte unter Edward im Heiligen Land gedient und für Henry gegen Simon de Montfort gekämpft. Und was am meisten zählte – er hatte sieben der dreizehn Earls von Schottland auf seine Seite gezogen, die nach altem Recht einen König wählen durften.

Robert trat auf das Podest zu, ohne den Blick von Eva abzuwenden, als sein Name gerufen wurde. Er drehte sich um und sah, dass seine Mutter ihn zu sich winkte. Lady Marjories rabenschwarzes, von silbernen Strähnen durchzogenes Haar quoll unter einem blauen Seidentuch hervor, das genau zu ihrem Gewand passte. Robert erschien sie wie eine Königin; majestätisch und schön. Erst als er zu ihr hinüberging, bemerkte er die Schatten unter ihren Augen und die sich straff über die Knochen spannende Haut. Ihm wurde plötzlich klar, dass sein Großvater nicht der Einzige war, den der Kampf um den Thron stark belastete, und er schämte sich, dass er in den letzten Monaten kaum einen Gedanken an seine Mutter verschwendet hatte. Robert blickte zu seinem auf dem Podest sitzenden Vater empor. Der Earl hielt einen Weinbecher in der Hand, und sein vom Schatten des Fackelscheins verdunkeltes Gesicht war finster verzerrt. Robert bezweifelte, dass es sich mit dem Mann in der letzten Zeit leicht hatte leben lassen.

»Mein Sohn.« Wohlgefällig betrachtete die Gräfin Roberts hochgewachsene Gestalt in der schwarzen Hose und der geknöpften Tunika. »Du siehst heute Abend sehr gut aus.«

Robert hörte ein leises Kichern und sah eine seiner Schwestern hinter den Röcken seiner Mutter hervorspähen – Matilda, die jüngste. Noch immer kichernd rannte sie zu ihren Schwestern hinüber, die bei ihrer Kinderfrau saßen. Robert konnte kaum glauben, wie sehr sie sich verändert hatten, seit er sie zum letzten Mal gesehen hatte. Mary war eine ungebärdige Siebenjährige, die wie Edward immer in Schwierigkeiten steckte. Die neunjährige Christina mit ihrem hellen Lockenkopf war ernst und vernünftig, Isabel jetzt eine stolze junge Frau. Er wünschte, seine anderen Brüder hätten auch an dem Fest teilnehmen können, aber Niall und Thomas lebten wie einst er selbst bei Zieheltern in Antrim, und Alexander absolvierte eine Priesterausbildung. Es hieß, er solle nach Cambridge gehen, um dort Theologie zu studieren.

»Ich habe dich noch gar nicht tanzen sehen«, fuhr Lady Marjorie fort, dabei legte sie eine kühle Hand gegen seine erhitzte Wange.

»Es ist noch früh.« Erneut wanderte Roberts Blick zu dem Podest.

Lady Marjorie musterte ihn wissend. »Geh hin und fordere sie auf«, murmelte sie, bevor sie wieder mit der Menge verschmolz.

Vom Scharfblick seiner Mutter unangenehm berührt, stieg Robert die Stufen des Podests empor und ging an dem mit Überresten des Festmahls übersäten Tisch entlang an seinem in seine düsteren Grübeleien versunkenen Vater vorbei auf seinen Großvater und den Earl of Mar zu. Sir John, Earl of Atholl, war gleichfalls anwesend, ebenso wie seine Frau, eine ältere Tochter von Earl Donald, die genau wie ihre Schwester in Rot gekleidet war. Robert trat auf die Männer zu; bemüht, den scharlachroten Farbfleck zu übersehen, der sein Blickfeld auszufüllen drohte. In der Hoffnung, eine angemessene höfliche Floskel herauszubringen, öffnete er den Mund, doch sein Großvater kam ihm zuvor.

»Ah, Robert, wir haben gerade von dir gesprochen.« Das Gesicht des Lords war fleckig, von kleinen Adern durchzogen und blass.

»In der Tat«, bestätigte John of Atholl. »Euer Großvater hat uns von Eurem heutigen Jagderfolg erzählt.« Der junge Earl beugte sich mit einem freundlichen Lächeln zu Robert. Ein paar Locken fielen ihm in die Stirn. »Wie ich hörte, habt Ihr das Wild erlegt. Schade, dass ich nicht dabei war.«

»Ein Sechzehnender.« Der Lord of Annandale lehnte sich mit einem zufriedenen Grunzen zurück und griff nach seinem Weinkelch. »Der beste und letzte Hirsch der Saison.«

Robert konnte nicht länger an sich halten. Sein Blick schweifte zu dem scharlachroten Fleck hinüber und kreuzte sich mit dem von Eva. Sie lächelte ebenfalls, aber kühler und abschätzender als die Männer; so, als sei sie noch nicht sonderlich beeindruckt und warte erst einmal ab. Ihre Augen leuchteten in einem etwas helleren Blau als seine eigenen. Die Farbe des Frühlingshimmels, entschied er.

»Eva?«

Eva drehte sich um, als eine ihrer jüngeren Schwestern, ein dünnes Mädchen mit mausbraunem statt honiggoldenem Haar, zögernd die Stufen heraufkam.

»Ja, Isobel?«

»Tanzt du mit mir?«

Eva drückte kurz die Schultern ihres Vaters, schwebte leichtfüßig die Stufen hinunter und nahm ihre Schwester bei der Hand. Bevor sie in der Menge verschwand, warf sie Robert noch einen verstohlenen Blick zu.

Der Earl of Atholl erhob sich und griff nach dem Arm seiner hübschen Frau. »Ich denke, wir schließen uns ihnen an.« John grinste breit. »Sei auf der Hut, Robert. Die besten Töchter sind bald alle vergeben.«

Der junge Mann zwinkerte dem Earl of Mar und dem Lord of Annandale zu, die beide auf eine Art zu kichern begannen, die in Robert den Verdacht weckte, dass sie über mehr als nur sein Geschick bei der Jagd gesprochen hatten. Er war jetzt achtzehn, da lag die Frage einer Heirat zweifellos nah, besonders unter den momentanen Umständen. Eine passende Braut von hohem Rang und mit einer großen Mitgift würde bald für ihn ausgewählt werden. Falls das nicht schon geschehen war, überlegte er angesichts des wissenden Lächelns der anderen Männer. Um das Thema zu wechseln, heftete er den Blick auf das am Mantel seines Großvaters befestigte getrocknete Palmblatt. »Glaubt ihr, König Edward wird dem Aufruf des Papstes zu einem neuen Kreuzzug folgen?«

Als die Gesichter der Männer schlagartig ernst wurden, wünschte Robert, das Gespräch auf etwas weniger Verfängliches gelenkt zu haben. Es war jetzt sechs Monate her, seit sie die Nachricht vom Fall Akkons erreicht hatte, dem letzten Bollwerk der Kreuzritter im Heiligen Land. Gerüchte sprachen von Männern und Frauen, die ins Meer gesprungen waren, um den Klingen der Sarazenen zu entgehen, von Chaos und Feuer, Blutströmen in den Straßen und bis zum Bersten mit Flüchtlingen gefüllten Schiffen, die versuchten, von Christen beherrschte Häfen zu erreichen. Danach hatte der Papst zu einem neuerlichen Kreuzzug aufgerufen, aber bislang war noch nichts entschieden worden.

»Wenn unser Thron wieder besetzt ist, folgen wir diesem Ruf vielleicht«, erwiderte sein Großvater mit gedämpfter Stimme und leerte seinen Kelch.

Earl Donald nickte. »Was wir brauchen, ist frisches Blut für den heiligen Krieg.« Er neigte den Kopf in Roberts Richtung. »Wenn ein junger, zielstrebiger Lord das Kreuz nehmen würde, würden ohne Zweifel viele andere seinem Beispiel folgen.«

Weiter unten am Tisch erklang ein Zischen. Die Männer drehten sich um und stellten fest, dass der Earl of Carrick sie aus blutunterlaufenen Augen grimmig anstarrte. »Ein zielstrebiger junger Lord!« Er gelangte schwankend auf die Füße, wobei sein Stuhl ein quietschendes Geräusch verursachte, dann schoss sein Arm vor. Da er noch immer seinen Kelch in der Faust hielt, spritzte Wein über den Rand. »Wenn das Eure Hoffnung für das Heilige Land ist, dann möge Gott uns beistehen!«

Obwohl seine Worte ineinander verschwammen, klangen sie klar genug, um wie eine Glocke in Roberts Ohren widerzuhallen.

»Genug!«, grollte der Lord of Annandale.

»Ich spreche die Wahrheit. Er hat noch nie im Krieg gekämpft. Er weiß nur, wie man *Tiere* tötet, aber nicht, wie man zu allem entschlossene Feinde niederstreckt. Frisches Blut?« Der Earl schnitt eine Grimasse. »In den Adern aller unserer Söhne fließt dünnes Blut. Dünn wie verwässerter Wein. Wie kann man aus so minderwertigem Holz Kreuzritter schnitzen?« Der Earl fuhr fort, Gift zu versprühen, aber Robert verspürte keine Lust, noch länger zuzuhören.

Er wandte sich ab und stürmte die Stufen des Podests hinunter. Ohne auf die Proteste der Leute zu achten, die er zur Seite stieß, bahnte er sich einen Weg zur Tür und trat in die Nacht hinaus. Musik und Stimmengewirr verklangen hinter ihm, als die Dunkelheit ihn verschluckte. Er überquerte den Burghof, passierte die Kapelle und die Küchen, die Ställe und Hundezwinger, die im Licht des Halbmondes dunkle Silhouetten bildeten. Hinter ihm erhob sich der Damm, dessen steile Hänge mit Ton verkleidet waren. Darauf thronte ein Rundturm, der wie ein mahnender Finger zu den Sternen emporzeigte. Anstatt sich zum Bergfried zu wenden, wo seine Unterkunft und die seines Großvaters lag, schritt Robert auf die Palisade zu, die das Burggelände umgab. Er hatte das Tor fast erreicht, als er jemanden seinen Namen rufen hörte. Eilig drehte er sich um. Eva eilte auf ihn zu. Ihr scharlachroter Schleier schimmerte im Mondlicht fast schwarz.

»Du verlässt das Fest schon?«

»Ich brauche frische Luft.« Da er noch nicht einmal ihr zuliebe gewillt war, auch nur einen Moment länger in der Burg zu bleiben, setzte Robert seinen Weg fort.

Eva blieb an seiner Seite, ihre Röcke schleiften raschelnd über den Boden. Es war später Herbst, die Bäume hoben sich kahl vom Himmel ab. Die Wächter am Tor grüßten Robert, als er näher kam. Einer öffnete mit einem viel sagenden Blick auf Eva einen Torflügel.

»Gebt Acht, wo Ihr hingeht, Master Robert«, rief er. Ein Feixen schwang in seiner Stimme mit. »Unten am See ist es heute Abend nass!«

Robert führte Eva den dunklen, von Bäumen gesäumten Pfad zum Kirk Loch hinunter. Keiner von beiden sagte ein Wort. Roberts Gedanken waren zu einem seltsamen Stillstand gekommen; eingefroren zwischen Wut und aufkeimender Vorfreude. Nach kurzer Zeit lag die kleine, im Mondschein glitzernde, von Schilf umgebene Wasseroberfläche vor ihnen. Die Burg seines Großvaters, seit über einem Jahrhundert der Sitz seiner Familie, war strategisch nah am Wasser erbaut, aber im Gegensatz zu der Festung seiner Vorfahren in der Nähe von Annan war ein gewisser Sicherheitsabstand gewahrt worden – die Familie Bruce hatte gelernt, welchen Preis der Fluch des Malachias forderte.

Robert blieb stehen und starrte über den See hinweg.

Hinter ihm erschauerte Eva in der eisigen Kälte, rückte näher an ihn heran und schlang die Arme um den Oberkörper.

Robert wusste, was er jetzt tun sollte, was sie von ihm erwartete, aber das verzerrte Gesicht seines Vaters stand ihm noch allzu deutlich vor Augen, und er hörte immer noch die Worte, die wie Gift von seinen Lippen strömten. Nach einem Moment spürte er, wie etwas seine Hand streifte, und begriff, dass es ihre Finger waren, die sich mit den seinen verflochten. Irgendwo im Wald schrie eine Eule. Roberts Herzschlag beschleunigte sich, sein Atem bildete kleine Wölkchen vor seinem Mund. Das Bild seines Vaters verblasste, wurde von der Wärme ihrer Hand in der seinen verdrängt. Er konnte ihren Puls spüren, der ebenso raste wie der seine. Um den Rest seiner trüben Gedanken abzuschütteln, drehte er sich zu ihr und suchte ihre Lippen. Sie erstarrte, von seiner Kühnheit überrascht, dann öffnete sich ihr Mund unter dem seinen. Sie schmeckte nach Wein.

Als er in der Ferne ein leises Dröhnen hörte, vermutete Robert zunächst, dass es sich um sein in seinem Kopf pochendes Blut handelte, dann wurde das Geräusch lauter, und er erkannte Hufschläge. Drei, vielleicht vier Reiter kamen rasch näher. Er löste sich von Eva.

»Weitere Gäste?«, murmelte sie. Ihre Lippen glänzten im fahlen Licht feucht.

Der Anblick bewirkte, dass sich sein Magen vor Unbehagen zusammenkrampfte, und als er antwortete, klang seine Stimme gepresst. »Nein.« Er räusperte sich. »Es sind alle da.« Dann zögerte er unschlüssig. Er wollte gern mit ihr hier draußen bleiben, aber das Hufgetrommel hatte ihn abgelenkt. Für Reisende war es sehr spät. »Komm.« Er nahm ihre Hand und führte sie durch den Wald zurück.

Als sie sich der Palisade näherten, wurde Robert bewusst, dass er die Dudelsäcke nicht mehr hören konnte. Er passierte das Tor. Erhobene Stimmen wehten ihm von der Halle her entgegen. Er beschleunigte seine Schritte, sodass Eva fast rennen musste, um mit ihm mitzuhalten. Im Burghof standen Pferde, es roch nach frischem Dung. Robert steuerte auf die weit offen stehende Hallentür zu. Im Raum drängte sich eine Menschenmenge, ein Meer von Gesichtern. Edward löste sich aus dem Gewimmel. Als er Robert erblickte, kam er auf ihn zu. Robert hatte seinen jüngeren Bruder noch nie so ergrimmt gesehen. »Was ist passiert?«

»Es wurde eben verkündet. John Balliol wird König!«

20

ROBERT LIEF MIT GESENKTEM KOPF, die Daumen in den Gürtel gehakt, den düsteren Waldweg hinunter. Der Wind rüttelte an den Bäumen und ließ das Laub um seine Füße wirbeln. Sein Welpe Uathach, einer aus Scáthachs letztem Wurf, jagte den bunten Blättern nach und schnappte danach. Normalerweise amüsierte er sich über die Possen der jungen Hündin, aber heute nahm er sie kaum zur Kenntnis. Ihm gingen zu viele dunkle Gedanken im Kopf herum, und seine Stimmung war so trübe und finster wie der Novembernachmittag.

Das Fest lag eine Woche zurück, und die Atmosphäre in Lochmaben hätte sich von der vor der Verkündung nicht stärker unterscheiden können. Viele, die seinen Großvater während der Anhörung und der darauffolgenden Wartezeit unterstützt hatten, hatten sich seither entschuldigt und waren abgereist, hatten sich von der Familie distanziert, als hätte sie eine ansteckende Krankheit befallen. Robert wusste, dass derartige Gedankengänge vielleicht ungerecht waren, denn die Earls of Mar, Atholl und Dunbar waren wie vor den Kopf geschlagen und über die Entscheidung des Königs sichtlich erzürnt gewesen. Doch während der letzten sieben Tage war es in der Burg ungewöhnlich ruhig zugegangen, und es ließ sich nicht leugnen, dass die Stellung der Bruces, bekanntermaßen Feinde des neuen Königs von Schottland, im Reich jetzt mehr als zweifelhaft war.

Die Eltern von Robert waren in Lochmaben geblieben, obwohl die Gegenwart des Gift und Galle spuckenden Earls wenig dazu beigetragen hatte, die Spannungen zu lindern. Der alte Lord verbrachte den größten Teil der Woche allein in seiner Kammer und verließ sie nur, um in der Kapelle zu beten. Vor zwei Abenden hatte Robert seinen Großvater auf den Knien vor dem mit Kerzen bestückten Altar vorgefunden, wo er fieberhaft immer wieder ein Gebet wiederholte. Sein Atem hatte säuerlich nach Wein gerochen. *Der Fluch*, hatte er gestöhnt, als Robert ihm aufgeholfen hatte. *Wir müssen Wiedergutmachung leisten.*

Robert hatte sich von den anderen abgesondert, lange Waldspaziergänge unternommen und war sogar seinem Bruder aus dem Weg gegangen. Jetzt, wo die Jagdsaison vorüber war, war es rund um Lochmaben ruhig geworden. Der Herbstregen hatte die Spuren der Pferde und Männer ausgelöscht, der Wald sein Territorium zurückerobert. In den letzten zwölf Monaten hatte sein Leben eine erregende Wendung genommen. Die Lehrzeit in Antrim, die Ausbildung in Turnberry, der Pfad zu Ritterwürden, den er im Haus seines Großvaters eingeschlagen hatte – alles war letztendlich zusammengelaufen, hatte zu einem großen Ziel geführt … viel größer, als er es sich je hätte träumen lassen: dem Thron von Schottland. Jetzt wusste er, dass es sich bei dem, was vor ihm lag, nur um ein glitzerndes, täuschendes Trugbild handelte. Die Straße vor ihm endete in Dunkelheit und Unsicherheit. Er mochte ja noch der Erbe des Vermögens der Familie sein, aber was würde aus diesem Vermögen werden, wenn ein Feind auf dem Thron saß und die Comyns sogar in noch höhere Ämter aufgestiegen waren? Würden Annandale und Carrick sicher sein, oder würde sich Balliol an den Männern rächen, die vor sechs Jahren seinen Landsitz überfallen hatten? Sie hatten erfahren, dass er vor kurzem Dungal MacDouall zum Kommandanten der Armee von Galloway ernannt hatte. MacDoualls Vater war, wie Robert wusste, während des Angriffs auf Buittle von seinem Vater getötet worden, und ohne Zweifel sannen die Männer von Galloway schon lange auf Vergeltung. Sicher, seine Familie besaß reiche Landgüter in England, wohin sie sich zurückziehen konnten, falls es zum Äußersten kommen sollte, aber das war angesichts von König Edwards Entscheidung nur ein kalter Trost. Vielleicht konnten sie ja auch nach Irland gehen? Doch das käme dem Eingeständnis einer Niederlage gleich, und Robert verdrängte den Gedanken rasch, als er sich aus dem Schatten der Bäume löste.

Lochmaben Castle beherrschte die Landschaft vor ihm, der Bergfried ragte über dem Burghof und der Stadt auf. Die Burg war strategisch günstig zwischen zwei Seen erbaut und bildete so das Tor zum Westen Schottlands. Rauch hing in den Bannern, die auf den Dächern im Wind flatterten. Es war spät am Tag, und die Essensdüfte, die von der Stadt herüberwehten, ließen Roberts Magen knurren. Er pfiff nach Uathach, die eine Schar Krähen jagte, und machte sich auf den Weg zum Südtor in der aus Erde errichteten Brustwehr der Stadt. Es war einfacher, sie zu durchqueren, als sie zu umgehen. Die Wächter grüßten ihn, verzichteten aber auf ihre üblichen Scherze und kurzen Wortwechsel. Robert spürte ihre besorgten, von Fragen erfüllten Blicke im Rücken, während er weiterging.

Er näherte sich dem Marktplatz, auf dem es noch von Händlern wimmelte, als sein Blick auf eine vertraute Gestalt bei den Kirchenstufen fiel: sein Großvater. Die silberne Haarmähne wurde von einer Filzkappe bedeckt, und er wirkte gebeugt, als ruhe eine schwere Last auf seinen Schultern. Der Lord sprach mit jemandem, und es war diese zweite Person, die Roberts Interesse weckte – eine alte Frau in einem schmutzigen braunen Umhang, die sich auf einen knorrigen Stock stützte. Obwohl sie ein Stück von ihm entfernt stand, konnte er ihr Gesicht deutlich erkennen.

Affraig.

Ihr Anblick versetzte ihm einen Schock, als hätte sich ein Teil seiner Kindheit in einer Ecke seines Erwachsenenlebens festgesetzt und erfülle ihn nun mit längst vergessenen Erinnerungen und Gefühlen. Robert konnte nicht verstehen, worüber die beiden sprachen, aber es sah aus, als würden sie streiten. Der Wind wehte Affraigs Kapuze zurück und gab ihr Haar frei, das jetzt mehr weiß als dunkel schimmerte. Robert drängte sich an den Händlern vorbei, die ihre Waren zusammenpackten. Er sah, wie sein Großvater den Kopf in den Nacken legte und zum Himmel emporstarrte, dann nickte er. Affraig hob eine Hand zu seinem Gesicht und berührte seine Wange – eine vertraute, fast liebevolle Geste, die Robert verwundert und verwirrt beobachtete. Dann ging sie, auf den Stock gestützt, davon und verschwand hinter der Kirche. Robert stapfte auf seinen Großvater zu. Der alte Mann schritt zu dem Tor hinüber, das zu der Burg führte. Ehe Robert ihn einholen konnte, vertrat ihm jemand den Weg. Es war einer der Vasallen seines Großvaters, ein Ritter von einem nahe gelegenen Landgut.

»Master Robert«, grüßte der Mann ehrerbietig. »Ich versuche schon seit einigen Tagen, eine Audienz bei dem Lord zu bekommen. Ich möchte mein Bedauern darüber ausdrücken, dass er nicht zu unserem König gewählt wurde. Hoffentlich verübelt Ihr mir meine Saumseligkeit nicht, Sir Robert, aber nach den letzten Stürmen hatte ich alle Hände voll zu tun, mein Land war überflutet, und …«

»Ich werde dem Lord Eure Anteilnahme ausrichten«, schnitt Robert ihm das Wort ab und setzte seinen Weg fort. Auf der anderen Seite des Platzes blieb er stehen, weil ihm klar wurde, dass er seinen Großvater aus den Augen verloren hatte, dann eilte er zu der Kirche zurück, betrat das dahinter liegende kleine Straßenlabyrinth und hielt nach Affraig Ausschau. Doch nach ein paar Minuten ergebnisloser Suche machte er kehrt und ging den Weg zurück, den er gekommen war, bis er die Burgtore erreichte.

Robert überquerte gerade den Burghof, als aus dem oberen Stock der Gästeunterkünfte erboste Stimmen an sein Ohr drangen. Er erkannte das Grollen seines Großvaters und die gebellte Antwort seines Vaters und trat auf die Tür zu. Im nächsten Moment wurde sie geöffnet, und zwei Mägde kamen mit Wäschekörben in den Händen heraus. Sie blickten zur Seite und senkten respektvoll die Köpfe. Robert stieg ein säuerlicher Geruch in die Nase, und auf einem der Laken entdeckte er etwas, was wie ein wässriger Blutfleck aussah. Dann stieg er die Stufen zum zweiten Stock empor. Vor der Kammer, in der seine Eltern untergebracht waren, blieb er im Gang stehen. Die Stimmen seines Vaters und seines Großvaters waren hinter der Tür klar und deutlich zu vernehmen.

»Ich kann es nicht fassen, dass du auf diese Vettel gehört hast! Du bist ein gottverdammter Narr!« Der Earl schien vor Wut zu schäumen. »Du Überbleibsel aus der Vergangenheit! Bist wie ein altes Weib, das es nicht besser weiß. Glaubst noch an Flüche und Magie! Kein Wunder, dass König Edward diesen Hurensohn John Balliol dir vorgezogen hat!«

»Wenn ich mich recht erinnere, hast du auch einmal daran geglaubt.«

»Ich war betrunken, als ich diese Hexe aufgesucht habe«, zischte der Earl. »Betrunken von dem Blut, das in den walisischen Hügeln vergossen wurde, betrunken vom Tod meiner Männer. Ich war nicht ich selbst!«

Die Stimme von Roberts Großvater klang plötzlich anklagend. »Hast du ihr deine Männer auf den Hals gehetzt, weil du dich geschämt hast? Wolltest du sie dafür bestrafen, dass sie das getan hat, worum du sie gebeten hast?«

»Damit hatte ich nichts zu tun«, knurrte der Earl.

»Aber du hast ihr auch nicht die Gerechtigkeit widerfahren lassen, die ihr gebührte.«

»Gerechtigkeit!« Ein hasserfülltes Lachen erklang. »Eine Frau, die allein lebt und Männer durch ihre Listen um ihr Geld bringt, wird früher oder später bekommen, was sie verdient.«

Daraufhin herrschte lange Stille. Als der alte Lord wieder das Wort ergriff, klirrte seine Stimme vor Kälte. »Das Einzige, was jetzt zählt, ist, dass unser Anspruch gewahrt bleibt.«

»Wir haben keinen Anspruch mehr, zum Teufel!«

Roberts Großvater fuhr fort, als habe der Earl nichts gesagt: »Ich werde heute meinen Anspruch auf dich übertragen, und schon morgen überträgst du diesen Anspruch auf ihn.«

Robert trat einen Schritt zurück und zog die Brauen zusammen.

»Ich beteilige mich nicht an diesem Irrsinn!«

Schritte hallten im Gang wider und näherten sich der Tür.

»Du wirst tun, was ich sage!«, donnerte der Lord of Annandale. »Oder ich werde dafür sorgen, dass du alles verlierst, das schwöre ich bei Gott!«

Die Schritte verstummten.

»Ich weiß, dass du mich hintergangen und König Edward über unseren Angriff auf Galloway informiert hast. Ich weiß auch, dass du seitdem mit dem König in Verbindung stehst und ihn über unsere Pläne auf dem Laufenden hältst.«

Die Enthüllung und die unverhohlene Wut in der Stimme seines Großvaters trafen Robert wie ein Schlag.

»Es gibt in Carrick Männer, die treu zu mir stehen«, fuhr der Lord fort. »Es macht mich krank, dass ich gezwungen war, meinem eigenen Sohn hinterherzuspionieren, aber du hast mir nie Anlass gegeben, dir zu vertrauen. Ich habe kein Wort über den Verrat verloren, ich habe ihn dir wie so viele andere Vergehen durchgehen lassen, aber ich habe endlich eingesehen, dass, falls es noch Hoffnung für unsere Familie gibt, sie nicht auf dir ruht.«

»Auf dir vielleicht? Du wirst eher ein Leichentuch als eine Krone tragen! Ich bin derjenige, der unserer Familie wahre Macht verschafft hat, als ich Marjorie heiratete.«

»Du hast anscheinend vergessen, dass du den Zorn des Königs auf euch beide herabbeschworen hast, indem du Marjorie ohne seine Zustimmung zur Frau genommen hast. Um ein Haar hättest du alles verloren. Nur dank meines Einflusses hat der König dir verziehen und deiner Frau Carrick zurückgegeben.«

»Und dafür hast du mich immer gehasst. Ich werde nicht aufgeben, was mir rechtmäßig zusteht!«

»Wenn du das tust, wirst du weder Annandale noch meine Ländereien in England und schon gar nicht mein Vermögen erben. Nach meinem Tod gehst du leer aus.«

»Das würdest du nie tun! Ich habe dich aus dieser Zelle in Lewes gerettet. Ich habe das Lösegeld für dich bezahlt. Ohne mich hättest du gar kein Vermögen zu vererben.«

»Stimme zu, mein Sohn, und du lebst bis zum Ende deiner Tage in Wohlstand. Weigere dich, und ich sorge dafür, dass dir nichts bleibt.«

Die Stufen knarrten leise. Robert fuhr herum und sah sich seiner Mutter gegenüber. Sie hielt eine Kerze in der Hand, in deren Licht ihr Gesicht fahl wirkte.

»Was tust du hier, Robert?«

Die Stimmen hinter der Tür verstummten ob ihrer scharfen Frage. Schritte erklangen, gefolgt vom Zurückschieben des Riegels. Die Tür wurde geöffnet, und Robert blickte in die Augen seines Großvaters.

Der alte Lord zog die Tür weiter auf. »Komm herein, Junge.«

Robert schielte zu seiner Mutter, dann betrat er den Raum. Sein Großvater hatte ihn seit Jahren nicht mehr »Junge« genannt. Die Anrede bewirkte, dass er sich jung und nervös vorkam. Sein Vater stand in der Mitte der Kammer, sein Gesicht war weiß vor Wut. Hinter ihm beherrschte ein mächtiges Bett den Raum. Es war abgezogen worden, und Robert dachte an die Blutflecken auf dem Laken, dann hörte er hinter sich die Stimme seines Großvaters.

»Dein Vater hat dir etwas zu sagen.«

Der Earl stapfte zur Tür. Er ging wortlos an Robert vorbei, blieb dann stehen und funkelte seinen Vater an. »Ich wünschte bei Gott, ich hätte dich in Lewes verrotten lassen«, murmelte er, bevor er den Raum verließ.

Ein Muskel begann am Kiefer des Lords zu zucken. Er machte Anstalten, etwas zu sagen, ließ dann aber die Schultern hängen, ging zu dem Bett hinüber und ließ sich darauf niedersinken. Robert musterte seinen Großvater schweigend. Er wirkte entsetzlich gebrechlich. Seine auf den Knien gefalteten Hände waren schwielig und zitterten, seine Haut schimmerte dünn wie Pergament. Die Altersfältchen waren zu tiefen Furchen geworden, die sich um Augen und Mund zogen. Robert hatte einen Dichter einmal verkünden hören, es sei für Männer besser, jung und ruhmreich im Kampf zu sterben als sich ihre Jugend und Kraft von dem großen Dieb Zeit rauben zu lassen. Er blickte auf seine eigenen Hände hinab, deren Haut fest und nur von blauen Adern durchzogen war.

»Ich weiß nicht, wie viel du gehört hast«, begann der alte Lord. »Aber du sollst wissen, dass ich beabsichtige, meinen Thronanspruch auf deinen Vater zu übertragen. Es ist ein Blutrecht unserer Familie, das nicht ignoriert werden kann, egal was König Edward oder irgendein anderer verfügt. Ich möchte, dass es von jemandem am Leben erhalten wird, der dieser Ehre würdig ist.« Er erhob sich langsam und trat zu Robert. »Danach wird dein Vater diesen Anspruch und zugleich die Grafschaft Carrick auf dich übertragen.« Er nahm Robert bei den Schultern. »Morgen wirst du zum Ritter geschlagen und zu einem der dreizehn Earls von Schottland ernannt.« Die Falkenaugen des Lords bohrten sich in die von Robert. »Versprich mir, dass du den Anspruch unserer Familie respektieren und während all der kommenden Jahre aufrechterhalten wirst – egal welche Prätendenten widerrechtlich auf dem Thron sitzen.«

»Ich schwöre es, Sir«, murmelte Robert. Seine Stimme klang fremd, als würde jemand anderer für ihn sprechen. Seine Gedanken überschlugen sich.

In die Augen seines Großvaters trat ein besorgter Ausdruck. »Es tut mir leid, dir diese Last aufbürden zu müssen, Robert. Ich würde es nicht tun, wenn ich nicht sicher wäre, dass du imstande bist, sie zu tragen.«

»Es ist keine Last, Großvater. Es ist eine Ehre.«

Sein Großvater erwiderte nichts darauf, sondern umfasste seine Schulter nur fester.

Die Prozession wand sich im Winterregen langsam den Moot Hill hoch. Ladys rafften ihre Röcke, damit sie nicht im Schlamm schleiften, Lords und Ritter schritten vorsichtig über den durchweichten Boden. Die Bäume schwankten, große Tropfen fielen auf die Köpfe der Menge, die sich auf dem Gipfel des Hügels neben der Abtei versammelte. Zwei Männer lösten sich aus ihren Reihen. Sie trugen jeder einen dicken Eisenpfahl, an dem an eisernen Ringen ein großer cremefarbener Steinblock hing. Ihre Gesichter waren rot und vor Anstrengung verzerrt, als sie den Stein über den morastigen Grund zu dem Sockel in der Mitte des Baumkreises schleppten. Die Mönche von Scone Abbey verfolgten besorgt, wie der Stein auf den Sockel herabgelassen und mit einem goldenen, mit einem roten Löwen bestickten Tuch bedeckt wurde. Der Rest der Versammlung konzentrierte sich auf den hageren Mann, der ein durchnässtes scharlachrotes Gewand trug, mit einem Schwert ohne Scheide gegürtet war und jetzt vortrat und auf den Stein zuging.

James Stewart, der Bischof von St. Andrews und der Abt von Scone folgten ihm. John Balliol wartete kaum ab, bis sie stehen blieben, bevor er auf dem Krönungsstein Platz nahm und sich zu der Menge drehte. Sein schütteres Haar klebte an seinem Schädel, Regen strömte über seine pockennarbigen Wangen. Der Großhofmeister trat mit einem juwelenbesetzen Zepter in den Händen vor. Schweigend reichte er Balliol das Symbol der Autorität. Dessen Gesicht verzog sich zu einem Lächeln, als der Bischof von St. Andrews einen Mantel um seine Schultern legte, über den der Abt eine schneeweiße Hermelinstola drapierte. Dann traten die drei Männer zurück und stellten sich hinter dem Thron auf, während der regennassen Menge John Balliols Stammbaum vorgelesen wurde.

König Edward, der rechts von dem Sockel unter einem Baldachin stand, den seine Pagen in die Höhe hielten, hörte stumm zu, während der Geistliche die Namen früherer Könige aufzählte. Der Wind hob eine Ecke des bestickten Tuches an, auf dem Balliol saß, sodass ein Stück des Steins zum Vorschein kam.

John de Warenne beugte sich zu Edward. »Wann wollt Ihr handeln, Mylord?«

»Bald«, erwiderte Edward, ohne den Blick von Balliol zu wenden.

DRITTER TEIL

A.D. 1293–1295

»… da erschien ein Stern von wundersamer Größe und Helligkeit, von dem ein Strahl ausging, an dessen Ende ein Feuerball in Form eines Drachen glühte.
Von dieser Zeit an wurde er daher Uther Pendragon genannt, was in der britischen Mundart Drachenkopf bedeutet; der Grund für diesen Namen war Merlins Vorhersage, ein Drache werde erscheinen, und dann solle er König sein.«

Geoffrey of Monmouth,
»Die Geschichte der Könige Britanniens«

21

DIE AUF ROBERTS AUFSTIEG zum Ritter folgenden Wochen verliefen für die Familie Bruce düster. Verbündete mieden sie, Feinde bedrohten sie. Seit Malachias' Tagen waren sie nicht mehr so vom Unglück heimgesucht worden, und der alte Lord verbrachte viele Nächte auf den Knien in der Kapelle von Lochmaben und flehte den Heiligen an, den bösen Fluch von ihnen zu nehmen. Manchmal leistete Robert ihm Gesellschaft. Die Stimmungsschwankungen seines Großvaters bereiteten ihm Sorgen, und er wurde von Gedanken an Affraig und ihren Schicksalsbaum geplagt. War das Netz mit der kleinen Schlinge darin heruntergefallen, oder trotzte es Zeit und Wetter, war es so hartnäckig wie der Heilige, der ihre Linie verflucht hatte? Er wusste nicht, ob er nach Carrick heimkehren, das jetzt ihm gehörte, oder bei dem alten Mann in Lochmaben bleiben sollte, doch in diesem eisigen Dezember hatte ihm die kalte Hand des Todes diese Entscheidung abgenommen.

Kurz nach der Krönung John Balliols, als ihre Anhänger, die entweder nicht willens oder zu ängstlich waren, um sich offen zu den eingeschworenen Gegnern des neuen Königs zu bekennen, sich nach und nach von ihnen lossagten, war Lady Marjorie krank geworden. Die Gräfin kränkelte schon seit längerer Zeit, sie hatte sich von Matildas Geburt nie richtig erholt, doch allmählich verschlechterte sich ihr Zustand, und die Anfälle von Fieber und Übelkeit häuften sich, bis sie in einer bitterkalten Nacht starb. Als die Nachricht von ihrem Tod Lochmaben erreichte, reiste Robert nach Carrick, um ihr Grab zu besuchen. Sein Vater hatte in frostigem Schweigen verharrt; ihr Tod schien sie noch stärker entzweit zu haben. Es war, als sei sie das Seil gewesen, das die Familie zusammengehalten hatte, und nun fiel diese Familie auseinander.

Wenige Wochen später war Roberts Vater mit seiner ältesten Tochter Isabel nach Norwegen gereist, wo sie als Gäste König Eriks blieben. Nach seiner Abreise war Robert, der jetzt alleine mit dem Tod der Mutter fertigwerden und sich um die Angelegenheiten der Grafschaft kümmern musste, dankbar für eine Botschaft seines Großvaters gewesen, die im März des neuen Jahres eintraf und in der der Lord ihn bat, nach Lochmaben zu kommen. So übergaben Robert und Edward Carrick der Obhut eines von Roberts Vasallen, einem fähigen Ritter namens Andrew Boyd, und kehrten zu der Burg ihres Großvaters zurück.

Nach der Ankunft der Brüder hatte der alte Bruce Robert in sein Studierzimmer im Bergfried rufen lassen. Obwohl er ihn erst vor ein paar Monaten zuletzt gesehen hatte, war Robert ob der Veränderung entsetzt, die mit dem Lord vorgegangen war. Der einst muskulöse, gut gebaute Mann, dessen Statur immer sein Alter Lügen gestraft hatte, war zusammengeschrumpft und gebeugt, sein Haar jetzt schneeweiß. Er saß in sich zusammengesunken in einem Stuhl am Feuer.

Als Robert den Raum betrat und der Page die Tür hinter ihm schloss, erhob er sich steif.

Robert umarmte den alten Mann. Zu seinem Schrecken spürte er Knochen unter seinen Händen. »Es tut gut, dich zu sehen, Großvater.«

»Ich freue mich auch, mein Junge«, krächzte der Lord und deutete auf den anderen Stuhl vor dem Kamin. »Setz dich, setz dich.«

Robert blickte sich um, als er Platz nahm, betrachtete den vertrauten Wandbehang an der Wand neben dem großen Bett, der eine Gruppe von Rittern auf schwarzen Schlachtrössern zeigte, die einen weißen Hirsch verfolgten. Das Bild erinnerte ihn an die Jagden, auf die sein Großvater ihn in den Wäldern von Annandale mitgenommen hatte, und es gab ihm einen Stich, als er daran dachte, was alles hinter ihm lag. Er war gezwungen gewesen, sich sehr schnell in seine neue Rolle als Earl hineinzufinden, seine Jugend war den Pflichten des Erwachsenenlebens zum Opfer gefallen und kam ihm jetzt wie eine nebulöse Erinnerung vor.

»Wie steht es in Carrick?«, erkundigte sich der alte Mann und musterte ihn dabei forschend.

»Ich gewöhne mich ein«, erwiderte Robert nach einer Pause langsam. »Sir Andrew Boyd war mir eine große Hilfe. Ich habe ihm den Befehl über die Garnison in Turnberry übertragen.«

»Und deine Vasallen?«

»Die, die in der Nähe von Turnberry leben, haben mir den Treueeid geleistet. Aber wegen des schlechten Wetters und des Beginns des Lammens konnte ich noch nicht alle zu mir bestellen.«

»Es ist noch früh im Jahr«, stimmte der alte Lord ihm zu und nickte dabei. »Im Laufe der Zeit wirst du alle deine Leute kennen lernen.« Seine schwarzen Augen glitzerten im Feuerschein. »Das Glück war unserer Familie im letzten Jahr nicht hold, Robert, aber wir dürfen nicht zulassen, dass all dieses Unheil zweihundert Jahre Einfluss in diesem Reich auslöscht. Ich habe gemeint, was ich an dem Tag sagte, an dem du zum Ritter geschlagen wurdest – ich möchte, dass du unseren Thronanspruch aufrechterhältst.« Er stieß den Atem aus und betrachtete seine runzligen Hände. »Ich bin müde. Körperlich und seelisch müde. Dein Vater ist in Norwegen, um dort Verbündete zu gewinnen, und ich habe keine Ahnung, wann er zurückkommt. Es ist jetzt an dir, den Mantel anzulegen, den wir so lange getragen haben.« Er brach ab und fixierte Robert mit einem eindringlichen Blick. »Aber ich glaube nicht, dass dies in Schottland möglich ist. Die Erinnerung an unsere Niederlage und Balliols Sieg ist im Gedächtnis der Leute hier noch zu frisch. Ich möchte nicht, dass du unter meinem Versagen leidest.«

Robert wollte angesichts dieses Eingeständnisses protestieren, doch sein Großvater hob eine Hand.

»Ich habe lange darüber nachgedacht, und ich bin der Meinung, dass du dem Wohl unserer Familie am besten anderswo dienst, zumindest vorerst. Deswegen möchte ich, dass du nach England gehst. Du wirst das nächste Jahr auf unseren Landsitzen in Yorkshire und Essex verbringen und in Abwesenheit deines Vaters als dessen Stellvertreter fungieren. Diese Landgüter sind Teil deines Erbes, und es ist wichtig, dass du verstehen lernst, welchen Wert sie für uns haben. Auch sollst du die Männer kennen lernen, die dir eines Tages den Treueeid schwören werden. Danach wirst du König Edward in London deine Aufwartung machen.«

»Er hat unseren Feind auf den Thron gesetzt!« Roberts Stimme wurde hart. »Warum sollte ich ihm meine Reverenz erweisen?«

»Weil wir trotz seiner Entscheidung noch immer seine Vasallen sind. Wir können es uns nicht leisten, unsere Position in seinem Reich durch Groll zu gefährden. Im Gegenteil, wir müssen uns mit ihm auf guten Fuß stellen.«

Robert schüttelte den Kopf. So einen Vorschlag hätte er von seinem Vater erwartet, aber nicht von dem alten Lord, der immer darauf geachtet hatte, Distanz zu dem englischen König zu wahren.

Der alte Bruce ließ sich jedoch nicht beirren. »Unser Ansehen in Schottland hat sehr gelitten. Wir müssen es anderswo wiederherstellen, wenn unsere Familie ihre frühere Macht zurückgewinnen will. Dein Bruder wird dich begleiten«, fuhr der Lord fort, dabei griff er nach einem neben ihm auf dem Tisch stehenden Weinkelch. »Und ich habe einen Trupp Männer für dich zusammengestellt. Ich fürchte zwar, dieses Gefolge entspricht nicht ganz einem Mann deines Ranges, aber da dein Vater im Ausland weilt und ein Feind auf dem Thron sitzt, brauche ich alle verfügbaren Leute hier.« Er hob den Kelch und deutete damit auf seinen schweigenden Enkel. »Ich verlasse mich auf dich, Robert.«

Das Schlachtross warf seinen mächtigen Kopf hoch und rollte mit den Augen, deren Weiß hinter den Schlitzen seiner schwarzen Schabracke schimmerte, die seinen gesamten Körper bedeckte. Als sein Reiter sich vorbeugte, um die Lanze entgegenzunehmen, die sein Knappe ihm reichte, verrutschte sein Überwurf und gab glitzerndes, fischschuppenähnliches Kettengeflecht frei. Der Ritter beruhigte das aufgeregte Pferd und zog mit der linken Hand die Zügel an. Der an seinem Arm befestigte Schild, der zu seinem Knie hin spitz zulief, war schwarz, in der Mitte prangte eine rote Harfe. Seine hölzernen Schulterplatten trugen dasselbe Wappen – das einzige Merkmal, anhand dessen man seine Identität feststellen konnte.

Der Jubel der Menge, die sich auf dem Turnierfeld von Smithfield drängte, schwoll an, als ein zweiter Ritter nach seiner Lanze griff. Dieser Mann war ganz in Blau gekleidet, ein weißer Streifen verlief diagonal zwischen sechs goldenen Löwen auf seinem Überwurf. Sein Schild wies ein auffallendes Dekor auf, es war tief scharlachrot bemalt und mit einem goldenen Drachen verziert.

Eine Hornfanfare erscholl. Die Ritter gaben ihren Pferden die Sporen und galoppierten von den entgegengesetzten Enden des Feldes durch Schlamm und die Überreste zersplitterter Lanzen aufeinander zu. Der Ritter mit dem Drachenschild verlor fast die Kontrolle über sein Pferd, es drohte auszubrechen, doch er brachte es mit einem kräftigen Ruck an den Zügeln zur Räson und hob seine Lanze. Die Zuschauer am Rand des Feldes verrenkten sich die Hälse, um sich den Zusammenprall nicht entgehen zu lassen. Die eiserne Spitze traf den hölzernen Schild, der Lanzenschaft zerbarst. Der Stoß wurde mit einer Wucht ausgeführt, die den Ritter mit der roten Harfe auf dem Schild nach hinten schleuderte und aus dem Sattel warf, während sein Pferd weiterjagte. Er schlug mit einem metallischen Knirschen auf dem Boden auf. Schlammiges Wasser spritzte wie eine Fontäne in die Höhe, und die Menge johlte.

Der Ritter mit dem Drachenschild zügelte sein Pferd und

trabte auf das andere Ende des Feldes zu. Die Zuschauer beeilten sich, zur Seite zu springen. Im letzten Moment riss der Ritter sein Schlachtross herum, zog sein Breitschwert aus der Scheide und trieb sein Pferd auf seinen regungslos am Boden liegenden Gegner zu. Dann machte er Halt und schickte sich an, abzusteigen und zu Fuß weiterzukämpfen. Der andere Ritter regte sich immer noch nicht. Wieder erklang ein Horn, und drei Knappen, die gleichfalls das Harfenwappen trugen, rannten auf das Feld. Einer ergriff die Zügel des Pferdes, die anderen kümmerten sich um ihren Herrn. Der Ritter mit dem Drachenschild wartete ab. Sein Schlachtross stampfte ungeduldig mit den Hufen. Das Gejohle der Menge war zu einem erwartungsvollen Raunen abgeebbt. War der Mann nur bewusstlos, oder waren sie an diesem windigen Maimorgen Zeuge eines gewaltsamen Todes geworden? So etwas kam bei Turnieren oft genug vor, obwohl heutzutage die Lanzenspitzen stumpf und die Schwerter aus Walfischknochen gefertigt waren.

Auf dem Boden bewegte sich etwas, das konnten sie zwischen den Beinen der Knappen erkennen – ein Arm wurde gehoben, Finger gespreizt. Die Knappen traten zurück, als der Ritter sich mühsam erhob. Sein zerbrochener Schild hing an einem Riemen von seinem Arm herab, seine Lanze lag zersplittert im Schlamm. Schwankend straffte er sich und nahm zum Zeichen dafür, dass er den Kampf nicht fortsetzen würde, seinen Helm ab. Der Ritter mit dem Drachenschild stieß sein Schwert in die Luft und galoppierte unter wilden Jubelrufen quer über das Feld.

Robert, der mit seinem Bruder auf der königlichen Bank saß, klatschte begeistert Beifall, als der verwundete Ritter davongeführt wurde und zwei weitere Kämpfer auf das Feld ritten. Es war erst der dritte Wettkampf des Tages, und er hatte bereits mehr Geschick und Kraft gesehen als jemals zuvor bei einem Turnier. In Schottland hatte er einige besucht, aber hier war alles größer und prächtiger – die Pferde massiger, die Rüstungen der Ritter kostspieliger, die Zuschauermengen riesig. Robert konnte immer noch Menschen auf den Platz zwischen den Reihen gestreifter Zelte strömen sehen. Sie wurden von den Rittern des Königs nach Waffen durchsucht, die auf dem Turniergelände verboten waren. Dies entsprach einem alten Gesetz, das erlassen worden war, nachdem ein Turnier zu viel zu einem Tumult ausgeartet war, bei dem es Dutzende von Toten gegeben hatte. Seither waren Turnierkämpfe äußerst beliebt geworden, und nur Ritter mit einem makellosen Stammbaum durften daran teilnehmen, nachdem sie einen fürstlichen Preis dafür entrichtet hatten. Trotzdem schienen die Ritter des Königs eine ansehnliche Anzahl von Dolchen und Messern zusammengetragen zu haben.

Als Robert seine Aufmerksamkeit wieder auf das Feld richtete, fiel sein Blick auf den Gastgeber des Turniers. König Edward saß einige Reihen vor ihm sehr aufrecht auf einem mit Kissen gepolsterten Thron. Sein Überwurf war vorne und hinten mit drei goldenen Löwen bestickt, sein aschgraues Haar an den Enden säuberlich gelockt. Er war von hochrangigen Baronen und Lords aus allen Teilen Englands und Damen vom Hof umgeben, die juwelenbesetzte Gewänder und auffällige Kopfbedeckungen trugen, deren seidene Schleier wie bunte Flaggen im Wind wehten. Pagen in türkisfarbenen Tuniken schwirrten wie Kolibris um sie herum, bereit, etwaige Befehle unverzüglich auszuführen.

Roberts Blick blieb auf dem König haften. Kurz vor Weihnachten hatte er den Auftrag seines Großvaters ausgeführt, von seinem Landsitz in Essex aus an Edward geschrieben und erklärt, dass er die Interessen seiner Familie in England vertrat und gerne bei Hof vorstellig werden würde. Im neuen Jahr war eine mit dem königlichen Siegel versehene Botschaft eingetroffen, in der er zu dem Frühjahrsparlament eingeladen wurde, das einberufen worden war, um die Pläne des Königs für einen neuen Kreuzzug zu erörtern. Doch eine Audienz beim König war Robert bislang noch nicht gewährt worden, obwohl er vor einer Woche in London eingetroffen war – was seinen Bruder bereits zu düsteren Bemerkungen veranlasst hatte. Robert selbst jedoch hatte die Zurückhaltung des Königs begrüßt, denn er hegte immer noch einen Groll gegen ihn und wusste, dass es nicht ratsam war, sich dies anmerken zu lassen. Nicht hier in London, wo es am Hof von Wölfen wimmelte.

Robert konzentrierte sich auf die beiden neuen Kontrahenten auf dem Feld, denen ihre Knappen mit ihren Lanzen folgten. Er empfand einen leisen Anflug von Neid, wünschte, er wäre an ihrer Stelle, auf dem besten Pferd, das für Geld zu haben war, bewundert und umjubelt. Die Schwierigkeiten, die die Verwaltung der englischen Landsitze mit sich brachte – er musste sich die Klagen der Pächter anhören und nichtige Streitigkeiten schlichten –, hatte im vergangenen Jahr schwer auf ihm gelastet. Aber das aufregende Turnier und das faszinierende London hatten ihn zu neuem Leben erweckt. Dieses prächtige Schauspiel hier verkörperte für ihn das Ritterdasein, nach dem er sich als Junge immer gesehnt hatte: den Prunk, den Ruhm. Die reichen Belohnungen.

Zusammen mit dem Rest der Menge spendete er begeistert Beifall, als die Ritter einmal rund um das Feld ritten und dabei die Fäuste hoben, um die Zuschauer zusätzlich anzuspornen. Auf dem Überwurf des einen prangte ein silberner Löwe, der andere war ganz in Gelb mit einem grünen Adler darauf gekleidet. Robert stutzte, als er bemerkte, dass der Ritter mit dem grünen Adler einen blutroten Schild mit einem goldenen Drachen in der Mitte trug. Er beugte sich zu seinem Bruder. »Siehst du diesen Schild?«, fragte er mit erhobener Stimme, um den Lärm zu übertönen. »Es ist derselbe wie der des letzten Siegers.«

»Vielleicht gehören sie zu demselben Haushalt?«, meinte Edward, als der Ritter sein Pferd an der königlichen Bank vorbeitrieb und sich dabei vor dem König verneigte.

»Warum haben sie dann verschiedene Abzeichen auf ihren Überwürfen?«

Edward schüttelte ratlos den Kopf. Als die Ritter ihre Plätze an den entgegengesetzten Enden des Feldes einnahmen, deutete er auf die Reihen anderer Männer, die sich mit ihren Knappen bereithielten. »Da drüben sind noch mehr.«

Robert zählte dreizehn Ritter, die alle verschiedene Wappen trugen, aber dennoch die Schilde mit dem Drachen in den Händen hielten. Etwas Derartiges hatte er noch nie gesehen. Normalerweise zeigte der Schild eines Ritters das Wappen seines Hauses. Er blickte sich um, überlegte, ob er einen der anderen Lords fragen sollte, doch alle erhoben sich jetzt, um den Kampf zu verfolgen. Um nichts zu verpassen, sprang Robert gleichfalls auf, als die Ritter mit gezückten Lanzen aufeinander zujagten.

Die königliche Prozession wand sich die staubige Straße entlang, während Trommeln ihre Ankunft ankündigten. An der Spitze ritt König Edward mit seinen ranghöchsten Beamten, unter ihnen der Earl of Surrey, Sir John de Warenne und Anthony Bek, der Bischof von Durham. Ihnen folgten die Ritter von dem Turnier, von denen die meisten ihre Helme und Kettenhemden gegen Leinenhemden und bestickte Mäntel eingetauscht hatten und die jetzt triumphierend auf ihren Schlachtrössern saßen. Einige trugen immer noch die Zeichen der Damen vom Hof, die diese ihnen vor dem Turnier verehrt hatten: Streifen von Schleiern und Gewandärmeln, zart wie Schmetterlingsflügel. Ihre gute Stimmung war eine angenehme Abwechslung zu der Bedrücktheit der letzten Tage, während derer der Hof sich wegen der wachsenden Spannungen in Frankreich gesorgt hatte, wo König Edwards jüngerer Bruder Edmund zähe Verhandlungen führte, nachdem sich im Sommer zuvor englische Handelsschiffe eine Seeschlacht mit der französischen Flotte geliefert hatten.

Hinter den Rittern kamen die mit den Überresten des Turniers beladenen Knappen; sie trugen zerbrochene Lanzen und Schwerter, geborstene Schilde und einen benommenen, blutenden Mann auf einer Trage. Der Rest der Ausrüstung war auf Packpferde geladen worden. In den schlammigen Straßen hinter Smithfield waren eine Zeitlang graugesichtige Kinder neben ihnen hergelaufen und hatten um Pennys gebettelt. Jetzt gelangte die Prozession in die äußeren Freibezirke und durchquerte ruhige Obstgärten. Weiße Blüten rieselten wie Schnee von den Bäumen.

Robert, der zusammen mit seinem Bruder und ihren Knappen ritt, starrte auf einen See von Hufen und Füßen in den Schlamm getrampelter Blütenblätter hinab. Er und seine Männer befanden sich mit anderen ausländischen Lords und jenen, die vielleicht bei König Edward in Ungnade gefallen waren, ziemlich weit am Ende der Prozession. Sie waren mit dem System der Ranghierarchie und Günstlingswirtschaft aufgewachsen, in dem der beste Tisch in der Halle und die besten Unterkünfte in einer Burg als Köder benutzt wurden, um widerspenstige Vasallen im Zaum zu halten oder folgsame Untertanen zu belohnen. Aber hier in London, wo es von Adeligen, den mächtigsten Earls des Reiches bis hin zu räuberischen Rittern, die nach Land und Reichtum gierten, nur so wimmelte, bildeten diese Statussymbole ein verwirrendes Labyrinth, das Robert nicht ganz durchschaute. In Schottland hatte er gerade begonnen, sich an das Leben als Angehöriger der Oberklasse zu gewöhnen. Hier fühlte er sich ausgesprochen fehl am Platz. Doch dann meinte er, die schroffe Stimme seines Großvaters zu hören, der ihn an seine noble Abstammung von Königen und Lords erinnerte, und er straffte sich im Sattel.

Jubel brandete auf, als sich ein in Blau mit einem quer über den Rücken verlaufenden weißen Streifen gekleideter Mann aus der Kolonne der Männer löste. Es war der Turniersieger, der seinen ersten Gegner vom Pferd gestoßen und danach vierzehn Lanzen zerbrochen hatte. Er schwenkte seinen Preis durch die Luft, einen kunstvoll gearbeiteten Dolch, woraufhin erneut Jubelrufe ertönten. Robert war überrascht gewesen, als der Mann am Ende des Turniers seinen Helm abgenommen hatte und vor den König getreten war, um seine Trophäe entgegenzunehmen, denn der Ritter mit dem frischen Gesicht konnte kaum älter sein als er selbst. Der in den Griff des Dolches eingelassene Rubin blitzte rot auf, dann verschmolz der siegreiche junge Ritter wieder mit den Reihen seiner Gefährten. Als sich die Prozession aus dem Schatten der Obstbäume löste, tauchte links von ihr der Tower von London auf. Die massiven Mauern von König Edwards Zitadelle reckten sich gen Himmel und fielen steil zu dem Graben unter ihnen ab. Der von dem Eroberer erbaute Tower hatte im Laufe der Jahrhunderte viele Könige kommen und gehen sehen, aber keiner hatte, wie Robert zu Ohren gekommen war, so viel bewirkt wie Edward während seiner zwanzigjährigen Herrschaft.

Die Spitze der Gruppe hatte bereits den Damm am Rand des Grabens erreicht, und bald ritten Robert und Edward durch die ersten Verteidigungsanlagen, die jeden Schritt des Weges in die Festung des Königs beschützten. Nachdem sie den Graben überquert hatten, gelangten sie in ein halbkreisförmiges, von Wasser umgebenes und von Soldaten bewachtes Vorwerk. Danach kam das erste von zwei Torhäusern, die man über Zugbrücken erreichte, über denen eiserne Fallgitter hingen. Darunter glitten Fische träge durch das grüne Wasser. Hinter den königlichen Docks floss die Themse träge an den südlichen Mauern entlang, wo die mit flötenähnlichen Türmen versehenen Gemächer des Königs in den Fluss hineingebaut worden waren.

Nach dem zweiten Torhaus überquerten sie den äußeren Hof und verlangsamten das Tempo, um sich durch eine bogenförmige Öffnung zwischen eine Doppelreihe von Mauern zu zwängen. Trommelgedröhn hallte von den Türmen wider. Zusammen mit dem Rest des Trupps passierten Robert und Edward das Wassertor, wo die königliche Barke direkt unterhalb der Gemächer des Königs im Dock lag. Hier befanden sie sich im Schatten eines weiteren mächtigen Torhauses, dem letzten und beeindruckendsten, bevor sie in den inneren Hof gelangten. Als sie auf der anderen Seite aus dem Dunkel in den Sonnenschein hinausritten, ragte der Weiße Turm vor ihnen auf, das strahlende Juwel im Herzen von Edwards Krone.

Eine von Mauern gesäumte breite Straße führte zu dem gewaltigen Turm, in dessen Schatten sie sich geradezu zwergenhaft vorkamen. Robert dachte an die Burg seines Großvaters in Lochmaben, die sich im Vergleich zu diesem Bollwerk wie ein Spielzeug ausnahm. Nach einem weiteren, mit Bannern geschmückten Torhaus fanden sie sich im innersten Hof wieder, wo eine riesige Steintreppe zum Eingang des Turms führte. Als die Ritter und Lords abstiegen, eilten Stallburschen herbei, um die Pferde fortzuführen, während Diener die Edelleute zum Turm geleiteten.

Robert reichte seinem Knappen Nes die Zügel seines Pferdes. Von den Männern seines kleinen Gefolges – sechs Knappen, zwei Diener, ein Haushofmeister und ein Koch –, die ihn und Edward begleiteten, hatte er sich am engsten an den ruhigen jungen Nes angeschlossen, den Sohn eines Ritters aus Annandale und Vasallen seines Großvaters. Während die Knappen sich mit den Pferden entfernten, stiegen die Brüder die breiten Stufen empor. Die Trommeln waren verhallt, jetzt wehten Flöten- und Leierklänge zu ihnen hinüber. Als sie sich den riesigen Türen näherten, hörten sie die Männer vor sich erstaunt miteinander tuscheln. Gemeinsam betraten sie eine weitläufige Halle. Reihen marmorner Säulen säumten den höhlenartigen Raum, dessen Wände mit Gobelins bedeckt waren, aber es war nicht die Architektur, die die Brüder faszinierte, sondern die Pflanzen und Bäume, die in solcher Fülle vorhanden waren, dass sie meinten, in einen Wald geraten zu sein. Dunkler Efeu rankte sich um die Säulen, und der Duft eines Teppichs von Blütenblättern, der den Fliesenboden bedeckte, erfüllte die Luft. Edward pfiff anerkennend durch die Zähne, als einige Mädchen in durchsichtigen Gewändern vor ihnen zwischen den Bäumen hindurchtanzten. Sie wurden von Männern mit grotesken Masken verfolgt.

Die Musik wurde lauter. Eine Holztreppe vor ihnen führte aus dem verzauberten Wald heraus und zum nächsten Stockwerk empor. Robert war so darauf erpicht zu sehen, was ihn oben erwartete, dass er nicht bemerkte, was den Fuß der Treppe bewachte, bis Edward seinen Arm packte und darauf deutete.

Es handelte sich um ein mächtiges Tier mit zottiger schwarzer Mähne, das von drei Pagen gehalten wurde. An dem Eisenring um den Hals der Kreatur waren dicke Ketten befestigt, trotzdem hatten die Pagen sichtlich Mühe, sie zu halten, als sie die Vorübergehenden zähnefletschend anknurrte. Muskeln spielten unter der ockerfarbenen Haut, auf der Peitschen blasse, kahle Striemen hinterlassen hatten. Robert hatte bislang nur Abbildungen dieser Geschöpfe auf Schilden und Überwürfen gesehen. Der Löwe wirkte viel gefährlicher, als er es sich vorgestellt hatte. Sein Grollen hallte wie Donner in seiner Brust und seinem Magen wider, und der bestialische Gestank, der von ihm ausging, verursachte ihm Übelkeit. Oben auf der Treppe blickte Robert noch einmal über seine Schulter, als das Tier ein lautes Brüllen ausstieß, dann betrat er die große Halle.

22

WÄHREND KÖNIG EDWARD UND seine Beamten auf das Podest in der Halle zuschritten, führten Zeremonienmeister die Gäste zu ihren Plätzen. Die ganz in der Nähe der Plattform waren für die Ritter bestimmt, die an dem Turnier teilgenommen hatten. Robert und sein Bruder saßen in der Mitte der Halle, in höflicher, aber deutlicher Entfernung von der Tafel des Königs.

Auf den Tischen standen glasierte Krüge und Kelche sowie silberne Becken mit Wasser und Rosenblättern, in denen sich die Gäste die Hände waschen konnten. Nachdem sie Platz genommen hatten, trugen die Diener geröstete, noch glühend heiße Schwäne, gepökelten, mit süßen Zitronen aus Spanien garnierten Lachs aus Irland, Schalen mit gelber Butter, säuerlich riechenden Brie und schrumpelige Feigen auf. Bischof Bek sprach das Tischgebet. Der Vorkoster des Königs nahm für den Fall, dass sie vergiftet waren, einen Bissen von allen Speisen auf der königlichen Tafel, und die Diener begannen die Kelche mit Wein zu füllen.

»Ihr seid Sir Robert Bruce?«

Robert blickte auf, als ihn ein dünner, gut gekleideter Mann über den Tisch hinweg ansprach, und neigte bejahend den Kopf.

Der Mann, der sich jetzt vorbeugte, um sich ein Stück Käse von dem Laib zwischen ihnen abzuschneiden, nannte aber seinen eigenen Namen nicht, sondern wandte sich an eine korpulente Frau neben ihm, die ein viel zu enges Gewand trug. »Aus Schottland.«

»Tatsächlich, Sir?« Die Frau starrte Robert an wie ein seltenes Tier. »Ein wildes Land, habe ich gehört.« Sie erschauerte. »Öde, arm und von Kälte und endlosem Regen geplagt.«

Ehe Robert etwas erwidern konnte, nickte Edward ernst. »Das ist richtig, Madam. Dort ist es in der Tat so kalt, dass wir nur an drei Tagen im Juni baden können, wenn das Eis, das die Seen bedeckt, lange genug schmilzt.«

Der dünne Mann runzelte skeptisch die Stirn, während er den Käse in säuberliche Scheiben schnitt.

Die Frau schüttelte den Kopf. »Dann müsst Ihr den Aufenthalt in England ja sehr genießen.«

Edward grinste. »Nun ja, ich stinke nicht mehr wie ein Schwein.«

Die Frau kicherte nervös und konzentrierte sich auf das Stück Fleisch auf ihrer Platte, aus dem blutiger Saft quoll. Der Mann wandte sich ab und verzog die Lippen.

Robert lehnte sich zu seinem Bruder, als das Paar ein Gespräch mit seinen Tischnachbarn begann. »Wenn du so weitermachst, wirst du dir keine Freunde schaffen.«

Edwards Grinsen verblasste. »Du hast doch gehört, wie sie über unser Land geredet haben. Aber wenigstens betrachten sie uns als zivilisiert, nicht als Barbaren wie die Waliser und die Iren.«

»Kannst du ihnen einen Vorwurf daraus machen, dass sie alles andere als das hier für armselig halten?« Robert hob seinen

Kelch und deutete damit in die prächtig ausgestattete große Halle. »Versuche nicht, mir weiszumachen, du wärst nicht beeindruckt.«

»Beeindruckt bin ich schon, aber deswegen muss es mir noch lange nicht gefallen, wie ein ungehobelter Klotz behandelt zu werden.« Edwards Augen verengten sich herausfordernd. »Der König hat dich noch nicht einmal begrüßt, Bruder. Wir sind schon seit einer Woche hier. Er hätte dich als Ehrengast willkommen heißen sollen.«

»Ich bezweifle, dass der König Gelegenheit hatte, mit vielen Männern hier zu sprechen«, entgegnete Robert, den die Wahrheit ärgerte, die in Edwards Worten lag. Er mochte anfangs ja froh gewesen sein, dem König nicht gleich gegenübertreten zu müssen, aber die immer längere Wartezeit grenzte allmählich an eine Kränkung. Er konnte schwerlich den Wunsch seines Großvaters erfüllen und die Position der Familie Bruce in England verbessern, wenn der König ihn nicht zur Kenntnis nahm. »Ich nehme an, die Angelegenheiten in Frankreich nehmen seine ganze Zeit in Anspruch.«

»Frankreich?«

Beim Klang der rauen Stimme drehte sich Robert um und sah einen älteren Mann in einem mit Brokat verzierten Mantel, der an seinem runzligen Hals von einer juwelenbesetzten Brosche zusammengehalten wurde.

»Also haben sogar schon unsere schottischen Nachbarn von unseren Problemen erfahren?«

Robert hatte von dem Kampf im letzten Sommer gehört, der den Konflikt ausgelöst hatte. Die französiche Flotte hatte vor der Küste Britanniens scheinbar ohne Grund einige mit Seeleuten aus England und der Gascogne bemannte Handelsschiffe angegriffen, aber aus der darauffolgenden Schlacht waren die Engländer als Sieger hervorgegangen, hatten drei Schiffe gekapert und den Rest in die Flucht geschlagen. Ehe er erklären konnte, dass er das letzte Jahr in England verbracht hatte, sprach der alte Edelmann schon weiter.

»Denkt an meine Worte«, krächzte er, dabei gestikulierte er mit seinem Messer so heftig, dass das Stück Fleisch, das er damit aufgespießt hatte, zu Boden fiel. »Turniere und Feste werden die Barone nicht lange bei Laune halten. Ihre Hochstimmung wird untergehen wie ein steinernes Schiff, wenn das Parlament tagt.«

Die Erwähnung des Parlaments weckte Roberts Interesse. Trotz seiner Bedenken konnte er es kaum erwarten, die Pläne des Königs für einen neuen Kreuzzug und die damit verbundenen Möglichkeiten zu hören, denn ein Weg, seiner Familie zu höherem Ansehen zu verhelfen, bestand darin, unter Edwards Banner das Kreuz zu nehmen, daran hegte er keinen Zweifel. Noch immer konnte er die bitteren Worte seines Vaters hören, die er in der Nacht hervorgestoßen hatte, in der sie erfahren hatten, dass John Balliol König werden würde.

In den Adern aller unserer Söhne fließt dünnes Blut. Dünn wie verwässerter Wein. Wie kann man aus so minderwertigem Holz Kreuzritter schnitzen?

Diese Worte – die letzten von Gefühlen begleiteten, die sein Vater vor seiner Abreise nach Norwegen an ihn gerichtet hatte – hatten ihn lange gepeinigt. Ein Teil von ihm hatte gegen sie angekämpft – sie waren einem der trunkenen Wutanfälle seines Vaters entsprungen und somit bedeutungslos, nur verspritztes Gift wie so viele andere auch. Doch eine beharrliche innere Stimme hatte ihm immer wieder zugeraunt, dass sie der Wahrheit entsprachen. Er konnte nicht mit den Kreuzfahrern mithalten, die vor ihm in das Heilige Land gezogen waren; nicht er, der er in Friedensjahren aufgewachsen war und nur läppische Übungskämpfe bestritten hatte. Hier bot sich ihm vielleicht die Chance, seinem Vater zu beweisen, dass er sich geirrt hatte. Robert hatte sich oft ausgemalt, wie er mit ihm zugesagten neuen Ländereien, Beuteln voll sarazenischem Gold und dem Ruhm vollbrachter Heldentaten nach Annandale zurückkehrte und dem alten Lord ein neues Stück von einem in Jerusalem gepflückten Palmwedel überreichte.

Doch der ältere Edelmann war an Kreuzzügen nicht interessiert. »Dem König stehen schwierige Zeiten bevor«, teilte er Robert mit einem nachdrücklichen Nicken mit. »O ja, das tun sie.«

Der dünne, gut gekleidete Mann, der Robert gegenübersaß, räusperte sich viel sagend. In seinem Blick lag eine nicht zu übersehende Warnung.

»Ihr wisst, dass ich recht habe«, grollte der alte Mann, an ihn gewandt. »König Edward hätte nie seinen Bruder schicken sollen, um in seinem Namen mit Philipp zu verhandeln. Wäre er selbst gegangen, müsste er jetzt nicht damit rechnen, die englische Herrschaft in der Gascogne zu verlieren.«

»Soweit ich gehört habe …«, Robert sah von einem Mann zum anderen, »… gibt der König sein Land in der Gascogne nur zeitlich begrenzt auf – nur, bis ein Friedensvertrag mit König Philipp unterzeichnet ist. Es war als Geste guten Willens gedacht.«

»Das ist durchaus richtig.« Der dünne Mann nickte. »König Edward sollte die gekaperten Schiffe zurückgeben und das Herzogtum abtreten. Wenn er nach Frankreich reist, um Frieden mit Philipp zu schließen, erhält er die Gascogne zurück. Das sind die Bedingungen, denen Earl Edmund in Paris zugestimmt hat.«

»Bah!«, geiferte der alte Edelmann. »Habt Ihr Euch denn nicht einmal gefragt, wie es ein paar Handelskoggen überhaupt gelingen konnte, die französische Flotte zu besiegen?«

Der Dünne runzelte die Stirn. »Was wollt Ihr damit sagen?«

»Ich sage, es war eine Falle, in die unser König geradewegs hineingetappt ist. Philipp hat gleich zu Beginn seiner Herrschaft keinen Zweifel daran gelassen, dass er keinen englischen König in irgendeinem Teil Frankreichs regieren sehen will. Er hat den Kapitänen dieser Schiffe befohlen, sich gefangen nehmen zu lassen und ihm so einen Grund zu liefern, die Übergabe der Gascogne zu fordern.«

»Lächerlich!«, höhnte der dünne Mann, aber in seiner Stimme schwang Unbehagen mit.

»Und ich weiß auch, warum König Edward so bereitwillig auf Philipps Forderung eingegangen ist.« Der alte Lord deutete mit seinem Messer zu dem Podest hinüber, wo der König mit seinen Beamten saß, und hob die zottigen Brauen. »Es war die Aussicht auf junges Fleisch.«

Robert beugte sich erwartungsvoll vor. Er hatte Gerüchte bezüglich des Ehekontrakts gehört, der Teil der Verhandlungen mit Frankreich gewesen war, aber nichts war offiziell bestätigt worden.

»König Philipps Schwester, Prinzessin Marguerite«, murmelte der alte Mann genüsslich, dabei nickte er Robert zu. »Keinen Tag älter als dreizehn. Denkt an meine Worte.« Er bohrte sein Messer in ein blutiges Stück Rindfleisch und schob es sich in den Mund. »Unser König hat seine weitläufigen französischen Ländereien für ein enges französisches Loch verkauft.« Mit diesen Worten leckte er das Messer ab und schlurfte davon, ohne auf die Blicke derer zu achten, die seine Hetzrede mit angehört hatten, und verschwand in der lärmenden Menge.

Der dünne Mann murmelte seinem Nachbarn etwas zu.

Robert sah seinen Bruder an. »Wie ich gesagt habe«, flüsterte er. »Der König war beschäftigt.«

Edward lehnte sich zurück und bohrte zwischen seinen Zähnen herum. »Ich finde trotzdem, er hätte dich angemessen begrüßen müssen, ganz gleich, wie beschäftigt er ist. Du bist ein Earl, Bruder. Und es ist noch nicht so lange her, dass unser Großvater Anspruch auf den Thron erhoben hat.«

Robert sagte nichts, sondern widmete sich schweigend seiner Mahlzeit.

Zuerst war sein Zorn über den Verlust des Throns vom Kummer über den Tod seiner Mutter überschattet worden, doch im Laufe des letzten Jahres war er wieder aufgeflammt und peinigte ihn. Der einzige kalte Trost bestand in dem Wissen, dass sich die Herrschaft des neuen schottischen Königs alles andere als zufriedenstellend erwies.

Nach seiner Krönung war John Balliol von englischen Anwälten gezwungen worden, den Umstand zu akzeptieren, dass er als König von Schottland Edwards größerer Autorität unterstand. Edwards Versprechen, nur zeitlich befristet als Obersouverän zu fungieren, war rückgängig gemacht worden – Edward nötigte Balliol, Dokumente aufzusetzen, die diese Garantie für null und nichtig erklärten. Danach hatte sich der König darangemacht, seine Überlegenheit zu demonstrieren, indem er sich in schottische Angelegenheiten einmischte. Juristische Streitfälle wurden bald in Westminster und nicht mehr in Schottland verhandelt. Als die Schotten unter Führung von John Comyn protestierten, wurde Balliol nach Westminster befohlen, um sich vor Edwards Richtern zu rechtfertigen. Während der auf den Tod seiner Frau und Königin folgenden Trauerzeit musste Balliol dann eine demütigende Strafpredigt des Königs über sich ergehen lassen, und drei seiner Städte und Burgen wurden beschlagnahmt.

Roberts Bruder hatte gemeint, es sei ein vergifteter Kelch, aus dem Balliol getrunken habe, und sie könnten froh sein, dass er an ihnen vorübergegangen war, aber Robert konnte sich des Gedankens nicht erwehren, dass sein Großvater dem König besser die Stirn zu bieten vermocht hätte. Dieser Gedanke hatte sich seither zu dem düsteren Verdacht gesteigert, dass genau dies der Hauptgrund dafür war, dass der Lord of Annandale nicht gewählt worden war. Mehr als einmal waren Robert in den letzten Monaten die Worte von Bischof Wishart von Glasgow und des feurigen John of Atholl in den Sinn gekommen: dass König Edward nur daran interessiert war, seine eigenen Reichsgrenzen auf Kosten seiner Nachbarn auszuweiten. Sein Großvater hatte ihm aufgetragen, den Anspruch der Familie Bruce auf den Thron Schottlands aufrechtzuerhalten – unabhängig davon, wer daraufsaß und ihnen dieses Recht verwehrte. Aber wie es aussah, war der Kampf um die Kontrolle dieses Thrones bereits in vollem Gange, und er war nicht daran beteiligt.

Robert trank seinen Wein aus und schob seine Platte weg, als die Diener die Tische abzuräumen begannen. Die Spielmänner stimmten eine lebhafte Weise an, und einige Männer und Frauen drängten sich in die Mitte der Halle, um zu tanzen. Edward sprach erneut mit der korpulenten Frau und erzählte ihr gerade von den fürchterlichen Bestien, die durch die schottischen Hügel streiften und Kinder aus Dörfern raubten.

»Sir, seid Ihr der Earl of Carrick?«

Bei der Frage biss Robert die Zähne zusammen. Er hatte keine Lust mehr, sich zu unterhalten. Als er sich widerwillig umdrehte, stand ein Mann in einem blauen Umhang mit einem leuchtend weißen Streifen vor ihm. Aus der Nähe wirkte der Ritter sogar noch jünger als auf dem Turnierfeld. Sein braunes Haar fiel ihm in die Stirn, und seine Augen leuchteten strahlend grün in seinem breiten, offenen Gesicht. Roberts Ärger verflog. »Ja. Und Ihr seid Sir Humphrey de Bohun, der Earl of Hereford und Essex?«

Humphrey lächelte. Ein Grübchen erschien in seiner Wange. »Nicht ganz. Mein Vater ist der Earl. Aber da ich sein Erbe bin, liegt Ihr mit dem Titel vermutlich nicht ganz falsch.«

»Darf ich Euch meinen …« Robert wollte auf Edward deuten, aber sein Bruder war aufgestanden und führte die kichernde Dicke in die Mitte der Halle, wo die Tänzer die Gäste aufforderten, sich ihnen anzuschließen. Robert drehte sich wieder um. »Ich beglückwünsche Euch zu Eurem heutigen Sieg. Er war verdient.« Er wollte noch hinzufügen, dass er eine solche Vorstellung bisher noch nicht gesehen hatte, unterließ es aber, um nicht wie ein Tölpel vom Land dazustehen.

»Ich bin es, der Euch gratulieren sollte, Sir Robert. Die Art, wie Ihr den Streit zwischen den Pächtern unserer Väter in Essex geschlichtet habt, war bewundernswert.«

Robert schüttelte verlegen den Kopf. »Es war das Mindeste, was ich tun konnte. Unsere Männer waren klar im Unrecht. Sie hätten nie im Park Eures Vaters jagen dürfen. Ich hoffe, die Wiedergutmachung, die sie dem Earl leisten mussten, war zufriedenstellend?«

»Mehr als zufriedenstellend. Mein Vater wünscht, dass ich

Euch seinen Dank ausspreche. Er hat sich nach Eurer Familie erkundigt.«

»Nun, mein Bruder Alexander studiert in Cambridge Theologie, und meine Schwester Christina wird den Erben des Earl of Mar heiraten.« Robert dachte an Mary und Matilda in Lochmaben und Niall und Thomas, die in Antrim zu Rittern ausgebildet wurden, nahm aber an, dass der Ritter nicht aus Interesse fragte, sondern lediglich höflich sein wollte. »Und ich denke, meinem Vater geht es gut«, schloss er merklich kühler. »Er befindet sich in Norwegen am Hof von König Erik.«

»Ah ja, Eurem neuen Schwager.«

Robert blinzelte verwirrt. Vor einigen Monaten hatte er eine Botschaft mit der unerwarteten Ankündigung erhalten, dass seine Schwester den norwegischen König heiraten würde. Der Brief war kurz und sachlich gewesen und hatte keinerlei Grüße seines Vaters enthalten. Robert hatte Isabel eine silberne Brosche in Form einer Rose geschickt – in der Hoffnung, sie sei ein angemessenes Geschenk für eine Frau, die Königin werden würde –, aber danach hatte er von der anderen Seite des Meeres nichts mehr gehört. Er hatte nicht damit gerechnet, dass die Verlobung schon allgemein bekannt war.

Humphrey lachte, als er sein Gesicht sah. »Ihr solltet Euch nicht wundern, Sir Robert. Der Name Eurer Familie ist hier in aller Munde, und Ihr werdet bald herausfinden, dass Eure Angelegenheiten jedermann bei Hof interessieren.«

»Ich bin in diesem Spiel noch nicht so versiert.«

»Das lernt sich schnell. Haltet nur die Augen offen und achtet auf Euren Rücken.« Humphreys freundliches Grinsen wollte nicht recht zu der Warnung passen. »Genießt das Fest.«

Robert erhob sich. »Vielleicht können wir uns später weiter unterhalten. Ich möchte gerne wissen, wie ich mich in die Turnierteilnehmerliste eintragen kann.«

»So?« Humphrey musterte ihn interessiert, schüttelte dann aber den Kopf. »Ein anderes Mal. Ich muss heute Abend leider an einer Versammlung teilnehmen.«

»Natürlich.« Robert versuchte, sich seine Enttäuschung nicht anmerken zu lassen. Humphreys umgängliche Art empfand er als erfrischende Abwechslung von der distanzierten Arroganz der meisten anderen Edelleute, die er bislang kennen gelernt hatte. Er nahm wieder Platz, als sich der Ritter entfernte, spielte mit seinem Kelch und beobachtete seinen Bruder, der die dicke Frau im Kreis herumwirbelte. Vielleicht könnte er genauso sorglos sein, wenn er nicht derjenige wäre, auf dem alle Hoffnungen seiner Familie ruhten. Als ältester Sohn hatte Robert gewusst, dass dieser Tag kommen würde, aber mit neunzehn war er früher gekommen als erwartet. Doch er konnte seine Jugend schlecht als Entschuldigung vorbringen, denn in seinem Alter war sein Großvater schon designierter Thronerbe gewesen, hatte die Tochter eines englischen Earls geheiratet und fast so viel Land südlich der Grenze erworben, wie er in Schottland besaß.

Robert wurde aus seinen Gedanken gerissen, als Humphrey de Bohun zurückkehrte.

Der junge Ritter zögerte, lächelte dann aber. »Wollt Ihr mich begleiten?«

Robert erhob sich. Er spürte, dass angesichts des vorsichtigen Angebots schweigende Zustimmung angebrachter war als wortreiche Dankbarkeit. Als er Humphrey durch die überfüllte Halle folgte, versuchte er einen Blick seines Bruders aufzufangen, aber Edward war zu sehr in den Tanz vertieft, um ihn zu bemerken, und dann traten sie auch schon durch eine Tür in einen schmalen Gang.

Humphrey führte ihn an wachsamen Wächtern vorbei zu einem Fußweg, der quer über den gesamten inneren Hof ging. Inzwischen war der Abend hereingebrochen, und von Osten her zogen Wolken auf. Ein kühler Wind zerrte an ihren Umhängen, als sie die Brustwehr entlanggingen und steinerne Stufen hinunterstiegen, die zu einem großen, runden Turm führten.

»Das sind König Henrys frühere Gemächer«, erklärte Humphrey, als sie an weiteren Wachposten vor dem Eingang des

Turms vorbeischritten. »König Edward hat uns erlaubt, sie gelegentlich zu benutzen.«

Robert, der sich fragte, auf wen sich das »uns« bezog, nickte, sagte aber nichts. Er spürte kribbelnde Erregung in sich aufkeimen. Als er hinter Humphrey die Wendeltreppe erklomm, konnte er über sich Stimmen und Gelächter hören. Oben angelangt, öffnete Humphrey eine Tür, und Robert folgte ihm in eine geräumige Kammer mit hoher, gewölbter Decke, deren Wände dunkelgrün gestrichen und mit goldenen Sternen bemalt waren. Zu beiden Seiten eines großen Kamins standen mit Pelzen bedeckte Liegen. In der Kammer befanden sich zehn Männer, von denen Robert einige bei dem Turnier gesehen hatte. Ehe er versuchen konnte, den Gesichtern der jungen Männer Namen zuzuordnen, fiel sein Blick auf ein großes Banner an einer Wand. Der Stoff war abgenutzt und stellenweise geflickt, die ausgeblichene Farbe aber eindeutig scharlachrot, und die goldene Stickerei zeigte einen von Feuer umgebenen Drachen. Robert wollte Humphrey nach der Bedeutung des Symbols fragen, das ja auch ihre Schilde zierte, aber die anderen Männer waren verstummt und starrten ihn an.

»Was soll das, Humphrey?« Der Sprecher war gut gebaut und trug das schwarze Haar aus dem harten, eckigen Gesicht gestrichen. Er deutete mit einem Kelch in der Faust auf Robert. »Wer ist das?«

»Hast du deine Manieren auf dem Turnierplatz vergessen?«, erwiderte Humphrey. In seinem Ton schwang eine leise Mahnung mit. »Das ist ein Gast.«

Der schwarzhaarige Ritter wandte den Blick nicht von Robert. »Und *das* ist eine private Zusammenkunft.«

Humphrey ignorierte ihn und drehte sich zu den anderen. »Darf ich euch Sir Robert Bruce vorstellen, den Earl of Carrick.«

»Natürlich.« Einer der Ritter nickte Robert von der Liege her zu, auf der er sich räkelte. Er war untersetzt, hatte dichtes blondes Haar und trug ein träges Lächeln zur Schau, das seine kühlen blauen Augen nicht ganz erreichte. »Eure Familie besitzt in Yorkshire Land in der Nähe von meinem, Sir Robert. Mein Vater kennt Euren gut. Ich bin Henry Percy, Lord of Alnwick.«

In der Stimme des Mannes schwang ein angeborener Hochmut mit, den Robert inzwischen kannte. Er erkannte auch den Namen. Der junge Mann war der Enkel von Earl John de Warenne.

Ein anderer Mann, fast noch ein Junge, grinste und hob grüßend eine Hand. »Willkommen, Sir Robert. Ich bin Thomas.«

Robert neigte den Kopf. Ein paar der anderen erwiderten sein Nicken, der Rest nahm seine Unterhaltung wieder auf. Endlich wandte auch der schwarzhaarige Ritter seinen feindseligen Blick ab.

»Achtet nicht auf Aymer«, murmelte Humphrey, als er Robert zu einem Diener führte, der einen Weinkrug in der Hand hielt. Auf Humphreys Wink hin füllte er zwei Kelche. »Es ärgert ihn, dass ich ihn heute besiegt habe.«

»Aymer?«

Humphrey nippte an seinem Wein. »Aymer de Valence.« Er deutete unauffällig auf den schwarzhaarigen Ritter. »Sohn und Erbe von Sir William de Valence, Earl of Pembroke. Ihr müsst von ihm gehört haben.«

Das hatte Robert in der Tat. Sein Großvater hatte in der Schlacht von Lewes an der Seite von William de Valence gekämpft, und sein Vater war mit ihm auf einem Feldzug in Wales gewesen. Valence, ein in Poitou geborener und aufgewachsener Halbbruder Henrys, war als junger Mann nach England gekommen und einer der Hauptgründe für den Krieg zwischen dem König und Simon de Montfort gewesen. Wenn Aymer Williams Sohn war, machte ihn das zu König Edwards Vetter. »Ich kenne den Ruf der Valences«, gab er vorsichtig zurück.

Humphrey schien ihn zu verstehen, denn er kicherte leise und deutete dann auf den Jugendlichen, der sich als Thomas vorgestellt hatte. »Und das ist Thomas of Lancaster, der Sohn von Earl Edmund, dem Bruder des Königs.«

»Ich glaube nicht, ihn heute bei dem Turnier gesehen zu haben.«

»Das könnt Ihr auch nicht. Er ist erst sechzehn.« Humphrey schürzte anerkennend die Lippen. »Aber sobald er zum Ritter geschlagen worden ist, wird er teilnehmen. Ich habe noch nie jemanden gesehen, der noch so jung und schon so gut ist.« Er leerte seinen Weinkelch und hielt ihn dem Diener zum Nachschenken hin, dann stellte er Robert nacheinander die anderen Männer in der Kammer vor.

Robert lauschte, während er den starken Wein trank. Die Liste der Titel beeindruckte ihn. Trotz ihrer Jugend waren diese Männer die Herren von Englands größten Landsitzen oder würden sie einst erben. Als amtierender und nicht zukünftiger Earl stand Robert rangmäßig über ihnen allen, konnte aber nicht leugnen, dass die Männer, die hier entspannt im Gemach des früheren Königs saßen, über eine ungeheure Macht verfügten. Die Umgebung hätte sich von den wasserfleckigen Mauern Turnberrys nicht stärker unterscheiden können.

Bevor Humphrey Robert mit allen seinen Kameraden hatte bekanntmachen können, flog die Tür auf, und ein Junge stürmte in den Raum. Nachdem er die Tür hinter sich zugeschlagen hatte, duckte er sich hinter eine Liege.

Im nächsten Moment wurde die Tür erneut geöffnet, und ein älterer Mann steckte den Kopf in die Kammer. »Mylords«, stieß er keuchend hervor und starrte die Gruppe an. »Habt Ihr den jungen Master gesehen?«

»Er ist hereingekommen und gleich wieder verschwunden.« Thomas of Lancaster deutete auf eine Tür auf der anderen Seite der Kammer.

»Danke, Master Thomas«, schnaufte der Mann und stapfte auf diese Tür zu. »Ich wünsche Euch noch einen schönen Abend, Mylords.«

Sobald der alte Mann außer Sicht war und seine Schritte verhallten, sprang der Junge mit einem Satz über die Liege und zwängte sich zwischen den grinsenden Thomas und Henry Percy. Er war ziemlich schlaksig, hatte fedriges helles Haar und ein Gesicht, das Robert sehr bekannt vorkam. Erst als Humphrey sich zu ihm beugte, begriff er, dass er den Neuankömmling angestarrt hatte.

»Er sieht seinem Vater ungemein ähnlich, nicht wahr?«

Jetzt erkannte Robert, wessen Züge sich im Gesicht des Jungen widerspiegelten – die des Königs selbst. Dies musste sein Sohn Edward of Caernarfon sein, der Erbe des Throns von England. Robert erinnerte sich an die Jahre zurückliegende Versammlung in Birgham, bei der so viele Männer über die Zukunft dieses Kindes und seiner Hochzeit mit Schottlands Königin geredet hatten. Es kam ihm seltsam vor, sich jetzt mit ihm in einem Raum zu befinden.

Thomas of Lancaster bedeutete einem Diener mit einem Fingerschnippen, einen weiteren Kelch mit Wein zu füllen. »Wenn du es deinem Vater erzählst, streite ich alles ab«, warnte er, als der Diener Edward den Kelch reichte. »Wein ist nicht für die Jungen und Törichten, sondern nur für Männer«, deklamierte er dann so feierlich, als würde er etwas zitieren, was ein Erwachsener einmal gesagt hatte.

Der Junge zog die Brauen zusammen, nahm den Kelch und trank. Weinflecken blieben rund um seinen Mund zurück. »Meinem Vater ist es egal, was ich tue, solange es nicht in seiner Gegenwart geschieht.« Er zuckte die Achseln. »So geht das seit Mutters Tod.« Als er Robert bemerkte, runzelte er die Stirn. »Wer ist das?«

Humphrey wollte gerade an Roberts Stelle antworten, hielt aber inne, als draußen erneut hastige Schritte erklangen. Er hob eine Braue. »Wer ist denn heute Abend noch alles hinter Euch her, Mylord?«

Die Tür wurde geöffnet, und ein in einen gelben, mit einem grünen Adler bestickten Umhang gehüllter Mann trat ein. Robert erkannte das Wappen vom Turnier her.

Der Mann sah sich im Raum um, entdeckte Humphrey und ging zu ihm hinüber.

Humphreys Begrüßungsgrinsen verblasste angesichts der grimmigen Miene des Neuankömmlings. »Was ist geschehen, Ralph?«

»Earl Edmund ist aus Frankreich zurückgekehrt.«

Thomas of Lancaster erhob sich bei der Erwähnung seines Vaters.

»König Philipp hat sein Wort gebrochen und die Gascogne konfisziert. Er hat die an König Edward ergangene Einladung zur Unterzeichnung des Friedensvertrags zurückgezogen und eine Armee in das Herzogtum entsandt.« Der Ritter musterte die schweigenden Männer in der Kammer. »Das ist eine Kriegserklärung.«

23

DIE TÄNZER UND MUSIKANTEN waren verschwunden, die mit Delikatessen beladenen silbernen Platten und die Weinkrüge abgeräumt worden. Alles, was von dem Fest geblieben war, waren der beißende Geruch verbrannten Fleisches und ein paar zertretene Rosenblüten, die den Besen der Diener entgangen waren. Die große Halle wimmelte von Männern, die ihre Stimmen jetzt nicht lachend und singend, sondern voller Zorn erhoben. Das Frühjahrsparlament, das der König einberufen hatte, um seine Hoffnungen für die Befreiung des Heiligen Landes zu erörtern, wurde jetzt von dem Problem Frankreich beherrscht. König Philipp hatte selbst erst kürzlich seine Unterstützung für einen Kreuzzug zugesagt und eine Flotte bauen lassen, um sie gen Osten zu entsenden. Jetzt deutete alles darauf hin, dass diese Schiffe England angreifen würden.

König Edward saß, die Hände um die Lehnen seines Throns gekrallt, auf dem Podest, von dem aus er die versammelten Adeligen überblicken konnte. An diesem Morgen trug er schwer an der Last seiner fünfundfünfzig Jahre; das fahle Licht, das durch die hohen Fenster der Halle fiel, verwandelte sein Haar in stumpfes Silber und betonte sein herabhängendes Lid, den Makel, den er von seinem Vater geerbt hatte. John de Warenne und Anthony Bek hatten sich zusammen mit einigen schwarz gewandeten Sekretären zu ihm auf die Plattform gesellt. Der Rest der Versammlung drängte sich auf in Richtung des Throns ausgerichteten Bänken und lauschte dem Seneschall der Gascogne, der soeben das Wort ergriffen hatte.

»Nachdem wir aus England den Befehl erhielten, die Städte vorübergehend aufzugeben, warteten wir darauf, dass König Philipps Männer kamen und unsere Posten übernahmen.« Der Seneschall blickte zu Edward auf. »Aber es trafen nicht nur Beamte ein, Mylord, sondern eine ganze Armee.« Seine Stimme klang heiser vor unterdrückter Wut. »Sie teilten uns mit, Philipp habe das Herzogtum für verfallen erklärt und betrachte sich jetzt als sein rechtmäßiger Herrscher. Die Ritter, die in Bordeaux, dem Agenais, Bayonne und Blaye einfielen, bliesen in dasselbe Horn. Sie sagten, die Gascogne sei nicht länger englisches Herrschaftsgebiet, und wenn wir je zurückkehrten, würde englisches Blut die Erde tränken.«

»Wie konnte das geschehen?« Der Earl of Arundel erhob sich, als der Seneschall verstummte. »Mylord«, wandte er sich an Edward, »niemand hier konnte ahnen, dass König Philipp nie die Absicht hatte, Euch die Gascogne nach ihrer Kapitulation zurückzugeben oder dass der Friedensvertrag und der Ehekontrakt nur Köder waren, die Euch dazu bewegen sollten, ihm das Herzogtum kampflos zu überlassen. Aber was ich nicht begreife, ist, warum seinen Lügen so bereitwillig Glauben geschenkt wurde.« Er blickte sich in der Halle um. »Und warum niemand von uns über die Bedingungen informiert wurde, die Earl Edmund aus Paris mitbrachte. Ich glaube, ich spreche für viele hier, wenn ich sage, dass wir mit Nachdruck darauf gedrängt hätten, den Friedensvertrag vor der Abtretung des Herzogtums zu besiegeln.«

Robert, der weiter hinten saß, verrenkte sich den Hals, um

den Earl of Lancaster betrachten zu können, der stumm auf einer der Bänke kauerte. Anfangs hatte er sich darüber gewundert, den Bruder des Königs zusammen mit den Baronen und Rittern auf dem Boden zu sehen statt auf dem Podest, hatte dann aber angenommen, es sei vielleicht die Strafe für Earl Edmunds ungeschickt geführte Verhandlungen, die in dieser Katastrophe geendet hatten. Aber falls Edward beabsichtigt hatte, an seinem jüngeren Bruder ein Exempel zu statuieren, war ihm dies nicht gelungen, denn nur wenige der anwesenden Edelleute gaben dem Earl of Lancaster die Schuld. Ihr Ärger richtete sich vornehmlich gegen den Mann auf dem Thron.

»Der König hat sich mit seinen Beamten beraten«, widersprach John de Warenne schroff.

Warenne, dessen graues Haar kurz geschoren war und dessen Augen kampfeslustig flackerten, wirkte aggressiver, als Robert ihn in Erinnerung hatte. Er fragte sich, ob die mit dem Earl vorgegangene Veränderung wohl auf den Tod seiner Tochter, John Balliols Frau, zurückzuführen war.

Der Earl of Gloucester, ein fleischiger Mann mit schütterem kastanienbraunem Haar, stand von seiner Bank auf. Neben dem Earl entdeckte Robert den älteren Edelmann, der auf dem Fest am vorigen Abend vernichtende Kritik am König geübt hatte.

»Er mag sich mit ihnen beraten haben«, hallte Gloucesters scharfe Stimme in der Halle wider. »Aber wie man mir zutrug, hat unser Herr nicht auf seine engsten Vertrauten gehört, sondern seinen Willen einfach durchgesetzt. Der Kanzler riet ihm eindringlich, nicht auf die Bedingungen aus Paris einzugehen, so wie es der Rest von uns getan hätte, hätte man sie uns vorgetragen.« Sein herausfordernder Blick heftete sich auf den König. »Meine Frage, Majestät, würde lauten, warum Ihr so gehandelt habt. Wenn ich die Antwort nicht bereits kennen würde.«

Als die anklagenden Worte des Earl of Gloucester die Luft erfüllten, musterte Robert den König verstohlen. Er hätte nie gedacht, dass der Mann auf diesem Thron, privilegiert, mächtig und Gott allein untertan, verletzlich wirken konnte, aber genau das tat Edward in diesem Moment. Er sah verwundbar und einsam aus; ein starrer Mast, der über einem Meer feindseliger Gesichter aufragte. Da er sich an etwas erinnerte, was er manchmal bei seinem Vater und Großvater bemerkt hatte, begriff Robert, dass dies die Isolation schuf, die große Macht mit sich brachte. Vielleicht hatten die Comyns den richtigen Weg gewählt: Sie bildeten die Macht hinter dem Thron, ohne der Missbilligung der Männer ausgesetzt zu sein.

»Earl Gilbert«, warnte John de Warenne. »Ihr tätet gut daran, Eure Zunge im Zaum zu halten.«

»Warum?«, gab Gloucester ungerührt zurück. »Wenn es mein Schwert ist, das für die Rückeroberung des Herzogtums gebraucht wird? Meine Männer, die in den Kampf ziehen müssen? Wären wir alle von Frankreich dermaßen schändlich hintergangen worden, dann würden wir treu zu unserem König stehen. Aber uns wurde keine Gelegenheit gegeben, Philipps Bedingungen zurückzuweisen. Wir wurden auch nicht mit der Hand einer französischen Jungfrau geködert. Wir waren nicht diejenigen, die sich haben einwickeln lassen. Warum sollen wir Philipp auf einem Silbertablett serviert werden?«

Als sich eine Vielzahl von Stimmen teils zustimmend, teils tadelnd erhob, blickte Robert zu dem alten Earl of Gloucester hinüber, dessen Feindseligkeit gegenüber dem König schon seit vielen Jahren allgemein bekannt war. Gloucester war vor kurzem mit einer der Töchter des Königs verheiratet worden – angesichts seines Rufs eine Überraschung –, aber Edward hatte zweifellos gehofft, genau diese Art von Zwist vermeiden zu können, wenn er den mächtigen Earl in die königliche Familie eingliederte. Robert musste an die Geschichten seines Großvaters über den Krieg zwischen Simon de Montfort und König Henry denken. Edward hatte zu Füßen seines Vaters gelernt, wie gefährlich ein unzufriedener Baron sein konnte.

Weitere Earls erhoben sich, einige bekundeten Gloucester ihre Zustimmung, andere sprangen dem König bei. Robert bemerkte, dass ein Mann, der sich jetzt anschickte, den Earl of Gloucester zurechtzuweisen, neben Humphrey de Bohun gesessen hatte. Das umgängliche, freundliche Gebaren des jungen Mannes war verflogen; er blickte den Sprecher ernst an. Dessen breites Gesicht war dem seinen so ähnlich, dass es sich nur um seinen Vater handeln konnte, den Earl of Hereford und Essex und Konnetabel von England. Hereford war nicht der Einzige, der Edward in Schutz nahm. Anthony Bek verlangte mit dröhnender Stimme, Gloucester zur Verantwortung zu ziehen, weil er es seinem König gegenüber an Respekt hatte fehlen lassen. Edward habe sich nicht nur von seinem Wunsch nach einer neuen Braut leiten lassen, sondern sei ein Opfer seines niederträchtigen Vetters geworden, der wie ein Wolf im Schafspelz Frieden angeboten und auf Krieg hingearbeitet habe. Frankreich und nicht der englische König verdiene ihren Zorn, schäumte er, dabei hob er eine Faust und schüttelte sie, als stünde er an einem Rednerpult.

Edward erhob sich von seinem Thron. »Genug!«

Der schroffe Befehl ließ alle verstummen; diejenigen, die aufgesprungen waren, nahmen nacheinander ihre Plätze wieder ein. Lange sprach der König kein weiteres Wort, sondern stand nur in seinem schwarzen Gewand da wie der fleischgewordene Zorn. Dann schien seine ganze Wut aus ihm zu entweichen, und er senkte den Kopf. »Earl Gilbert hat recht.«

Die Männer wechselten Blicke, viele schielten zu Gloucester hinüber, der Edward anstarrte. Unbehagen und Misstrauen spiegelten sich auf seinem Gesicht wider.

Edward hob den Kopf wieder. »Ich war ein Narr, Philipp zu trauen.«

Einen Moment lang meinte Robert neuerlichen Ärger im Gesicht des Königs aufflammen zu sehen, dann war der Eindruck verflogen, und Edward wirkte nur noch bekümmert und betreten.

»Ich gebe zu, dass mir die Aussicht auf diese Ehe wie ein Segen erschien. Die meisten meiner Kinder sind tot. Ich habe nur einen männlichen Erben, und das ist bei weitem nicht genug.«

Robert, der an König Alexander denken musste, nickte unwillkürlich.

»Nicht Lust, sondern meine Pflicht gegenüber meinem Reich und meinen Untertanen haben mich zu meiner Handlungsweise getrieben, aber ich räume ein, dass sie übereilt und unvorsichtig war.«

Die Barone schwiegen. Gloucester schien sich nicht wohl in seiner Haut zu fühlen, er konnte dem König nicht mehr in die Augen sehen.

Edward stieg die Stufen des Podests hinunter, blieb einen Augenblick vor der Menge stehen, dann kniete er vor den Bänken auf dem Boden nieder. Robert richtete sich auf, um den knienden Monarchen besser sehen zu können. Mit seinem im Morgenlicht grau schimmernden Haar und dem ihn umflutenden schwarzen Gewand wirkte Edward in diesem Moment majestätischer als je zuvor.

»Ich bitte euch um Verzeihung.« Die Stimme des Königs hallte durch den Raum. »Nicht als euer König, sondern als Mann, der so fehlbar ist wie alle Abkömmlinge Adams.« Er hob den Kopf. »Und so, wie ich um Vergebung für meine Torheit bitte, die ich um das Wohl des Reiches willen beging, so bitte ich euch auch um eure Unterstützung. Helft mir zurückzugewinnen, was uns allen gestohlen wurde. Steht zu mir, Männer von England, und ich werde euch nicht noch einmal enttäuschen.«

Der Earl of Hereford erhob sich. »Ich folge Euch, Mylord. Im Leben und in den Tod.«

Humphrey de Bohun sprang ebenfalls auf und stellte sich neben seinen Vater. Sein Gesicht glühte vor Stolz.

Langsam schlossen sich die anderen ihnen an, erhoben sich und schworen Edward die Treue.

»Ritter des Reiches, sattelt eure Schlachtrösser«, donnerte Anthony Bek oben auf dem Podest. »Greift zu euren Lanzen! Wir erobern das Land unseres Königs zurück!«

Robert blickte sich um, als der Earl of Norfolk und der Earl of Arundel und andere, die den König herausgefordert hatten, aufstanden – entweder von Edwards erstaunlicher Rede aufrichtig bewegt oder darüber beunruhigt, zu einer noch sitzenden Minderheit zu gehören. Er wartete noch einen Moment lang ab, dann erhob er sich zusammen mit dem Rest der Männer. Es mochte sich zwar nicht um einen Kreuzzug handeln, aber die Möglichkeiten, die ein Krieg in Frankreich bot, ließen sich nicht leugnen: beschlagnahmte Landsitze, Gefangene, die Lösegeld einbrachten, die Dankbarkeit des Königs. Als sich der Earl of Gloucester grimmig, aber geschlagen von seinem Platz erhob, durchströmte den zwischen den Baronen Englands stehenden Robert leise Vorfreude. Darauf hatte er all die vielen Monate in Irland und die langen Jahre in Carrick und Annandale hingearbeitet. Dies war seine Chance, sich seine Sporen zu verdienen – als Ritter in einer der mächtigsten Armeen der abendländischen Welt.

24

BLAUES ZWIELICHT HÜLLTE DIE BERGE ein, Sterne glitzerten an dem sich über den Felsmassiven und Geröllhängen von Snowdon wölbenden Himmel. Im Schatten der höheren Gipfel floss ein rascher Strom den Grat einer Hügelkette hinab. Die Ufer waren mit dornigen Bäumen und Büschen gesäumt. An diesem Strom rannten zwei Männer entlang, kletterten über Felsbrocken und sprangen in den scharfen, groben Kies hinein. Das Rauschen des Wassers dröhnte in ihren Ohren. Selbst jetzt, im späten August, wo die Sonne die Felder von Gwynedd tief unter ihnen golden gefärbt hatte, war der Fluss noch eiskalt. Der Schrei eines Nachtvogels ließ einen der Männer aufblicken. Er blieb einen Moment lang stehen, um Atem zu schöpfen, während das kalte Wasser seine Beine umspülte, dann setzte er sich wieder in Bewegung, als sein Gefährte sich zu ihm umdrehte, und stieß seinen Speer in das Flussbett, um sich darauf zu stützen.

Bei einem verwitterten steinernen Wegweiser, der aus dem gurgelnden Wasser ragte, erklommen die Männer das Ufer und verschwanden in einem Wald. Der Duft von Erde und wilden Kräutern erfüllte die Luft, und Motten prallten weich gegen ihre Gesichter. Nach einer Weile blieb einer der beiden plötzlich stehen und bedeutete dem anderen mit erhobener Hand, es ihm gleichzutun. Fast geräuschlos lösten sich einige Gestalten aus der Dunkelheit.

»Wer da?«

»Rhys und Hywel aus Caernarfon«, erwiderte einer der Männer. »Wir müssen Madog sprechen.«

Nach einer Pause traten die schattenhaften Gestalten zur Seite und ließen die beiden passieren.

Der Baumbestand wurde spärlicher, und der Boden stieg unter der massigen Silhouette von Snowdon steil zu einem Grasplateau an. Im milchigen Sternenlicht wirkte die auf einem Felshügel thronende Festung silbrig und unversehrt. Rhys' und Hywel wussten jedoch, dass sich am hellen Tag die Narben nicht verbergen ließen; die Brandspuren und klaffenden Lücken im Stein legten Zeugnis von ihrer von Gewalt geprägten Vergangenheit ab. Die Burg hatte nach ihrem Fall acht Jahre als Ruine dagestanden, nur von emsigen Spinnen und Falken bewohnt, die dort jagten. Der Wiederaufbau war ein langwieriger, schwieriger Prozess gewesen, Gerüste balancierten immer noch gefährlich schwankend vor der westlichen Fassade. Die moosüberzogenen Steine waren von den großen Stapeln, in denen sie, dem Verfall preisgegeben, zurückgelassen worden waren, herbeigeschleppt und nach und nach wieder in die Mauern eingebaut worden.

Die beiden Männer folgten dem Pfad, der sich um die Felsen herumschlängelte, und näherten sich dem Burgtor. Fackeln brannten auf der Brustwehr, auf der die Umrisse einiger Wachposten zu erkennen waren. Nachdem diese ihnen einige Fragen gestellt hatten, eilten die zwei über den Hof, in dem es von meckernden Ziegen und blökenden Schafen wimmelte. Männer in wollenen Umhängen ließen Bierkrüge kreisen. Aus Torf und Holz gefertigte Hütten zogen sich an den Mauern entlang, würzige Essensdüfte mischten sich mit dem unerfreulichen Gestank einer Latrine. Die beiden Neuankömmlinge stiegen die Außentreppe des Bergfrieds empor und betraten eine dämmrige Halle, deren Boden und Wände grün vor Flechten waren. In einer Grube in der Mitte prasselte ein Feuer, der Rauch stieg zu der mit Löchern übersäten Decke empor, wehte durch die Ritzen in das obere Stockwerk und dann zum Dach hoch, das sich teilweise zu dem sternenübersäten Himmel öffnete. Einige Männer saßen auf Holzklötzen rund um das Feuer. Sie blickten sich um, als Rhys und Hywel näher kamen.

Einer von ihnen, der Jüngste, dessen scharfe Augen unter einem rußschwarzen Haarschopf leuchteten, erhob sich. »Ihr hättet eure Posten erst in zwei Monaten verlassen sollen.«

Hywel trat vor. »Wo ist Lord Madog, Dafydd?«

»Hier.«

Ein breitschultriger Mann kam die knarrenden hölzernen Stufen vom oberen Stockwerk herunter. Sein schwarzes Haar war vom Schlaf zerzaust, Bartstoppeln bedeckten sein Kinn. Er ging quer durch die Halle auf sie zu und schlang dabei seinen pelzbesetzten Umhang enger um seine muskulösen Schultern. Dem jungen Mann am Feuer warf er einen kurzen Blick zu. »Bleib sitzen, Bruder«, sagte er, bevor er sich an die beiden Besucher wandte. »Warum seid ihr gekommen?«

»Die Engländer ziehen ab, Madog«, erwiderte Hywel. Seine Brust hob und senkte sich nach dem anstrengenden Anstieg schwer, aber seine Augen glitzerten. Er hielt inne, um sich zu räuspern.

Madog gab einem der Männer am Feuer einen Wink. »Hol ihnen etwas zu trinken.«

»Es fing vor über einer Woche an.« Hywel nahm dankbar den Becher Bier entgegen, der ihm gereicht wurde. Er stürzte die

Hälfte des Inhalts hinunter, bevor er ihn an Rhys weitergab. »Aus England kam die Nachricht, dass der König von Frankreich die Gascogne wieder an sich gerissen und König Edward ihm den Krieg erklärt hat. Die Garnison von Caernarfon wurde zu den Waffen gerufen.«

»Laut der Informationen einiger der Männer dort ist dasselbe in Conwyn und Rhuddlan passiert«, warf Rhys ein. »Überall in Gwynedd – überall in Wales ziehen englische Soldaten ab. In den Burgen bleiben nur wenige zurück. Das ist unsere Chance, Madog!«

»Aber die Städte werden noch von englischen Siedlern wimmeln.« Dafydd trat zu ihnen und blieb neben seinem Bruder stehen.

»Ohne Soldaten, die sie beschützen, sind sie so hilflos wie Lämmer in einem Pferch.« Madog blickte tief in Gedanken versunken zu der maroden Decke empor.

»Das ist noch nicht alles«, fuhr Hywel fort. »König Edward lässt durch englische Beamte überall in Gwynedd verkünden, dass die Männer von Wales kämpfen sollen. Wir sind alle aufgerufen, ihm in Frankreich zu dienen.«

Madogs Züge verhärteten sich. »Ruft die Männer zusammen«, befahl er, bevor er sich an Dafydd wandte. »Bring mir die Truhe meines Vetters.«

Die Männer am Feuer – seine Anführer – waren allesamt aufgesprungen.

Madog beantwortete die unausgesprochene Frage in ihren Augen mit einem Nicken. »Die Zeit ist gekommen.«

Rund um den Hof brannten Fackeln, Funken stoben im Dunkeln auf, bevor sie erloschen. Madog stand, in seinen pelzbesetzten Umhang gehüllt, auf den Stufen des Bergfrieds. Der beschädigte Turm ragte hinter ihm auf. Neben ihm standen seine Anführer, darunter sein jüngerer Bruder Dafydd, zu seinen Füßen eine Holztruhe mit einer silbernen Inschrift in der alten britischen Sprache auf dem Deckel. Die Gesichter seiner Männer schimmerten im Fackelschein rötlich. Alle warteten schweigend ab. Madog musterte sie, las Hoffnung und Furcht, Hunger und Vorfreude in ihren Zügen.

Einige lebten seit Jahren, seit dem Tod von Llewelyn ap Gruffudd, mit ihm in der Wildnis. Lange Zeit hatten sie sich versteckt, um die Wunden zu lecken, die die Engländer ihnen bei ihrem über ein Jahrzehnt zurückliegenden Eroberungsfeldzug beigebracht hatten, in dessen Rahmen die Hoffnungen auf ein freies Wales unter den Hufen der englischen Kavallerie zermalmt worden waren. Andere Männer, die nicht willens gewesen waren, unter dem Joch englischer Beamten und ihrer seltsamen Gesetze zu leben, hatten sich ihm im Lauf der Jahre angeschlossen, während derer die fremden Siedler neue Städte gegründet, mit ihren eigenen Leuten besetzt und die Waliser gezwungen hatten, englische Sitten anzunehmen und sich ihrer Herrschaft zu beugen.

Madog begann zu sprechen. »Unten in den befestigten Städten und Burgen, in den luxuriösen Hallen englischer Besatzer, bezeichnen sie uns als Vogelfreie. Aber das trifft nicht zu, denn wir unterwerfen uns keinen englischen Gesetzen, sondern nur denen des Königreichs Gwynedd. Einige von euch betrachten sie als Gefangene, die in den Weiten unserer Berge festsitzen. Ich aber sage, wir sind weder Vogelfreie noch Gefangene. Hier oben, in Freiheit, sind wir Könige!«

Hier und da wurden seine Worte zustimmend aufgenommen. Ein paar Männer lachten anerkennend.

Madog fuhr fort: »Wir haben lange auf die Chance gewartet, unser Land zurückzuerobern. Nun ist sie da. Edwards Städte wurden ohne Schutz zurückgelassen, die Soldaten abberufen, um in seinen Krieg zu ziehen. Auch wir sollen für diesen König kämpfen, dessen Steuereintreiber unser Volk vor langer Zeit in die Armut getrieben haben. Aber wir werden unsere Speere nicht für diesen Tyrannen heben!«

Die Rufe der Männer wurden lauter.

»Sondern wir richten sie gegen ihn!«

Die Männer stießen röhrend die Schäfte ihrer Speere auf den Boden.

Madog erhob die Stimme über das donnernde Gebrüll. »Wir haben in den Burgen im Süden und Westen Verbündete; Krieger, die für unsere Sache kämpfen werden. Wir haben Waffen. Wir haben den Willen!«

Das Gejohle hielt an, entbehrte jetzt aber jeglicher Fröhlichkeit.

»Seit Jahrhunderten spricht unser Volk von dem *mab darogan*, dem Krieger, der uns zum Sieg über die fremden Invasoren führt – dem Mann, der eine neue Ära einleiten wird. Der Prophet sagt, er kommt mit Zeichen und Omen.« Madog gab seinem Bruder einen Wink. »Ich sage, dies ist unser Zeichen! Dies ist unser Omen!«

Dafydd kauerte sich neben die hölzerne Truhe und öffnete sie. Behutsam, voller Ehrfurcht entnahm er ihr einen schmalen goldenen Stirnreif. Das Metall wies stellenweise Kratzer und Dellen auf. Als er ihn seinem Bruder reichte, verklangen die Rufe der Männer.

Madog stand vor ihnen, sein schwarzes Haar wehte im Nachtwind. »Diese Krone wurde einst von einem Mann getragen, dessen Blut auch in meinen Adern fließt. Ehe der mächtige Llewelyn im Kampf fiel, gab er sie an mich weiter. Ich verbarg sie vor König Edward, als er kam, um nach ihr zu suchen, weil er sich ihrer Macht selbst bedienen wollte.« Madog hielt die Krone in die Höhe. Sein Herz hämmerte. Seit über einem Jahrzehnt hatte er sein Leben einzig und allein auf diesen Moment ausgerichtet. »Jetzt ist für uns die Zeit gekommen, den Schutz dieser Hügel zu verlassen und unsere Speere gegen unsere Feinde zu erheben. Und ich werde euch anführen, aber nicht als Madog ap Llewelyn, sondern als euer Prinz, denn ich halte die Artuskrone in meinen Händen, und wer diesen Reif trägt, soll der alten Prophezeiung gemäß der Prinz von Wales sein!«

CAERNARFON, WALES
A.D. 1284

Draußen schrien die Vögel, kündigten die Morgendämmerung an, als wären sie Gottes Boten, denen der Befehl erteilt worden war, die Sterblichen zu wecken. Möwen und Gänse, Reiher und Kormorane – kleine Drachen, wie einige der englischen Soldaten, die nie zuvor das Meer gesehen hatten, sie zu nennen pflegten.

Edward lag schweigend da und lauschte ihrem heiseren Krächzen, während er durch einen Spalt zwischen den Bettvorhängen die Wand anstarrte, auf der sich im Lauf der letzten Stunde ein immer größer werdender Lichtfleck gebildet hatte. Das Leinenlaken unter seinem Rücken war feucht. Er hatte in dieser Nacht vielleicht zwei Stunden geschlafen, fühlte sich aber nicht müde. Ein weiteres Geräusch, ein lautes Greinen, mischte sich in den Chor der Vögel, hallte durch den Gang und unter der Tür der Schlafkammer hindurch. Edward sah seine Frau an, die warm und geborgen neben ihm lag. Ihr schwarzes, von grauen Strähnen durchzogenes Haar flutete über das Seidenkissen. Sie rührte sich nicht. Nach einem Moment setzte er sich auf, wobei ihm die pelzgefütterte Decke bis zur Taille herunterrutschte. Auf dem Boden unter seinen Füßen lag ein weicher Läufer, einer von den vielen, die Eleanor zusammen mit ihrem Bett und dem Rest der Möbel unbedingt hatte mitnehmen wollen. Dieses Bett und die Läufer waren quer durch die Grafschaften Englands, über die Grenze und in Snowdonias bergiges Herz gereist.

Als Edward die Kammer durchquerte, fröstelte er in der Morgenluft. Er zog seine Hosen an und schnürte sie zu. Als er nach seinem Hemd griff, fiel sein Blick auf sein Bild im Spiegel. Eine hochgewachsene Gestalt stand im Dämmerlicht, mit langen, muskulösen Beinen, breiter Brust und kräftigen Armen. Der Feldzug hatte seine körperliche Verfassung gestärkt, er war wieder in fast so guter Form wie in seiner Jugend. Aber er konnte weder das Grau in seinen Haaren noch die Furchen auf seiner

Stirn auslöschen, die in der letzten Zeit wesentlich tiefer geworden waren. Vor zwei Monaten hatte er seinen fünfundvierzigsten Geburtstag gefeiert, und diese Jahre spiegelten sich in seinen Augen und seiner rauen, braunen, von Sonne und Wind gegerbten Haut wider. Edward wandte sich von dem Spiegel ab, streifte erst sein Hemd über, dann ein Gewand, das von einem Gürtel zusammengehalten wurde, und zuletzt ein paar Lederstiefel, die allen Versuchen seines Pagen getrotzt hatten, sie auf Hochglanz zu polieren – sie blieben abgewetzt und verkratzt. Er verließ die Kammer und ging den Gang hinunter.

Das Greinen war lauter geworden und wurde jetzt von leisem Gesang begleitet. Edward blieb vor der geschlossenen Tür stehen. Die hungrigen Schreie schmerzten in seinen Ohren. Er hörte die Amme über den Boden tappen, als der Säugling kurz verstummte, um Luft für das nächste Gebrüll zu holen. Edward schloss die Augen, legte eine Hand auf das Holz und kostete das Geräusch aus. Erst vor einer Woche war ein Bote aus London eingetroffen, um ihm mitzuteilen, dass sein ältester Sohn in Westminster gestorben war, ohne Vorwarnung dahingerafft wie so viele seiner Kinder im Laufe der Jahre.

Das erste war, nicht lebensfähig, schon im Mutterleib gestorben, das zweite, sein in der Gascogne geborener kleiner Engel Katherine fünf Monate nach der Schlacht von Lewes im Alter von drei Jahren. John war nur acht Monate alt geworden und Henry sechs. Zehn von ihnen waren tot, nacheinander gestorben, und jetzt hatte sich Alfonso, sein prächtiger Junge, bei dem er so sicher gewesen war, dass er am Leben bleiben und eines Tages die Krone tragen würde, ihnen angeschlossen. Das wütende Kind hinter der Tür, sein sechzehntes, im Krieg geboren und nach ihm benannt, war jetzt sein einziger Sohn und Englands einziger Erbe. Die lauten Schreie waren ein Trost, dem Edward noch einen Moment lang lauschte, ehe er die Treppe hinunterstieg und ins Freie trat.

Der Himmel flammte über den Bergen in der Ferne rotgolden auf, während er über das Wasser der Straße von Menai und den kleinen Höcker der Insel Anglesey hinwegblickte, der noch immer von einem milchweißen Mond erleuchtet wurde. Vögel zogen über dem Ufer der Flussmündung, die entlang der Südmauern der Burg in die Meerenge strömte, ihre Kreise. Edward konnte den Salzgeruch riechen; er überdeckte den süßen Duft der Holzspäne, der aus dem Gebäude kam, das er gerade verlassen hatte. Die Gemächer waren für ihn und seine schwangere Frau erbaut und für ihre Ankunft in Caernarfon im Frühjahr vorbereitet worden. Hier hatte Eleanor ihren Sohn zur Welt gebracht, wie er es sich gewünscht hatte – als greifbaren Beweis für die eroberte Nation, dass ihr Land jetzt ihm und seinem Erben gehörte. Die massive steinerne Burg, die rund um die königlichen Gemächer allmählich Gestalt annahm, befand sich noch in der Anfangsbauphase, aber er konnte bereits erkennen, was für ein mächtiges Bollwerk sie einst werden würde.

Der Graben war bereits ausgehoben und ausgekleidet, die Fundamente für die großen Türme und Mauern von Hunderten von Arbeitern gelegt worden. Die Steine stammten aus den Steinbrüchen von Anglesey und wurden per Schiff über die Meerenge gebracht. Die Mauern der Burg und der dahinter liegenden Stadt wuchsen ständig, Block für Block, jeder Zoll strotzte vor Gerüsten, und dichte Staubwolken hingen in der Luft. Stellenweise war sogar die fast zwanzig Fuß dicke Basis des einen oder anderen Turms zu sehen. Türen, hinter denen sich noch nichts befand, standen offen, Seitentore bildeten Löcher in unvollendeten Mauern, Wendeltreppen schraubten sich ins Nichts empor. Nur ein Turm, der größte, der vor ihm und über der Meerenge aufragte, hatte bereits ein erstes Stockwerk. Edward hatte die Pläne seines obersten Steinmetzes James of St. George gesehen und konnte im Geist das leere Blau des Himmels mit einem Bauwerk ausfüllen, das, drei Stockwerke hoch, von drei rechteckigen Türmchen gekrönt wurde, auf denen lebensgroße steinerne Adler saßen.

Das an einem Ort, an dem tausend Jahre zuvor eine römische Festung finster über das Wasser zu dem Druidenbollwerk auf der Insel Anglesey hinübergeblickt hatte, erbaute Caernarfon sollte die größte Burg in dem eisernen Ring werden, den er rund um die Küste gezogen hatte; das in Stein festgehaltene Zeugnis seiner Gegenwart. Hinter den neuen Stadtmauern zerbröckelte der moosüberwucherte Rest der Stärke Roms, aber Edward hatte der Macht der Geschichte Tribut gezollt, und seine im Stil der römischen Wälle von Konstantinopel gehaltene Festung würde tief im Herzen des besiegten Wales von imperialistischer Unüberwindlichkeit zeugen.

Als er auf den unvollendeten Turm zuschritt, huschten Dienstboten im Morgengrauen an ihm vorbei. Stallburschen versorgten Pferde, Mägde trugen Körbe mit Vorräten, und Knappen schürten Feuer. Eine Reihe von Frauen befand sich mit Wäschekörben auf dem Weg zum Flusstor. Einige Männer verneigten sich, als er den schlammigen Boden überquerte, andere gingen ihren Tätigkeiten nach, ohne zu bemerken, dass ihr König an ihnen vorbeiging, eine einsame Gestalt im frühen Licht, höher gewachsen als die meisten, mit vor Schlafmangel tief in den Höhlen liegenden Augen. Als er zwischen den taufeuchten Zelten seiner Ritter hindurchschritt, bemerkte Edward umgestürzte Bierfässer und roch den sauren Gestank von Erbrochenem. Die Feiern, die er in dem vierzig Meilen von Caernarfon entfernten Dorf Nefyn veranstaltet hatte, waren zweifellos hier fortgesetzt worden. Er konnte es den Männern nicht verübeln, denn es war ein kräftezehrender Feldzug gewesen, sein vierter in diesem unwirtlichen Land, in dem so viele Rebellionen angezettelt worden waren, und der ihn gezwungen hatte, erneut tief in die Taschen seiner Untertanen zu greifen.

Sieben Jahre zuvor hatte Edward gedacht, Llewelyn ap Gruffudd ein für alle Mal unterworfen zu haben. Nachdem er aus dem Heiligen Land zurückgekehrt war, um sich die Krone seines Vaters auf sein Haupt zu setzen, hatte er keine Zeit verschwendet und den selbst ernannten walisischen Prinzen in seine Schranken gewiesen. Er hatte riesige Armeen nach Wales geführt, Llewelyns frühere Erfolge zunichtegemacht und ihn und seine Männer in die Wildnis von Snowdonia verbannt. Doch es stellte sich bald heraus, dass sein Feldzug das Problem nicht endgültig gelöst hatte. Erst vor zwei Jahren hatte sich der Prinz erneut gegen ihn aufgelehnt – und ganz Wales mit ihm. In herausfordernden Briefen verkündete Llewelyn, dass Wales nur den Walisern gehören und er als rechtmäßiger Abkömmling von Brutus, dem Gründer Britanniens, über das Land herrschen würde. Diese Berufung auf die von Geoffrey of Monmouth niedergeschriebene Geschichte des Landes hatte Edward zutiefst verdrossen; fast ebenso sehr wie die berühmte Krone, die der Prinz auf dem Kopf trug. Also fiel er erneut in Wales ein, diesmal entschlossen, das Land ohne Gnade und Erbarmen zu erobern.

Hier in Gwynedd hatte Edward jedoch eine der verheerendsten Niederlagen seines Lebens erlitten. Seine besten Befehlshaber, die sich auf einer Erkundungsmission befanden, hatten die Nordküste angegriffen, da sie auf einen raschen Sieg über die zahlenmäßig unterlegenen walisischen Truppen bauten. Doch sie wurden in dem ihnen unbekannten Gelände von Llewelyns Männern überrumpelt und überwältigt, und Hunderte von Engländern verloren ihr Leben. Als Edward von den Triumphliedern der Rebellen erfuhr – neue Versionen derer, die die Waliser über ihn gesungen hatten, nachdem Llewelyn viele Jahre zuvor seine Armee nahezu vollständig ausgelöscht hatte, kannte seine Wut keine Grenzen. Grimmig entschlossen, sein erneut gefährdetes Königreich zu verteidigen, kämpfte er auch den ganzen walisischen Winter hindurch weiter, obwohl ihm die Stürme und die Gerissenheit des Gegners schwer zusetzten. Während die Waliser ihm in den Hügeln auswichen, heuerte er Hunderte von Holzfällern an, die breite Schneisen durch die unwirtlichen Wälder schlugen und den Weg für weitere Truppen sowie die Arbeiter freimachten, welche eine massive steinerne Festung errichten sollten; eine sichere Basis, von der aus er die Waliser attackieren konnte.

Edward erreichte den von Gerüsten umgebenen Fuß des Adlerturms, ging an den Wachposten vorbei, die ihn ehrerbietig grüßten, betrat das Vestibül und stieg die Stufen zum ersten Stock empor. Die große zehnseitige Kammer, die sich vor ihm öffnete, flirrte vor Staub, der in der Luft waberte. Hier war der Großteil der königlichen Besitztümer verstaut, an den Wänden reihten sich Truhen und Möbelstücke. In der Mitte stand ein runder Tisch aus cremefarbenem Holz.

Edward blieb davor stehen. Sein Blick wanderte über die lateinischen Inschriften rund um den Rand. Die von den Zimmerleuten kunstvoll in das Eichenholz geschnitzten Buchstaben ergaben Namen: Kay, Galahad, Gawain, Mordred Bors, Parsifal. Vierundzwanzig Namen für vierundzwanzig Ritter. Er hatte ihn anlässlich der Feierlichkeiten in Nefyn anfertigen lassen, als Symbol für das Ende eines Krieges und die Gründung eines neuen Ordens; eines Ordens, der sich aus Männern zusammensetzte, die ihm in die Hölle gefolgt waren und auf deren Loyalität er bedingungslos zählen konnte. Dahinter war an der glatten Wand das Drachenbanner befestigt, das er einst vor über zwanzig Jahren auf den Turnierfeldern der Gascogne getragen hatte. Damals war er nur dem Namen nach Artus gewesen, hatte eine Turniermaske getragen, die seine Gegner in Angst und Schrecken versetzen und bei seinen Anhängern Respekt hervorrufen sollte. Jetzt stand er dem Ruf des legendären Königs in nichts nach, er hatte sein Reich ausgeweitet, und seine Herrschaft über Britannien war nahezu lückenlos. Nach zwei Jahren hatte er erreicht, was so viele englische Könige angestrebt, aber nie verwirklicht hatten: die Eroberung und Unterwerfung von Wales.

Als das goldene Sonnenlicht, das durch die Fenster des unvollendeten Turms flutete, sich über den Tisch und das Drachenbanner ergoss, schmeckte Edward die Bitterkeit dieses Sieges.

Llewelyns abgetrennter Kopf schmückte jetzt die Zinnen des Towers von London, seine Männer waren gefangen genommen oder getötet worden. Die Lieder der Barden kündeten von tiefer Verzweiflung, flehten Gott an, ihr Land mit Wasser zu überschwemmen. Neue Städte entstanden, englische Siedler strömten herbei und trieben die Waliser in bittere Armut. Für die *englischen Sheriffs und Gerichtsbeamten, die die Region unter einem Justiziar regieren würden, wurden Gesetze erlassen und entlang der Küste immer mehr Festungen errichtet. Aber für ihn fehlte noch ein entscheidendes Puzzleteil.*

Edward trat zu einer der Truhen an der Wand und beugte sich darüber, um einen in schwarze Seide gewickelten Gegenstand herauszunehmen. Er ging zum Tisch, legte das Paket darauf und schlug die Seide zurück. Ein Buch kam zum Vorschein. Die Morgensonne fiel auf die Buchstaben auf dem Einband:

»Die letzte Prophezeiung des Merlin«

Als er die weichen Seiten umblätterte, konnte er die aus gemahlenen kostbaren Steinen, Eiern und Wein gefertigte Tinte riechen. Die Farben leuchteten, an den Rändern rankten sich Fabeltiere, Blumen und Vögel. Edward hatte seinen Rittern dieses Buch in Nefyn präsentiert, dem Ort, an dem die Prophezeiungen des Merlin entdeckt worden waren, die Geoffrey of Monmouth dann für die Welt übersetzt hatte. Eine Seite zeigte das Bild eines Mannes, der vor einer mächtigen Festung stand, hinter der grüne Berge aufragten. In seinen Händen hielt er einen schlichten Goldreif. Es war dieses Bild, das Edward seit Monaten vor sich sah – vor allem, wenn er sich zu Bett begab und die Ereignisse des Tages in der Stille verblassten. Er hatte die Anhänger Llewelyns, die ihm in die Hände gefallen waren, eingehend befragt und dann gefoltert, aber entweder hatten sie wirklich nichts gewusst oder sich sogar im Angesicht des Todes geweigert, ihm zu sagen, wo das zu finden war, was er seit zwanzig Jahren in die Hände zu bekommen suchte, den Gegenstand, der ganz Wales gegen ihn vereint hatte: die Artuskrone.

25

DAS FEUER FLACKERTE AUF, als der Wachposten in der Glut stocherte. Er schützte seine Augen mit einer Hand vor der Hitze, nahm mit der anderen zwei Holzscheite aus dem Korb und warf sie in die Flammen, die sofort gierig daran leckten, während Insekten aus der Rinde krochen, hell aufloderten und dann verglühten.

»Hugh.«

Der Wächter drehte sich um und sah, dass Simon ihm einen Becher Bier hinhielt. Ulf, der Älteste von ihnen, saß auf einem der Fässer und hatte sein geschientes Bein, das er sich bei einem Sturz gebrochen hatte, vor sich ausgestreckt. Sein Stock lehnte an der Wand; auch er hielt einen Becher in seiner knorrigen Hand.

»Einen für jeden?« Hugh richtete sich stöhnend auf und wischte sich die rußverschmierten Finger an seinem Wams ab. »Teilen wir nicht mit den anderen?«

»Warum?«, fragte Simon, den Becher leicht schüttelnd. »Jetzt, wo die meisten von uns fort sind, bleibt für den Rest mehr von den Vorräten übrig.« Er grinste, wobei er braune Zahnstümpfe entblößte, als Hugh den Becher entgegennahm.

»Lass das nicht den Kommandanten sehen«, warnte Hugh, ehe er auf einem Stuhl vor dem Feuer Platz nahm.

»Wie soll er mich sehen, wenn er eine halbe Meile weit weg ist?« Simon stürzte das Bier hinunter, das einen weißen Schaumbart auf seiner Lippe hinterließ.

Hugh nippte langsam an der süß nach Malz schmeckenden Flüssigkeit. Es hatte vielleicht auch Vorteile, zu denen zu gehören, die zurückgelassen worden waren.

Simon beugte sich rülpsend vor und stützte die Arme auf die Schenkel. »Glaubst du, wir wären in Frankreich besser bezahlt worden?«, wandte er sich stirnrunzelnd an Hugh.

Ehe dieser antworten konnte, stieß Ulf einen Grunzlaut aus. »In unserem Alter? König Edward braucht Schlachtrösser, keine abgehalfterten Klepper.«

»Ich bin zehn Jahre jünger als du«, grollte Simon.

Ohne auf ihr Geplänkel zu achten, leerte Hugh seinen Becher. »Ich drehe dann besser eine letzte Runde.«

»Bald Zeit, schlafen zu gehen«, brummte Ulf und lehnte den Kopf gegen die Wand. »Ich könnte schwören, dass diese Wachen jede Nacht länger werden.«

»Das kommt dir so vor, weil es im Herbst früher dunkel wird.« Hugh ging an den ordentlich an der Wand aufgereihten Schwertern, Bogen und Schilden vorbei und duckte sich in den Gang, der auf die oberste Plattform des Torhausturms hinaufführte.

Die Luft, die ihm in dem gewundenen steinernen Treppenhaus entgegenschlug, war eisig, und Hugh fröstelte, als die Wärme des Feuers aus seinem Gesicht und seinen Händen wich. Als er sich der Spitze näherte, trieb der Wind ihm Staub in die Augen, und er musste den Kopf einziehen. Das Torhaus mit den Zwillingstürmen sowie die Stadtmauer, von der es aufragte, war schon vor einigen Jahren fertig gestellt worden, trotzdem hing noch immer Sand in der Luft. Lange Zeit hatte Hugh den Essig riechen können, mit dem der Kalk zu grauem Mörtel gemischt worden war. Einer der Steinmetzlehrlinge hatte ihm erklärt, das solle die Mauern vor den Brandgeschossen der Belagerungsgeräte schützen, aber Hugh wusste nicht, ob das stimmte oder nicht.

Als er auf die windige Plattform hinaustrat, zog er sich seine Kappe fest über die Ohren und blickte über die Stadt Caernarfon hinweg. Wolken zogen langsam über den Nachthimmel, doch dazwischen schimmerte schon das schwache Blau des neuen Tages. Nur noch eine Stunde, dann konnte er endlich schlafen. Sein Blick schweifte über die stillen Straßen und dunklen Obstbaumhaine zu dem Flickwerk der Gemüsegärten. Sie waren fast abgeerntet und die Vorräte für den Winter eingelagert worden. Glimmende Punkte verrieten, dass einige Leute noch wach waren und Feuer oder Kerzen entzündet hatten, aber viele waren es nicht. Im letzten Monat hatte in der Stadt eine ungewöhnliche Ruhe geherrscht, nachdem der größte Teil der Garnison und viele der jüngeren Männer auf Befehl des Königs in die Gascogne gezogen waren.

Hughs Blick wanderte zu den südwestlichen Mauern, die sich am Wasser der Straße von Menai entlangzogen. Zwischen den Feuern in den Wachtürmen lagen lange dunkle Abschnitte; die Mauern der Stadt und der Burg, die sich als großer eckiger Schatten in der Ferne erhob, waren nur spärlich bemannt. Die Türme auf der Seeseite der Burg waren fertig gestellt, aber die zur Stadt gerichteten Mauern, stellenweise nur zwölf Fuß hoch, wurden noch immer von Gerüsten verdeckt. Der Graben und die hölzerne Barrikade, die das Bauwerk seit Beginn der Arbeiten vor zehn Jahren schützte, existierten noch, waren aber seit der Vollendung der Stadtmauer weitgehend überflüssig geworden. Allerseelen rückte näher, und dann würden die Bauarbeiten bis zum Frühjahr ruhen, da viele Arbeiter in ihre Heimat zurückkehrten. Hugh dachte flüchtig an sein eigenes Heim im fernen Sussex, während er die Burg anstarrte, und fragte sich, wie man sich wohl fühlte, wenn man ein so monumentales Bauwerk in Auftrag geben konnte. Dem Prozess haftete etwas Gottähnliches an, und doch hatte König Edward seine Schöpfung Caernarfon seit Baubeginn nicht mehr gesehen.

Als er Schafgeblöke hörte, überquerte Hugh die Plattform und spähte über den Graben hinweg, der die Stadt von den sich dahinter erstreckenden Baumgruppen und nebelverhangenen Feldern trennte, hinter denen sich die fernen Berge gen Himmel reckten. Für Wölfe war es noch zu früh im Jahr. Es konnte sich also um Diebe handeln, aber diese wurden für gewöhnlich von den Schäfern und ihren Hunden verjagt. Er konnte sie sehen: eine große, auf einem weitläufigen Feld verstreute Herde und die Bewegungen im Dunkel, vor denen die Schafe flohen. Schatten huschten an der Baumlinie entlang. Auf der anderen Seite der Bäume entdeckte Hugh noch mehr von ihnen, Hunderte, und alle rannten in dieselbe Richtung: auf den Graben, auf die Stadt zu. Hugh erstarrte vor Schreck, dann stieß er sich von der Brustwehr ab und stürmte die Wendeltreppe hinunter, dabei brüllte er aus vollem Hals: »Zieht die Brücke hoch!«

Er stolperte die letzten Stufen hinunter. Seine Finger kratzten Staub von der Wand, als sie sich Halt suchend daran festkrallten. Er erlangte das Gleichgewicht wieder, hastete weiter und prallte in der Nähe des Fußes der Treppe mit Simon zusammen, der nach oben jagte. »*Die Zugbrücke hoch!*«, herrschte Hugh ihn an und stieß den Mann vor sich her.

Im Wachraum hatte sich Ulf mit verquollenen Augen und verwirrt von seinem Fass erhoben. »Werden wir angegriffen?«

»Hier?« Hugh griff zwei Schwerter und reichte ihm eines davon.

Simon war blass geworden, nahm aber einen Schild und ein Schwert von dem Waffenstapel. »Wie viele sind es?«

»Hunderte«, fauchte Hugh. »Vielleicht noch mehr.«

»Großer Gott«, keuchte Ulf. Seine Augen wurden klar, als er Hugh und Simon zu dem Bogengang folgte, der eine enge Treppenflucht hinunter zum untersten Stock des Turms führte. Dort war eine kleine Kammer in die dicken Mauern eingelassen, die die Winde für die Zugbrücke beherbergte, die den Graben überspannte.

Zu Beginn der Bauarbeiten kurz nach dem Krieg, als die Stadtmauern und Türme nur langsam wuchsen, war die Zugbrücke jeden Abend hochgezogen worden. Aber in den letzten Jahren, als die Arbeiter ständig kamen und gingen, hatten sie sich stattdessen auf die Fallgitter verlassen, um Diebe und Bettler fernzuhalten.

Sowie Hugh die letzte Stufe erreicht hatte, rief er dem ungeschickt auf seinem verletzten Bein herbeihinkenden Ulf zu: »Schlag Alarm. Wir betätigen die Winde.«

Von der anderen Wasserseite wehten schwache Geräusche herüber, das dumpfe Stampfen zahlreicher Füße auf der gefrorenen Erde.

Hugh und Simon betraten die Windenkammer, während Ulf die letzten Stufen hinunter und in den von dem Fallgitter überspannten Gewölbebogen zwischen den Türmen hinaushumpelte. In einem Wandhalter brannte eine Fackel. Ulf blieb in ihrem Schein stehen und starrte zwischen den eisernen Stäben des Gitters hindurch über die Brücke hinweg zu der anderen Seite des Grabens. Ein Meer von Männern wogte vom Wald her heran. Ulfs Augen weiteten sich. Er konnte sehen, dass einige der Männer Leitern trugen und dass es sich bei den Waffen in ihren Händen nicht um Schwerter oder Speere, sondern um Äxte, Hämmer und Hacken handelte – als wären sie eine Arbeiterschar, die sich anschickte, ihr Tagwerk zu beginnen. Als sich die Seile der Zugbrücke spannten und die Bohlen erzitterten, hörte Ulf Hugh und Simon vor Anstrengung grunzen und die so lange nicht benutzte Winde protestierend quietschen. Die erste Angreiferwelle schwappte auf die Brücke zu.

Ulf, der im Fackelschein förmlich zu Stein erstarrt war, sah nicht, wie ein Mann am Ufer einen Pfeil aus dem Köcher an seinem Gürtel zog, sah nicht, wie er ihn an die Sehne seines Bogens legte, zielte und schoss. Der Pfeil schwirrte durch die Dunkelheit, unsichtbar bis zum letzten Moment, als Ulf, der sich zu dem Turm umdrehte, in dem die Glocke hing, die Federn am Schaft aufblitzen sah. Aber es war zu spät, der alte Wächter wurde nach hinten geschleudert, als das Geschoss sein Wams durchbohrte und tief in sein Fleisch drang. Ihm blieb keine Zeit mehr, einen Laut auszustoßen. Hinter dem Fallgitter hob sich die Zugbrücke langsam, doch die ersten Angreifer sprangen bereits auf die Bretter, und ihr Gewicht drückte sie wieder nach unten.

»Ulf! Um Christi willen!«, schrie Hugh, während er an der Winde kämpfte. »Die Glocke!« Als er nichts als trommelnde Schritte hörte, ließ er Simon am Windenhebel zurück, rannte hinaus und warf sich zur Seite, als ein Pfeil an ihm vorbeisurrte. Ulf lag ein paar Fuß von ihm entfernt auf dem Boden. Fluchend kauerte Hugh sich nieder und spähte um den Rand der Öffnung. Dahinter erblickte er eine Vielzahl von Männern, die alle atemlos vor sich hin murmelten. Die Waliser kamen nur tagsüber nach Caernarfon, um Handel zu treiben. Die meisten von ihnen waren verbannt worden, als König Edward beschlossen hatte, hier seinen neuen Regierungssitz zu errichten, und ihre Häuser hatte man abgerissen, um Platz für das Fundament der Stadt zu schaffen, das Holz wurde für die Neubauten verwendet. Hugh verstand ihre Sprache nicht. Hier, in dieser englischen Stadt im Herzen von Wales hatte er keinen Anlass gesehen, sie zu erlernen.

Weitere Männer zogen sich auf die Zugbrücke. An der Seite war eine Leiter zu dem morastigen Ufer hinabgelassen worden, das sich um die äußeren Mauern herumzog. Hugh hörte ein lautes Plätschern, als die Feinde in den Schlamm sprangen. Simon mühte sich, lauthals um Hilfe rufend, mit der Winde ab – vergeblich! Sie würden sie jetzt nicht mehr hochziehen können. Ihre einzige Hoffnung bestand darin, den Rest der Garnison zu alarmieren. Hugh zwängte sich wieder in die Kammer. »Lass es«, befahl er Simon. »Es sind zu viele. Ulf ist tot.«

Simon zögerte einen Moment, dann ließ er die Winde los. Das Seil rollte sich auf. Als Hugh nach seinem Schild griff, fragte er: »Was hast du vor?«

»Ich muss mich bis zur Glocke durchschlagen.«

Hugh blieb im Gang stehen und starrte über den schmalen Streifen von Fackeln erleuchteten Untergrund zu der bogenförmigen Öffnung hinüber, die zu dem gegenüberliegenden Turm führte. Er bückte sich, hob den Schild, um seine linke Seite zu schützen, sog zischend den Atem ein und vermied es, zu dem regungslos daliegenden Ulf hinüberzuschielen. Ein Gebet murmelnd, stürzte er auf die offene Fläche zwischen den Türmen hinaus. Ein Schrei übertönte das atemlose Gemurmel hinter dem Fallgitter, gefolgt von einem heftigen Schlag gegen seinen linken Arm, als etwas seinen Schild traf. Hugh taumelte ob der Wucht des Aufpralls zurück, dann spürte er einen Einschlag in seiner Wade. Im nächsten Moment schoss ein glühender Schmerz durch sein Bein. Mit einem Aufschrei stürzte er zu Boden. Sein Schild landete auf ihm. Ein weiterer Pfeil bohrte sich in sein Bein, während er sich wimmernd auf der Erde wälzte. Unter dem Rand seines Schildes hervor verfolgte er mit vor Schmerz zu Schlitzen zusammengezogenen Augen, wie etliche Männer von der Brücke sprangen. Sein Blick wanderte benommen über einen in ihrer Mitte. Er war breitschultrig, schwarzhaarig, trug einen pelzgefütterten Umhang und schwang einen schweren Hammer in beiden Händen. Auf seinem Kopf saß ein Reif aus zerkratztem, zerbeultem Gold. Er sah aus wie ein einer dunklen, fernen Vergangenheit entsprungener König. Im nächsten Moment merkte er, dass ihn jemand unter den Armen packte, drehte den Kopf und blickte in Simons verzerrtes Gesicht. Pfeile schwirrten an ihm vorbei, als sein Kamerad ihn in den sicheren Turm zurückzog.

Hugh knirschte mit den Zähnen und ließ den Kopf auf den Boden der Windenkammer sinken. Ihm brach am ganzen Körper der Schweiß aus, trotzdem fror er jämmerlich. In seiner Wade und seinem Schenkel tobte ein sengender Schmerz. »Nach oben«, zischte er. »Alarmiere ... die ... anderen.«

Simon zögerte, starrte ihn an und verschwand dann die Turmtreppe hinauf. Hugh blieb keuchend liegen und lauschte auf seine verhallenden Schritte. Näher bei ihm wurden Hämmer auf Stein geschlagen. Es klang, als wären die Werkzeuge mit Lappen umwickelt worden.

Im Wachraum blieb Simon stehen und blickte sich gehetzt um. Wie sollte er nur die Burgbewohner alarmieren? Er konnte schreien, bezweifelte aber, dass jemand ihn hören würde. Sein Blick fiel auf das Feuer. Er ging darauf zu und starrte hoffnungslos in die Flammen, dann entdeckte er Ulfs Stock, der noch immer an der Wand lehnte. Mit zitternden Händen löste er seinen Gürtel, streifte sein mit Stroh gepolstertes Wams ab und zerrte sich sein Unterhemd über den Kopf. Er packte den Stock, wickelte das Hemd um die Spitze und schlitzte dann das Wams auf. Danach kauerte er sich neben den Korb mit den

Holzscheiten, wobei seine Brust in der Hitze prickelte, und stopfte Stroh und Holzspäne in die Falten des Hemdes. Als er das Ende des Stocks in die Flammen hielt, fing der Stoff sofort Feuer. Simon richtete sich auf, rannte die Treppe zu der Plattform des Turms hoch und fluchte, als der Wind die Flammen in seine Richtung wehte und sie auszulöschen drohte. Sobald er die Plattform erreichte, sank er erschöpft auf die Knie und schwang sein Warnlicht vor und zurück, während Zweige und Stroh hell aufloderten und seine bloße Brust mit Funken überschütteten.

26

IM INNEREN HOF DES TOWERS hatte sich in der Nähe der Obstgärten eine Gruppe junger Männer mit ihren Pferden versammelt. Die Winterumhänge hatten sie eng um sich geschlungen, ihre langen Reitstiefel waren mit Schlamm bedeckt, ihre Gesichter fleckig vor Kälte. Einige trugen verkappte Greifvögel auf der Hand. Die Ritter hielten gesprenkelte Würgfalken aus dem Heiligen Land auf ihren Handschuhen, die Knappen rauchgraue Feldeggsfalken. Zwischen den Männern huschten ein paar junge Mädchen umher, die Säume ihrer Gewänder schleiften im Matsch. Der Wind zerrte an ihren Mänteln und wirbelte rostrote Blätter von dem Haufen auf, den die Diener in den Gärten vergeblich zusammenzukehren versuchten. Der Himmel über London war mit bleifarbenen Wolken verhangen, die Regen verhießen.

Der Herbst war im September über das Land hereingebrochen, ein wochenlanger Regensturm hatte die Grafschaften Englands überschwemmt. Die Themse trat über die Ufer, überflutete eine Reihe von Schlachthäusern und verschmutzte die Straßen mit einer blutigen Brühe. Die Arbeiter des Towers waren eifrig damit beschäftigt, ein Leck in der Schlafkammer des Königs zu flicken, durch das Regenwasser eingedrungen war und einen Teppich der verstorbenen Königin Eleanor ruiniert hatte. Der beschädigte Teppich war aber die geringste Sorge des Königs gewesen, denn der Sturm war über die Südküste hinweggefegt, als die Hälfte seiner Flotte gerade die Segel gesetzt hatte, um in die Gascogne aufzubrechen. Der tückische Wind trieb einen Teil der Schiffe nach Portsmouth zurück und zwang den Rest, bei Plymouth Schutz zu suchen. Auch waren die widrigen Wetterbedingungen nicht das einzige Hindernis auf Edwards Weg nach Frankreich zu seinem kriegstreiberischen Vetter. Nach dem Frühjahrsparlament hatte sich der König an die Kirche gewandt und um Mittel zur Finanzierung seines Feldzugs ersucht, aber feststellen müssen, dass die Geistlichkeit nicht willens war, ihre Truhen für ihn zu öffnen. Erst als Edward drohte, ihn zu ächten, hatte der Dekan von St. Paul's seinen wütenden Forderungen nachgegeben, aber die Verzögerung hatte es Philipp zweifellos ermöglicht, seine Machtstellung in der Gascogne zu stärken.

Robert blickte von seinen Steigbügeln auf, die er überprüft hatte, als er helles Lachen hörte. Zwei Mädchen hinter ihm beobachteten einen Diener, der die davonfliegenden Blätter mit einem Besen verfolgte. Eine, kaum der Kindheit entwachsen, trug ein taubengraues Kleid unter einem mit Hermelin gesäumten Mantel, dessen Kragen sich um ihren blassen Hals schmiegte. Elizabeth, die jüngste Tochter des Königs, hatte die langen Gliedmaßen ihres Vaters und das dunkle Haar ihrer Mutter geerbt, von dem jetzt ein paar Strähnen unter ihrer Kapuze hervorquollen und um ihr Gesicht tanzten. Während Robert sie betrachtete, strich sie eine davon ungeduldig hinter ihr Ohr zurück, beugte sich vor und flüsterte dem älteren Mädchen an ihrer Seite etwas zu. Helena hatte lockiges kastanienrotes Haar und milchweiße Haut, die auf den Wangen und Lippen rot leuchtete. Auf ihrer behandschuhten Hand saß ein Zwergfalke mit windzerzaustem Gefieder. Das flammenhaarige Mädchen, eine Tochter des Earl of Warwick, war einem hochrangigen Ritter des Königs versprochen, aber seit einiger Zeit konnte Robert trotz leiser Warnungen seitens Humphreys kaum den Blick von ihr abwenden. Aus dem Augenwinkel heraus bemerkte er einen jungen Mann, der ihn anstarrte. Der schlaksige, rothaarige Ritter mit dem grimmigen Gesicht war Helenas Bruder, Guy de Beauchamp, Warwicks Erbe. Robert wandte sich wieder seinem Pferd zu und zog die Steigbügel mit einem Ruck kürzer.

»Seid Ihr bereit, Sir Robert?« Humphrey trat zu ihm. Der hochgewachsene Ritter hielt einen Weinschlauch in einer Hand. Er deutete auf die schlammige Fläche, wo zwei Pfähle aufgestellt worden waren. Dazwischen war ein Seil gespannt, an dem ein kleiner Eisenring hing. »Ihr habt noch zwei Chancen, vergesst das nicht.«

Robert erwiderte das herausfordernde Grinsen des Ritters. »Das wäre eine weniger als Ihr, Sir Humphrey.«

Humphrey, der bei zwei Versuchen den Ring verfehlt hatte, kniff angesichts der Provokation die Augen zusammen. Ein paar der anderen Ritter lachten.

Edward, der bei ihren Knappen stand, klopfte Robert auf den Rücken, als dieser den Fuß in den Steigbügel schob. »Zeig diesen Burschen aus dem Süden, aus welchem Holz Schotten geschnitzt sind, Bruder«, murmelte er.

Robert schwang sich in den Sattel und ergriff die Zügel. Nes kam herbei, um den Sattelgurt festzuzurren. Das Pferd, ein schöner Rotschimmel namens Hunter, war eines der schnellsten und willigsten Tiere, die Robert je besessen hatte – es war eine Freude, ihn zu reiten. Doch diese Eigenschaften hatten ihren Preis gehabt, denn hochgezüchtete Pferde wie Hunter waren nicht billig zu haben, und der Preis, den er bezahlt hatte, hatte ein großes Loch in seine Kasse gerissen. Aber er hatte sich eingeredet, unbedingt ein gutes, zuverlässiges Reittier zu benötigen, das ihn nach Frankreich in den Krieg tragen würde, und die Andeutungen seines Bruders ignoriert, der der Meinung war, die stämmigen Schlachtrösser und sanftmütigen Pferde würden ihm im

Vergleich mit den kräftigen, temperamentvollen Tieren aus französischer und spanischer Zucht, die die englischen Ritter ritten, minderwertig erscheinen. Danach hatte Robert noch tiefer in seine Börse gegriffen, um neue Kleider für sich und seinen Bruder zu erstehen, die mehr der Londoner Mode entsprachen als ihre alten. Kurz nach dem Frühjahrsparlament hatte der König ihm eine Audienz gewährt und seinen Schwur, ihm so treu zu dienen wie zuvor sein Vater und Großvater, wohlwollend entgegengenommen. Danach war Robert zu vielen königlichen Ratsversammlungen und Festen eingeladen worden, und da er sich nun in den höheren Kreisen des Hofes bewegte, war es ihm angemessen erschienen, sich äußerlich nicht mehr allzu sehr von den anderen Baronen zu unterscheiden.

Nes reichte Robert seine Lanze, die er mit seiner behandschuhten Hand ergriff. Das weiche Leder war noch immer glatt, da er die Handschuhe bislang kaum getragen hatte, und er musste seinen Griff verstärken, um die Waffe in der richtigen Position halten zu können.

»Wartet, Sir Robert!«, erklang eine Mädchenstimme aus der Menge.

Robert drehte sich um und sah, dass Prinzessin Elizabeth, die, wie er gehört hatte, nur liebevoll Bess gerufen wurde, ihm mit einem Stück weißer Seide zuwinkte, das aussah, als sei es von einem Schleier gerissen worden. Die junge Prinzessin drückte Helena das Stoffstück mit einem verstohlenen Grinsen in die Hand. Helenas Wangen liefen noch röter an, sie warf der Prinzessin einen bösen Blick zu, löste sich aber widerwillig aus der Menge. Roberts Brust schnürte sich zusammen, als sie den Stoffstreifen hochhielt und ihn ansah. Der Falke auf ihrer Hand breitete erwartungsvoll die Flügel aus, als Robert sich vorbeugte, um den Gunstbeweis entgegenzunehmen und Bess lachend Beifall klatschte. Seine Finger streiften die von Helena, als er nach der Seide griff, und er verwünschte im Stillen den Umstand, dass er Handschuhe trug. Helena verschmolz mit gesenktem Kopf wieder mit der Menge, während er den Seidenstreifen an seiner Lanze befestigte, ohne Guy de Beauchamp, der ihn mit Sicherheit wütend anfunkelte, zu beachten. Dann wendete er sein Pferd und trieb es auf die Pfähle zu.

Die Diener im Obstgarten hielten mit ihrer Tätigkeit inne, um zuzusehen, wie Robert mit erhobener Lanze über das Feld galoppierte. Schlamm spritzte auf und beschmutzte seine neuen Stiefel. Der Eisenring kam rasch näher. Roberts Hand schloss sich fester um die Lanze, der Seidenstoff flatterte vor ihm her, als er auf die Pfähle zujagte. Vor ihm entstand das Bild von Helena, die den Arm hob, sodass ihr Ärmel herunterrutschte und noch mehr Haut freigab. Es reichte, um ihn einen Moment lang abzulenken, und er stieß eine Sekunde zu früh zu. Die Lanzenspitze berührte den Eisenring, glitt aber nicht hindurch. Robert lenkte Hunter fluchend um die Pfähle herum, zügelte ihn und ritt in einem weiten Bogen zu der Zuschauermenge zurück.

Humphrey hob den Weinschlauch. »Noch ein Versuch«, rief er lachend, als Robert näher kam.

»Ich wette, dass er beim nächsten Mal trifft.« Edward wandte sich mit einem herausfordernden Grinsen in den Augen an die Ritter.

Humphrey schüttelte gutmütig kichernd den Kopf, aber Henry Percy, der Enkel des Earl of Surrey, nickte Edward zu.

»Ich nehme die Wette an«, sagte der untersetzte blonde Lord mit seinem trägen Lächeln. Auf seiner Hand saß ein schöner Bussard, der die Klauen in einen dicken Handschuh schlug. Henry deutete auf Robert, der Hunter zum Stehen gebracht hatte. »Zehn Pfund, dass er den Ring verfehlt.«

Robert blickte zu seinem Bruder hinüber und schüttelte ob der Summe unmerklich den Kopf. Da er in Abwesenheit seines Vaters ihre englischen Landsitze verwaltete, hatte er drei Ritter und fünf Knappen aus Essex sowie seinen Bruder und ihr schottisches Gefolge mitgebracht, das ihm in den Krieg nach Frankreich folgen sollte. Es war seine Pflicht, sie alle während der Feldzüge zu versorgen, und unkluge Wetten waren das Letzte, was er gebrauchen konnte.

Edward achtete jedoch nicht auf seinen warnenden Blick. »Es gilt«, sagte er zu Henry Percy.

Einige der anderen Ritter klatschten beifällig. Sie hatten während der monatelangen Verzögerung jeden Tag trainiert und hießen jede Abwechslung vom Alltagstrott willkommen.

Da die Wette abgeschlossen war, gab es für Robert kein Zurück mehr. Er wendete sein Pferd, biss die Zähne zusammen, hob die Lanze, verdrängte jeden anderen Gedanken und wartete auf den perfekten Moment, in dem sich alles – das Pferd unter ihm, die Lanze in seiner Hand, sein Blick auf den Ring in der Ferne – im Einklang miteinander befand. Als dieser Moment kam, gab er Hunter die Sporen, und das Pferd jagte auf die Pfähle zu. Der Wind stach wie mit Nadeln in seine Wangen, doch Robert konzentrierte sich nur auf den Ring. Er beugte sich vor und fixierte sein Ziel. Doch plötzlich schoss etwas Weißes vor ihm über das Feld. Hunter warf den Kopf hoch, kam aus dem Tritt und rutschte mit den Vorderbeinen im Schlamm aus. Als das Schlachtross in vollem Galopp zu Boden stürzte, wurde Robert aus dem Sattel geschleudert. Er überschlug sich mehrmals, während Hunters schmerzerfülltes Wiehern in seinen Ohren widerhallte, und blieb schließlich erschauernd liegen.

Nach ein paar Momenten stützte er sich auf die Hände und spie Blut und Schlamm aus. Er sah, wie sein Pferd aufzustehen versuchte. Seine Knappen rannten auf ihn zu, Nes lief direkt zu Hunter hinüber. Edward folgte ihm. In seinen Augen flackerte keine Angst, sondern nackte Wut, die sich auf zwei Männer und eine Frau richtete, die am Rand des Feldes aufgetaucht waren. Einer war größer als die anderen und trug das glatte schwarze Haar aus dem Gesicht gestrichen. Auf Aymer de Valence' Handgelenk hockte ein weißer Würgfalke, der einen Fleischbrocken verschlang. Robert begriff, dass das aufblitzende Weiß, das Hunter erschreckt hatte, Vogelflügel gewesen waren.

»Was hast du dir dabei gedacht, Aymer?«, fuhr Humphrey ihn an. Er war zu Robert getreten, der sich Blut von seiner aufgeplatzten Lippe wischte.

»Ich dachte, wir würden heute unsere Vögel fliegen lassen.« Aymers Stimme klang glatt und verbindlich, aber er sah Robert an, während er sprach. Seine Augen funkelten höhnisch. »Ich bitte um Entschuldigung, Sir Robert. Ich wollte Euch nicht ablenken.«

Seine neben ihm stehende Schwester Joan de Valence verbarg ihr hämisches Grinsen halb hinter ihrer behandschuhten Hand. Roberts Blick wanderte zu dem blassen jungen Mann mit dem strähnigen schwarzen Haar an ihrer Seite – ihrem frisch angetrauten Ehemann John Comyn. Er machte sich noch nicht einmal die Mühe, seine Schadenfreude zu verbergen.

Der Sohn des Lords of Badenoch war vor zwei Monaten zusammen mit seinem Vater und anderen schottischen Edelleuten in London eingetroffen, weil König Edward ihnen befohlen hatte, als Gegenleistung für ihre Ländereien in England Dienst in Frankreich zu leisten. Es hieß, Comyn habe mit dem Rückhalt seiner schottischen Kameraden dem König mitgeteilt, dass keiner von ihnen in einem Krieg im Ausland kämpfen würde, wenn er sich nicht an die in Birgham ausgehandelten Bedingungen hielt und Balliol ohne englische Einmischung in seinem Reich herrschen ließ. Robert und die anderen Ritter wussten nicht, ob der König auf diese Forderung eingegangen war. Sie wussten aber, dass kurz darauf eine überstürzte Hochzeit von Comyns achtzehnjährigem Erben und Edwards Base Joan, der Tochter des Earl of Pembroke, stattgefunden hatte. Die wachsende Vertrautheit der beiden neuen Schwager hatte bewirkt, dass sich das ohnehin schlechte Verhältnis zwischen Robert und Aymer noch weiter abkühlte. Robert spürte, dass der Ritter ihm seine Freundschaft mit Humphrey verübelte, aber bislang hatte sich Aymers Feindseligkeit nur in höhnischen Bemerkungen und Brüskierungen geäußert, die sich leicht überhören ließen.

Edward schritt, vor Wut über den billigen Trick kochend, der seinen Bruder verletzt und ihn selbst seinen Wetteinsatz gekostet hatte, auf die drei zu. »Ihr habt den Vogel absichtlich fliegen lassen, Valence! Jeder hier weiß das.« Er wandte sich an John. »Hört auf, so affektiert zu grinsen, Comyn!«

John Comyns Miene verfinsterte sich, aber ehe er etwas erwidern konnte, mischte sich Henry Percy ein. Er streichelte die gesprenkelte Brust seines Bussards.

»Ich finde, es ging alles gerecht zu.« Henry blickte von Aymer zu Robert. »Wir trainieren für den Krieg. Glaubt ihr nicht, dass es auf dem Schlachtfeld auch Ablenkungen gibt?«

Humphrey schüttelte nachdrücklich den Kopf. »Wir befinden uns hier aber nicht auf einem Schlachtfeld. Es gibt Regeln.«

Robert griff nach dem Weinschlauch, den einer seiner Knappen ihm reichte, und spülte sich mit der Flüssigkeit den Mund aus. Dann drehte er sich um, als Nes seinen Namen rief. Der Knappe hielt Hunters Zügel in der Hand und versuchte, dem schmerzgeplagten Tier zu helfen.

»Ich fürchte, er lahmt, Sir.«

Robert musterte Nes' sorgenvoll verzogenes Gesicht und dachte an das Geld, das er für das prächtige Tier bezahlt hatte – seine beste Waffe für den bevorstehenden Kampf. Als er sich zu Aymer umwandte, wallte Wut in ihm auf. Er wollte sein Schwert ziehen, um den französischen Ritter herauszufordern und eine Entschädigung für seinen Verlust zu verlangen, aber ein lauter Ruf hielt ihn davon ab.

Thomas of Lancaster stürmte über das Gras auf sie zu. »In Wales ist es zu einer Rebellion gekommen!«, keuchte er, als er die Gruppe erreichte. »Vor einer Stunde sind Boten eingetroffen. Der König bestellt alle Grundbesitzer zu einer Notfallversammlung ein.«

»Eine Rebellion?«, vergewisserte sich Humphrey scharf. »Wer ist der Rädelsführer?«

»Ein Mann namens Madog. Mein Vater sagt, er ist ein Vetter von Llewelyn ap Gruffudd.«

»Llewelyns gesamte Verwandtschaft wurde im letzten Krieg gefangen genommen«, warf Henry Percy ein. »Dafür hat König Edward gesorgt.«

Thomas tat den Einwand mit einem Achselzucken ab. »Nun, wer immer es auch sein mag, er meint es ernst. Caernarfon ist gefallen, andere Burgen werden angegriffen. Der König muss unverzüglich handeln.« Er hielt inne, um Atem zu schöpfen, und sah Humphrey mit vor Aufregung funkelnden Augen an. »Die Rebellen haben die Artuskrone!«

27

ROBERT NAHM EINEN TIEFEN SCHLUCK aus seinem Weinschlauch und genoss die Wärme, die die Flüssigkeit in seiner Kehle verbreitete. Hier im Nordwesten war es kälter, und der Winter nahte. Der Himmel hinter den Bäumen schimmerte frostig blau. Die klare Luft, die sich so von dem erdrückenden Gestank Londons und seiner brodelnden Bewohnermenge unterschied, ließ ihn an Carrick denken.

Nachdem er den Weinschlauch wieder in seinem Gepäck verstaut hatte, lehnte sich Robert im Sattel zurück und ließ Hunter den Pfad entlangtraben. Die Äste der Eichen und silbrig weißen Birken waren fast kahl, der Boden mit verrottetem Laub übersät. Rings um ihn herum rumpelten Karren und trotteten Pferde zwischen den Bäumen hindurch, folgten den tiefen Furchen in der Erde, die all jene hinterlassen hatten, die vor ihnen hier durchgekommen waren.

Er befand sich sechs Tagesritte von Chester entfernt und war überrascht, wie friedlich die Landschaft war, durch die sie reisten. Da sein Vater immer von schroffen Bergen, unwirtlichen Ebenen, windgepeitschten Hügeln und verregneten Küsten gesprochen hatte, hatte er mit dem grünen, welligen Land, das sich vor ihnen erstreckte, nicht gerechnet. Es gab weder nackte, verlassene Berggipfel noch tosende Wasserfälle, nur Hügel, die sanft aus den fernen Waldgebieten aufragten, was ihm durchaus entgegenkam, denn obwohl sich Hunter von seiner Verletzung erholt und wieder zu Kräften gekommen war, war er bestrebt, das Tier zu schonen. Sein Zorn auf Aymer de Valence, der ihm auf dem Übungsfeld diesen hinterhältigen Streich gespielt hatte, war trotz Hunters Genesung nicht verraucht, aber er hatte kein Ventil dafür gefunden, weil der Schock über die walisische Revolte den ganzen Hof beherrschte.

Die Verbissenheit, mit der der König sich auf Wales fixierte, zeigte sich darin, dass viele der Kommandanten, die Infanterie und die Vorräte, die von Portsmouth aus auf den Weg nach Frankreich gebracht werden sollten, unverzüglich umgeleitet worden waren. Edward hatte nur den Seneschall der Gascogne mit einer verkleinerten Flotte nach Frankreich geschickt, um dort einen Fesselungsangriff durchzuführen, und die Basislager für seinen Vorstoß ausgewählt: eines in Cardiff, die beiden anderen in Brecon und Chester, von denen aus die Rebellen von allen Seiten attackiert werden sollten. Den Berichten zufolge, die schon bald eintrafen und von denen jeder verzweifelter als der vorige klang, wurden überall in Wales englische Burgen belagert, Städte niedergebrannt und Beamte ermordet. Der Aufstand, den Madog ap Llewelyn im Norden angezettelt hatte, hatte sich von Conwy und Caernarfon nach Gwent und Glamorgan über das ganze Land ausgebreitet.

Robert, der sich nicht daran störte, plötzlich gegen einen neuen Feind kämpfen zu müssen, war mit den drei Rittern und fünf Knappen von seinem Landsitz in Essex und seinem schottischen Gefolge der Division des Königs zugeteilt worden. Zu seiner Befriedigung befanden sich weder Aymer de Valence noch John Comyn in dieser Truppe. William de Valence, Veteran vieler Feldzüge, befehligte die Division aus Cardiff, und sein Sohn begleitete ihn. John Comyn war zusammen mit einer Anzahl schottischer Adeliger nach Frankreich abkommandiert worden. Auf der Reise von Westminster hierher hatte sich Roberts Bruder genüsslich ausgemalt, welche grausamen Schicksale die jungen Ritter auf feindlichem, fremdem Boden erwarten mochten.

In Chester war die aus mehr als sechshundert Lanzenkämpfern bestehende Truppe des Königs durch zahlreiche Fußsoldaten aus Shropshire und Gloucestershire verstärkt worden. Ihnen folgten siebzig erfahrene Bogenschützen und Infanteristen aus Lancashire, die von einem aufgeblasenen, fettleibigen Beamten namens Hugh Cressingham angeführt wurden, der sein Pferd schon drei Mal hatte wechseln müssen, weil die Tiere sein Gewicht nicht lange zu tragen vermochten. Von dort aus hatte die Armee dann die walisische Grenze überquert und schlängelte sich in einer langen Linie langsam durch die Landschaft.

Die Kompanie war in kleinere Trupps aufgeteilt worden, die alle ein verschiedenes Tempo anschlugen und sich seither entlang ihrer festgelegten Route verteilt hatten. Robert und seine Männer waren dem gemeinsamen Befehl von John de Warenne und dem Earl of Lincoln unterstellt worden, der gezwungen gewesen war, nach England zu fliehen, als die Waliser in seinem Bezirk Denbigh rebelliert hatten. Auch Henry Percy und Humphrey de Bohun befanden sich in dieser Truppe, was Robert wunderte, da Humphreys Vater im Süden den Vorstoß von Brecon aus befehligte. Auf dem Marsch hatte ihm Humphrey dann anvertraut, sein Vater und der König würden wünschen, dass er sich auf diesem Feldzug einen Namen machte.

Robert hörte die hochnäsige Stimme Henry Percys vor sich und sah, dass der junge Lord sein Pferd an das von Humphrey heranlenkte.

»Mein Großvater lässt bald Rast machen. Das Gelände wird unwegsamer.«

Robert zog Hunters Kopf hoch und trieb das Pferd zu einem schnellen Trab an. Sein Bruder blickte ihm stirnrunzelnd nach, und die beiden Ritter unterbrachen ihr Gespräch, als er auf sie zukam.

»Wir machen oben auf diesem Hügel Halt«, teilte Humphrey ihm mit und nickte zu dem Pfad zwischen den Bäumen hinüber, der stetig anstieg.

»Habt ihr gesagt, der Weg wird schwieriger?«

»Laut meinem Großvater ja«, erwiderte Henry.

Humphrey deutete auf Hunter. »Wie geht es ihm?«

»Ich denke, er hält noch ein paar Stunden durch.« Als Robert dem Pferd den Hals rieb, bemerkte er, dass Henry den Blick abwandte. Kein Funken von Interesse glomm in seinen kühlen blauen Augen auf. Zweifellos war ihm das Pferd völlig gleichgültig, nachdem Edward ihm den Wetteinsatz von zehn Pfund ausgezahlt hatte. Robert grollte seinem Bruder deswegen immer noch. Als sie Kinder waren, hatte Edwards Wagemut ihn belustigt, aber hier fand er ihn rücksichtslos und fehl am Platze.

Das Gelände stieg an, die knorrigen Eichen begannen Birken und Eschen zu weichen.

»In diesem Tempo erreichen wir Conwy zu Weihnachten«, murrte Humphrey, lehnte sich im Sattel zurück und sog die winterliche Luft ein.

»Und sind, so Gott will, zu Ostern mit der Krone wieder in Westminster«, fügte Henry mit einem humorlosen Lächeln hinzu.

Humphrey sah ihn warnend an, was der junge Lord nicht zu bemerken schien.

»König Edward hofft, dass sich diese Krone im Besitz der Rebellen befindet?«, fragte Robert leichthin, um sein Interesse zu verschleiern. »Ist sie wertvoll?«

Vor ihnen erklangen Männerstimmen, als die Vorhut den Gipfel des Hügels erreichte.

»Zeit für eine Ruhepause«, sagte Humphrey.

Robert widerstand dem Drang, weiter in seinen Freund zu dringen. Während des Rittes durch die endlosen Wälder hatte es reichlich Gelegenheit für Gespräche gegeben, und mehrmals war die Artuskrone erwähnt worden. Er hatte Humphrey nach dieser Krone gefragt, aber der Ritter hatte die Unterhaltung höflich, aber bestimmt in eine andere Richtung gelenkt, was Robert stutzig gemacht hatte. Er hatte an das private Treffen in König Henrys früheren Gemächern während des Festes vor einigen Monaten denken müssen. Damals hatte er das Gefühl gehabt, dass zwischen diesen Männern ein Band bestand, das über ihren Rang und ihren Reichtum hinausging – sie verband etwas, zu dem nicht alle jungen Edelleute von Edwards Hof Zugang hatten und das mit den Drachenschilden zusammenhing, die er seit dem Turnier nicht mehr zu Gesicht bekommen hatte. Die Krone war ihm nicht aus dem Kopf gegangen; sie deutete darauf hin, dass mehr hinter diesem überstürzten Dezemberfeldzug steckte als nur Rache an den aufständischen Walisern. Sein Vater hatte in abgehackten, verzerrten Sätzen von seinem Militärdienst im winterlichen Wales gesprochen: von den Schneestürmen und der bitteren Kälte, die einen Mann des Nachts töten konnte, und den Wölfen, die nach einer Schlacht schon angeschlichen kamen, bevor sich die Gegner zurückgezogen hatten, um ihre Zähne in das warme Fleisch der Gefallenen zu schlagen, ehe es gefror. Hier schien es nicht allein um eine Rebellion zu gehen, die niedergeschlagen werden musste, sondern der König und seine Ritter gingen diese Risiken aus persönlichen Gründen ein, die bewirkten, dass die älteren Männer wortkarg und nachdenklich und ihre Söhne rastlos und ungestüm geworden waren.

Als er vor sich erstauntes Gemurmel hörte, wandte sich Robert von Humphrey ab, um zu sehen, was es ausgelöst hatte. Vor ihnen fiel der Hügel zu einem Tal ab, in dem die Bäume ein dichtes, schützendes Dickicht bildeten. Kahle Eschen und Weiden wuchsen dort neben dicken Eiben, Stechpalmen und mächtigen Kiefern. Robert fühlte sich an den Selkirk Forest erinnert, den dunklen, weitläufigen Wald, der sich von der schottischen Grenze bis nach Carrick im Westen und Edinburgh im Osten erstreckte. Zu beiden Seiten des Tals erhoben sich Wellen von Hügeln, der Baumbewuchs reichte fast bis zu den Gipfeln und ging dann in Schieferkämme über. Der Anblick des Waldmeeres allein reichte schon aus, um den Männern den Atem zu verschlagen, aber noch beeindruckender war die breite Schneise, die mitten hindurchführte – eine tote, graue Narbe, die in starkem Kontrast zu dem üppigen Grün zu beiden Seiten stand.

Robert hatte von der enormen Anzahl von Holzfällern und Kutschern gehört, die der König während der Eroberung von Wales beschäftigt hatte, um Wege durch den undurchdringlichen Wald zu bahnen, der den größten Teil der Fläche des Königreiches Gwynedd bedeckte. Vor ihm lag der unübersehbare Erfolg all dieser Anstrengungen.

»Vielleicht doch nicht zu Ostern«, murmelte Henry, der mit zusammengekniffenen Augen den Horizont betrachtete.

Die Männer stiegen ab und verteilten sich auf dem Gipfel des Hügels, um denen Platz zu machen, die nach ihnen kamen. Diener versorgten die Ritter mit Essen und Trinken, während sich die Stallburschen um die Pferde kümmerten, Gurte straffzogen und Satteldecken zurechtzupften. Robert übergab Hunter Nes' Obhut, überließ es seinem Leibdiener, den Proviant unter seinen Männern zu verteilen, streckte die Beine von sich und leerte einen Becher Bier. Ganz in seiner Nähe sprachen John de Warenne und der Earl of Lincoln mit zwei Männern in rot-gelben Wämsern. Als Robert die Reihe von auf den Brustteil aufgestickten Goldkreuzen bemerkte, war sein Interesse geweckt. Die Männer trugen die Farben des Earl of Warwick, dessen Kompanie Chester vor der de Warennes verlassen hatte. In dieser Kompanie befanden sich auch Warwicks Frau, seine Söhne und seine Tochter Helena.

Es war nicht unüblich, dass die hochrangigen Befehlshaber ihre Familie mit auf einen Feldzug nahmen, da niemand wusste, wie lange dieser dauern konnte. Die Adeligen schuldeten Edward nur vierzig Tage Militärdienst, aber danach wurden für gewöhnlich neue Verträge aufgesetzt, und kein Baron würde seinen König mitten im Krieg bedenkenlos im Stich lassen, auch wenn er das Recht dazu hatte. Die Frauen und Kinder wurden zusammen mit den Köchen, Schneidern, Ärzten und Priestern in einer Barracke in Conwy untergebracht. Auch eine andere bunt zusammengewürfelte Menge, darunter Ablassprediger, Spielleute und Huren, folgte der Armee ungebeten, aber mit der Billigung vieler Soldaten.

John de Warenne verstummte und blickte sich um. Als er seinen Enkel sah, winkte er ihn zusammen mit Robert und Humphrey zu sich.

»Was gibt es, Sir?«, fragte Henry seinen Großvater.

»Warwicks Nachhut hat im Wald vor uns Rauch bemerkt. Ihre Kompanie war zu weit vor ihnen, sie konnten nicht umkehren und der Sache nachgehen, daher haben die Kundschafter auf uns gewartet. Ich möchte, dass du dich dort einmal umsiehst, Henry.« Warenne nickte Humphrey und Robert zu. »Begleitet ihn. Wahrscheinlich handelt es sich nur um Wilderer oder Banditen. Aber wir sind nicht weit von Denbigh entfernt, wo Lincoln angegriffen wurde.«

Der Earl of Lincoln nickte grimmig. »Die Rebellen haben viele meiner Männer getötet. Es war eine große Truppe. Die meisten waren mit Speeren bewaffnet, aber einige hatten auch kurze Bogen.«

»Zumindest dafür sollten wir dankbar sein«, knurrte Warenne. »Pembroke hat es mit den Männern aus Gwent und ihren Langbogen zu tun. Der Himmel weiß, dass es keine todbringendere Waffe gibt.« Er wandte sich wieder an seinen Enkel. »Berichte mir, was du vorgefunden hast, Henry. Wenn der Feind sich hier aufhält, werden wir ihn vernichten. Wir dürfen nicht zulassen, dass er uns den Rückweg versperrt.«

Nachdem Warwicks Kundschafter ihnen beschrieben hatten, wo sie den Rauch gesehen hatten, gingen die drei zu ihren Männern zurück. Edward brummte unwillig, als Robert ihn von ihrer Mission in Kenntnis setzte, trank aber sein Bier aus und schwang sich dann in den Sattel. Die drei Ritter und elf Knappen, die Roberts Kampftrupp bildeten, taten es ihm nach. Nes entrollte Roberts Banner, als die aus achtundvierzig Männern bestehende Gruppe ihre Pferde zwischen den Reihen der Soldaten hindurchlenkte, um dem Holzfällerpfad zu folgen, der grau und kahl das bewaldete Tal durchschnitt.

28

DIE WINTERSONNE BLENDETE SIE, als sie die Schneise hinunterritten. Drei Banner flatterten im Wind. Henry Percys blauer Löwe auf Gold bildete die Spitze, gefolgt von Humphreys blauer Flagge mit weißen Streifen zwischen sechs goldenen Löwen und Roberts rotem Sparren auf weißem Grund. Robert ließ Hunters Zügel lang, was es dem Pferd gestattete, den Boden auf Baumstümpfe und Wurzeln hin zu untersuchen, aber da der Weg erst vor kurzem von Hunderten von Füßen und Hufen flachgetreten worden war, war er gut begehbar. Obwohl von dem morgendlichen Ritt erschöpft, empfand er es als Erleichterung, Hunter ausgreifen lassen zu können; die kleinere Gruppe kam allein schneller vorwärts als in der Kolonne, wo sie von Karren und der Infanterie behindert wurde. Er spähte zu Humphrey hinüber, der gleichfalls grinste, und auch die Lebensgeister der anderen hatten sich merklich gehoben. Bis jetzt hatte er gar nicht gemerkt, wie teilnahmslos sie alle während des stumpfsinnigen Marsches geworden waren.

Nach ein paar Meilen wurde der Grund eben, und die Gruppe erreichte einen Pfad, der von der Schneise abzweigte und in den Wald hineinführte. Ein rotgelber Tuchfetzen, den Warwicks Kundschafter als Wegweiser zurückgelassen hatten, flatterte an einem Ast.

»Hier ist es.« Humphrey verrenkte sich den Hals, um zu der Baumlinie emporstarren zu können. »Sie haben gesagt, hinter diesem Hügel hätten sie den Rauch gesehen.«

»Er muss zu einer Ansiedlung führen.« Henry musterte den Pfad. »Sieht alt aus.«

»Aber nicht häufig benutzt.« Robert betrachtete den Teppich aus braunem Farn. Der Pfad war gerade breit genug für ein Pferd und von niedrigen Zweigen überhangen.

Henry machte zweien seiner Ritter ein Zeichen. »Ihr zuerst.«

Die Männer bogen von der breiten Schneise ab, ritten hintereinander in das Dämmerlicht, duckten sich unter Ästen hinweg und wischten sich Spinnweben aus dem Gesicht. Der Pfad stieg steil an. Im dichten Geäst der Bäume schimpften Vögel lauthals über die Störung. Die Männer wurden ständig von Geräuschen und Bewegungen abgelenkt, vom Rascheln der Büsche bis hin zu rötlich aufblitzendem Fell, wenn ein Reh zwischen den Bäumen verschwand. Die Baumkronen verdunkelten den Himmel und verwandelten den hellen Tag in ein grünes Zwielicht. Wenn sich irgendjemand in diesem Wald versteckte, würden sie ihn nur sehr schwer entdecken können. Sie hatten bald die Orientierung verloren, wussten nicht mehr, welche Richtung sie einschlugen, nur dass die Hügel noch immer steil aufragten und sie sich nach Himmel und Licht sehnten. Ihr Wunsch ging bald in Erfüllung. Als sie den Gipfel erreichten, wurde der Wald lichter und der Pfad breiter, sodass sie zu zweit nebeneinander reiten konnten. Der moosüberwucherte Untergrund dämpfte den Hufschlag der Pferde.

Robert befand sich mit Humphrey in der Nähe der Spitze, als einer von Henrys Männern eine Warnung zischte. Robert zügelte sein Pferd und sah, dass der Ritter auf zwei große Schatten zeigte, die an den Ästen einer Eiche hingen. Die Bauchhöhlen der Hirsche waren ausgeräumt worden, mit gelbem Fett durchzogene Fleischlappen hingen schlaff zu beiden Seiten hinunter. Ein süßlicher Blutgeruch hing in der Luft.

»Vielleicht sollten wir lieber zu Fuß weitergehen«, schlug Robert vor. Seine Freude über den ungehinderten Ritt war beim Anblick der Hirsche verflogen. Auch die Stimmung der anderen war umgeschlagen, einige hatten die Hände an ihre Schwerter gelegt.

»Nein«, widersprach Henry. »Die Tiere kann jeder erlegt haben. Ich habe keine Lust, wegen ein paar Wilderern hier meine Zeit zu verschwenden. Wir reiten noch eine Meile weiter und kehren dann um. Aus viel größerer Entfernung kann der Rauch nicht gekommen sein, sonst hätten die Kundschafter ihn nicht sehen können.« Ohne auf eine Antwort seiner Gefährten zu warten, trieb Henry sein Pferd weiter. Die Männer folgten ihm stumm. In der Ferne öffnete sich der Wald zu einem im Licht der Spätnachmittagssonne bernsteinfarben schimmernden kahlen Hügelhang. In der Mitte der gerodeten Fläche befanden sich die Überreste einer Siedlung. Zerbröckelte Steinpfeiler und zersplittertes Holzwerk, das zum Teil noch die vagen Umrisse einer Wand oder einer Tür erkennen ließ, ragten vom Boden auf. Trockenes Farngestrüpp überwucherte andere Gebäuderuinen, hüllte sämtliche Beweise dafür, dass hier Menschen gehaust hatten, in ein brüchiges orangebraunes Leichentuch. Der Ort hätte so gewirkt, als sei er seit Jahren verlassen, wenn es nicht unübersehbare Zeichen für Leben gegeben hätte. In der Mitte der verfallenen Häuser brannte ein Feuer in einer großen Grube und spie graue Rauchschwaden gen Himmel. Aus Zweigen und Gras gefertigte Schutzhütten, die jeweils Raum für mehrere Männer boten, lehnten an den Gebäuderuinen. Ein Stück hinter der Ansiedlung wurde der Wald wieder dichter und undurchdringlicher.

Die Ritter reihten sich schweigend auf. Viele konzentrierten sich auf das zwischen den Bäumen sichtbare Lager, andere spähten argwöhnisch in die Schatten ringsum.

»Ich kann niemanden sehen«, murmelte Humphrey.

»Ich auch nicht, aber das Feuer ist erst vor kurzem entfacht worden. Sie können nicht weit gekommen sein.« Henry hob die Zügel, um sein Pferd weiterzutreiben, aber Humphrey hielt ihn zurück.

»Was hast du vor?«

»Wir müssen uns das einmal genauer ansehen.«

»Aus der Größe dieses Lagers schließe ich, dass wir es hier mit dem Trupp zu tun haben, der den Earl of Lincoln angegriffen hat. Wir müssen Sir John benachrichtigen, bevor sie uns entdecken.«

»Warum sollen wir eine weitere Stunde verschwenden, wenn wir hier und jetzt mit den Kerlen abrechnen können? Bis wir Verstärkung hierher gebracht haben, ist es dunkel, und wenn wir bis zum nächsten Morgen warten, sind sie wahrscheinlich verschwunden.«

»Es sieht so aus, als wären sie schon eine Weile hier.« Robert lenkte sein Pferd neben das von Humphrey. »Ich bezweifle, dass sie ihr Lager abbrechen.«

Henry funkelte ihn verärgert an. »Das kannst du nicht wissen.« Er fixierte Humphrey mit einem eindringlichen Blick. »Du wolltest dir auf diesem Feldzug doch einen Namen machen. Nun, das ist jetzt deine Chance. *Unsere* Chance. Unsere Väter und Großväter haben es unter König Edward zu Ruhm und Ehre gebracht. Wir müssen ihnen beweisen, dass wir ihre würdigen Nachfolger sind. Dass wir einst ihre Plätze einnehmen können.« Sein Tonfall wurde beschwörend. »Du kennst sein Ziel, Humphrey. Möchtest du nicht deinen Platz an der Tafel des Königs einnehmen, wenn sich die Prophezeiung erfüllt. Willst du kein Teil seines neuen Königreiches sein?«

»Vorsicht«, murmelte Humphrey, dessen Augen zu den anderen schossen.

Als der Ritter seinen Blick auffing, zogen sich Roberts Brauen fragend zusammen, aber Humphrey blieb stumm.

Henry fuhr beharrlich fort: »Du vertust deine Chance – vielleicht die einzige, die wir auf diesem Feldzug bekommen.«

»Der Earl of Lincoln sagte, die Gruppe, die ihn angegriffen hat, hätte mindestens hundert Mann gezählt. Wenn das hier diese Männer sind, kommen zwei von ihnen auf einen von uns.«

»Lincoln hat sich überrumpeln lassen. Wir befinden uns hier im Vorteil.«

Humphrey wandte sich ab, schien mit sich zu ringen. Endlich wurden seine Augen schmal, und er zog sein Schwert.

Henry lächelte. Seine blauen Augen glitzerten im Sonnenlicht. »Dann wollen wir dieses Ungeziefer ausrotten«, grollte er und gab seinem Pferd die Sporen.

»Humphrey!«, rief Robert, als der Ritter Anstalten machte, Henry zu folgen. Er starrte seinen Kameraden ungläubig an. »Unser Befehl lautet anders.«

Humphreys Gesicht verschloss sich. »Wir gehen«, sagte er, dann stieß er seinem Schlachtross die Fersen in die Flanken.

Robert drehte sich zu seinen wartenden Männern um. Edward runzelte fragend die Stirn. Die jüngeren Knappen, Nes eingeschlossen, wirkten nervös, auch sie hatten bereits ihre Schwerter gezogen. Wie würde er dastehen, wenn er sich jetzt nicht den anderen anschloss: wenn Henry und Humphrey die Rebellen auslöschten und triumphierend zu Warenne zurückkehrten, während er sich zwischen den Bäumen versteckt hatte? Wenn dies ihre Chance war, sich ihres Königs würdig zu erweisen, dann war es für ihn die Gelegenheit, sich *ihrer* würdig zu erweisen. Bislang hatten diese jungen Männer, die Erben der Grafschaften Englands – auch Humphrey – ihn auf Distanz gehalten, aber er hatte gesehen, welche Macht und welchen Einfluss sie ausübten, und wünschte sich dies für sich selbst. Sein Vater und sein Großvater hatten englischen Königen im Krieg gedient und waren mit Landbesitz belohnt worden. Er war nach England gekommen, um das Ansehen zurückzugewinnen, das seine Familie nach Balliols Thronbesteigung eingebüßt hatte, aber bislang hatte er das schwindende Vermögen der Bruces nicht aufgestockt, sondern nur verringert.

Er bedeutete seinem Bruder und seinen Männern, ihm zu folgen, und trieb Hunter an.

Henry hatte nicht an der Baumlinie Halt gemacht, sondern war direkt auf den sonnenüberfluteten Hang zugeritten und steuerte nun auf die Ansiedlung zu, womit er jeglichen Überraschungseffekt, der ihnen hätte nützen können, verspielt hatte. Die anderen folgten ihm mit gezückten Schwertern. Henry ritt zwischen den provisorischen Hütten und Steinhaufen hindurch, Humphrey und Robert hielten sich hinter ihm. Das große Feuer in der Mitte des Lagers strahlte eine enorme Hitze aus. Die Ritter verteilten sich in der Ansiedlung. Der Boden war mit trockenem Farn bedeckt, der am Hang geschnitten und im Lager verteilt worden war. Neben der Feuergrube lagen ein paar Holzblöcke, die vielleicht als Sitzplätze dienten, und der Aschekreis war mit verkohlten Tierknochen übersät. Neben den Zweighütten steckten einige Speere in der Erde, daneben waren Fässer und angeschlagene Kessel aufgestapelt. Ansonsten wirkte der Ort vollkommen verlassen.

Henry lenkte sein Pferd auf eine Hütte zu und schlitzte das aus Zweigen geflochtene Dach mit seinem Schwert auf. Ein Regen aus Farn und Laub ergoss sich über das schäbige Hirschfell, das den nackten Boden im Inneren bedeckte. Henry bückte sich und bohrte seine Schwertspitze in einen schmutzigen, zerlumpten Umhang, der zusammengeknüllt auf dem Fell lag, und ließ ihn an der Klinge baumeln, bevor er ihn angewidert von sich schleuderte.

Humphrey stieg ab und trat zu dem Feuer. Im Gras fand er ein paar hölzerne Schüsseln, und auf einem Baumstumpf stand ein großer Eisentopf. Er hob eine der Schüsseln auf, schnupperte daran und warf sie mit einer Grimasse wieder zu Boden. »Sie müssen uns kommen gesehen haben«, sagte er zu Henry. »Robert hatte recht. Wir hätten zu Fuß weitergehen sollen, als wir die Hirsche gesehen haben.«

Robert war im Sattel sitzen geblieben und blickte sich nachdenklich in der Ansiedlung um. Wenn das prasselnde Feuer nicht gewesen wäre, hätte er gesagt, hier wäre eine ganze Zeit niemand mehr gewesen. »Ein merkwürdiges Lager, finde ich.«

Beim Klang seiner Stimme drehte Humphrey sich um, aber einer seiner Ritter lenkte seine Aufmerksamkeit auf sich.

»Sir, sollen wir ihnen in den Wald folgen? Versuchen, sie aufzuspüren?«

Einige von Henrys Männern waren abgestiegen und durchsuchten das Lager nach Dingen, die sich vielleicht brauchen ließen.

Humphrey betrachtete das Baumdickicht ringsum kopfschüttelnd. »Wir könnten sie hier tagelang suchen, ohne sie zu finden.«

Robert lenkte Hunter zu den im Schlamm hinter den Hütten steckenden Speeren hinüber. Die Schäfte waren zerkratzt, das

Holz dort, wo sich zahlreiche Männerhände darum geschlossen hatten, glatt und glänzend. Er packte einen, zog ihn aus der Erde und fragte sich dabei, warum sein Besitzer ihn zurückgelassen hatte. Zahlreiche Löcher im Boden wiesen darauf hin, dass hier Speere entfernt worden waren, und Fußspuren hatten sich in den Schlamm eingegraben, aber der Untergrund war größtenteils mit Farn überwuchert. Als Roberts Blick über das abgestorbene Blattwerk hinwegglitt, bemerkte er, dass die Farnwedel eigenartig glänzten. Er untersuchte sie genauer und entdeckte eine merkwürdige Substanz, die die trockenen Blätter bedeckte. Auch das Unterholz wies Schmierstreifen auf. Robert bohrte die Speerspitze in einen Farnbusch und riss etwas Blattwerk ab, um es eingehender zu inspizieren, dann nahm er ein Stück zwischen Daumen und Zeigefinger. Die Masse fühlte sich klebrig an und roch wie Tierfett. Er wandte sich ab, weil er annahm, der Farn sei benutzt worden, um einen Kochtopf auszuwischen, dann fiel ihm auf, dass auch einige der anderen Männer, die noch immer das Lager durchstöberten, angewidert murrten. Ein Ritter schnupperte an seinen Fingern, ein anderer wischte sich die Hände an seinem Wams ab. Ein Knappe hielt einen Umhang in die Höhe, an dem mehr von dem Fett im Sonnenlicht schimmerte. Robert lief ein Schauer über den Rücken. Erinnerungen an die Jagden, auf die er mit seinem Großvater gegangen war, flammten in seinem Gedächtnis auf: Schlingen legen und Fallen stellen, Blutspuren hinterlassen und Schafskadaver in die Bäume hängen, um Wölfe anzulocken.

Den Speer mit der fettigen Spitze noch immer umklammernd riss Robert Hunter herum. »Humphrey!«

Der Ritter fuhr herum, als er den Schrei hörte, doch im selben Moment erglühten am Himmel unzählige kleine Sterne, die aus dem Wald ringsum in die Höhe schossen, dann einen trägen Bogen beschrieben und schließlich auf das Lager hinunterprasselten. Den Männern blieb gerade noch genug Zeit, um zu begreifen, dass es sich um Brandpfeile handelte, bevor die Geschosse überall um sie herum einschlugen. Ritter und Knappen hoben ihre

Schilde über den Kopf oder warfen sich hinter die Hütten, aber die Pfeile waren nicht auf sie gerichtet. Als die befiederten Spitzen in dem strohtrockenen Farn stecken blieben, flackerten die dahinter befestigten Lumpen einen Moment lang auf und begannen dann lichterloh zu brennen. Wo immer sie auf den mit Fett beschmierten Untergrund trafen, schossen helle Flammen in die Höhe. Pferde bäumten sich panikerfüllt auf, als sich dichte Rauchwolken bildeten. Einige machten kehrt und rasten davon.

Weitere Pfeile prasselten herab, die Ritter stießen Alarmrufe aus, und die, die abgestiegen waren, rannten zu ihren wild gewordenen Pferden. Edward Bruce riss seinen Schild hoch, als ein Pfeil auf ihn zuschwirrte. Er bohrte sich in das Holz, Flammen leckten an der bemalten Mitte. Humphreys Schlachtross wieherte vor Entsetzen laut auf, als vor seinem Kopf eine Rauchwolke aufstieg, schlug einen Bogen um eine Feuerlinie und galoppierte auf den Wald zu. Humphrey schrie ihm etwas nach, war aber gezwungen, sich zu ducken, als ein neuerlicher Pfeilhagel auf das Lager niederging. Einer von Henrys Knappen sprang zurück, um den Geschossen zu entgehen, und stolperte dabei in die Feuergrube. Sein Umhang geriet sofort in Brand, er taumelte zurück und zerrte an der Schnalle, doch die Flammen hüllten ihn schon in eine feurige Umarmung.

Einer von Humphreys Rittern versuchte verzweifelt, sich auf sein Pferd zu schwingen, als ihn ein Pfeil in den Rücken traf. Die Spitze durchbohrte sein Wams nicht, blieb aber fest in dem Stoff stecken. Er tastete hektisch mit den Händen nach seinem Hals, als die Flammen seinen Nacken versengten. Als sein Haar wie eine Fackel hell aufloderte, ergriff sein Pferd die Flucht, obwohl er noch halb im Sattel hing. Der Ritter stürzte zu Boden. Bei dem Aufprall wurde der Pfeil durch sein gepolstertes Wams in seine Lunge getrieben. Er begann konvulsivisch zu zucken, und ein Blutstrom quoll aus seinem Mund, als sein Pferd ihn fortschleifte.

Robert bemühte sich, Hunter unter Kontrolle zu halten, wobei er ständig den Himmel nach Pfeilen absuchte und seinen Bruder und seine Männer zu sich rief. Edward und seine Knappen befanden sich ganz in seiner Nähe. In Edwards Schild prangte dort, wo er den Brandpfeil herausgezogen hatte, ein gesplittertes Loch mit schwarz verkohltem Rand. Die Männer aus Essex hatten sich im Lager verstreut, als der Angriff begann, kamen aber jetzt auf ihn zugeritten. Robert vernahm ein donnerndes Brüllen und sah Hunderte von Gestalten mit Speeren in den Händen hügelaufwärts auf sie zustürmen. Bei ihrem Anblick rief Henry lauthals nach seinen Rittern, aber nur wenige waren imstande, seinem Befehl zu folgen, weil ihre in Panik geratenen Pferde ihnen nicht gehorchten.

Es war äußerst mühsam, den sich aufbäumenden Hunter zu bändigen. Einen Moment lang war Robert zwischen der Entscheidung, zu kämpfen oder zu fliehen, hin- und hergerissen. Er hielt den Speer, den er aus dem Boden gerissen hatte, noch immer in der Hand und verspürte den unwiderstehlichen Drang, der herannahenden Feindesschar entgegenzugaloppieren, doch zugleich wusste er, dass ihn dieser Versuch vermutlich das Leben kosten würde. Sie hatten keine Chance, sich neu zu formieren und anzugreifen, weil die Feuerstreifen sie trennten. Einige von ihrer Gruppe hatten sich in den Wald geflüchtet – entweder aus freien Stücken oder weil ihre Pferde mit ihnen durchgegangen waren. Robert schleuderte den Speer von sich, gab Hunter die Sporen und setzte über einen glühenden Farnhaufen hinweg. »Zurück!«, schrie er, dabei deutete er in Richtung der Bäume.

Henry, dessen Gesicht vor Hitze und Wut glühte, hörte ihn. Er fletschte frustriert die Zähne, wendete aber sein Pferd und folgte Robert mit seinen Männern. Einer nach dem anderen jagte davon, während die Rebellen hinter ihnen in das Lager eindrangen und ihre Speere in Richtung der Feinde schleuderten. Ein Knappe stürzte, in die Seite getroffen, zu Boden. Eine weitere Waffe traf ein Pferd in die Kruppe, woraufhin es in die Höhe stieg und seinen Reiter abwarf. Der Ritter landete hart auf dem Dach einer brennenden Hütte.

Robert hatte hinter seinem Bruder und seinen Männern den Waldrand fast erreicht, als er einen Schrei hörte, der das Geheul der Rebellen übertönte. Er drehte sich im Sattel um und sah Humphrey über das Gras rennen. Der Hang hinter ihm stand in Flammen, und der Ritter lief um sein Leben, denn er wurde von einer Schar mordlustig johlender Feinde verfolgt. Robert riss Hunter herum. Er hörte seinen Bruder einen Warnruf ausstoßen, achtete aber nicht darauf, sondern stieß dem Pferd die Fersen hart in die Flanken, galoppierte auf den Ritter zu und brachte Hunter abrupt zum Stehen. Als Humphrey sich am hinteren Teil des Sattels festkrallte, taumelte das Tier unter der zusätzlichen Last. Robert packte den Rückenteil von Humphreys Wams, Humphrey umklammerte seine Taille und zog sich in die Höhe, bis er hinter ihm im Sattel saß. Gerade als Robert Hunter wieder antreiben wollte, sah er eine weitere Gestalt auf sich zuhasten. Es war einer der Knappen von dem Landsitz in Essex, dem eine Rebellenhorde auf den Fersen war. Der junge Mann, dessen Gesicht vor Entsetzen verzerrt war, stieß in seiner Todesangst unartikulierte Schreie aus.

»Weg hier!«, brüllte Humphrey.

Robert zögerte einen Moment lang. Hoffnung erhellte die Züge des Knappen, und er verdoppelte seine Anstrengungen. Ein paar Rebellen blieben stehen und holten weit aus. Robert rief dem Jungen eine Warnung zu, als ihre Speere durch die Luft schwirrten, doch es war zu spät. Der Knappe wurde mitten im Lauf von einer der Waffen in den Rücken getroffen, er schob die Brust vor und warf die Hände in die Höhe, als die eiserne Spitze sein Wams durchbohrte.

»*Robert!*«, kreischte Humphrey ihm ins Ohr.

Robert trieb Hunter erneut an, als der Knappe hinter ihm zusammenbrach. Weitere Rebellen hielten inne, um auf ihn zu zielen, aber ihre Speere bohrten sich nur in das Gras, als das Schlachtross die beiden Männer auf den Wald zutrug, fort von der brennenden kleinen Ansiedlung.

29

ROBERT STAND AUF DER BRUSTWEHR und starrte über die in fahles Mondlicht getauchte Flussmündung hinweg. Auf der anderen Seite des Kanals erhob sich über dem fernen Meer eine an ein zusammengekauertes Tier erinnernde silbrig schimmernde Landspitze. Das von langen Schlammstreifen durchzogene Wasser der Mündung glitzerte wie zerbrochenes Glas.

Trotz der späten Stunde war die Stadt Conwy von Fackeln erleuchtet. Lichtpunkte flammten in den Straßen auf, als Soldaten zu ihren Barracken geführt wurden und das Gesindel, das der Armee folgte, sein neues Quartier bezog. Auf der anderen Seite des Flusses, der an die nordöstlichen Mauern der Burg grenzte, markierte weiterer Feuerschein teils in der Nähe, teils weiter entfernt die Stellen, wo die Kompanien, die es nicht vor Einbruch der Dunkelheit bis zu den Booten geschafft hatten, jetzt lagerten. Zweifellos würden in den nächsten Tagen noch mehr Männer herbeiströmen.

Warennes Kompanie hatte das Ufer einige Stunden zuvor erreicht. Die sich vom weinroten Himmel abhebende Silhouette des auf einem hohen Felsvorsprung gelegenen Conwy Castle war den erschöpften Soldaten wie ein Traumbild erschienen; die schneeweißen, mit Kalk getünchten Mauern spiegelten sich, von den Fackeln auf der Brustwehr erhellt, in den tintenschwarzen Tiefen des Flusses wider. Der König war bereits eingetroffen, auf vier schlanken Türmen der Burg wehten seine roten, mit drei Löwen bestickten Standarten. Schilde mit demselben Wappen schmückten die Zinnen, weitere, in anderen Farben gehaltene zeigten an, wo die verschiedenen Earls und Barone untergebracht waren. Hinter der Burg und der mit einundzwanzig Türmen bewehrten Stadtmauer erhoben sich hintereinander steile Hügel und verschwanden, von Wolken verhüllt, in den schwarzen Höhen von Snowdon.

Der Anblick der Burg hatte in Warennes Kompanie große Erleichterung ausgelöst, zum ersten Mal seit Tagen huschte wieder ein Lächeln über die Gesichter der Männer, und sie begannen sich leise miteinander zu unterhalten. Der unerwartete Angriff der Rebellen hatte ihnen vor Augen geführt, dass der weitläufige Wald einen Feind beherbergte, der die Umgebung nicht nur genau kannte, sondern sich ihrer auch klug zu bedienen wusste, und die Soldaten waren schreckhaft und misstrauisch geworden. Als die Boote an einem hölzernen Pier, der zu einer sich zwischen den Felsen hindurchschlängelnden Steinrampe und dann zu dem Torgang führte, angelegt hatten, hatte es kaum einer von ihnen gewagt, die sonst üblichen Lieder anzustimmen.

Robert hatte es vermieden, sich an den Gesprächen zu beteiligen. Während der Überfahrt hatte er einem der Ritter aus Essex gegenübergesessen – dem Vater des Knappen, der bei dem Hinterhalt ums Leben gekommen war. Der Ritter hatte kein Wort über den Tod seines Sohnes verloren, sondern nur in grimmigem Schweigen seine Befehle befolgt. Während er in das harte Gesicht des älteren Mannes geblickt hatte, war das Bild des um sein Leben rennenden Knappen und den mit Speeren auf ihn zielenden Rebellen vor Roberts geistigem Auge vorbeigezogen. Er hätte dem Ritter gerne sein Mitgefühl ausgedrückt, hatte aber nicht die richtigen Worte finden können.

Nach der Flucht aus dem brennenden Lager waren sie den überwucherten Pfad entlang zu der Schneise zurückgejagt, wobei sich Humphrey mit aller Kraft an Robert festgeklammert hatte. Eine Weile waren sie von den johlenden Feinden verfolgt worden, hatten aber den Rest ihrer Truppe sicher erreicht. Dort hatten Humphrey, Henry und Robert dem wutschnaubenden Earl de Warenne erklären müssen, in was für eine Falle sie getappt waren. Am nächsten Morgen führten Warenne und Lincoln dann ihre erfahreneren Ritter in die Hügel, während die drei jungen Männer, die schwer getadelt worden waren, zurückbleiben mussten. Am nächsten Tag kehrte der Trupp dann blutüberströmt, aber zufrieden zurück. Die Ritter hatten die Rebellen von der ausgebrannten Siedlung, in die sie ihre Opfer gelockt hatten, bis zu ihrem eigentlichen, einige Meilen weiter nördlich gelegenen Versteck verfolgt und dort blutige Rache an den Walisern genommen. Dennoch ließ Warenne keine Siegesfreude aufkommen, sondern rügte die drei jungen Kommandanten ein weiteres Mal für ihre unvorsichtige Handlungsweise, die das Leben von zwei Rittern, vier Knappen und sechs Pferden gekostet hatte. Humphrey hatte zwar eingeräumt, dass Robert vor dem Betreten des Lagers gewarnt hatte, war aber bei dem Earl auf wenig Verständnis gestoßen.

Robert stieß sich von der Wand ab und ging den Fußweg entlang, der den inneren Hof überspannte, in dem ein wildes Durcheinander herrschte. Mit Gepäckbündeln beladene Knappen folgten ihren Herren zu ihren Unterkünften, dazwischen eilten Diener mit Deckenstapeln umher. Robert stieg eine Treppe hinunter und steuerte auf den Turm zu, in dem er und seine Männer untergebracht waren, als jemand seinen Namen rief. Er drehte sich um und sah Humphrey vor sich stehen.

»Ich rufe dich jetzt schon zum dritten Mal«, beschwerte sich der junge Ritter.

»Tut mir leid, ich habe nichts gehört.« Robert musterte seinen Kameraden kurz, dann wandte er sich ab und blickte über den geschäftigen Hof hinweg. Seit dem Hinterhalt hatte er kaum ein Wort mit Humphrey gewechselt, sondern nur mit einem knappen Nicken den Dank des Ritters für die Rettung seines Lebens entgegengenommen. Auch Henry war er aus dem Weg gegangen, was sich als nicht schwierig erwiesen hatte. Sie alle drei hatten es vorgezogen, sich für sich zu halten, weil die stummen Anklagen ihrer Kompaniegefährten nahezu greifbar zu spüren gewesen waren. »Was gibt es denn?«

»Ich möchte, dass du mit mir mitkommst.«

Robert runzelte die Stirn. Humphrey verhielt sich heute Abend irgendwie anders als sonst. In seinem Gesicht spiegelte sich keine Anspannung, sondern Ungeduld wider. »Ich muss mich um meine Männer kümmern«, wehrte er ab.

Humphrey fasste ihn am Arm. »Bitte, Robert.«

»Wo willst du denn hin?« Roberts Stimme klang schärfer als beabsichtigt.

Humphrey zögerte, dann fixierte er ihn mit einem eindringlichen Blick. »Vertraust du mir?«

Robert ließ sich mit der Antwort Zeit. Er hatte Humphrey vertraut, aber die Art, wie der Ritter in die verlassene Ansiedlung eingedrungen war – mit einer verbissenen Entschlossenheit, die jegliche Vernunft verdrängt hatte –, hatte ihm zu denken gegeben. Diese Seite seines Kameraden hatte er bislang nicht gekannt. Trotzdem mochte er den jungen Mann, daran hatte sich nichts geändert, und wenn er ehrlich war, musste er zugeben, dass er seine Gesellschaft vermisst hatte. »Ja, ich vertraue dir.«

»Dann komm mit.«

Der Ritter führte ihn den Fußweg entlang, vorbei an den über ummauerten Gärten aufragenden nordöstlichen Türmen, unter denen sich die Steinrampe zum Pier hinunterwand, wo die Ladung der letzten Schiffe gelöscht wurde. Wachposten, die sich zum Schutz vor dem Wind an die Mauer pressten, sahen ihnen nach, hielten sie aber nicht auf. Endlich gelangten sie zu einem Turm, der sich über den Dächern der Stadt erhob. Als Humphrey die Tür öffnete, bemerkte Robert, dass das blaue Banner des Ritters von einem Fenster herabhing.

Der runde Raum ähnelte seiner eigenen Unterkunft, nur der Kamin war größer. Die Fenster bestanden aus Bleiglas, die Flammen des Feuers fingen sich in den kleinen Vierecken. An den Wänden reihten sich Säcke und Truhen, die aussahen, als wären sie nicht ausgepackt worden. Außerdem befand sich eine Anzahl von Männern in der Kammer.

Auf der Bank unter dem Fenster saß in seinem gelben Umhang mit dem grünen Adler Ralph de Monthermer, ein Ritter des Königshofes. Auf dem Kissen neben ihm räkelte sich der junge Thomas of Lancaster, der den Feldzug als Knappe von Earl Edmund mitgemacht hatte. Henry Percy saß am Feuer, das seine stämmige Gestalt in einen roten Schein tauchte. Er bedachte

Robert mit einem kalten Blick. Sein Nachbar war Helenas Bruder Guy de Beauchamp. Außerdem sah Robert noch einen weiteren königlichen Ritter, einen stillen, höflichen Mann namens Robert Clifford, und drei andere, die er nicht kannte. Keiner von ihnen sprach ein Wort, als Humphrey die Tür schloss. Erst jetzt fiel Robert auf, dass vor den Füßen eines jeden Mannes ein Schild lag. Das Scharlachrot wirkte im Dämmerlicht fast schwarz, doch die goldenen Drachen schimmerten im Feuerschein, schienen zum Leben zu erwachen. Ihm entging auch nicht, dass ein Schild in die Mitte des Raumes gelegt worden war. Eine unbestimmbare Vorfreude stieg in ihm auf.

»Wir möchten, dass du dich uns anschließt.«

Robert drehte sich zu Humphrey um, dessen breites Gesicht von Schatten verdunkelt wurde. Der Ritter machte den anderen ein Zeichen, woraufhin diese nach ihren Schilden griffen und einen Kreis um den in der Mitte der Kammer bildeten. Nach dem Turnier in Smithfield im Frühjahr hatte Robert diese Schilde anfangs für eine Art Trophäe gehalten, doch in den darauffolgenden Monaten, als er Gelegenheit gehabt hatte, diese eng zusammengeschweißte Gruppe – mit Humphrey als Mittelpunkt – bei Hof zu beobachten, war er zu dem Schluss gekommen, dass mehr dahintersteckte. Während des Marsches durch Wales war dieser Verdacht dann zur Gewissheit geworden, nachdem ihm verschleierte Anspielungen auf die Artuskrone und eine Prophezeiung zu Ohren gekommen waren. Robert hatte zu ihnen gehören wollen – nicht nur aus Neugier, sondern weil er gesehen hatte, wie hoch diese jungen Männer in der Gunst des Hofes und des Königs standen. Jahrelang hatte die Familie Bruce große Macht ausgeübt und allgemeinen Respekt genossen, aber damit war es jetzt vorbei, und das nagte unaufhörlich an ihm. König Edward hatte ihren Niedergang herbeigeführt, indem er Balliol auf den schottischen Thron gesetzt hatte, und seither hegte er einen schwelenden Groll gegen ihn, doch etwas von seinem Zorn schwand, als er begriff, was ihm hier in dieser Kammer angeboten wurde.

Wortlos trat er in die Mitte des Kreises der Ritter, und Humphrey schloss die Lücke hinter ihm.

»Heb den Schild auf«, begann er, hob aber warnend eine Hand, als Robert sich bückte. »Aber nur, wenn du willens bist, ein Teil des Ganzen zu werden, ein Mitglied des Zirkels, der sich mit Leib und Seele seinem König und dessen Suche verschrieben hat.«

Robert straffte sich, als Humphrey fortfuhr. Eine innere Stimme sagte ihm, dass er erst einmal ruhig zuhören musste.

»Zehn Jahre nachdem König Edward Llewelyn ap Gruffudd besiegt hatte, rief er einen Ritterorden ins Leben, dem er das größte Wissen dieser Zeit anvertraute. Einige Monate nach Llewelyns Untergang befand sich unser König in Nefyn, einem Dorf nicht weit von hier, wo die Prophezeiungen des Merlin entdeckt und von Geoffrey of Monmouth übersetzt wurden. Dort, in einem von Llewelyns früheren Bollwerken, fand König Edward die letzte dieser Prophezeiungen – eine, die Monmouth noch nicht übersetzt hatte. Eine, die jahrhundertelang als verschollen galt und von den walisischen Prinzen von Gwynedd versteckt wurde.«

Robert kannte Monmouth und seine Werke. Sein Bruder Alexander hatte eine Abschrift der *Geschichte der Könige Britanniens* besessen. Gelesen hatte er die *Prophezeiungen* allerdings nicht und auch keine Ahnung gehabt, dass eine weitere erst vor kurzer Zeit entdeckt worden war.

»König Edward hat sich die Letzte Prophezeiung von einem ihm treu ergebenen Waliser übersetzen lassen und sie seinen Rittern gezeigt, die schworen, ihm bei der Erfüllung ihrer Anweisungen zu helfen. Als Symbol ihres gemeinsamen Ziels ließ der König eine runde Tafel wie die anfertigen, die sich an Artus' Hof befand. Diese Ritter waren unsere Väter, Großväter und Brüder«, fuhr Humphrey fort, wobei sein Blick über die schweigenden Männer rings um Robert hinwegschweifte. »Und jetzt treten wir in ihre Fußstapfen. Wir wollen uns unseres Königs ebenso würdig erweisen wie sie einst, eines Tages unseren Platz an der Tafel einnehmen und am Ruhm seines neuen Reiches teilhaben.«

»Wir sind die Drachenritter«, erklang Henry Percys volltönende Stimme hinter Roberts Rücken. »Benannt nach dem Zeichen, das Uther Pendragon im Traum erschien; dem Zeichen, mit dem Merlin prophezeite, er werde König werden und sein Sohn Artus einst ganz Britannien beherrschen.«

Als Henry verstummte, spann Thomas of Lancaster den Faden weiter. »Geoffrey of Monmouth berichtet von der Vernichtung Britanniens, die nach Artus' Tod während der Invasion der Sachsen stattfand. Er sagt, dass Gott den Britanniern in dieser Zeit eine himmlische Stimme sandte, die ihnen mitteilte, sie würden nicht länger über ihr Königreich herrschen. Aber eines fernen Tages in der Zukunft, zu einer Zeit, die Merlin vorhersah, würde das Reich wieder vereint sein, es würde Frieden herrschen und Wohlstand erblühen, und zwar dann, wenn die vier Reliqiuen Britanniens wieder zusammengebracht werden würden.«

»In der Letzten Prophezeiung, die vor zehn Jahren in Nefyn entdeckt wurde, werden diese Reliquien benannt«, fuhr Ralph de Monthermer fort. »Es handelt sich um einen Thron, ein Schwert, einen Stab und eine Krone. Sie sind die königlichen Insignien Britanniens, die der Gründer unseres Landes, Brutus von Troja, uns gebracht hat. Nach seinem Tod wurden diese vier Reliquien und das Königreich unter seinen Söhnen aufgeteilt. Diese Teilung läutete den Abstieg Britanniens in Krieg, Hunger und Armut ein. Die Letzte Prophezeiung warnt uns, dass unser Land der endgültigen Zerstörung entgegensieht, wenn diese vier Reliquien nicht zu einer von Gott vorherbestimmten Zeit in die Hände eines einzelnen Herrschers gelangen.«

Humphrey ergriff erneut das Wort. »Bei der in der Prophezeiung erwähnten Krone handelt es sich um den Reif, den Brutus selbst getragen und an alle britischen Könige nach ihm weitergegeben hat. Es ist die Krone von Artus, die er in Camblam seinem Vetter übergab. Danach war sie verschollen, bis Llewelyn ap Gruffudd ihre Macht nutzte, um Wales zu vereinen. Diese Krone müssen wir jetzt finden. Wenn du bereit bist, dich unserer Suche zu verschreiben und dich als würdig erweisen willst, eines Tages in die Tafelrunde aufgenommen zu werden, dann hebe den Schild auf.«

Als Humphrey verstummte, begriff Robert, dass jetzt die Reihe an ihm war. Gedanken an Schätze und Ritterabenteuer schwirrten ihm durch den Kopf, schwache Erinnerungen an seinen Ziehvater in Antrim und dessen Geschichten von Fionn mac Cumhaill und seiner Kriegertruppe keimten in ihm auf. Er hatte damals voller Ehrfurcht gelauscht und sich gefragt, ob er als Ritter selbst derartige Abenteuer erleben würde, aber je älter er wurde, desto stärker wurde ihm bewusst, dass es bei der Ritterschaft mehr um Pflichten und Politik ging als um große Reisen, Turniere und Ruhm, und die Erzählungen waren in seinem Gedächtnis allmählich verblasst. Was diese Männer jetzt sagten, erschien ihm unwirklich, aber ihre ernsten, feierlichen Gesichter wiesen auf eine Wahrheit hin, die Robert einen Schauer über den Rücken jagte und die Geschichten von einst auf einmal zu neuem Leben erweckte. Er zögerte einen Moment; wohl wissend, dass er hier einen Eid leistete, einen Eid, der so heilig war wie jeder Treueschwur und der ihn und seine Loyalität an den König band. Humphreys Worte hallten in seinen Ohren wider… *unseren Platz an seiner Tafel einnehmen und am Ruhm seines neuen Reiches teilhaben.* Entschlossen bückte er sich erneut und griff nach dem Schild.

Augenblicklich lockerte sich die Atmosphäre, die Männer nickten und lächelten.

Humphrey trat zu ihm. »Willkommen«, sagte er, bevor er ihn umarmte.

Robert zauderte, da er den feierlichen Moment nicht zerstören wollte, aber er musste die Frage stellen. »Hat mich jeder akzeptiert?« Er wusste genug, um sicher zu sein, dass Aymer de Valence ebenfalls ein Mitglied dieses Ordens war.

»Wir werden es ihnen später sagen.« Humphrey schien zu

begreifen, worauf er hinauswollte. »Aber sie können dich nicht ablehnen. Der König hat deiner Aufnahme zugestimmt.«

»König Edward weiß Bescheid?«

»Ich habe mit Sir John de Warenne gesprochen, der sich persönlich beim König für dich eingesetzt hat.«

Robert nickte. Insgeheim freute er sich über den Beweis dafür, dass er trotz der Katastrophe auf dem Marsch einen guten Eindruck auf den König gemacht zu haben schien.

Ralph de Monthermer kam mit zwei Weinkelchen auf sie zu und reichte sie ihnen.

Robert nahm einen davon entgegen. »Die Artuskrone ist also eine der Reliquien. Welche sind die anderen drei?«

»Man glaubt, eine sei Curtana«, erwiderte Ralph, ehe Humphrey antworten konnte. »Auch als Schwert des Erbarmens bekannt. Die Klinge wurde einst vom heiligen Edward dem Bekenner geführt, aber ihre wahre Herkunft war bis zu der Prophezeiung unbekannt. Der König bewahrt sie in Westminster auf.«

»Und der Stab und der Thron? Besitzt er beides auch schon?«

»Noch nicht«, entgegnete Humphrey. »Und jetzt trink, Bruder.«

Robert hob seinen Kelch und nippte daran, während Humphreys Blick nachdenklich auf ihm ruhte.

30

»WO WARST DU LETZTE NACHT?«

Robert drehte sich um. Sein Bruder Edward kauerte, die Arme um die Knie geschlungen, an der Wand der Waffenkammer im äußeren Hof von Conwy Castle. Ein raues, knirschendes Geräusch erfüllte die Luft – Nes rollte Roberts Kettenhemd in einem mit Sand gefüllten Fass hin und her, um den Rost von dem Metall zu schaben. Auch andere Männer waren damit beschäftigt, Löcher im Kettengeflecht zu flicken und Schwerter zu reinigen. Eisige Windböen fegten über den Hof und trieben ihnen Sand in die Augen. Letzte Woche, kurz nach der Christmette, war Schnee gefallen, aber nicht liegen geblieben. Der schiefergraue Himmel kündigte jedoch weitere Schneefälle an.

»Letzte Nacht?« Robert wandte den Blick ab. »Ich war mit Humphrey zusammen.«

»Ich habe dich während der letzten zehn Tage kaum zu Gesicht bekommen. Was hast du gemacht?«

Robert zuckte abwehrend die Achseln. »Trainiert.«

Das war nur teilweise gelogen. In den zehn Tagen seit der Ankunft der königlichen Armee in Conwy hatten sie wenig mehr tun können als abwarten, während Kundschaftertrupps ausgeschickt wurden, um den Aufenthaltsort des Feindes ausfindig zu machen. Seit dem Rebellenangriff im Wald hatten sie außer ein paar Bauern auf den Feldern niemanden mehr gesichtet, die Gegend war gespenstisch still. Das regelmäßige Kampftraining hatte sie zumindest beschäftigt, war aber nicht der einzige Grund für Roberts häufige Abwesenheit gewesen.

Edward erhob sich. Sein Gesicht verschloss sich. Das Kratzen von Sand auf Metall übertönte seine gemurmelten Worte. »Ich habe deinen neuen Schild gesehen, Bruder.«

Erleichtert registrierte Robert, dass Edwards Vermutungen in die falsche Richtung gingen, aber gleich darauf fühlte er sich schuldig. Humphrey hatte ihm eingeschärft, mit niemandem außer den Ordensmitgliedern über die Prophezeiung zu sprechen, ihn aber zugleich darauf hingewiesen, dass es ihm freistand, sich als Drachenritter zu bezeichnen und den Schild bei Turnieren und im Kampf zu tragen. Trotzdem hatte Robert seine Aufnahme in die geheime Gemeinschaft für sich behalten, hatte gezögert, sich Edward anzuvertrauen. Tief in seinem Inneren wusste er, dass der Bruder den Eid, den er geleistet hatte, nicht gutheißen würde. Da er nicht wusste, wie er sich verhalten sollte, täuschte er Ärger vor. »Hast du etwa meine Sachen durchsucht? Dazu hattest du kein Recht!«

»Ich war in deiner Kammer, da habe ich ihn zufällig gesehen.«

»Er lag unter meinem Bett. In Sackleinwand eingewickelt.« Als Nes zu ihnen herüberschielte, bedeutete Robert seinem Bruder, ihm zu folgen. Sobald sie außer Hörweite waren, drehte er sich um. »Nicht alles, was ich tue, geht dich etwas an!«

Edward presste die Lippen zusammen. »Ich bin einer deiner Männer. Ist es nicht deine Pflicht, mich in deine Pläne für diesen Feldzug einzuweihen?«

»Als einer meiner Männer solltest du mir widerspruchslos gehorchen«, erwiderte Robert scharf. »So wie jeder andere Knappe auch.« Er wandte den Blick von der gekränkten Miene seines Bruders ab. »Was ich meine, ist …«

»Ich weiß genau, was du meinst«, fiel Edward ihm ins Wort. »Stehe ich jetzt unter dir? Weil ich kein Ritter bin wie deine neuen Busenfreunde?«

Robert lehnte sich seufzend gegen die Wand der Waffenkammer. Er hatte gewusst, dass dieser Moment einmal kommen würde.

Kurz nachdem er zum Ritter geschlagen worden war, hatte er bemerkt, dass sich sein Bruder zu verändern begann. Die Reise durch das unbekannte England hatte sie dann einander wieder nähergebracht, der Groll, den Edward scheinbar gegen ihn hegte, schien sich abzuschwächen. Aber während des Sommers in London, in dem seine Freundschaft mit Humphrey stetig gewachsen war, war er wieder aufgeflammt. Er hatte darüber nachgegrübelt, ob hierhin der Grund für Edwards zunehmend ungebührlicheres Benehmen zu suchen war: die Art, wie er Rittern die Stirn bot, als wären sie gleichgestellt; die abschätzige Weise, mit der er über einige Barone sprach, sein Hang, Leute an der Festtafel im Gespräch und auf dem Übungsfeld mit der Lanze herauszufordern. Was auch immer die Ursache war, Robert ärgerte sich immer mehr über das Verhalten seines Bruders, und daher widerstrebte es ihm immer stärker, Edwards sehnlichsten Wunsch zu erfüllen.

»Warum willst du mich nicht zum Ritter schlagen?«

Das war sie – die Frage, die Robert gefürchtet hatte. »Ich habe gesagt, wir sprechen darüber, wenn wir wieder zu Hause sind.«

»Das war vor dem Krieg. Wir sind schon seit achtzehn Monaten aus Schottland fort, und du weißt nicht, wie lange dieser Feldzug dauern wird.« Edward baute sich vor Robert auf und zwang ihn, ihn anzusehen. »Bruder, ich werde nächstes Jahr neunzehn!«

»Das ist immer noch sehr jung für den Ritterschlag. Du musst Geduld haben.« Robert legte Edward die Hände auf die Schultern. »Lass uns zu Ende bringen, weshalb wir hier sind, und dann verspreche ich, dafür zu sorgen, dass du in den Ritterstand erhoben wirst.«

Edward zögerte, rang sichtlich mit sich und nickte dann.

Robert gab ihn frei, als in der Stadt eine Glocke zu läuten begann und zum Nachmittagsgottesdienst rief. Das Geräusch löste ein Kribbeln in seinem Magen aus, eine Erregung, die der glich, die er empfand, kurz bevor er ein Pferd auf ein Ziel zutrieb. »Ich muss gehen«, sagte er zu seinem Bruder, dann rief er nach seinem Knappen. »Sieh nach Hunter, Nes, wenn du hier fertig bist.«

»Natürlich, Sir.«

»Viel Spaß bei deinem Training«, rief Edward ihm sarkastisch nach.

Robert drehte sich nicht um, sondern eilte über den geschäftigen Hof auf eine Treppe zu, die zur Brustwehr führte. Als er oben ankam, verstummte die Glocke, nur ihr Nachhall trieb kleine Wellen über die Flussmündung. Während er den Fußweg zum nordöstlichen Turm entlangging, mahnte ihn eine innere Stimme, nicht mit zweierlei Maß zu messen: Noch vor ein paar Minuten hatte er seinen Bruder zurechtgewiesen, und jetzt benahm er selbst sich so unvorsichtig und leichtsinnig wie ein Kind, das auf einen hohen Baum kletterte, ohne sich darum zu kümmern, was darunter lag oder wie tief ein Sturz sein würde.

Robert verschloss entschlossen seine Ohren vor dieser unwillkommenen Stimme, als die Vorfreude auf das Kommende all seine Vernunft auslöschte.

Als er den über dem Haupttor aufragenden Turm passierte, sah er eine mehrere hundert Mann starke Truppe auf die Burg zukommen. Die meisten waren beritten, ihre Banner leuchteten im trüben Licht. Während der letzten vierzehn Tage waren Männer von den Divisionen herbeigeströmt, die in den Süden geschickt worden waren, um die von den Rebellen belagerten Burgen zu befreien. Dies war bislang die größte Kompanie. Robert fragte sich, ob sie Informationen über den Standort der Rebellen mitbrachten. Es wäre in vieler Hinsicht eine Erleichterung, die Burg, in der es zunehmend enger wurde, verlassen zu können.

Er gelangte zu einem Turm, der die breite Flussmündung überblickte. Von den Stellen, wo die Latrinerinnen aus den Felsen ragten, stieg Jauchegestank auf. Möwen hüpften über das feucht glänzende Gestein und zankten sich um Beute. Robert öffnete die Turmtür, betrat ein dunkles Treppenhaus und stieg die Wendeltreppe hinunter. Unten angelangt, huschte er in eine große runde Kammer, die nur von dem durch in die Wände eingelassene Schießscharten fallende Licht erleuchtet wurde. Er blieb im Dämmerschein stehen und musterte die Fußspuren, die zu einer Reihe aufgestapelter Getreidesäcke führten. Es waren jetzt viel weniger Säcke als zu Anfang der Woche, als er diesen Ort entdeckt hatte. Die Fliesen ringsum waren mit Körnern übersät, die weitere Fußspuren aufwiesen. Draußen hallten die Schreie der Möwen wider, und zwischendurch flüsterte jemand seinen Namen.

Robert zwängte sich zwischen einem Stapel von Säcken hindurch, die er enger zusammengeschoben hatte, damit sie nicht gestört wurden. Er presste sich gegen das raue Material; das Getreide bewegte sich unter seiner Berührung wie Muskeln unter Haut. Der Geruch erinnerte ihn an die Erntezeit in Carrick. Und dann hatte er sich hindurchgeschoben und sah eine Fensternische mit zwei Bänken vor sich. Dazwischen stand, von einem Lichtstrahl umflutet, Helena de Beauchamp mit aufgestecktem rotem Haar, das wie ein feuriger Heiligenschein loderte.

Die Mädchen daheim in Lochmaben waren hübsch und willig, aber letztendlich unbefriedigend gewesen – als würde man eine Zielscheibe aus dem Stand anvisieren, ohne den wilden Ritt genießen zu können. Eva, die er in der Nacht, in der seine Familie den Thron verloren hatte, geküsst hatte, war ihm lange verlockend im Gedächtnis geblieben. Helena, die Tochter eines englischen Earls, sechzehn Jahre alt und einem anderen Mann versprochen, stellte für ihn ein noch größeres Objekt der Begierde dar. Sie hatte sich ihm sozusagen angeboten. Wie hätte er widerstehen können?

Helena trug ein dunkelblaues, in der Taille von einem Gürtel zusammengehaltenes Gewand, in dem sie mit ihrer schlanken Figur fast knabenhaft wirkte, aber Robert kannte die weichen Rundungen unter dem Stoff, die alles andere als maskulin waren. Sie lächelte, sagte aber nichts. Bei ihren Treffen war es bislang nicht um Worte gegangen. Robert war damit durchaus zufrieden. Hier in diesem staubigen Schlupfloch hinter den Getreidesäcken existierte für ihn nur ein Ziel, das ihm allerdings bislang verwehrt worden war, weshalb er es jeden Nachmittag entschlossener anstrebte.

Als sie voreinander standen, umfasste Robert Helenas Gesicht, strich über ihre marmornen Wangen und suchte ihre Lippen. Der mittlerweile vertraute Duft von Olivenöl stieg ihm in die Nase, der, wie sie gesagt hatte, von der aus Spanien importierten Seife stammte, die sie benutzte. Ihr Mund war warm, ihr Atem heiß, als er sich mit dem seinen vermischte. Ihre Hände glitten zaghaft zu seinem Nacken, ihre Finger gruben sich in sein dunkles Haar, während die seinen von ihrem Gesicht zu ihren Schultern und ihrem Rücken wanderten. Als sie auf der sanften Wölbung weiter unten ruhen blieben, sog Helena zischend den Atem ein und wich zurück. Robert erstarrte. Seine Frustration drohte sein Gefühl für Anstand zu überwältigen. Genau das war es – der Punkt, wo die Herausforderung begann. Sie würden noch eine Weile hierbleiben, er würde erneut ihr Gesäß umfassen, sie zurückscheuen, und so würde sich ihre Leidenschaft steigern, sie würde ihm vielleicht eine kleine Freiheit gewähren, bevor sie sich losmachte und das ganze stumme Duell von neuem begann.

Robert war seinem Ziel gerade ein Stück näher gekommen, als die Tür geöffnet wurde. Beim Klang von Stimmen und Schritten fuhren Robert und Helena auseinander. Hinter den Säcken bemerkte Robert Bewegungen und zog das Mädchen rasch beiseite. Sie starrte ihn mit brennenden Wangen und großen, erschrockenen Augen an. Sein Herz begann zu hämmern, und er meinte, ihres zu spüren – ein Echo ihres raschen Pulsschlags. Hinter der Sackbarriere sprachen zwei Männer miteinander.

»Das sollte für Eure Männer reichen, Sir. Ihr könnt die Kammer darüber nehmen. Ich fürchte, wir sind leider nicht gut auf Besuch eingerichtet. Der König hat noch nicht mit Euch gerechnet. Wir werden die Säcke unverzüglich entfernen lassen.«

»Tut das. Meine Männer sind vollkommen erschöpft.«

Robert runzelte die Stirn, als er die raue Stimme mit dem scharfen Akzent hörte. Die Erkenntnis, wem sie gehörte, traf ihn wie ein Schlag. Es war William de Valence, der alte Earl of Pembroke.

»Selbstverständlich, Sir.«

Die Schritte verklangen, die Tür wurde zugeschlagen. Robert wartete noch einen Moment, lauschte und wandte sich dann zu Helena. »Wir gehen getrennt. Ich mache den Anfang und überzeuge mich davon, dass die Luft rein ist.«

Als er sich umdrehen wollte, packte Helena seinen Arm. »Wo können wir uns denn jetzt treffen, Sir Robert?«, flüsterte sie.

»Ich finde schon ein Plätzchen.« Robert beugte sich vor und küsste sie – zärtlich diesmal –, ehe er sich zwischen den Säcken hindurchzwängte und Helena ihm folgte. Noch einmal lauschte er, die Schulter gegen das Holz gepresst, an der Tür. Da sich nichts rührte, öffnete er sie einen Spalt breit. Das Treppenhaus war leer. Er schenkte Helena noch ein beruhigendes Lächeln, huschte aus dem Raum und ließ die Tür für sie angelehnt. Gerade als er die Treppe emporstieg, wobei er Gott für die schützenden Säcke dankte, hörte er die Schritte zweier Fußpaare, die die Stufen herunterkamen. Er schickte sich an kehrtzumachen, aber dann wurde ihm klar, dass ihm dazu keine Zeit mehr blieb, er musste Helena Gelegenheit geben, sich aus dem Staub zu machen. Wenn sie Stimmen hörte, würde sie wissen, dass sie nach unten statt nach oben fliehen musste.

Die mit grauem Staub bedeckten Stiefel der ersten Gestalt schoben sich in sein Blickfeld. Ein blau-weiß gestreifter, mit kleinen roten Vögeln bestickter schlammbespritzter Umhang umspielte sie. Als Robert das Wappen erkannte, meinte er einen Moment lang, es wäre Pembroke selbst, doch als sein Blick auf das harte, eckige Gesicht fiel, begriff er, dass es sich um seinen Sohn handelte.

Bei seinem Anblick blieb Aymer de Valence stehen. Sein Kinn war mit dunklen Bartstoppeln übersät, und über seine Wange verlief eine gezackte, erst kürzlich genähte Wunde. Der Knappe hinter ihm hatte sich einen Lederbeutel über die Schulter geworfen und hielt ein Bündel blutfleckiger Kleider in den Armen. Auch Aymers Überwurf wies große Blutstreifen auf, die die roten Vögel zum Teil verdeckten. »Man sagte mir, dies wäre unsere Unterkunft«, knurrte der Ritter und drehte sich dabei zu seinem Knappen um.

»Das ist richtig, Sir.« Der Mann starrte Robert unsicher an.

Ein paar Stufen weiter oben gab es eine Nische, in der eine Schießscharte auf die Flussmündung hinausging. Robert ging darauf zu und trat zur Seite. »Geht weiter«, sagte er, ohne den Blick von dem Ritter abzuwenden.

Aymer zögerte noch einen Moment, dann schritt er, den säuerlichen Gestank von Blut hinter sich herziehend, von seinem Knappen gefolgt die Stufen hinunter. Robert setzte seinen Weg fort, ohne sich noch einmal umzudrehen, bis er zur Tür hinaustrat und der Wind kräftig in sein erhitztes Gesicht blies.

31

WIEDER IN SEINER KAMMER angekommen, wusch sich Robert in der Schüssel am Fenster die Hände und bückte sich, um sich Wasser ins Gesicht zu spritzen, dann stützte er die Handflächen auf den hölzernen Ständer und starrte über die Brustwehr hinweg.

Es war schon fast dunkel, niedrige Wolken zogen über die Türme der Burg. Die Kammer mit der strohgefüllten Matratze wurde nur von einem Kerzenstummel erleuchtet. Unten konnte Robert die Stimmen seines Bruders und seiner Männer hören, die beim Essen saßen. Feuerschein schimmerte durch die Ritzen in den Bodendielen. Edward erzählte irgendeine Geschichte, seine Stimme übertönte das Gelächter der anderen. Für gewöhnlich schloss sich Robert ihnen an, aber heute stand ihm der Sinn nicht nach Gesellschaft.

Es klopfte an der Tür. Robert öffnete und sah Humphrey vor sich stehen. Der fahle Schein der Kerze fiel auf sein Gesicht. Er lächelte nicht.

»Was ist passiert?« Aus der ernsten Miene seines Kameraden schloss Robert, dass die Kundschafter den Feind ausfindig gemacht hatten.

»Hol dein Schwert.«

Die Aufforderung schien Roberts Vermutung zu bestätigen, aber irgendetwas an Humphreys schroffem Verhalten gab ihm zu denken. Trotzdem ging er zu seinem Breitschwert hinüber. »Ist der Feind gesichtet worden?«, fragte er, dabei schlang er sich den Gürtel, an dem die Schwertscheide befestigt war, um die Taille. »Werden wir angegriffen?«

Als er nach seinem gepolsterten Wams griff, wehrte Humphrey ab. »Das nicht«, sagte er tonlos. »Nur das Schwert.« Er trat in den Gang hinaus, als setze er voraus, dass Robert ihm folgte.

Was dieser nach einem Moment auch tat. »Was ist denn geschehen, Humphrey?«

Humphrey gab keine Antwort, sondern stieg ein paar Stufen zu einer Tür hinauf, die auf die Brustwehr hinausführte.

Robert verzog angesichts der kalten Luft, die ihm entgegenschlug, das Gesicht. Er trug nur seine schwarze Hose und ein am Hals offenes weißes Leinenhemd. Feiner Regen benetzte sein Gesicht. Als Humphrey auf die nordöstlichen Türme zusteuerte, hielt Robert nach Zeichen für einen unmittelbar bevorstehenden Angriff Ausschau, aber in der Burg herrschte Ruhe, Fackeln flackerten in den Höfen und beleuchteten Gruppen von Wachposten. Hinter den Mauern lagen die Straßen von Conwy im Dunkeln. Nachdem Humphrey noch ein paar Schritte schweigend vorausgestapft war, reichte es Robert.

Humphrey drehte sich um, als Robert stehen blieb. »Komm weiter.«

»Erst wenn du mir sagst, wo wir hingehen. Du hast ja noch nicht einmal selbst ein Schwert bei dir!«

Humphreys Gesicht rötete sich vor Zorn. Er marschierte auf Robert zu. »Warum hast du es getan? Ich hatte dich doch gewarnt.«

»Was getan?« Robert schwankte zwischen Wut und Verwirrung.

»Helena.«

Robert verstummte. Der Name hing zwischen ihnen in der Luft. »Woher weißt du das?«, erkundigte er sich schließlich mit gepresster Stimme.

»Aymer«, erwiderte Humphrey beißend. »Er hat sie den Turm verlassen sehen.«

»Sie hat es ihm erzählt?«, murmelte Robert ungläubig. Helena erwartete ebenso viel Ärger wie ihn, wenn sie überführt wurde.

»Nachdem er euch beide gesehen hat, hat sich Aymer seinen Teil gedacht. Er zwang sie, es ihm zu bestätigen.«

»Er zwang sie?«, fauchte Robert.

»Er drohte, zu ihrem Vater zu gehen, wenn sie ihm nicht die Wahrheit sagt. War es irgend so ein verwegenes Spiel wie die, die dein Bruder zu spielen pflegt? Werden die Dinge in deiner Heimat so gehandhabt? In Schottland?«

Robert starrte ihn an. In all den Monaten, seit denen sie sich kannten, hatte sich Humphrey im Gegensatz zu anderen noch nie verächtlich über sein Heimatland geäußert. Trotz des Schocks nagte die Bemerkung an ihm.

Humphrey schien einzusehen, dass er zu weit gegangen war, denn sein Tonfall wurde weicher. »Habt ihr denn nicht daran gedacht, dass ihr ertappt werden könntet?«

»Hat Aymer sich an ihren Vater gewandt?« Nachdem der erste Schreck überwunden war, stellte sich Robert der Realität. Der Earl of Warwick genoss das Vertrauen des Königs. Es war gut möglich, dass er seine Position hier gefährdet hatte, und das, nachdem er gerade erst in den Orden aufgenommen worden war. Diese Sorge war nicht neu, sie plagte ihn seit dem ersten leidenschaftlichen Moment mit Helena, aber nach seiner Initiation war er sich irgendwie unangreifbar vorgekommen und hatte sich eingeredet, niemand würde ihnen auf die Schliche kommen. Es traf also zu, was Dichter und Priester behaupteten: Eine Frau konnte einen Mann leichter vernichten als jede Klinge. Er dachte an Eva und ihren Apfel, und er dachte an seinen Vater, der seine Mutter ohne die Erlaubnis des Königs geheiratet hatte – was ihn beinahe sein Land gekostet hätte.

»Nein«, erwiderte Humphrey jetzt merklich ruhiger. »Sondern an ihren Bruder.«

Erst jetzt erkannte Robert, worauf Humphrey hinauswollte.

»Ich konnte es nicht verhindern«, sagte Humphrey, der ihm seine Gedanken von der Stirn ablas. »Ich habe es versucht, aber die anderen …« Er holte tief Atem. »Guy ist seit vier Jahren Mitglied unseres Kreises, und sein Vater gehört zur Tafelrunde. Er verlangt Gerechtigkeit, und zwar eine, unter der seine Schwester nicht leiden muss. Es wurde beschlossen, diesem Wunsch stattzugeben.«

Robert spürte, wie sich seine Brust zusammenzog, aber er schloss die Hand um den Griff seines Schwertes. Er hatte sich schuldig gemacht, ja. Aber er gedachte nicht, mit seinem Leben dafür zu bezahlen. Nicht freiwillig.

Humphrey führte ihn an dem Eckturm vorbei und in die Gärten hinaus, die auf einer Terrasse zwischen den inneren und äußeren Mauern der Burg angelegt worden waren. Sie kamen an vier Wachposten vorbei, von denen einer Humphrey diskret zunickte, und traten durch das Tor auf die steinerne Rampe hinaus, die sich um die Felsen herum auf den hölzernen Pier zu wand. Einen Moment lang meinte Robert, Humphrey wolle an Bord eines Bootes gehen, doch dann sah er Fackelschein auf dem Pier, der auf eine Gruppe von Männern fiel. Einer in der Mitte schwang ein Schwert. Robert spähte über seine Schulter und stellte fest, dass diese Stelle des Piers nur von den vier Wachposten und einem kleinen Abschnitt des Fußweges über ihnen gesehen werden konnte. Für gewöhnlich wurden Duelle nicht auf diese Weise ausgetragen – ohne einen Schiedsrichter, der darauf achtete, dass alles seine Ordnung hatte.

Der Wind trieb weiße Gischt über die Oberfläche des Flusses. Robert blies in seine Hände, versuchte seine starren Finger zu wärmen. Guy hatte Zeit gehabt, seine Muskeln zu lockern, doch seine eigenen waren noch steif. Humphrey führte ihn zum Pier. Der Klang ihrer von Stein auf Holz wechselnden Stiefel hallte laut in der erwartungsvollen Stille wider. Am Ende des Piers schaukelte ein Boot und schabte knirschend an den Planken. Die Männer drehten sich zu den Neuankömmlingen um. Guy hielt mit dem Schwingen seines Schwertes inne und blieb still stehen. Sein Haar, rot wie das seiner Schwester, schien im Fackelschein zu glühen. Der Blick des Ritters war verschleiert, er war bereit, seiner aufgestauten Wut im Kampf Luft zu machen. Auch Thomas, Henry, Ralph und die anderen waren da. Robert musterte Aymer de Valence. Beim Anblick des harten Gesichts des Ritters stieg Abscheu in ihm auf. Aymer wirkte, als fiebere er dem Duell geradezu entgegen.

Humphrey trat vor und versperrte ihm die Sicht. »Sir Guy, seid Ihr bereit?«

Guy nickte einmal, ohne den Blick von Robert abzuwenden. Er trug ein schwarzes Hemd, das ihm bis zu den Oberschenkeln reichte, darunter eine wollene Hose und Stiefel aus Tierhaut, die mit Lederriemen versehen waren, damit das weiche Material nicht verrutschte. Seinen silberbeschlagenen Schwertgurt hatte er sich zweimal um die Taille geschlungen. Und er trug Lederhandschuhe.

Humphrey sah von einem Mann zum anderen. »Ihr werdet kämpfen, bis das erste Blut fließt.« Er sprach so laut, dass alle in der Gruppe ihn hören konnten. »Der Sieger legt dann die Bedingungen für die Kapitulation des Verlierers fest.« Er streifte seine Handschuhe ab und dämpfte seine Stimme. »Hier.« Er reichte sie Robert. »Die sollten helfen.«

Der königliche Ritter Robert Clifford trat mit zwei Rundschilden vor, während Robert die noch warmen Handschuhe anzog. Er nahm einen der kleinen Schilde, die Clifford ihm reichte, und packte den Griff in der Mitte der Scheibe, deren Vorderteil wie eine Schale geformt war. Seit seinen Übungsstunden bei Yothre hatte er keinen Rundschild mehr benutzt. Im Vergleich zu dem großen, spitz zulaufenden Schild, den er zu Pferde einsetzte, kam er ihm unglaublich klein vor, der größte Teil seines Körpers blieb ungeschützt. Er erinnerte sich daran, wie Yothre ihn angeherrscht hatte, nachdem er rücklings zu Boden gegangen war. Der Rundschild hatte neben ihm im Sand gelegen, und der streitlustige Mann hatte ihn angeschrien, jede seiner Schwestern würde den Schild besser halten als er. Wie oft hatte sein Ausbilder seine Deckung durchbrochen? Robert verdrängte den Gedanken und konzentrierte sich auf Guy. Der Regen war stärker geworden und färbte alles noch dunkler. Wassertropfen verdampften zischend in den Flammen der Fackeln.

Robert zog sein Breitschwert. Die Klinge wurde von einem ballförmigen Bronzeknauf ausbalanciert, der vom häufigen Gebrauch türkisfarben schimmerte, und der beinerne, mit Leder überzogene Griff war abgewetzt. Als er zum Ritter geschlagen worden war, hatte sein Großvater ihm die Waffe, mit der er im Heiligen Land gekämpft hatte, geschenkt. Der Stahl, der härteste der Welt, stammte aus Damaskus, und das Schwert war mit Sarazenenblut getauft, hatte sein Großvater gesagt. Guys Schwert wirkte neuer, die Klinge war länger, der Knauf größer und der Griff mit roter und gelber Kordel – den Wappenfarben der Beauchamps – umwickelt. Die Waffe lag gut in seiner rechten Hand, den Schild hielt er in der linken. Robert schwang sein Schwert ein paar Mal durch die Luft, um seine Handgelenke zu lockern, wobei er den Daumen als Hebel benutzte. Dann vollführte er ein paar Scheinangriffe, suchte auf den Pierplanken nach festem Halt und dehnte seine Oberschenkelmuskeln. Dann trat er zurück und blieb, den Blick noch immer fest auf Guy gerichtet, still stehen.

Humphrey hob die Stimme. »Das Duell möge beginnen.«

Guy verlor keine Zeit, sondern ging direkt auf Robert los, holte mit seinem Schwert aus und zielte auf den Hals seines Gegners. Robert riss seine Waffe hoch und blockte den Hieb ab. Die Klingen trafen klirrend aufeinander. Robert drückte Guys Schwert von sich, um sich Platz zu verschaffen. Der Ritter wurde ein paar Schritte zurückgetrieben, stürmte aber sofort wieder vor, ohne Robert Zeit zur Besinnung zu geben. Wieder prallten die Waffen gegeneinander, als Guy einen Hieb gegen Roberts Seite führte.

So ging es einige Minuten lang weiter. Guy griff wütend immer wieder an, Robert wehrte ihn erbittert ab. Die Gesichter der Zuschauer glühten im Fackelschein. Aymers Zähne leuchteten weiß auf; grinsend genoss er Guys wilde Attacken. Weder Robert noch Guy achteten auf sie, sondern konzentrierten sich einzig und allein aufeinander, während Regen über ihre Gesichter strömte. Humphrey hatte gesagt, der Kampf ende mit dem ersten Blutstropfen, doch Guys brutale Hiebe würden, wenn sie trafen, weit größeren Schaden anrichten.

Robert warf das Haar zurück, aus dem ihm Wasser in die Augen tropfte. Die Planken unter ihren Füßen wurden allmählich glitschig. Guy zielte auf seine Brust, Robert wehrte die Klinge mit seinem Schild ab, wobei ihn eine heiße Welle der Wut überkam, die sowohl etwaige Bedenken als auch seine Absicht, Humphreys Anweisungen zu befolgen, auslöschte. Er hatte etwas Derartiges schon in Übungskämpfen erlebt: Tief in ihm brach irgendetwas Wildes los – der brennende Wunsch zu siegen. Hier standen sein Stolz, sein Ruf und vielleicht sein Leben auf dem Spiel. Guy schäumte vor Wut, das trieb ihn an, aber Wut ließ einen Mann unvorsichtig werden. In einem solchen Zweikampf durfte man ihr nicht lange freien Lauf lassen, sie erschöpfte einen schnell, da jeder Hieb mehr Kraft kostete als nötig. Wenn Robert sich dies zunutze machte, konnte er Guy schlagen. Er konnte gewinnen.

Er griff seinerseits an und zwang Guy zum Parieren. Der rothaarige Ritter schnaubte mit zusammengebissenen Zähnen, als er die Attacke abwehrte. Robert verzog die Lippen zu einem Grinsen, das den Ritter nur noch mehr reizte, bis er wüste Flüche ausstieß, als ihre Klingen erneut aufeinandertrafen und Funken aufstoben. Robert hörte, wie Humphrey ihnen etwas zurief, doch er ignorierte die scharfe Mahnung des Ritters, sich an die Regeln zu halten. Neue Kraft und Entschlossenheit durchströmten ihn. Er wollte gewinnen, und wenn er den Gegner töten musste, um sein Ziel zu erreichen.

Als er eine linke Finte schlug, folgte Guy der Bewegung, aber Robert holte blitzschnell aus. Er stampfte hart auf, als er auf Guy losging, trotzdem glitt sein Stiefel auf dem nassen Holz aus und brachte ihn mitten im Hieb aus dem Gleichgewicht. Guy, dem die Lücke in seiner Deckung nicht entging, ließ sein Schwert niedersausen und setzte sein Körpergewicht ein, um Roberts Schwert mit seiner Klinge niederzudrücken, während er mit seinem Schild zum Schlag ausholte. Robert blieb gerade noch Zeit, um die Metallscheibe auf sein Gesicht zufliegen zu sehen, dann duckte er sich und riss seinen eigenen Schild hoch, um Guys Hand wegzustoßen. Der Rand traf Guys Handgelenk, schlug seinen Arm zurück und entlockte ihm einen Schmerzensschrei.

Er taumelte nach hinten, brachte dabei einige der Zuschauer zu Fall, sammelte sich wieder und stürmte vor, entschlossen, Robert zu Boden zu schlagen.

Robert riss sein Schwert ein weiteres Mal hoch, um einen über seinen Kopf geführten Hieb zu parieren, sodass die Klingen mitten in der Luft ein Kreuz bildeten. Guy knurrte, während er seine Waffe mit aller Kraft herunterdrückte, doch Robert duckte sich plötzlich unter seiner Klinge hinweg und schmetterte dem Ritter seinen Schild in den Magen. Guy krümmte sich, die Luft schoss aus seiner Lunge, er sank auf die Knie und ließ sein Schwert fallen. Dann hob er seinen Schild, weil er einen Streich gegen seinen Kopf erwartete, doch Robert griff nicht an. Stattdessen wich er zurück, leckte sich Salz von den Lippen und strich sich das nasse Haar aus den Augen. Humphrey machte Anstalten, dazwischenzugehen und dem Kampf ein Ende zu setzen, aber Henry Percy packte ihn am Arm. Nach einem Moment griff Guy nach seinem Schwert und zog sich vor Anstrengung stöhnend wieder auf die Füße. Beide Männer waren bis auf die Haut durchnässt, Wasser und Schweiß rannen ihnen übers Gesicht.

Schwer atmend, aber jetzt schweigend führte Guy drei rasche Hiebe, die Roberts Deckung durchbrechen sollten, aber dieser war vorbereitet. Trotz aller geringschätzigen Bemerkungen und Verhöhnungen hatte Yothre ihn gut ausgebildet, ebenso wie sein Großvater. Robert sah die Angst vor der drohenden Niederlage in den Augen seines Gegners, seine abgrundtiefe Erschöpfung, den Schmerz in seinem Schwertarm und seiner Schulter. Auch Robert war mit seiner Kraft fast am Ende, aber er hatte bei den anfänglichen Angriffen nicht so viel Energie verbraucht wie Guy. Beim vierten Hieb klemmte er Guys Schwert zwischen seiner Klinge und seinem Schild ein, zerrte ihn zur Seite, trat nach ihm, traf den Ritter über dem Knie. Guys Bein gab unter ihm nach, und er stürzte auf den Pier. Diesmal stampfte Robert auf sein Schwert und zermalmte Guys Finger darunter, dann setzte er dem Ritter die Klinge an den Hals. Guy starrte von den

Knien zu ihm empor, blickte in Roberts blitzende blaue Augen und schloss zum Zeichen, dass er sich ergab, die seinen.

Robert trat zurück, hob den Kopf zum Himmel und holte mehrmals tief Atem.

»Es ist zu Ende«, sagte Humphrey. Seine Stimme klang gepresst, aber unverkennbarer Respekt flackerte in seinen Augen auf. »Sir Robert ist der Sieger. Ihr müsst jetzt bestimmen, unter welchen Bedingungen Sir Guy sich zu ergeben hat.«

Robert schüttelte den Kopf. »Ich will nichts von ihm.«

Einige Ritter runzelten überrascht die Stirn. Guy sog zischend den Atem ein und fixierte Robert, als wünsche er sich nichts sehnlicher, als den Kampf fortzusetzen, obwohl er kaum stehen konnte.

»Du hast das Duell gewonnen, Robert«, meinte Humphrey. »Du hast das Recht dazu.«

»Er schuldet mir nichts. Aber es ist vorbei«, fügte er an Guy gewandt hinzu, womit er sowohl den Streit als auch die Stelldicheins mit Helena meinte.

Guy starrte ihn an. Nach einem Moment schien er zu begreifen, denn er nickte. Aymer de Valence trat mit angespanntem Gesicht zu ihm, doch Guy schob ihn ärgerlich weg, erhob sich und reichte Clifford seinen Rundschild. Als Aymer zu ihm hinübersah, erkannte Robert, dass das Duell seine Idee gewesen war, und beantwortete den giftigen Blick des Ritters mit einem kalten, triumphierenden Lächeln.

32

DIE SCHLANGE VON MÄNNERN wand sich langsam durch die kahlen Hügel. Rechts erstreckte sich trockenes Gras bis hin zu braunen Feldern, die zum Meer abfielen, während links das Gelände steil zu baumbewachsenen Hügeln anstieg.

In der Nähe der Truppenspitze ritt König Edward, sein Pferd bewegte sich sicher auf dem gefrorenen Untergrund. Bayard, sein bevorzugtes Schlachtross, war groß und muskulös, was angesichts der Last, die es zu tragen hatte, auch notwendig war. Eine gesteppte Schabracke bedeckte das Pferd vom Kopf bis zum Schweif und verbarg eine Decke aus Kettengeflecht, die steif um seine Beine spielte. Auf dem Geschirr, das zwei Pferdeknechte auf den Rücken des Tieres hieven mussten, thronte der hölzerne Sattel, in dem der König saß. Seine Rüstung bestand aus einem langärmeligen Kettenhemd, über dem er einen am Rücken geschlossenen Mantel aus Metallplättchen trug. Gleichfalls mit solchen Plättchen besetzte Lederhandschuhe schützten seine Hände, Schienen seine Beine. Die hochrangigen Ritter seiner Armee, die mit ihm in der Vorhut ritten, waren ähnlich ausgerüstet, während die Infanteristen sich mit Tuniken aus gekochtem Leder oder mit strohgepolsterten Wämsern begnügen mussten. Doch alle trugen unabhängig von ihrem Rang irgendwelche Waffen, denn sie befanden sich tief im Feindesland. Madog und seine Männer lauerten irgendwo in diesen eisigen Hügeln.

Vier Tage zuvor hatten Edwards Kundschafter ihm die Nachricht gebracht, auf die er ungeduldig gewartet hatte. Der Feind war südlich von Caernarfon nicht weit von dem Dorf Nefyn gesichtet worden. Er hatte seine Ritter um sich versammelt und seine Entscheidung zum Aufbruch verkündet. Ein paar von ihnen hatten sich dagegen ausgesprochen, da sie fürchteten, das Wetter könnte jeden Tag umschlagen und der Schnee, der seit Wochen in der Luft lag, würde endlich fallen. Noch mehr wollten warten, bis die anderen Kompanien aus dem Süden zu ihnen stießen, sodass sie mit voller Macht zuschlagen konnten. Der Earl of Pembroke, erfolgreich von einem Angriff auf einen Rebellentrupp zurückgekehrt, der eine von den Engländern gehaltene Burg bei Cardiff belagert hatte, hatte ihre Anzahl bereits verstärkt, aber es wurden noch einige weitere Divisionen erwartet.

Edward hatte voller Hohn auf die Andeutung reagiert, seine zum größten Teil aus schwerer Kavallerie bestehende Armee könne sich gegen eine unterlegene Truppe mit Speeren und kurzen Bogen bewaffneter Aufständischer nicht behaupten. Ihr Zögern ärgerte ihn, den er hatte zehn Jahre zuvor an derselben Tafel, in die die Namen von Artus' Rittern frisch eingeschnitzt waren, von seinen Befürchtungen gesprochen. Er hatte ihnen klargemacht, wie dringend sie die Krone an sich bringen mussten, die Wales vereint hatte. Nun waren diese Befürchtungen wahr geworden. Die Artuskrone war wie prophezeit auf dem Kopf eines anderen Mannes aufgetaucht, und im Reich herrschte Rebellion. Madog musste unterworfen werden, ja. Aber wichtiger war es, sich der Krone zu bemächtigen.

Am nächsten Tag verließ die Armee des Königs Conwy und bewegte sich den schmalen Küstenstreifen zwischen Snowdonia und dem Meer hinunter. Die erste Stadt, die sie erreichten, war Caernarfon.

Edward wusste, dass seine größte Festung eingenommen worden war, alle Berichte hatten dies bestätigt. Er hatte sich dagegen gewappnet, beachtliche Schäden vorzufinden, aber auf das Bild völliger Verwüstung, das sich ihm bot, war er nicht gefasst gewesen. Die Stadt war schon Meilen, bevor die englische Armee dort eintraf, zu sehen, das Ausmaß der Zerstörung wurde immer deutlicher, und die Männer verfielen in ungläubiges Schweigen. Caernarfons Mauern waren stellenweise völlig zertrümmert, Lücken klafften darin, die aussahen, als hätten die Klauen eines Riesen sie in das Mauerwerk gerissen. Die dahinter liegende Stadt war nicht mehr zu erkennen. Häuser hatten sich in schwarze Ruinen, die Bäume in den Obstgärten in verkohlte Stümpfe verwandelt. Immer noch hing der Gestank nach Rauch in der Luft.

Edward war durch die Trümmer der Burg geritten, den Geburtsort seines Sohnes und Erben. Im Graben lagen Überreste von Leichen, deren Fleisch von Raubgetier verstümmelt worden war. Krähen umkreisten wie Schatten des Todes die Brustwehr.

Zwei Überwurffetzen, deren Wappen ihre Träger als den Konnetabel und den hiesigen Sheriff auswiesen, hingen an einem der Türme. Krächzende Vögel hüpften auf den Zinnen herum. Sie hatten Angst vor den Männern unter ihnen, gierten aber nach den letzten Resten ihrer Mahlzeit.

Der Boden im Inneren der Burg war mit Mauerwerktrümmern, verschossenen Pfeilen und weiteren Leichen von Männern und Pferden übersät. Holzhaufen zeigten an, wo Dächer in Flammen aufgegangen waren. Edward kam sich vor, als habe er in einem anderen Leben zuletzt hiergestanden. Damals war er unter Trommel- und Trompetenklängen und den Siegesliedern seiner Männer hier eingeritten. Das Land war vom Sommer vergoldet und seine Frau an seiner Seite gewesen. Wales hatte sich in seiner Hand befunden, seine Feinde waren tot oder gefangen genommen. Sein Sohn Alfonso hatte sich lebendig und munter in London befunden, und Edwards Gedanken waren von Zukunftsträumen erfüllt gewesen. Der Zimmermann hatte bereits an seiner Tafel gearbeitet. Doch jetzt, inmitten des rauchenden Zerstörungswerks, schien seine gefallene Burg für seine in Trümmer zerfallene Herrschaft zu stehen. Er war weniger als eine Stunde in der Ruine geblieben, dann hatte er sich abgewandt und war mit Mordgedanken im Herzen gen Süden Richtung Nefyn weitergezogen.

Gelächter riss den König aus seinen Erinnerungen. Als er sich umdrehte, sah er Edward Humphrey de Bohun und Henry Percy dicht hinter sich an der Spitze einer Gruppe junger Ritter. Humphrey sagte gerade etwas, dabei grinste er breit. Angesichts ihrer trotz der düsteren Umstände guten Laune empfand Edward einen Anflug von Wehmut. Für ihn und seine Männer neigte sich der Tag dem Ende zu, kaltes Zwielicht brach an. Für diese jungen Spunde, die Ritter, die bald den Platz ihrer Väter oder den seines Sohnes an der Tafelrunde einnehmen würden, herrschte heller Mittag. In ihren noch nicht von Alter und Kummer zerfurchten Gesichtern sah Edward die Zukunft und die Vergangenheit: seine Vergangenheit und ihre Zukunft.

Sie waren loyal und eifrig, aber noch nicht kampferprobt, wie geschmolzenes Metall in einer Schwertschmiede – nur Feuer und Hitze, aber noch nicht geformt, abgekühlt und zu Stahl gehämmert.

Edwards abschätzender Blick glitt über Robert Bruce hinweg, der an Humphreys Seite ritt. Der Earl und Herefords Sohn schienen seit einiger Zeit unzertrennlich zu sein. Der König hatte lange überlegt, als John de Warenne vorgeschlagen hatte, ihn in den Orden aufzunehmen, denn Bruce war ihm in London aufsässig vorgekommen. Aber der Vater des jungen Mannes war immer gefügig gewesen, und schottische Verbündete würden sich in den kommenden Monaten zweifellos als wertvoll erweisen. Nach all den Schwierigkeiten, die auf König Alexanders Tod gefolgt waren – Yolandes Schwangerschaft, Margarets Tod und die hinausgezögerte Anhörung zur Bestimmung eines Nachfolgers –, kamen die Dinge im Norden endlich in Gang. Comyn schien durch die Heirat seines Sohnes mit Pembrokes Tochter beschwichtigt zu sein, und Balliol zeigte zunehmend Schwächen. Edward hatte Schottlands König gezwungen, ihm so viele Rechte und Freiheiten abzutreten, dass seine Autorität als Obersouverän unmöglich angefochten werden konnte. Bald würde Balliol den Rest seiner schwindenden Glaubwürdigkeit einbüßen. Wenn das geschah, würde Edward die alleinige Kontrolle über das Königreich übernehmen.

»Mylord.«

Edward blickte sich um, als John de Warenne sein Pferd neben das seine lenkte.

»Wir müssten Nefyn vor Einbruch der Dunkelheit erreichen, aber die Vorratskarren sind Meilen hinter uns.« Warenne nickte zu drei Hügeln hinüber, die vor ihnen aufragten. »Der Anstieg zum Dorf wird sie noch langsamer werden lassen. Sollen wir nicht lieber hier irgendwo in der Nähe lagern?«

Der Gepäcktross enthielt nicht nur Edwards persönliche Habseligkeiten, sondern auch Zelte, Heu sowie die Bierfässer und Getreidesäcke, die zur Verpflegung seiner Männer vorgesehen waren. In dieser winterlichen Wildnis gab es kaum Gelegenheit, Essbares aufzutreiben, fast alles Notwendige war aus Conwy mitgenommen worden. Es würde ein karger Abend werden, wenn die Karren erst spät in Nefyn eintrafen, aber die Ungeduld des Königs war größer als sein Appetit. Nefyn war die nächstgelegene Ansiedlung und würde eine gute Basis abgeben, von der aus er Kundschafter ausschicken und nach dem Feind suchen lassen könnte. »Hier draußen sind wir zu wenig geschützt. Wir reiten weiter.«

Die Männer setzten ihren Weg fort. Das Gelände stieg mit jeder Meile langsam an. Der Geruch von Schnee lag in der Luft, und die Wolken hingen tief. Bald war das Meer nicht mehr zu sehen. Hinter ihnen lag das ferne Snowdon feindlich und bedrohlich unter einem grünen Himmel. Das Erklimmen der Hügel war für den größten Teil von Edwards Armee beschwerlich, und für den Gepäcktross noch viel mehr; unaufhörlich knallten die Peitschen der Kutscher, um die erschöpften Zugpferde anzutreiben. Die Vorhut drang in die einbrechende Dunkelheit vor und durchquerte dann eine Reihe schmaler Schluchten, bis sich auf einmal eine weitläufige Bucht unter ihnen öffnete und große weiße Brecher auf das Binnenland zurollten.

In dem Dorf Nefyn stieg Robert ab, blickte sich um und versuchte das verlassene Dorf mit der Wiege der Prophezeiung in Verbindung zu bringen. Ein paar verfallene Häuser drängten sich in einer Spalte freien Landes zwischen bewaldeten Hängen im Osten und Süden um eine Kirche. Hinter ihnen wand sich eine Fackellinie den Weg entlang, den sie gekommen waren – der Rest der Armee des Königs näherte sich ihnen langsam.

Die Männer der Vorhut schwärmten aus, einige durchsuchten die leer stehenden Häuser, andere holten frisches Wasser für die Pferde, wieder andere gingen zum Strand, um Feuerholz zu sammeln. Im blauen Abendlicht waren einige Boote zu erkennen, die von denen, die zu Beginn des Krieges geflohen waren, dort zurückgelassen worden waren. Die Menschen hatten ihr

Vieh vor sich hergetrieben und in den Wäldern vor den heranrückenden Engländern Schutz gesucht. Sie hatten einen Landstrich voller Echos hinterlassen, die in der eisigen Stille des Winters widerhallten. Die Ritter waren bedrückt, nestelten mit klammen Fingern an Pferdegeschirren und Gepäck herum. Ihr Atem hing in Wolken in der Luft, und ihre Muskeln schmerzten von dem langen Weg, den sie zurückgelegt hatten.

»Wo wollen wir lagern?«

Beim Klang der Stimme seines Bruders fuhr Robert herum. Edward trug einen schweren Umhang über seinem Kettenhemd, trotzdem war sein Gesicht bläulich angelaufen und seine Lippen rissig. Die Luft glich purem Eis. »Dort drüben bei den Bäumen.« Robert nickte zu ein paar Eichen neben einem eingestürzten Haus hinüber. »Die Knappen sollen Feuer machen.«

Eine halbe Stunde später lehnte er am Stamm einer Eiche. Die Unterseite der Äste wurde vom Feuer beleuchtet. Sein Körper taute in der Wärme langsam auf, während er den Gesprächen der Männer und dem Wiehern der Pferde lauschte. Viele der Männer hoben Feuergruben aus und suchten trockene Zweige. Nes und die anderen Knappen sammelten ebenfalls Brennholz, und sein Diener bereitete eine karge Abendmahlzeit vor. Als er beobachtete, wie die Ritter sich die letzten Tropfen aus den Weinschläuchen teilten und altbackenes Brot zerbrachen, das sich kaum kauen ließ, spürte Robert, wie sein Magen zu schmerzen begann. Es würde mindestens noch ein paar Stunden dauern, bis die Vorratskarren eintrafen. Humphrey und ein paar andere, die in der Vorhut mitgeritten waren, lagerten ganz in der Nähe.

Seit dem Kampf hatte er Distanz zu ihnen gewahrt, teils, weil er nicht wollte, dass irgendjemand außerhalb des Ordens die schwelende Feindseligkeit zwischen ihm und Guy bemerkte; teils, weil es ihn wurmte, dass andere das Ende seiner Tändelei mit Helena herbeigeführt und ihm keine Wahl gelassen hatten. Das Duell mit Guy schien seinem Ansehen im Orden jedoch nicht geschadet zu haben, wenn überhaupt, respektierten

Humphrey, Thomas und Ralph ihn jetzt mehr, aber die bereits existierenden Klüfte waren größer geworden. Die Feindschaft zwischen ihm und Aymer, die zuvor wenig mehr als ein jugendliches Kräftemessen gewesen war, hatte sich zu etwas Soliderem, Gefährlicherem gewandelt.

»Vertraust du ihm?«

Robert zuckte bei der Frage seines Bruders zusammen und erkannte, dass er Humphrey angestarrt hatte. Edward saß ihm gegenüber, das Feuer flackerte zwischen ihnen und beleuchtete sein Gesicht. Sie waren einen Moment allein, die Ritter aus Essex kümmerten sich um die Pferde, die Diener suchten im Gepäck nach Lebensmitteln, die sie verteilen konnten. Als Robert nichts erwiderte, sprach Edward weiter. Seine Stimme war über dem Prasseln der Flammen kaum zu vernehmen.

»Ich weiß, dass du von diesem Orden oder worin auch immer du aufgenommen worden bist, nicht sprechen willst, aber ich frage mich, ob du aufgehört hast, darüber nachzudenken, wozu du jetzt gehörst.« Edward hob einen Zweig auf, der aus dem Feuer gefallen war und das Gras ansengte. »Diese Ritter dienen einem Mann, der unserer Familie den Thron geraubt hat. Vergiss das nicht.«

»Das habe ich nicht«, erwiderte Robert scharf. »Unser Großvater hat mich hierher geschickt, um unsere Position wieder zu festigen. Er wusste, dass mir das in Schottland nicht möglich war, nicht mit Balliol auf dem Thron, aber er glaubte, ich könnte hier ein paar unserer Verluste wieder hereinholen. Und das versuche ich zu tun.«

Edward beugte sich vor. »So?«, fragte er eindringlich. »Meiner Meinung nach hat das nicht das Geringste mit unserer Familie und alles mit dir selbst zu tun. Ich denke, du bist von König Edwards verlockenden Versprechungen verführt worden, Bruder, genau wie unser Vater. Diese Männer und all ihr Gerede von König Artus haben dich blind für die Wahrheit gemacht. Indem du dich ihnen angeschlossen und irgendeinen obskuren Eid geleistet hast, hast du das verraten, was Großvater dir aufgetragen hat. Wie hilfst du denn unserer Familie, wenn du den Ehrgeiz eines Königs unterstützt, der uns unser Recht auf den Thron verwehrt hat?« Edward schüttelte mit grimmiger Miene den Kopf. »Demnächst wirst du dich vor dem heiligen Georg verneigen und den heiligen Andreas vergessen.«

Robert gelang es nur mit Mühe, seine Stimme zu dämpfen. »Wenn jemand den Rang unserer Familie gefährdet, dann du. Du sagst, du willst nicht wie ein unmündiges Kind behandelt werden. Dann hör auf, dich wie eines zu benehmen.« Er spähte an Edward vorbei und sah Nes und die anderen mit Feuerholzbündeln zurückkommen, dann wandte er sich wieder an seinen Bruder. Sein Ton war hart. »Du bist nicht derjenige, von dem unsere Zukunft abhängt, Edward. Wärst du es, würdest du mich vielleicht nicht so vorschnell verurteilen.«

Er verstummte, als die anderen am Feuer Platz nahmen. Edward griff nach dem Weinschlauch, den einer der Diener ihm reichte. Sein Blick ruhte auf Robert, der sich wieder gegen den Baumstamm lehnte und die Augen schloss.

Einige Zeit später wurde Robert von erhobenen Stimmen aus einem verstörenden Traum gerissen. Mit steifem Hals richtete er sich benommen auf. Sein Bruder und die Ritter aus Essex waren auf den Beinen und starrten in die Dunkelheit hinter dem Feuer hinaus. Als Robert gleichfalls aufstand, sah er Männer vorbeieilen. Ihre Gesichter wirkten beunruhigt. Die Stimmen wurden lauter, drängender. Er erblickte die massige Gestalt John de Warennes, der auf die Kirche zustapfte, in der der König Quartier bezogen hatte. Robert trat zu seinen Männern. »Was ist passiert?«

»Schau doch«, murmelte Edward.

Robert folgte seinem Blick zurück in die Hügel, aus denen sie gekommen waren, und sah hinter einem davon ein schwaches orangefarbenes Glühen – ein großes, einige Meilen entferntes Feuer. Dann wurde er von zwei Figuren abgelenkt, die sich aus der Dunkelheit vor ihm lösten. Zwischen sich schleiften sie einen dritten Mann, der die Hand auf einen Stofflappen an seinem Hals presste. Als sie an ihm vorbeikamen, bemerkte Robert, dass der Stoff blutgetränkt war.

»Weckt die anderen«, befahl er seinen Rittern, während er sich nach seinem Kettenhemd bückte. Er setzte gerade seine Kappe auf, als Humphrey angekleidet und in voller Rüstung zu ihm trat. Der Schild an seinem Arm trug nicht sein Wappen, sondern den goldenen Drachen. »Was ist geschehen?«, fragte Robert ihn.

»Der Gepäcktross ist angegriffen worden. Wir reiten los.«

»Nes, sattele mir Hunter«, befahl Robert seinem Knappen, der nickte und verschwand. »Madogs Leute?«, wandte er sich wieder an Humphrey.

»Wir wissen es nicht. Es ging alles sehr schnell.« Humphrey sah zu, wie Robert sein Schwert von dem Stapel seiner Besitztümer nahm. »Hol deinen Schild. Nur du, Robert«, fügte er mit einem Blick auf Edward und die Ritter aus Essex hinzu. »Der Hauptteil der Truppe muss hierbleiben, falls die Attacke ein Ablenkungsmanöver war, um einen größer angelegten Angriff auszuführen. Der Earl of Warwick übernimmt hier das Kommando.«

Als Humphrey sich in das Getümmel des erwachenden Lagers mischte, kauerte sich Robert neben dem Sack nieder, der den Schild enthielt. Er zögerte einen Moment, dann zog er ihn heraus. Ein Ring schien sich um seine Brust zu legen, als das blutige Scharlachrot im Feuerschein aufflammte. Als er sich erhob, kreuzte sich sein Blick mit dem von Edward.

»Hunter ist bereit«, meldete Nes.

Robert schlang sich seinen Umhang um die Schultern und schickte sich an, seinem Knappen zu folgen.

»Bruder.« Edward nahm ihn am Arm.

»Warwick wird dir sagen, was du zu tun hast.« Robert drängte sich an ihm vorbei in die Dunkelheit hinaus.

König Edward saß bereits auf Bayard, und eine beachtliche Gruppe von Männern hatte sich um ihn geschart. Der Schein der

Fackeln, die einige Ritter hielten, fing sich in den Drachen auf ihren Schilden. Das Gesicht des Königs glühte vor Wut, rechtschaffener heißer Wut, die nach Blut lechzte. Der Feind hatte ohne Vorwarnung angegriffen, nicht Mann gegen Mann auf einem offenen Feld, sondern im Dunkeln, um sich ihre Schwäche zunutze zu machen.

Als der König Bayard die Sporen gab, folgte ihm die einige hundert Mann starke Kompanie voll grimmiger Entschlossenheit aus Nefyn hinaus. Robert, der neben Humphrey ritt, sah seinen Bruder am Feuer allein seinen Schwertgurt anlegen. Er umfasste seinen Schild fester, trieb Hunter an und lenkte ihn in die Mitte der Ritter. Ihre Differenzen waren im Moment vergessen, alles richtete sich nun gegen den unsichtbaren Feind in den Hügeln. Zum ersten Mal während des langen Feldzugs verspürte Robert eine prickelnde Erregung. Er war jetzt ein ausgewähltes Mitglied der Kompanie des Königs, dem Vertrauen entgegengebracht wurde. Das verstand sein Bruder nicht.

Sie ritten über die Klippen. Unter ihnen hörten sie das Donnern und Tosen der Wellen. Robert konnte in dem schwachen grauen, von Osten her einsickernden Licht die weißen Kämme erkennen. In ungefähr einer Stunde würde die Morgendämmerung anbrechen. Als etwas Weißes sein Gesicht berührte, begriff er, dass es sich um Schnee handelte.

Nach einigen Meilen, während derer das Glühen am Horizont stetig heller wurde, bogen sie um einen steilen Hang und sahen Flammen in einem felsigen Tal zwischen zwei Hügeln aufzüngeln. Der Schnee fiel jetzt dichter. Die Kompanie verlangsamte ihre Geschwindigkeit, die Männer starrten, stets auf der Hut vor einem Angriff, in die schattigen Höhen zu beiden Seiten. Das ganze Werk der Zerstörung wurde sichtbar, als sie zwischen den Überresten des Gepäcktrosses hindurchritten. Mit Schnee bestäubte Leichen lagen überall verstreut. Aus einigen ragten Pfeile, andere waren mit Äxten und Speeren attackiert worden, die tiefe, gezackte verräterische Wunden in ihrem Fleisch hinterlassen hatten. Nacken waren aufgerissen, Gesichter aufgeschlitzt, Schädel eingeschlagen oder gespalten und Gliedmaßen abgehackt worden. Die meisten Toten waren Kutscher und Knappen, deren dürftige Rüstungen den Attacken der Gegner nichts entgegenzusetzen gehabt hatten.

Die Ritter des Königs stiegen ab und traten gegen die Körper einiger Waliser, deren raue wollene Kleidungsstücke vor Blut starrten. Der erstickende Gestank des Todes mischte sich mit dem Rauch des prasselnden Feuers, das einen großen Teil der Karren verzehrte. Tote Pferde bildeten zwischen den Männern unförmige Schatten.

König Edward betrachtete vom Sattel seines Schlachtrosses aus schweigend das Bild der Verwüstung. Ein paar Ritter waren auf Befehl John de Warennes ausgeschwärmt, um die Hänge nach Anzeichen der Feinde abzusuchen, aber es war klar, dass sie verschwunden, wieder mit der Dunkelheit verschmolzen waren, die ihre Deckung gebildet hatte. Etliche leere Fässer lagen herum, einige gingen gerade in Flammen auf, aber der größte Teil ihrer Vorräte war, wenn nicht gerade zerstört oder verbrannt, mitgenommen worden.

»Bastarde«, murmelte Humphrey.

Im aschfarbenen Licht konnte Robert sehen, dass Schnee auf den Schultern der Ritter liegen blieb.

»Hier lebt noch einer, Sire!«

Der König fuhr herum, als zwei seiner Männer eine Gestalt zwischen den zerschmetterten Bierfässern hervorzerrten. Der Mann war mit einem braunen Wollumhang bekleidet. Er stöhnte jämmerlich, als die Männer ihn zum König hinüberschleiften. Seine linke Seite war blutgetränkt.

Edward sprach ihn auf Englisch an. Seine Stimme durchschnitt die rauchgeschwängerte Luft. »Wo ist Madog?«

Als der Mann nichts erwiderte, versetzte ihm einer der Ritter einen derben Stoß in die Seite. »Antworte dem König«, befahl er rau. Seine Faust war rot verschmiert.

Der Mann sackte zwischen seinen Häschern zusammen, Schweiß und Schnee glänzten auf seinem Gesicht. Er leckte sich die Lippen, starrte Edward an, schnitt eine Grimasse und zischte ein paar walisische Worte durch die Zähne, bevor er den Blick abwandte.

Edward fixierte ihn einen Moment lang. »Werft ihn ins Feuer!«

Als die Ritter, die ihn gepackt hielten, ihn auf die brennenden Karren zuzerrten, schrie der Mann auf und wand sich in ihrem Griff. Blut strömte aus seiner Wunde. »Nein! Ich sprechen! *Ich sprechen!*« Sein Englisch klang abgehackt und guttural.

Edward hob eine Hand. »Wo ist Madog?«, wiederholte er, als die Ritter mit ihrem Tun innehielten.

»Snowdon«, keuchte der Rebell, dabei fuhr sein Kopf mit einem Ruck zu der zerklüfteten Finsternis der fernen Horizontlinie hinüber. »Burg.«

»Wo auf Snowdon?«, schnarrte der Ritter.

»Ich nicht weiß, wo. *Dinas tomen* …« Der Mann schüttelte wild den Kopf und verfiel in einen Strom von Walisisch. »Ich nicht weiß«, schloss er.

»Er sagte irgendetwas von einer Festung«, bemerkte einer der Ritter stirnrunzelnd. »Einer Festungsruine auf einem Hügel unterhalb von Snowdon. Ich glaube aber nicht, dass er je dort gewesen ist.«

»Dort gibt es mehrere Festungen, aber nur zwei davon sind Ruinen.« Als er ins Französische überwechselte, klang Edwards Tonfall beißend.

Der Mann zog die Lippen zurück und rang sich ein schmerzerfülltes Lächeln ab. »Gnade, König«, murmelte er zaghaft.

Edward wandte den Blick nicht von ihm. »Verbrennt diesen Lumpen.«

Die Ritter zerrten den Mann hoch, einer packte seine Fußknöchel, der andere seine Handgelenke. Einige der gaffenden Zuschauer spendeten grölend Beifall, als sie ihn zum Feuer trugen. Der Mann kreischte, warf den Kopf in den Nacken und bäumte sich im Griff seiner Peiniger auf, vermochte aber aufgrund seiner Verwundung keinen ernsthaften Widerstand zu leisten. Die

Ritter begannen, ihn hin- und herzuschwingen. Mit jedem Mal beschrieb sein Körper einen weiteren Bogen.

Robert, der das grässliche Schauspiel zusammen mit den anderen verfolgte, musste an ein Spiel denken, das er als Kind mit seinen Brüdern gespielt hatte – sie hatten sich während eines Sommers in Turnberry immer wieder abwechselnd ins Meer geschleudert. Jetzt mit ansehen zu müssen, wie hier inmitten von Trümmern und Leichen eine obszöne Groteske dieses Spiels aufgeführt wurde, empfand er als zutiefst abstoßend.

Endlich ließen die Ritter ihr Opfer los, und der Mann landete mitten in den Flammen. Einen Moment lang schrie er schrill auf, schlug um sich und krümmte sich verzweifelt, dann gerieten seine Haare und Kleider in Brand, und seine Haut begann Blasen zu werfen.

»Ich will, dass Madog aufgespürt wird«, wandte sich Edward an John de Warenne, ohne auf das durch Mark und Bein gehende Kreischen des Sterbenden zu achten.

»Das wollen wir alle, Mylord«, grollte Warenne, dann blinzelte er in das Schneegestöber. »Aber ohne Vorräte können wir nicht in diesem Wetter ausharren.«

Als die Männer des Königs den Rückweg nach Nefyn antraten, um dem Rest der Armee Bericht zu erstatten, begann es heftiger zu schneien, bald waren die Toten mit einem weißen Leichentuch bedeckt, und das Feuer erlosch.

33

DIE STRASSE VON MENAI WIMMELTE von Booten, die den schmalen Kanal verstopften, in den die rasch fließende Flut das Wasser brodeln ließ. Männer betätigten mit aller Kraft die Ruder. Trommelgedröhn erfüllte die Luft. Vor ihnen erhob sich ein keilförmiges Stück Land, über dem sich ein wässriger blaugrauer Himmel wölbte. Die Schneestürme, die den Norden von Wales seit Januar immer wieder heimgesucht hatten, waren abgeklungen, aber das höher gelegene Gelände war immer noch mit Schnee bedeckt. Auf einer Hügelkette, die sich an Angleseys Küste hinwegzog, brannten schwache Leuchtfeuer, die die Menschen auf den Feldern darunter vor dem warnten, was ihnen bevorstand.

Robert hielt sich am Schandeckel fest, als das Boot über eine Welle tanzte. Die Aprilkälte bewirkte, dass sich seine Gesichtshaut schmerzhaft spannte, aber der Rest seines Körpers wurde von seiner Rüstung vor der Kälte geschützt. In der Enge des Decks fühlte er sich darin schwerfällig und unförmig. Über seiner Hose trug er einen Beinschutz aus Kettengeflecht, der an seinem Gürtel befestigt war, darüber eine Tunika, ein Wams, ein Kettenhemd und einen Überwurf. Das Metall war angerostet, er konnte es riechen. Ringsum kauerten seine Männer mit den anderen Rittern zwischen den Ruderern. Die Knappen, die die Pferde hielten, drängten sich im hinteren Teil. Auf dem Deck eines der Boote lag ein vor Eisendornen strotzender, mit Ketten versehener Baumstamm. Fußsoldaten hockten daneben und umwickelten sich die Hände mit Lumpen. Alle Augen waren auf die vor ihnen aufragende Insel gerichtet. Mittlerweile kannte Robert die meisten Gesichter nicht mehr. Viele Männer aus dem Süden hatten sich ihnen während des letzten Monats angeschlossen, nachdem die Bergpässe durch Cader Idris und Snowdon passierbar geworden und die Eisschichten der Flüsse getaut waren. Andere, die er seit Beginn des Krieges kannte, waren nach den Strapazen und Entbehrungen des Winters kaum wiederzuerkennen. Einst volle, gesunde Gesichter waren nun ausgemergelt und hohlwangig, die Haut hing lose von den Knochen herab.

Nach dem Angriff auf den Gepäcktross hatte König Edward unverzüglich Vergeltung üben wollen, aber die Waliser, die zu Fuß in dem felsigen, unwegsamen Gelände schneller vorankamen, waren verschwunden, und der Schnee hatte jegliche Spuren verdeckt. Wutschnaubend und gedemütigt hatte sich der König gezwungen gesehen, seine Armee nach Conwy zurückzuführen. Da sie auf dem Marsch über keinerlei Vorräte verfügten, ließen die Kräfte der Männer rasch nach. Am zweiten Tag tranken sie geschmolzenen Schnee, am dritten starben die ersten Soldaten, die nicht nahe genug an den Feuern geschlafen hatten. Die Pferde verloren in den Schneewehen den Halt, und die Ritter mussten die letzten Karren aufgeben, die den Angriff überstanden hatten. Conwy, das am vierten Tag vor ihnen auftauchte und dessen Mauern in dem alles erstickenden Weiß kaum auszumachen waren, erschien ihnen als die Antwort auf all ihre Gebete. Aber der Trost war nicht von langer Dauer – in besorgtem Schweigen zählte der Haushofmeister des Königs die in den Vorratskammern der Burg verbliebenen Getreidesäcke. Am nächsten Tag nahm der Wind an Stärke zu; heulte von der Flussmündung herüber, die von mächtigen Wellen gepeitscht wurde. Der ungesund grünliche Himmel spie Schnee aus, der die Männer auf der Brustwehr blendete, die nach den Schiffen aus den Cinque Ports und Irland Ausschau hielten, welche sie mit Vorräten versorgen sollten. Der Wind tobte, das Meer toste, und die Schiffe kamen nicht.

Der Januar des Jahres 1295 ging in einen bitteren, hungrigen Februar über. Die Bäume in den Obstgärten von Conwy wurden gefällt und zu Brennholz verarbeitet, die letzten Schafe geschlachtet. Wein und Bier gingen rasch zur Neige, und bald waren alle, der König nicht ausgenommen, gezwungen, mit Honig versetztes Wasser zu trinken. Erst Ende Februar klangen die Schneestürme ab und hinterließen ein in Weiß gehülltes Land, das Meer beruhigte sich, und hinter den Lücken in den Wolken wurden die Gipfel der Berge sichtbar. Kurz darauf sichteten die Posten an einem grau verhangenen Nachmittag die ersten Schiffe. Die Männer auf der Brustwehr jubelten, ihre Lippen platzten auf, als sie breit grinsten. Nach den Vorräten trafen Männer aus dem Süden ein, darunter Humphreys Vater, der die Rebellen ausgelöscht hatte, gegen die er in Brecon ins Feld gezogen war. Auch diese Nachricht konnte den König jedoch nicht beschwichtigen, denn das Wissen, dass Madogs Truppen sich ganz in der Nähe irgendwo in den Bergen über Conwy verbargen, hatte während der gesamten Zeit der Stürme an ihm genagt.

Als die Schneestürme abebbten, schickte er eine große Truppe unter dem Kommando der Earls of Hereford und Warwick aus. Dem Geständnis des Walisers in Nefyn folgend, zogen sie in die Berge, um Madogs Basislager ausfindig zu machen. Die Earls führten ihre mit weißen Umhängen, in denen sie im Schnee kaum zu erkennen waren, getarnten Männer unbemerkt bis zu den Mauern der Festungsruine im Schatten Snowdons empor. Als der Morgen anbrach, wurde Rache genommen. Hunderte walisischer Aufständischer kamen bei dem unbarmherzigen Angriff um. Die Engländer überrannten das mit Geröll übersäte Gelände, und es gelang ihnen, viele der aus dem Gepäcktross gestohlenen Besitztümer des Königs wieder an sich zu bringen. Erst nach dem Ende des blutigen Kampfes entdeckten Herefords Männer in die Wälder führende Spuren im Schnee und begriffen, dass einigen Rebellen die Flucht gelungen war. Als sie die Toten inspizierten und die Überlebenden befragten, stellte sich heraus, dass auch Madog entkommen war. Tage später berichteten Kundschafter vom Aufenthaltsort der Rebellen. Madog und seine Befehlshaber waren in Booten nach Anglesey geflohen. Doch jetzt waren sie ihm auf den Fersen, die Schlinge zog sich um ihn und die Seinen zusammen. Weniger als einen Monat, nachdem es so ausgesehen hatte, als würden der König und seine Armee innerhalb der schneeverwehten Mauern von Conwy ihr Leben aushauchen, hatte sich das Blatt gewendet.

Als sich der Rhythmus der Trommeln beschleunigte, sah Robert Männer am Strand panikerfüllt davonstürmen – angesichts der sich rasch nähernden Flotte verließ sie ihr Mut. Hinter dem Strand, einem Graben und einer von einer hölzernen Palisade gekrönten, aus Erde aufgehäuften Brustwehr lag die Stadt Llanfaes. Die Männer eilten auf die Stadttore zu, wo sich ein Strom von Menschen und Tieren über eine Lehmbrücke ergoss. Einige der Soldaten in den Booten johlten höhnisch, aber es schwang wenig Freude in ihrem Gelächter mit. Als die Männer begannen, ihre Helme aufzusetzen, spürte Robert ihre Anspannung. Er selbst kam sich vor wie eine straff gespannte Bogensehne. Wie viele andere auch war er im Gegensatz zu Pembrokes, Warwicks und Herefords Truppen während dieses Feldzuges noch in keinen wirklichen Kampf verstrickt gewesen. Jetzt bot sich ihnen allen die Gelegenheit, ihrem König ihren Wert zu beweisen.

Die ersten Boote bohrten sich knirschend in den Kies am Strand. Die Männer zogen die Ruder ein, sprangen in das eisige Wasser und zogen die kleinen Schiffe dann durch die schäumenden Wellen. Hinter ihnen reihten sich die Bogenschützen auf dem Sand auf, während die Ritter mit ihren Pferden von Bord gingen. Die Schlachtrösser stampften aufgeregt mit den Hufen, als sie über Holzplanken an den Strand geführt wurden und tief im Schlamm einsanken. Die Ritter saßen als Erste auf, klappten ihre Visiere herunter und zogen ihre Schwerter. Weitere Boote erreichten das Ufer. Der dornenbewehrte Baumstamm wurde von sechzehn Männern über den Strand gewuchtet. Der König bestieg Bayard und setzte sich mit seinem Trupp langsam in Bewegung. Die Bogenschützen gaben ihm den Weg frei, dann folgten sie ihm. Hinter ihnen kamen die sechzehn Männer mit dem Rammbock. Die Spieße, Hämmer und Krummschwerter schwingenden Fußsoldaten bildeten die Nachhut.

Robert ritt, den Drachenschild am linken Arm, unter dem Banner von Carrick. Am heutigen Tag trug er das Symbol von Artus, dem Kriegerkönig, voller Stolz. Als er einen Blick mit Humphrey wechselte, hob der Ritter herausfordernd die Faust, und Robert erwiderte die Geste. Heute würden sie, so Gott wollte, diesen Feldzug beenden. Er wollte nach Hause zurückkehren und seinem Großvater berichten können, dass auch er Blut vergossen und sich im Kampf bewährt hatte. Nervöse Unruhe und Vorfreude rangen in ihm miteinander, und sein Atem unter dem engen Helm kam schnell und abgehackt.

Die Vorhut erreichte die Tore von Llanfaes. Auf ein Signal von John de Warenne verlangsamten die Ritter und Knappen ihr Tempo und hielten Abstand zu dem Erdwall, während die Männer mit dem Rammbock vorrückten. Die Bogenschützen bildeten eine Reihe; bereit, einen Pfeilhagel über die Palisade zu schicken. Ein paar Geschosse schwirrten von der anderen Seite her über die Barrikade, als die sechzehn Soldaten den Rammbock über die Lehmbrücke zu den Toren schleppten. Ein Pfeil traf einen Mann in den Nacken. Als er zu Boden sank, stürmten zwei weitere Soldaten herbei, duckten sich und sandten argwöhnische Blicke zu der Palisade hinüber. Einer zog den Verwundeten zur Seite, während der andere seinen Platz einnahm und nach der Kette griff. Gemeinsam stolperten die sechzehn vor und stießen den Rammbock mit voller Wucht gegen das Tor. Das Holz erzitterte unter dem Aufprall, barst aber nicht. Die Männer zogen den Baumstamm zurück und unternahmen vor Anstrengung keuchend einen neuen Versuch. Die Ritter verfolgten das Geschehen aufmerksam. Weitere Pfeile prasselten auf die Angreifer nieder, danach flogen Bündel brennenden Strohs von der Brustwehr, die einige der Männer am Rammbock zwangen, nach den Flammen zu schlagen. Auf einen weiteren Befehl hin ließen die englischen Bogenschützen ihre Pfeile über das Tor fliegen. Dahinter erklangen Schmerzensschreie und Warnrufe.

Wieder und wieder prallte die Spitze des Rammbocks gegen das massive Tor, das allmählich nachzugeben begann. Endlich ertönte ein splitterndes Geräusch, und die Spitze bohrte sich durch das Holz. Unter den entsetzten Schreien von der anderen Seite her wurde der Baumstamm zurückgerissen, wobei die Dornen weitere Holzbretter aufrissen. Als die Männer den Rammbock über die Lehmbrücke zurücktrugen, stürmten die Soldaten mit Hämmern und Äxten vor, um den Rest des Tores zu zerstören. Das Holz brach krachend und gab den Blick auf hastig flüchtende Gestalten frei. Trompeten erschollen, und die ersten Ritter trieben ihre Schlachtrösser vorwärts, unter deren Hufen Schlamm, Erde und glimmende Strohhalme aufspritzten. König

Edward selbst ritt mit erhobenem Schwert auf dem furchtlosen Bayard in der Vorhut. Von geschützten Positionen in den Straßen her wurden Pfeile auf sie abgeschossen, gefiederte Spitzen bohrten sich in Schabracken und Schilde. Ein Pferd bäumte sich auf, als es getroffen wurde, glitt aus, stürzte in den Graben und zermalmte seinen Reiter unter seinem Gewicht.

Am Tor herrschte Gedränge. Robert fand sich inmitten einer Masse brüllender Männer und wiehernder Pferde wieder, dann wurde er durch das Tor geschwemmt. Sein Blickfeld wurde von seinem Helm eingeschränkt. Etwas prallte von seinem Kopf ab, ein Pfeil vielleicht, dann erreichte er die Straße vor sich, und aus Lehm und Holz erbaute Häuser flogen an ihm vorbei. Die Rebellen und die Stadtbewohner, die die Tore verteidigt hatten, flohen vor der heranrauschenden Welle der Kavallerie. Die Ritter vor Robert ließen ihre Klingen auf die Flüchtenden herabsausen, von denen nur wenige Rüstungen trugen. Ein Mann stürzte zwischen zwei Pferden zu Boden und verschwand unter den eisenbeschlagenen Hufen der nachdrängenden Tiere. Robert spürte, dass Hunter in etwas Weiches trat, ehe er im Kielwasser von John de Warenne und seinen Männern vom Schwung ihrer Pferde mitgerissen wurde. Sein Bruder und die Ritter und Knappen aus Essex waren am Tor dicht hinter ihm gewesen, aber es ließ sich unmöglich sagen, ob sie ihm noch immer folgten. Der wilde Angriff zwang jeden Mann dazu, den Blick nach vorne gerichtet zu halten und darauf zu achten, nicht gegen die Soldaten vor ihm zu prallen.

Als sie eine schlammige kleine Straße hinunter in einen Obstgarten ritten, bemerkte Robert, dass sich Ritter aus den Reihen lösten, um Fackeln auf die Strohdächer der Häuser zu werfen. Die Waliser brachen zwischen den Bäumen hervor und versuchten verzweifelt, der Attacke zu entgehen. Ein Mann packte einen niedrigen Ast und schwang sich daran hoch, woraufhin ein Ritter sein Pferd auf ihn zu lenkte und sein Schwert brutal in den Rücken des Mannes hieb. Die Klinge fraß sich durch Fleisch und Muskeln, ein breiter Spalt klaffte im Leib des Walisers auf. Der fast in zwei Teile zertrennte Mann glitt von dem Ast herab und blieb verkrümmt im Schlamm liegen, während der Ritter weitergaloppierte. Ein anderer Rebell presste sich mit dem Rücken gegen einen Baum, hob die Hände und flehte um Gnade. Ein Ritter bohrte ihm jedoch im Vorbeireiten seine Schwertspitze so tief in den Hals, dass sie auf der anderen Seite wieder austrat, riss die Waffe wieder heraus und überließ den Blut hustenden Mann seinem Schicksal. Wieder andere wurden förmlich in Stücke gehackt.

Weitere Ritter strömten in die Straße, während Robert Warenne folgte. Er sah, wie sie sich aufteilten und Truppen in die Seitenstraßen führten, um die Stadtbewohner zu verfolgen, unter die sich auch die Reste von Madogs Männern gemischt hatten. Hinter den Fenstern der Häuser erblickte er blasse Gesichter und hörte Schreie, als beißender Rauchgestank die Luft erfüllte. Kommandanten brüllten durch die eisernen Zähne ihrer Helme Befehle, und Männer schrien wie von Sinnen, während sie töteten oder getötet wurden. In den Straßen herrschte nacktes Entsetzen, das sich mit jedem Schwerthieb, jedem Schwingen eines Hammers, jedem Aufblitzen einer Speerspitze verstärkte. Fleisch, Leben, Seele – alles, was einen Menschen ausmachte, wurde zu einem Ziel, das es erbarmungslos zu vernichten galt.

Robert hielt sich zunächst im Hintergrund, überließ es den anderen, die fliehenden Rebellen zu verfolgen. Ihr Befehl lautete, jeden niederzumetzeln, auf den sie in den Straßen stießen, um den Feind zum raschen Aufgeben zu bewegen, danach würde den Überlebenden Gnade gewährt werden. Er war dem Tod im Lauf seines Lebens schon oft begegnet, aber nur während des Duells mit Guy war er am nächsten daran gewesen, das Leben eines Menschen zu beenden, und selbst da hatten Regeln gegolten. Hier gab es keine Grenzen. Die Freiheit, nach Belieben töten zu können, wirkte geradezu berauschend. Aber die Veteranen unter den Rittern drängten hinter ihm nach und schoben ihn vorwärts. Vor Zorn über sein eigenes Zaudern schnaubend, konzentrierte sich Robert auf einen Mann, der eine Gasse hinunterhetzte, und gab seinem Pferd die Sporen.

Sonnenlicht schimmerte in den Pfützen, die aufspritzten, als Hunter hindurchdonnerte. In den Lücken zwischen den Gebäuden entdeckte er andere Männer, die wie Ratten durch Unrat und Schlamm huschten. Infanteristen stapften durch die Straßen und traten auf der Jagd nach Rebellen Türen ein. Rauch und Schreie hingen in der Luft. Der Waliser, den er ins Visier genommen hatte, befand sich direkt vor ihm. Seine Arme bewegten sich wie Dreschflegel. Mit einem wahnwitzigen Pochen im Kopf hob Robert sein Schwert. Plötzlich bog der Mann in eine andere Straße ein, und Robert jagte an ihm vorbei. Fluchend brachte er Hunter zum Stehen, wendete das Tier mit einem Ruck am linken Zügel und dem Einsatz der rechten Spore und nahm erneut die Verfolgung seines Opfers auf.

Der Mann hatte jetzt einen größeren Vorsprung. Robert sah, wie er versuchte, in einem der Häuser Zuflucht zu suchen, aber die Tür war verriegelt. Verzweifelt rannte er weiter. Robert folgte ihm rasch, schloss die Lücke zwischen ihnen und wappnete sich für den Todesstoß, wie er es Hunderte von Malen bei Wölfen, Hirschen und Ebern getan hatte. Er holte mit seinem Breitschwert aus und ließ die Klinge auf die Kurve zwischen Schulter und Hals des Mannes herabsausen. Die Wucht des Hiebes versetzte ihm einen Schock – er spürte sie nicht nur in seinem Arm und seiner Schulter, sondern auch in seiner Brust und seinem Magen. Es ließ sich nicht im Entferntesten mit dem Töten eines Tieres vergleichen. Er riss sein Schwert zurück und ritt die Straße hinunter. Das Blut an seiner Klinge schimmerte im Wintersonnenlicht erschreckend rot.

In den Straßen hatte sich der Kampf in die Nähe des Marktplatzes von Llanfaes verlagert. Madog ap Llewelyn und der Rest der Rebellen hatten sich mittels verlassener Karren und Möbeln aus den Häusern in einer Straße verschanzt, die von dem Platz wegführte. Ein paar Dutzend mit Küchenmessern und Jagdbogen bewaffnete Stadtbewohner hatten sich ihnen angeschlossen, doch die meisten hatten den Kampf aufgegeben und flohen in blindem Entsetzen vor den Rittern und der Infanterie, die die Stadt überrannten, zu ihren Häusern, um ihre Familien zu beschützen.

Unter Madogs gebrüllten Befehlen hatten sie bislang zwei Angriffen von Edwards Truppen widerstanden; ihre aus der Barrikade herausragenden Speere hatten die Ritter zurückgetrieben. Einige der Stadtbewohner hatten angesichts des Rückzugs der Feinde stürmisch gejubelt. Die Rebellen und Madog, der die Artuskrone trug, blieben jedoch still und grimmig, und der Jubel verklang rasch, als der König die Armbrustschützen vor der Barrikade aufmarschieren ließ.

Seit Jahrzehnten waren die Männer der Gascogne äußerst geschickt im Umgang mit dieser Waffe, deren Gebrauch in manchen Teilen des Christentums die Ächtung nach sich zog und die von den Päpsten verdammt und von den meisten als Werkzeug der Söldner betrachtet wurde. Flammen züngelten auf nahe gelegenen Dächern auf und trieben Rauchschwaden über den Platz zwischen den Armbrustschützen und der walisischen Barrikade. Von den englischen Bogenschützen, die sich genau wie die Waliser selbst kurzer Bogen bedienten, hatten die Menschen von Gwynedd wenig zu fürchten. Nur die Männer aus dem Süden von Wales wussten mit dem tödlichen Langbogen umzugehen. Von einem kurzen Bogen abgeschossene Pfeile vermochten den Feind nur zu blenden und orientierungslos zu machen, töteten einen Mann aber nur, wenn sie ungeschütztes Fleisch trafen, ansonsten prallten sie wirkungslos von Rüstungen ab oder blieben im Polster der Wämser stecken. Mit Langbogen und Armbrüsten verhielt es sich anders: ein gut gezielter Pfeil oder Bolzen konnte durchaus Kettengeflecht durchdringen – oder sich auch durch einen Sattel und dann in den Leib des Pferdes bohren. Für einen in wenig mehr als eine steife Ledertunika gekleideten walisischen Krieger bedeuteten sie einen sofortigen, grausamen Tod.

Mit raschen, geübten Bewegungen schob jeder Schütze den Fuß in die an der Waffe angebrachte Halterung, trat zurück und spannte die Sehne über dem Abzug. Dann nahm er einen Bolzen aus dem Korb an seinem Gürtel, legte ihn in die Schiene, hob die Armbrust, zielte und schoss. Die Bolzen durchschlugen die Barrikade, schwirrten durch Lücken in den Wagenrädern und Bänken. Madog, der sich hinter einen Stapel Getreidesäcke geduckt hatte, bellte über das Chaos hinweg Befehle, aber die Bolzen regneten so rasch auf sie nieder, dass sich der Himmel verdunkelte.

Die Rebellen warfen sich zu Boden, einige benutzten die Körper ihrer sterbenden und verwundeten Kameraden als Schutzschilde. Die in Panik geratene Stadtbevölkerung ergriff blindlings die Flucht. Viele wurden von Bolzen in den Rücken getroffen und fielen. Inmitten der Verwirrung und des Entsetzens befahl König Edward seinen Männern anzugreifen. Als die letzten Bolzen verschossen waren, donnerte die Kavallerie auf die Barrikade zu. Madog und die Rebellen, von denen viele verwundet waren und sich Deckung suchend niedergekauert hatten, bekamen keine Gelegenheit, ihre Speere auf die Feinde zu richten. Als die Ritter ihre Pferde über die Barriere hinwegsetzen ließen oder sie um sie herumlenkten, ging der Kampf um Anglesey auf engstem Raum weiter. Er verlief kurz und blutig. Madog ging mit einem lauten Schrei zu Boden, als John de Warenne ihm seinen Speer aus der Hand schlug.

34

ALS ROBERT SEINEN HELM abnahm, traf die eisige Luft seine schweißnassen Wangen wie ein Schlag. Er schmeckte Salz und Stahl im Mund. Erschöpft lehnte er sich gegen die Lehmmauer eines Hauses, zog mit den Zähnen den Stopfen aus seinem

Weinschlauch, spie den Korken aus und trank, bis der Schlauch leer war. Überall ringsum in der Straße lagen Leichen, und die Hauswände waren von oben bis unten mit Blut bespritzt.

Ein paar Ritter und Knappen standen etwas abseits, tranken gierig und versuchten, langsam wieder zu Atem zu kommen. Vor wenigen Momenten war der Gnadenbefehl gekommen. Einige bejubelten bereits ihren Sieg, aber ihr Lachen klang schrill und gezwungen. Andere schwiegen und wandten den Blick von dem blutigen Bild ab, das sich ihnen bot. Robert hatte auch mehrere Männer davontaumeln, sich den Helm vom Kopf reißen und sich heftig übergeben sehen. Er stieß sich von der Wand ab und ging zu Hunter, den er an einem verlassenen Karren angebunden hatte, auf dem auch sein Schwert lag.

Mit schmerzlich verzogenem Gesicht, weil seine Muskeln protestierten, hob er den Schild höher auf seinen Arm, verstaute seinen Weinschlauch in der Satteltasche und griff nach dem Breitschwert. Die Waffe starrte vor Blut und roch wie alte Pennys, die sehr lange in der Hand gehalten worden waren. Robert stopfte den Helm oben in die Satteltasche. In dem Getümmel hatte er seinen Bruder und seine Männer aus den Augen verloren. Er fühlte sich orientierungslos, der Rauch, der den Himmel verdunkelte, raubte ihm jeglichen Sinn für die Tageszeit. Es konnte Minuten oder auch Stunden her sein, seit er die Stadt betreten hatte. Infanteristen trotteten die sich vor ihm erstreckende Straße entlang, töteten die Sterbenden und befahlen den Überlebenden, ihre brennenden Häuser zu verlassen. Weitere Ritter trafen ein, Hufgeklapper erfüllte die Luft. Unter ihnen entdeckte er auch die Farben von Pembroke, die roten Vögel auf blauen und weißen Streifen. Er wandte sich ab, als der Trupp näher kam, griff nach Hunters Zügeln und bog in eine Seitenstraße ein, um auf der Suche nach seinem Bruder seine Schritte zurückzuverfolgen.

Er war noch nicht weit gekommen, als hinter ihm Hufschlag in der Gasse widerhallte. Robert drehte sich um und sah einen Ritter auf sich zureiten. Ihm blieb gerade noch Zeit, blaue und weiße Streifen zu erkennen, ein erhobenes Schwert in einer Faust zu registrieren und zu begreifen, dass der Ritter sein Pferd nicht zügeln würde. Mit einem Schlag auf Hunters Kruppe schickte er das Tier die Straße hinunter, dann presste er sich gegen die Wand eines Hauses. Reiter und Ross donnerten an ihm vorbei und kamen erst ein Stück von ihm entfernt zum Stehen. Der Ritter wendete das Pferd mit einem Ruck an den Zügeln. Robert packte seinen Helm, der aus der Satteltasche gefallen war, und sah dabei, wie der Ritter sein Visier hochklappte. Hinter dem Metall kamen Aymer de Valence' vor Hass glitzernde, wild blickende Augen zum Vorschein. Der Mann wirkte wie berauscht, sein Überwurf und die Schabracke seines Pferdes waren mit geronnenem Blut bedeckt. Als er sein Schlachtross erneut auf Robert zutrieb, war seine Absicht klar zu erkennen.

Robert warf sich gegen die Tür eines gegenüberliegenden verfallenen Gebäudes und brach just in dem Moment hindurch, wo Aymer auf ihn zujagte. Das Klappern eisenbeschlagener Hufe klang durch die Straße. Die Tür flog auf, und Robert stolperte in das Dunkel dahinter. Taumelnd kam er zum Stehen. Er befand sich in einer staubigen Küche mit einem aus einem Brett auf zwei Böcken bestehenden Tisch, auf dem die Reste einer Mahlzeit standen. Spärliches Licht fiel durch die Fenster mit geschlossenen Läden zu beiden Seiten der Tür. Ein paar Stühle standen im Raum verstreut, und von einem Kamin kam ein schwaches Glühen, aber von den Bewohnern war nichts zu sehen. Draußen hörte Robert das schwere Schnauben eines Pferdes und das Klirren von Sporen, die den Boden berührten. Er ließ seinen Helm fallen, rückte seinen Schild zurecht, packte den Riemen mit der linken Hand und schwang mit der rechten sein blutiges Schwert.

Aymers hohe Gestalt erschien auf der Schwelle und verdunkelte das Licht. Er hielt sein Schwert in der Hand und trug gleichfalls den Drachenschild an der linken Seite. Der Ritter trat in den Raum und richtete seinen hasserfüllten Blick auf Robert, der abwartend dastand. Seine Brust hob und senkte sich unter seinem Überwurf.

»Noch eine Ratte, die sich in einem Loch verkrochen hat und darauf wartet, erschlagen zu werden.« Aymers Stimme klang ätzend, sein Französisch triefte vor Bosheit. »Wenn sie deine Leiche finden, bin ich längst über alle Berge.«

Robert leckte sich unbehaglich über die Lippen. »Eine angenehme Vorstellung, dass es auch genau andersherum kommen kann.«

Aymer lachte bellend auf. »Ich bin nicht Guy. Ich lasse mich nicht so leicht besiegen.« Er musterte den Schild an Roberts Arm. Der Drache schimmerte stumpf im Licht des Kamins. »Du hältst dich für würdig, weil Humphrey dich ausgewählt hat?«, giftete er plötzlich. »Du kamst ihm einfach nur gerade recht. Jemand mit Macht und Land, der ihm dabei helfen kann, rangmäßig weiter aufzusteigen. In Wirklichkeit bist du für meine Brüder ein Ausländer. Ein Außenseiter.«

»Das nagt an dir, nicht wahr? Dass sie mich so schnell gewählt haben und du drei Jahre warten musstest, bis du aufgefordert wurdest, dem Orden beizutreten. Ja«, Robert genoss den Ausdruck auf Aymers Gesicht, »deine so genannten *Brüder* haben mir das erzählt.« Er trat einen Schritt auf den Ritter zu. Abscheu verstärkte seinen Blutdurst noch. »Ich mag ein Ausländer sein, aber mir haben sie weit schneller getraut als dir. Humphrey wusste im selben Moment, wo er dir begegnete, was er von dir zu halten hat, Valence.«

Plötzlich stürzte sich Aymer auf ihn, sein Schwert pfiff mit Wucht durch die Luft und zwang Robert zu einer raschen Abwehr. Das Krachen, mit dem das Schwert auf den Schild traf, war in der engen Kammer ohrenbetäubend laut. Der Aufprall ließ seinen Arm erzittern, aber er reagierte sofort und stieß Aymers Klinge mit seinem Schild weg. Der Ritter taumelte unter dem wuchtigen Stoß zurück, dabei prallte er gegen einen der Stühle, der hinter ihm wegrutschte und ihn für eine Sekunde ablenkte, die Robert nutzte, um ihm seinen Schild ins Gesicht zu schmettern. Aymers Helm fing den Schlag größtenteils ab, doch die Wucht war so groß, dass er das Gleichgewicht verlor, zu Boden stürzte und sein Schwert ihm entglitt. Aymer rappelte sich auf, als Robert erneut auf ihn losging. Er duckte sich unter einem gewaltigen Schwerthieb hinweg und war gezwungen, seitlich auszuweichen, bevor er seine Waffe packen konnte. Blitzartig riss er seinen Schild hoch, um einen zweiten, gegen seinen Kopf gerichteten Hieb abzuwehren. Roberts Schwert fraß sich in das bemalte Holz und hinterließ quer über dem Drachen eine tiefe Schramme. Aymer stieß zischend den Atem aus, dann drängte er Roberts Klinge mit seinem Schild weg. Als die Waffe einen Bogen in der Luft beschrieb, warf sich Aymer gegen ihn.

Robert, der mit diesem brutalen Körpereinsatz des Ritters nicht gerechnet hatte, wurde gegen den Tisch geschleudert, der mit einem misstönenden Quietschen über den Steinboden glitt. Er taumelte zurück, bis er halb auf den Brettern zu liegen kam, während Aymer ihn mit gefletschten Zähnen unter seinen Schild presste. Vor Anstrengung grunzend, hob er sein Schwert und führte damit einen Streich gegen Aymers Seite, während die Luft aus seiner Lunge gequetscht wurde. Hinter dem Hieb saß wenig Kraft, und das Kettenhemd des Ritters fing ihn ab, doch er geriet erneut aus dem Gleichgewicht, was es Robert ermöglichte, ihn von sich zu stoßen und wieder Kampfhaltung einzunehmen. Er ließ Aymer keine Zeit, nach seinem Schwert zu greifen. Aymer bückte sich, hob Roberts auf dem Boden liegenden Helm auf, holte damit aus und schmetterte ihn in seine Leistengegend. Mit einem erstickten Keuchen brach Robert zusammen. Aus dem Augenwinkel heraus sah er Aymer an ihm vorbeihuschen und hörte ein Klirren und ein Kratzen, als der Ritter den Helm fallen ließ und sein ihm entglittenes Schwert aufhob. Trotz der sengenden Schmerzen, die ihn durchzuckten, registrierte er, dass Sporen auf dem Steinboden klickten. Die Furcht, Aymers Klinge könne im nächsten Moment seinen Schädel spalten, gab ihm genug Kraft, um sich auf die Füße zu ziehen und sich umzudrehen, sich zu verteidigen.

Mit der Waffe in der Hand bewegte sich Aymer blitzschnell und gewandt. Robert hatte ihn noch nie zu Fuß kämpfen sehen. Die muskulöse Gestalt und die breiten Schultern des Ritters verliehen seinen Hieben große Kraft, außerdem schien er keine Furcht zu kennen, denn er ging wieder und wieder auf Robert los, hackte mit seinem Schwert wie ein Holzfäller auf ihn ein und schlug mit seinem Schild zu. Der Schmerz in Roberts Leisten hatte nachgelassen, aber er spürte, dass er rasch ermüdete. Er schätzte einen Angriff falsch ein, was es Aymer ermöglichte, seitlich auf ihn einzudringen und ihm den Knauf seines Schwerts ins Gesicht zu rammen. Robert vernahm ein leises Knacken, als sein Nasenbein brach und seine Kehle sich mit Blut füllte. Geblendet und würgend torkelte er zur Seite. Aus wässrigen Augen sah er Aymer grinsen. Heiße Wut keimte in ihm auf. Am liebsten hätte er sich wie entfesselt auf seinen Gegner gestürzt, aber er schwankte um den Tisch herum, weil er Zeit brauchte, um sich zu erholen und das Blut in seinem Mund auszuspucken.

»*Feigling!*«, schäumte Aymer. Sein Grinsen verzerrte sich. »Du verdienst diesen Schild nicht, du *Schwein*!«

Als Robert sich auf das fratzenhaft entstellte Gesicht des Ritters konzentrierte, spürte er, wie neue Kraft durch seine Adern strömte. Er packte den Tisch und schleuderte ihn gegen Aymer. Der Ritter flog nach hinten und landete auf einem Stuhl, der unter seinem Gewicht zerbrach, sodass er rücklings inmitten der Trümmer zu Boden stürzte. Das Schwert fiel ihm aus der Hand, sein Helm schlug so hart auf dem Stein auf, dass die Riemen rissen. Ehe der Ritter sich rühren konnte, stürmte Robert um den Tisch herum, ließ sich auf den Bauch seines Widersachers fallen, warf sein Schwert fort und riss Aymer den Helm vom Kopf. Der vom Sturz benommene Ritter machte Anstalten, sich zur Wehr zu setzen, doch Robert schlug ihm mit voller Wucht ins Gesicht, seine kettenbewehrte Faust zermalmte Aymers Lippe und brach zwei Zähne ab. Wieder und wieder hieb er auf den Gegner ein, riss die Haut rund um Aymers Augen auf und brach ihm erst die Nase und dann den Kiefer.

Gerade als er schweißgebadet und keuchend zum fünften Schlag ausholte, hörte er draußen auf der Straße Hufschläge und Rufe. Er zögerte, da eine Stimme seinen Namen nannte. Es waren seine Männer, und sein Bruder war bei ihnen. Er ließ seine blutige Faust sinken. »Hier herein!«, krächzte er heiser und schob sich von Aymer fort. In seinem Kopf setzte ein Hämmern ein, als er sich nach seinem Schwert bückte. Dann starrte er auf Aymer hinab, der schwach durch blutige Zähne stöhnte, hob sein Schwert und ließ die Klinge über dem Ritter schweben. »Nächstes Mal bringe ich dich um!«

Mit diesen Worten ließ er den halb besinnungslosen Aymer auf dem Boden liegen und taumelte in das rauchgeschwängerte Tageslicht hinaus.

Die Engländer hatten ihr Lager auf einem schneebedeckten Hügel oberhalb von Llanfaes aufgeschlagen. In den Ruinen unter ihnen brannten immer noch Feuer, die Flammen züngelten gespenstisch zum frühen Abendhimmel empor. Die Ritter führten die letzten Überlebenden herbei. Es war eine jämmerliche Schar; Kinder weinten, Männer und Frauen waren bleich vor Entsetzen, etliche verwundet.

Robert stand etwas abseits der anderen. Seine Muskeln schmerzten, und seine gebrochene Nase pochte heftig. Die älteren Ritter waren sichtlich zufrieden mit dem kurzen Prozess, den sie mit der Stadt und den Rebellen gemacht hatten. Die jüngeren Männer jedoch wirkten still und in sich gekehrt, vielen hatte das erste Blut, das sie unbedingt hatten vergießen wollen, die Sprache verschlagen. Auch Aymer, dessen Gesicht bis zur Unkenntlichkeit verquollen war und dem zwei Zähne fehlten, befand sich unter ihnen. Zuvor hatte Robert gehört, wie der Ritter Humphrey erzählt hatte, er habe mit drei Rebellen zugleich kämpfen müssen. Robert bezweifelte, dass Aymer jemals irgendjemandem die Wahrheit gestehen würde.

Gerade wurde Madog ap Llewelyn verwundet, aber lebend den wartenden Rittern und Überlebenden vorgeführt. Seine

Hände waren auf dem Rücken gefesselt, aber er schritt aufrecht und mit stolz erhobenem Kopf zwischen den beiden Rittern her, die ihn gepackt hielten. Der goldene Stirnreif, den er während des Kampfes getragen hatte, saß noch immer auf seinem Kopf, das eingedellte Metall klebte vor Blut. Er wurde zu Edward gebracht, dessen hohe Gestalt sich dunkel vom Himmel abhob. Sein scharlachroter Überwurf flatterte im Wind. Hinter dem König wehten zwei Fahnen. Auf seiner Standarte prangte das königliche Wappen von England, auf einer weiteren ein ausgeblichener Drache. Der König nickte, daraufhin trat ein schwarz gewandeter Geistlicher vor, um Madog die Krone vom Kopf zu nehmen. Der walisische Rebell schleuderte ihm einen wutentbrannten Wortschwall entgegen, doch die Ritter hielten ihn fest, und Madog musste machtlos zulassen, dass sich der Geistliche der Artuskrone bemächtigte und sie dem König reichte.

Edward betrachtete den blutverkrusteten Goldreif, der eine Nation gegen ihn vereint hatte. Dann winkte er sichtlich zufrieden ab. »Wir werden sie säubern und reparieren lassen.« Er übergab die Krone wieder dem Geistlichen und heftete den Blick auf Madog. »Du hast zur Rebellion gegen mich aufgerufen, Morde begangen und dich räuberischer Angriffe schuldig gemacht. Ferner hast du fremden Besitz zerstört, Unruhe gestiftet und den Frieden des Königs gestört.«

Madog zuckte mit keiner Wimper, sondern hielt seine Augen unverwandt auf Edward gerichtet.

Robert, der ihn zusammen mit den anderen beobachtete, fragte sich, ob Madog oder irgendeiner der Überlebenden überhaupt verstand, was der König sagte.

»Zur Strafe für deine Verbrechen wirst du in den Tower geworfen werden, wo du den Rest deiner Tage verbringen wirst.« Der König hielt inne. Der Wind kräuselte das Drachenbanner. »Zehn Jahre sind eine lange Zeit. Das Volk von Wales hat vergessen, welcher Preis für Rebellion zu zahlen ist.« Edward spähte hinter sich, wo John de Warenne und die anderen Earls standen. »Ihr Gedächtnis muss aufgefrischt werden.«

Robert hörte einen erstickten Schrei, und als die Gruppe sich teilte, sah er, wie eine Gestalt herbeigeschleift wurde. Es war ein junger Mann mit rußschwarzem Haar.

Madog brüllte unartikuliert und versuchte, sich loszureißen.

»Dein Bruder Dafydd, wie man mir sagte«, stellte Edward sachlich fest.

Dafydds zerschlagenes Gesicht war vor Angst verzerrt, doch er spie auf den Boden, als die Ritter ihn an Edward vorbei zu zwei wartenden Pferden schleiften, die von Knappen des Königs gehalten wurden. Einer der Ritter ballte die Faust, um ihn zu schlagen, aber Edward schüttelte nachdrücklich den Kopf. Madog setzte sich wie wild gegen seine Häscher zur Wehr und schrie dem König und seinem Bruder unzusammenhängende walisische Worte zu. Dafydd hielt das totenblasse Gesicht auf die Pferde gerichtet, an deren Sattelknäufen dicke Seile befestigt waren, deren Enden Soldaten in den Händen hielten.

Die Ritter rissen Dafydds Arme auseinander. Die Soldaten mit den Seilen traten vor, banden sie um seine Handgelenke und überprüften jeden Knoten, um sicherzugehen, dass er sich nicht löste. Die Pferde schnaubten, als die Knappen sie zu ihren Plätzen zu beiden Seiten von Dafydd führten, dessen Brust sich heftig hob und senkte. Die an seinen Händen und den Sattelknäufen befestigten Seile ringelten sich auf dem Boden auf, blieben aber schlaff. Ritter drängten die Zuschauer zurück, damit sie den Tieren nicht im Weg standen. Einige der überlebenden Waliser hatten sich abgewandt, Frauen pressten die Gesichter von Kindern in ihre Röcke. Manche Männer schlossen die Augen, doch die meisten verfolgten das Geschehen in stummem Schweigen. Edward stand mit unbewegtem Gesicht bei seinen Beamten.

Ein paar Soldaten bezogen neben Robert Position und starrten Dafydd an, der mit verkrampften Händen allein dastand.

Einer der Soldaten grinste seine Kameraden an. »Ich habe einmal gesehen, wie einem Mann die Arme glatt ausgerissen wurden.«

Robert ließ die Männer vor sich treten, als der König den Knappen ein Zeichen gab, woraufhin diese ihre Peitschen hoben und den Pferden auf die Kruppen schlugen. Die Tiere jagten in entgegengesetzten Richtungen davon, die Seile spannten sich, rissen Dafydds Arme hoch in die Luft und dann auseinander. Madogs qualvolles Heulen vermischte sich mit den Schreien seines Bruders.

Nachdem Dafydds ausgerenkte Arme losgebunden worden waren, nahm das Gemetzel seinen Fortgang. Sein schlaffer Körper wurde auf einen aus auf Böcken ruhenden Brettern bestehenden Tisch gehievt, wo er rücksichtslos ausgeweidet und gevierteilt wurde, bevor seine blutigen Körperteile in Fässer gesteckt wurden, um sie als Beweis für den Preis der Rebellion durch das zurückeroberte Königreich zu schicken. Die von Brutus und Artus selbst getragene Krone würde nach Westminster geschafft werden – der letzte Nagel in dem Sarg walisischer Freiheit.

Robert ließ Madogs Schreie hinter sich verklingen und schritt den Hang hinunter.

In der Nähe der Stadtmauern waren die Baumeister des Königs und seine Steinmetze in eine hitzige Debatte verstrickt, ließen die Blicke über das Gelände schweifen, nahmen Maß und markierten Flächen mit Seilen. Der König plante bereits, eine weitere seiner Festungen auf der Stelle der zerstörten Stadt zu erbauen. Soldaten karrten die Toten zum Strand hinunter und warfen sie ins Wasser, wo die Wellen über sie hinwegspülten. Schon jetzt konnte Robert Rücken und Köpfe erkennen, die in den Kanal hinausgespült wurden, wo sie Fischen und Möwen als Futter dienen würden. Als er spürte, dass jemand hinter ihn trat, drehte er sich um. Es war Humphrey. Der Ritter trug den Drachenschild, sein Schwert steckte in der Scheide. Blut klebte auf seinem Gesicht und seinem Überwurf.

»Es ist geschafft!« Humphrey stieß den Atem aus und starrte über das sich allmählich mit Leichen füllende Wasser hinweg. »Bald können wir nach Hause zurückkehren.« Als Robert nichts darauf erwiderte, fuhr er fort: »Sei versichert, mein Freund, dass du belohnt werden wirst, wenn die Artuskrone neben Curtana in Westminster ausgestellt wird. Jetzt müssen wir nur noch zwei Reliquien finden.«

Robert las freudige Entschlossenheit in Humphreys Gesicht. Der Mann schien so sicher, so überzeugt davon, sich auf dem richtigen Weg zu befinden, und fest daran zu glauben, dass im Reich wieder Frieden herrschen würde, wenn die Prophezeiung erfüllt war. Ihm selbst war wenig Zeit geblieben, die ultimativen Absichten des Ordens und den Glauben der anderen an Merlins Visionen in Frage zu stellen, da die Gefahren des Krieges und des Winters vordringlich gewesen waren, aber nun, da die Toten an ihm vorbeitrieben, kam Robert ins Grübeln. In der Nacht seiner Initiation war er bereit gewesen, alles zu glauben; Kriegergeschichten aus seiner Kindheit hatten seinen Kopf mit goldenen Aussichten erfüllt. Diese Geschichten hatten Krieg als etwas Glorreiches dargestellt; die Worte der Dichter hatten die Kämpfer über die blutige Realität hinausgehoben. Robert dachte an seinen Vater und daran, wie der Krieg ihn verändert hatte. Zum ersten Mal begann er ansatzweise zu begreifen. Kein Wunder, dass sein Vater an nichts glaubte, was über die grimmige Wahrheit, die wahre Welt hinausging; kein Wunder, dass er sich über die lustig machte, die das taten. Die Worte seines Bruders in der Nacht, als der Gepäcktross in Nefyn angegriffen worden war, kamen ihm wieder in den Sinn. *Vertraust du ihm?* »Du hast mir immer noch nicht gesagt, was König Edward tun will, wenn er alle vier Reliquien besitzt.« Er fixierte Humphrey scharf.

»Wir sind nicht über alle seine Pläne informiert, Robert. Nur die Männer der Tafelrunde kennen seine genauen Absichten. Wir müssen uns das Vertrauen, das sie genießen, erst verdienen.«

»Stellst du dir denn nie manchmal Fragen?«

Humphrey zögerte. »Ich weiß, dass mein König immer zum Besten des Reiches handeln wird.«

Robert schwieg. Er dachte an sein eigenes, von Edwards ständigen Einmischungen geplagtes Reich, und die Schatten einer Bedrohung verdunkelten sein Gemüt, doch er verdrängte sie augenblicklich. Schottland war ein eigenständiges Königreich mit einem eigenen König. Es war nicht zerrissen und isoliert wie Wales oder Irland. So sehr es Edward auch nach der Artuskrone verlangte, er war hauptsächlich aus einem Grund hierhergekommen: um einen Aufstand niederzuschlagen.

Dennoch beschlich ihn hier an diesem trostlosen, von Leichen übersäten Ufer das Gefühl, an einer Kreuzung zu stehen, von der zahlreiche Wege abzweigten. Und in seiner Vorstellung führten sie alle ins Dunkel.

35

KERZENLICHT TAUCHTE IHRE REIHEN in einen sanften Schein und spiegelte sich in den Augen der Männer und den Vergoldungen der sie umgebenden Gräber wider. Das Heiligtum im Herzen der Westminster Abbey wurde von einem Schrein beherrscht, in dessen steinernen Sockel zu Nischen führende Stufen eingelassen waren. Der Schrein, den König Henry zusammen mit der riesigen Abtei, die ihn beherbergte, für die Gebeine des heiligen Edward des Bekenners hatte erbauen lassen, war erst vor sechsundzwanzig Jahren errichtet worden, aber die Stufen waren bereits glatt von den Knien der zahlreichen Pilger. Auf dem Sockel enthielt ein Reliquienschrein die sterblichen Überreste des Heiligen, darüber wölbte sich ein mit heiligen Szenen bemalter Baldachin. Dahinter erstreckten sich die Schatten des mächtigen Gewölbes.

Unter den Blicken gemalter Heiliger kniete König Edward auf den Stufen des Schreins. Den Kopf hielt er gesenkt. Hinter ihm hatten sich seine Männer aufgereiht: zuerst die, die das größte Vertrauen des Königs genossen, die Mitglieder seiner Tafelrunde – John de Warenne und Bischof Bek, die Earls von Lincoln und Warwick, Arundel, Pembroke und Hereford, Edmund of Lancaster, der Bruder des Königs, und andere. Dahinter standen die Drachenritter, die ihre Schilde steif vor sich hielten.

Robert, der seinen Platz zwischen Humphrey de Bohun und Ralph de Monthermer gefunden hatte, spürte, dass ihn jemand anstarrte. Sein Blick wanderte an der Reihe der Männer hinunter und kreuzte sich mit dem von Aymer de Valence. Die Verletzungen, die der Ritter auf Anglesey davongetragen hatte, waren verheilt, aber über seine Wange verlief eine Narbe. Robert hatte bemerkt, dass die beiden Zähne, die er im Kampf verloren hatte, durch andere ersetzt worden waren. Sie waren mit Silberdraht an seinen eigenen befestigt, was ihm ein seltsames, glitzerndes Lächeln verlieh, und er hatte sich gefragt, wo der Ritter sie wohl herhaben mochte. Aymer musterte ihn kurz, dann wandte er sich ab und richtete seine Aufmerksamkeit auf den König. Robert hatte ihn monatelang nicht gesehen. Nach dem Fall von Anglesey waren viele Edelleute aus den Diensten des Königs entlassen worden und zu ihren Landsitzen zurückgekehrt, und Aymer war mit seinem Vater nach Pembroke gegangen. Das Gift in seinen Augen verriet Robert, dass sein Hass im Lauf der Zeit nicht abgeklungen war. Er bereute die Prügel nicht, die er dem Ritter verabreicht hatte, und fürchtete sich auch nicht vor seiner Rache, die vermutlich eines Tages kommen würde. Auch jetzt noch empfand er eine böse Freude, wenn er sich daran erinnerte, wie er seine Fäuste in Aymers Gesicht geschmettert hatte; ein Gesicht, das seine Missgeschicke mit einem Grinsen quittiert und sich an seinem Schmerz und seiner Demütigung geweidet hatte. Der Bastard hatte bekommen, was er verdiente. Er würde es jederzeit wieder tun, sagte Robert sich im Stillen.

Als die Arbeiten an Edwards neuer, Beaumaris genannter Burg begonnen und der König die Insel verlassen hatte, war Robert in der verkleinerten Kompanie geblieben. Er war an der Seite des Königs gewesen, als sie zuerst nach Caernarfon gereist waren, wo Edward seine Pläne für den Wiederaufbau überwachen wollte, und dann Richtung Süden durch verlassene Küstenstädte und seegepeitschte Häfen, vorbei an seinen beeindruckenden Festungen Cricieth und Harlech. Madog ap Llewelyn war zu lebenslanger Kerkerhaft verurteilt und in Ketten nach London geschafft worden. Die blutige Hinrichtung seines Bruders hatte den Kampfgeist des walisischen Rebellen gebrochen, und er hatte in seiner Verzweiflung nur noch einmal versucht, den Lebensatem des Landes in sich aufzunehmen, dessen Prinz er so kurze Zeit lang gewesen war.

In jeder Ansiedlung ergaben sich die Waliser Edward formell und leisteten ihm den Treueeid. Wohin er sich während der blühenden Monate Mai und Juni auch begab, die Artuskrone begleitete ihn als Symbol seiner absoluten Autorität. Die Menschen, die ihren Prinzen verloren hatten und den Verlust so vieler Männer betrauerten, waren eingeschüchtert und verängstigt. Doch Edward, der noch vor wenigen Wochen Madogs jüngeren Bruder öffentlich grausam hatte in Stücke reißen lassen, zeigte sich jetzt nachsichtig und setzte Anwälte ein, die sich die Klagen anhörten, die die Waliser gegen seine tyrannischen Beamten vorzubringen hatten – Klagen, die letztendlich zu der Rebellion geführt hatten. Er ließ sogar viele Rebellen straflos zu ihren Familien zurückkehren. Robert, der sich zunächst über diese Milde wunderte, begriff rasch den Zweck, der dahintersteckte. Die Waliser mussten mit seiner Herrschaft zufrieden sein, wenn sie Steuern zahlen, Kriegsdienst leisten und sich nicht mehr gegen ihn auflehnen sollten.

Trotz seines Erfolgs in Wales blieb der König in diesem Sommer nicht ohne Sorgen. Mit dem Tauwetter und dem Anbruch des Frühlings waren allmählich Berichte aus England eingetroffen. Anfängliche Neuigkeiten über drei wichtige Städte, die seine Männer von den Franzosen zurückerobert hatten, waren willkommen geheißen worden, aber als sich dann herausstellte, dass es danach keine Bewegungen mehr gegeben hatte, war der König nachdenklich geworden. Die beiden Kriege hatten zusammen mit den enormen Kosten für den Bau von Beaumaris und den Wiederaufbau von Caernarfon seine Truhen fast geleert. Während ihrer Rückkehr nach London hatte Robert viele besorgte Gespräche mit angehört. Die Barone fragten sich, wann er Geld von ihnen fordern würde.

Doch heute, in Westminster, schwiegen diese Stimmen, die Aufmerksamkeit aller Männer war auf den König und den Altar vor dem Schrein des Bekenners gerichtet.

Auf dem mit rotem und goldenem Tuch bedeckten Altar lagen drei Gegenstände. Bei einem handelte es sich um ein Schwert. *Curtana*, hatte Humphrey geflüstert, als es in die Kapelle gebracht worden war. Statt zu einer Spitze zuzulaufen, war die einst von einem Heiligen, dessen Gebeine in dem goldenen Grab ruhten, geführte Klinge am Ende flach. Seit 1066, als der Eroberer zum König von England gekrönt worden war, war es bei jeder Krönungszeremonie zur Schau gestellt worden. Als es von einem Priester hereingetragen worden war, hatte Humphrey eine Zeile aus der Letzten Prophezeiung gemurmelt.

Die Klinge eines Heiligen, von Königen getragen, in Barmherzigkeit zerbrochen.

Neben dem Schwert stand ein schlichter schwarzer, im Kerzenschein schimmernder Kasten. Auf Roberts Frage, was das sei, erklärte Humphrey, er enthalte die Originalprophezeiung, die König Edward nach seiner ersten Eroberung von Wales in Nefyn gefunden hatte. Von diesem Buch über die Visionen Merlins, das so alt war, dass es nicht aus dem Kasten genommen werden konnte, weil es sonst zu zerfallen drohte, hatte der König seine Übersetzung anfertigen lassen, deren Worte ihn zu der Suche nach den vier unter Brutus' Söhnen aufgeteilten Reliquien angespornt hatten, um den vorhergesagten Untergang Britanniens zu verhindern. Dazu gesellte sich jetzt die von den Goldschmieden des Königs restaurierte Artuskrone. Edward nahm sie von dem Seidenkissen vor dem Schrein und erhob sich.

Robert sah, wie sich einige Männer die Hälse verrenkten, um zu verfolgen, wie der König die Krone auf den Altar legte. Ein paar senkten die Köpfe, um zu beten. Humphreys Augen glänzten, aber andere zeigten sich von dem Anlass weniger ergriffen. Robert fühlte sich irgendwo dazwischen gefangen. Ein Teil von ihm wollte sich zusammen mit Humphrey und den anderen Drachenrittern Hals über Kopf in diese Suche stürzen, da er noch immer glaubte, Loyalität gegenüber dem König könne seiner Familie den größten Nutzen bringen. Ein anderer Teil von ihm zweifelte an dem Weg, den er eingeschlagen hatte. Die Anschuldigungen seines Bruders in Nefyn hatten eine unangenehme Wahrheit an die Oberfläche befördert, die ihn daran erinnerte, dass er seinem Großvater am Tag seines Ritterschlages ein Versprechen gegeben hatte – ihren Anspruch auf den Thron aufrechtzuerhalten. So unsicher ihm dieser Weg auch im Vergleich zu dem voller Verheißungen glitzernder Schätze erschien, er konnte nicht leugnen, dass er einen Schwur geleistet hatte und nun einem ganz anderen Kurs folgte. Und mit dieser Erkenntnis kam die Erinnerung an das, was sein Großvater so oft gesagt hatte.

Ein Mann, der seinen Eid bricht, ist seinen Atem nicht wert.

Als König Edward sich von dem Schrein abwandte, war die Zeremonie zu Ende. Auf ein Signal von Sir John de Warenne hin strömten die Earls, Barone und Geistlichen durch eine Tür in dem bemalten Lettner, der das Heiligtum vom Rest der Kirche trennte; begierig auf das Fest, das der König im Palast gab, und die Gelegenheit, sich über den Konflikt in der Gascogne auszutauschen. Der König schloss sich ihnen nicht an, sondern ging langsam zu einem der Gräber in der Nähe des Schreins. Darauf prangte das Bronzebildnis einer Frau. Die Inschrift auf der Seite lautete:

> *Hier ruht Eleanor, mit deren Seele Gott in seiner Gnade Erbarmen haben möge.*

Als die Männer vor ihm Robert den Blick auf den knienden König versperrten, folgte er Humphrey aus dem Herz der Abtei in ihren gewölbeähnlichen Bauch. Die Fenster zu beiden Seiten des Ganges bestanden aus rubin- und saphirfarbenem Glas, und die Wände zwischen den Marmorpfeilern schimmerten golden und zinnoberrot.

Robert hatte den Altarraum zur Hälfte durchquert, als er einen Mann, seiner gestreiften Tunika nach zu urteilen ein königlicher Bote, mit Ralph de Monthermer sprechen sah. Ralph drehte sich suchend um, sein Blick heftete sich auf Robert, und er deutete auf ihn. Als der Bote auf ihn zukam, blieb Robert stehen. Humphrey tat es ihm verwirrt nach.

»Sir Robert of Carrick.« Der Bote hielt ihm einen zusammengerollten Brief hin. »Eine Botschaft aus Schottland, Sir. Sie traf schon vor einiger Zeit ein, aber wir konnten sie Euch nicht überbringen.«

Robert schob den Schild an seinem Arm höher, um den Brief entgegennehmen zu können. Vermutlich stammte er von seinem Großvater. Vor seinem Aufbruch nach Wales hatte er nach Schottland geschrieben und dem Lord mitgeteilt, dass er aufgefordert worden war, dem König zu dienen. Er lächelte, als er das Siegel seines Großvaters erkannte, dann erbrach er es und begann zu lesen. Je länger er las, desto stärker verblasste sein Lächeln.

»Was ist?« Humphrey war nicht entgangen, dass sich sein Gesichtsausdruck verändert hatte.

Robert gab keine Antwort, sondern fuhr fort, den Brief zu überfliegen. Als Humphrey die Frage wiederholte, blickte er benommen auf. »Ich muss nach Hause zurückkehren.« Er brach ab, um sich zu räuspern, weil sich ein Kloß in seiner Kehle gebildet hatte. »Um zu heiraten.«

»Heiraten?«

»Eine Tochter von Sir Donald, Earl of Mar.« Robert zögerte, blickte den von Kampfspuren übersäten Schild an seinem Arm wie betäubt an. »Ich muss beim König so schnell wie möglich um meinen Abschied bitten.« Nach einer kurzen Pause hielt er Humphrey den Drachenschild hin. »Ich sollte ihn dir zurückgeben, ich weiß nicht, wie lange ich fort sein werde.«

Humphrey machte keine Anstalten, nach dem Schild zu greifen. »Einmal ein Drachenritter, immer ein Drachenritter. Er gehört dir, Robert.« Er pfiff durch die Zähne, ehe er leise auflachte. »Nun, dann sollten wir dafür sorgen, dass das Fest heute Abend für dich unvergesslich wird, falls es dein letztes als Junggeselle sein sollte. Heiraten?« Er schüttelte den Kopf und lachte wieder. »Diese Last werden wir wohl bald selbst alle tragen.«

Ralph gesellte sich mit Thomas of Lancaster zu ihnen und wollte wissen, was für eine Nachricht der Bote überbracht hatte. Humphrey erzählte es ihnen. Ralph klopfte Robert feierlich auf den Rücken und sprach ihm sein Beileid aus.

»Kennst du sie schon?«, erkundigte sich Thomas.

Vor Robert stieg das Bild eines mitternächtlichen Sees, Atemwölkchen in der Luft, als er auf Eva zutrat, und silbriges Haar im Mondlicht auf, und er erinnerte sich an das Gespräch seines Großvaters mit dem Earl of Mar. Damals hatte er gespürt, dass sie eine derartige Verbindung planten.

»Ist sie hübsch?«, bohrte Ralph weiter.

»Wie die Jungfrau Maria und alle ihre Engel«, erwiderte Robert endlich. Ein zaghaftes Grinsen breitete sich auf seinem Gesicht aus.

Ihr Gelächter flutete an den marmornen Gesichtern von Heiligen und Königen vorbei bis in die dunklen Nischen der Abtei.

36

JOHN BALLIOL STAND AUF DEN Mauern von Stirling Castle. Die untergehende Sonne blendete ihn. Auf der morastigen Ebene unterhalb des Felsens, auf dem die Burg lag, spiegelte sich das Licht in den fernen Tümpeln wider. Vogelscharen zogen über den roten Himmel hinweg. Ihre spiralförmige Formation wies auf irgendeine Bedeutung hin, eine Sprache der Lüfte, die der Mensch nicht verstand. Die Luft war vom Duft der Kräuter aus dem Garten erfüllt, wo Diener in der Abenddämmerung Pflanzen für die Küche pflückten. Der König konnte noch weitere Menschen sehen, die über das Burggelände und die grasbewachsene Einpfählung unter den Mauern huschten, wo die Felsen ein Plateau bildeten, ehe sie steil zu den mit Blumen übersäten Wiesen abfielen, die sich zu den Ufern des Forth neigten. Der große Fluss floss von den fernen Bergen im Osten auf Edinburgh zu, wo die königliche Burg wie ein Zwilling von Stirling auf ihrem eigenen Felsen thronte. Dort wurde die Wasserstraße, die Schottland fast in zwei Hälften teilte, breiter und schließlich zum Meer. Im Zwielicht konnte Balliol gerade noch die hölzerne Brücke über dem tintenschwarzen Wasser ausmachen, die Klammer, die die beiden Hälften seines Reiches zusammenhielt. Seit Jahren wurde Stirling Castle der Schlüssel zum Norden genannt, denn wer auch immer die Burg beherrschte, die die Brücke bewachte, der beherrschte auch die einzige passierbare Route in die Highlands.

Es war ein ruhiger, träger Sommerabend, aber die vom Osten hinter den kahlen Ochil Hills herannahende Dunkelheit schien Balliol viel mehr anzukündigen als nur den Anbruch der Nacht. Er wollte sein Land auch weiterhin betrachten, es nicht in dieser Finsternis verschwinden sehen. Er wollte die Hand ausstrecken, die Sonne vom Horizont lösen und an seine Brust halten, um ihre Strahlen in die Augen seiner Feinde zu lenken. Aber die Luft, die über seine pockennarbigen Wangen strich, wurde kühler, und die ersten Sterne zeigten sich am Himmel.

»Mylord.«

Beim Klang der Stimme drehte Balliol sich um. John Comyn kam über den Fußweg auf ihn zu, sein Gesicht schimmerte im letzten Licht bronzefarben. Der Lord of Badenoch war in den drei Jahren, seit Balliol in Scone gekrönt worden war, kaum gealtert, und der König neidete seinem Schwager sein gesundes Äußeres. Er wusste, dass diese Jahre von ihm selbst ihren Tribut gefordert hatten; von ihm, der er, seit er den Thron gewonnen hatte, seine Frau und fast seine gesamte Autorität verloren hatte. Das Bewusstsein der rasch verstreichenden Zeit ließ ihn daran denken, dass ihrer beider Väter unter König Henry in Lewes gekämpft hatten: dem Moment, wo die engen Bande zwischen ihren Familien geknüpft worden waren. Balliol fragte sich, ob er heute hier stehen würde und einen solchen Verlust zu beklagen hätte, wenn William Comyn damals in Lewes seinen Vater nicht aus dieser Zelle befreit hätte. Hätte sich das Rad des Schicksals anders gedreht, wenn die Balliols ihren eigenen Weg gegangen wären, statt sich in die Schuld der Comyns zu begeben? Dieser Gedanke und die Erinnerung an seinen Vater brachten sein Blut zum Sieden.

»Seid Ihr bereit, Mylord? Die Männer haben sich in der Halle versammelt.«

»Ich kann nicht glauben, dass dies unsere einzige Möglichkeit ist.« Balliol wandte sich wieder der sich verdunkelnden Aussicht zu, wohl wissend, dass seine Bemerkung seinen Schwager in Wut versetzen würde.

Als Comyn antwortete, klang er steif. »Ihr habt Euch einverstanden erklärt, Sir. Wir waren alle einverstanden.«

»Nein, du hast zugestimmt. Es war dein Plan, nicht meiner.«

»Blieb mir denn eine andere Wahl?« Aufsteigender Ärger färbte Comyns Stimme dunkel. »Wo du dich von König Edward hast einschüchtern und manipulieren lassen? Wo du ihm trotz anderweitiger Abmachungen gestattet hast, Obersouverän von Schottland zu bleiben? In dieser Farce einer Gerichtsverhandlung letztes Jahr hat er dich dazu verurteilt, drei Städte aufzugeben. Wann haben wir einem fremden König je so viele Freiheiten gestattet?«

»Vielleicht hättest du ihn selbst fragen sollen, als du in London warst und deinen Sohn mit der Tochter eines seiner Verbündeten vermählt hast.«

Die beißende Anschuldigung prallte an Comyn wirkungslos ab. »Es war meine Pflicht, eine würdige Braut für meinen Erben zu wählen – so wie du Pflichten als unser König hast. Du solltest unsere Rechte schützen. Stattdessen hast du sie an Edward abgetreten.«

»Es muss einen anderen Weg geben. Zwölf Männer, die an Stelle von einem regieren?«

»Sie sollen dich nicht ersetzen, sondern nur beraten.« Comyns Züge verhärteten sich. »Zu diesem Zweck haben sich die Männer des Reiches heute Abend hier eingefunden. Vier Earls, vier Bischöfe, vier Barone. Du kannst uns nicht zurückweisen.«

»Und wenn ich es doch tue? Was dann, Bruder?« Im ersterbenden roten Licht wirkte Balliols Gesicht gequält. »Willst du mich dann ermorden lassen wie die Enkelin meines Vorgängers?«

Comyn blickte sich um, als Balliols Worte durch die Abendluft hallten. »Seid auf der Hut, Mylord«, murmelte er. »Ich war nicht als Einziger an dieser Verschwörung beteiligt.« Sein Tonfall änderte sich, wurde weicher. »In den Tagen, die auf uns zukommen, könnt Ihr nicht unsere einzige Stimme sein.« Als der König den Blick abwandte, trat Comyn vor ihn. »Du wirst immer noch König sein, John, aber du musst dich von dem Rat leiten lassen. Lass sie sich mit König Edward auseinandersetzen. Wenn Schottlands Sicherheit gewährleistet ist, kann es sein, dass dieser Rat überflüssig wird.«

»Und wann wird das sein?« Balliol wusste, dass er verloren hatte; seine eigene, erschöpfte und schwache Stimme verriet es ihm.

Comyn stützte die Hände auf die Steinmauer und blickte über die morastige Ebene hinweg, die sich um den Burgfelsen herumzog. »Das wird davon abhängen, was Edward tut, wenn er erfährt, dass wir ein Schwerterbündnis mit seinem Feind geschlossen haben. Vielleicht macht er dann einen Rückzieher und gibt uns unsere Rechte und Freiheiten zurück. Die Kriege in Wales und der Gascogne müssen ihn eine Unsumme gekostet haben. Ein weiterer Feldzug dürfte das Letzte sein, worauf er Wert legt.«

»Und wenn er nicht klein beigibt?«

Comyn schwieg einen Moment, doch als er wieder das Wort ergriff, klang seine Stimme resolut. »Dann wird es länger dauern.«

»Wird König Philipp uns militärisch unterstützen?«

»Aufgrund unserer anfänglichen Gespräche gehe ich davon aus.«

Der König sah zu, wie die letzten Sonnenstrahlen hinter den Bergen verschwanden. Als das Licht erloschen war, wandte sich Balliol an seinen Schwager. »Komm. Lass es uns hinter uns bringen.«

Der Tag neigte sich dem Ende zu, als Robert und Edward mit ihren Gefolgen die Grenze überquerten. Nachdem der König ihnen erlaubt hatte, Westminster zu verlassen, hatte es Robert mehr Zeit gekostet als erwartet, seine Angelegenheiten zu regeln, und nach fast vierzehn Tagen auf der Straße kam ihm der letzte Teil der Reise am längsten vor. Nachdem sie einen Bogen um Carlisle, die letzte englische Stadt, geschlagen hatten, war er einige Stunden lang in ruhelosem Schweigen geritten, nur auf sein Ziel fixiert, das verlockend nah hinter den einsamen Marschen des Solway Firth lag.

Robert kam es merkwürdig vor, nach so vielen Monaten in seine Heimat zurückzukehren – nicht, weil ihm alles verändert erschien, sondern weil er meinte, körperlich und geistig verändert heimzukommen. Er war als Jugendlicher von neunzehn Jahren fortgegangen und kam als kriegserprobter Mann von einundzwanzig wieder. Er stand in der Gunst des Königs, er hatte in England einflussreiche Freunde gewonnen, und er brannte darauf, seinem Großvater alles zu erzählen, was er während seiner zweijährigen Abwesenheit erlebt hatte. Er hatte bereits beschlossen, dem alten Mann seine Aufnahme in den Kreis der Drachenritter und sein Bündnis mit König Edward anzuvertrauen, weil er sicher war, dass sein Großvater ihm sagen würde, ob er die richtigen Entscheidungen getroffen hatte. Trotz dieser Gedanken wurde Robert zunehmend nervöser, als er über die Heirat nachgrübelte, deretwegen er nach Hause gekommen war. Eine weitere Veränderung seines Lebens, für die er bereit zu sein hoffte. Eva war hübsch, sicher, aber würde sie eine gute Frau abgeben? Eine gute Mutter für seine Kinder? Der Gedanke beunruhigte ihn noch mehr, und er verdrängte ihn entschlossen, während er der vertrauten Straße folgte, die sich um die sanft geschwungenen Hügel von Annandale herumwand und nach Lochmaben führte.

Im rosigen Abendlicht erreichten sie die Außenbezirke der Stadt. Roberts Herz begann höher zu schlagen. Er drehte sich um, um seinen Bruder anzugrinsen, und las dieselbe Erregung in dessen Gesicht. Sie trieben ihre erschöpften Pferde zu einem Trab an und ritten mit ihren Knappen durch die Stadt auf die Tore in der Palisade der Burg zu. Rauch stieg aus den Schornsteinen ringsum auf. Robert fragte sich, ob eines seiner Geschwister hier sein würde. Je mehr er sich Schottland genähert hatte, desto häufiger hatte er an Nialls fröhliches Lachen, Thomas' Wortkargheit, Christinas scheue Süße, Marys Wildheit und sogar an Alexanders gestelzte Ausdrucksweise gedacht. Er hatte sie alle vermisst, aber am meisten seinen Großvater.

Die sauertöpfischen Männer am Tor kannte Robert nicht, aber sie ließen ihn sogleich ein, als er seinen Namen genannt hatte. Der Burghof lag still da, ein paar Fackeln flackerten in der milden Luft. Robert stieg ab und reichte Nes die Zügel, dabei wunderte er sich, weil niemand herauskam, um sie zu begrüßen.

»Vielleicht ist Großvater nicht hier?« Edward blickte sich in dem verlassenen Hof um.

Roberts Blick wanderte zu dem Damm, der sich über dem Burghof erhob. Der Bergfried zeichnete sich massiv und solide vom Himmel ab. »Kein Banner«, murmelte er.

»Bitte?«

»Großvaters Banner ist nicht auf dem Bergfried gehisst. Du hast recht. Er kann nicht hier sein.« Robert spürte, wie ihn ein scharfer Stich der Enttäuschung durchzuckte. Nachdem er in

Westminster den Brief seines Großvaters erhalten hatte, hatte er einen seiner Knappen vorausgeschickt, um dem alten Mann mitzuteilen, dass sie noch innerhalb dieses Monats zurückkehren würden. Jetzt fragte er sich, ob irgendetwas den Knappen und seine Nachricht aufgehalten hatte, denn sein Großvater wäre sicherlich niemals verreist, wenn er gewusst hätte, dass sie kamen. Robert drehte sich um, als er hörte, wie in einem der Gebäude eine Tür geöffnet wurde. Als eine junge Frau mit einem Eimer in der Hand herauskam, winkte er sie zu sich. »Wo ist der Lord of Annandale?«

Die Magd blieb stehen und musterte die Gruppe erschöpfter Männer. »Erwartet er Euch, Sir?«

»Nein, aber er wird mich sehen wollen.«

Die Magd umklammerte den Eimer nervös fester. »Er hat uns aufgetragen, keine Besucher vorzulassen, Sir.«

Roberts Verärgerung wuchs. Er war von der langen Reise müde und konnte es kaum erwarten, seinen Großvater zu sprechen. Der stille Hof und das unbekannte Personal beunruhigten ihn. War während seiner Abwesenheit irgendetwas geschehen? »Ich bin Sir Robert Bruce, der Earl of Carrick. Sein Enkel«, teilte er der Frau mit. »Ich sagte doch, dass er mich sicherlich sehen will.«

Ihre Augen wurden groß, dennoch wirkte sie jetzt noch zögerlicher. »Sir …«, begann sie.

»Sag mir einfach, wo der Lord ist.«

»Er ist tot.«

Beim Klang der kalten Stimme, die wie ein Messer in sein Fleisch schnitt, fuhr Robert herum.

Auf der Schwelle des Haupthauses stand sein Vater. Seine breite, in einen schwarzen, pelzbesetzten Umhang gehüllte Gestalt füllte die gesamte Türöffnung aus. Sein hartes Gesicht war von tiefen Furchen des Alters und der Verbitterung gezeichnet, sein Haar struppig und mit grauen Strähnen durchzogen. Als der erste Schock über seinen Anblick abgeebbt war, sickerten die Worte seines Vaters in Roberts Bewusstsein ein. »Tot?«, murmelte er, das Wort zwischen den Lippen hervorquetschend.

»Dein Großvater starb im März. Ich bin aus Norwegen zurückgekehrt, um die Landgüter zu übernehmen.« Bruce' eisiger blauer Blick wanderte von Robert zu Edward und dann zu ihrem Gefolge und ihren Pferden. Als er Hunter betrachtete, zogen sich seine Brauen zusammen.

Die Gleichgültigkeit seines Vaters löste in Robert lediglich einen dumpfen Schmerz aus, einen bloßen Nadelstich im Vergleich zu dem qualvollen Kummer, den ihm der Tod seines Großvaters bereitete. Vor seinem geistigen Auge formte sich das Bild dieses zerfurchten Löwengesichts, der silbernen Haarmähne und der Falkenaugen. Hinter sich hörte er schwach, wie Edward mit heiserer Stimme ihren Vater begrüßte. Robert brachte keinen Ton heraus; die Worte blieben ihm im Hals stecken, schwollen zu unzusammenhängenden Lauten an, die sich ins Freie drängten. Es gelang ihm, mühsam hervorzustoßen: »Ich muss mich waschen.« Dann wandte er sich ab, entschlossen, seinem Vater seinen Schmerz nicht zu zeigen. Er würde das Salz seiner Verachtung in seiner offenen Wunde nicht ertragen.

»Dafür ist später noch Zeit«, sagte sein Vater scharf. »Es ist hier jemand, der auf dich wartet. Als ich von deiner Rückkehr erfuhr, sandte ich Earl Donald eine Botschaft. Er traf letzte Woche ein, um die mit deinem Großvater getroffenen Vereinbarungen zum Abschluss zu bringen. Jetzt, wo du hier bist, wird die Hochzeit so schnell wie möglich stattfinden.«

Bruce drehte sich zu dem Hauptgebäude, wo Robert eine weitere Gestalt an der Tür warten sah. Auf einen Wink seines Vaters trat sie in den Fackelschein hinaus, der ihr mageres Gesicht beleuchtete. Sie trug ein schlichtes grünes Gewand und schlang nervös die Arme um sich, als sie näher kam. Ihr mausbraunes Haar war zu Zöpfen geflochten und mit Nadeln an ihrem Kopf festgesteckt, was ihr einen hungrigen, verkniffenen Ausdruck verlieh. Es war nicht Eva, sondern ihre jüngere Schwester. Robert konnte sich beim besten Willen nicht an ihren Namen erinnern. Benommen starrte er sie an.

»Das ist Isobel«, erklärte sein Vater. »Deine Braut.«

VIERTER TEIL

A.D. 1296

… sollen die Britannier, wenn die vorherbestimmte Zeit kommt, dank ihres Glaubens ihre Insel zurückerlangen. Aber dies kann nicht geschehen, bevor sie sich nicht im Besitz seiner Reliquien befinden …

Geoffrey of Monmouth,
»Die Geschichte der Könige Britanniens«

37

EIN SCHWARZER, STURMGELADENER Himmel und das Dröhnen von Kriegstrommeln läuteten den Herbst des Jahres 1295 ein. Unheilvolle Omen häuften sich, von der Geburt eines Kindes mit zwei Köpfen bis hin zu einem Fischer, der behauptete, den Geist König Alexanders, dessen gespenstische Hand auf Edinburgh gerichtet gewesen sei, auf den Klippen in der Nähe von Kinghorn gesehen zu haben.

In den Städten und Dörfern Schottlands sprach es sich rasch herum, dass John Balliol durch den neuen Zwölferrat ersetzt worden war. Männer tuschelten besorgt miteinander und stellten Vermutungen darüber an, was nun geschehen würde. Einige wenige freuten sich über die Veränderung, da sie die Schwäche des Königs dafür verantwortlich machten, dass Schottland seine Freiheiten an König Edward verloren hatte, und glaubten, die Einsetzung des Rates würde ihre Rechte wiederherstellen. Doch viele andere bekamen es angesichts von Edwards blutiger Eroberung von Wales mit der Angst zu tun. Als sich Gerüchte verbreiteten, die Zwölf hätten eine Delegation nach Frankreich entsandt, um ein Bündnis mit Englands Feind zu schließen, erwarteten alle den Anbruch des neuen Jahres mit angehaltenem Atem.

Robert, dessen Rückkehr nach Schottland mit dem Läuten von Hochzeitsglocken begrüßt worden war, war während dieser unheilschwangeren Tage von anderen Dingen in Anspruch genommen worden; er betrauerte den Verlust seines Großvaters und musste sich mit der Anwesenheit seines Vaters abfinden. Doch selbst ihm entging nicht, dass sich der Konflikt zuspitzte.

Das Allerseelenfest brachte Unwetter mit sich, die über die Ostküste hinwegfegten und eine neue Mauer der St.-Andrews-Kathedrale zum Einsturz brachten, wobei fünf Steinmetze ums Leben kamen. Am Tag danach wurde bekannt, dass die schottische Delegation mit König Philipp ein Schwertbündnis gegen Edward besiegelt hatte. Der Krieg, so sagten die Männer, werde nicht mehr lange auf sich warten lassen. Robert, dessen junge Frau schwanger war, hatte erwartet, dass der englische König mit dem Zwölferrat zu einer Einigung gelangen würde. Er wusste, wie viel der Sieg in Wales Edward gekostet hatte, und bezweifelte, dass der König oder seine Barone Wert auf einen neuerlichen Konflikt legten, vor allem, da sich englische Soldaten immer noch in den Schützengräben der Gascogne befanden. Edwards Reaktion hatte ihn in Erstaunen versetzt.

Nachdem er von dem Bündnis erfahren hatte, hatte der König die Kapitulation dreier Burgen in Schottland verlangt und jedem Franzosen untersagt, schottisches Territorium zu betreten. Wo Balliol unter dem Druck nachgegeben hätte, blieb der Kronrat jedoch standhaft und verweigerte unter der Führung der Comyns die Übergabe der Burgen. Edward übte Vergeltung, indem er die englischen Ländereien und den Besitz dieser Männer beschlagnahmte und seine Sheriffs anwies, jeden Schotten zu verhaften, den sie in seinem Reich entdeckten. Dies waren, wie jedem klar war, die letzten Aktionen vor dem Unausweichlichen. Die durch den Flaschenhals der Verhandlungen aufsteigenden Spannungen konnten nur in einem gewaltigen Ausbruch enden.

Vor dem Weihnachtsfest trafen in Lochmaben Anordnungen ein, die zwar das Siegel König Johns trugen, aber im Namen der Zwölf von John Comyn erlassen worden waren. Darin wurde gefordert, dass sich der Lord of Annandale und sein Sohn im neuen Jahr für eine Waffeninspektion bereithielten. Diese befanden sich jetzt in einer misslichen Lage: Entweder kämpften sie für einen König, den sie hassten, und büßten ihre englischen Landsitze ein, oder sie verrieten ihr Königreich und verloren ihre schottischen Ländereien. Robert war hin- und hergerissen; sein schottisches Erbe und der Eid, den er den Drachenrittern und König Edward geleistet hatte, zogen ihn in zwei entgegengesetzte Richtungen. Für seinen Vater schien die Entscheidung jedoch klar zu sein. Er hatte getobt und den Boten des Königs entgegengeschleudert, er werde lieber sein Land und sein Leben verlieren als sein Schwert für den Prätendenten auf dem Thron zu heben. Robert, den die rebellische Reaktion seines Vaters beunruhigte, hatte nicht gewusst, dass der Lord bereits mit seinem alten Verbündeten König Edward in Verbindung gestanden hatte. Kurz darauf verließ Bruce mit seiner Familie und seinen Männern Annandale. Mit so viel Besitz beladen, wie sie tragen konnten – Roberts Frau Isobel war jetzt im fünften Monat –, hatten sie die Grenze überquert und sich nach Carlisle gewandt, wo sein Vater im Namen des englischen Königs zum Statthalter ernannt worden war.

In den darauffolgenden Wochen waren vereinzelt Berichte bei ihnen eingetroffen, aber keiner davon war so unmissverständlich gewesen wie der von König John persönlich, der Robert und seinem Vater mitteilte, ihre Ländereien in Carrick und Annandale seien verwirkt und dem Vetter John Comyns, dem Earl of Buchan, Oberhaupt der Schwarzen Comyns, überantwortet worden. Die Bruces waren nicht die einzigen schottischen Edelleute, die solche Verluste hinnehmen mussten. Ihr alter Kamerad und Mitglied des Bündnisses von Turnberry, Earl Patrick of Dunbar, hatte sich ebenfalls geweigert, für Balliol zu kämpfen, genau wie der Earl of Angus, und beide waren, da sie Edward die Treue hielten, enteignet worden. Aber dieser Umstand machte Robert den Verlust von Carrick, seinem Geburtsort, der ihm von seinem Großvater übertragen worden war, nicht erträglicher.

Als die Februarschneefälle nachließen und der Märzregen das Eis auf dem Boden in Matsch verwandelte, begannen mit Bier und Korn beladene Karren durch England zu rollen, und Schiffe mit Steinen und Holz für Belagerungsgeräte trafen ein.

Ihnen folgten Ritterkompanien und Infanterieschwadronen, die alle auf Newcastle zumarschierten, der Sammelstation für den Feldzug.

Der Krieg stand unmittelbar bevor.

Robert ritt durch die dunklen Straßen von Carlisle. Hunters Hufe glitten auf dem nassen Untergrund immer wieder aus. In der Ferne kauerte die Burg auf ihrem niedrigen Hügel, die roten Mauern schimmerten im Fackelschein wie Blut. Wolken zogen über einen angeschwollenen gelben Mond hinweg, dessen gespenstisches Glühen sich in den Pfützen auf dem Boden widerspiegelte. Irgendwo in der Stadt ertönte Glockengeläut.

Robert wurde von seinem Bruder Edward begleitet, der Anfang des Jahres in einer hastigen Zeremonie zum Ritter geschlagen worden war. Ihnen hatten sich zwei Ritter aus Carrick und zwei der Vasallen ihres Vaters angeschlossen. Überall brannten Feuer und beleuchteten die sich unter Dachüberhängen zusammendrängenden Menschen. Auf den Gesichtern der Männer und Frauen malten sich Furcht und Unsicherheit ab, auf denen der Kinder schläfrige Verwirrung. Viele hatten Handkarren bei sich, in denen sich Säcke und Decken, Töpfe und ab und an eine silberne Platte oder ein Kerzenleuchter stapelten – überflüssige Dinge vielleicht, von denen sie sich aber dennoch auch während ihrer Flucht in den Schutz der Stadtmauern nicht trennen wollten. Gasthäuser, Kirchen und Ställe quollen von diesen Flüchtlingen aus den umliegenden Gebieten förmlich über, und die letzten Neuankömmlinge mussten in den Straßen schlafen.

»Macht Platz!«, brüllte Edward, als sie die von Feuern erleuchtete Straße entlang auf den Marktplatz zuritten. »Platz für den Earl of Carrick! Platz für die Männer des Statthalters!«

Bei dem von eingezäuntem Vieh wimmelnden Markt bogen sie auf die Straße ab, die zu den nordöstlichen Mauern führte, wo ein Torturm die Straße nach Schottland beherrschte. Das Glockengeläut war hier lauter, es kam von dem Turm über ihnen. Als sie näher kamen, bemerkte Robert Männer, die Körbe mit Pfeilen und Sandsäcke in einen Karren luden. Er brachte Hunter zum Stehen, stieg ab und ließ das Pferd bei seinen Rittern zurück. Der viereckige Turm überspannte einen Gang zwischen zwei bogenförmigen Öffnungen. Die Tore am Ende des Ganges waren geschlossen; weitere Männer nagelten Bretter quer über das Holz. Das Hämmern hallte in dem beengten Raum wider, als Robert ihn, gefolgt von seinem Bruder, betrat. Sie eilten an einem Wachraum voll aufgeregter Posten vorbei und dann unebene Stufen zum zweiten Stock hinauf, wo eine Tür auf die Stadtmauern hinausführte.

Auf dem Fußweg waren drei Männer, deren Kleider im Wind wehten. Sie drehten sich um, als Robert und Edward zu ihnen hinaustraten. Von einer Fackel, die ihre besorgten Gesichter beleuchtete, stieg Rauch auf.

»Christus sei Dank!«, begrüßte einer von ihnen, scheinbar der Hauptmann, Robert. Er trug ein Kettenhemd unter seinem Umhang und hatte sich seinen Helm unter den Arm geklemmt. Sein breites Englisch ähnelte dem der Männer von Annandale, das weniger als zehn Meilen entfernt hinter dem verfallenen römischen Wall und den tückischen Morastebenen des Solway Firth lag. Er musste seine Stimme erheben, um das monotone Glockengeläut zu übertönen. »Ich wollte schon einen meiner Männer zur Burg schicken.«

»Wir haben Alarm am Englischen Tor gehört«, erwiderte Robert. »Was ist passiert?«

»Tom hier hat sie zuerst bemerkt.« Der Hauptmann nickte zu einem seiner Wachposten hinüber, dessen Gesicht unter dem Helm grimmig verzogen war.

Tom deutete auf eine Schießscharte. »Dort draußen, Sir. Überzeugt Euch selbst.«

Robert überquerte den Fußweg, stellte sich neben den Mann und spähte hinaus. Er konnte im Atem des Wächters gekochtes Fleisch riechen. Tief unter ihm fing sich das Licht der Fackeln auf den Mauern in dem Graben, der sich um die Stadt herumzog. Dahinter verschwand das Land im Dunkeln. Robert erkannte den gespenstischen Fluss Eden und die Umrisse ferner Hügel, aber wenig mehr. »Ich sehe nichts.«

»Dort drüben im Norden«, beharrte Tom, dabei musterte er die den Mond verdunkelnden Wolken stirnrunzelnd.

Sand von der Mauer brannte in Roberts Augen, als er gen Norden starrte. Über ihm läutete die Glocke immer noch. Für einen langen Moment konnte er absolut nichts Ungewöhnliches erkennen, doch dann schob sich der Mond zwischen den Wolken hervor. Als sich sein fahles Licht über das Land ergoss, machte Robert etwas aus, das einem schmalen, glitzernden Fluss in der Ferne glich, nur wusste er, dass es dort, wo er hinblickte, keinen Fluss gab. Das Mondlicht schimmerte nicht auf Wasser, sondern auf Metall: Speerspitzen und Helme, Schilde und Kettengeflecht. Robert spürte, wie sich eine eisige Hand um sein Herz schloss. Der kleine Teil von ihm, der während des gesamten Herbstes und Winters und sogar noch während der turbulenten letzten Monate gehofft hatte, der Konflikt könne friedlich gelöst werden, erstarb beim Anblick der heranrückenden Armee. »Komm«, sagte er mit gepresster Stimme zu Edward. »Wir müssen Vater Bescheid geben.«

»Wie lauten die Befehle des Statthalters?«, rief ihnen der englische Hauptmann hinterher.

»Das werdet Ihr zusammen mit dem Rest von uns erfahren«, versetzte Robert, ehe er den Fußweg entlangeilte.

»Das kann einfach nicht wahr sein!« Edward packte Robert am Arm, als sie den Turm verließen und auf ihre Pferde zusteuerten. »Earl Donald? Und Atholl?«

»Du hast es ja gerade mit eigenen Augen gesehen«, gab Robert tonlos zurück.

»Dein Schwiegervater kommt, um diese Stadt dem Erdboden gleichzumachen.« Edward deutete mit einer Hand zu der Burg hinüber, einem roten Block in der Ferne. »Seine Tochter trägt dein Kind! Wie konnte es so weit kommen?«

»Das weißt du. Die Comyns.«

»Diese Männer sind nicht nur unsere Landsleute, sondern auch unsere Verwandte! Wir sollten an ihrer Seite kämpfen!«

Robert wich dem Blick seines Bruders nicht aus. Er wusste, was in Edward vorging; kannte das Gefühl innerer Zerrissenheit. Aber sie hatten am Vorabend dieses Krieges ihre Entscheidung getroffen, so unerträglich es auch gewesen sein mochte, und nun mussten sie dazu stehen. »Du hast dieselben Berichte gehört wie ich«, herrschte er seinen Bruder an. »Diese Männer dort draußen, mein Schwiegervater und John Atholl mit eingeschlossen, haben unser Land zu Asche verbrannt. Sie sind nicht länger unsere Kameraden und Verwandte, sondern unsere Feinde. Würdest du dich jetzt auf ihre Seite schlagen?«

Edward gab keine Antwort. Er blickte zum Himmel empor, wo Wolken durch die Dunkelheit rasten. »Unser Großvater hätte das verhindert. Er hätte einen anderen Weg gefunden. Einen Weg, der es uns erspart hätte, unser Land zu verraten.«

»Unser Großvater ist tot. Und wir haben geschworen, diese Stadt zu verteidigen.« Robert drängte sich an seinem Bruder vorbei und ging zu den mit den Pferden wartenden Rittern seines Vaters hinüber.

Edward rief ihm etwas nach, doch als Robert aufsaß, blieb ihm nichts anderes übrig, als ihm zu folgen.

Als sie losritten, fielen weitere Glocken in das Läuten der des nordöstlichen Turms ein. Die Kakophonie hallte durch die Stadt und veranlasste die Bürger, Fensterläden aufzustoßen und schlaftrunken und verängstigt aus ihren Häusern zu stolpern. Einige begrüßten die die Castle Street heruntertrabenden Ritter, erhielten aber auf ihre besorgten Fragen keine Antwort. Rasch legten sie den Weg über die über den Stadtgraben führende Brücke zurück, die durch Obstgärten zu einer zweiten Brücke über einen Graben unterhalb der Burgmauern führte.

Nachdem sie zwei schwer bemannte Torhäuser passiert hatten, in denen die Hauptmänner Befehle brüllten, gelangten die Brüder in den inneren Burghof, der vor Männern wimmelte. Einige trugen den roten Sparren von Carrick auf ihren Überwürfen, die meisten jedoch die Farben ihres Vaters. Von dem blauen Löwen, dem alten, von ihrem Großvater bevorzugten Symbol der Herren von Annandale, war nichts zu sehen. Diese Ritter wiesen alle das Lieblingswappen ihres neuen Lords an ihrer Kleidung auf: ein rotes Kreuz auf gelbem Grund. Einige zerrten Getreidesäcke von Karren in die Vorratskammern, andere verteilten Waffen. Inmitten dieses Durcheinanders stieg Robert von seinem Pferd. Er nahm an, dass sich sein Vater inzwischen über die Gefahr im Klaren war, dennoch brauchte er unmissverständliche Befehle.

Nachdem er einen der Ritter befragt hatte, der ihm mitteilte, der Statthalter befände sich mit seinen Kommandanten in der Burghalle, bahnte sich Robert einen Weg durch die Menge der Männer, als er plötzlich eine junge Frau bemerkte, die sich zu ihm durchkämpfte. Es war Katherine, die Zofe seiner Frau. Sie wirkte erregt, ihre Wangen loderten hochrot.

»Sir Robert!« Ihre Stimme übertönte den Lärm der Soldaten.

Furcht stieg in Robert auf, als er zu ihr hinüberging. »Stimmt etwas nicht? Wo ist Isobel?« Er spähte an Katherine vorbei zu dem Fenster der Kammer empor, in der er seine Frau letzte Woche untergebracht hatte, als Kundschafter Rauch an der Grenze gemeldet hatten. Hinter den Vorhängen schimmerte Kerzenschein.

»Sie liegt in den Wehen. Sie bat mich, Euch zu suchen.«

»Das Kind wird doch erst in einem Monat erwartet.«

»Die Hebamme meint, es kommt früher, weil sie sich wegen ihres Vaters so quält.«

»Bruder.« Edward trat hinter ihn.

Robert drehte sich geistesabwesend um, als sein Bruder zu den Türen der Halle hinübernickte, aus denen gerade sein Vater mit drei Kommandanten gekommen war.

Der Lord of Annandale, gebieterisch anzusehen in einem schimmernden Kettenmantel, einem Geschenk seines Schwiegersohns, des Königs von Norwegen, stand auf den Stufen der Halle und blickte auf den überfüllten Burghof hinab. Sein halb roter, halb gelber Überwurf mit dem Kreuz über dem Herzen wurde um seine massige Taille von einem Gürtel gehalten, an dem ein Breitschwert hing. Er ergriff das Wort. Seine Stimme hallte zu den Soldaten hinab, die verstummten, um ihm zu lauschen. Auch die Männer, die den Karren entluden, hatten in ihrer Tätigkeit innegehalten.

»Jeder von uns hier hat einen hohen Preis für unsere Ehre gezahlt. Ich bin mir mehr als die meisten des großen Opfers bewusst, das in den vergangenen Monaten im Namen der Loyalität gebracht werden musste.«

Robert fühlte, wie sich seine Brust bei den Worten seines Vaters zusammenzog. *Großes Opfer*, dachte er bitter. Dank des Umstandes, dass er König Edward stets die Treue gehalten hatte, besaß sein Vater immer noch seine reichen Landsitze in Essex und Yorkshire, wohingegen ihm selbst nichts geblieben war.

»Meine Kundschafter haben mir berichtet, dass die Armee der Comyns mein Land verwüstet hat. Alle von uns hier haben etwas verloren, was ihnen lieb und teuer war. Alle von uns haben Grund, die Männer zu hassen, die uns nun im Dunkeln angreifen wollen wie die feigen Hurensöhne, die sie sind!«

Einige Soldaten im Hof bekundeten lauthals ihre Zustimmung.

»Annandale steht in Flammen, und die Schwarzen Comyns und ihre Sippschaft werden auf der Asche ihre eigenen Herrenhäuser errichten. Wenn wir es zulassen. Aber ich sage, wir bieten ihnen die Stirn! Ich sage, wir setzen uns gegen diese sieben Earls und ihren falschen König zur Wehr! Ich sage, wir zeigen ihnen, aus welchem Holz die Männer aus Annandale und Carrick und Carlisle geschnitzt sind!«

Die Männer begannen so laut zu röhren, dass ihre Stimmen die Luft erzittern ließen.

»Östlich von uns wartet König Edward mit seinem Heer in Newcastle. Wir sind der Köder, und während diese Bastarde an unserem Haken baumeln, wird er dort zuschlagen, wo sie verwundbar sind. Steht mir zur Seite, und ihr werdet eure Heime zurückerhalten. Steht mir zur Seite, und ihr werdet belohnt werden!« Der Lord of Annandale zog sein Schwert und schwenkte es durch die Luft.

Die Soldaten rissen ihre eigenen Schwerter aus den Scheiden und begannen mit den flachen Seiten der Klingen gegen ihre Schilde zu trommeln.

Robert wandte sich an Katherine. Die Zofe hielt sich die Ohren zu. »Sorg dafür, dass meine Frau alles hat, was sie braucht«, befahl er über das Getöse hinweg. »Ich komme zu ihr, sobald ich kann.«

38

ÜBER CARLISLE, DER LETZTEN englischen Stadt vor der Grenze zu Schottland, brach die Morgendämmerung an. Über den Scharen unterhalb der Mauern hing ein Rauchschleier in der Luft. Im kalten Licht flackerten Feuer, an denen Fußsoldaten Fackeln entzündeten, die über den Graben zum nordöstlichen Tor getragen wurden, wo eine Männerschar mit über den Kopf erhobenen Schilden einen Schutzschirm bildete. Unter diesem Baldachin brachten die Soldaten, denen Männer mit Heubündeln folgten, die Fackeln zu der feindlichen Burg hinüber.

Auf den Mauern drängten sich die Verteidiger auf dem schmalen Fußweg, immer auf der Hut vor Pfeilen, die von den Rändern des Grabens zu ihnen heraufschwirrten. Für sie glichen die umgekehrten Schilde einem verwirrenden Farbenspiel, das wie ein buntes Meer unter ihnen wogte. Mit an die Schießscharten gepressten Gesichtern verfolgten die Männer von Carlisle, wie die Soldaten mit den Fackeln nach und nach aus ihrem Blickfeld verschwanden. Rauch stieg aus den Lücken zwischen den Schilden auf und kräuselte sich bis zu den Toren am Fuß des Turms empor.

Robert brüllte in einem fort Befehle. Schon jetzt war er heiser, und die Belagerung hatte gerade erst begonnen. Was als ständiger Einsatz seiner Truppen an dem Fußweg entlang begonnen hatte, hatte sich zu einem völligen Chaos entwickelt. Die Hörner des Feindes schmetterten unaufhörlich, Pfeile prallten von den Wänden ab oder landeten in den Straßen darunter. Sein Vater hatte ihn zusammen mit seinem Bruder am nordöstlichen Tor postiert, wo er die Soldaten aus Carrick sowie einige Männer aus Carlisle befehligte, die insgesamt eine Kompanie von fünfundzwanzig Rittern und mehr als doppelt so vielen Knappen und Fußsoldaten ausmachte. Da ihm in Wales nur eine kleine Anzahl von Männern unterstanden hatte, stellte Robert schnell fest, wie schwierig es war, eine größere Division unter Kontrolle zu halten – für ihn noch schwieriger, weil die Männer aus Carrick so lange die Lehnsleute seines Vaters gewesen waren. Er hatte nur wenige Monate in seiner Grafschaft verbracht, bevor er nach England aufgebrochen war, und viele erinnerten sich an ihn eher als Jungen in Turnberry als an ihren Lord. Als Robert im Morgengrauen diese altgedienten Veteranen zu sich befohlen hatte, hatte er gespürt, dass sie seinen Befehlen eher aus Pflichtgefühl heraus statt aus Respekt lauschten. Doch es war keine Zeit geblieben, darüber nachzugrübeln, da der Feind vorrückte und die Felder sich mit den gegnerischen Massen füllten.

Robert hatte die Schotten schweigend beobachtet, den Blick auf die Banner von Mar, Ross, Lennox, Strathearn, Atholl und Menteith gerichtet, die einer schwarzen Standarte mit drei weißen Weizengarben folgten – dem Wappen der Schwarzen Comyns, die sich das Land seiner Familie angeeignet hatten. Die Nachfolge von Menteith, ihrem einstigen Verbündeten, hatte sein rothaariger Sohn angetreten. Robert erinnerte sich an ihn von der Versammlung in Turnberry her, wo er ihm gegenüber an der Tafel seines Vaters gesessen hatte. Wer hätte gedacht, dass er ihn als Gegner auf der anderen Seite der Mauer einer englischen Stadt sehen würde, ihn oder den feurigen Earl John of Atholl –

seinen eigenen Schwager? Aber am schwersten war für Robert der Anblick des Banners von Mar zu ertragen. Earl Donald war einer der vertrautesten Kameraden seines Großvaters gewesen, und er selbst war mit dem Schwert des Earls zum Ritter geschlagen worden. Er war mit Mars Tochter, seine Schwester Christina mit dem Sohn und Erben des Earls verheiratet. Es erschien ihm unfassbar, dass dieser alternde Mann, an den er immer mit großer Zuneigung gedacht hatte, ihn jetzt vernichten wollte. Dennoch war es so, wie die vom Feuer erleuchtete Standarte bewies. Sein Großvater würde sich im Grab umdrehen.

Als die Feinde aussschwärmten und auf die anderen Tore rund um die Stadt zumarschierten, hatte Robert erkannt, dass er ungefähr siebenhundert Männer unter den Bannern von Buchan, Mar und Ross gegen sich hatte. Innerhalb dieser Reihen wurde das Wappen des Roten Comyn ausgemacht, getragen von dem Sohn des Lords of Badenoch, der kürzlich Aymer de Valence' Schwester geheiratet hatte. John der Jüngere, der den Krieg in der Gascogne überlebt hatte, hatte sich von König Edward abgewandt, um an der Seite seines Vaters gegen England zu kämpfen. Obwohl es ihn zutiefst traf, so viele einstige Verbündete als Gegner zu sehen, kam es Robert doch so vor, als könne das schottische Heer wenig ausrichten, denn sie verfügten über keinerlei Belagerungsmaschinen, um die Mauern unter Beschuss zu nehmen. Doch dann waren die Soldaten mit ihrem Schutzschild und dem Feuer gekommen, und die ursprüngliche Ruhe seiner Truppen war in verhaltene Panik umgeschlagen.

Vor den Toren, wo die Soldaten mitgebrachte Heubündel in Brand gesteckt hatten, ballte sich der Rauch am dichtesten. Robert brüllte seinen Bogenschützen zu, den Beschuss nur ja nicht einzustellen, sah zu, wie die Pfeile vom Himmel regneten und fluchte, als die meisten in den schon vor verschossenen Geschossen strotzenden Schilden stecken blieben, ohne Schaden anzurichten. Ein Schild schien sich aufzubäumen, als sein Träger in die Schulter getroffen wurde, aber die Lücke, die er hinterließ, wurde sofort von seinen Kameraden geschlossen. Robert schluckte, als der Rauch in seinem Hals kratzte. Wie er es befohlen hatte, ergoss sich Wasser von der Turmspitze auf die Feinde, aber der größte Teil der Flüssigkeit perlte nur von der Oberfläche der Schilde ab. Sie mussten diesen Schutzschild durchbrechen, wenn sie das Feuer in den Händen der Männer darunter löschen wollten.

Inmitten des Aufruhrs musterte Robert die Straßen unter ihm. Er entdeckte seinen Bruder bei einem Karren, wo er das Ausladen der Sandsäcke überwachte, von denen er hoffte, mit ihnen die Flammen ersticken zu können. Edwards Gesicht war grimmig verzerrt und schweißüberströmt, aber seine Bedenken schienen im Chaos der Belagerung verflogen zu sein, und er hatte sich mit aller Kraft der Verteidigung von Carlisle verschrieben. Es war schwer, Gewissensbisse gegenüber Männern zu empfinden, die darauf aus waren, einen zu töten. Roberts Blick wanderte weiter, zu den Reihen der Frauen hinüber, die Wasser zu den Männern und den Priestern schleppten, welche im Morgengrauen mit Bibeln und Gebeten eingetroffen waren. Seine Augen blieben an einem Geröllhaufen an der an die Türen angrenzenden Mauer hängen. Als sie hatten befürchten müssen, dass sich das schottische Heer gegen sie wenden könnte, hatte sein Vater die Reparatur der Verteidigungsanlagen unter besonderer Berücksichtigung der Abschnitte in der Nähe der Tore befohlen. Altes, abbröckelndes Mauerwerk war weggebracht und durch neue Steine und Mörtel ersetzt worden.

»Kommt mit!«, rief Robert einigen Rittern zu, als er sich von der Mauer abwandte und draußen auf der Straße auf den Karren zusprintete, wo sein Bruder arbeitete. Er packte einen der Säcke und zerrte ihn herunter. »Wir müssen diese Säcke ausleeren«, sagte er zu seinen Rittern, dabei kippte er den Sand auf den Boden. »Füllt sie mit Steinen.«

»Bruder?«, rief Edward ihm verwirrt nach.

Aber Robert war schon zu dem Geröllhaufen gerannt und schaufelte die Gesteinsbrocken in den Sack. Er fuhr fort, Befehle zu brüllen, als sich die Ritter um ihn scharten. Bei der Arbeit tropfte ihm der Schweiß von der Nase. Sein Kettenhemd wog schwerer als sonst, weil er es gewohnt war, dass sein Pferd ihm die Last abnahm, und das Breitschwert an seiner Hüfte behinderte ihn. Er richtete sich auf und hielt nach Nes Ausschau, der irgendwo oben auf der Mauer sein musste. Da er ihn nirgendwo entdecken konnte, sah sich Robert um und wurde auf einen schlaksigen Jugendlichen mit hellem Haar aufmerksam, der über das Geröll kletterte, um zu helfen. Der Knappe war der Sohn eines Ritters aus Yorkshire, eines Vasallen seines Vaters. »Christopher, nicht wahr?«, rief Robert, während er seinen Schwertgurt abschnallte.

»Ja, Sir«, erwiderte der flachshaarige junge Mann und kroch zu ihm herüber. »Christopher Seton.«

»Halt das für mich.«

Christopher nahm das Breitschwert, das Robert ihm reichte.

»Was habt Ihr damit vor, Sir?«, fragte einer der Ritter, der schwer atmend Steine in einen Sack schaufelte, den ein anderer offen hielt.

»Wir werden sie über diesen Bastarden ausleeren.« Robert griff nach einem Pfeilkorb, den einer der Männer aus Carlisle herbeigebracht hatte, und fuhr fort, ihn mit Geröll zu füllen. Edward, der seine Absicht begriff, kam ihm zu Hilfe und befahl weiteren Männern, Säcke und Körbe voller Schotter auf die Mauern zu schaffen. Christopher stand, Roberts Schwert fest umklammert haltend, daneben. Als der Korb gefüllt war, versuchte Robert, ihn anzuheben, aber er war zu schwer für ihn allein, und die anderen wurden bereits fortgetragen. Fluchend schickte er sich an, einen Teil der Steine wieder herauszuholen, doch da tauchten plötzlich Hände auf und packten die andere Seite des Korbes. Er blickte auf, um einen Dank zu grunzen, und sah, dass es sich bei seinem Helfer um eine Frau handelte. Sie war klein und stämmig und hatte die Ärmel ihres Kleides bis zu den Ellbogen hochgerollt. Robert wollte ihr gerade sagen, sie solle einen Mann herbeiholen, als er ihren entschlossenen

Gesichtsausdruck bemerkte und begriff, dass sie ihrer Aufgabe mehr als gewachsen war. Andere Frauen und Mädchen, die Wasser geholt hatten, kamen herbeigeeilt und halfen dabei, die Körbe mit Steinen zu füllen. Einige stapelten sie sogar in ihren Röcken. Die in Wolle gekleideten, zwischen den Rittern in voller Rüstung umherhuschenden Frauen boten einen eigenartigen Anblick. Als die Matrone ihre Seite des Korbes anhob, hob Robert die seine, und gemeinsam schleppten sie ihre Last in den Turm. Christopher folgte ihnen mit Roberts Waffe.

Auf der Brustwehr befahl Robert, die Säcke auf den Mauern zu beiden Seiten des Turms und auf der Turmplattform selbst zu verteilen. Der Rauch war jetzt dicht und erstickend, obwohl das Wasser, das auf die Soldaten unter ihnen geschüttet wurde, deren Bemühungen behinderte. Robert rief den Bogenschützen zu, sich bereitzuhalten, aber noch nicht zu schießen, dann wies er Edward an, den anderen auf der Mauer seinen Plan zu erläutern, und eilte auf die Turmplattform empor. Hier bot sich ihm ein schwindelerregender Blick über die Mauern hinweg auf die Schotten unter ihnen, die weitere Männer mit Heu und anderen brennbaren Materialien zum Tor schickten, um es in Brand zu setzen. Robert konnte jetzt auch die hinter ihm liegende Stadt sehen. Irgendwo in den Straßen in der Nähe der Burg tobte ein riesiges Feuer, eine dunkle Rauchsäule stieg zum Himmel empor. Er fragte sich, ob es dem Feind gelungen war, irgendwo durchzubrechen, aber ihm blieb keine Zeit, sich deswegen Gedanken zu machen.

Auf seinen Befehl hin wuchteten die Ritter und Stadtbewohner die mit Steinen gefüllten Säcke und Körbe hoch und balancierten sie auf den Knien oder an der Brustwehr. Als sie bereit waren, warf er den Kopf in den Nacken und stieß ein donnerndes Gebrüll aus. Gemeinsam kippten die Männer das Geröll über die Mauer. Auch Frauen waren unter ihnen, die mit bloßen Händen Steine warfen. Christopher Seton, der sich Roberts Breitschwert um die Taille geschnallt hatte, kam zu Hilfe, als Robert einen der Säcke packte. Gemeinsam hievten sie ihn auf die Brustwehr. Der englische Knappe fing Roberts Blick auf, nickte, und sie leerten ihn über den Rand.

Unter ihnen erschollen Hörner. Aber es war zu spät – bevor die Männer unter den Schilden wussten, wie ihnen geschah, schien der Himmel über ihnen in einem Regen aus Steinen, Holzstücken und Geröll einzustürzen. Männer schrien auf, Schilde bebten. Einige Soldaten, die von den größeren Stücken getroffen worden waren, brachen zusammen, die meisten stolperten nur vor Schreck zur Seite, aber sie schufen so die Lücke, die Robert brauchte, und auf seinen zweiten Befehl hin mischten sich die Bogenschützen unter die Ritter und begannen, in das Durcheinander zu schießen. Die Pfeile trafen ungeschützte Schultern, Nacken und Rücken. Bei den Männern handelte es sich um Fußsoldaten, von denen nur wenige Rüstungen trugen. Ein paar Pfeile bohrten sich in gepolsterte Wämser, weit mehr jedoch in bloßes Fleisch. Schmerzensschreie zerrissen die Luft, Panik brach aus. Die Männer ganz vorne, die die schwelenden Heuhaufen anzufachen versuchten, wurden von stürzenden Kameraden in die Glut gestoßen, sodass Funkenschwaden aufstoben. Versengt und hustend krochen sie zurück, was Alarm in ihren Reihen auslöste und weitere Lücken für die Bogenschützen schuf. Männer sanken zu Boden und versperrten anderen den Weg, die über sie stolperten und dann selbst getroffen wurden. Hornfanfaren wehten von der schottischen Armee herüber, die Kommandanten auf der anderen Seite befahlen ihren eigenen Bogenschützen, das Feuer zu erwidern.

Als Geschosse durch die Luft schwirrten, ertönten Schreie auf der Mauer. Die Frau, die Robert geholfen hatte, den Korb hinaufzutragen, wurde ins Gesicht getroffen, taumelte über den Rand des Fußwegs und landete auf einem Karren unten auf der Straße. Die erschrockenen Pferde bäumten sich auf, das Gefährt schoss davon. Christopher hob gerade einen weiteren Sack auf die Mauer, als ein Pfeilhagel auf die Turmspitze zusurrte. Robert, der die Gefahr kommen sah, stieß einen Warnruf aus, packte den Knappen und zog ihn nach unten. Christopher ließ den Sack fallen, dessen Inhalt sich auf dem Boden verteilte. Ein neben ihm stehender Soldat aus Carlisle hatte weniger Glück, er wurde von einem Pfeil in den Hals getroffen und brach Blut hustend und würgend zusammen. Christopher kauerte sich neben Robert nieder und starrte den Sterbenden an. Seine Brust hob und senkte sich heftig.

Trotz ihrer Verluste stellten die Bogenschützen aus Carlisle das Feuer nicht ein, Roberts Männer fuhren fort, Steine in die Tiefe zu schleudern, und bald verwandelte sich das anfängliche Durcheinander unter ihnen in eine wilde Flucht, als sich die feindlichen Soldaten zur anderen Seite des Grabens hinüberzuretten versuchten. Sie ließen die schwelenden Heuhaufen am Tor zurück, und Robert brüllte erneut nach Wasser. Das glimmende Stroh zischte, als die Eimer darüber ausgeleert wurden. Die schlammige Straße war mit Geröll, Pfeilen, Schilden und Leichen übersät. Einige der Verwundeten schleppten sich zu der Brücke hinüber. Ihre Kameraden machten Anstalten, ihnen zu helfen, wurden aber von den Pfeilen der Verteidiger der Burg zurückgetrieben. Als erneut Hörner erschollen, trat auch der Rest der Infanterie den Rückzug an und ließ die Toten und Sterbenden zurück. Auf den Mauern leuchtete das Morgenlicht golden auf den schweißüberströmten Gesichtern der triumphierenden Verteidiger.

39

ES WAR MITTAG, ALS DIE Schotten das nordöstliche Tor aufgaben. Sie versuchten noch drei Mal, zu den Heuhaufen vorzudringen und die Feuer wieder zu entfachen, aber da der Boden mit Steinen und Leichen bedeckt war, kamen sie nicht so gut vorwärts wie beim ersten Mal. Das nasse Stroh widerstand den Fackelflammen, und die Verteidiger setzten sich nach ihrem Erfolg noch erbitterter zur Wehr. Endlich wurde die Infanterie, die schwere Verluste erlitten hatte, abgezogen, und die Armee zog sich unter dem Jubel der Bewohner von Carlisle in die Felder zurück. Dort blieb sie mehrere Stunden lang; die Männer um Bruce versorgten ihre verwundeten Kameraden, während sich andere Kompanien aus anderen Teilen der Stadt zu ihnen gesellten.

Robert und seine Leute ruhten sich erschöpft aus und teilten sich den Wein und die heißen Brotlaibe, die ihnen die Bewohner von Carlisle brachten. Die Priester halfen den Verwundeten und spendeten dort, wo es nötig war, die Sterbesakramente. Körper von Männern und Frauen wurden aufgebahrt, während nach und nach Berichte aus anderen Teilen der Stadt eintrafen. Die Tore und Mauern hatten gehalten, die Schotten nicht durchbrechen können. Das große Feuer in der Nähe der Burg, das einige Gebäude – darunter auch das Haus eines Weinhändlers – vernichtet hatte, brannte immer noch hell. Es war von einem Spion Comyns gelegt worden, der anscheinend zusammen mit dem Flüchtlingsstrom in die Stadt gekommen war und dort im Verborgenen auf den Angriff gewartet hatte. Er war von Rittern aus Annandale gefasst und an der Stadtmauer aufgehängt worden.

Endlich zog die schottische Armee ab; besiegt, weil es ihr an Belagerungsgeräten gefehlt und weil die Verteidiger der Stadt so standhaft Widerstand geleistet hatten. Nach einer Stunde waren die Soldaten in der Ferne kaum noch zu sehen. Robert saß auf dem Fußweg, trank den letzten Wein aus seinem Schlauch und schloss zum Schutz vor der Nachmittagssonne die Augen. Seine Kehle brannte von dem Rauch und dem Staub in der Luft, und er hatte eine Schnittwunde an der Seite seines Kopfes davongetragen, die nicht aufhörte zu bluten. Die anderen feierten ringsum mit vor Erleichterung scharfen Stimmen ihren Triumph, aber er konnte nicht den Willen aufbieten, sich ihnen anzuschließen. Der heftige Kampf heute war erst der Anfang gewesen, Carlisle zu einer Insel inmitten eines Meeres feindlicher Soldaten geworden. Norden, Süden: Nirgendwo war es sicher. Sein Vater vertraute darauf, dass König Edward diesen Krieg gewinnen und ihnen ihre Ländereien zurückgeben würde, aber der Gedanke an einen solchen Sieg löste in Robert Unbehagen aus. Vor einigen Tagen hatte er seinen Vater zu einem seiner Ritter sagen hören, der König plane, den Verräter Balliol abzusetzen. Der Lord hatte in einem Ton freudiger Erwartung davon gesprochen, dass der Thron dann neu besetzt werden musste, ohne Robert – auf den der Thronanspruch ja übergegangen war – auch nur ein einziges Mal zu erwähnen.

»Sir?«

Robert drehte sich um, als sich Christopher Seton neben ihm niederkauerte. Der hellhaarige Knappe, dessen Gesicht vor Schmutz starrte, hielt ihm sein Breitschwert hin, das er während der Belagerung gehütet hatte. »Hier, Sir.«

Als Robert die Waffe entgegennahm, erinnerte er sich plötzlich lebhaft an seinen Großvater, der zugesehen hatte, wie der Earl of Mar ihn am Tag, an dem er zum Ritter geschlagen worden war, damit gegürtet hatte. Stolz hatte in den schwarzen Augen des alten Lords geleuchtet. Bei der Erinnerung stieg Trauer in ihm auf – nicht nur um den Mann selbst, sondern auch um eine Zeit, wo die Dinge klar gewesen waren und er seinen Weg deutlich vor sich gesehen hatte. Jetzt schien dieser Weg, wohin er auch blickte, schattenhaft und unsicher zu sein. Er spürte, dass sein Bruder an jenem Morgen recht gehabt hatte, als er gesagt hatte, ihr Großvater hätte nicht gegen Schottland gekämpft, aber was der alte Mann getan hätte, wenn er in diese missliche Lage gekommen wäre, konnte er noch nicht einmal vermuten.

»Ich wollte Euch danken, Sir Robert«, sagte Christopher in seinem nordenglischen Dialekt. »Wenn Ihr mich nicht nach unten gezogen hättet, wäre ich …« Der Knappe blickte stirnrunzelnd auf seine vom Säckeschleppen aufgeschürften Hände hinab. »Ich verdanke Euch mein Leben«, schloss er.

Als Robert abwinken wollte, um dem ernsten Gelöbnis des jungen Mannes zu entgehen, hörte er seinen Bruder seinen Namen rufen. Er blickte auf die Straße hinunter. Edward stand mit Katherine unten. Beim Anblick der Zofe sprang Robert auf. Die Sorge um seine Frau, die er während der Belagerung verdrängt hatte, ergriff erneut von ihm Besitz. Er ließ Christopher auf dem Fußweg zurück und hastete die Turmtreppe hinunter ins Freie. »Wie geht es ihr?«, wandte er sich direkt an Katherine. »Wie geht es meiner Frau? Ist das Kind da?«

Katherine atmete schwer, vermochte aber trotzdem zu antworten. »Ein Mädchen, Sir Robert. Lady Isobel hat ein Mädchen zur Welt gebracht.«

Bei ihren Worten breitete sich ein Lächeln auf Roberts Gesicht aus, dann begann er zu lachen. Freude mischte sich mit seiner Erschöpfung, was eine fast berauschende Wirkung auf ihn hatte. Auch Edward grinste, doch Katherines gerötetes Gesicht blieb ernst. Sie schüttelte den Kopf, und ein ängstlicher Funke glomm in ihren Augen auf. Roberts Hochstimmung verflog. »Was ist denn?«

»Ihr müsst zu ihr gehen, Sir.«

Robert starrte sie an, dann wandte er sich an seinen Bruder.

»Geh nur«, sagte Edward. »Ich bemanne die Tore.«

Robert bedurfte keiner zweiten Aufforderung. Er rannte zu Hunter, band ihn los, schwang sich in den Sattel und jagte in Richtung der Burg auf dem Hügel davon, deren Mauern in der Nachmittagssonne rot leuchteten.

Er galoppierte durch die Straßen, vorbei an Gruppen jubelnder Menschen, vorbei an einem langsam dahinrumpelnden, mit Leichen beladenen Karren, vorbei an Reihen von Männern, die die brennenden Gebäude in der Nähe der Burg löschten. Die Flammen, die das Haus des Weinhändlers verzehrten, schlugen zum Himmel empor.

Im Hof war es relativ ruhig, die meisten Männer befanden sich noch auf den Mauern. Robert sprang aus dem Sattel und rief einem vorübereilenden Fußsoldaten zu, er solle sich um sein Pferd kümmern. Er rannte die Stufen empor und in das düstere Innere des Bergfrieds hinein. Seine Rüstung wog schwer wie Blei. Als er die Treppe zu dem Raum erklomm, der ihm und seiner Frau zugewiesen worden war, hörte er einen wimmernden Schrei.

Zögernd betrat er die Kammer. Hitze und süßlicher Blutgeruch schlugen ihm entgegen. Isobel lag auf fleckigen Laken auf dem Bett. Neben ihr kauerte ein Priester mit einem Kruzifix in der Hand. Die am Fenster stehende Hebamme hielt ein Bündel im Arm – das Bündel, von dem die Schreie kamen. Robert trat zu seiner Frau, dabei sandte er einen feindseligen Blick in Richtung des Priesters, der sich augenblicklich erhob und zurückwich.

Isobels Gesicht glänzte ölig. Schweiß glitzerte in ihrer Halsbeuge und zwischen ihren Brustknochen. Sie war während der Schwangerschaft dünn geblieben, nur ihr Bauch war angeschwollen. Zwischen ihren Beinen steckte ein Stoffballen mit einem roten Fleck in der Mitte, der immer größer wurde. Auch ihr Hemd war blutgetränkt, und ihre Handflächen schimmerten rot. Robert kniete in seiner Rüstung steif nieder, streifte einen seiner Kettenhandschuhe ab und nahm eine ihrer blutigen Hände in die seine.

Isobels Lider flatterten. Sie schlug die Augen auf. Die Pupillen glitten hin und her, bevor sich ihr Blick auf Robert richtete und sie seinen Namen flüsterte.

»Ich bin hier«, murmelte er.

»Mein Vater?« Wieder trübte sich ihr Blick.

»Sie sind fort.« Er berührte ihre Stirn. Sie glühte unter seinen Fingern. »Es ist vorbei.«

Sie leckte sich Schweiß von den Lippen. Als sie weitersprach, waren ihre Worte kaum noch zu verstehen. »Ich weiß, dass du meine Schwester wolltest.«

Robert kam sich vor, als habe sie ihn geschlagen. Er schüttelte den Kopf, um es abzustreiten, doch sie fuhr fort:

»Es macht nichts. Du warst ein guter Ehemann.« Als Robert ihre Handfläche küsste, wurden ihre Augen schmal, und Tränen rannen über ihre Wangen.

Ihr Atem ging jetzt flach. Der rote Fleck hatte sich fast über den ganzen weißen Stoff ausgebreitet. Robert spürte, wie ihre Finger in den seinen erschlafften. Als der Priester herbeitrat und seine gemurmelten Gebete die Stille zerrissen, beugte sich Robert über das Bett, bis seine Stirn die Brust seiner Frau berührte.

Nach einem langen Moment richtete er sich matt auf und ging zu der Hebamme hinüber. Er breitete die Arme aus, und sie reichte ihm schweigend seine Tochter. Robert drückte das kleine Mädchen behutsam an seine kalte Rüstung, während ihr Geschrei durch die Kammer hallte. Während er mit ihr am Fenster des überhitzten Raumes stand und auf den rauchverhangenen Himmel hinausstarrte, stieg die Erinnerung an seine Mutter mit einer seiner kleinen Schwestern im Arm vor seinem geistigen Auge auf, und er schluckte. »Marjorie«, flüsterte er. »Ich werde dich Marjorie nennen.«

40

EINE MEILE VOM FLUSS Tweed entfernt, hinter den zersplitterten Überresten der Tore von Berwick, deren verrottetes Holz der englischen Armee nicht lange standgehalten hatte, wartete eine Gruppe von Arbeitern darauf, mit ihrem Tagewerk zu beginnen. Unter dem Erdwall der Stadt lag ein schmaler, mit Stücken der zerstörten Palisade übersäter Graben. Die Männer standen auf Hacken oder Spaten gestützt in der feuchten Luft schnüffelnd und hustend am Rand dieses Grabens herum. Sie brannten darauf, endlich anfangen und ihre steifen Muskeln lockern zu können, aber zunächst galt es ein Zeremoniell einzuhalten.

Zwischen ihren Reihen schritt König Edward in einem mit Goldbrokat verzierten Umhang entlang. Größer als die meisten der Arbeiter, überragte er auch die gedrungene Gestalt Hugh Cressinghams, der Mühe hatte, mit ihm Schritt zu halten, um ein gutes Stück. Seine Gefräßigkeit hatte dem königlichen Sekretär ein Dreifachkinn beschert, und sein rundes Gesicht war bleich und glänzend wie schmelzender Talg. Ein Geruch nach fauligem Fleisch ging von ihm aus, und Edward beschleunigte seine Schritte, als der fette Sekretär schnaufend neben ihm herwatschelte. Er hatte bereits beschlossen, Cressingham als Schatzmeister in Schottland zurückzulassen, wenn er nach England zurückkehrte. Der Mann war ein fähiger Beamter, aber seine Gegenwart war alles andere als angenehm.

»Hier, Mylord.« Cressingham keuchte, auf einen direkt am Grabenrand stehenden Handkarren zusteuernd. Er war mit einem säuberlichen Haufen schwarzer Erde gefüllt. »Hier sind wir.«

Edward, dem die feuchte Luft in der Lunge brannte, ging rasch zu dem Karren hinüber. Er hatte es eilig, zu seinen Plänen in die Behaglichkeit der Burg zurückzukehren, einem der wenigen Gebäude, die den Angriff unbeschadet überstanden hatten. Selbst jetzt noch hing Rauch über den Ruinen von Berwick. Die Feuer hatten meilenweit sichtbar gebrannt und die Nacht erhellt, bis die Aprilregenfälle die Flammen in Rauchsäulen verwandelt hatten, die die Stadt in erstickende Wolken hüllten.

Nachdem die englische Armee die Verteidigungsanlagen der Stadt durchbrochen hatte, hatte ein zwei Tage andauerndes Gemetzel begonnen. Erst nachdem über siebentausend Bewohner getötet worden waren, befahl Edward seinen Männern, dem Blutvergießen ein Ende zu setzen. Nach der Kapitulation der Stadt wurde nur eine Hand voll Männer gefangen genommen, darunter auch der Garnisonskommandant, ein hitzköpfiger Bulle von einem Mann namens Sir William Douglas, der gegen das Massaker an den Bürgern von Berwick gewütet und Edward und seine Männer noch in die Hölle verdammt hatte, als er schon zum Verlies der Burg geschleift worden war. Massengräber waren ausgehoben worden, aber die tiefen Gruben hatten die Berge von Toten nicht fassen können; der Rest war zum Fluss hinuntergekarrt und ins Wasser geworfen worden. Die überlebenden Frauen und Kinder hatten mit nichts als dem, was sie am Leibe trugen, die Stadt verlassen dürfen. Lange Schlangen von ihnen waren bleich und schweigend durch das zerstörte Tor geströmt. Edward, der das Geschehen von der Brustwehr der Burg aus verfolgte, hatte wenig Mitleid mit ihnen empfunden. Die Bürger Berwicks, die ihn und seine Ritter hinter dem Schutz ihrer armseligen Palisade hervor verhöhnt hatten, hatten ihm geholfen, dem Rest Schottlands eine wertvolle Lektion zu erteilen. Nun, wo sie den Preis für Rebellion kannten, würde der Widerstand der Schotten wesentlich schwächer ausfallen. Er würde sie schneller unterwerfen können. Und mehr als alles andere sehnte Edward ein schnelles Ende dieses Feldzugs herbei.

Nach dem Krieg in Wales war er nach England zurückgekehrt und hatte feststellen müssen, dass sich die Schotten mit König Philipp gegen ihn verbündet hatten. Edward schickte seinen Bruder Edmund und William de Valence mit einem Kontingent von Rittern als Verstärkung in die Gascogne und rief dann seine Vasallen zum Militärdienst auf. Trotz ihrer Bedenken bezüglich eines weiteren Krieges folgten die Barone, Ritter und Fußsoldaten seinem Ruf zu den Waffen, und mehr als zwanzigtausend Mann, darunter auch Langbogenschützen aus dem eroberten Wales, stießen in Newcastle zu ihm. Während die schottische Armee auf Carlisle vorrückte und den östlichen Zugang zu ihrem Reich weit offen ließ, überquerte Edward bei dem Dorf Coldstream den Tweed, wandte sich nach Norden und erreichte Berwick noch vor Ostern. Entlang der Küste folgten ihm vierundvierzig Galeeren aus East Anglia, die Vorräte und Steine für die Belagerungsgeräte transportierten. Während Edwards Ritter den Schutzwall der Stadt angriffen, glitten die Galeeren in die Flussmündung, um vom Wasser aus zuzuschlagen. Trotz einiger Verluste, darunter auch drei Schiffe, die auf Grund gelaufen und von Douglas' Männern in Brand gesteckt worden waren, drangen die englischen Truppen gewaltsam in die Stadt ein.

Edward verfügte nur über wenige Mittel für diesen Feldzug, aber was ihm an Geld fehlte, machte er durch Entschlossenheit wett. In gewisser Hinsicht hatte sich die so rasch auf den walisischen Aufstand folgende Rebellion der Schotten für ihn als Vorteil erwiesen. Seine Kriegsmaschinerie war gut geölt und einsatzbereit, und der Sieg in Wales sowie der Gewinn der Artuskrone hatte ihm die neuerliche Unterstützung seiner Männer eingetragen. Edward hatte nie damit gerechnet, Schottland wie Irland oder Wales gewaltsam unterwerfen zu können. Seit er zuerst ein Auge auf das Königreich geworfen hatte, hatte er immer gehofft, auf irgendeine offene Tür zu stoßen, durch die er sein Ziel erreichen konnte. Die erste Tür – die Hochzeit seines Sohnes mit der Infantin Margaret – war ihm mit dem verfrühten Tod des Mädchens vor der Nase zugeschlagen worden, die zweite – seine Macht über König John – hatten die Comyns geschlossen, als er nicht hingeschaut hatte. Jetzt würde er mit Feuer und Schwert die dritte aufbrechen.

Hinter Berwick, in verlockender Reichweite, lag das schlagende Herz des Königreichs. Edward brauchte nur die Hand auszustrecken und danach zu greifen. Er zweifelte nicht daran, dass wie in Wales jeglicher Widerstand enden würde, wenn die Schotten geschlagen waren und sich das Symbol ihrer Souveränität in seinem Besitz befand. Dann stand seine Hoffnung auf ein unter seiner Herrschaft vereintes Britannien einen Schritt vor der Erfüllung, und er würde seine Geistlichen ausschicken, um die Letzte Prophezeiung unter seinen Untertanen zu verbreiten, damit sie das Ausmaß seiner Größe begriffen. Die Schotten waren durch jahrzehntelange bittere Kämpfe gestählt, aber ein vernichtender Schlag würde reichen, um ihnen den Todesstoß zu versetzen. Berwick war nur das erste Fundament von Edwards neuem Königreich nördlich der Grenze, ein Fundament, das jetzt gelegt werden würde, damit alle es sehen konnten.

Unter den Blicken der Arbeiter und der Ritter seiner Armee trat Edward zu dem Karren mit der Erde. Der Erdwall der Stadt würde durch steinerne Mauern und Wachtürme ersetzt werden – eine Bastion imperialistischer Macht wie seine Festungen in Wales. Er hatte bereits angeordnet, den bestehenden Graben zu verbreitern und zu vertiefen.

Die Griffe der Handkarre waren, wie Edward registrierte, sorgfältig von Erde gesäubert worden. Als er die Hände danach ausstreckte, fragte er sich, ob das Zeichen, das er setzen wollte, wohl angesichts der Sterilität der Demonstration seine Bedeutung verlieren würde – zu einer Täuschung wurde, die jeder Mann hier durchschaute. Der Gedanke ließ ihn zögern. Er hatte seine Pläne und die Burg verlassen, um dieses Schauspiel aufzuführen. Es sollte die Sache wert sein.

Edward sah sich um. Sein Blick heftete sich auf einen Arbeiter ganz in seiner Nähe, der sich auf einen Spaten stützte, dann ging er zu dem Mann hinüber. Cressingham rief ihm unsicher etwas nach. Der Arbeiter straffte sich sofort und runzelte besorgt die Stirn; er grübelte eindeutig darüber nach, was er wohl falsch gemacht hatte. Als Edward vor ihm stehen blieb, senkte er den Kopf, und seine Hände schlossen sich so fest um den Spaten, dass die Knöchel weiß hervortraten. Unter den neugierigen Blicken der anderen Arbeiter nahm der König dem sprachlosen Mann den Spaten ab und ging zum Rand des Grabens. Dann stieß er das Gerät in die nasse Erde. Der goldene Saum seines Umhangs schleifte im Schmutz, während er arbeitete. Er packte den von den Händen des Arbeiters abgegriffenen Stiel fester, grub eine Erdscholle aus, stapfte damit zu dem Karren zurück und warf sie auf den schon darin befindlichen Haufen. Wenn der heutige Tag die Einweihung seines neuen Herrschaftsgebietes im Norden markierte, dann erschien es ihm richtig, dass seine Hände den ersten Spatenstich ausführten. Sehr zufrieden mit seiner Geste ging Edward wieder zum Graben, um erneut Erde auszuheben. Er war so in seine Tätigkeit vertieft, dass er die Reitergruppe nicht bemerkte, die sich von der Straße nach Norden her den Stadttoren näherte.

Während seine Beamten ihn erstaunt anstarrten, füllte Edward den Karren noch drei Mal mit Erde, stieß den Spaten dann in den Boden und packte die Griffe des Karrens. Cressingham lächelte und nickte ihm aufmunternd zu, erfreut, dass der König jetzt tat, was von ihm erwartet wurde. Edward schob den Karren an den Reihen der Männer vorbei und kippte ihn an einer vorher bestimmten Stelle aus. Erdgeruch verbreitete sich, und die Arbeiter spendeten begeistert Beifall.

Cressingham schnaufte und rief zu seinem König hinüber: »Nun, das sollte sie anspornen, Mylord«, als die Arbeiter nun selbst in den Graben stiegen und die Erde auflockerten.

»Majestät.«

Edward blickte auf und sah John de Warenne durch die Arbeitermenge auf sich zukommen. Bei ihm war der schottische Earl Patrick of Dunbar, der ihm bei der Einnahme von Berwick geholfen hatte. Der Earl trug einen fleckigen Umhang, und sein von öligem dunklem Haar umrahmtes Gesicht war umwölkt. Hinter den beiden Männern sah Edward eine Reitergruppe, die abgestiegen war und mit Anthony Bek sprach. Er klopfte sich den Schmutz von den Händen und ging, dicht gefolgt von Cressingham, den beiden Earls entgegen.

»Mylord.« Patrick of Dunbar verneigte sich.

»Ihr habt Informationen über den Aufenthaltsort der Feinde?« Edwards Stimme klang scharf. Er wartete ungeduldig auf Nachrichten, seit er erfahren hatte, dass die schottische Armee die Grenze überquert und raubend und brandschatzend in Northumberland eingefallen war. Er baute auf loyale Vasallen wie Earl Patrick of Dunbar und die Bruces in Carlisle, die das Land gut kannten und als seine Augen und Ohren fungierten, doch da er seit dem Fall Berwicks nichts mehr gehört hatte, war er unruhig geworden.

»Die schottische Armee ist vor fünf Tagen über die Grenze zurückgekommen, Mylord. Sie befindet sich jetzt dreißig Meilen von hier und versperrt Euch den Weg nach Norden. Sie lagern auf meinem Land.« Earl Patricks Gesicht verdüsterte sich noch mehr. »Nachdem ich Eure Dienste verlassen habe, bin ich zu meiner Burg zurückgekehrt und fand sie umzingelt. Dunbar ist in die Hände der Schwarzen Comyns und seiner Männer gefallen.«

»Wie war das möglich?«, erkundigte sich Edward, über die unwillkommene Neuigkeit erzürnt. Er hatte den Weg nach Norden unter anderem auch gewählt, weil das von seinen Verbündeten kontrollierte Dunbar einen sicheren Hafen mitten im Feindesgebiet darstellte, einen Rückzugsort, wo seine Leute neue Kräfte hätten sammeln sollen. »Ihr sagt doch, die Burg wäre gut befestigt?«

Sir Patrick antwortete nicht sogleich. Widersprüchliche Gefühle spiegelten sich auf seinem Gesicht wider. »Meine Frau hat sie eingelassen, Sire.« Seine Stimme klang gepresst. »Sie hat mich verraten.«

Edward fixierte ihn mit einem langen, starren Blick. »Und Balliol?«

»Der König ist bei der Hauptarmee.«

Edward dachte schweigend nach. Einige Tage nach dem Fall von Berwick hatte König John ihm formell die Untertanentreue aufgekündigt. Der herausfordernde, entschlossene Ton des Schreibens hatte in starkem Kontrast zu dem schwächlichen Mann gestanden, den er kannte. Vermutlich steckte John Comyn dahinter. Der Lord of Badenoch war gerissener, als er gedacht hatte. Der König hatte gehofft, die Hochzeit seines Sohnes mit William de Valence' Tochter würde den Mann beschwichtigen. Comyn brauchte eindeutig eine deutlichere Demonstration seiner Macht. Das brauchten sie alle!

Edward richtete seine Aufmerksamkeit auf John de Warenne. »Ich möchte, dass Ihr eine Kompanie gen Norden führt und mit diesen Schurken abrechnet. Nehmt die Burg ein und die Räuber gefangen, die sie besetzt halten. Ich kann auf dem Weg nach Norden kein Hindernis brauchen. Nehmt die jungen Heißsporne mit«, fügte er mit einem Blick auf Humphrey de Bohun und die Drachenritter hinzu.

»Ja, Mylord.«

Edward wandte sich zum Gehen, blieb dann aber stehen und

funkelte Earl Patrick an. »Ihr hättet Eure Frau an einer kürzeren Leine halten sollen, Dunbar.«

41

SIR JOHN DE WARENNE verließ sein Zelt, trat in den Nebel hinaus, schlang seinen Mantel enger um sich und zog vernehmlich die Nase hoch. Fast Mai, und die frühen Morgen waren noch immer winterlich kalt. Er hasste die unwirtliche Öde dieser nordöstlichen Küstenlinie, mit der wilden See und den rostfarbenen Klippen. Eigentlich verabscheute er ganz Schottland. Keine richtigen Straßen, dichte Wälder und schroffe Berge, die die Wege versperrten, Schneestürme im Winter und feuchte Luft und Schwärme stechender Insekten im Sommer. Er sehnte sich nach dem sanften Waldland seines englischen Landsitzes zurück. Bald würde die Jagdsaison beginnen. So Gott wollte, würde der Krieg dann vorbei sein.

Vor ihm huschten Männer zwischen den Zelten im Nebel umher. Warenne und seine Ritter waren am Tag zuvor in Dunbar eingetroffen. Kundschafter hatten dem Earl mitgeteilt, dass die Burg zwar von einer Kompanie feindlicher Soldaten besetzt, die schottische Armee jedoch nirgendwo zu sehen war. Warennes Männer waren in die verlassene Stadt geritten und hatten in sicherer Entfernung von der Burg, die auf einer auf einen Hafen hinausgehenden Klippe thronte, ihr Lager aufgeschlagen.

Der Earl stieg über die Halteseile hinweg und schritt an Pferden vorbei, die gerade von den Stallburschen gefüttert wurden. Von Lagerfeuern stieg Rauch auf; der Geruch brennenden Holzes vermischte sich mit dem Duft von Getreide und Kräutern. Die Köche waren schon seit einer Stunde auf den Beinen. Vor Warenne ragten vier eckige Gebilde auf. Er trat näher, erfreut, die Baumeister eifrig bei der Arbeit zu sehen. Bei den Belagerungsgeräten handelte es sich um Steinschleudern, die leichter waren als die riesigen Katapulte, die Warenne auf anderen Feldzügen zum Einsatz hatte kommen sehen. Ein schmaler, beweglicher Balken, an dessen einem Ende eine Schlinge und am anderen vier Seile hingen, ließ sich über einen hohen Holzrahmen schwenken. Katapulte funktionierten nach dem Gegengewichtsprinzip, Schleudern wurden von Männern bedient, die an den Seilen zogen und ihr Ende des Balkens nach unten rissen, woraufhin das andere nach oben flog und ein Geschoss, zumeist einen Stein, abfeuerte. Die Steinschleudern waren leichter zu transportieren und aufzubauen, da sie kleiner und handlicher waren, aber sie waren nicht so wirksam wie die Katapulte, die Steine von einem Gewicht bis zu dreihundert Pfund über dreihundertfünfzig Meter weit schleudern konnten.

Einer der Baumeister, der gerade einen Nagel in einen Holzrahmen schlug, blickte sich um, als Warenne im Nebel auftauchte. »Sir«, grüßte er, sich aufrichtend. »Wir sollten innerhalb der nächsten Stunde fertig werden.«

Warenne grunzte, als er zu der Burg hinüberblickte. Der Grund stieg zu den Mauern an, die in dem dichten Nebel kaum zu erkennen waren. Er konnte das Meer riechen und die Schreie der Möwen hören, aber sehen konnte er fast nichts. »Wenn der Nebel sich nicht lichtet, schießen wir heute auf gar nichts.«

Zwei Stunden später hatte die aufgehende Sonne jedoch den Nebel aufgelöst, und am späten Morgen waberten nur noch ein paar Schwaden über die Mauern von Dunbar Castle.

Vögel flatterten zum Himmel auf, als der erste Stein sein Ziel traf. Der Aufprall verursachte ein ohrenbetäubendes Krachen und löste eine enorme Staubwolke aus. Der Stein fiel in einem Regen von Schotter zu Boden und rollte das grasige Ufer unterhalb der Mauern hinunter. Im nächsten Moment folgten drei weitere. Bei jedem Einschlag brachen Steinscherben und Mörtel aus der Mauer heraus.

John de Warenne sah zu, wie die Baumeister die Schleudern methodisch beluden und abfeuerten. Die Balken schwangen nacheinander in die Höhe, die Geschosse surrten auf die Festung auf der Klippe zu. Im Gegenzug schwirrten Pfeile von den Mauern, doch die Baumeister hatten eine Palisade errichtet, hinter der sie ihre Geräte gefahrlos bedienen konnten. Als die Steine weiterhin unaufhörlich in die Mauer einschlugen, ertönten auf der Brustwehr laute Rufe. Warenne bemerkte Bewegungen hinter den Schießscharten, aber falls sie nicht versuchten, durch das Tor zu flüchten, konnten die Schotten wenig tun, um die Belagerung zu beenden. Aber einen Vorteil hatten sie auf ihrer Seite: Zeit.

Einige englische Ritter hatten die ersten Einschläge bejubelt, aber der Staub und die Schotterexplosionen wirkten beeindruckender, als sie waren. Warenne wusste, wie lange es selbst mit Katapulten dauerte, eine Bresche in die Mauern einer Burg zu schlagen. König Edward wünschte, dass Dunbar schnell eingenommen wurde, doch Warenne war sich nicht sicher, ob sich dies bewerkstelligen ließ. Der schnellste Weg, eine Burg zu erobern, bestand in der Hilfe von jemandem, der sich im Inneren befand, aber darauf konnte er nicht zählen, da Dunbar von Soldaten des Schwarzen Comyn gehalten wurde, einem treuen Anhänger Balliols.

John de Warennes Blick wanderte zu der stämmigen Gestalt von Patrick of Dunbar, der ganz in seiner Nähe stand. Der Earl beobachtete mit steinerner Miene und in grimmigem Schweigen, wie seine Burg unter Beschuss genommen wurde. Zweifellos hielt sich seine verräterische Frau irgendwo im Inneren auf. Warenne empfand plötzlich Mitleid mit dem Mann, als er daran dachte, was jetzt in ihm vorgehen musste. Vor drei Jahren war Warennes Tochter gestorben. Sie war nur ein paar Monate Königin, aber zehn Jahre John Balliols Frau gewesen und hatte ihm einen Sohn und Erben geboren. Das Einzige, was Warenne über ihren Tod hinwegtröstete, war, dass sie diesen Krieg nicht mehr erleben musste. Er fragte sich, ob ein Teil des Earls wohl hoffte, die Belagerung möge fehlschlagen. Verlief sie erfolgreich, würde seine Frau zusammen mit dem Rest der Rebellen zur Verantwortung gezogen werden. Warenne überlegte, ob der Earl das wohl verkraften würde. Würde er selbst die Kraft dazu aufbringen?

Ein weiterer Stein prallte gegen die Mauer. Eine Gruppe von Infanteristen zog einen mit Geschossnachschub gefüllten Handkarren zu den Schleudern hinüber, neben denen der Stapel bereits beträchtlich schwand. Sie hatten zwei Karrenladungen der rundgehauenen Felsbrocken herbeigeschafft, die per Schiff von Berwick hertransportiert worden waren, aber sie würden nicht mehr lange reichen, und dann mussten neue beschafft werden. Der Strand unter den Klippen war eine gute Quelle, wenn es Warenne gelang, Steinmetze hinunterzuschicken, um sie zu schlagen.

Als er hörte, dass jemand hinter ihn trat, drehte er sich um. Es war Humphrey de Bohun. Der junge Ritter atmete schwer, doch sein Gesicht war trotz der krachenden Einschläge, die viele der anderen Soldaten zusammenzucken ließen, ruhig und unbewegt.

»Habt Ihr einen brauchbaren Baum gefunden?«, übertönte Warenne den Lärm.

»Ja, Sir. Die Männer fällen ihn gerade. Ich habe sechs Ritter dort gelassen, die ihn dann herbringen sollen.«

Warenne nickte. Seit dem Debakel mit dem Hinterhalt auf der Straße nach Wales erwies Herefords Erbe sich als fähiger Kommandant. Er und die anderen hatten sich in Berwick ihre Sporen verdient, hatten Blut vergossen und waren unempfindlicher gegen die Strapazen des Krieges geworden. Insbesondere Humphrey zeigte großes Potenzial. Warenne wusste, dass der König große Hoffnungen in ihn setzte. »Sobald er von den Ästen befreit und verstärkt worden ist, werden wir ihn am Tor als Rammbock einsetzen«, sagte er zu dem Ritter.

Als sie hinter sich Hufschlag hörten, drehten sich beide um. Vier Reiter kamen in raschem Trab auf das Lager zu. Warenne runzelte erwartungsvoll die Stirn, als er sah, dass es sich um einen der Kundschaftertrupps handelte, die er am Tag zuvor ausgeschickt hatte. Er überließ es den Schützen, die Burgmauern weiter zu bombardieren, und ging, gefolgt von Humphrey, zu den Männern hinüber. Einer der Kundschafter grüßte ihn vom Sattel aus ehrerbietig.

»Sir.« Der Mann stieg ab und eilte auf den Earl zu. »Die Schotten nähern sich uns von Westen her.«

»Wer führt sie an?«, erkundigte sich Warenne. »Und wie viele sind es?«

»Die gesamte schottische Armee, Sir, unter Befehl der Comyns und des Königs. Sie müssen jeden Moment in Sicht kommen.« Der Kundschafter wandte sich ab und deutete gen Westen, wo das Land zu langen, schräg abfallenden, mit Bäumen bewachsenen Hochmooren anstieg. »Dort oben auf dem Hügel.«

Warenne starrte zu dem Hügel hinüber. Leise Erregung stieg in ihm auf. Eine offene Schlacht war dem alternden Earl weitaus lieber als die triste Aussicht auf eine langwierige Belagerung, während der der Kampfgeist der Männer stetig nachließ. Außerdem drohten einer Belagerungsarmee zahlreiche Gefahren: schwindende Vorräte, Überraschungsangriffe seitens der Burg oder des Hauptteils des feindlichen Heeres, versperrrte Rückzugsrouten. All die Jahre auf Turnierfeldern und Feldzügen hatten seine Männer gestählt. Warenne war sicher, dass diese Mischung aus altgedienten Veteranen und jungen, ehrgeizigen Rittern die Schotten mit einem einzigen kühnen Streich zermalmen konnte.

Einen Moment später tauchte auf dem Hügel eine dunkle, rasch größer werdende Linie von Reitern auf. Bunte Banner wehten im Wind. Auf den Mauern von Dunbar Castle erschollen laute Jubelrufe. Auch die Schotten hatten die Armee gesichtet, die kam, um sie zu befreien.

Warenne wandte sich an Humphrey. Er musste die Stimme erheben, um das Getöse zu übertönen. »Haltet das Lager!«, befahl er. »Lasst nicht zu, dass Comyns Männer die Burg verlassen und mir in den Rücken fallen!«

»Sir.« Humphrey verneigte sich angesichts des ehrenvollen Auftrags dankend.

Warenne überließ es ihm, den Rest der jungen Männer zusammenzurufen, eilte durch das Lager und befahl seine Kommandanten zu sich. Die Hauptmänner der Kavallerie und Infanterie ließen ihre Truppen aufmarschieren, Knappen und Stallburschen hasteten zu den Pferden, legten Sättel auf und zurrten Gurte fest. Die meisten Ritter trugen für den Fall eines plötzlichen Angriffs ohnehin schon ihre Rüstungen, legten jetzt aber noch die unhandlicheren Teile an: Kettenhandschuhe, Helme und Schilde. Infanteristen rückten Schwertgurte zurecht, hoben Hämmer und Spieße und formierten sich in ihren Kompanien. Die Steinschleudern nahmen die Burgmauern noch immer unter Beschuss, aber das Donnern der einschlagenden Steine ging bald in lauten Rufen und Pferdegewieher unter, als die Ritter aufsaßen.

Als sie das Lager verließen und in westlicher Richtung auf das schottische Heer auf dem fernen Hügel zuritten, verhallte das Gejohle der Verteidiger der Burg hinter ihnen. Blauer Himmel tauchte zwischen den rasch über ihnen hinwegziehenden Wolken auf; Sonnenstrahlen wärmten die Gesichter der Ritter und der hinter ihnen marschierenden Infanterie. John de Warenne führte die Vorhut an, den Blick unverwandt auf den Feind gerichtet. Die Schotten hatten den Vorteil des höheren Geländes, aber das focht den Enkel des legendären William Marshal nicht an. Seine Männer ritten voller Zuversicht in Kolonnen mit ihm. Wimpel flatterten an Lanzenschäften, Helmbüschel tanzten auf und ab. Die Fußsoldaten, die über den ständig ansteigenden morastigen Untergrund stapften, bildeten die Nachhut.

Die Farben der feindlichen Flaggen wurden klarer sichtbar. Unter ihnen befand sich das königliche Banner Schottlands, der rote, drohend aufgerichtete Löwe auf goldenem Grund. Die Schotten brachen in wüstes Gebrüll aus, als die Engländer näher kamen. Warenne vermutete, dass der Wind auch viele Rufe nach Rache zu ihnen hinüberwehte. Er bezweifelte, dass es einen einzigen Mann in Schottland gab, der noch nicht von dem Massaker von Berwick gehört hatte. Ein solcher Rachedurst kam ihm sehr gelegen, er würde die Schotten unvorsichtig werden lassen. Seine eigenen Männer dagegen verhielten sich still, konzentrierten sich darauf, die Lücke zwischen ihnen und dem Feind zu schließen, und sparten ihre Kraft für den Kampf auf.

Als die englischen Ritter den Gipfel des ersten Hanges erreichten, befahl Warenne mit erhobener Hand, Halt zu machen. Seine Kommandanten scharten sich um ihn, während er das Gelände prüfend musterte. Unter ihnen fiel der Boden steil zu einem mit Bäumen und Buschwerk bewachsenen Tal ab, das weiter hinten dichter wurde und einen glitzernden Fluss teilweise verdeckte. Hinter dem schmalen Strom wurde der Baumbestand wieder dünner, als der Grund in Form eines langen Hanges bis zu dem schottischen Heer auf dem Hügelkamm anstieg. Nachdem er seinen Kommandanten einige Befehle erteilt hatte und diese ausgeschwärmt waren, um sie an ihre Männer weiterzugeben, führte Warenne die Engländer den steilen Hang hinunter. Die Ritter lehnten sich im Sattel zurück und überließen es ihren Pferden, den sichersten Weg zu finden. Noch immer hallten die Stimmen der Schotten zu ihnen herüber. Die Infanteristen folgten der Kavallerie und benutzten ihre Speere, um sich auf dem Hang abzustützen. Die Sonne verschwand hinter einer Wolke, ein Schatten fiel über das Gras. Vor ihnen verfärbte sich das Wasser des Flusses zwischen den Bäumen in dem sich verändernden Licht von Bronze zu einem grauen Schieferton.

Die ersten Ritter, darunter Warenne, erreichten den Strom. Die Ufer waren stellenweise sehr hoch und die Männer gezwungen, sich zu verteilen, um einen sicheren Übergang zu suchen. Ihre Reihen brachen auseinander, als sie zwischen den Bäumen hindurchritten und einige wieder kehrtmachten, um nach besseren Wegen Ausschau zu halten. Andere trieben ihre Pferde vorsichtig das seichte, sandige Ufer hinunter und in den kalten Fluss hinein. Die Hufe der Tiere wirbelten Schlamm auf, das Wasser trübte sich. Die Männer stießen ihnen die Fersen fest in die Flanken, damit sie den Anstieg auf der anderen Seite bewältigten. Ein paar Tiere glitten aus und gerieten in Panik, doch ihre Reiter brachten sie mit scharfen Befehlen wieder zur Ruhe. Der Rest der Kavallerie schickte sich gleichfalls an, den Strom zu überqueren.

Auf der anderen Seite formierte Warenne seine Männer zwischen den Bäumen, drehte sich um und bellte barsche Anweisungen, als die Ritter fortfuhren, sich entlang des Ufers zu verteilen und die Fußsoldaten sich hinter ihnen drängten. Plötzlich hörte Warenne von dem Hügel über ihnen her die schrillen Fanfaren zahlreicher Hörner, gefolgt von dem unverkennbaren Donnern von Hufen. Er trieb sein Pferd an, um besser sehen zu können, und stellte fest, dass die schottische Armee überstürzt den Hügel hinunter und auf den Fluss zujagte. Einen Moment lang lähmte ihn dieser unverhoffte Anblick, dann hörte er zwischen den Hornfanfaren gebrüllte Worte.

»*Auf sie!*«

»Auf sie! Die Feiglinge fliehen!«

Warenne musterte seine Männer, die sich fächerförmig auf der Talsohle ausbreiteten und teilweise zwischen die Bäume zurückritten, um eine sicherere Furt zu suchen. Schlagartig begriff er, dass das Auseinanderbrechen der Reihen zwecks Überqueren des Stroms auf die Schotten so wirken musste, als seien seine Truppen in der Auflösung begriffen. Dann befahl er seinen Männern mit donnernder Stimme, um jeden Preis auf die andere Seite zu gelangen. Die letzten Ritter trieben ihre Pferde in den Fluss. Die meisten gelangten sicher hinüber, doch ein paar verloren den Halt und stürzten in das Wasser zurück. Hinter ihnen stapfte die Infanterie zu Hunderten mit hoch erhobenen Waffen das glitschige Ufer hinunter, watete durch den Fluss und kletterte auf der anderen Seite wieder heraus. Warenne klappte sein Visier runter, entriss seinem Knappen seine Lanze und ritt, gefolgt von seinen Männern, zwischen den Bäumen hervor.

Die in einer ungeordneten Masse den Hügel herunterstürmenden Schotten sahen eine Rittertruppe aus dem Wald auftauchen, sich formieren, geschlossene Reihen bilden und Schilde heben. Was sie für eine panikerfüllt fliehende Armee gehalten hatten, entpuppte sich plötzlich als eine disziplinierte Wand aus Stahl, die ihnen entgegendonnerte. Jene Schotten, die die Gefahr zuerst erkannten, versuchten ihre Pferde zu zügeln oder herumzureißen, aber die hinter ihnen nachrückenden Massen trieben sie direkt in die schwere englische Kavallerie hinein, wobei ihnen ihr Blutdurst im Mund erstarb. Diejenigen, die schon kampferprobt waren, drängten die anderen brüllend weiter und taten ihr Bestes, um die Reihen zu schließen, aber es war zu spät, die englischen Ritter durchbrachen sie mühelos.

Männer wurden von dem heftigen Aufprall aus dem Sattel gestoßen und rollten über den Boden. Nicht wenige wurden unter den Hufen der schweren Pferde in den Schlamm getrampelt. Während die Engländer noch dabei waren, eine Schneise durch das schottische Heer zu pflügen und die Soldaten in wilde Panik zu versetzen, rückte die Infanterie vor. Wie Heuschrecken schwärmte sie über gefallene Männer und Pferde hinweg und fiel über Earls und Ritter her, die entwaffnet und gefangen genommen wurden. Einige Adelige gingen in dem Getümmel unter und setzten sich fruchtlos zur Wehr, als die Welle der Infanterie über ihnen zusammenschlug und die Fußsoldaten mit Hämmern und Schwertgriffen auf sie eindrangen.

Warenne, der seine Lanze in Richtung eines Feindes geschleudert hatte, hackte mit seinem riesigen Schwert auf einen schottischen Ritter ein. Als der Mann unter den Hieben taumelte, wendete Warenne sein Pferd, sodass es gegen die Seite des Schlachtrosses des Gegners prallte und der Mann aus dem Sattel geschleudert wurde. Als der Schotte versuchte, wieder auf die Füße zu gelangen, wurde er von drei Infanteristen umzingelt. Einer schmetterte ihm seinen Hammer in den Magen, während die anderen auf ihn eindroschen und ihm heftige Tritte versetzten, bis er entwaffnet werden konnte. Warenne drängte sich weiter, führte seine Männer tiefer in die aufgespalteten schottischen Reihen hinein und kämpfte sich zu den Fußsoldaten hinter ihnen durch, wo das Gemetzel dann aus dem Ruder lief. Warennes Ritter streckten die Männer wahllos nieder, spalteten Schädel und trennten Glieder und Köpfe von Rümpfen. Die mit Panzern bewehrten Schlachtrösser stießen die Schotten beiseite, schlugen aus oder bäumten sich auf, um, wie man es sie gelehrt hatte, die Köpfe und Knochen der Gegner unter ihren Hufen zu zermalmen. Schon bald schwamm der Boden in einem See von Blut, die schottische Infanterie schleppte sich stöhnend vorwärts, konnte aber den englischen Fußsoldaten nicht entkommen, die sie mit brutalen Hieben ihrer Krummschwerter niedermetzelten.

Überall auf dem Feld versuchten die Schotten jetzt dem Feind zu entrinnen, die Schlacht war für sie zu einem Kampf um das nackte Überleben geworden. Warenne erhaschte einen Blick auf das hangaufwärts entschwindende königliche Banner Schottlands, gefolgt von der Standarte der Roten Comyns. Der Hügel war mit toten und sterbenden Fußsoldaten übersät, was eine Verfolgung unmöglich machte. Warenne zischte hinter seinem Visier eine Verwünschung und kämpfte weiter.

Nach weniger als einer Stunde war die Schlacht vorüber, die grasigen Hänge wimmelten von toten Männern und Pferden. Ein paar schottische Edelleute waren gefallen, aber das war nichts im Vergleich zu den Fußsoldaten, die zu Hunderten ihr Leben gelassen hatten. An manchen Stellen lagen so viele Tote, dass ihr Blut den Hügel hinunterrann und das Wasser des Flusses rot färbte. Die englischen Infanteristen stapften zwischen den Menschenbergen umher und gaben den Verwundeten den Gnadenstoß.

Warenne überblickte vom Sattel seines blutbespritzten Schlachtrosses aus das Schlachtfeld. Der Gestank des Todes verstopfte ihm Mund und Nase. Er ärgerte sich, weil der König von Schottland nicht unter den besiegten Edelleuten war, die von seinen Rittern zusammengetrieben wurden, tröstete sich aber damit, dass er die Schlacht dennoch gewonnen hatte. Er hatte einen großen Sieg errungen. Viele schottische Adelige waren gefangen genommen worden – und viele von ihnen gehörten zu denen, die das Reich mit regiert hatten, seit Balliol seine Autorität eingebüßt hatte. Es war ein schwarzer Tag für Schottland. Mit einem Streich hatte der Earl of Surrey einen großen Teil der Armee des Königreichs und die meisten ihrer Anführer ausgelöscht.

42

DIE MITTAGSSONNE BRANNTE HEISS auf die Köpfe der Kompanie herab. Insekten summten über die Ränder des Pfades hinweg, und das ausgedörrte Gras raschelte in dem glühenden Wind, der den Reisenden Staub in die Augen blies und in dem der Salzgeruch des Meeres mitschwang.

Robert, der hinter den Männern seines Vaters ritt, spürte,.wie die Sonnenstrahlen ihm die Haut zwischen seiner Kappe und dem Kragen seines Kettenhemdes versengten. In seiner Begleitung befanden sich sein Bruder und die Ritter aus Carrick. Sie waren schon seit Stunden unterwegs, und die Pferde zeigten Anzeichen von Erschöpfung; sie ließen die Köpfe hängen, während sie den Pfad entlangtrotteten und dabei ständig mit dem Schweif schlugen, um die Fliegen abzuwehren, deren Schwärme immer dichter wurden, je mehr sie sich dem Meer näherten, das wie eine glänzende Metallscheibe in der Ferne schimmerte.

Hinter den Rittern ritten die Knappen, Stallburschen und Diener. Unter ihnen befand sich auch Isobels Zofe Katherine, die auf der gutmütigen braunen Stute saß, die einst ihrer Herrin gehört hatte. Robert hätte das Tier verkaufen können, aber es zählte zu denjenigen von Isobels Besitztümern, die seine Frau besonders geliebt hatte, und es war praktischer, so sagte er sich, die Stute der Zofe zur Verfügung zu stellen, die sich jetzt hauptsächlich um seine Tochter kümmerte. Er hatte beabsichtigt, eine passendere Kinderfrau zu suchen, eine Gouvernante aus einem

Adelshaushalt, aber seit dem Tod seiner Frau und dem Ausbruch des Krieges war ihm keine Zeit geblieben, über derartige Dinge nachzudenken. Außerdem hatte Katherine bislang bewiesen, dass sie das Kind ausgezeichnet zu versorgen verstand. Hinter ihr ritt ein mageres fünfzehnjähriges Mädchen auf einem kräftigen grauen Pony – die Amme seiner Tochter. Katherine hatte Judith kurz nach Isobels Tod in Carlisle ausfindig gemacht. Sie war die Tochter eines Ritters der Stadtgarnison und hatte vor wenigen Wochen ein Kind geboren, das tot zur Welt gekommen war. Niemand erwähnte einen Ehemann, und ihr Vater schien erleichtert darüber zu sein, dass sie in den Haushalt der Familie Bruce eingegliedert wurde. Sie war ein mürrisches, wenig umgängliches Geschöpf, aber sie verfügte über die Milch, die das Kleine brauchte, also fand sich Robert mit ihrer Gegenwart ab.

Am Ende des Trupps rumpelten zwei von stämmigen Pferden gezogene, mit Vorräten beladene Karren: Nahrung für die Menschen und die Pferde, Zelte, Rüstungen und andere Gegenstände, die auf der Reise benötigt wurden. In Schottland gab es nicht mehr viele Orte, wo die Familie Bruce bleiben konnte, nicht mehr viele Freunde, die ihnen ein Nachtlager anboten. Sie kehrten siegreich in ihre Heimat zurück. Siegreich, aber verhasst.

Die Niederlage der schottischen Armee bei Dunbar hatte das Ende des kurzen Krieges mit England eingeleitet. Nachdem die meisten ihrer Anführer gefangen und die Hälfte ihrer Armee vernichtet worden war, erlahmte der Widerstand der Schotten rasch. Ihr Bündnis mit König Philipp hatte ihnen wenig Nutzen gebracht, da ihnen weder die versprochenen Schiffe noch die Soldaten aus Frankreich zu Hilfe gekommen waren. Nach Dunbar, Roxburgh, Dumbarton und Jedburgh hatten sich die Burgen reihenweise ergeben, und Edinburgh fiel nach einwöchiger Belagerung. Stirling, der Schlüssel zum Norden, wurde verlassen vorgefunden. Ende Juni erhielt Edward in Perth eine Nachricht von König John, der mit den Comyns nach Norden geflohen war.

Schottlands König hatte im Einverständnis mit dem Zwölferrat eine bedingungslose Kapitulation angeboten.

Robert hatte nach dem viermonatigen Krieg die schottische Grenze mit gemischten Gefühlen überquert. König Edward hatte sein Versprechen gehalten und den Bruces das Land zurückgegeben, das die Comyns ihnen am Vorabend des Konflikts entrissen hatten. Bei ihrer Rückkehr waren der Lord und die Ritter von Annandale und Carrick von Triumph erfüllt gewesen, aber trotz seiner Erleichterung über die zurückgewonnenen Ländereien war es Robert schwergefallen, mit seinen Männern zu feiern, als sie Annandale erreichten. Die Ernte, die die Schotten nicht zerstört hatten, verdorrte auf den Feldern, da niemand darauf arbeitete. In den Städten und Dörfern herrschte eine gespenstische Stille, weil viele Männer und Frauen aus der Region geflohen waren, als Comyns Heer mit Feuer und Schwert über sie gekommen war. Wenigstens Lochmaben stand noch; der Feind hatte sich damit begnügt, das Land rund um die Stadt auszuplündern und niederzubrennen. Trotzdem bot die Burg einen trostlosen Anblick; alles, was irgendeinen Wert hatte, war geraubt, Wandbehänge heruntergerissen, sperrige Möbelstücke zerschlagen oder beschmutzt und die Vorratskammern geleert worden. Es fand sich weder Getreide noch ein letzter Rest an Wein, beißender Uringestank verpestete die Räume, die mit Unrat, Tierknochen, ausgekippten Säcken und leeren Fässern übersät waren, als hätten hier viele Männer eine kurze Zeit lang gehaust, bevor sie weitergezogen waren. Doch ihnen war wenig Zeit geblieben, um Ordnung zu schaffen, denn schon kurz darauf hatte König Edward den Lord of Annandale und Robert zu sich in die im Nordosten gelegene Stadt Montrose rufen lassen.

»Sir, sollen wir nicht eine Weile Rast machen?«

Robert blickte auf, als einer der Ritter aus Annandale sich an seinen Vater wandte. Er hatte gerade dasselbe vorschlagen wollen. Die Mittagshitze war unerträglich geworden, die Pferde lechzten nach Wasser. Er selbst ritt eines der leichteren Tiere und ließ Hunter von Nes am Zügel führen. Marjorie, die in einer Stoffschlinge an Katherines Brust ruhte, begann zu wimmern.

»Nein, wir sind fast da.« Der Lord drehte sich mit selbstzufriedener Miene zu dem Ritter um. »Ich möchte König Edward so schnell wie möglich begrüßen. Vermutlich hat er wichtige Neuigkeiten für mich.«

Roberts Blick ruhte auf seinem Vater. Sein gelber Überwurf mit dem roten Kreuz leuchtete im Sonnenlicht, sein Kettenhemd war auf Hochglanz poliert. Trotz der Hitze trug er einen mit roter Seide gesäumten Mantel aus feinem flämischen Tuch. Er schwitzte stark, dicke Tropfen rannen ihm über das Gesicht. Über ihm wehte die Standarte von Annandale. Er hatte sie von seinem Bannerherrn durch jede Stadt und jedes Dorf tragen lassen, durch das sie gekommen waren, als führe er eine königliche Prozession an. Robert trug das Wappen von Carrick auf seinem Überwurf, aber keine Standarte, sein Banner lag zusammengerollt in einem der Karren. Bei den Worten seines Vaters spürte er, dass sein Bruder versuchte, seinen Blick aufzufangen, aber da er wusste, was Edward ihm zu verstehen geben wollte, starrte er unverwandt auf den Pfad vor sich.

Als der Mittag in den frühen Nachmittag überging, öffnete sich eine große Lagune vor ihnen. Zwischen dieser Lagune und der Nordsee lag die Stadt Montrose auf einem Sandstreifen. Die Häuser wurden von einer niedrigen Burg überragt. Hinter den Burgmauern, wo mit Gestrüpp überwucherte Felder in graue Dünen übergingen, waren zahlreiche bunte Zelte aufgebaut worden, in deren Mitte eine große hölzerne Plattform errichtet worden war, die wie eine Bühne aussah. Die Straßen von Montrose wimmelten von englischen Rittern und Soldaten. Die meisten Männer, die Robert sprechen hörte, bedienten sich des Englischen; ihre Akzente deuteten auf eine Vielzahl von Orten hin, von denen sie gekommen waren, um sich in dieser schottischen Hafenstadt zu versammeln. Ein paar sprachen Irisch, was schwache Erinnerungen an Atrim heraufbeschwor, andere Walisisch, was anders geartete Bilder in ihm aufsteigen ließ. Vor einer verfallenen Schänke brach ein Streit aus, als die Gruppe daran vorbeikam, ein Soldat hieb auf einen anderen ein, der sich mit den Fäusten wütend zur Wehr setzte. Einige Männer blieben stehen, um zu gaffen, andere feuerten die Kämpfenden an. Unter den Soldaten, die sich in den Straßen drängten, sich an Speisen und Ale labten und Lieder grölten, die sie den Spielleuten abgelauscht hatten, schien eine merkwürdige Atmosphäre zu herrschen – das waren keine Männer, die einen harten Feldzug hinter sich hatten und nun ihren wohlverdienten Sieg feierten, sondern Feiernde an einem Festtag. Die Szene unterschied sich stark von dem, was Robert in Wales erlebt hatte. Wie hatte dies so schnell geschehen, wie hatte Schottland so schnell fallen können? Der Gedanke war erschreckend.

Sie wanden sich durch die Straßen und gelangten schließlich zu einer Burg, auf deren Turm ein scharlachrotes Banner mit drei goldenen Löwen wehte. Die Tore waren geschlossen, vier in den Farben des Königs gekleidete Wachposten standen davor und stützten sich auf ihre Lanzen. Einer trat vor und überquerte die über den Graben führende Brücke, als der Lord of Annandale näher kam.

»Einen guten Tag wünsche ich«, rief er, den Blick auf das über der Gruppe gehisste Banner gerichet. »Was ist Euer Begehr?«

Auf einen Wink von Roberts Vater hin ritt einer seiner Ritter auf den Mann zu.

»Sir Robert Bruce, Lord of Annandale, ist eingetroffen und wünscht König Edward zu sehen.«

»Der König befindet sich in einer Ratsversammlung«, erwiderte der Wachposten.

Robert merkte, wie sein Vater verärgert das Gesicht verzog.

Bruce trieb seine weiße Stute vorwärts. »König Edward hat mich hierher befohlen, um mit mir über eine wichtige Angelegenheit zu sprechen. Ich bin sicher, dass er mich empfangen wird.«

»Mein Befehl lautet, nur denjenigen Zutritt zu gewähren, deren Namen mir genannt wurden. Der Eure, Sir, gehört nicht dazu,. Ich schlage vor, Ihr lagert bei den anderen Männern, die der König herbestellt hat. Er wird zweifellos nach Euch schicken, sobald er Zeit für Euch hat.« Mit diesen Worten ritt der Wächter über die Brücke zurück.

Als der Lord seine Stute herumriss, nahm Robert seine Demütigung voller Befriedigung zur Kenntnis. Bruce schüttelte die Abfuhr ab und führte seine Männer zum Zeltlager hinüber. Sein erhitztes Gesicht war zu einer Fratze verzerrt.

Auf den Feldern hinter den Burgmauern war nicht mehr viel Platz, die Zelte erstreckten sich bis zu den Sanddünen, und sie waren gezwungen, sich auf einer Fläche in der Nähe der stinkenden Schlammufer niederzulassen, wo die Schreie der Vögel die Luft zerrissen. Die Ritter stiegen ab, die Diener holten Zelte und andere Ausrüstungsgegenstände aus dem Karren. Einige machten sich auf, um Wasser für die Pferde zu holen, während andere Feuer- und Latrinegruben aushoben. Robert trat zum hinteren Teil eines Karrens, aus dem zwei Diener einen großen Holzkäfig hoben, in dem sein Hund Uathach saß. Nach seiner Rückkehr nach Schottland im Sommer zuvor war seine Zuneigung für die junge Hündin, einen Welpen des Lieblingshundes seines Großvaters, wieder aufgeflammt. Sie erinnerte ihn an den alten Mann und sein altes Leben. »Hol mir ihre Leine«, wies er den Diener an.

Der Mann kramte in einer Jagdtasche herum, während der andere den Käfig öffnete. Uathach rollte sich auseinander und glitt schlangengleich durch die Käfigtür. Das Tier reichte ihm fast bis zur Hüfte, hatte schlanke Beine und die rauchgraue Farbe ihrer Mutter. Mit herausgestreckter Zunge kam sie hechelnd direkt auf Robert zu. Dieser nahm dem Diener die Leine ab und befestigte sie an ihrem Halsband. Im Gegensatz zu den seidenen Hundeleinen, die sein Vater bevorzugte, bestand die von Uathach aus weichem, braunem Leder. Sein Großvater hatte immer über Männer gespottet, die ihre Hunde mit überflüssigem Tand schmückten, dies sei, wie er zu sagen pflegte, etwas für Narren mit mehr Geld als Verstand. Er wickelte sich die Leine um die

Hand, um die Hündin bei Fuß zu halten, und schritt zwischen den Zeltreihen davon, während die Diener mit dem Auspacken fortfuhren und Katherine seine weinende, hungrige Tochter in Judith' ausgestreckte Arme legte. Er war noch nicht weit gekommen, als Edward ihn einholte.

»Wo willst du hin, Bruder?«

»Uathach muss sich erleichtern. Und ich mich auch.« Ohne auf eine Antwort zu warten, ging Robert weiter. Auf einen weiteren Streit legte er keinen Wert.

»Du wirst nicht mit ihm sprechen, nicht wahr? Du wirst ihm aus dem Weg gehen, bis es zu spät und die Entscheidung dir abgenommen worden ist.«

Robert blieb stehen, drehte sich um und stellte sich dem herausfordernden Blick seines Bruders. »Warum kannst du die Dinge nicht ruhen lassen?«

Edward schüttelte ungläubig den Kopf. »Ruhen lassen?« Er vertrat Robert den Weg. »Wir sprechen über die Zukunft unseres Königreiches! Du hast die Gelegenheit, das Unrecht der vergangenen Monate wiedergutzumachen. Warum in Gottes Namen ergreifst du sie nicht?«

»Wir kennen König Edwards Absichten nicht. Seine Botschaft war unklar. Wie kann ich eine so vage Gelegenheit beim Schopf ergreifen? Wie kann ich …«

»Morgen«, schnitt Edward ihm das Wort ab, »wird John Balliol offiziell abgesetzt. Unser Vater glaubt, er wird seinen Platz als König von Schottland einnehmen. Deswegen ist er hierhergekommen. Aber der Anspruch auf den Thron wurde an dem Tag, an dem du Carrick geerbt hast, von unserem Großvater auf dich übertragen. Warum hast du ihn nicht zur Rede gestellt?«

»Warum zerbrichst du dir deswegen überhaupt den Kopf?«, wollte Robert wissen. Die Hitze und seine Erschöpfung zerrten an seinen Nerven. »Für dich ist es besser, wenn er König wird. Wenn ich vor dir sterbe, bist du sein Erbe.«

Edward wandte sich mit einem neuerlichen Kopfschütteln ab. »Ich möchte, dass in unserem Reich wieder Frieden herrscht,

Bruder. Ich will nicht mehr gegen meine Landsleute kämpfen. Dieser Krieg hat mich krank gemacht.Unser Vater …« Er brach ab, seine Brauen zogen sich zusammen. »Er mag als Schotte geboren sein, aber in seinen Adern fließt englisches Blut. Die Sprache unserer Mutter verschwindet schon aus unserem Land, und die Sitten und Gebräuche unserer Vorfahren, die unser Großvater in Ehren gehalten hat, verblassen. Unser Vater würde diesen Prozess noch beschleunigen. Als König würde er einen Hof im Schatten von Westminster schaffen und König Edward die Stiefel lecken. Unser Königreich würde noch mehr von seiner Unabhängigkeit einbüßen als unter Balliol.«

Robert starrte seinen Bruder an. Er hatte ihn selten mit solchem Ernst sprechen hören. »Wie kommst du darauf, dass ich anders sein würde?«

»Ich hoffe immer noch, dass du erkennst, welche Fehler du machst.«

Robert wusste, dass sein Bruder auf seine Verbindung zu den Drachenrittern anspielte. »Wir wissen nicht, was der König vorhat oder ob er Vater überhaupt den Thron anbieten will.« Seine Stimme wurde härter. »Ich will unsere Familie nicht wegen des Kampfes um eine Fantasie auseinanderreißen, verdammt!«

Als er sich diesmal abwandte, machte sein Bruder keine Anstalten, ihm zu folgen. Robert ging an Gruppen von Soldaten vorbei, die müßig in der heißen Sonne saßen, tranken oder schliefen. Andere drängten sich um unter Baldachinen aufgestellte Tische, während Diener Essen auftrugen. An den Seiten einiger Zelte wehten ein paar Banner, die er kannte, und er fragte sich, wer wohl alles hier war. Das Gesicht von Aymer de Valence tauchte vor ihm auf, bis er es energisch verdrängte und mit Uathach an seiner Seite über die Sanddünen auf das Wasser zuschritt.

Das Meer schimmerte in der Nachmittagssonne golden, Wellen plätscherten über den Strand. Die vom Wasser herüberwehende Brise kühlte den Schweiß auf Roberts Gesicht, als er sich hinsetzte und Uathach von der Leine ließ. Die Hündin raste zum

Meer hinunter und stürzte sich in die Wellen. Ein paar Fischerboote waren auf den Sand hochgezogen worden, dahinter säuberten Diener Töpfe und Pfannen in dem schmalen Strom, der sich in die Brandung ergoss. Uathach rannte aufgeregt auf sie zu, doch Robert rief sie mit einem scharfen Pfiff zurück. Als sich die Hündin gehorsam neben ihm zu Boden fallen ließ, beugte er sich vor, stützte die Ellbogen auf die Knie und starrte auf das Meer hinaus, dessen friedliche blaue Ruhe sich nicht mit dem Gefühlsaufruhr in seinem Kopf vereinbaren ließ.

Seit seinem Vater das Amt des Statthalters übertragen worden war, hatte er immer wieder angedeutet, Edward werde ihn zum König machen, wenn er den Krieg gewönne. Jetzt hatten die Engländer gesiegt, und morgen würde Balliol abgesetzt werden. Robert war dankbar dafür, dass sie ihr Land zurückerhalten hatten, und das Schicksal Balliols und der verhassten Comyns befriedigte ihn zutiefst, doch als er durch das Land seiner Geburt geritten war und seine Landsleute gedemütigt und unterdrückt gesehen hatte, war er sich wie einer der anderen Invasoren vorgekommen, so verhasst wie König Edward und seine Soldaten. Wollte er wirklich König eines Volkes sein, das ihn verabscheute? Und was war mit dem Thron? Er hatte mit eigenen Augen gesehen, wie Edward während der letzten Jahre versucht hatte, die Macht dahinter auszuüben, erst durch die geplante Heirat von Margaret und seinem Erben, dann durch seine Einmischung in Balliols Herrschaft. Nun, wo Edward das Königreich mit Gewalt an sich gerissen hatte, würde jeder Mann, der Balliols Platz einnahm, nicht mehr sein als ein gehorsamer Vasall am Ende eines sehr straff gespannten Seils. War es nicht besser, grübelte Robert, ein geschätzter Ritter in der Elite des Königs zu sein als seine Marionette auf einem wackeligen Thron?

Während er so dasaß, hallte die barsche Stimme seines Großvaters in seinen Ohren wider und fragte ihn, ob eine jahrhundertelange Geschichte mit ihm enden würde: ob Alexander und David und Malcolm Canmore für ihr Königreich gekämpft und ihr Blut dafür gegeben hatten, nur damit er jetzt widerstandslos nachgab? Im Geist sah Robert einen mächtigen Baum auf dem Hang eines Hügels stehen. Er war verdorrt und im Sterben begriffen, seine stolzen Äste waren von Fäulnis befallen, die durch den massiven Stamm bis zu den Wurzeln sickerte. Das ist deine Schuld, raunte die Stimme seines Großvaters ihm zu. *Du bist der Tod unseres Erbteils.*

»Was willst du von mir?«, schrie Robert plötzlich und sprang auf.

Uathach bellte angesichts des Zorns in seiner Stimme, und die Diener, die die Pfannen säuberten, spähten zu ihm hinüber. Robert ging zum Wasserrand hinunter, dabei fuhr er sich mit der Hand durch das Haar. In vier kurzen Jahren hatte sich die Stellung seiner Familie in der Welt vollkommen verändert. Sie hatten den Kampf um ihre Macht im Reich und die meisten ihrer Verbündeten eingebüßt. Er hatte rasch nacheinander seine Mutter, seinen Großvater und seine Frau verloren und dann auch noch einen Kampf gegen sein eigenes Volk führen müssen. Dem Sieg haftete für ihn die Bitterkeit ihrer Niederlage an. Irgendwo hoch oben in den Wolken lachte Malachias spöttisch, daran hegte er keinen Zweifel.

»Sir Robert?«

Er fuhr herum und sah einen hochgewachsenen jungen Mann in einem blauseidenen Überwurf über die Dünen auf sich zukommen. Ein breites Lächeln lag auf Humphrey de Bohuns sonnengebräuntem Gesicht. Beim Anblick seines Freundes überkam Robert große Erleichterung. Die Anschuldigungen seines Großvaters und das Bild des verdorrten Baumes verblassten, als er über den Strand lief, um ihn zu begrüßen. Sie umarmten sich, und Humphrey lachte, als Robert ihn fest an sich drückte.

»Ich habe deine Standarte im Lager gesehen«, sagte er, nachdem er sich von Robert losgemacht hatte. »Dein Bruder sagte mir, dass ich dich hier finde.« Humphrey blickte auf Uathach hinab, die ihn mit der Nase anstupste. »Ist das dein Hund? Ein schönes Tier.«

»Wie lange bist du schon in Montrose?« Robert hatte gehofft, den Ritter hier anzutreffen, denn ihm hatte die Freundschaft des jungen Mannes sehr gefehlt. Allein sein Anblick bewirkte, dass er sich nach London in jenem Sommer zurückversetzt fühlte, wo er auf dem Feld seine Übungen absolvierte und im Tower bei einem Festmahl saß. Als hätte es das vergangene Jahr überhaupt nicht gegeben.

»Erst seit ein paar Tagen. Wir sind von Perth gekommen.«

»Warst du in Berwick?«

Humphreys Grinsen erstarb. Er blickte über das Wasser hinweg, dann wandte er sich mit einem gezwungenen Grinsen wieder an Robert. »Der Krieg ist vorüber, also lass uns nicht von Kämpfen sprechen. Erzähl mir lieber von dir. Alles! Wo ist deine hübsche Frau? Hast du sie mit hierher gebracht? Ich kann es kaum erwarten, sie kennen zu lernen.«

»Isobel starb vor vier Monaten in Carlisle«, erwiderte Robert nach kurzem Zögern. »Bei der Geburt unserer Tochter.«

Humphreys Gesicht umwölkte sich, und er fasste Robert bei der Schulter. »Mein Freund, ich …«

Robert winkte ab, bevor er weitersprechen konnte. Er war der Meinung, kein Mitgefühl zu verdienen, weil er selbst kaum getrauert hatte. »Sie war eine gute Frau, aber wir waren nur ein Jahr zusammen, und wegen all der Schwierigkeiten und des Krieges haben wir uns nicht oft gesehen. Offen gestanden habe ich sie nicht sehr gut gekannt. Ich …« Robert zögerte. Er hatte noch mit niemandem darüber gesprochen. »Ich vermisse sie«, bekannte er, »aber mehr um meines Kindes als um meiner selbst willen.«

Humphrey nickte.

Eine Weile standen sie schweigend da und sahen zu, wie die Wellen über den Strand rollten. Dann machte Robert Anstalten, das Wort zu ergreifen, aber der Ritter kam ihm zuvor.

»Ich bin froh, dass du hier bist, Robert«, sagte Humphrey. »Denn ich könnte deine Hilfe gebrauchen.«

»Natürlich. Wobei?«

»Es gibt da etwas, was die Drachenritter für König Edward

tun müssen. Eine besondere Aufgabe. Ich hätte gern, dass du dich uns anschließt.«

»Was ist das für eine Aufgabe?«

Als sie einen Ruf hörten, drehten sie sich um und sahen Edward über die Dünen auf sich zukommen.

»Wir sprechen später darüber«, meinte Humphrey zu Robert, dabei legte er ihm lächelnd eine Hand auf die Schulter. »Ich freue mich jedenfalls, dich zu sehen, mein Freund.«

»Das beruht auf Gegenseitigkeit.«

Robert lag in seinem Zelt und lauschte den Atemzügen seines neben ihm liegenden Bruders. Er war von der langen Reise erschöpft, und die Atmosphäre im Lager und sein über den Umstand, dass der König ihn nicht empfangen hatte, wütender Vater hatten ihn weiter ausgelaugt – ebenso wie die immer noch unbeantwortet in der Luft hängende Frage, was morgen geschehen würde, wenn König John entmachtet wurde. Aber trotz seiner Müdigkeit konnte er nicht schlafen.

Eine schwüle Brise hob die Zeltklappe an und gab den Blick auf einen vollen, rot angehauchten Mond frei, der tief am Himmel hing. Robert fragte sich, ob das ein böses Omen war. Der Gedanke trug ihn zu einem milden Sommer in Carrick zurück, zu einem Haus in den Hügeln und einem Baum voller Netze. Hauste die alte Frau noch immer in dieser überfüllten, mit Büchern und Knochen vollgestopften Hütte und wob die Schicksale der Menschen? Affraig musste jetzt sehr alt oder schon tot sein. Die Erinnerung an Carrick bewirkte, dass er sich nach seiner sorglosen Kindheit zurücksehnte, als seine Mutter und sein Großvater noch am Leben und ihre Halle voller Freunde und von Lachen erfüllt gewesen war. Seit er die Grafschaft geerbt hatte, hatte er so wenig Zeit dort verbracht; sein Vasall Andrew Boyd kassierte die jährliche Pacht und befasste sich mit allen Problemen. Fast kam er sich so vor, als würde Carrick ihm gar nicht gehören. Jetzt, wo der Krieg vorüber war, sollte er dorthin zurückkehren.

Als er draußen Stimmen hörte, erkannte er die eines Ritters seines Vaters, der dazu abgestellt worden war, das Lager zu bewachen, und dann Humphreys leisen, eindringlichen Tonfall. Behutsam, um seinen Bruder nicht zu wecken, erhob sich Robert und huschte aus dem Zelt. Er ging zu den beiden Männern hinüber und bedeutete dem Ritter mit einem Kopfnicken, zu seinem Posten zurückzukehren.

Als er Humphrey begrüßte, bemerkte er, dass sein Freund unter einem schlichten dunklen Reitumhang sein Kettenhemd trug.

Humphreys Augen glitzerten im Feuerschein. »Du musst dich anziehen. Rasch.«

»Wo gehen wir denn hin?«

»Wir erfüllen die Prophezeiung.«

Humphrey erklärte ihm kurz, was er mitbringen und wo er ihn treffen sollte. Als der Ritter geendet hatte, wollte Robert weiter mit Fragen in ihn dringen, aber er beherrschte sich. Das Zusammengehörigkeitsgefühl, das Humphreys Anblick in ihm ausgelöst hatte, war angesichts der Isolation, in der er sich seit seiner Rückkehr nach Schottland befunden hatte, eine tiefe Erleichterung, die er nicht durch hartnäckiges Nachbohren gefährden wollte, außerdem kam es ihm sehr gelegen, Montrose verlassen zu können. Er war es leid, nicht zu wissen, welchen Weg er einschlagen sollte.

Du wirst ihm aus dem Weg gehen, bis es zu spät und dir die Entscheidung abgenommen worden ist.

Sein Bruder hatte recht. Und er gab nichts darum.

Nachdem Humphrey gegangen war, weckte Robert Nes, befahl ihm, Hunter zu satteln, und kehrte in sein Zelt zurück, um sich anzukleiden. Als er sein Wams über sein Hemd streifte, hörte er die drängenden Schreie seiner Tochter, gefolgt von dem schläfrigen Flüstern einer Frau. Robert trat mit seinem Schwert ins Freie, als Katherine gerade aus dem Zelt schlüpfte, das sie mit Judith und drei Frauen teilte. Die Zofe hielt Marjorie in den Armen und beruhigte sie leise. Sie blickte auf und sah Robert das Lager durchqueren. Ihre Brauen zogen sich zusammen, als sie das Schwert in seiner Hand bemerkte. Er sagte nichts, sondern ging zu dem kleinen Karren, aus dem er die große Truhe zog, die seine Rüstung enthielt. Hinter ihm hielt Marjories Geschrei an. Als Robert sein Kettenhemd herausnahm, begann Katherine leise zu singen. Sie hatte eine tiefe, kräftige Stimme, die klang, als gehöre sie einer anderen, älteren Frau. So beruhigte sie das Kind, dessen Schreie in ein Wimmern übergingen. Robert, dem klar wurde, dass er stehen geblieben war, um zu lauschen und dem das Kettenhemd schwer in den Händen wog, kämpfte sich in seine Rüstung, dann griff er nach seinem Schild, den er auf Humphreys Geheiß mitbringen sollte. Der Drachenschild war in ein Tuch gewickelt, um ihn vor Schaden zu bewahren. Robert hatte ihn nicht mehr angeschaut, seit er England vor einem Jahr verlassen hatte. Im Feuerschein erkannte er, wie verschrammt das Holz war. Er legte gerade auf Humphreys Anweisung einen schlichten Reithumhang an, als hinter ihm eine Stimme ertönte.

»Ihr wollt fort, Sir?«

Er drehte sich um und blickte in Katherines zu ihm emporgewandtes Gesicht. Ihr Nasenrücken war mit Sommersprossen gesprenkelt, und ihr dunkles, schlafzerzaustes Haar fiel ihr lose über die Schultern. Sie drückte Marjorie an ihre Brust. Robert lächelte, als er seine schlafende Tochter betrachtete. Er bückte sich und küsste sie sacht, dann richtete er sich auf und begegnete Katherines Blick, als er seinen Schwertgurt umschnallte. »Ich bin bald zurück.«

Er hob seinen Schild auf, sprach kurz mit dem Ritter, der am Feuer wachte, dann nahm er Nes Hunters Zügel ab und durchquerte das Lager.

Die hölzerne Plattform, die er bei seinem Eintreffen in Montrose gesehen hatte, ragte vor ihm auf, als er Humphreys Richtungsangaben folgte. Im roten Mondlicht glich sie eher einem Schafott als einer Bühne. In einiger Entfernung dahinter konnte er eine Reitergruppe sehen. Bei ihnen stand ein von Kutschpferden gezogener und von zwei königlichen Rittern gelenkter Karren. Als er näher kam, erkannte Robert Humphrey und andere vertraute Gesichter.

Unter ihnen befanden sich Henry Percy – stämmiger, als er ihn in Erinnerung hatte –, Guy de Beauchamp, der ihn keines Blickes würdigte, und Thomas of Lancaster, älter und größer, fast schon ein Mann. Robert Clifford neben ihm nickte ihm höflich zu, und Ralph de Monthermer lächelte grüßend. Zuletzt wanderte Roberts Blick zu Aymer de Valence. Das hasserfüllte Gesicht versetzte ihn nach Anglesey zurück – in eine staubige Küche, in der Aymers schwarze Augen vor Wonne loderten, als er zum Todesstoß ausholte.

Als Robert in den Sattel stieg, nickte Humphrey den anderen zu. »Wir wollen aufbrechen. Vor uns liegt ein dreitägiger Ritt.«

»Drei Tage?«, meinte Thomas. »Dann verpassen wir ja die Zeremonie morgen.«

»Du hast uns immer noch nicht gesagt, wo unser Ziel liegt und was wir dort wollen, Bruder«, fügte Ralph nicht ohne Schärfe hinzu.

Robert registrierte erfreut, dass er anscheinend nicht der Einzige war, den Humphrey bezüglich seiner Absichten im Dunkeln gelassen hatte. Wieder flackerten leise Zweifel in ihm auf, aber er verdrängte sie entschlossen. Wie auch immer ihr Plan aussah, er musste dem Nachgrübeln über eine unmögliche Entscheidung vorzuziehen sein.

»Ich erkläre euch alles auf der Straße«, versetzte Humphrey mit fester Stimme.

Der Ritter trieb sein Pferd an und führte die Gruppe aus dem Lager hinaus. Der Karren rumpelte hinter ihnen her, und der volle, rötlich schimmernde Mond beleuchtete ihren Weg.

43

DIE MÄNNERSCHAR VERFOLGTE schweigend, wie die einzelne Gestalt den Gang zwischen ihren Reihen entlang auf die Plattform in der Mitte des Lagers zuschritt. Nebelschwaden waberten über das Wasser der Lagune; die feuchte Morgenluft kündigte einen weiteren schwülen Tag an. Der Himmel im Osten leuchtete wie flüssiges Gold und ließ die Gesichter der Hunderte von Zuschauern erglühen, die sich um das Podest drängten. Vor der Plattform hatte sich unter den Augen der Ritter des Königs eine Anzahl von Männern aufgereiht. Niedergeschlagen und blass standen sie da, zwergenhaft vor dem Hintergrund der Holzkonstruktion, die hinter ihnen aufragte. Nur wenige von ihnen beobachteten den auf sie zukommenden einsamen Mann.

Robert Bruce, Lord of Annandale, wartete in den Reihen der englischen Adeligen und hielt den Blick unverwandt auf den sich langsam nähernden John Balliol gerichtet. Der König von Schottland war hager, seine Augen lagen tief in den Höhlen. Trotz der Hitze war sein Gesicht grau, der goldene Überwurf mit dem königlichen Wappen Schottlands bildete den einzigen Farbfleck an ihm.

Nach Dunbar war Balliol mit den Comyns geflohen, aber angesichts von Edwards nicht aufzuhaltendem Marsch Richtung Norden und reihenweise fallender Städte und Burgen hatte es für König John und den Rest seiner Männer keinen sicheren Hafen mehr gegeben. Die auf der Straße verbrachten Wochen hatten ihren Tribut gefordert, das war seinem Gesicht und seinem Körper anzusehen. Im Juni hatte er Edward geschrieben, den Vertrag mit Philipp von Frankreich rückgängig gemacht und eine bedingungslose Kapitulation angeboten. Jetzt, gedemütigt und verzweifelt, strahlte er das ganze Elend eines Verdammten auf dem Weg zu seiner Hinrichtung aus.

Als Balliol an ihm vorbeischlurfte, verrenkte sich Bruce den

Hals; versuchte seinen Feind dazu zu bringen, in seine Richtung zu blicken und ihn hier stehen und seine letzten Momente als König miterleben zu sehen. Aber Balliols Augen wichen nicht von der Plattform vor ihm. Hinter ihm drängte sich die Menge wieder zusammen.

Balliol erreichte die Gefangenen vor der Plattform, die gezwungen waren, ihm den Weg zu den Stufen freizugeben. Ein Mann trat vor, als wolle er etwas zu dem König sagen, wurde aber von den Schwertern der englischen Ritter zurückgetrieben. Bruce, der über die Köpfe der vor ihm Stehenden spähte, erkannte, dass es sich um John Comyn gehandelt hatte. Der Lord of Badenoch trat zurück, wandte den Blick aber nicht von seinem Schwager, der jetzt die Stufen emporstieg. Bei Comyn waren sein Sohn und Erbe, der in Ungnade gefallene Mann von Joan de Valence sowie der Schwarze Comyn und die Earls of Atholl, Menteith und Ross. Bruce' giftiger Blick schweifte über sie hinweg. Viele von ihnen waren Kameraden seines Vaters gewesen. Nun, ihre Tage waren ebenfalls vorüber. Die Vergangenheit gehörte zu den Gebeinen der Toten in die Erde. Es wurde Zeit, dass in Schottland eine neue Ära anbrach.

Als er seinen Sohn Edward einem seiner Vasallen etwas zuraunen hörte, drehte Bruce sich mit finster funkelnden Augen um, um ihn zum Schweigen zu bringen. Nachdem er bei Tagesanbruch erfahren musste, dass Robert in der Nacht zu einer Mission für den König aufgebrochen war, hatte er vor Wut geschäumt. Er hatte Edward eingehend befragt, aber entweder war sein Sohn ein besserer Lügner, als er ahnte, oder er wusste wirklich nicht, warum sein älterer Bruder ohne Erklärung verschwunden war. Seither war sein Zorn abgekühlt, und allmählich war Erleichterung in dem Lord aufgekeimt.

Seit Beginn des Krieges und seinem Bündnis mit dem König von England hatte er nie öffentlich zugegeben, dass sein Sohn das Anrecht hatte, Ansprüche auf den Thron zu erheben, aber die Wahrheit hatte ständig an ihm genagt. Von der Furcht beherrscht, Robert könne diesen Anspruch tatsächlich eines Tages anmelden, hatte er sich von seinem ihm ohnehin schon entfremdeten Sohn noch mehr distanziert. Vielleicht, so hatte er überlegt, bedeutete Roberts Abwesenheit am Vorabend eines für ihre Familie so entscheidenden Moments ja, dass er kampflos aufgeben würde. Bruce hoffte es, denn *er* würde keinesfalls auf seine Ansprüche verzichten. Sein Vater hatte ihn aus Bosheit übergangen. Nun, er würde dieses Unrecht nicht hinnehmen. Hoffentlich drehte sich der alte Bastard in seinem Grab um.

Als der Lord of Annandale den Blick wieder auf die Plattform richtete, sah er, dass Balliol oben angekommen war und auf die Mitte zuging, wo sein Schwiegervater John de Warenne mit einer Pergamentrolle wartete. Hinter dem Earl of Surrey drängten sich englische Sekretäre, Anwälte und königliche Beamte, darunter auch Bischof Anthony Bek. Sie standen zu beiden Seiten eines Throns, auf dem König Edward saß. Aus dieser Entfernung konnte er den König nur verschwommen erkennen – Bruce' Augen waren längst nicht mehr so gut wie früher –, aber er schien sich ganz klar auf Balliol zu konzentrieren. Die barsche Stimme des Earl of Surrey erklang, während er das Dokument entrollte und die Anklagepunkte gegen Balliol zu verlesen begann, dessen verräterisches Handeln als Vasall des Königs von England zu der Beschlagnahmung seines Lehens geführt hatte. Den vereinbarten Kapitulationsbedingungen gemäß würde er nun sein Königreich und seine Amtswürde seinem Obersouverän übertragen.

Nachdem er alle Punkte vorgelesen hatte, trat John de Warenne zurück, den Blick in die Ferne und nicht auf seinen unseligen Schwiegersohn geheftet. Einen Moment lang stand Balliol allein da. Er sah sich unsicher um und zuckte dann zusammen, als die beiden königlichen Ritter auf ihn zutraten. Jeder hielt einen Dolch in der Hand. Einige der schottischen Adeligen begannen zu protestieren, aber die Männer des Königs hatten keine Gewalt im Sinn. Sie begannen an den Fäden des roten Löwen auf Balliols Überwurf zu zupfen. Balliols stumpfe, ausdruckslose Miene verriet, dass er dies hatte kommen sehen. Als der Kopf des gestickten Löwen locker war, reichte einer der Männer seinem Kameraden seinen Dolch, packte den Stoff und riss das königliche Wappen mit einem Ruck herunter. In der Menge brandeten Jubel und Beifall auf, erstarben aber rasch wieder. Balliol verlor das Gleichgewicht und stolperte vorwärts, doch einer der Ritter stützte ihn und richtete ihn vor der Menge wieder auf. Rote Fäden hingen von seinem goldenen Überwurf herab.

König Edward hatte John Balliol zum König von Schottland gemacht. Jetzt entzog er ihm seine Macht wieder. Bruce war sich nicht sicher, meinte aber, in der goldenen Dämmerung Tränen auf Balliols pockennarbigem Gesicht glitzern zu sehen.

Als Balliol vom Podest heruntergeführt wurde, um alsbald mit dem Rest der schottischen Edelleute zum Tower nach London gebracht zu werden, erhob sich König Edward. Sowie er den König zusammen mit seinen Beamten die Plattform verlassen sah, bahnte sich Bruce entschlossen einen Weg durch die Menge. Ihm war immer noch keine Audienz beim englischen König gewährt worden, der ihn hierher bestellt hatte, um diesen Moment mitzuerleben. Die Ungeduld saß wie ein Dorn in seinem Fleisch.

»Majestät!«

Bruce ignorierte die Proteste ob seiner Rücksichtslosigkeit und versuchte, die Aufmerksamkeit des Königs auf sich zu lenken. Er hatte Edward fast eingeholt, der mit John de Warenne und seinen obersten Beamten das Lager durchquerte, als ihm zwei königliche Ritter den Weg vertraten. Bruce, der sah, dass sie ihn aufhalten würden, rief dem sich entfernenden Rücken des Königs verzweifelt etwas nach.

»Mylord, ich bitte Euch. Ich muss mit Euch sprechen!«

Edward drehte sich um. Sein Blick heftete sich auf Bruce, der mit rot angelaufenem Gesicht zwischen den beiden Rittern stand. Auch Edwards Beamte wandten sich um, um zu sehen, wer es wagte, den König unaufgefordert anzusprechen.

»Mylord.« Bruce hielt inne, um seine Fassung zurückzugewinnen und sich zu verneigen. »Ich möchte eine wichtige Angelegenheit mit Euch besprechen.« Als Edward fortfuhr, ihn stumm anzustarren, als erwarte er, dass er sein Anliegen hier und jetzt vortrug, fügte Bruce hinzu: »Unter vier Augen.«

Weder flackerte König Edwards Blick, noch verlor er seine eisige Kühle. »Meine Zeit hier ist begrenzt. Ich werde mich nächsten Monat mit allen meinen Vasallen in Berwick treffen, wenn mein Feldzug durch den Norden beendet ist. Dann könnt Ihr mir Euer Anliegen vortragen, Sir Robert of Annandale.« Er machte Anstalten, sich abzuwenden.

Als er sah, dass das, was er begehrte und was so verlockend nah schien, ihm zu entgleiten drohte, vergaß sich der Lord of Annandale. »Ich bestehe darauf, Mylord!«, brüllte er hinter dem Rücken des Königs. Seine Stimme zerriss die gedämpfte Stille.

Die königlichen Beamten musterten ihn mehr verdutzt als empört, und die Ritter, die Bruce den Weg vertraten, packten die Griffe ihrer Schwerter, eindeutig entschlossen, sie zu ziehen, wenn er sich weiterzudrängen versuchte.

Edward drehte sich langsam um. Das Sonnenlicht betonte die harten Linien seines Gesichts. Seine grauen Augen verengten sich, alle Kraft und Entschlossenheit darin richtete sich auf Bruce.

Der Lord of Annandale machte hastig einen Rückzieher. »Was ich sagen wollte, Mylord, ist, dass diese Sache nicht warten kann.« Ohne auf die Beamten zu achten, fuhr er fort: »Nun, wo König John entmachtet ist, steht Schottlands Thron leer. Mein Vater besaß nach Balliol das Recht auf den Thronanspruch, so wurde es bei Eurer Anhörung beschlossen, aber nach seinem Tod im letzten Jahr ging dieses Recht auf mich über. Das habt Ihr selbst bestätigt, als ich das Amt des Statthalters von Carlisle übernahm.«

Lange Zeit erwiderte Edward nichts darauf. Als er es tat, klang seine Stimme beißend. »Bildet Ihr Euch wirklich ein, ich hätte nichts Besseres zu tun, als Königreiche für Euch zu gewinnen, Sir Robert?«

Mit diesen Worten wandte der König sich ab, seine Beamten und Ritter folgten ihm, und der Lord of Annandale blieb wie erstarrt stocksteif inmitten der Menge stehen.

44

DIE RITTER WAREN IN RASCHEM Tempo aus Montrose hinausgeritten und hatten nur für ein paar Stunden Rast gemacht, als ihre Pferde nicht mehr weiterkonnten. Jetzt, als am dritten Tag die Dämmerung anbrach und sie einen Hügel hinunterritten, erkannte Robert, dass er die befestigte Stadt Perth am Ufer des mächtigen Flusses Tay in der Ferne sehen konnte. Ganz in der Nähe, vielleicht eine Meile entfernt, lag die königliche Burg Scone, wo er und sein Großvater den Moot Hill erklommen und der alte Mann von der Schlacht von Lewes und dem Ursprung seines Hasses auf die Comyns erzählt hatte.

Als sie den Außenbereich der Burg erreichten, die Pferde über eine ausgetretene Straße trotteten und der Karren hinterherrumpelte, bedeutete Humphrey ihnen plötzlich, langsamer zu reiten, bog rechts ab und führte sie vom Pfad in den Wald. Die Räder des Karrens ratterten über den unebenen Untergrund, Zweige knackten und zerbrachen. Überall ringsum rauschte es in den Bäumen, deren Geäst vor dem violetten Himmel, an dem die ersten Sterne glitzerten, bizarre Geflechte bildete. Bald darauf gelangten sie auf eine Lichtung. Humphrey blickte sich um und befahl den anderen sichtlich zufrieden, Halt zu machen.

»Lagern wir hier, Sir Humphrey?« Robert Clifford starrte in die Schatten der Bäume.

»Nein.« Humphrey stieg zusammenzuckend ab. Das Kettenhemd unter seinem Umhang klirrte. »Holt die Schilde«, sagte er zu den beiden Rittern des Königs, die den Karren gelenkt hatten.

Die anderen schwangen sich von ihren Pferden, blickten einander und dann Humphrey, der die Zügel seines Schlachtrosses um einen Ast geschlungen hatte und in der Mitte der Lichtung wartete, fragend an. Nach einem Moment gesellten sie sich zu ihm. Außer dem Kratzen von Holz, als die Ritter die Schilde von dem Karren zogen, war kein Geräusch zu hören.

Robert ließ Hunter an einem Busch knabbern und ging zu Humphrey hinüber. Während des gesamten Rittes war sein Freund in sich gekehrt gewesen, und in Robert hatte sich eine immer stärkere Spannung aufgebaut. Die anfängliche Erleichterung, Montrose verlassen zu können, war angesichts der Fragen, die ihm im Kopf herumgingen und die zu beantworten sich Humphrey bislang geweigert hatte, merklich verblasst. »Ich habe genug von der Geheimniskrämerei«, sagte er, bevor ein anderer das Wort ergreifen konnte. »Was genau haben wir vor, Humphrey? Wir reiten seit drei Tagen durch das Land, ohne eine Ahnung zu haben, wo wir hinwollen und warum.«

»Es tut mir leid.« Humphrey wich Roberts Blick nicht aus. »Aber König Edward hat mir einen Befehl erteilt. Ich bin per Eid verpflichtet, ihn auszuführen.« Er sah den Rest der Gruppe an. »Ihr habt vielleicht bemerkt, dass wir den Weg zurückgeritten sind, den wir gekommen sind. Hinter diesen Bäumen liegt die Stadt Scone, an der wir auf der Reise nach Montrose vorbeigekommen sind. Sie ist unser Ziel.«

Die beiden Ritter begannen, die Drachenschilde zu verteilen.

Als die Männer sie entgegennahmen, begriff Robert plötzlich alles. Die Erkenntnis floss wie Eiswasser durch seinen Körper. »Der Stein.« Er starrte Humphrey an. »Das ist es, nicht wahr? Du bist wegen des Krönungssteins hier!«

Einige der anderen begannen aufgeregt miteinander zu tuscheln.

»Der Thron«, murmelte Guy de Beauchamp. »Die dritte Reliquie.«

Robert hörte kaum hin.

Humphrey hatte bestätigend genickt. »Der Stein ist eine der vier in Merlins Letzter Prophezeiung erwähnten Reliquien.«

»Warum wusste ich das nicht?« Robert fühlte sich betrogen. Dumpfe Wut brodelte in ihm. »Warum hast du mir nichts gesagt?«

Humphreys Stimme wurde scharf. »Weil du schon ein paar Monate nach deiner Aufnahme in den Orden nach Schottland zurückgekehrt bist. Es blieb keine Zeit, es dir zu sagen. Dir alles zu erklären.«

»Was gibt es da zu erklären? Dass du vorhattest, meinen Thron zu stehlen?«

»Deine Familie hat den Thron verloren, als Balliol ihn bestieg«, erwiderte Humphrey ruhig. »König Edward hat nicht vor, ihn neu zu besetzen, nicht jetzt. Es ist vorbei, Robert. Schottland wird ebenso wie Wales und Irland ein Teil von England werden. Der Stein wird hier nicht mehr gebraucht. Kein neuer König wird darauf gekrönt werden.«

»Mit Wales und Irland verhält es sich ganz anders.« Robert hob die Stimme. »Schottland ist ein unabhängiges Königreich mit eigenen Freiheiten. Das kann man nicht einfach beiseitewischen!«

Ralph de Monthermer griff vermittelnd ein. »Unsere Invasion hat bewiesen, wie schwach Schottland alleine ist. Zusammen mit England wird es erstarken. Beide Reiche profitieren von einer solchen Vereinigung. Nun, da der Vertrag ungültig ist, können wir gemeinsam gegen Frankreich kämpfen und das Land unseres Königs zurückgewinnen. Ihr müsst doch den Sinn sehen, Sir Robert. Wenn Ihr nicht an Edwards Sache glauben würdet, hättet Ihr nicht für ihn gegen Eure eigenen Landsleute gekämpft.«

Ehe Robert antworten konnte, mischte sich Humphrey ein. »Die Prophezeiung sagt, dass Britannien dem Untergang geweiht ist, wenn nicht die vier Reliquien des Brutus in die Hände eines mächtigen Herrschers gelangen. Das bedeutet, dass Schottland genauso leiden würde wie England. Wir müssen den Stein holen, um sicherzustellen, dass das nicht geschieht.«

»Woher wisst ihr eigentlich, dass die Prophezeiung der Wahrheit entspricht?«, fragte Robert herausfordernd. »Hat einer von euch das Buch gesehen, das für den König übersetzt wurde? Nein. Es ist weggeschlossen, nicht wahr? Angeblich zu empfindlich, um aus seinem Kasten genommen zu werden.«

»Ich wäre mit solchen Andeutungen vorsichtig«, riet de Monthermer.

»Selbst wenn sie wahr ist«, fuhr Robert, an Humphrey gewandt, fort, »heißt das nicht, dass sie unsere Zeit betrifft. Was, wenn die besagte Gefahr Hunderte von Jahren zurückliegt? Oder Britannien erst in hundert Jahren in der Zukunft trifft? Ich habe die *Geschichte* von Monmouth als Junge gelesen und dann noch einmal nach meiner Rückkehr nach Schottland. Ja, er spricht von einem vorherbestimmten Moment, zu dem die Reliquien zusammengetragen werden sollen, aber er benennt diesen Moment nicht.«

»Die Letzte Prophezeiung stellt nicht nur klar, welche Reliquien Geoffrey of Monmouth meint«, erwiderte Humphrey. »Sie spricht auch von bestimmten Ereignissen, die Britanniens Abstieg in das Unheil ankündigen. Zeichen, auf die die Menschheit achten soll.« Er zögerte, als überlege er, ob er mehr sagen sollte, dann fuhr er fort: »Eines dieser Zeichen war der Tod von König Alexander.«

Robert schwieg dazu. Bis jetzt war ein großer Teil von ihm der Prophezeiung mit Misstrauen begegnet. Er wusste, dass auch andere Ritter, darunter Aymer und Percy, nicht wirklich daran glaubten, sondern wie er ihre Zugehörigkeit zu dem Orden als Weg betrachteten, König Edwards Gunst zu erlangen. Robert entging die Überraschung in den Gesichtern der anderen nicht. Wie es aussah, wusste Humphrey mehr über die Prophezeiung als der Rest von ihnen. »Wird der König namentlich genannt?«

»*Wenn der letzte König ohne Nachkommen stirbt*«, rezitierte Humphrey, »*wird das Königreich in Chaos gestürzt werden. Und die Söhne des Brutus werden an diesem Tag den mit dem großen Namen betrauern.*«

»Alexander?«, vergewisserte sich Robert. »Alexander der Große?«

»Wie konnte ein anderer als ein Seher wissen, dass dies geschehen würde?«, gab Humphrey zurück.

»Warum wurde uns das nicht gesagt?«, klang es erbost von Aymer.

»Die Mitglieder der Tafelrunde sind eingeweiht«, versetzte Humphrey. »Ihr hättet es zu gegebener Zeit ebenfalls erfahren, wenn ihr eingeladen worden wärt, daran teilzunehmen.«

»Seit wann bist du denn ein Ritter der Tafelrunde?«

Humphrey überging Aymers ätzende Frage. »Robert, du musst mir vertrauen, und König Edward braucht dein Vertrauen gleichfalls. Was wir tun, geschieht zum Besten unserer Inseln.« Seine Stimme wurde lauter, als Robert nichts erwiderte. »Du hast den Drachenrittern einen Eid geschworen – bist ein Mitglied des Kreises geworden, der unserem König und seiner Sache treu ergeben ist. Dies, Robert, *ist* seine Sache. Eine Reliquie aus jedem Teil des alten Königreichs – England, Schottland, Irland und Wales – muss in seinen Besitz gelangen, um den Ruin aller zu verhindern. Wenn du deinen Eid nicht brichst, ist es deine Pflicht, dazu beizutragen, dass er diese Reliquien bekommt. Der König hat mir gesagt, wo sich der Stein befindet. Ich kann ihn selbst finden, aber es geht schneller, wenn du uns den Weg zeigst. Ich hatte gehofft, dass alles ohne Blutvergießen abgeht«, fügte er hinzu. »Aber wenn wir ertappt werden, kann der Tod Unschuldiger unvermeidlich werden.«

Robert starrte in Humphreys entschlossen verhärtetes Gesicht. Er konnte eidbrüchig werden, sich weigern, ihm zu helfen, und sich jeden Mann hier sowie den König selbst zum Feind machen, oder er konnte tun, was Humphrey von ihm verlangte, und dazu beitragen, die Prophezeiung zu erfüllen. Er fühlte sich innerlich zerrissener denn je, seine Loyalität zu seinem Königreich rang mit der zu diesen Männern. Doch ein Gedanke drang durch seine Verwirrung. Er konnte nicht abstreiten, was Ralph de Monthermer über die leichte Eroberung Schottlands durch

England gesagt hatte. Ihn selbst hatte dies zutiefst verblüfft. Seit Alexanders Tod hatten die Dinge im Reich schlecht gestanden. *Was, wenn es stimmt? Wenn die Prophezeiung wirklich wahr ist?* Er brauchte Zeit, um über all das nachzudenken, um einen Sinn darin zu erkennen. Aber alle sahen ihn an, warteten auf seine Antwort. Ihm blieb diese Zeit nicht.

Robert sagte nichts, streckte aber einem der Ritter, die die Schilde verteilten, die Hand hin.

Als der Ritter zu ihm trat und ihm den letzten Drachenschild reichte, wandte sich Humphrey an die anderen. »Wir müssen rasch handeln. Sir Robert Clifford und Sir Henry Percy werden mir helfen, den Stein aus der Abteikirche zu holen. Sobald er sicher im Karren liegt, brechen wir auf. Erhebt gegen niemanden das Schwert, wenn wir nicht angegriffen werden«, fügte er hinzu. Sein Blick wanderte zu Aymer de Valence, der ein finsteres Gesicht machte und den Griff seines Schwertes packte.

Gemeinsam stiegen die Ritter wieder auf ihre Pferde, ritten aus dem Wäldchen heraus und schlugen die Straße zur Abtei von Scone ein. Robert ritt vorne neben Humphrey. Der Drachenschild hing schwer an seinem Arm, und sein Herz brannte in seiner Brust.

Nachdem sie auf eine schmalere Straße abgebogen waren, ragten die Abteigebäude vor ihnen im Zwielicht auf. Hinter den Bäumen, die das Gelände umgaben, stieg Rauch von der Königsburg von Scone auf. Das Gelände der Mönche war nicht befestigt, die Ritter konnten ungehindert hineinreiten. Hinter den Fenstern einer viereckigen Halle, vermutlich dem Refektorium der Mönche, brannten Fackeln. In der Ferne konnte Robert den Baumkreis auf dem Gipfel des alten Moot Hill ausmachen. Er erinnerte sich daran, wie sein Großvater im ersterbenden Abendlicht dort neben ihm gestanden hatte. Und er erinnerte sich an den Sockel, auf dem der Stein platziert werden würde, sowie an das feierliche Gefühl, das ihn in diesem Moment überkommen hatte.

Humphrey zügelte sein Pferd. Die Ritter hinter ihm wurden

gleichfalls langsamer. Als er seinen Namen vernahm, begriff Robert, dass sein Kamerad ihn aufforderte, sie zu der Abteikirche zu führen. Es war Jahre her, seit er zuletzt hier gewesen und seinem Großvater über diesen Hof gefolgt war, aber er kannte den Weg noch. Er trieb Hunter an und trabte an den Unterkünften und Gärten vorbei zu der Kirche. Sie stießen auf ein paar Männer, die zusammenzuckten, als sie plötzlich aus der Dämmerung auftauchten. Einer, der eine Kutte trug, stieß einen Warnruf aus und wollte wissen, wer sie waren, aber die Ritter preschten wortlos weiter. Humphrey überholte Robert und galoppierte auf die Kirche zu. Hinter sich hörte Robert Rufe und Türenknallen – man hatte sie bemerkt. Irgendwo begannen Hunde zu bellen. Viel Zeit würde ihnen nicht bleiben.

Vor den Kirchentüren zügelten die Ritter ihre Pferde. Die Räder des Karrens schlitterten durch den Staub. Die Männer sprangen ab, und einige zogen ihre Schwerter, als sie auf die Kirche zueilten. Einige blieben auf Humphreys Befehl bei der Tür, während er, Percy und Clifford das Gebäude betraten. Das Innere der Kirche duftete nach Weihrauch und geschmolzenem Wachs. Die Glasfenster schimmerten stumpf im Kerzenlicht. Robert folgte seinen Gefährten, dabei schlug er die Kapuze seines Umhangs hoch, um sein Gesicht zu verbergen. Er war für das schlichte Kleidungsstück dankbar. Hier hätte der leuchtend rote Sparren von Carrick einem Brandzeichen geglichen.

Humphrey reichte Ralph seinen Drachenschild und schritt unter den strengen Blicken der Engel auf den Pfeilern den Gang entlang auf den Altar zu, vor dem ein blasser Steinblock auf einem goldenen Tuch lag. Robert musste plötzlich daran denken, wie sein Vater just diesen Gang hinuntergestapft war, während sich hinter ihm die protestierenden Stimmen der Edelleute erhoben hatten. Er dachte an die Gier seines Vaters nach diesem Preis, diesen alten Stein, auf den der Mann sein Leben lang seinen ganzen Ehrgeiz gerichtet hatte. Welches düstere Schicksal hatte ihn, einen Bruce, hierher verschlagen, um ihn für einen fremden Eindringling zu rauben, statt selbst darauf zu sitzen?

Henry Percy und Robert Clifford waren Humphrey gefolgt. Gemeinsam hoben sie den Stein an, Percy und Clifford packten die Eisenringe zu beiden Seiten, Humphrey schob sich unter die Steinfläche. Gemeinsam stolperten sie den Gang hinunter. Draußen hörte Robert näher kommende Stimmen. Die Ritter an der Tür riefen Humphrey zu, sich zu beeilen. Robert zog sein Schwert, als Percy und Clifford näher kamen. Sein Blick hing an dem heiligen Stein zwischen ihnen, dessen helle Oberfläche im Kerzenschein glitzerte. Hinter den Türen kam eine Menschengruppe auf die Kirche zu, einige trugen Fackeln in den Händen. Die meisten waren in Mönchskutten gehüllt, aber ein paar sahen aus wie Arbeiter oder Diener. Diese Männer waren mit Messern oder Stöcken bewaffnet, einer mit einer Axt.

Die Ritter bildeten sofort einen schützenden Ring. Humphrey und die anderen kamen hinter ihnen aus der Kirche. Aymer de Valence befand sich ganz vorne in der Reihe. Robert schloss sich ihnen an, als Percy und Clifford mit ihrer Last auf den Karren zutaumelten. Humphrey hatte sich von ihnen getrennt, Ralph seinen Schild entrissen und trat vor, um sich den Gegnern zu stellen.

Die Mönche von Scone wurden von einem gebeugten, älteren Mann angeführt, der pelzbesetzte Gewänder trug – zweifellos der Abt persönlich. Sein Gesicht hatte sich beim Anblick von Percy und Clifford mit dem Stein vor Entsetzen verzerrt.

»Was im Namen Gottes hat das zu bedeuten?«, krächzte er heiser, als er vor dem Ritterring stehen blieb. »Wer seid Ihr?«

»Wir sind die Drachenritter«, erwiderte Humphrey. »Gekommen, um auf Befehl von König Edward von England, Herzog der Gascogne, Herr von Irland, Eroberer von Wales und Obersouverän von Schottland den Krönungsstein zu beschlagnahmen. Tretet zur Seite, dann wird niemandem etwas geschehen.«

»Bei Gott, das werde ich nicht«, zürnte der Abt und trat, dicht gefolgt von dem Mann mit der Axt, drohend vor. Seine Stimme zitterte, aber sein zerfurchtes Gesicht zeugte von tiefer Entschlossenheit. »Ich werde nicht zur Seite treten!«

Percy und Clifford versuchten den Stein mühsam in den Karren zu hieven. Ralph eilte ihnen zu Hilfe.

»Keiner von uns wird Euch den Weg freigeben«, fuhr der Abt mit erhobener Stimme fort. Zur Antwort rückten die Männer vor. Die meisten von ihnen wirkten allerdings zu Tode verängstigt.

»Dann werdet ihr sterben«, grollte Aymer de Valence.

Humphrey rief ihm etwas zu, doch Aymer ignorierte ihn und ging auf den Abt los, der erschrocken zurückwich. Aber ehe Aymer zuschlagen konnte, schwang Robert sein Schwert herum und auf den Hals des Ritters zu. Im letzten Moment hielt er inne, sorgte aber dafür, dass die Klinge genau über dem Kragen von Aymers Kettenhemd die Haut ritzte. Der Ritter erstarrte und bog den Kopf zurück.

»Lass die Waffe sinken«, zischte Robert durch die Zähne. »Oder ich schlitze dir die Kehle auf!«

Aymers schwarze Augen wanderten zu dem hinter Robert stehenden Guy. »Tu es doch!«, fauchte er. »Dann ist die Klinge, die dich durchbohrt, das Letzte, was ich in meinem Leben sehe!«

Robert spürte, wie Guy ihm die Spitze seines Schwertes in den Rücken bohrte.

Der Mann mit der Axt war näher gekommen, sein Blick schoss zwischen Robert und Aymer hin und her, und er zog die Schultern hoch, als wolle er mit seiner Waffe ausholen. Einige der Männer rückten gleichfalls näher und umklammerten ihre Stöcke und Messer fester. Irgendwo begann eine Glocke zu läuten, und in der Ferne erklangen von der Stadt her Schreie. Hilfe wurde in Marsch gesetzt.

Humphrey griff ein. »Robert!« Als Robert sich nicht von der Stelle rührte, legte der Ritter eine kettenhandschuhbewehrte Hand auf seine Klinge und drückte sie fest nach unten.

Erleichtert wich Aymer zurück. In diesem Moment stürzte sich der Mann mit der Axt auf ihn. Aymer wirbelte blitzschnell herum, rammte ihm sein Schwert in den Leib und keuchte vor Anstrengung, als er die Klinge in den Eingeweiden des Angreifers herumdrehte. Die Augen des Mannes quollen aus den Höhlen, sein Mund verzerrte sich, die Axt entglitt seinen Fingern und landete im Staub. Der Abt schrie auf, als Aymer die Klinge herausriss, eine Blutfontäne in die Höhe schoss und der Mann auf die Knie sank, sich ob der klaffenden Wunde zusammenkrümmte und versuchte, sein Gedärm mit den Händen zusammenzuhalten.

In der Gruppe brandete Geschrei auf. Einige Männer wichen voller Angst zurück, andere stürmten vor. Als einer der Mönche mit gezücktem Messer auf Humphrey losging, versetzte ihm der Ritter einen Hieb ins Gesicht. Knochen knackten, als die Nase des Mannes brach. Er taumelte zur Seite, Blut quoll zwischen seinen Fingern hervor. Die anderen Ritter bildeten eine Mauer, um die Mönche fernzuhalten, als es Percy und Clifford endlich gelang, den Stein in den Karren zu wuchten. Sie rückten mit erhobenen Schilden entschlossen vor und schwemmten Robert mit sich mit. Aymer, von dessen Klinge Blut tropfte, befand sich mit an der Spitze. Zwei Mönche packten den Abt und rissen ihn zurück.

»Weg hier!«, brüllte Ralph.

Zwischen den Bäumen schimmerte Fackelschein auf, als Bewohner der Stadt herbeieilten, um zu sehen, was der Tumult in der Abtei zu bedeuten hatte. Ralph stieg auf sein Pferd und übernahm die Führung, die Ritter auf dem Karren ließen die Peitschen knallen, und die Kutschpferde fielen in einen leichten Trab.

»*Weg!*« Humphrey rannte zu seinem Pferd.

Der Wagen hüpfte über den unebenen Boden, die Pferde zogen ihn geradewegs auf die Gruppe der Mönche zu. Sie spritzten auseinander, doch zwei versuchten, den Rand zu packen zu bekommen, als er vorüberrumpelte. Einer wurde von einem Rad getroffen und davongeschleudert. Dem anderen gelang es, sich einige Momente festzuhalten, bevor er gleichfalls zu Boden stürzte.

Die Ritter stiegen auf, trieben ihre Pferde an und ließen den

Mann, den Aymer getötet hatte, in seinem Blut vor der Kirche liegen. In dem Getümmel war Roberts Kapuze heruntergerutscht, und als er nach den Zügeln griff und sich in den Sattel schwang, begegnete er dem Blick des Abts. Keinerlei Wiedererkennen spiegelte sich im Gesicht des alten Mannes wider, nur hilflose Wut.

Robert setzte den Drachenrittern nach. Vor ihm rumpelte der Steinblock im Bauch des Karrens über die Furchen in der Straße. Im Geist sah Robert seinen Großvater vor sich, dessen schwarze Augen Feuer sprühten.

FÜNFTER TEIL

A.D. 1297

In der Zwischenzeit hatte Taliesin den Propheten Merlin aufgesucht, der nach ihm geschickt hatte, damit er herausfände, was für ein Wind oder Regensturm aufzog, denn beides kam näher, und die Wolken wurden dichter.

Geoffrey of Monmouth,
»Das Leben des Zauberers Merlin«

45

SIR WILLIAM ORMESBY, der englische Justiziar von Schottland, stand am Fenster und blickte über die königliche Burg von Scone hinweg. Rauch quoll aus den Abzügen und verschwand im weißen Himmel. Irgendwo dort oben mühte sich die Sonne, den Nebel zu durchdringen. Ormesby spürte, wie ihm unter den Achselhöhlen der Schweiß ausbrach. Sein pelzgesäumtes Gewand kam ihm so schwer vor wie eine Rüstung, und er sehnte sich danach, es abzulegen, aber er hatte heute Morgen noch einige zahlungsunwillige Pächter zu empfangen. Der nächste, so hatte man ihm gemeldet, wartete bereits unten. Ormesby würde ihn noch ein wenig länger zappeln lassen. Es war gut, wenn sie unruhig und aufgeregt waren, sobald sie zu ihm geführt wurden, es gelang ihnen dann oft nicht mehr, ihre Klagen in Worte zu fassen.

Unten gingen die Menschen ihrem Tagewerk nach, stapften geschäftig durch die schlammigen Straßen. Ormesby sah zu, wie ein magerer Schweinehirte seine Schweine in ihren Pferch trieb. Weiter unten in der Straße schlurfte ein älterer Ordensbruder vorbei. Er blieb stehen, als eine in einen schäbigen Schal gehüllte Frau aus einem Fleischerladen vor ihm trat. In den Händen hielt sie ein dünnes Päckchen. Inmitten der Bürger der Stadt waren auch Soldaten mit Schwertern an den Hüften zu sehen. In ihrer Militärkleidung hoben sie sich von den einfachen Leuten von Scone ab. Jeder trug ein weißes Band mit dem roten Kreuz des heiligen Georg am Oberarm. König Edward hatte dies angeordnet, damit die englischen Soldaten einander erkannten. Die roten Kreuze traten in Gruppen von zweien oder dreien auf, häufig lungerten sie müßig in der Nähe der Halle herum. Es waren mehr Soldaten als früher in der Stadt, nachdem Berichte über Unruhen in Umlauf geraten waren, war aus Berwick Verstärkung eingetroffen. Der größte Teil der Unruhen schien sich auf die Highlands weit nördlich von Scone zu beschränken sowie auf den Westen, wo die MacRuaries drei zwischen den Inseln patrouillierende englische Schiffe gekapert, ausgeplündert und verbrannt hatten. Die MacRuaries waren eine allgemein berüchtigte Familie, allesamt Söldner und Halsabschneider, die jedes Schiff aufbrachten, das sich in ihr Territorium verirrte, egal unter welcher Flagge es segelte. Die englischen Beamten in Berwick gingen kein Risiko ein und hatten alle wichtigen Garnisonen verstärkt.

Während Ormesby das Treiben auf der Straße beobachtete, steuerten zwei der Soldaten vor der Halle auf eine Bettlergruppe zu, die aus einer Seitengasse auftgetaucht war und die Stadtbewohner mit ausgestreckten Händen verfolgte. Sie glichen eher Tieren als Menschen, fand Ormesby, sie waren in zerschlissene Felle und Häute gehüllt, hatten verfilztes Haar und vor Schmutz starrende Gesichter. In diesen Tagen sah man immer mehr von ihnen. Seit Ormesby sein Amt als Justiziar angetreten hatte, war der Anblick von abgerissenen Bettelmönchen oder Aussätzigen mit Klappern und Almosenschalen von dem ehemaliger Freisassen mit Höfen und Geschäften verdrängt worden, die nun gezwungen waren, auf der Straße zu betteln. Obgleich sie besser gekleidet waren, zeigten sie deutliche Anzeichen der Armut, die sie in den nächsten Monaten in ihr graues, anonymes Leichentuch hüllen würde. Ormesby fand es beunruhigend, wie schnell jemand von Stand, sei er auch noch so niedrig, so rasch jegliche Ehre einbüßen konnte.

Die Soldaten deuteten auf die Bettler, befahlen ihnen offenbar, schleunigst weiterzugehen. Einer gab einem Mann, der sich für seinen Geschmack zu langsam bewegte, einen Stoß, ein anderer zog drohend sein Schwert. Ormesby wandte sich von der Szene ab und ging zu seinem mit Pergamentrollen übersäten Tisch zurück. In der geräumigen, mit kostbaren Möbeln und Wandbehängen ausgestatteten Halle befanden sich vier an Schreibpulten sitzende Sekretäre und zwei königliche Beamte, die ein Dokument studierten. Einer der Sekretäre, der Ormesby am nächsten saß, blickte sich um. Er trug einen dicken, holzgefassten Kneifer auf der Nase und erinnerte Ormesby an einen großen, ihn anblinzelnden Fisch.

»Soll ich den Nächsten hereinschicken lassen, Sir?«

Ormesby holte so tief Atem, dass sich seine Brust blähte. »Ja, tut das.« Er nahm hinter seinem Schreibtisch Platz, als der Sekretär die Halle durchquerte.

Nach einem kurzen Wortwechsel mit den Soldaten draußen setzte er sich wieder und griff nach einer Gänsefeder und einem frischen Pergamentbogen. Kurz darauf wurde ein Mann, der seine Kappe in den Händen drehte, von zwei Soldaten hereingeführt.

Als er vor Ormesby stehen blieb, fiel dem Justiziar auf, dass der Filz zerknittert wirkte, als habe der Mann die Kappe schon eine ganze Weile umklammert. Zufrieden setzte er ein dienstliches Lächeln auf. »Guten Tag, Master Donald.«

»Sir«, murmelte der Mann, dabei sah er sich argwöhnisch um, als die Soldaten die Halle wieder verließen.

»Der Sheriff hat mir mitgeteilt, dass Ihr Euch geweigert habt, die anstehenden Steuern für Euer Land zu entrichten.«

»Nein, Sir«, erwiderte Donald fest. »Ich habe mich nicht geweigert. Ich konnte nicht zahlen.«

»Ist das nicht dasselbe?«

Donald schüttelte knapp den Kopf, sagte aber nichts. In der Stille kratzte die Feder des Sekretärs über das Pergament und hielt die Worte fest.

Ormesby verspürte einen Anflug von Ungeduld. Diese Kerle wussten eindeutig nicht, mit wem sie es zu tun hatten. Dies war der vierte an diesem Morgen, der ihm fast wortgleich diese Antwort gegeben hatte. Ihm wurde bewusst, dass der Mann ihm direkt in die Augen blickte, obwohl er noch immer seine

Kappe knetete. Die Ausstrahlung nervösen Trotzes brachte Ormesby aus der Ruhe. War das irgendein gegen ihn gerichtetes Komplott der Landpächter? Wenn ja, so würde ihnen das wenig nutzen. Hugh de Cressingham in Berwick hatte darauf bestanden, dass die Abgaben pünktlich bezahlt wurden. Lords wie Sir Henry Percy, dem Galloway und Ayr zugesprochen worden waren, hatten ihre Pacht auch noch nicht eingetrieben, und das hatte offensichtlich Vorrang. Es hieß, dass sogar John de Warenne noch kein Geld bekommen hatte, was Ormesby nicht sonderlich leidtat. Der Earl war im letzten Herbst zum Statthalter von Schottland ernannt worden, aber nur wenige Wochen, nachdem König Edward nach England zurückgekehrt war, war Warenne, der es vorzog, seine Zeit auf seinen Landsitzen in Yorkshire zu verbringen, ihm gefolgt. Cressingham hingegen war ein harter Knochen, der in Warennes Abwesenheit praktisch zum Herrscher von Schottland aufgestiegen war – ein Mann, den man besser nicht verärgerte. Noch mit dem Bild der Bettler draußen im Kopf erhob sich Ormesby steif. »Eure Gelder stehen uns gesetzesmäßig zu, Master Donald. Weigert Ihr Euch zu zahlen, verletzt Ihr dieses Gesetz. Das ist ein strafbares Verbrechen.«

Donald zwinkerte, schüttelte aber erneut den Kopf. »Sir, ich habe das Geld nicht. Die Pacht ist viel zu hoch.« Er zögerte, fuhr dann aber überstürzt fort: »Alles, Pacht, Steuern, Abgaben und so weiter sind für alle hier viel zu hoch. Die Leute verlieren ihr gesamtes Hab und Gut. Familien hungern, Kinder werden krank. Tiere werden überflüssigerweise geschlachtet, weil sie nicht gefüttert werden können. Unsere Kirchen stehen vor dem Ruin, weil die Geistlichkeit alles an den Verräter abtreten muss.« Er brach abrupt ab, als er erkannte, dass er zu weit gegangen war.

Verräter. Diesen Namen hatte Ormesby schon früher gehört, wenn auch nicht so offen ausgesprochen. So nannten die Schotten den Schatzmeister Cressingham. Insgeheim grinste er darüber, denn er verabscheute den fettleibigen königlichen Beamten, dem das Verwaltungszentrum des Reiches in Berwick unterstand. Aber seinen persönlichen Gefühlen zum Trotz hatte er hier seine Arbeit zu erledigen, und er würde nicht zulassen, dass die Nachlässigkeit oder Unverschämtheit einiger weniger Männer ihn daran hinderten. Ormesby stützte die Hände auf den überladenen Tisch, wobei ein paar Pergamentrollen zu Boden glitten. »Nur ein Narr, Master Donald, würde Geld über seine Freiheit stellen. Denn die steht hier auf dem Spiel. Eure Freiheit.«

Der Mann errötete, wandte den Blick aber nicht von Ormesby ab. »Freiheit?«, wiederholte er ruhig. »Nennt Ihr das wirklich so?«

Von draußen erklangen Rufe. Weder Ormesby noch Donald achteten darauf.

»Ich bin befugt, jeden einzusperren, der sich weigert, seine Abgaben pünktlich zu bezahlen, und ich werde diese Befugnis nutzen. Fordert mich lieber nicht heraus!«

Die Rufe wurden lauter, vermischten sich mit Geschrei und dem Stampfen laufender Füße. Der Sekretär hörte auf, auf dem Pergament herumzukritzeln, und blickte auf. Sein Kneifer blitzte im Licht. Ormesby hielt mit seiner Tirade inne und fuhr herum, als draußen ein Gebrüll ertönte, das die Kammer mit einem markerschütternden Lärm erfüllte. Dann war Hufschlag zu hören. Die Beamten hatten das Dokument fallen lassen, mit dem sie sich befassten, die Sekretäre waren aufgesprungen. Ormesby trat zum Fenster und starrte hinaus.

Aus den die Burg umgebenden Wäldern tauchte eine Schar von Männern auf. Einige waren beritten, andere liefen zu Fuß. Aber alle waren bewaffnet, hauptsächlich mit Äxten und Speeren. Ein paar trugen Kettenhemden und Umhänge, aber die meisten nur lederne Wämser. Unter ihnen befand sich auch eine Hand voll Highlander in den von ihnen bevorzugten kurzen Tuniken. Diese Männer waren von den Oberschenkeln bis zu den Füßen unbekleidet, ein erschreckender Anblick für Ormesby, der viele Gerüchte über diese wilden Bestien aus dem Norden gehört hatte. Sie stießen eine Vielzahl von Kriegsrufen aus.

Aus dem Lärm hörte Ormesby einen Namen heraus; er kam von einer Gruppe von Reitern in Rüstungen, die einem stämmigen Mann auf einem Pferd mit einer prächtigen Schabracke folgten.

»Für Douglas!«, heulten sie. »*Für Douglas!*«

Unten auf der Straße zerstreuten sich die Stadtbewohner hastig. Die englischen Soldaten hatten einen engen Kreis um die Halle gebildet und ihre Schwerter gezogen, doch noch während Ormesby das Geschehen fassungslos verfolgte, warfen die Bettler, die ihm zuvor aufgefallen waren, ihre zerlumpten Häute und Felle ab und verwandelten sich wie durch Zauberhand in kräftige, muskulöse Krieger. Sie stürzten sich unter wildem Geschrei auf die Soldaten und stießen mit ihren Dolchen zu.

Schritte erklangen auf der Treppe zur Halle. Die Tür flog auf, und zwei Soldaten stürmten in den Raum.

»Wir müssen fort, Sir!«

Die Sekretäre und Beamten eilten schon durch die Halle. Donald schloss sich ihnen an.

Ormesby rührte sich nicht von der Stelle. »Wer sind diese Leute?«, fragte er mit schriller Stimme, als er sich wieder zum Fenster drehte und die Horde in die Stadt einfallen sah. Sein Blick richtete sich auf einen Riesen von einem Mann, der sich mit langen, weit ausgreifenden Sätzen an die Spitze der Gruppe gesetzt hatte. Er überragte alle seine Mitstreiter um Haupteslänge, trug eine schlichte dunkelblaue Tunika und einen breitkrempigen Hut. Die anderen Männer schienen ohne erkennbare Formation blindlings neben ihm herzulaufen. Aber es war die Waffe in den Händen des Mannes, die Ormesby am meisten faszinierte. Ein Schwert wie dieses hatte er noch nie gesehen, es war so breit und lang, dass der Hüne es mit beiden Händen umfassen musste.

Ein anderer Name brandete nun in der Menge auf.

»*Wallace! Wallace!*«

46

ALS DIE GRUPPE DURCH DIE Tore von Carlisle Castle ritt, traten die Wachposten zur Seite, um sie passieren zu lassen, und verriegelten das Tor dann wieder. Robert, an der Spitze der acht Ritter, bemerkte, dass hier jetzt mehr Männer postiert waren als bei seinem Aufbruch vor vier Tagen. Ihre vom Nieselregen feuchten Gesichter wirkten angespannt.

Im inneren Hof stiegen Robert und seine Männer ab. Regen tropfte von ihren Kapuzen. Es herrschte ein geschäftiges Treiben, Diener schleppten Körbe mit Gemüse und Holzscheiten zu den Küchen, Mägde eilten mit Wäschebündeln umher. Als Robert einem herbeistürzenden Stallburschen Hunters Zügel übergab, trat einer der Männer seines Vaters zu ihm.

Der Ritter neigte höflich den Kopf, lächelte aber nicht. »Sir, der Statthalter wünscht Euch unverzüglich zu sehen.«

Robert war bis auf die Haut durchnässt und erschöpft, aber es war dieser Tage ratsamer, den Befehlen seines Vaters einfach zu gehorchen. Je eher er ihn aufsuchte, desto eher konnte er sich in seine Unterkunft zurückziehen und schlafen, ehe er erneut losgeschickt wurde. Er nickte seinen Männern zu und folgte dem Ritter über den Hof und die Stufen zur Halle empor.

Nachdem er an die Hallentür gehämmert hatte, um ihn anzukündigen, überließ es ihm der Ritter, alleine einzutreten, und zog sich zurück. Robert streifte seine Reithandschuhe ab und spreizte seine klammen Finger, als er durch den Raum schritt. Es war Ende Mai, aber der Frühling wollte in diesem Jahr dem Sommer nicht weichen, und in beiden Kaminen prasselte ein helles Feuer. Sein Vater beugte sich über den mit Dokumenten übersäten riesigen Tisch auf dem Podest. Er zog es vor, seine Geschäfte hier zu führen statt in seinem ein Stockwerk höher gelegenen persönlichen Studierzimmer, in das Robert nur selten gebeten wurde. Die gewölbeähnliche, mit einem Banner mit dem Wappen von Annandale dekorierte Halle erschien Robert wie der Versuch eines Mannes, allen Besuchern gegenüber den Eindruck zu vermitteln, er sei weitaus bedeutender, als er tatsächlich war. Unwillkürlich musste Robert an seinen Großvater denken, der eine so dominierende Persönlichkeit gewesen war, dass er in einer Scheune eine Versammlung hätte abhalten können, und dennoch hätten alle Anwesenden wie gebannt an seinen Lippen gehangen.

Der Lord of Annandale blickte auf, als Robert näher kam, begrüßte seinen Sohn aber erst, nachdem dieser die Stufen emporgestiegen war, vor ihm stand und die Breite des Tisches einen sicheren Abstand zwischen ihnen schuf. »Hast du etwas zu berichten?«

Robert wappnete sich innerlich, bevor er antwortete. Nur so konnte er die Zusammentreffen mit seinem Vater ertragen. Er würde alle Feindseligkeiten tief in sich begraben und sich auf bloße sachliche Worte beschränken. »So, wie ich feststellen konnte, ist im Distrikt alles ruhig.«

Die blauen Augen seines Vaters bohrten sich in die seinen. »Wie weit nach Norden bist du geritten?«

»Bis zur Grenze, wie du befohlen hattest.«

»Und du hast nichts gesehen? Keine Anzeichen für Schwierigkeiten?«

»Nichts.«

Nach einem kurzen, angespannten Schweigen nickte der Lord. »Gut. Wir mögen ja den letzten Angriff auf diese Stadt überlebt haben, aber wenn ein neuer erfolgt, will ich rechtzeitig gewarnt sein.«

»Ich dachte, die Unruhen konzentrieren sich auf die Highlands«, warf Robert ein. Sein Vater gab keine Antwort, sondern beugte sich vor, um die Rollen auf dem Tisch durchzusehen. Robert roch den sauren Geruch von Wein in seinem Atem und sah einen Kelch und einen Krug wie silberne Inseln aus dem wilden Pergamentmeer herausragen. Er fragte sich, wie viel sein Vater seit Tagesanbruch getrunken haben mochte, während sein

Blick müßig über die weinfleckigen Dokumente wanderte, von denen eines ein großes Siegel mit dem königlichen Wappen von England trug. Robert musterte es interessiert. Er selbst hatte nichts mehr vom Hof gehört, seit Edward und seine Armee im September die Grenze überschritten und den Krönungsstein sowie John Balliol und den Rest der schottischen Gefangenen nach London gebracht hatten. »Der König hat sich mit dir in Verbindung gesetzt?«, hakte er überrascht und ein wenig gekränkt nach.

Der Lord starrte eine unter seinen Händen ausgebreitete Karte des Grenzlandes an. »König Edward hat mir zwar befohlen, Carlisle zu verteidigen, trotzdem vertraut er darauf, dass den Rebellen, die seinen Frieden stören, ein entscheidender Schlag versetzt wird. Ich bin geneigt, dem zuzustimmen. Der Anführer dieser Horde ist ein Mann ohne Rang und Bedeutung, ein jüngerer Sohn eines der Vasallen des Großhofmeisters.« Der abfällige Tonfall des Lords änderte sich. »Aber auch wenn dieser Schurke William Wallace wohl keine übermäßig große Bedrohung für die Herrschaft des Königs darstellt, könnte es sich bei einigen seiner Anhänger anders verhalten.«

Robert erwiderte nichts darauf. Der Rebell Wallace mochte ja ein Mann von relativ geringer Bedeutung sein, aber sein Aufstand gegen König Edward hatte einem Stein geglichen, der in einen Teich geworfen worden war und sich immer weiter verbreitende Wellen ausgelöst hatte. Robert wusste nicht viel über ihn, nur dass er während der gesamten Besatzungszeit Widerstand geleistet und sich geweigert hatte, dem König den Treueeid zu schwören. Wallace, der Sohn eines Ritters, hatte in der Stadt Lanark mit den Männern des Königs gekämpft und war für vogelfrei erklärt worden. Seither sickerten Geschichten über seine überfallartigen Angriffe zusammen mit Nachrichten von weiteren Gewaltausbrüchen in Schottland stetig über die Grenze.

»Was dem König Sorgen bereitet, ist der Verrat von William Douglas«, fuhr sein Vater fort. »Kaum dass er aus Berwick freigelassen wurde, schloss er sich auch schon Wallace an. Der Aufstand ein paar räuberischer Schurken ist eine Sache, aber das

Überlaufen eines Edelmannes wie Douglas eine ganz andere. Edward fürchtet, sein Gesinnungswandel könnte andere anstecken. Mit Wallace wird zu gegebener Zeit abgerechnet werden. Erst kommt Douglas an die Reihe. Nach dem vor kurzem erfolgten Tod seines Bruders Edmund in der Gascogne ist König Edward fast ausschließlich mit dem Krieg gegen Frankreich beschäftigt. Er kann nicht die Zeit erübrigen, sich selbst mit der Angelegenheit zu befassen, und hat daher mir diese Aufgabe übertragen. Während Douglas mit dem Hauptteil seiner Ritter im Ausland weilt, wird seine Burg von seiner Frau und einer kleinen Garnison verteidigt. Ich wurde beauftragt, die Frau und seinen Sohn in meine Gewalt zu bringen. Sie werden in englischen Gewahrsam genommen und als Druckmittel gegen Douglas benutzt.«

»Wann brichst du auf?« Die Worte seines Vaters sickerten nur langsam in Roberts Bewusstsein ein.

Der Lord sah seinen Sohn voller Verachtung an. »Ich habe hier genug zu tun, das sollte sogar dir klar sein. Du wirst das übernehmen.« Ohne auf eine Antwort zu warten, sprach er weiter. »Du wirst morgen in aller Frühe aufbrechen, nach Lochmaben reiten und die Männer von Annandale zusammenziehen. Douglas' Burg mag ja nur von einer kleinen Garnison verteidigt werden, aber es wird nicht einfach werden, sie einzunehmen. Bring Douglas' Frau und Sohn zu mir.« Als Robert keine Reaktion zeigte, zog der Lord ungeduldig die Brauen zusammen. »Nun?«

Roberts angestaute Emotionen fanden ein Ventil und brachen wie ein Sturm aus ihm heraus. »Und womit wird Edward deinen Gehorsam belohnen, Vater, wenn du ihm diese Frau und das Kind zu Füßen legst? Mit dem Thron von Schottland? Oder nur mit einem wohlwollenden Kopftätscheln?«

Bruce straffte sich. Seine Miene wurde finster, seine Hand schoss vor und stieß den Befehl des Königs vom Tisch. Er schlug auf den Holzbrettern des Podests auf, und das große Wachssiegel zerbrach. »Du wirst deine Pflicht tun«, stieß er mit gepresster

Stimme hervor. »Oder dein Land verlieren.« Er griff nach seinem Weinkelch. »Ganz gleich, wie du dich entscheidest, Hauptsache, ich muss dich nicht mehr sehen.«

Die leichte Brise kühlte Roberts Haut, als er in die blaue Dämmerung hinausblickte. Er war in fahles Mondlicht gebadet, Schweiß glitzerte auf seinem Oberkörper. In etwas über einem Monat würde er Geburtstag feiern. Diese dreiundzwanzig Jahre zeigten sich an seinem Körper, er war jetzt so hochgewachsen wie einst sein Großvater und von mehr als einem Jahrzehnt harter Übungsstunden gestählt. Seine breiten Schultern gingen in einen langen, muskulösen Rücken über, und seine Arme waren mit hervortretenden Venen überzogen. Letztes Jahr hatte auf seiner Brust feines dunkles Haar zu sprießen begonnen, es verlief in einer schmalen Linie bis zu seinem Nabel und wurde dann dichter und buschiger. Hier und da waren Narben zu sehen, viele von ihnen stammten vom Training, andere hatte er in Kämpfen davongetragen. Es war nicht mehr der Körper eines Jungen, sondern der eines Mannes. Und doch fühlte er sich trotz all seiner Kraft machtloser denn je.

Unterhalb von Lochmaben Castle sah er das Gewirr von Gebäuden im Burghof. Hinter der Palisade erstreckten sich im Mondschein wolkenähnlich wirkende Bäume bis zu Kirk Loch, der wie ein Spiegel schimmerte. Erinnerungen an diesen Ort zu einer anderen Zeit schlugen wie eine Welle über ihm zusammen. Er war als dreizehnjähriger Junge hierhergekommen, glücklich, der finsteren Gegenwart seines Vaters entronnen zu sein. Hier in Lochmaben hatte er jagen gelernt und mit den Männern des Reiches in Ratsversammlungen gesessen, hier hatte er zum ersten Mal bei einer Frau gelegen, hier hatte seine Familie den Verlust des Throns beklagt, hier hatte ihm sein Großvater den Anspruch auf ebendiesen Thron übertragen. Hier, im Herzen von Annandale war er von dem Earl of Mar zum Ritter geschlagen worden. Hier hatte er Isobel geheiratet und seine Tochter gezeugt.

Doch trotz der Geschichte, die ihn an diesen Ort band, kam sich Robert wie ein Fremder vor. Weder die Landschaft noch die Geister der Vergangenheit erkannten ihn mehr. So war es, seit er geholfen hatte, den Krönungsstein aus der Abtei von Scone zu rauben. Sogar das Bild seines Großvaters, das ihm immer so klar vor Augen gestanden hatte, war verblasst, als würden ihn auch die Erinnerungen verlassen, vor der scheußlichen Wahrheit flüchten. Es war eine Erleichterung gewesen, den Winter in Carlisle zu verbringen. Nach Schottland zurückzukehren, um die Vasallen seines Vaters für den Angriff auf Douglas' Burg zusammenzuziehen, hatte wie ein Stein auf seinem Herzen gelegen.

Als er das Bett hinter sich knarren hörte, wandte sich Robert vom Fenster ab. Die Kammer, die einst seinem Großvater gehört hatte, lag im Schatten; das Feuer im Kamin verströmte nur noch ein schwaches kupfernes Glühen. Der runde Raum im ersten Stockwerk des Bergfrieds wirkte trotz der Bemühungen der Diener, ihn für den neuen Bewohner behaglich herzurichten, kahl und wenig wohnlich. Das alte Bett, das während der Besatzung der Burg durch die Comyns beschädigt worden war, hatte man repariert und mit Leinenlaken und wollenen Decken bezogen. Die wenigen Truhen, die seine Habseligkeiten enthielten – Kleider, Rüstung, Waffen –, stapelten sich an einer Wand unter einem vertrauten, inzwischen fadenscheinigen Wandbehang, der Ritter auf schwarzen Schlachtrössern zeigte, die einen weißen Hirsch jagten. Kissen lagen auf dem Boden verstreut, und das Bettzeug war zerwühlt. Zwischen den Laken ragte ein schlankes Bein hervor. Die Wolldecke war über den Schenkel gerutscht, zur Seite gefallen und gab den Blick auf die Kurve eines Rückens und glatte, halb unter einer Masse dunklen Haares verborgene Schultern frei. Ein unter das Kissen geschobener Arm enthüllte eine schwellende Brust, die sich in die Matratze presste. Katherine hatte ihm jetzt das Gesicht zugewandt, doch ihre Augen blieben geschlossen. Nach einem Moment begann sie wieder ruhig und regelmäßig zu atmen.

Da er seine Tochter nicht in Carlisle hatte zurücklassen wollen, hatte Robert die ehemalige Zofe seiner Frau und die Amme Judith zusammen mit einer Eskorte von Rittern und Knappen von Annandale mitgenommen. Vor drei Nächten hatte er nach einem Fest, das er für einige Vasallen seines Vaters gegeben und während dessen Verlauf er nur schweigend dagesessen und getrunken hatte, Katherine in seine Kammer gerufen. Die Zofe hatte keinen Widerstand geleistet, als er sie, vom Wein benebelt, zu seinem Bett geführt hatte, getrieben von dem Verlangen nach Erleichterung, nach Entladung seiner angestauten Lustgefühle. In der nächsten Nacht war sie aus freien Stücken zu ihm gekommen.

Robert starrte die schlafende Katherine an, dann tappte er barfuß zu seinen Kleidern auf dem Boden. Leise, um sie nicht zu wecken, zog er Hose und Hemd an. Sie hatte ihm heute Nacht alles gegeben, was er brauchte. Er griff nach seinen Stiefeln, seinem Umhang und seinem Schwert, öffnete die Tür und huschte durch den dunklen Turm.

Am Fuß der Treppe traf er den schlaksigen, hellhaarigen Christopher Seton, der heute die Nachtwache im Bergfried hatte. Christopher war einer der Männer, die Robert auf diese Mission begleitet hatten. Die Ausnahme bildete sein Bruder, der zurückgeblieben war, um bei der Verteidigung von Carlisle zu helfen. Edward hatte am Ende des Krieges in Annandale bleiben wollen, denn er fühlte sich in der Stadt nicht wohl. Mürrisch und ständig gereizt hatte er sich angewöhnt, die meisten Nächte in der Schänke zu verbringen, Geld beim Hahnenkampf zu vergeuden und bei jeder Gelegenheit Streit anzufangen. Er ging Robert und ihrem Vater nach Möglichkeit aus dem Weg, weil er sie für sein Exil in England verantwortlich machte.

»Guten Morgen, Sir.« Christopher öffnete ihm die Tür.

Robert nickte dem Knappen grüßend zu. Da er in kein Gespräch verwickelt werden wollte, schlug er rasch den steil nach unten führenden Pfad ein und schnallte dabei seinen Schwertgurt um. Das Gewicht der Waffe an seiner Hüfte war ihm vertraut, denn er trug sie jetzt ständig. Als er an den Zwingern vorbeikam, hörte er ein Winseln und sah Uathach aus ihrer Holzhütte kommen, um ihn durch den Zaun hindurch zu begrüßen. Er schnalzte leise mit der Zunge, ging aber zum Tor in der Palisade weiter, das zur Stadt führte. Er hatte kein bestimmtes Ziel, wollte nur im Morgengrauen ein wenig allein sein. Bald würde das Dorf erwachen und den neuen Tag beginnen, und mehr Vasallen würden eintreffen. Er brauchte die Klarheit, die die Stille mit sich brachte. Morgen sollte er aufbrechen und an der Spitze der Männer seines Vaters nach Douglasdale marschieren, um eine Frau und ein Kind zu entführen. Doch zuvor musste er die Stimmen der Vergangenheit zum Schweigen bringen.

Er schlenderte auf die Straße hinaus. Trotz der frühen Stunde waren schon ein paar Leute wach. Er kam an einer Gestalt in einem Umhang mit Kapuze vorbei, die mit einem alten schwarzen Hund zu Füßen vor einer Schmiede kauerte. Weiter unten sah er einen Mann und eine Frau in inniger Umarmung im Schatten einer Türschwelle. Irgendwo vor ihm hörte er das Rumpeln von Karrenrädern. Auf dem Marktplatz warf die Kirche im Mondlicht einen eckigen Schatten über das Pflaster. Robert blieb stehen, erfüllt von nebelhaften Erinnerungen an goldene Tage voller Verheißungen. Ihm fiel ein, wie er nach einer Jagd durch diese Straßen geritten war und die Männer seinem Großvater zugejubelt hatten. Und er erinnerte sich an den Stolz, den er angesichts des Respekts in ihren Stimmen empfunden hatte.

Robert überquerte den Platz. Der einfache Akt des Gehens übte eine beruhigende Wirkung auf ihn aus. Zweimal meinte er, Schritte hinter sich zu hören, aber wenn er sich umdrehte, war niemand zu sehen. Bald war der Rhythmus seiner eigenen Schritte alles, was er vernahm, und als er die Stadtgrenze erreichte, machte er nicht kehrt, sondern setzte seinen Weg in den Wald fort, der von Vogelgezwitscher erfüllt war. Über den von Menschen und Tieren ausgetretenen Pfad gelangte er an den

Rand des Sees. Seine Gedanken kreisten unaufhörlich um seinen Großvater.

Ein Mann, der seinen Eid bricht, ist seinen Atem nicht wert.

Das hatte der alte Mann so oft gesagt. Robert hatte König Edward und Humphrey de Bohun und den Drachenrittern einen Eid geschworen, für die Sache des Königs zu kämpfen. Trotz des Konflikts, der seit dem Diebstahl des Steins in ihm tobte, konnte er diesen Umstand nicht leugnen. Ein wahrer Ritter und Ehrenmann würde sein Wort nicht brechen, das hatte ihm sein Großvater wieder und wieder eingeschärft. Doch was, wenn ein Mann Eide geleistet hatte, die sich widersprachen? Was sollte er dann tun?

Der Mond stand jetzt klein und hoch am Himmel, sein Glanz wurde im anbrechenden Tageslicht schwächer. Der See lag spiegelglatt da, Schatten von Vögeln huschten über die Oberfläche. Auf der anderen Seite ragte der Bergfried der Burg über den Bäumen auf. Robert sah Rauchwolken vom Burghof aufsteigen. Die Diener würden jetzt wach sein, das Morgenmahl zubereiten, die Feuer schüren und die Tiere füttern. Hinter ihm flatterten sechs Krähen geräuschvoll aus den Bäumen auf.

Robert schloss die Augen und atmete aus, als die Vögel verschwunden waren. Und da hörte er es: das Knacken von Zweigen und ein Rascheln im Unterholz. Er griff nach seinem Schwert und zog es halb aus der Scheide, als er sich umdrehte und in das Dämmerlicht spähte. Sein Blick fiel auf eine gebeugte Gestalt in einem braunen Umhang, die langsam auf ihn zukam. Als er den großen schwarzen Hund an ihrer Seite sah, wurde ihm klar, dass er die beiden vor den Toren der Burg gesehen hatte. Er hatte die Gestalt für einen Bettler gehalten. Die Figur löste sich aus dem Schatten der Bäume. Wer auch immer sie sein mochte, sie stützte sich schwer auf einen Stock. Langes aschfarbenes Haar quoll in zerzausten Strähnen unter der tief in die Stirn gezogenen Kapuze hervor. Robert erhaschte einen Blick auf einen runzligen Hals, ein hängendes Kinn und heruntergezogene Mundwinkel. »Wer bist du?«, krächzte er.

Zur Antwort schlug die Gestalt die Kapuze zurück.

Robert starrte in das harte, vom Alter zerfurchte Gesicht. Er hatte die Frau viele Jahre nicht mehr gesehen, erkannte sie aber sofort. »Affraig?«, murmelte er, sein Schwert sinken lassend.

»Ich bin Euch von der Burg gefolgt«, knurrte die Alte. »Ich habe Euch anhand Eurer Kleider erkannt.«

Robert blickte auf seinen mit dem Wappen von Carrick verzierten Umhang.

»Ansonsten hätte ich nicht gewusst, wen ich vor mir habe.« Affraigs kratzige Stimme wurde vor Staunen weicher. »Den Jungen, den ich kannte, gibt es nicht mehr. Stattdessen steht ein Mann vor mir.«

Ihr Gälisch klang wie ein lange vergessenes Lied. Seit dem Tod seiner Mutter hatte Robert hauptsächlich Französisch oder Schottisch gesprochen. Ob ihres Anblicks verwundert schüttelte er den Kopf. »Wann bist du hierhergekommen?« Er dachte an die Reise von Carrick nach Annandale, die zu Fuß ein paar Tage, für eine Frau ihres Alters aber wahrscheinlich wesentlich länger dauerte. »Und warum bist du hier?«

»Brigid kam zu mir. Ihr Mann hörte auf der Straße von Edinburgh, dass Ihr Euch hier aufhaltet. Er sagte, der Earl of Carrick würde die Männer von Annandale zusammenziehen.«

»Brigid?« Die Erinnerung an ein spindeldünnes Mädchen mit strähnigem Haar flammte in Robert auf.

»Mobilisiert Ihr die Männer Eures Vaters für Carrick?« Die Frage klang hoffnungsvoll, der Ton jedoch stahlhart.

»Carrick?« Robert runzelte die Stirn. Wusste die alte Frau etwas, was seine Vasallen ihm verschwiegen hatten? »In Carrick gibt es keine Kämpfe.«

»Kämpfe nicht. Aber Schwierigkeiten. Große Schwierigkeiten.« Als sie auf ihn zuhumpelte, folgte der Hund ihr.

Robert bemerkte, dass das Tier weiße, blinde Augen hatte. Er fragte sich, ob es einer der Hunde war, die sie besessen hatte, als er ihr zuerst begegnet war – vielleicht der, der seinen Bruder Alexander gebissen hatte.

»Es war hart für uns, zwischen Ayr und Galloway gefangen zu sein.« Affraigs abgehärmtes Gesicht verzog sich grimmig. »Soldaten des Engländers – der, den sie Percy nennen – haben uns von beiden Seiten bedrängt. Klagen gegen sie werden durch Bestechung oder Gewalt unterdrückt, bevor sie erhoben werden können. Hinter unseren Grenzen ist es noch schlimmer. Brigid bringt mir Nachrichten aus Ayrshire, und viele andere kommen, um mich zu bitten, ihr Leid zu lindern. Und es gibt viel Leid in den Städten voller englischer Soldaten und in den Dörfern, wo die Kinder wegen der Steuern nichts zu essen haben. Ich habe von Männern gehört, die ohne Verhandlung und ohne Urteil gehängt worden sind, von geplünderten Häusern und Frauen …« Sie brach ab, dann fuhr sie mit gedämpfter Stimme fort: »Seit dem Aufstand von William Wallace ist es schlimmer geworden, aber wenigstens bringt er seinen Leuten Hoffnung. Ich bin gekommen, Sir Robert, um zu sehen, ob unsere Hoffnung vielleicht bei Euch liegt. Unserem Lord.«

Einen langen Moment wusste Robert nicht, was er sagen sollte. Mehr als alles andere war er zornig: auf sie, weil sie ihm Nachrichten brachte, die eigentlich Andrew Boyd und die anderen Vasallen ihm hätten ausrichten sollen, und weil sie sich das Recht dazu anmaßte, und auf sich selbst, weil er nicht geahnt hatte, wie sehr seine eigenen Leute litten. »Ich bin auf Befehl meines Vaters hier«, sagte er mit zusammengepressten Lippen. »Aber ich beabsichtige, nach Carrick zurückzukehren, sobald ich meine Aufgabe hier erfüllt habe. Ich kenne Sir Henry Percy, ich werde persönlich mit ihm sprechen.«

»Mit ihm *sprechen*?« Die Furchen in Affraigs Gesicht vertieften sich. »Als ich von Eurem Bündnis mit den Engländern und ihrem König zu Anfang des Krieges erfuhr, wollte ich es zuerst nicht glauben. Eurem Vater hätte ich dergleichen zugetraut, aber Euch? Euer Großvater würde über diese Tage bittere Tränen vergießen, wenn er noch leben würde!«

Roberts Augen wurden schmal. Sein Temperament drohte mit ihm durchzugehen. »Du hast vergessen, dass mein Großvater sowohl Edward als auch Henry diente. Ich bin nicht der erste Bruce, der in den Diensten eines englischen Königs steht.«

»Gedient haben mag er ihnen, aber nicht auf Kosten seines Königreiches. Er hätte es nie getan, wenn er damit seinen eigenen Leuten Leid zugefügt hätte!« Ihr knochiger Finger schoss vor. »Ihr und Euer Vater habt Euer Land verdorren lassen. Die Menschen von Carrick sind seit über drei Jahren ohne Lord!«

Der Hund, der hörte, wie sie die Worte durch die Zähne zischte, begann zu knurren.

Robert hatte genug. Zornentbrannt baute er sich vor Affraig auf. Der Geruch modriger Erde, der von ihr ausging, stieg ihm in die Nase. Ihr Umhang war schlammverklebt. »Du wagst es, so mit mir zu sprechen? Was weißt du denn schon von meinem Leben?«

Sie zuckte weder angsichts seines Tons noch des Schwertes zusammen, das er unwillkürlich drohend erhoben hatte. »Ich weiß, dass Ihr ein großes Erbe angetreten und ihm dann den Rücken zugekehrt habt. Das weiß ich, und das reicht mir.«

Er machte Anstalten, etwas zu erwidern, drängte sich dann aber stumm an ihr vorbei, weil er ihre Anklagen nicht mehr hören wollte.

»Was ist mit dem Thron unseres Volkes, der an einen fremden Hof gebracht wurde?«, rief sie ihm nach. Ihre Stimme klang so scharf wie das Krächzen einer Krähe. »Was ist mit dem Hügel, der leer dasteht?«

Er drehte sich voller Furcht und Scham um, weil er dachte, sie müsse irgendwie von seiner Beteiligung an dem Diebstahl erfahren haben.

»Seit Jahrhunderten wurden die schottischen Könige in Scone gekrönt. Wird es keinen mehr geben, der auf dem Moot Hill steht und zuhört, wie die Namen seiner Vorväter von den Seiten der Geschichte verlesen werden? Unser Reich hat seine Seele verloren, Sir Robert!«

Jetzt las er keine Anklage in ihrem Gesicht mehr, nur noch

Kummer. Sie konnte nicht wissen, was er getan hatte. Täte sie es, würde sie ihn auf der Stelle verfluchen. Ein Teil von ihm wünschte sich dies fast.

»Eure Familie hielt über ein halbes Jahrhundert lang den Anspruch auf den Thron. Ich verstehe nicht, warum Ihr nicht dafür kämpft, wie es Euer Großvater wünschte. Oder warum Ihr dem Mann dient, der Euch Euer Recht abspenstig gemacht hat.«

Etwas blitzte in Roberts Gedächtnis auf. Er erinnerte sich an den Tag, an dem sein Großvater ihm gesagt hatte, er werde zum Ritter geschlagen; den Tag, an dem sein Vater gezwungen worden war, auf die Grafschaft Carrick zu verzichten. Er hatte Affraig in Lochmaben mit dem alten Mann sprechen sehen. Sie hatte mit eigenartiger Zuneigung sein Gesicht berührt. Wie konnte er das vergessen haben? »Du warst das? Du hast meinem Großvater geraten, den Anspruch auf mich zu übertragen?«

Sie presste die Lippen zu einem schmalen Strich zusammen. »Närrin, die ich war! Ich hätte sehen müssen, dass Ihr aus dem Holz Eures Vaters geschnitzt seid!«

Roberts Wangen brannten. »Geh. Du hast mit mir oder meiner Familie nichts zu schaffen. Nicht mehr.«

Als er zwischen den Bäumen hindurchschritt und Zweige zur Seite schob, hallte ihre Stimme hinter seinem Rücken wider.

»Ja, ich werde gehen. Denn hier ist keine Hoffnung zu finden.«

47

DER JUNGE PACKTE DIE moosüberwucherten Steine der Brustwehrmauer und zog sich schwer atmend daran hoch. Hinter ihm flatterte das Banner seines Vaters im Wind. Seine hellblauen Augen wurden schmal, als er über die Brustwehr in die Sonne blinzelte, die sich in der Oberfläche des Sees widerspiegelte, der hinter den Burgmauern lag. Aus den grünen Tiefen des Waldes, der das Bollwerk umgab, löste sich langsam eine kleine Armee. Männer und Pferde formierten sich hinter dem schimmernden Wasser, Helme und Lanzen glitzerten. Der Blick des Jungen heftete sich auf eine Standarte an der Spitze der Kompanie: ein roter Sparren auf Weiß.

»Bastarde«, murmelte er, ließ sich fallen und wandte sich zu dem Banner seines Vaters, drei weißen Sternen auf Blau. Der Anblick der Flagge erfüllte ihn mit Trotz. »Sollen sie nur kommen«, keuchte er, duckte sich durch die Turmtür und stürmte die Treppe hinunter.

Als er das darunter liegende Stockwerk erreichte, bemerkte er, dass die Tür der Kammer seiner Eltern nur angelehnt war; Feuerschein und Stimmen drangen aus dem Spalt. Der Junge blieb stehen und unterdrückte seine schweren Atemzüge, um nicht gehört zu werden. Die weiche, besorgte Stimme seiner Mutter erklang.

»Ich werde mit ihnen sprechen. Sie werden doch sicherlich mit mir verhandeln?«

»Der Earl of Carrick führt sie an, Mylady. Der junge Bruce ist eine Marionette des englischen Königs, das ist allgemein bekannt.«

Der Junge rückte näher. Das war Dunegall, der Hauptmann, den sein Vater zurückgelassen hatte, um die Garnison zu befehligen. Der Mann war treu, aber so alt wie die Hügel und mit der Gicht behaftet.

»Ich werde sie vom Tor aus ansprechen, Mylady, und zu wissen verlangen, warum sie unerlaubt Lord Douglas' Land betreten.«

»Ich denke, es ist klar, warum sie hier sind, Dunegall. Da sich mein Mann in der Gesellschaft von William Wallace befindet, kommen sie wegen James und mir. Sie wollen ihn durch uns bestrafen, daran hege ich keinen Zweifel.«

Der Junge trat stirnrunzelnd zurück, als er seinen Namen und die Angst in den Worten seiner Mutter hörte.

»Ihr habt nichts zu befürchten, Mylady. Die Mauern sind massiv, sie werden uns schützen.«

»Nach all dem, was der Verräter uns abgenommen hat, sind unsere Vorratskammern fast leer. Wir können nicht ewig hier ausharren. Bruce und seine Männer werden uns aushungern, wenn sie nicht die Tore aufbrechen und gewaltsam hier eindringen. Nein, ich werde zu ihnen gehen.«

Lady Douglas schien einen Moment zu zögern, doch als sie dann weitersprach, klang ihre Stimme fest und bestimmt. James kannte die Entschlossenheit in ihrem Ton. Er hatte sie oft genug zu spüren bekommen, wenn er sich schlecht benommen hatte.

»Ich werde ihnen sagen, dass James nicht hier ist. Vielleicht sind sie zufrieden, wenn ich mich ihnen ausliefere. Was auch immer mit mir geschieht, Dunegall, du musst mir versprechen, James sicher zu seinem Vater zu bringen.«

James taumelte von der Tür zurück. Ohne weiter zuzuhören, rannte er den Turm hinunter. Wenn sein Vater hier wäre, würde er mit einem Gebrüll, das das Fundament des Bergfrieds erschüttert hätte, den Feinden auf seinem Schlachtross entgegenreiten, sie alle niedermetzeln und nicht aufhören, bis der Boden mit ihrem Blut oder dem seinen getränkt war. Auf jeden Fall würde er es nicht seiner Frau überlassen, den Gegnern entgegenzutreten. Nun, er, James, konnte nicht in den Kampf reiten – die Männer seines Vaters hatten alle Pferde bis auf das seiner Mutter und ein paar alte Klepper mitgenommen –, aber Waffen hatte er genug zur Verfügung. Das Schwert, mit dem er letztes Jahr geübt hatte, befand sich in seiner Schlafkammer, aber der Wachraum lag näher. Außerdem wollte er ohnehin die Waffe eines Mannes führen.

Auf der anderen Seite des Sees ließ Robert seine Männer aufmarschieren. Er wurde von Nes und Walter flankiert, einem Ritter aus Carrick, der ihm in Carlisle gut gedient und den er zu seinem Bannerträger ernannt hatte. Walter hielt seine Standarte in die Höhe; der Sparren glich einem roten Pfeil, der gen Himmel zeigte. Die Hufe ihrer Pferde sanken in dem morastigen Untergrund rund um den See ein, dessen grasbewachsene Ufer von Wasservögeln wimmelten. Robert sah es bronzefarben und silbern aufblitzen; das Sonnenlicht fing sich unter den Flügeln der Vögel, die, von den Männern aufgescheucht, durch die Luft schossen. Hinter dem Wasser erhob sich die Burg von Lord Douglas auf einem Grashügel. Sie erinnerte ihn stark an Lochmaben, der einzige wirkliche Unterschied bestand in dem dichter bewaldeten Gelände.

Robert hatte seine Kompanie meilenweit durch diese Wälder geführt, war dem Fluss Annan nördlich durch das Territorium seines Vaters gefolgt, bevor er sich gen Westen gewandt hatte. Das Land war zu luftigen grünen, mit Buchen und Eichen bewachsenen Hügeln angestiegen, wo sich Flüsse durch Täler wanden und Wasserfälle sich silbern schimmernd über die Hänge ergossen. In der Ferne konnte man die blauen Schatten höherer Gipfel sehen; die ersten Vorboten der Berge, die den Weg von Norden und Westen her versperrten. Das in einem Tal im Herzen der Wälder gelegene Douglas Castle war ein friedlich wirkendes Anwesen. Der süße Duft wilder Kräuter erfüllte die Luft ringsum.

Von Hunters Rücken aus beobachtete Robert die stille Landschaft und genoss die Wärme der Sonne auf seinem Gesicht. Eigentlich sollten hier überall Bauern bei der Arbeit sein, Hirten Vieh auf Sommerweiden treiben, Mädchen mit Wäschebündeln zum Wasser hinuntergehen und Lords mit ihren Söhnen die Hirsche jagen. Stattdessen war der Ort verlassen, die Burgtore geschlossen und verriegelt. Nur der von den Gebäuden aufsteigende Rauch und ängstliche Tierlaute hinter der Palisade zeugten von Leben. Oben auf dem Bergfried konnte er Douglas' Banner sehen. Robert war William Douglas und seiner Familie nie begegnet, wusste aber, dass die Frau des Mannes eine Schwester von James Stewart war, dem alten Verbündeten seines Großvaters. Douglas' Sohn und Erbe war nach dem Großhofmeister benannt, seinem Onkel und Paten.

»Schlagen wir hier unser Lager auf?«

Ob der unverblümten Frage blickte Robert sich um und bemerkte, dass einer seiner Ritter ihn aus harten Augen anstarrte. Gillepatric war einer der loyalsten Vasallen seines Vaters, ein zäher, kluger Mann, der sich bei der Verteidigung von Carlisle bewährt hatte. Robert hatte sich oft gefragt, wie es seinem Vater gelang, in Männern wie ihm, die ihm zur Seite gestanden und auch dann noch für ihn gekämpft hatten, als ihre Heime von den Comyns in Brand gesteckt worden waren, eine so tiefe Treue zu erwecken. Er nahm an, dass sich die Entscheidung seines Vaters, König Edward zu unterstützen, letztendlich als richtig erwiesen hatte, denn die Männer von Annandale gehörten zu den wenigen, denen ihr Lord und ihr Land geblieben waren, während viele andere jetzt englischen Baronen wie Warenne und Percy unterstanden. Nur seinem Sohn brachte der Lord nichts als Feindseligkeit entgegen, was auf Gegenseitigkeit beruhte. Doch allmählich begriff Robert, woran das liegen mochte. Die Männer von Annandale stellten keine Bedrohung für den Ehrgeiz seines Vaters dar, sie befolgten seine Befehle und verhielten sich ihm gegenüber loyal, weil es ihre Pflicht war – sowohl zu ihrem eigenen Wohl als auch zu dem ihres Lords. Er, Robert, war dagegen derjenige, der im Schatten wartete, um den Platz seines Vaters einzunehmen und sein Vermögen an sich zu bringen. Sein Vater war bereits übergangen und die Grafschaft ihm entzogen worden. So sehr Robert seinen Großvater bewunderte – er konnte nicht leugnen, dass die Enttäuschung des alten Mannes über seinen Sohn und seine Zuneigung zu seinem Enkel der Hauptgrund für die Entzweiung zwischen ihm und seinem Vater gewesen war. Zum ersten Mal verstand er ansatzweise, warum sein Vater ihn ablehnte. Er war der Spiegel, in dem der Mann sein eigenes Leben hatte verstreichen sehen.

»Noch nicht«, beantwortete Robert Gillepatrics Frage. »Ich will erst den Garnisonshauptmann sprechen.« Er bezweifelte, dass Douglas' Frau und Sohn sich ihm freiwillig ausliefern würden, aber er wollte zumindest versuchen, mit ihnen zu verhandeln, bevor er angriff.

Er wies die andern Befehlshaber an, ihren Männern zu sagen, sie sollten sich ausruhen, und Fußsoldaten als Wachen aufzustellen, um die Straße hinter ihnen im Auge zu behalten, und wählte dann sechs Männer aus, die ihn zur Burg begleiten sollten, darunter Walter, Gillepatric und Christopher Seton, den Knappen aus Yorkshire. Im Laufe der letzten Monate hatte Robert den jungen Mann ins Herz geschlossen. Er hatte ein umgängliches Wesen, das ihn an seinen jüngsten Bruder Niall erinnerte, der während des Krieges mit Thomas in Antrim geblieben war. Christopher besaß dasselbe sonnige Naturell und bemühte sich, anderen zu gefallen, ohne sich einzuschmeicheln. Er wurde von seinem in Schottland geborenen Vetter Alexander begleitet, einem Lord aus Lothian, der zehn Jahre älter war als er. Alexander Seton nahm die Menschen nicht so mühelos für sich ein wie sein Vetter, war zurückhaltender und oft streitsüchtig, aber ein erfahrener, besonnener Kämpfer. Robert bedeutete ihm, ihm zu folgen, als er sich mit seiner Gruppe vom Hauptteil der Armee trennte.

Der kleine Trupp näherte sich den Burgtoren, wobei er den See auf einem staubigen Pfad umging. Die Ungeduld fraß an Robert. Er verdrängte sie, wohl wissend, dass Voreiligkeit gefährlich werden konnte, aber er konnte auch den Umstand nicht ignorieren, dass er die ganze Sache so schnell wie möglich hinter sich bringen wollte. Auf der Straße nach Douglasdale hatte er ständig an Affraig und ihre Anschuldigungen denken müssen und war von Visionen von Henry Percy und seinen Rittern geplagt worden, die in den Wäldern von Carrick jagten, sich in den Vorratshäusern und Speisekammern nach Belieben bedienten und Proteste der Bevölkerung mit Hohn und Spott, wenn nicht gar mit Gewalt beantworteten. Er hatte sie dasselbe in Wales tun sehen. Robert hatte nie viel für den blonden Earl of Alnwick mit seinem kühlen Lächeln übriggehabt, und er kannte ihn gut genug, um zu wissen, dass es den Männern und Frauen von Ayrshire und Galloway unter seinem Regime nicht gut ergehen würde – und den dazwischen festsitzenden Bewohnern seiner eigenen Grafschaft schon gar nicht.

»Sir!«

Robert zog an Hunters Zügeln, als er Christophers Ruf hörte. Rechts von ihnen wurde ein ein Stück entferntes schmales Tor in der Palisade geöffnet. Robert verlangsamte sein Tempo, als er eine einzelne Gestalt heraushuschen sah. Für einen Mann war sie unglaublich dünn und klein, aber noch seltsamer als das Äußere des Unbekannten waren seine Kleider. Er trug nur eine weiße, von einem Gürtel gehaltene Tunika und keine Rüstung, nur einen großen Helm, dessen Visier heruntergeklappt war. Das Metall war rostig, und der Helm saß schlecht, fast verkehrt herum auf dem Kopf des merkwürdigen Geschöpfes. Es umklammerte mit beiden Händen ein Breitschwert; hielt es krampfhaft vor sich und stolperte den Grashang hinunter auf sie zu. Die Männer in Roberts Begleitung runzelten die Stirn und schielten zu der Burg hinüber, da sie eine List vermuteten. Robert bedeutete ihnen zu bleiben, wo sie waren, trieb Hunter auf den kleinen Mann mit dem Helm zu und packte sein Schwert, zog es aber noch nicht. »Ich bin Sir Robert Bruce, der Earl of Carrick«, rief er laut. »Ich bin auf Befehl von König Edward hier, um die Frau und den Sohn von Lord William Douglas zur Strafe für dessen Rebellion gegen die Krone in Gewahrsam zu nehmen.« Die Worte klangen selbst in seinen eigenen Ohren hohl und gezwungen; Robert konnte den Abscheu aus seiner Stimme heraushören. Der andere Mann gab keine Antwort. Robert wiederholte seine Worte lauter und brachte Hunter ein kurzes Stück vor ihm zum Stehen.

»Ich werde gegen jeden Mann in Eurer Armee kämpfen«, erwiderte die seltsame Gestalt hitzig. »Aber wenn ich gewinne, müsst Ihr Lady Douglas gehen lassen.« Die Stimme klang gedämpft durch den Helm, war aber eindeutig die eines Jungen.

Robert hörte Gelächter hinter sich, mit dem die Ritter seines Vaters die Herausforderung quittierten.

Zur Antwort trat die behelmte Gestalt beherzt ein paar Schritte vor. »Habt ihr keinen Mut, ihr Feiglinge?«

Das Lachen erstarb abrupt, und Gillepatric zog mit einem Knurren sein Schwert.

In diesem Moment wurde das Haupttor der Burg geöffnet, und eine Frau stürmte heraus. Als sie den behelmten Jungen auf dem grasigen Ufer stehen und Robert den Kampf ansagen sah, entfuhr ihr ein Schrei. »James!« Sie rannte auf ihn zu. »Großer Gott! James!«

»Es ist ihr Sohn!«, krähte Gillepatric triumphierend und lenkte sein Pferd auf den Jungen zu. »Es ist Douglas' Sohn!«

Weitere Rufe ertönten, als die Burggarnison mit gezogenen Schwertern hinter der Frau aus dem Tor strömte. Roberts Ritter ritten auf sie zu. Auf der anderen Seite des Sees erscholl ein Horn, als die Männer die Soldaten bemerkten. Die Frau erreichte den Jungen, packte ihn und zerrte ihn zurück. In dem Handgemenge fiel der zu große Helm klirrend zu Boden und gab das blasse Gesicht eines Zwölf- oder Dreizehnjährigen mit glattem rabenschwarzem Haar frei.

Robert sah Gillepatric und Christopher auf die Frau und den Jungen zustürzen. Die anderen Ritter wandten sich in Richtung der Wachposten. In dem Chaos kämpfte der Junge erbittert gegen den Griff seiner Mutter an, immer noch sein Schwert umklammernd, mit zurückgezogenen Lippen und im Sonnenlicht blitzenden blauen Augen. Robert war von seiner Kühnheit fasziniert. Sein Mund wurde trocken, und sein Herz begann zu hämmern. Im Geist sah er sich vor vielen Jahren in der Kirche von Scone sein Schwert ziehen, um seinen Großvater gegen John Comyn zu verteidigen. Und mit einem Mal zerbrach etwas in ihm, etwas Helles, Scharfes, das schmerzhaft und befreiend zugleich war. Er gab Hunter die Sporen und lenkte das Pferd zwischen die Frau und den Jungen und die Männer seines Vaters. Dann zückte er sein Schwert und gebot seinen Leuten mit lauter Stimme Einhalt. Gillepatric und Christopher kamen direkt auf ihn zu. Um einen Zusammenprall zu verhindern, musste Gillepatric sein Pferd so hart zügeln, dass es vorne hochstieg und mit den Hufen schlug. Christopher Seton beschrieb einen engen Kreis, gegen den sein Pferd mit einem schrillen Wiehern protestierte.

Der Frau war es inzwischen gelungen, den Jungen fortzuziehen, und die Burgwächter hatten sie erreicht. Sie umringten die beiden und drängten sie über das Gras zu den Toren zurück.

Gillepatric hatte sein Pferd wieder unter Kontrolle bekommen. »Was in Christi Namen tut Ihr da?«, rief er Robert zu, dabei deutete er mit seiner Klinge auf die zurückweichende Gruppe. »Wir hätten ihn packen können!«

Robert hielt dem harten Blick des Mannes stand. »Nein!«

»Eure Befehle lauten, die Frau und den Sohn festzunehmen!«

»Und Ihr habt *meinen* Befehlen zu folgen.«

Hinter Robert hatten die Wachposten die Tore erreicht und verschwanden mit der Frau und dem Jungen im Burghof. Weitere Reiter galoppierten über den Seepfad – Roberts Truppen reagierten auf die Bedrohung.

Christophers Blick schoss zwischen Gillepatric und Robert hin und her. »Was ist, Sir Robert? Warum habt Ihr uns aufgehalten?«

Robert blickte sich um, als er hörte, wie die Burgtore geschlossen wurden. Er wollte grinsen, denn er kam sich vor, als habe er einen Sieg errungen. »Wir nehmen weder Lady Douglas noch ihren Sohn mit.«

Gillepatric starrte ihn an. Die auf sie zureitenden Männer verlangsamten ihr Tempo, als sie sahen, dass die Tore geschlossen waren. Die Luft war von Hufgetrommel erfüllt.

Robert wollte etwas erwidern, zögerte aber, da er nicht wusste, was er sagen sollte. *Was um alles in der Welt hatte er getan?* Doch er verdrängte die Frage und wandte sich an den wachsenden Kreis von Rittern. »Ich habe Euch auf Anweisung meines Vaters zu den Waffen gerufen. Aber jetzt, wo ich hier bin, stelle ich fest, dass ich diesen Befehl nicht ausführen kann.« Seine Stimme wurde zusehends kräftiger. »Wir sind ausgeschickt worden, um die Frau und den Sohn eines Mannes gefangen zu nehmen, der für unser Königreich kämpft. Kann einer von euch mit gutem Gewissen behaupten, dass er damit einverstanden ist?«

»Es steht uns nicht zu, Befehle in Frage zu stellen, die vom König kommen«, versetzte Gillepatric schroff.

»Schottland hat keinen König«, erwiderte Robert. »Balliol ist entmachtet und in England eingekerkert.«

»Und König Edward herrscht an seiner Stelle. Habt Ihr den Treueeid vergessen, den wir ihm vor dem Krieg geschworen haben?«

»Eide der Besiegten an den Sieger.« Robert sprach mit absoluter Bestimmtheit. Er fühlte sich, als habe er monatelang geschlafen und sei nun plötzlich hellwach. Es war ein berauschendes Gefühl.

»Das ist Irrsinn«, fauchte Gillepatric. »Ihr entehrt Euren Vater und seinen guten Namen. Er könnte sein Land verlieren. So wie wir alle.«

»Nicht, wenn jeder weiß, dass er nichts damit zu tun hat.«

»Sir Robert«, wandte ein anderer Ritter ein, »wenn Ihr die Befehle des Königs missachtet, könnt Ihr nicht nach Carlisle oder Annandale zurückkehren. Ihr werdet zusammen mit Balliol und dem Rest seiner Anhänger in einem englischen Gefängnis verrotten.«

»Ich habe nicht die Absicht zurückzukehren.« Als er dies sagte, überkam Robert eine tiefe Erleichterung. Zu lange hatte er das Haus seines Vaters als Gefängnis empfunden. In der Falle der Autorität des Lords gefangen, unfähig, für sich selbst zu sprechen oder seine eigenen Entscheidungen zu treffen, war er wie ein einfacher Ritter behandelt worden und nicht wie der Earl, der er war, und sein Rang war wortlos ignoriert worden. Doch noch während seine Bedenken schwanden, nahmen andere, finstere Sorgen ihren Platz ein. Er dachte an die Möglichkeit, im Gefängnis zu enden und seinen Landbesitz zu verlieren. Er dachte daran, dass er den Eid brach, den er dem König und den Drachenrittern geleistet hatte, und Schuldgefühle keimten in ihm auf, als er Humphreys breites Gesicht vor sich sah. Aber er konnte nicht zulassen, dass eine Freundschaft oder ein Schwur über das Schicksal seines Königreichs entschieden – nicht mehr. »Ihr könnt nach Annandale in die Dienste meines Vaters zurückkehren«, teilte er den Rittern mit. »Oder mit mir kommen, es liegt an euch. Aber egal welchen Weg ihr wählt, wir verlassen unverzüglich das Land von Lord Douglas.« Er sah von einem zum anderen, sein Blick blieb an Gillepatric hängen. »So lautet mein Befehl.«

Gillepatric schnaubte. »Ihr seid ein Narr! Kein Mann wird Euch folgen.« Einen Moment lang sah es so aus, als wolle der Ritter sein Pferd angewidert davontreiben, dann machte er plötzlich kehrt und hob sein Schwert.

Robert, der seine eigene Waffe bereits hatte sinken lassen, hatte keine Chance, sich zu verteidigen. Christopher Seton jedoch hatte die feindselige Absicht in Gillepatrics Gesicht bemerkt, lenkte sein Pferd zwischen die beiden Männer und holte mit seinem Schwert aus, um Gillepatrics Klinge abzuwehren. Der ältere Ritter war jedoch weitaus schneller. Im letzten Moment änderte er die Richtung seines Hiebes, drehte sein Schwert um und rammte dem Knappen den Knauf ins Gesicht. Christopher wurde nach hinten geschleudert und stürzte von seinem Pferd. Dann geschahen mehrere Dinge gleichzeitig. Robert hob sein Schwert und bellte Gillepatric etwas zu. Christophers Reittier bäumte sich auf und veranlasste die anderen Pferde, voller Panik mit den Hufen zu stampfen. Hunters Hufe verfehlten Christophers Kopf nur knapp. Alexander Seton reagierte am schnellsten. Er warf sich in das Getümmel, beugte sich vor, fasste Gillepatric um den Hals und drückte zu, bis der Ritter zu husten und zu würgen begann. Einige von Gillepatrics Kameraden richteten ihre Schwerter auf Alexander, während Christopher sich aufrappelte und eine Hand gegen seine blutende Nase presste. Gillepatric ließ sein Schwert fallen und versuchte, Alexanders Arm von seiner Luftröhre zu lösen. Nes und Walter mischten sich entschlossen ein, um Robert zu verteidigen.

»Das reicht!«, erscholl Roberts Stimme. Vor Wut und Schreck über den unerwarteten Angriff zitternd hatte er Mühe, die Fassung zurückzugewinnen. »Ihr hört jetzt auf. Alle!«, wandte er sich an Alexander, der sich weigerte, seinen Griff zu lockern. Gillepatrics Gesicht lief allmählich blauviolett an. »Ich lasse nicht zu, dass hier Blut vergossen wird. Nicht in meinem Namen, Gott verdamme euch!«

Langsam gab Alexander seinen Gegner frei. Christopher hatte sich auf die Füße gezogen und schnaubte Blut aus der Nase. Gillepatric sackte im Sattel zusammen und rang erstickt nach Atem. Seine Kameraden zielten mit ihren Schwertern immer noch auf Alexander, rührten sich aber nicht von der Stelle, sondern blickten unsicher von Gillepatric zu Alexander. Ein Ritter stieg nervös ab, um das Schwert des älteren Mannes aufzuheben.

Gillepatric betastete, den Blick auf Robert gerichtet, seinen Hals. »Ihr seid nicht der Sohn Eures Vaters«, krächzte er, entriss dem Mann, der es aufgehoben hatte, sein Schwert, riss sein Pferd herum und galoppierte davon. Seine Männer folgten ihm den Seepfad entlang. Weitere lösten sich aus dem Kreis um Robert. Einige versuchten ihn dazu zu bewegen, seine Entscheidung zu überdenken, doch er ließ sich nicht umstimmen. In wenigen Minuten waren nur noch Nes, Walter und die Setons übrig.

Robert nickte den beiden Vettern dankend zu. »Danke, dass Ihr mir zu Hilfe gekommen seid.« Er wandte sich an den Lord. »Aber Ihr besitzt einen reichen Landsitz, Sir Alexander. Wenn Ihr Euch mir anschließt, werdet Ihr ihn vermutlich verlieren.«

»Ich fürchte, ich werde meinen Besitz ohnehin verlieren, ob ich nun bei Euch bleibe oder nicht«, erwiderte Alexander. »König Edward schnitzt sich unser Königreich nach seinen Vorstellungen zurecht. Bald wird kein Schotte mehr ein hohes Amt bekleiden.« Ein kaltes Lächeln spielte um seine Lippen. »Aber wenn William Wallace mit seiner Rebellion Erfolg hat, könnten wir alle belohnt werden, wenn wir uns auf die richtige Seite schlagen.« Er sah Christopher an.

Der Knappe wischte sich mit dem Handrücken über seine blutende Nase und nickte Robert zu. »Ich gehe mit Euch, wo Ihr auch hinwollt, Sir Robert.«

Robert schwieg; überdachte die Folgen seiner Handlungsweise, die ihn jetzt auf die Seite der Aufständischen verschlagen hatte. Er stand William Wallace skeptisch gegenüber. Soweit er wusste, kämpfte der Rebellenführer im Namen des gefangenen John Balliol, was ihn nicht unbedingt zu einem Verbündeten machte. Nes' ruhige Stimme riss ihn aus seinen Grübeleien.

»Wohin werden wir uns denn jetzt wenden, Sir?«

»Vielleicht nach Carrick«, entgegnete Robert nach einer Pause. »Ja«, fuhr er mit festerer Stimme fort, »zu meinen Leuten.« Ehe sie ihn mit Fragen bestürmen konnten, fuhr er fort: »Ich möchte, dass ihr in unser Lager zurückkehrt. Bringt meine Diener und meine Tochter her – und so viele von unseren Vorräten wie möglich.«

»Ich habe zwei gute Männer bei mir«, sagte Alexander. »Beide zum Ritter geschlagen. Sie werden sich uns sicherlich anschließen.«

Roberts Blick wanderte zum See hinunter, wo sich die Männer seiner Armee bereits zum Aufbruch rüsteten. Dann trieb er Hunter auf die Burgtore zu. Bei der Palisade angelangt, schwang er sich aus dem Sattel. Auf der anderen Seite konnte er erhobene Stimmen hören. »Ich möchte Lady Douglas sprechen«, rief er laut. Augenblicklich verstummten die Stimmen. »Ich bin alleine. Meine Armee zieht ab.«

Langsam wurden die Tore von Douglas Castle geöffnet, und Robert sah sich einer Reihe bewaffneter Wachposten gegenüber. In ihrer Mitte stand eine Frau, die die Schultern des Jungen James umfasste. Jetzt war er sicher, dass er mit seinem Verdacht richtiggelegen hatte – sie war seine Mutter, Lady Douglas. Sie war jung und attraktiv und hatte die ernsten braunen Augen ihres Bruders.

»Ich verstehe nicht, Sir Robert«, sagte sie mit gepresster Stimme. »Welche Absichten verfolgt Ihr?«

»Meine Männer werden Euch nichts zuleide tun, Mylady, aber Ihr müsst diesen Ort verlassen. Mein Vater handelt auf Befehl von König Edward, und selbst wenn er keine anderen Truppen schickt, um Euch und Euren Sohn zu ergreifen, so wird es der König sicherlich tun. Er ist entschlossen, an Eurem Mann ein Exempel zu statuieren, um andere Edelleute davon abzuhalten, sich Wallace anzuschließen.«

Sie nickte. »James hat einen Onkel in Paris.«

»Mutter ...«, begann der Junge, der zwischen ihr und Robert hin- und herschielte.

Sie schnitt ihm das Wort ab. »Dort ist er sicher. Ich habe Familie im Westen, an die ich mich wenden kann.«

»Ihr solltet so schnell wie möglich aufbrechen.« Robert neigte den Kopf. »Mylady.«

Als er sich zum Gehen wandte, trat Lady Douglas zwischen den Schwertern der Wächter hervor. »Und wo wollt Ihr hin, Sir Robert? Der König wird Euch sicherlich für Euren Ungehorsam bestrafen.«

Er drehte sich um. »Vorerst nach Carrick.«

»Ihr solltet meinen Bruder aufsuchen.«

»Den Großhofmeister?« Robert runzelte fragend die Stirn. Er wusste, dass James Stewart in Schottland geblieben war, nachdem er König Edward den Treueeid geschworen hatte, hatte aber seit vielen Monaten nichts mehr von ihm oder seinem Aufenthaltsort gehört. Der Mann schien wie vom Erdboden verschluckt. Robert wusste nur, dass er einige Zeit vor Ausbruch des Krieges eine Schwester von Sir Richard de Burgh, dem Earl of Ulster, geheiratet hatte.

»William Wallace ist der Sohn von einem von Sir James' Vasallen. Ihr glaubt doch nicht, dass es ihm ganz ohne Hilfe gelungen ist, einen solchen Flächenbrand von einer Rebellion zu entfachen, oder?« Lady Douglas lächelte leicht. »Mein tapferer Mann ist nicht sein einziger Verbündeter.«

»Mylady«, warnte einer der Wächter.

Sie achtete nicht auf ihn. »Geht zu ihm, Sir Robert. Ich denke, Ihr werdet in ihm einen Freund finden, so wie es einst Euer Großvater getan hat. Das Letzte, was ich hörte, ist, dass sich mein Bruder auf seinem Landsitz Kyle Stewart aufgehalten hat. Wenn sich genug Edelleute gegen ihn auflehnen, sieht sich Edward vielleicht gezwungen, seine Besatzung unseres Landes aufzugeben.«

»Vielleicht«, echote Robert zweifelnd.

Doch als er sich entfernte und die Tore hinter ihm geschlossen wurden, glomm ein Hoffnungsschimmer in ihm auf. Wenn er, ein Earl, sich der Rebellion anschloss, würde das vielleicht einen Unterschied machen. Vielleicht würde sein Handeln auch andere Männer inspirieren, Männer, die in der Vergangenheit seinen Großvater unterstützt hatten. Wenn genug von ihnen für die Sache kämpften, wäre es für König Edward schwierig, wenn nicht gar unmöglich, sich die Herrschaft über Schottland ohne einen weiteren Militärfeldzug zu sichern. Und er wusste besser als die meisten, dass es sich der König kaum leisten konnte, eine im ganzen Land verbreitete Revolte niederzuschlagen, während der Krieg in Frankreich unvermindert weitertobte.

Als er den Fuß in den Steigbügel schob und sich in den Sattel schwang, fasste Robert einen Entschluss. Was auch geschah, er würde niemals nach Carlisle zurückkehren.

48

ROBERT WISHART STAND INMITTEN des Chaos in der Halle. Rings um ihn lagen umgestürzte Möbel, umgekippte Bänke und von Böcken gestoßene Tischbretter. Fünf der acht seidenen Wandbehänge, die das Leben des Schutzheiligen der Stadt, des heiligen Kentigern, zeigten und die die Wände geschmückt hatten, bevor er zum Bischof von Glasgow ernannt worden war, waren verschwunden, was Wishart mit einem langsamen, zornigen Nicken zur Kenntnis nahm. Überall sah er Anzeichen dafür, dass die Burg noch vor kurzem besetzt worden war – essensverkrustete Schalen, Weinreste in staubigen Kelchen, Abfälle auf dem Boden.

Der Bischof schritt durch das Durcheinander, während Chorherren von der Kathedrale dabei waren, es zu beseitigen. Bänke kratzten laut auf dem Boden, als die schweigenden Männer sie umdrehten. Ein Kelch rutschte von einem Tisch, landete mit einem wie ein Glockenschlag klingenden Klirren auf dem Boden und ließ einige der Männer zusammenzucken. Bei seiner Ankunft hatte Wishart die Anspannung gespürt, die sich in ihnen allen aufgestaut hatte. Es bewirkte, dass er seine Entscheidung hinterfragte aufzubrechen, als sich Anthony Bek mit Zustimmung König Edwards in Glasgows Bischofspalast niedergelassen hatte. Viele der schottischen Geistlichen waren geblieben, aber Wishart, dessen Palast besetzt und dessen Position akut gefährdet war, hatte sich aus seiner Diözese in seine Residenz in Stobo tief im Wald von Selkirk zurückgezogen. Nein, überlegte der Bischof, während sein Blick über die eifrigen Chorherren hinwegglitt, seine Entscheidung war richtig gewesen, egal welche Demütigungen seine Männer während seiner Abwesenheit erlitten hatten. Es war nichts im Vergleich zu dem, was andere hatten erdulden müssen, und außerdem hätte er nichts von dem erreichen können, was er erreicht hatte, wenn er sich weiterhin der Überwachung von Beks Adleraugen ausgesetzt hätte.

Wishart trat an eines der Fenster und blickte über die Obstgärten auf dem Palastgelände hinweg. Nach dem morgendlichen Regen schimmerten die Bäume sattgrün. Hinter den Palastmauern ragte die Kathedrale von Glasgow über dem Tal oberhalb des Flusses Clyde auf, an dessen Ufern die geschäftige Burg von Glasgow lag. Trotz der widrigen Umstände war er zutiefst dankbar, wieder daheim zu sein.

Wishart drehte sich um, als er leise Schritte hinter sich hörte, und sah sich einem Akolythen gegenüber.

»Der Besucher, den Ihr erwartet, ist eingetroffen, Exzellenz.«

Wishart lächelte grimmig. »Ausgezeichnet.«

Nachdem er kurz mit dem Dekan gesprochen hatte, folgte er dem Akolythen aus der Halle. Der Hof wimmelte von Angehörigen des bischöflichen Haushalts, die seine Habseligkeiten von den Karren luden, die von Stobo gekommen waren. Dahinter hatte sich in der Nähe der Tore eine kleine Gruppe von Reitern versammelt. Wishart blinzelte in das Licht. Sein Blick heftete sich auf einen großen, dunkelhaarigen Mann in der Mitte, der gerade abgestiegen war. Vorsichtig schritt er die regennassen Palaststufen hinunter, wehrte jedoch den ihm angebotenen stützenden Arm des Akolythen unwillig ab. »Sir James!«, rief er, auf den Dunkelhaarigen zusteuernd, der sich zu ihm umdrehte.

»Eure Exzellenz.« Der Großhofmeister bückte sich, um die ausgestreckte Hand des Bischofs zu küssen. »Es ist ein Trost, in diesen dunklen Tagen einen Mitstreiter zu sehen.«

Wishart grunzte zustimmend. Er wies den Akolythen an, Stewarts Männer zu den Ställen zu führen, und bedeutete James, ihm zu folgen. »Kommt, mein Freund, lasst uns ein Stück zusammen gehen. Ich werde Euren Rittern gleich Erfrischungen bringen lassen.«

Die beiden Männer überquerten den Hof. Stewart trug einen durchnässten Reiseumhang, der Bischof hermelinbesetzte Roben und schlammige Halbstiefel.

James blickte zu den Karren hinüber. »Seid Ihr gerade erst angekommen?«

»Vor zwei Tagen. Ich bin aufgebrochen, sobald ich erfuhr, dass Bischof Bek den Palast verlassen hat.« Wishart grinste böse. »Die Chorherren erzählten mir, er hätte seine Röcke gerafft und wäre geflohen wie ein altes Weib, als er hörte, Wallace wäre auf dem Weg zu ihm. Dieser Schurke hat aber trotzdem mitgenommen, was er nur tragen konnte, und ist gen Süden nach England verschwunden.« Wisharts Grinsen erstarb. »Die Hälfte meiner

Besitztümer verschwand mit ihm. Wallace kam ein paar Tage später auf dem Weg nach Westen hier durch.« Der Mangel an Überraschung, den James Stewart erkennen ließ, verriet dem Bischof, dass er das meiste schon wusste. Er bog in Richtung des Obstgartens ab, schürzte die Lippen und blickte stirnrunzelnd zum weißen Himmel empor. Die Wolkendecke hing niedrig, aber die Sonne bemühte sich, sie zu durchdringen. Wenn Gott ihnen gnädig war, würde sie noch zum Vorschein kommen, bevor der Tag zu Ende war. »Ich weiß, dass Ihr Wallace' Aufstand unterstützt habt«, sagte er geradeheraus; unwillig, um den heißen Brei herumzureden.

James sah ihn an. Einen Moment lang verlor er seine kühle Gelassenheit, dann glich sein Gesicht wieder einer ruhigen Maske. Er gab keine Antwort.

Wishart blieb im Schatten eines knorrigen Apfelbaums stehen. Der Baum stand schon seit vielen Jahren hier, lange bevor er Bischof geworden war, vielleicht schon lange vor seiner Geburt, er hatte Stürme und Fluten, Dürre und Krieg überstanden, und jeden Herbst trug er die süßesten Äpfel weit und breit. »Bek wird Alarm geschlagen haben, James. Die Engländer werden uns bald auf den Fersen sein. Meine Kundschafter berichteten mir, dass König Edward den Bruces in Carlisle bereits befohlen hat, mit ihren Männern Douglas' Burg anzugreifen. Wallace und seine Armee sind auf dem Weg nach Irvine. Dort wollen sie sich unseren Feinden stellen. Ich möchte, dass wir uns auch dorthin begeben.«

James wandte noch immer schweigend den Blick ab.

»Wallace' und Douglas' Armee wächst täglich«, fuhr Wishart unbeirrt fort. »Seit sie Ormesby aus Scone vertrieben haben, sind viele Männer dazugekommen. Im Norden hat die Familie Moray die Standarte der Rebellion gehisst. Im Westen ist zwischen den MacDonalds und den MacDougalls Krieg ausgebrochen. Überall wird den englischen Beamten und ihren Anhängern der Kampf angesagt. Mein Freund, Ihr seid Lord Douglas' Schwager und Wallace' Lord. Wollt Ihr ihnen nicht beistehen?«

Endlich ergriff James das Wort. »Die meisten von Wallace' Männern sind Gesetzlose. Ungeachtet meiner persönlichen Gefühle bin ich der Großhofmeister dieses Reiches. Ich kann die Aktionen solcher Männer nicht öffentlich unterstützen.«

Wishart, dem James' gepresste Stimme nicht entging, nutzte seinen Vorteil und bedrängte ihn weiter. »Ihr wisst so gut wie ich, dass diese Männer nur deshalb Gesetzlose sind, weil sie sich gegen die Grausamkeiten zur Wehr gesetzt haben, die englische Soldaten in ihren Städten begangen haben. Sie müssen furchtbar gewütet haben. Ihr wissst ja sicher, was der Sheriff von Lanark Wallace angetan hat.«

»Ja, ich bin darüber im Bilde.«

»Die Zeit ist reif, James. König Edward ist mit seinem Krieg in Frankreich beschäftigt und muss mit dem Unmut seiner Barone fertigwerden, die es leid sind, für seine Eskapaden zu bezahlen. Wenn wir jetzt handeln, dann können wir siegen, daran besteht für mich kein Zweifel.«

»Ihr denkt an ein Gefecht? Bei Irvine?« James schüttelte den Kopf. »Selbst wenn ich alle Männer von Renfrew und Kyle Stewart und Bute aufbieten würde, könnten wir die Engländer auf dem Schlachtfeld nicht besiegen. Wallace' Armee ist mit Speeren und Stöcken bewaffnet. Die meisten verfügen über keine geeignete Ausrüstung und über noch weniger Erfahrung. Die englische Kavallerie würde sie niedermähen wie Sicheln den Weizen. Unser gesamtes Heer konnte sie bei Dunbar nicht besiegen. Wie kann da eine Bauernarmee auf Sieg hoffen?«

Wishart lächelte, seine Augen glitzerten. »Habt Vertrauen, James. Wir haben bereits einen Plan.«

49

DIE GRUPPE RITT IN DEN HAFEN von Irvine ein; ihre Pferde warfen lange Schatten über das Gras. Roberts Gesicht war von der späten Junisonne gebräunt, sein Überwurf und sein Mantel starrten vom Staub der Kornfelder, durch die sie geritten waren. Über ihnen wehte das von Walter, dem Ritter aus Carrick getragene Banner von Carrick. Uathach sprang mit heraushängender Zunge neben seinem langsam dahintrottenden Pferd her. Bei Robert befanden sich Nes, der Hunter am Zügel führte, die Setons und die beiden Ritter von Alexanders Landsitz in Lothian. Seit sie Douglasdale verlassen hatten, hatte er oft den Rat der Vettern eingeholt und sich mit ihnen ein Quartier geteilt, und in diesen letzten Wochen auf der Straße hatte er die beiden jungen Männer recht gut kennen gelernt. Er war froh, sie bei sich zu haben: Christopher, um ihn aufzuheitern, und Alexander, um ihm im Notfall den Rücken zu decken.

Dahinter kamen sieben Knappen, fünf Diener und Roberts Haushofmeister, die alle mit Vorräten beladene Pferde neben sich herführten. Hinter ihnen rollte ein einzelner Karren mit der schwereren Ausrüstung und ihren Zelten. Katherine ritt auf der kastanienbraunen Stute, die Roberts Frau gehört hatte, inmitten der Männer. Die Zofe trug eines von Isobels Gewändern, das sie aus seinen Habseligkeiten in Lochmaben ausgegraben hatte. Robert konnte sich nicht erinnern, Kleider seiner Frau aufgehoben zu haben, bis Katherine nach ihrer zweiten gemeinsamen Nacht aus dem Bett geschlüpft war, ihm das Kleid gezeigt und ihn gefragt hatte, ob sie es haben dürfe, da ihre eigenen Kleider allmählich fadenscheinig wurden. Er hatte sie nur angestarrt, als sie nackt und mit von ihrem Liebesspiel erhitzten Wangen vor ihm gestanden hatte, und dann stumm genickt. Das hellblaue Kleid, das hinten mit einem geflochtenen Silberband zusammengeschnürt wurde, war Katherine ein wenig zu lang gewesen, denn sie war kleiner als Isobel, und spannte um die Brust. Die Zofe hatte Judith befohlen, es für sie zu ändern, aber es saß immer noch ein wenig eng um die Brust – ein Umstand, der, wie Robert wusste, den Männern nicht entgangen war.

Neben Katherine ritt Judith, die mürrisch unter ihrer staubigen Haube hervorstarrte. Ihr verkniffenes Gesicht war von der Sonne gerötet. Das sauertöpfische Mädchen war schwer zu ertragen, aber solange ihre Milch floss, war sie für Robert genauso unersetzlich wie die Ritter und Knappen und ihre Schwerter. Hinter der Amme saß Marjorie in einem am Sattel befestigten Sitz, den Nes aus einem alten Stuhlsitz gefertigt und mit einer weichen Decke überzogen hatte. Seine jetzt fast sechzehn Monate alte Tochter begann zu seinem Entzücken die ersten Worte zu gurgeln.

Vor ihnen erstreckte sich auf einem Flussufer das Rebellenlager über einem Streifen brach liegender Felder. Aus allen Ecken Schottlands hatte sich hier eine bunt gemischte Kompanie zusammengefunden: Barone und Lords, Geistliche und Beamte und eine stetig wachsende Anzahl von Gesetzlosen und Bauern. Sie hatten die verschiedensten Ausrüstungsgegenstände mitgebracht, von gut ausgestatteten großen Zelten bis hin zu zerschlissenen Decken, die auf dem nackten Boden lagen, von edlen Schlachtrössern bis hin zu knochigen Packpferden und Maultieren. Manche hatten Feuergruben ausgehoben, in denen ihre Diener herumstocherten, andere einfache Lagerfeuer entfacht, an denen Männer in schlichter wollener Kleidung saßen. Im Gras zwischen den Massen von Zelten wucherten violette Disteln. Robert blinzelte in die rauchige Dämmerung und hielt nach Stewarts Banner Ausschau.

Nachdem er aus Douglasdale abgezogen war, hatte er sich gemäß dem Vorschlag von Lady Douglas in Richtung Südwesten gewandt und war durch langsam ansteigende Hügel bis nach Kyle Stewart geritten. Der Großhofmeister war für ihn zu einer Art Leuchtfeuer, einer Hoffnung am Horizont geworden. Der Mann war ein gerissener Politiker und guter Redner, und

Roberts Großvater hatte ihn zu seinen engsten Vertrauten gezählt. Robert war sicher, dass der Mann ihm weiterhelfen können würde, aber seine Erwartungen waren zunichtegemacht worden, als sie ihr Ziel erreichten und erfuhren, dass Lord Stewart sich nicht dort aufhielt. Ein misstrauischer Wächter teilte ihnen mit, der Lord sei vor kurzem aufgebrochen, um den Bischof von Glasgow zu treffen. In Kyle Stewart hatten sie ein paar Tage im Wald gelagert, weil Robert nicht gewusst hatte, was er nun tun sollte.

Sein Entschluss, sich den Befehlen seines Vaters zu widersetzen, hatte sich auf der Straße gen Westen noch gefestigt, und er war jetzt überzeugt, das Richtige zu tun. Die Last des vergangenen Jahres war von ihm abgefallen, und trotz seiner Bedenken bezüglich der Auswirkungen, die seine Entscheidung für ihn und sein Land nach sich ziehen konnte, fühlte er sich zum ersten Mal seit Monaten leicht und beschwingt, ja, sogar zaghaft optimistisch. Die Möglichkeit etwaiger Verhandlungen mit den Engländern fachte den schwachen Hoffnungsfunken noch an. Seine Stimme, die eines der dreizehn Earls von Schottland und ehemaligen Mitglieds der Elite des Königs, würde ohne Zweifel Gehör finden – im Gegensatz zu der von Wallace, dessen Stimme für das Gebrüll des Mobs stand und dessen einziger Ehrgeiz darin zu bestehen schien, jeden Engländer im Land zu töten. Doch trotz all seiner Hoffnungen konnte Robert nicht ewig auf die Rückkehr des Großhofmeisters warten, denn jeder Tag, der verstrich, brachte neue Kriegsgerüchte.

Die Leute sprachen von gewalttätigen Ausbrüchen im Westen zwischen den MacDonalds of Islay und den MacDougalls of Argyll. Die MacDonalds, Freunde der Familie Bruce, hatten König Edward während der Besatzung unterstützt – und auch bei der Rache an den MacDougalls, die seit langem mit den Comyns verbündet waren. Gerüchte berichteten von brennenden Städten und Familien, die zur Flucht gezwungen waren, weil Horden von Bewaffneten mordend und plündernd durch das Land zogen. Überall flackerten Aufstände auf, alte Fehden wurden erneut geschürt und eskalierten. Englische Garnisonen zogen sich hinter Burgmauern zurück, und eindringliche Botschaften und Bitten um Hilfe fanden ihren Weg zu Hugh Cressingham in Berwick, obwohl die Gefahren auf den Straßen täglich größer wurden. Durch diese Nachrichten erfuhr Robert, dass sich die Schotten bei Irvine versammelten. Die Berichte widersprachen sich allerdings; einigen zufolge sollte König Edward selbst in den Norden kommen, um die Rebellen zur Rechenschaft zu ziehen, andere besagten, Wallace beabsichtige, in England einzufallen, aber in einem Punkt waren sich alle einig – dass in Gestalt von Bischof Wishart und James Stewart zwei neue Mitstreiter der Aufständischen aufgetaucht und ebenfalls auf dem Weg in die Hafenstadt waren.

Als sie sich jetzt im ersterbenden Licht dem Lager der Rebellen näherten, flackerte Roberts Vorfreude auf die Aussicht eines Rates des Hofmeisters erneut auf. Doch noch ehe sie die Randbezirke erreichten, wurden sie von einer bewaffneten Patrouille aufgehalten.

Die Gruppe trat ihnen zu Fuß entgegen, und ein Mann gebot ihnen mit erhobener Hand Halt. Er war groß und muskulös, hatte einen sonnenverbrannten kahlen Schädel und trug schmutzige, wadenlange Hosen, die um seinen ausladenden Bauch von einem breiten Gürtel gehalten wurden, und einen auffallenden pelzbesetzten Umhang, der vorne offen stand und eine vernarbte Brust freigab. Er hielt eine Axt mit einem langen Stiel und einer tückischen, gebogenen Klinge in der Hand. Die sechs Männer in seiner Begleitung waren ähnlich seltsam gekleidet. Einer trug die kurze Tunika der Highlander, war barfüßig und mit einem langen Speer bewaffnet, ein anderer steckte in einem altmodischen Kettenhemd, das ihm viel zu groß und wahrscheinlich für einen anderen Mann angefertigt worden war, während zwei weitere fleckige Wämse trugen, kurze Bogen bei sich hatten und Köcher mit Pfeilen an ihren Gürteln baumelten. Alle strahlten eine unterschwellige Angriffslust aus und wirkten, als seien sie kürzlich in heftige Kämpfe verstrickt gewesen. Ihre Haut war mit Prellungen und Schnittwunden übersät, ihre Kleider blutbespritzt.

Der kahlköpfige Mann in dem pelzbesetzten Umhang betrachtete Roberts Banner. »Wer seid Ihr?« Seine Stimme glich dem Grollen eines Bären.

Als Robert seinen Namen nannte, bemerkte er eine Veränderung im Verhalten der Gruppe. Der Kahlkopf warf dem Highlander in der kurzen Tunika einen viel sagenden Blick zu, woraufhin dieser wortlos nickte und über das Gras zum Lager zurückeilte.

Der Kahle drehte sich mit mürrischer Miene wieder um. »Wartet hier.«

»Ich bin gekommen, um Sir James Stewart zu sprechen«, fuhr Robert fort, ohne sich seinen Ärger anmerken zu lassen. Angesichts der Umstände hatte er mit einem kühlen Empfang rechnen müssen, trotzdem kränkte es ihn, dass er, ein Mann von Rang und Stand, von solchen Männern derart unhöflich behandelt wurde.

Der Kahlkopf erwiderte nichts darauf, sondern fuhr fort, Robert anzustarren und dabei leicht seine Axt zu schwingen.

Robert lehnte sich im Sattel zurück und wahrte eine unbeteiligte Miene, während er sich insgeheim voller Unbehagen fragte, ob es ein Fehler gewesen war hierherzukommen – möglicherweise ein sehr gefährlicher Fehler. Er schielte zu Alexander Seton hinüber, auf dessen Gesicht sich ähnliche Besorgnis widerspiegelte und der die Hand an den Griff seines Schwertes gelegt hatte.

Nach einer angespannten Wartezeit erschienen mehrere Männer, die der barfüßige Highlander durch das überfüllte Lager führte. Robert richtete sich auf, als er das blau-weiß karierte Band auf Gold erkannte, das ihre Schilde verzierte: das Wappen des Großhofmeisters. Seine Freude ob der Aussicht darauf, vielleicht doch noch auf ein freundliches Gesicht zu treffen, wurde dadurch gemindert, dass die Ritter ihn genauso knapp begrüßten wie der Kahlköpfige. Ihre Hände befanden sich stets in der Nähe ihrer Waffen, als sie ihn und seine Männer zum Absteigen aufforderten. Robert ließ sein Pferd in Nes' Obhut zurück und stieg hinter seiner Eskorte den Hügel empor. Als er sich umblickte, sah er, dass der Kahle und seine Leute ihm folgten.

Als sie an den von Laternen beleuchteten Zelten vorbeikamen, bemerkte Robert, dass viele Männer sein Banner anstarrten. Zahlreiche Gesichter verhärteten sich beim Anblick des roten Sparrens. Er wusste, dass er ihnen keinen Vorwurf daraus machen durfte, er hatte immerhin zwei Jahre an König Edwards Hof verbracht, und seine Familie hatte sich während des Krieges auf die Seite der Engländer geschlagen. Robert heftete den Blick auf eine Zeltreihe vor ihm. Davor waren Pferde an in die Erde gerammte Pfähle gebunden, und der Geruch nach Mist und Essen vermischte sich mit dem Holzrauch des Feuers, das hoch zum Abendhimmel aufzüngelte. Daran saßen mehrere Männer, aßen, tranken und lachten, einige unterhielten sich leise. Ein paar starrten nur teilnahmslos in die Flammen. Ihre sonnengebräunte Haut wies frische Wunden auf. Zwischen dem Feuer und den Zelten entdeckte Robert James Stewart. Er sprach mit einem untersetzten Mann mit fleckigem Gesicht und Tonsur, der ein mit Hermelinpelz besetztes Gewand trug – Robert Wishart, der Bischof von Glasgow. Die beiden Männer drehten sich um, als er näher kam. Robert lächelte gezwungen, doch weder Stewart noch Wishart erwiderten den Gruß.

»Sir Robert.« Stewarts Ton war kühl. »Unsere letzte Begegnung liegt einige Zeit zurück.«

»Ich freue mich, Euch zu sehen, Sir James. Meine Männer und ich kommen von Kyle Stewart, wo ich gehofft hatte, mich mit Euch beratschlagen zu können.«

»Ich habe mich schon gefragt, wann wir Euch hier zu Gesicht bekommen.« Der Großhofmeister musterte Roberts Gefolge abschätzend. »Wir haben gehört, was bei der Burg von Lord Douglas geschehen ist.«

»Ihr habt schon davon erfahren?« Robert war überrascht. Aus dem Augenwinkel heraus sah er, dass der Kahlkopf zum Feuer getreten war und mit einer hochgewachsenen Gestalt sprach, von der er nur den Rücken sehen konnte.

»Meine Schwester ist auf ihrer Flucht in die Sicherheit vor einer Woche hier vorbeigekommen.« Stewart hielt inne. »Ich schulde Euch Dank dafür, dass Ihr sie und meinen Neffen habt gehen lassen. Wären sie in König Edwards Hände gefallen, hätte ich sie wahrscheinlich nie wieder gesehen.« Die Worte klangen aufrichtig, aber steif.

Robert entging nicht, dass einige der Männer am Feuer zu ihnen herüberspähten. Er widerstand dem Drang, angesichts so vieler unfreundlicher Gesichter näher an seine Tochter heranzurücken. Ein Mann kam mit entschlossenen Schritten zu ihnen herüber. Er hatte windzerzaustes schwarzes Haar, war kräftig gebaut und besser als die meisten in ein gut sitzendes Kettenhemd und einen blauen Umhang gekleidet. Sein Gesicht kam Robert vage bekannt vor. Als er die drei weißen Sterne auf der Brust seines Umhangs sah, begriff er, wo die Vertrautheit herrührte. Sein Verdacht, dies müsse der Vater von James Douglas sein, wurde bestätigt, als der Mann ihn ansprach.

»Sir Robert of Carrick? Ich hörte, Ihr habt meine Frau und meinen Sohn gerettet.« Ehe Robert etwas darauf erwidern konnte fuhr Lord Douglas rau fort: »Bevor ich Euch danke, möchte ich gerne wissen, warum.«

»Das wüssten wir alle gern.«

Die klare Stimme kam von einem hünenhaften Mann, der gleichfalls vom Feuer herüberkam. Neben ihm ging der Kahle, der im Vergleich plötzlich klein wirkte. Robert starrte den Riesen an, der weit über sechs Fuß, wenn nicht gar sieben messen mochte. Seine Hände und Füße waren so groß wie Schaufeln, passten aber in der Proportion zum Rest seines Körpers. Robert war selbst nicht gerade klein zu nennen, aber neben diesem Koloss kam er sich wie ein Zwerg vor. Selbst König Edward, der wegen seiner Statur bewundert und gefürchtet wurde und allgemein als »Longshanks« bekannt war, reichte an diesen Mann nicht heran. Der Hüne hatte ein eckiges, ungeschlachtes Gesicht mit einer Nase, die aussah, als sei sie mehrfach gebrochen worden. Auf seiner Stirn prangte ein halb von zerzaustem braunem Haar verdeckter Bluterguss. Seine muskelbepackten Arme waren mit frisch genähten Verletzungen übersät, wovon eine vom Handgelenk bis zum Ellbogen verlief. Das Erstaunlichste an ihm waren aber seine azurblauen, vor wacher Intelligenz funkelnden Augen. Er trug eine fleckige Hose, mit Lederriemen geschnürte Stiefel und eine dunkelblaue Tunika, unter der sich ein Mantel aus Metallplättchen abzeichnete.

Der Riese blieb vor Robert stehen. »Warum seid Ihr in mein Lager gekommen?«

Einen Moment lang brachte Robert keinen Ton heraus. Das musste er sein, der Mann, der sich weigerte, König Edward die Treue zu schwören, der den Sohn eines englischen Ritters erstochen hatte, der ihn beleidigt hatte, und dem es dann gelungen war, fünf von dessen Gefährten mit nichts als einem rostigen Messer abzuwehren. Der Mann, der eingekerkert, geschlagen und ausgehungert worden war, bis er nicht mehr atmete, von seinen englischen Gefängniswärtern für tot gehalten und auf einen Misthaufen geworfen wurde und zwei Tage später von den Toten auferstand. Der Mann, der den englischen Justiziar aus Scone und Bischof Bek aus Glasgow hinausgejagt und sich durch eine halbe Stadtgarnison gekämpft hatte, um den Sheriff von Lanark in seinem Bett abzuschlachten, womit der Aufstand begonnen hatte.

Robert war überrascht, denn obwohl die Statur des jungen Hünen zu den exotischen Geschichten passte, die über ihn im Umlauf waren, wirkte William Wallace kaum älter als er selbst, aber er legte das Auftreten eines viel erfahreneren Kommandanten an den Tag. Er registrierte, dass Wallace ein eigenartiges Halsband trug. Als er näher hinsah, stellte Robert fest, dass es aus menschlichen Zähnen bestand. Er wandte den Blick von der grotesken Trophäe ab und sah dem jungen Mann in die wachen blauen Augen. Als er auf der Straße nach Irvine darüber nachgedacht hatte, was er nach seiner Ankunft sagen sollte, war es nur darum gegangen, dass er sich nicht länger in Hass verzehren konnte und für das Königreich kämpfen musste, in das er hineingeboren worden war. Doch im Angesicht dieser narbenübersäten, hartgesichtigen Männer erschienen ihm die Worte, die er sich zurechtgelegt hatte, plötzlich pompös und unaufrichtig. »Ich bin hier«, sagte er schließlich mit einem Blick zu James, »um Euch meine Unterstützung für Euren Aufstand gegen König Edward anzubieten.« Sein Blick wanderte zu Wallace zurück, der absolut unüberzeugt wirkte. »Denn ich bin genauso ein Schotte wie Ihr.«

Der Kahlkopf schnaubte verächtlich. Bei dem Geräusch wurden Nes' Augen schmal, und Alexander Setons Hand, die auf dem Knauf seines Schwerts ruhte, schloss sich um den Griff.

Wallace kniff gleichfalls die Augen zusammen. »So? Obwohl Euer Vater noch immer die Stadt Carlisle für den englischen König verteidigt? Obwohl Ihr Euch geweigert habt, für König John zu den Waffen zu greifen und stattdessen für England gekämpft habt? Ich kann keinen Mann gebrauchen, der nur als Schotte geboren ist. Ich brauche solche, die im Herzen schottisch sind!«

Robert trat vor, wollte fragen, wie dieser Barbar, in dessen Adern nur ein Löffelchen edlen Blutes floss, es sich anmaßen konnte, so mit ihm zu sprechen. Aber er schluckte die Worte hinunter, da er meinte, den schneidenden, höhnischen Tonfall seines Vaters herauszuhören. »Meine Familie weigerte sich zu kämpfen, weil der Mann, der uns zu den Waffen rief, ein Marionettenkönig war – Wachs in den Händen unserer Feinde, der Comyns.« Er starrte herausfordernd in die Runde, als leises Geraune auf seine Worte folgte. Dann fixierte er James Stewart und Wishart. »Viele von Euch haben den Anspruch meines Großvaters auf den Thron befürwortet, haben ihren Namen und Ruf deshalb außer Acht gelassen. Wo wart Ihr, als dieser Anspruch abgeschmettert wurde? Ihr habt ihm den Rücken gekehrt, aus Angst, unter Balliol Eure Positionen zu verlieren. Das war verständlich. Und nichts anderes hat meine Familie getan, als sie vor der bitteren Wahl stand, entweder einem Feind die Treue zu schwören oder dem die Treue zu halten, der uns übergangen hat, aber in dessen Diensten wir verblieben sind.« Er sah Wallace wieder an. »Was auch immer Ihr von meiner Handlungsweise denkt – ich war in diesen Jahren dem einzigen König gegenüber loyal, dem meine Familie den Treueeid geschworen hat.« Er brach ab. »Aber diese Loyalität ist über Gebühr beansprucht worden.«

Es war James Stewart, der Robert zu Hilfe kam. »Keiner von uns kann abstreiten, dass es stimmt, was Sir Robert sagt. Ich muss zu meiner Schande gestehen, dass auch ich mich nach der Anhörung von seiner Familie abgewandt habe, obwohl ich seinem Großvater zuvor meine Unterstützung zugesagt habe.« Seine braunen Augen richteten sich auf Robert. »Das bereue ich heute noch, vor allem seit dem Tod Eures Großvaters.« James wandte sich an Wallace. »Es braucht viel Mut, Master William, für seine Familie einzutreten, wenn so viele gegen sie sind. Und noch mehr Mutes bedarf es, diese Familie zum Wohl seines Königreiches zu verlassen.«

Wallace schüttelte den Kopf. »Ich würde Euch generell zustimmen, Sir James, aber ich fürchte, er ist nur ein Spion, den sein Vater geschickt hat, um unsere Pläne in Erfahrung zu bringen. Sein Vorgehen in Douglasdale war vermutlich nichts als eine List, die uns dazu bringen soll, ihm zu trauen.« Er sah Robert nicht an, als er offen und unverblümt weitersprach. »Er war seit über drei Jahren Edwards Gefolgsmann. Wie kann ich ihn da für vertrauenswürdig halten?« Mit diesen Worten wandte Wallace sich ab und kehrte mit großen Schritten zum Feuer zurück.

Robert, der das Nicken und sogar das grimmige Lächeln einiger Männer wohl bemerkte, wollte dem Hünen folgen; entschlossen, diese Anschuldigung nicht auf sich sitzen zu lassen.

James Stewart hielt ihn zurück. »Ihr habt eine lange Reise hinter Euch, und es wird spät. Wir wollen einen Augenblick unter vier Augen miteinander sprechen, Sir Robert.« Er gab seinen Rittern einen Wink. »Sorgt dafür, dass Sir Roberts Männern etwas zu essen gebracht wird.« Als Robert fortfuhr, Wallace' sich entfernenden Rücken anzustarren, fügte James hinzu: »Eure Tochter ist doch sicherlich müde, nicht wahr?«

50

GROLLEND, ABER WIDERSPRUCHSLOS folgte Robert Stewart in das Zelt. Als er sich unter der Klappe hinwegduckte, fand er sich in einem warmen, mit einem Bett, einem Tisch und ein paar Stühlen möblierten Innenraum wieder. Ausgeblichene Läufer bedeckten den Boden, und ein paar Laternen sorgten für Licht. Zwei Diener hielten sich stumm bereit. Der Großhofmeister befahl dem älteren von ihnen, Wein einzuschenken.

Robert, der noch immer über Wallace' Worte entrüstet war, wollte die Erfrischung zunächst ablehnen, aber der Anblick des ruhigen, erwartungsvoll dastehenden Mannes beschwichtigte ihn ein wenig, außerdem war er durstig. Er nahm den Kelch entgegen, schlug aber den ihm angebotenen Platz aus. »Warum lasst Ihr Euch von Wallace Vorschriften machen? Er ist nur der Sohn eines Eurer Vasallen – noch nicht einmal ein Ritter! Schlimmer noch, er ist ein Wilder. Habt Ihr gesehen, was er um den Hals trägt?«

James nippte an seinem Kelch und wartete, bis Robert geendet hatte. »Das ist eine heikle Angelegenheit. Ja, ich stehe rangmäßig weit über William, genau wie Ihr. Aber für viele, die ihm jetzt folgen, ist er eine Art Retter geworden. Sie hören nur auf ihn, und ihre Anzahl macht den größten Teil seiner Armee aus.« James deutete zu dem Lager, das durch die Zeltklappen als Dreieck roter, von Rauch und Schatten erfüllter Dämmerung zu sehen war. »Der Armee, die Ihr hier seht.«

»Ich habe von einigen Dingen gehört, die er getan hat.« Robert war entschlossen, seine Meinung zu vertreten. »Folter, Mord. Ist das die Handlungsweise eines Ehrenmannes?«

»Nein, die eines verzweifelten Mannes in verzweifelten Zeiten. Ich entschuldige seine Methoden nicht. Aber …« James hielt inne. »Ich kann sie verstehen.« Der Großhofmeister nahm auf einem Stuhl Platz. Sein gelber Mantel bauschte sich um ihn. »Für William begann der Krieg vor sechs Jahren während der Anhörung bezüglich des neuen Thronfolgers. Als die Edelleute genötigt wurden, Edward als unseren Obersouverän anzuerkennen, weigerte sich Williams Vater – einer meiner Vasallen, wie Ihr wisst. Wallace war ein guter Mann, aber stolz und eigenwillig. Die Strafe des Königs erfolgte sofort. Als mahnendes Beispiel für andere wurde er geächtet und gezwungen, seine Familie zu verlassen. Kurz darauf kam es zu einem Gefecht zwischen einer Gruppe von Männern aus Ayrshire und englischen Soldaten, die wohl dort stationiert waren, um den Frieden des Königs zu sichern. Wallace kam aus seinem Versteck, um sich diesem Mob anzuschließen, der für den Tod von fünf Soldaten verantwortlich war. Englische Ritter verfolgten die Horde bis zum Loudon Hill.«

Robert erinnerte sich, dass sein Großvater von Auseinandersetzungen während der Anhörung gesprochen hatte.

»Williams Vater wurde niedergestreckt, seine Beine glatt unter ihm abgetrennt. Er verblutete auf dem Hügel – eine entsetzliche und würdelose Art, zu sterben. Kurz darauf starb seine Frau in bitterer Armut, und seine Söhne wurden getrennt. Als Balliol den Thron bestieg, lebte William bei seinem Onkel, dem Sheriff von Ayr. Er hegte damals schon einen großen Groll gegen die englischen Soldaten, die er für den Tod seiner Eltern verantwortlich machte. Als letztes Jahr der Krieg ausbrach, bot sich ihm die Chance, auf die er wartete, aber seine Hoffnungen auf Rache wurden mit unserer Niederlage bei Dunbar zunichtegemacht. Englische Beamte strömten in unsere Städte und ersetzten die Einheimischen. Einer davon war der neue Sheriff von Lanark, ein Mann namens Hesilrig.« James brach ab, um einen Schluck zu trinken. »Während der ersten Zeit der Besatzung erinnerte ich mich, von einem englischen Soldaten gehört zu haben, einem Ringer, der auf Lanarks Marktplatz Männer herausforderte, es mit ihm aufzunehmen. Er verlangte ihnen vier Silberpennys ab, damit sie versuchen durften, einen Stab auf seinem Rücken zu zerbrechen. William nahm die Herausforderung an und zahlte seine vier Pence, aber statt den Stab zu zerbrechen, brach er dem Narren das Rückgrat. Die Kameraden des Mannes gingen auf ihn los, und er schlug sie alle drei nieder. Daraufhin wurde er zum Gesetzlosen erklärt, sein Onkel ausgeraubt und seine Freunde verprügelt. Sogar der Schweif seines Pferdes wurde abgehackt. Die Dinge liefen aus dem Ruder, und der Sohn eines englischen Ritters wurde getötet, von William mit seinem eigenen Messer erstochen. William wurde gefasst und ins Gefängnis geworfen, entkam aber nach wochenlanger Folter.

Danach tauchte er zusammen mit Freunden, die zu ihm hielten, unter. Aber obwohl ein Preis auf seinen Kopf ausgesetzt war, begab er sich immer wieder in Verkleidung nach Lanark, was wegen seiner ungewöhnlichen Körpergröße außerordentlich gefährlich war. Er hatte dort eine junge Frau, seht Ihr, die Erbin eines wohlhabenden Mannes aus Lanark, in die er sich verliebt und die er im Jahr zuvor geheiratet hatte. William spricht jetzt nicht mehr von Marion und seine Kameraden auch nicht, aber ich weiß, dass sie ihm im Frühjahr ein Kind geboren hat. Eines Tages ertappten ihn Hesilrigs Männer, als er sie und seine neugeborene Tochter besuchte. William war gezwungen, sich in Marions Haus zu verschanzen. Als Hesilrig selbst erschien und Einlass verlangte, entkam Willliam, während Marion den Sheriff ablenkte.

Wie ich hörte, sperrte der wütende Sheriff, als er die Täuschung entdeckte, sie und das Kind in dem Haus ein und ließ es dann von seinen Leuten in Brand stecken. Was auch immer genau geschehen sein mag, Marion und ihre Tochter starben jedenfalls an diesem Tag, und William war vor Schmerz wie von Sinnen. In der Nacht kehrte er in die Stadt zurück und kämpfte sich durch die englischen Wachposten hindurch, um zu Hesilrig zu gelangen. Er ermordete den Sheriff in seinem Bett.« James leerte seinen Kelch. »Es heißt, Hesilrig sei als Mensch nicht mehr zu erkennen gewesen, als William mit ihm fertig war. Danach gab es kein Zurück mehr. William und seine Gefährten setzten ihr gewalttätiges Werk fort. Sie begannen damit, englische Reisegruppen auf den Straßen zu überfallen und Garnisonen in Brand zu stecken. Als sich ihnen weitere, durch Cressinghams Steuerforderungen verarmte Männer anschlossen, begannen sie damit, die englischen Beamten anzugreifen. Es dauerte nicht lange, und aus Williams persönlichem Rachefeldzug wurde ein Aufstand.« James schwieg einen Moment, dann erhob er sich und sah Robert ernst an. »Er mag ein Gesetzloser und ein Mörder sein, aber er hat auch die Gabe, andere anzuführen, und wir können seine Autorität hier nicht leugnen. Die Männer, die ihm folgen, würden uns nicht gehorchen. William Wallace hat etwas erreicht, was nur ganz wenigen gelungen wäre. Er hat Männer aus allen Teilen des Königreichs zusammengebracht, von Bettlern bis hin zu Lords. Diese Männer sind ihm zu nichts verpflichtet, und er hat sie weder unter Druck gesetzt noch bezahlt. Sie bleiben aus Loyalität, weil er geblutet und gelitten hat wie sie.«

Robert hatte von all dem nichts gewusst: von den Kämpfen, die rangniedere Männer während der Besatzung auszufechten hatten. Er musste an die Bevölkerung von Carrick denken. Hatten einige von ihnen dasselbe durchgemacht wie Wallace? Er fühlte sich schuldig, wie so oft in diesen Tagen. James wusste so viel über seine Vasallen. Er selbst war blind für die Probleme der Männer und Frauen von Carrick gewesen, bis Affraig ihm die Augen geöffnet hatte. In seinen Bemühungen, zwei Eiden treu zu bleiben, hatte er zahlreiche andere gebrochen. »Ich möchte Wiedergutmachung leisten«, sagte er plötzlich. »Ich weiß, ich habe keinen Grund zu erwarten, dass Ihr mir traut, aber im Gedenken an Eure Freundschaft mit meinem Großvater bitte ich Euch, mich dieses Vertrauen verdienen zu lassen. Ich kann Euch zweifelsohne helfen. Ich werde der erste Earl sein, der sich öffentlich zu dem Aufstand bekennt, aber was noch schwerer wiegt – ich kenne die Engländer, und ich kenne ihren König. Sie könnten bei etwaigen Verhandlungen auf mich hören.«

James musterte ihn lange forschend. »Ja, ich glaube auch, dass Ihr uns nützlich sein könnt.« Seine Züge entspannten sich, und er deutete auf die Zeltklappen. »Kommt, richtet Euch mit Euren Männern häuslich ein. Ich werde mit William sprechen. Er mag diese Armee anführen, aber er wird auf meinen Rat hören.« Der Großhofmeister blieb im Eingang stehen. »Es mag Euch nicht viel bedeuten, Robert, aber ich weiß, dass es für Euch während der letzten Jahre unter dem Kommano Eures Vaters nicht leicht gewesen sein kann. Mir ist bekannt, dass der Lord of Annandale sich nach König Johns Verhaftung Hoffnungen auf den Thron gemacht hat. Aber ich weiß auch, dass dieser Thron nicht für ihn bestimmt ist.«

Als Robert das Zelt verließ, sah Stewart ihm nach. Er sah die Erleichterung in den Gesichtern des Gefolges des jungen Earls. Die Gruppe hatte ihr Essen nicht angerührt, sondern eindeutig erst auf Roberts Rückkehr warten wollen.

Ein großer Schatten tauchte aus der Dämmerung auf, und Bischof Wishart erschien im Eingang. James trat zur Seite und ließ ihn eintreten.

»Und?«, fragte der Bischof.

»Ich denke, wir sollten ihn bleiben lassen, Exzellenz.« James zog sich in das warme Zeltinnere zurück.

»Master William könnte recht haben«, grollte Wishart. »Er könnte als Spion hierher geschickt worden sein.«

»Möglich. Aber ich glaube es nicht.«

»Ich weiß, dass Ihr seinen Großvater respektiert habt, James, genau wie ich, aber Blut macht einen Mann nicht zwingend würdig. Seht Euch seinen Vater an!«

James wandte sich ab und schloss nachdenklich die Augen.

»Aber er hatte recht, nicht wahr?«, murmelte er. »Wir haben den Anspruch seines Großvaters unterstützt, nicht den Balliols.« Als Wishart nicht antwortete, drehte er sich um. »Und jetzt kämpfen wir im Namen eines Königs, den wir nie wollten.«

»Wie auch immer unsere persönlichen Bedenken aussehen, wir haben John Balliol beide im Angesicht Gottes einen Eid geschworen.«

James erwog, noch etwas dazu zu sagen, entschied sich dann aber dagegen. Jetzt war nicht der richtige Zeitpunkt für eine derartige Diskussion. Stattdessen bot er dem Bischof Wein an. »Werdet Ihr meine Entscheidung unterstützen, ihn bleiben zu lassen?«

Wishart nahm den Weinkelch entgegen, den der Diener ihm reichte. »Unter einer Bedingung.« Er trank einen Schluck. »Er wird in den Plan nicht eingeweiht.«

»Er könnte hilfreicher sein, wenn er alles wüsste.«

Wishart blieb eisern. »Nein. Nicht, bis wir sicher wissen, dass wir ihm trauen können.« Der Bischof leerte seinen Kelch. »Und das werden wir bald herausfinden. Unsere Kundschafter berichten, dass sich die Engländer uns durch das Nithsdale-Tal nähern. Percy und Clifford werden jeden Tag eintreffen.«

51

EIN STARKER WIND, DER DAS Gras auf den Feldern zu silbrigen Wellen aufpeitschte, kühlte die Tageshitze etwas ab. An den Ufern des Flusses entlang ragten mächtige Bäume auf. Hinter der Wasserstraße lag ein breiter Pfad, über den ein Heer von Männern marschierte. Bunte Banner hoben sich leuchtend vom Himmel ab.

Robert stand schweigend da und ließ den Blick über die Kavallerie und dann über die ihr folgenden Reihen der Infanterie schweifen. Nachdem er die Truppenstärke auf einige hundert Ritter und die dreifache Anzahl Fußsoldaten geschätzt hatte, fixierte er die vorderen Linien, über denen zwei Standarten flatterten, und konzentrierte sich auf den blauen Löwen auf Gold des Hauses Percy, der immer deutlicher zu erkennen war.

Als ihm mitgeteilt worden war, dass Henry Percy und Robert Clifford auf den Hafen vorrückten, war Robert nicht sonderlich überrascht gewesen. Percy war die Statthalterschaft über Galloway und Ayr übertragen worden, und seit Bischof Bek geflohen und der Sheriff von Lanark tot war, war er zum obersten englischen Kommandanten im Westen Schottlands aufgestiegen. Das hatte ihn zusammen mit dem Umstand, dass er jederzeit Truppen von seinen nahe gelegenen Landsitzen in Yorkshire rekrutieren konnte, zu Cressinghams wahrscheinlichstem Kandidaten für die Aufgabe gemacht, die Rebellen zurückzuschlagen. Trotz seiner bösen Vorahnung bezüglich eines Wiedersehens mit seinem ehemaligen Kameraden war Robert insgeheim davon überzeugt gewesen, dass die beiden Drachenritter ihm wenigstens zuhören würden. Er hatte an ihrer Seite gekämpft, zusammen mit ihnen dem Tod ins Auge geblickt, war einer der Ihren gewesen. Sie hatten ihn als Bruder betrachtet.

Doch jetzt, beim Anblick der näher rückenden beeindruckenden Armee, schwand sein Optimismus merklich.

Neben Robert stand der Bischof von Glasgow, die Beine gespreizt, die Hände hinter dem Rücken verschränkt, fest mit dem Boden verwurzelt wie eine mächtige Eiche. Zu seiner Linken hatte sich der Großhofmeister aufgebaut, dessen Gesicht nicht verriet, was in ihm vorging. Bei ihm waren der kampfeslustige Lord Douglas und der sie alle überragende William Wallace. Wallace wirkte von allen am entspanntesten, doch seine blauen Augen glitzerten vor Ungeduld. Sein mächtiges Schwert hatte er sich auf den Rücken geschnallt. Die verkratzte Klinge maß gut fünf Fuß, der lederumwickelte Griff noch ein Mal einen Fuß. Zwei seiner Kommandanten standen bei ihm. Einer war der kahlköpfige Mann, bei dem es sich, wie Robert inzwischen wusste, um Wallace' Vetter Adam handelte. Er trug noch immer seinen auffallenden Pelzumhang, scheinbar eine Trophäe aus der Halle des Justiziars von Scone.

Die Vorhut des englischen Heers war von dem Pfad auf das Feld abgebogen; ihre Pferde frästen lange Linien durch das hohe Gras. Kurz darauf schwärmten sie aus und gaben den wartenden Schotten den Blick auf die Reihen der Kavallerie frei. Alle Reiter saßen auf schabrackenbewehrten Schlachtrössern und hielten Lanzen in den Fäusten. Die Fußsoldaten aus den nördlichen Grafschaften Englands, die hinter den Rittern herstapften, schienen zahlenmäßig denen von Wallace' Armee zu entsprechen, aber was die Kavallerie betraf, waren die Schotten den Engländern weit unterlegen. Wenn es hier zu einer Schlacht kam, erkannte Robert mit wachsendem Unbehagen, würden sie sie verlieren.

Beim Klang eines Horns kam das englische Heer zum Stehen, die Pferde schnaubten und tänzelten nervös. Eine kleine Gruppe löste sich vom Hauptteil und kam auf die Schotten zu. Auch ohne das Banner hätte Robert Henry Percy sofort aufgrund seines Sitzes im Sattel erkannt. Der Lord of Alnwick, der seine Lanze von seinem Knappen tragen ließ, hielt mit einer Hand die Zügel, die andere ruhte auf seinem Schenkel, und seine stämmige Gestalt passte sich träge dem Rhythmus des Pferdes an. Ein großer, mit drei schneeweißen Schwanenfedern geschmückter Helm bedeckte seinen Kopf, aber er hatte das Visier hochgeklappt, sodass sein rotes, jetzt noch fleischigeres Gesicht und sein verächtlich verzogener Mund zu sehen waren.

Als die Gruppe Halt machte, stiegen die Männer nicht ab, sondern blieben im Sattel sitzen und blickten auf die Schotten hinunter. Percys Schlachtross stampfte mit den Hufen. Der Blick des Lords wanderte über die Gegenseite hinweg, ruhte kurz auf Wallace und heftete sich dann auf Robert.

Robert spürte, wie er sich unter dem drohenden Starren innerlich zu winden begann, hielt aber Percys Blick entschlossen stand.

Wishart ergriff als Erster das Wort. »Ich wünsche Euch einen guten Tag, Mylords. Ich bin Robert Wishart, dank der Gnade Gottes Bischof von Glasgow und ehemaliger Hüter Schottlands. Ich werde zusammen mit meinen edlen Kameraden hier mit Euch verhandeln.«

Percy wandte die Augen nicht von Robert. »Ich hörte schon, dass du den König verraten hast. *Eidbrecher.*« Ehe Robert etwas erwidern konnte, richtete Percy seine Aufmerksamkeit auf den Bischof. »Edle Kameraden? Ich sehe nur einen Geistlichen, einen Gesetzlosen und drei Verräter.«

Lord Douglas grollte eine Obszönität, doch Wishart griff rasch ein. »Wir sind hier, um wie Männer miteinander zu verhandeln, nicht um wie Schulknaben Beleidigungen auszutauschen.«

Clifford, der sich gleichfalls auf Robert konzentriert hatte, antwortete an Percys Stelle. »Unser Befehl lautet, alle zu verhaften, die den Frieden des Königs gestört und die Waffen gegen ihn erhoben haben.« Er wies mit einem behandschuhten Finger auf Wallace, der keine Miene verzog. »Auf den Kopf dieses Mannes ist ein Preis ausgesetzt. Ihr alle habt Euer Land verwirkt, indem Ihr den Treueeid gebrochen habt, den Ihr dem König geschworen habt. Es wird keine Verhandlungen geben. Ihr werdet Euch uns ergeben, oder wir werden Euch gewaltsam dazu zwingen.«

Robert wappnete sich für eine schroffe Zurückweisung seitens Wisharts.

Doch stattdessen sah der Bischof Clifford nur ruhig an. »Dazu besteht kein Anlass, Lord Clifford. Wir sind bereit, uns zu ergeben.«

Robert drängte sich hinter dem Großhofmeister in das Zelt, dessen Seiten sich im Wind bauschten. »Wusstet Ihr, was der Bischof vorhatte? Warum in Gottes Namen habt Ihr keine Einwände erhoben?«

Angesichts seines barschen Tons wurden James' Augen schmal.

»Ich dachte, wir würden kämpfen. Ich dachte, deswegen

wärt Ihr nach Irvine gekommen! Indem ich mich den Befehlen meines Vaters widersetzt und mich auf die Seite der Aufständischen geschlagen habe, habe ich alles riskiert! Mein Land, meine Familie. Und wofür?« Robert fuhr herum. »Ich bin nicht hergekommen, um gleich bei den ersten Verhandlungen auf alle ihre Forderungen einzugehen!«

»Es mag uns ja nicht an dem nötigen Mut mangeln, den Engländern auf dem Schlachtfeld entgegenzutreten, aber wir sind leider denkbar schlecht ausgerüstet. Das wisst Ihr so gut wie ich, Robert – besser noch, würde ich sagen, denn Ihr habt ja mit ihnen in Wales gekämpft. Ihr müsst ihre Stärke kennen. Sagt mir eines – kann eine Armee undisziplinierter Fußsoldaten schwere englische Kavallerie im offenen Kampf schlagen?«

Robert gab keine Antwort. Was hätte er auch erwidern sollen? Der Großhofmeister sprach nur aus, was ihm selbst klar geworden war, als er die Engländer auf das Feld hatte reiten sehen. »Es hätte nicht zu einer Schlacht kommen müssen. Ich hätte mit Percy sprechen, ihm Bedingungen anbieten können, die er dann dem König hätte unterbreiten können. Zumindest hätten wir Zeit gewinnen können. Ich hätte Carricks Befestigungsanlagen verstärken können. Aber jetzt …« Fluchend stapfte er durch das Zelt. »Ich habe keine Zeit mehr, um meine Vasallen zur Verteidigung der Grafschaft aufzurufen!«

»Meint Ihr wirklich, Ihr hättet verhandeln können?« James sah zu, wie Robert wie ein gefangener Löwe auf und ab schritt. »Hätten sie auf Euch gehört? Percys Feindseligkeit Euch gegenüber war nicht zu übersehen.«

Robert ließ sich schwer auf einen Stuhl sinken und fragte sich, ob er ein Narr gewesen war hierherzukommen. Er hätte begreifen müssen, dass sein Verrat am König schwerer wog als der irgendeines anderen Mannes. Er war weit davon entfernt, eine Art Brücke zwischen den beiden Seiten zu bilden – seine Anwesenheit hier hatte vermutlich alles nur noch schlimmer gemacht. Er fragte sich, ob er selbst hätte zu Edward gehen und ihn beschwören sollen, ihm zuzuhören, aber noch während er das dachte, erkannte er schon, wie lächerlich diese Idee war. Noch nicht einmal die engsten Berater des Königs konnten ihn dazu bringen, etwas zu tun, was er nicht tun wollte. »Ich kann nicht glauben, dass Wallace das einfach hingenommen hat.« Ihm fiel der zustimmende Ausdruck im Gesicht des Rebellen wieder ein, als Wishart zum Schlag ausgeholt hatte.

Percy und Clifford hatten ebenso überrascht gewirkt, wie er sich gefühlt hatte, als der Bischof einer Kapitulation zustimmte, doch ehe sie dazu gekommen waren, etwas zu erwidern, hatte Wishart vorgeschlagen, dass sie am nächsten Morgen zurückkehren sollten, um die Einzelheiten zu besprechen, und ihnen einen etwa eine Meile entfernten guten Lagerplatz gezeigt. Widerstrebend, da das prompte Einlenken der Schotten ihnen den Wind aus den Segeln genommen hatte, hatten sich die englischen Lords schließlich einverstanden erklärt.

Robert musterte James nachdenklich. Wallace' erstaunliche Reaktion ging ihm nicht aus dem Kopf. »Nach allem, was Ihr mir erzählt habt, hätte ich gedacht, Wallace würde lieber mit dem Schwert in der Hand sterben, als sich den Engländern einfach kampflos zu ergeben.« Als Stewart den Blick abwandte, erhob sich Robert. Irgendetwas in den Augen des anderen Mannes hatte sein Misstrauen geweckt. »Sir James?«

James drehte sich zu ihm um. Einen Moment lang blieb sein Gesicht ausdruckslos, bevor sich etwas wie Resignation darin abzeichnete. »Man hat mich gebeten, es vor Euch geheim zu halten.«

»Was denn geheim halten?« Robert starrte ihn fassungslos an.

»Unseren Plan. Wishart und Wallace haben ihn vor ein paar Wochen ausgeheckt. Sie hofften, die englischen Truppen hierher zu locken, von denen sie wussten, dass König Edward sie ausschicken würde, um den Aufstand niederzuschlagen. Irvine liegt nahe genug bei Galloway und Ayr, um zu gewährleisten, dass Percy uns entdeckt, aber weit genug von der Ostküste und unseren wichtigsten Bollwerken entfernt.«

»Weit genug entfernt wozu?«

»Robert Wishart beabsichtigt, die Engländer in möglichst lange Verhandlungen zu verstricken, damit William seinen Feldzug im Osten fortsetzen kann. Er und seine Männer waren der Köder für die Engländer. Jetzt werden wir sie hier festhalten, während Wallace sich aus dem Staub macht, um zu Ende zu bringen, was er begonnen hat. Er will sich mit dem Rest seiner Männer in den Wäldern von Selkirk treffen und sich dann Morays Truppen im Norden anschließen. Das Ziel lautet, so viele Festungen einzunehmen, dass wir Cressingham zurücktreiben können, wenn er von Berwick aus eine Offensive startet.«

»Wie will Wallace sich denn unbemerkt davonmachen – direkt unter der Nase der Engländer?«

»Unser Lager ist groß genug, um vortäuschen zu können, es wäre voll belegt. Wishart führt die Verhandlungen mit den Engländern in deren Lager, und von William wird nicht erwartet, dass er daran teilnimmt.«

Robert schwirrte der Kopf. Er versuchte sich auszurechnen, was das alles für ihn bedeutete, aber James war noch nicht fertig.

»Ich werde Wishart berichten, dass ich Euch eingeweiht habe. Wir hätten es Euch ohnehin nicht ewig verschweigen können. Außerdem hat Percys Reaktion meiner Meinung nach Eure Unschuld bewiesen. Kein Mann kann einen solchen Hass vortäuschen wie den, den er verströmt hat.« James hielt inne. »Ihr werdet sehr vorsichtig sein müssen, Robert.«

52

DER WIND WAR IM LAUF DES Nachmittags abgeflaut und hatte eine drückende, stickige Luft hinterlassen. In der letzten Stunde hatten sich im Westen dunkle Gewitterwolken aufgebaut. Robert und sein Gefolge saßen in dem dämmrigen Licht schweigend bei ihrer Mahlzeit, einer unappetitlichen Mischung aus Haferbrei und bitteren Beeren. Die Diener und zwei Knappen aus Carrick waren eifrig damit beschäftigt, die letzten Zelte aufzubauen und inmitten von Wallace' Armee ein kleines Lager zu errichten. Über diesem Lager wurde die Standarte von Carrick gehisst. Robert hatte überlegt, ob es klug war, sie offen zur Schau zu stellen, hatte sich dann aber entschieden, auf seine Gegenwart hinzuweisen, statt sie zu verbergen. Ganz in der Nähe saß eine Gruppe von Bauern an einem niedrigen Feuer, ihre Speere lagen neben ihren groben Wollumhängen, die ihnen als Bettzeug dienten, auf dem Boden. Voller Staunen betrachteten sie die Pelze, Kissen und Decken, die aus dem Karren geladen und in die gestreiften Zelte getragen wurden.

Robert rührte mit dem Löffel in der grauen Masse in der Schale herum, die sein Diener ihm gereicht hatte. Obwohl sein Magen zuvor vor Hunger geschmerzt hatte, war seine Kehle jetzt wie zugeschnürt. Er blickte auf, als Christopher in seinem Bündel herumwühlte und eine schlanke Flöte zum Vorschein brachte. Sie war der kostbarste Besitz des Knappen aus Yorkshire, sein Vater hatte sie in Kastilien für ihn gekauft. Er spielte ausgezeichnet und hatte die Reisegruppe während vieler langweiliger Abende auf der Straße aufgeheitert. Als er die Flöte an die Lippen setzte und ein paar Töne blies, hallten sie in der Abendluft wider, und die am Feuer zusammengerollte Uathach hob den Kopf und winselte. Zuvor hatte Robert leise mit dem Knappen und Alexander über den Plan gesprochen, den Wallace und Wishart geschmiedet hatten. Alexander hatte Zweifel bezüglich der Wirksamkeit der List geäußert, und sowohl ihn als auch Christopher hatte beunruhigt, dass Robert nicht von Anfang an eingeweiht worden war, obwohl die Schotten ihn der Gruppe zugeteilt hatten, die Percy und Clifford in Empfang nehmen sollte.

»Das sieht für mich aus, als wollten sie deine Loyalität auf die Probe stellen«, hatte Alexander gemeint. »Sie wollten sehen, wie du auf deine früheren Kameraden reagierst und sie auf dich.«

Robert verstand ihre Bedenken. Die beiden Männer, besonders Alexander, hatten auf diesem gefährlichen Weg viel zu verlieren. Innerlich hatte er versucht, sich von jeder Verantwortung dafür freizusprechen: Sie hätten sich schließlich auch entscheiden können, mit Gillepatric und dem Rest nach Annandale zurückzukehren. Aber die Wahrheit lautete, dass er, indem er ihnen einen Platz in seiner Kompanie angeboten hatte, Verantwortung auf sich geladen hatte.

Während er in die Schüssel starrte und die Flötentöne über ihn hinwegfluteten, schienen alle vor ihm liegenden Wege ins Nichts zu führen. Die Schotten wollten ihn nicht hierhaben, sie trauten ihm nicht, darauf musste Alexander ihn nicht erst hinweisen. Selbst wenn Wallace und seine Männer siegen würden und König John den Thron wieder bestieg, würde er, ein Bruce, in Balliols Königreich schwerlich Unterstützung finden. Die englischen Ritter hassten ihn wegen seiner Desertion, und sein Vater verabscheute ihn, daran hegte er keinen Zweifel.

Aus den Augenwinkeln heraus sah Robert seine Tochter auf sich zuwatscheln. Mit ausgestreckten Ärmchen kämpfte sie darum, nicht das Gleichgewicht zu verlieren. Marjories Lächeln war wie ein Sonnenstrahl, der seine Welt erhellte. Unwillkürlich erwiderte er es und streckte ihr eine Hand hin. Doch bevor sie ihn erreichte, fiel sie hin, landete auf ihrer Kehrseite, ihr Lächeln verschwand, und sie begann laut zu weinen. Christopher hielt mit dem Flötenspiel inne, und Judith setzte augenblicklich ihre Schüssel ab und hob sie hoch. Marjorie zappelte, weinte heftiger und streckte die Fäustchen nach Robert aus, dessen Lächeln gleichfalls verblasste, als er wieder in seine Gedanken versank. Ohne auf die Proteste des Kindes zu achten, duckte sich Judith in das kleine Zelt, das sie mit Katherine teilte, und zog mit der freien Hand bereits ihr Hemd herunter, um die Kleine zu füttern. Marjories Geschrei verebbte, und die anderen beendeten ihre Mahlzeit. Nes leckte den letzten Haferbrei von seinem Löffel, erhob sich und ging zu den in der Nähe angebundenen Pferden. Er bückte sich, zog eine Bürste aus der Satteltasche und begann Hunters Fell zu striegeln, dabei summte er die Melodie vor sich hin, die Christopher gerade gespielt hatte. Katherine trat zu ihm und rümpfte ob des Pferdegeruchs die Nase.

»Nes, du musst Marjories Sattelsitz reparieren, wenn du hier fertig bist. Ich habe dir doch gestern schon gesagt, dass ein Splitter in der Rückenlehne steckt.«

Robert sah, wie Alexander zu ihr hinüberblickte. Er meinte, so etwas wie Ärger im Gesicht des Lords zu lesen, bevor seine Aufmerksamkeit von einer Gruppe von Männern abgelenkt wurde, deren Stimmen das Gemurmel im Lager übertönten. Einer war Adam. Wallace' Vetter warf ihm im Vorübergehen einen giftigen Blick zu.

Nachdem sie außer Sicht waren, stellte Robert seine unberührte Schüssel beiseite und ging zu seinem Zelt hinüber. Drinnen hatten die Diener einen dicken Läufer auf dem Boden ausgebreitet. Die Truhen mit seinen Kleidern und sonstigen Habseligkeiten waren säuberlich in einer Ecke aufgestapelt, und mehrere Lagen Pelze und Decken bildeten ein bequemes Bett. Auf einer Truhe stand ein silbernes Tablett mit einem glasierten Weinkrug und einem Kelch, darüber brannte eine Laterne an einem Haken. Robert setzte sich auf die Pelze und zog seine Stiefel aus. Sein Kopf schmerzte von den Fragen, die ihn unablässig beschäftigten. Morgen früh würde er vor den Verhandlungen mit Percy und Clifford mit Alexander zum Fluss gehen und seine Muskeln mit einem kleinen Übungskampf lockern, um wieder klar denken zu können.

Hinter ihm wehte Rauchgeruch in das Zelt. Er blickte sich um und sah Katherine hereinhuschen. Sie sagte nichts. Er fuhr gleichfalls schweigend fort, seine Stiefel auszuziehen, als sie sich hinter ihn kniete. Seine Finger wurden langsamer, als sie seine verkrampften Muskeln zu kneten begann, und er spürte, wie der Druck in seinem Kopf nachzulassen begann. Nach einiger Zeit beugte sie sich vor, ihre Brüste pressten sich leicht gegen seine Schulterblätter, sie strich sein schweißfeuchtes Haar zur Seite und küsste seinen Nacken. Ihre von der Sonne trockenen Lippen strichen über seine Haut und jagten ihm einen Schauer über den Rücken. Die Wolken in seinem Kopf lösten sich auf, bis außer Katherine nichts mehr um ihn herum zu existieren schien. Die Luft war von ihrem Duft nach Holzrauch, Schweiß und Beeren erfüllt.

Sie glitt um ihn herum, bis sie ihm gegenüber kniete. Er nahm ihr die Haube ab, sodass ihr Haar ihr lose über die Oberarme flutete. Dann schloss er die Augen, ließ die Hände an ihrem Rücken hinuntergleiten und küsste sie, ehe er ihr das alte Kleid seiner Frau über die Schulter zu ziehen versuchte und, als sich das als unmöglich erwies, an den Schnüren zu nesteln begann. Als er die Augen aufschlug, um besser sehen zu können, was er tat, bemerkte er, dass Katherine ihn wie gebannt anstarrte. Er löste die Knoten und Schnüre, bis er ihr das Kleid abstreifen konnte. Sie half ihm, das Kleidungsstück bis zur Taille herunterzuziehen und ihre Brüste zu entblößen. Robert sah zu, wie sie ihre schwarze Haarmähne schüttelte, dann überwältigte ihn sein Verlangen, und er presste sie in die Pelze. Er wollte nicht mehr denken müssen.

Draußen erklangen Alarmrufe und das panische Wiehern von Pferden. Robert löste sich von Katherine, als die Zeltklappe geöffnet wurde und Alexander den Kopf hereinschob. Die Zofe setzte sich auf, verschränkte die Arme vor ihren bloßen Brüsten und funkelte den Ritter böse an. Doch Alexander würdigte sie keines Blickes, sondern konzentrierte sich auf Robert, der sich leise fluchend erhoben hatte.

»Was zum Teufel …«

»Komm mit. Ich muss dir etwas zeigen.«

Robert überließ es Katherine, sich wieder in ihr Kleid zu kämpfen, und folgte Alexander aus dem Zelt. Sein Verlangen war heißer Wut gewichen. Christopher und Walter starrten mit gezogenen Schwertern in die Dunkelheit hinter dem Feuer. Alexanders Ritter und die Knappen waren bei ihnen. Nes und die Diener beruhigten die Pferde, und Judith hielt Marjorie auf dem Arm. Robert sah dicht neben seinem Banner etwas aus dem Boden ragen. Es war ein Pfeil. Ein paar Männer eilten von den anderen Zelten herbei. Ihre Stimmen zerrissen die Abendluft.

»Was war das?«

»Werden wir angegriffen? Holt Wallace!«

Robert bückte sich nach dem Geschoss. Etwas war an dem Schaft befestigt, eine kleine Pergamentrolle. »Hast du gesehen, wo er herkam?«, fragte er Alexander, der daraufhin den Kopf schüttelte.

Robert stampfte auf den Pfeil und zerbrach den Schaft. Er hob das zersplitterte Stück auf, entfernte die Botschaft und faltete sie auseinander.

VERRÄTER

Das Wort war in Großbuchstaben mit einer dunklen Substanz hingemalt worden.

»Die Engländer?«, murmelte Alexander, der über seine Schulter spähte.

Robert starrte in die Dämmerung. Die Gewitterwolken hatten sich am Himmel auftgetürmt und verdeckten die Sterne. Er schüttelte den Kopf. »Ich weiß es nicht.«

»Du solltest den Großhofmeister informieren.«

»Nein«, wehrte Robert scharf ab. »Wir kümmern uns selbst um solche Dinge.« Er warf die Botschaft ins Feuer, ohne auf die neugierigen Blicke der Männer zu achten, die gekommen waren, um zu sehen, was die Störung zu bedeuten hatte. »Stell heute Nacht vier Wachposten auf.« Als er zu seinem Zelt zurückkehrte, folgte Alexander ihm.

»Da ist noch etwas, Robert«, sagte er, sobald sie außer Hörweite der anderen waren. Er nickte zu dem Zelt hinüber, in dem Katherines Gestalt schattenhaft zu erkennen war. »Warum sparst du dein Bett nicht für eine Frau auf, die dir ebenbürtig ist, mein Freund, zumindest in Gegenwart hochrangiger Verbündeter?«

»Mit wem ich mein Bett teile, geht nur mich etwas an.« Robert wandte sich ab und schritt zu seinem Zelt. Das Pergament ging hinter ihm im Feuer in Flammen auf.

53

»WIE ICH SCHON SAGTE … wir sind bereit, uns zu ergeben, aber wir können nicht für alle Männer hier sprechen.« Der Ton des Großhofmeisters klang bestimmt.

»Und wie wir schon sagten, ist das unakzeptabel«, konterte Clifford. »Sir Hugh de Cressingham hat eine bedingungslose Kapitulation aller an dieser Rebellion beteiligten Männer angeordnet. Er wünscht, dass Lord Douglas und der Gesetzlose William Wallace in den Tower geschafft werden, wo sie wegen ihrer Verbrechen gegen die Krone abgeurteilt werden.«

Douglas' Lippen verzogen sich verächtlich. Er griff nach seinem Kelch und kippte den Wein hinunter, den der Leibdiener der englischen Lords ihm eingeschenkt hatte.

»Lord Stewart, wie oft müssen wir das noch durchkauen?« Cliffords Gesicht war gerötet. Der über dem Tisch, an dem die sechs Männer saßen, aufgespannte Baldachin aus feinem Tuch schützte ihre Köpfe zwar vor der Sonne, konnte aber die Hitze nicht mindern, die ihnen allen zu schaffen machte und bewirkte, dass ihnen der Schweiß in Strömen über die Wangen rann.

»Wir können nur für uns selbst sprechen, nicht für andere.« Wishart stieß vernehmlich den Atem aus. »Wir können Euch die bedingungslose Kapitulation anbieten, die Ihr verlangt, aber wir sind nicht bereit, unseren Kopf hinzuhalten, wenn die Rebellion anderswo ihren Fortgang nimmt.«

»Ich finde, das reicht jetzt«, grollte Percy und stützte die Hände auf den Tisch. »Wir sollten die Männer festnehmen, die wir hier vorgefunden haben«, wandte er sich an Clifford, »und es

Sir Hugh und meinem Großvater überlassen, den Aufstand von Moray und den Rebellen im Norden niederzuschlagen. Was ihnen auch gelingen wird«, fügte er mit einem Blick zu James hinzu.

»Das könnt Ihr tun, Lord Percy«, warf Wishart ein, bevor Clifford antworten konnte. »Aber wenn Ihr uns jetzt in Gewahrsam nehmt, bleibt Euch immer noch das Problem unserer Armee. Ihr könnt ja schwerlich jeden einzelnen Mann hier festnehmen, nicht wahr?« Sein Ton klang herausfordernd, aber seine Augen glitzerten. Er schien die Situation zu genießen.

»Nein«, gab Percy kalt zurück, »aber wir können sie auf dem Schlachtfeld in Stücke hacken. Im Gegensatz zu Euch werden sie nämlich nicht wie Ehrenmänner behandelt werden.«

»Nun, ich bezweifle, dass sie Euch auf dem Schlachtfeld überhaupt entgegentreten würden. Ich halte es für viel wahrscheinlicher, dass sie sich in die Wälder zurückziehen und Ihr nichts mehr von ihnen hört und seht, bis sie an irgendeinem anderen Ort zuschlagen.«

Robert schielte zu dem Bischof hinüber. Das gefährliche Spiel flößte ihm Unbehagen ein. Die Engländer durften keinesfalls herausfinden, dass genau dies geschehen war. Er hatte nicht damit gerechnet, dass sie die Täuschung erfolgreich aufrechterhalten könnten, doch das englische Lager lag eine Meile von dem ihren entfernt, und er musste zugeben, dass das schottische Lager aus der Ferne tatsächlich voll belegt wirkte. Wallace hatte ein paar seiner Männer zurückgelassen, und sämtliche Zelte standen noch. Das Gefolge von Douglas und dem Großhofmeister war auch nicht gerade klein, und diese Männer vermittelten zusammen mit einer Anzahl von Einheimischen oberflächlich betrachtet den Eindruck, dass sich nichts geändert hatte. Dennoch empfahl es sich nicht, irgendwelche Andeutungen fallenzulassen, denn sowie Percy und Clifford herausfanden, dass Wallace und der größte Teil seiner Truppen Irvine schon in der Woche zuvor verlassen hatten, würden sie alle in Ketten zum Tower geschafft werden.

James Stewart musterte den Bischof gleichfalls nachdenklich. Ein warnender Ausdruck lag in seinen Augen. »Wir sind im Verlauf dieser Diskussion stets höflich geblieben«, sagte er zu dem kampfeslustigen Ritter. »Es besteht kein Grund, uns zu drohen. Wir vier haben Euch unser Wort gegeben, uns der Gnade des Königs auszuliefern, aber um weitere Gewalt zu verhindern, müssen wir hierbleiben. Die Rebellen werden auf uns hören.« Zum Zeichen seiner Aufrichtigkeit hob er die Hände. »Es ist die beste Lösung für uns alle.«

»Nehmt uns jetzt fest«, fügte Wishart hinzu, »und ich schwöre bei Gott, dass der Aufstand weitergeht.«

Die Diskussion ging im Wesentlichen so weiter wie in der vergangenen Woche, während der erst Unwetter getobt hatten und dann so glutheiße Tage angebrochen waren, dass die Männer aus dem schottischen Lager in den Fluss gesprungen waren, um sich abzukühlen.

Robert merkte, wie seine Aufmerksamkeit nachließ. Er blickte zu dem englischen Lager hinüber, das sich bis zum Meer erstreckte. Dahinter stieg die Küstenlinie zu verdorrten Feldern und bröckeligen Klippen in Richtung Ayr und Carrick an. Seit er mit neunzehn Turnberry besucht hatte, bevor er nach England aufgebrochen war – die einzige Zeit, die er in seiner Grafschaft verbracht hatte, nachdem sie ihm zuerkannt worden war –, war er der Heimat seiner Kindheit nicht mehr so nah gewesen. Affraig drängte sich in seine Gedanken.

Es herrscht viel Leid. Ich bin gekommen, um zu sehen, ob unsere Hoffnung vielleicht bei Euch liegt. Unserem Lord.

Solange die Engländer hier in Verhandlungen verstrickt waren, konnten sie wenigstens seine Leute nicht schikanieren. Robert blickte sich wieder um, als Clifford weitersprach. Henry Percy starrte ihn an. Die Drohung in den Augen des Mannes riss ihn aus seiner dumpfen Benommenheit, und er beschloss, von nun an noch mehr auf der Hut zu sein.

Während der Verhandlungen hatte sich Robert zumeist zurückhaltend verhalten – bis zum gestrigen Tag, als die drückende Hitze und Percys Arroganz zu viel geworden waren, er den Lord beschuldigt hatte, sein Land widerrechtlich betreten zu haben, und Wiedergutmachung gefordert hatte. Percy hatte sofort zurückgebissen und ihn mit einer von Drohungen durchsetzten Schmährede überschüttet. Dann waren sie beide aufgesprungen und hatten nach ihren Schwertern gegriffen, bis James Stewart und Clifford dazwischengegangen waren. Robert war vor James und den anderen zum schottischen Lager zurückgeritten, hatte sein Pferd zu einem wilden Galopp angetrieben, bis sie beide außer Atem und in Schweiß gebadet gewesen waren. Auf dem ganzen Rückweg hatte ihm das Bild von Percy und Clifford vor Augen gestanden, die den Königsstein von dem Altar in Scone zerrten – und von ihm selbst, wie er sie mit gezücktem Schwert geschützt hatte.

»Wir sind an einem toten Punkt angelangt«, stellte James müde fest. »Lasst uns morgen weitersprechen.«

»Nein.« Percys Blick wanderte von Robert zu dem Großhofmeister. »Unsere Beamte in Berwick erwarten, dass die Angelegenheit noch vor Ende des Monats geklärt wird. So lautet König Edwards Befehl. Ich will diese Diskussion beenden. Und zwar heute noch.«

Robert sah, wie sich James' Gesicht besorgt umwölkte. Er verstand nur zu gut, warum. Percy und Clifford würden sich letztendlich trotz des Risikos weiterer Aufstände gezwungen sehen, sie gefangen zu nehmen, um Cressinghams Befehle auszuführen. Die bislang nicht erfolgte Inhaftierung war nur dem Umstand zu verdanken, dass die beiden Ritter relativ unerfahrene Kommandanten waren. Ein Veteran wie John de Warenne oder Humphrey de Bohuns Vater hätte mit Wishart und seinen Argumenten kurzen Prozess gemacht. Außerdem würde es nicht mehr lange dauern, bis sie erfuhren, dass Wallace Dundee angreifen wollte. Wenn das geschah, flog ihre List auf.

Clifford erhob sich und gab Percy einen Wink. Die beiden entfernten sich vom Tisch, bis sie außer Hörweite waren. Douglas schnitt eine Grimasse in seinen leeren Kelch, während Wishart die Engländer aufmerksam beobachtete. Als die Ritter zurückkehrten, bemerkte Robert ein unangenehmes Lächeln auf Percys Gesicht.

»Wir akzeptieren Eure Kapitulation«, begann Clifford. »Unter bestimmten Bedingungen. Ihr werdet unter Bewachung hierbleiben, um die Rebellen davon zu überzeugen, von weiteren Gewalttaten abzusehen. Wenn wir dafür eindeutige Beweise sehen, werden wir Kunde davon nach Berwick bringen, zusammen mit den Männern, die wir auf Befehl Sir Hughs festnehmen sollen, namentlich Lord Douglas und Wallace. Euer Land ist konfisziert, bis König Edward eine anderweitige Entscheidung trifft.«

James nickte, aber bevor er etwas sagen konnte, hob Clifford eine Hand.

»Als Zeichen Eures guten Willens, Euer Wort zu halten, verlangen wir eine Geisel.«

»Wen?«, fragte Wishart knapp.

Percys Blick wanderte zu Robert.

James, dem dies nicht entging, griff sofort ein. »Nein. Sir Robert ist ein Earl, das Lösegeld für ihn wäre viel zu hoch.«

»Ihn wollen wir ja gar nicht«, versetzte Percy schroff. »Sondern seine Tochter. Wir wissen, dass er sie mitgenommen hat, als er Carlisle verließ. Sein Vater sagte es uns.« Percys blaue Augen zogen sich voll kalter Befriedigung zusammen. »Der Lord of Annandale hat uns viel erzählt – unter anderem, wie sehr er seinen Sohn hasst und ihm den Tod wünscht.«

Bei diesen Worten wich das Blut aus Roberts Wangen, und er sprang so ungestüm auf, dass sein Stuhl hinter ihm umkippte.

Die drei Männer sahen sich von hilfloser Wut und Sorge erfüllt an. Draußen brach der Abend an und versprach eine weitere schwüle Nacht. Im Zelt des Großhofmeisters spendeten Laternen ein warmes, behagliches Licht.

»Wenn wir auf ihre Forderung eingehen, erkaufen wir uns mehr Zeit.« Das kam von Wishart. »Wir wussten, dass wir Zugeständnisse machen würden müssen – ja, sogar Opfer bringen. Die Engländer müssen beschäftigt werden, wenn Wallace im Osten Erfolg haben soll.«

»Robert wird nicht zulassen, dass seine Tochter auf eine solche Weise benutzt wird«, erwiderte James. »Und ich kann ihm keinen Vorwurf daraus machen. Er spricht nicht über das, was zwischen ihm und Percy vorgefallen ist, aber ich würde diesem Engländer das Kind nicht anvertrauen.«

Wishart stieß zischend den Atem aus. »Morgen früh müssen wir ihnen eine Antwort geben. Wenn wir ihnen dann die Geisel nicht überlassen, werden sie sich diese gewaltsam holen.«

»Lasst die Hurensöhne nur kommen«, grollte Douglas. Er schwenkte den Weinkelch, den einer der Diener für ihn gefüllt hatte. Auf seinen Wangen loderten rote Flecken, seine Worte klangen verschwommen und trieften vor Kampfbereitschaft. »Ich will sie bluten sehen. Ihr Blut für das, das in Berwick geflossen ist! Genug des Geredes! Wir haben lange genug gewartet, gottverdammt!«

James ließ den Bischof nicht aus den Augen. »Ihr sprecht von einem kleinen Kind, Exzellenz. Sie kann Schaden nehmen, wenn unser Täuschungsmanöver auffliegt.«

»Ich spreche von unserem Reich!«

»Lasst uns ihnen eine andere Geisel anbieten. Einen von uns.«

»Warum nicht Bruce' Tochter?«, erkundigte sich Wishart mit schmalen Augen. »Das ist doch nicht nur Sentimentalität von Euch, oder? Da geht es noch um etwas anderes. Seit seiner Ankunft haltet Ihr ihn in Eurer Nähe.«

»Ihr sagtet ja selbst, dass wir ihm nicht unbedingt trauen können.«

»Und trotzdem habt Ihr ihn in der ersten Nacht in unseren Plan eingeweiht, obwohl ich Euch gebeten hatte, es nicht zu tun. Kommt, James, ich sehe Euch an, dass da noch etwas ist. Irgendetwas, das Ihr bis jetzt für Euch behalten habt.«

James schwieg eine Weile. Als er wieder das Wort ergriff,

klang seine Stimme leise und vorsichtig. »Er ist der Enkel von Sir Robert of Annandale. In seinen Adern fließt dasselbe Blut, Exzellenz. Das Blut von Malcolm Canmore.«

Robert stand am Feuer und starrte über das Lager hinweg. Die ersten Sterne funkelten am Himmel. Während er zusah, schoss einer durch das Dunkel und erlosch. In Carrick hatte er als Junge oft im Spätsommer auf den Klippen gelegen und fasziniert den Fall der Sterne verfolgt.

Im Zelt des Großhofmeisters brannten Laternen. Dort waren sie jetzt, Wishart und die anderen, und sprachen über seine Zukunft und die seiner Tochter. Nun, sie konnten reden, so lange sie wollten. Für ihn war die Zeit der Worte vorbei.

Ihn erfüllte eine kalte Klarheit, die seine nackte Wut mit sich gebracht hatte. Sie hatte Roberts Zweifel und Unschlüssigkeit weggebrannt und einen einzigen Weg erleuchtet, der sich vor ihm erstreckte – nicht mehr einer von vielen, vor denen er in den letzten Wochen, den letzten Jahren gestanden hatte, nein, eine Richtung mit einem Ziel am Ende. Der Weg war gefährlich, und er wusste nicht, worauf er letztendlich stoßen würde. Aber er wusste mit absoluter Sicherheit, dass er ihn beschreiten musste. Alles hatte darauf hingeführt.

Hinter ihm ertönten Schritte. Alexander gesellte sich zu ihm.

»Wir sind bereit«, murmelte der Lord.

»Die Frauen auch?«, fragte Robert, ohne sich umzudrehen.

»Ja. Sie werden mit den Dienern zum Fluss hinuntergehen. Meine Männer begleiten sie.« Alexander dämpfte seine Stimme noch stärker, als drei Ritter vorbeikamen, die die Farben von Lord Douglas trugen. »Niemand wird sich bei dieser Eskorte etwas denken, nicht nach der Sache mit dem Pfeil. Nes und Walter warten mit den Pferden am Wasser. Die Hälfte der Knappen ist bereits dort, und der Rest trifft sich in Kürze mit uns.« Alexander hielt inne. »Bist du sicher, dass du das Richtige tust?«

»Ganz sicher.«

»Sie werden sich denken können, wo du hingegangen bist, und dir vielleicht folgen.«

»Nicht, solange die Verhandlungen andauern. Noch nicht einmal Percy würde riskieren, eine Rebellion auszulösen, nur um mich zu verfolgen. Und bis sich jemand auf die Suche nach uns macht, haben wir Turnberry befestigt.« Robert drehte sich nun doch zu Alexander um. »Ich muss sicher sein, dass du auf meiner Seite bist.«

Alexander lächelte, ein hartes, unbeugsames Lächeln, das Robert als seltsam beruhigend empfand.

»Wir sind alle auf deiner Seite.«

»Wir müssen die Zelte und die Karren zurücklassen.« Robert blickte sich im Lager um. »Aber die Nächte sind warm, und wir haben Decken.« Er sah Katherine und Judith aus ihrem Zelt kommen. Die Zofe hielt seine Tochter auf der Hüfte und einen Eimer in der anderen Hand, mit dem sie Wasser vom Fluss zu holen pflegte. Die verängstigt wirkende Judith war bei ihr. Auch sie trug einen Eimer bei sich, der einige ihrer Habseligkeiten enthielt. Sie hatten den ganzen Abend lang vorsichtig und unauffällig einen Teil ihrer Sachen zum Flussufer geschafft, wohin Nes auch Uathach und die Pferde gebracht hatte. Auf eine bessere Weide, wie Robert laut verkündet hatte.

Als die Frauen den Hang hinunterschlenderten und Katherine gemäß ihrer Rolle fröhlich mit der Amme plauderte, nickte Robert Alexander zu. »Wir treffen uns am Fluss.«

Er wandte sich ab und huschte zwischen den Gruppen von Männern und Frauen hindurch an leeren Zelten vorbei durch das Lager. Hinter ihm wurde ihr Feuer von der Dunkelheit verschluckt, vor ihm stieg das Land in der Ferne zu den Umrissen von Hügeln an. Über ihm funkelten die Sterne wie Leuchtfeuer.

54

DIE MÄNNER KÄMPFTEN MIT dem Stein, ihre schweren Atemzüge hallten in der Kapelle wider. Regen strömte an den hohen Fenstern hinter dem bemalten Lettner hinab, der den Schrein des Bekenners abschirmte. Im Inneren der Abtei von Westminster war es kühl. Fahle Tageslichtstrahlen sickerten durch die Bögen des Altarraums und verblassten in den kleinen Kapellen, in denen Edelleute in ihren vergoldeten Gräbern auf den Jüngsten Tag warteten. Im schwachen Licht glitzerte der Krönungsstein wie mit Reif überzogen.

König Edward verfolgte, wie die Männer den Stein in den kunstvoll geschnitzten Stuhl sinken ließen, dessen Sitzfläche hohl war. Neben ihm stand sein Hofmaler, der den Krönungsstuhl mit dem Bild eines sitzenden, von mythischen Vögeln und Blumenranken umgebenen Königs verziert hatte. Als die zwei Männer zurücktraten, hob der dritte die hölzerne Sitzplatte, die den Stein verdecken würde – das Symbol dafür, dass sich Schottland unter Englands Herrschaft befand.

Edward selbst würde nie auf diesem Thron sitzen. Er war für seinen Erben und all die Generationen nach ihm bestimmt. Vor Jahren hatte er in Bordeaux ein Fresko anfertigen lassen, das einen König zeigte, der von Rittern mit dem Drachensymbol umringt wurde. Der König auf dem Bild saß auf einem steinernen Thron, trug einen Goldreif auf dem Haupt und hielt eine zerbrochene Klinge sowie einen goldenen Stab in den Händen. Nun war dieses Bild beinahe Wirklichkeit geworden. So wie Brutus und Artus vor ihm würde auch sein Name noch tausend Jahre später in der Erinnerung der Menschen leben. Schottlands Thron, Artus' Krone, das Schwert des Bekenners: diese alten Symbole der Oberherrschaft Britanniens wurden im Herzen seines Reiches vor dem Schrein seines Namensvetters ausgestellt. Dies sollte sein großer Tag sein. Er sollte die Erfüllung des Eides markieren, den er vor dreiundzwanzig Jahren geschworen hatte, als er in ebendieser Abtei barfuß über einen Blumenteppich geschritten war.

Er meinte, immer noch die Trommeln hören zu können.

WESTMNSTER ABBEY, ENGLAND
A.D. 1274

Das Geräusch hallte wie ein Herzschlag langsam und feierlich von den Gebäuden des Palastes von Westminster wider. Edwards Schritte passten sich dem Rhythmus der Trommeln an; seine bloßen Füße zerdrückten die samtigen roten Rosen und seidigen weißen Lilien auf dem Boden. Die sorgfältig von Dornen befreiten Blumen waren an diesem Morgen unter der Menge verteilt worden, die die Straße vom Palast zur Abtei säumte. Frauen bekreuzigten sich, als er vorbeikam, Männer senkten die Köpfe, und Kinder wurden hochgehoben, damit sie später ihren Söhnen und Töchtern erzählen konnten, dass sie bei der Krönung ihres Königs zugegen gewesen waren.

Banner aus goldener Seide bauschten sich an den anlässlich dieses Festtages prächtig geschmückten Balustraden und Bogengängen, über denen sich der strahlend blaue, wolkenlose Augusthimmel wölbte. Es war die erste Krönung, die die meisten seiner Untertanen miterlebten. Nur graubärtige Greise und alte Frauen erinnerten sich noch an die seines Vaters, die über ein halbes Jahrhundert zurücklag.

An Edwards Seite schritt Eleanor, prachtvoll anzusehen in einem Gewand aus schwerer weißer, golddurchwirkter Seide. Sie waren vor drei Monaten nach England zurückgekehrt. Eleanor hatte ihn begleitet, als er das Kreuz genommen hatte, hatte all die Monate des Kreuzzugs mit ihm in Palästina ausgeharrt – Monate, während derer der Krieg gegen die Sarazenen getobt hatte, seine Tochter geboren worden war und der Mameluckensultan Baybars einen Anschlag auf sein Leben verübt hatte. Und sie war bei ihm gewesen, als Boten aus England eingetroffen waren und ihn vom Tod seines Vaters in Kenntnis gesetzt hatten.

Eleanors Schleier wehte vor ihrem Gesicht, während sie würdevoll neben ihm herging. Als sie Edwards Blick auffing, lächelte sie atemlos. Es war auch für sie ein bedeutsamer Tag. Sie würde die vor ihnen aufragende Abtei als seine Frau betreten. Verlassen würde sie sie als seine Königin.

Bischöfe und Priester in Zeremoniengewändern, einige von ihnen Weihrauchgefäße schwingend, bildeten die Spitze der Gruppe. Hinter Edward und Eleanor kam eine eindrucksvolle Prozession von Earls und Baronen, Lords und Rittern auf prächtigen Schlachtrössern. Alle stellten ihre Familienwappen auf Überwürfen, Schilden, Wimpeln und Bannern zur Schau. Die Earls, die die Prozession anführten, trugen die königlichen Insignien: Curtana, den Stab, das Zepter und die juwelenbesetzte Krone. Als die Geistlichkeit, gefolgt von dem königlichen Paar, in die Abtei strömte, stiegen die Reiter nicht ab, sondern trieben ihre Pferde in das gewölbeähnliche Innere. Die Abtei wurde von Tausenden von Kerzen erleuchtet, deren Flammen sich in den vergoldeten Wänden und Buntglasfenstern, den Gräbern aus Marmor und Onyx, den Mosaiken und Wandmalereien widerspiegelten. Weitere goldene Seidenbanner kräuselten sich an den Säulen.

Edward schritt an den Reihen von Männern und Frauen vorbei, die die Galerien füllten, bis er den Kreuzweg der Kirche erreichte, wo eine hohe Plattform errichtet worden war. Auf dem mit scharlachroten Flaggen geschmückten Podest wartete der Erzbischof von Canterbury. Vor den Stufen machte das königliche Paar Halt. Das Klirren von Zaumzeug und das leise Schnauben der Pferde zerriss die Stille.

Nach kurzem Zögern erstieg Edward die Plattform. Sein Blick wanderte zu Eleanor, die ihm hinter ihrem Schleier hervor zulächelte. Dann wandte er sich ab und stieg allein die Stufen empor.

Wie lange hatte er auf diesen Tag gewartet!

In der vorigen Nacht hatte er seine letzten Stunden als gewöhnlicher Sterblicher allein in der prächtigen Kammer im Palast verbracht, in der sein Vater seinen letzten Atemzug getan hatte. Die Wände waren mit bunten Szenen dekoriert, von denen die lebhaftesten die Krönung des Bekenners zeigten. Hier, umgeben von den Gesichtern von Männern, die längst tot waren, und dem Geist seines Vaters war Edward in Erinnerungen versunken.

Seine Kindheit war kurz in Gestalt seiner Mutter vor ihm aufgeflammt, die den Arm fest um seine Schultern gelegt hatte, während er zusah, wie sein Vater von Portsmouth aus nach Frankreich segelte – ohne ihn. Auf den Fersen dieser Erinnerung folgte ein Bild seines Vaters, der vor seinem Palast stand und in grimmigem Schweigen verfolgte, wie sein Sohn in sein Exil ritt. Edward entsann sich der Ankunft der Valences und der üppigen Land- und Geldgeschenke, mit denen sein Vater sie bedacht und durch die er sich den Zorn seiner englischen Edelleute zugezogen hatte. Er erinnerte sich an die zunehmenden Probleme in Wales und an die aufgerissenen Münder und geballten Fäuste der Barone im Parlament und an Henry, der ihrem Druck schließlich nachgab. Er erinnerte sich an seinen Paten Simon de Montfort, der sich wie ein charismatischer Halbgott über seinen Vater erhob, und an das qualvoll verzerrte Gesicht des Königs, als er von Edwards Pakt mit seinem Verräter erfuhr.

Allmählich reduzierten sich die Schatten der Vergangenheit auf ein einziges Bild: das seines Vaters, der durch die Tore der Priorei Lewes hinkte, während Montfort und seine Männer im Fackelschein wie Wölfe grinsten, deren Beute blind auf sie zutaumelte. Sie hatten sich gegenseitig angestoßen; darauf gebrannt, die Demütigung des Königs mit anzusehen, der vor dem Sieger des Bürgerkrieges, dem Krieger Gottes auf Erden, der Henrys Reich an sich gerissen und ihn seiner Autorität beraubt hatte, erniedrigt wurde. Damals hatte Edward mehr als zu jedem anderen Zeitpunkt, noch nicht einmal während des Exils in der Gascogne oder auf den regengetränkten Schlachtfeldern von Wales, gefürchtet, er könne nicht lange genug leben, um die Krone Englands zu tragen.

Ja, auf diesen Tag hatte er sehr lange warten müssen.

Edward näherte sich dem auf dem Podest wartenden Erzbischof, blieb vor ihm stehen und leistete den Krönungseid. Mit klarer, weithin vernehmlicher Stimme versprach er, die Kirche zu verteidigen, gerechte Urteile zu sprechen und die Rechte der Krone zu schützen. Sobald er geendet hatte, führte ihn der Erzbischof die Stufen des Podestes wieder hinunter und auf den Hochaltar zu. Hier wurde ihm unter dem Gesang des Chores der Mantel abgenommen, und ein schlichtes Leinenhemd kam zum Vorschein. Der Erzbischof nahm aus den Händen des Bischofs von London das Gefäß mit dem heiligen Öl entgegen und schickte sich an, die Salbung vorzunehmen, die Edward von einem einfachen Mann in einen König verwandeln würde. Er intonierte etwas auf Lateinisch und tauchte den Finger in das Öl, doch dann zögerte er plötzlich. Sein Finger schwebte über Edwards Brust.

Als er an sich hinunterblickte, begriff Edward, was den Erzbischof verwirrt haben musste: Der Kragen seines Hemdes stand offen und gab den Blick auf eine hässliche wulstige Narbe direkt über seinem Herzen frei – die Überreste der Wunde, die ihm der von Sultan Baybars gedungene Assassine zugefügt hatte.

Der Angreifer hatte ihn verkleidet in seiner Unterkunft in Akkon aufgesucht und Geschenke und eine Botschaft aus Kairo gebracht. Eleanor war bei ihm, als der Mann zuschlug. Edward hatte den Assassinen von sich gestoßen, gegen eine Wand geschleudert und auf ihn eingeschlagen, bis seine Ritter ihn zurückgerissen und den Mann mit ihren Schwertern durchbohrt hatten. Erst als Edward zu Eleanor herumgetaumelt war und das Entsetzen in ihrem Gesicht gesehen hatte, war ihm klar geworden, dass er eine Stichwunde davongetragen hatte. Der Dolch, der noch in seiner Brust steckte, hatte das Herz verfehlt, aber das zählte nicht: Die Klinge eines Assassinen bedeutete immer Gift. Als er auf die Knie sank und verzweifelt nach Atem rang, war

Eleanor an seine Seite geeilt. Ihre Hand war es, die den Dolch herauszog und bewirkte, dass sich sein Blut heiß über seine Brust ergoss. Das Letzte, woran er sich erinnerte, war ihr Mund über der klaffenden Wunde und ihre rot verschmierten Lippen, als sie versuchte, das Gift herauszusaugen. Als er wieder zu sich kam, schluchzte Eleanor, von Kopf bis Fuß mit Blut beschmiert, in den Armen ihrer Zofe, und seine Ritter verfolgten grimmig, wie ein geschickter arabischer Chirurg die Wunde nähte und dabei sengende Schmerzwellen durch seinen Körper schickte …

Der Erzbischof streckte eine Hand aus und rieb das Öl auf Edwards Brust. Sobald die Salbung vollzogen war, griff er nach einer Phiole mit kostbarem Chrisam. Edward sank auf die Knie, als die Stimmen des Chores anschwollen. Er schloss die Augen, als die lateinischen Worte über seinen Kopf fluteten, und spürte dann, wie das kühle Chrisam langsam auf sein Haupt tropfte.

Sobald das Ritual beendet war, kehrte er zu dem Podest zurück. Ein Raunen lief durch die versammelte Gemeinde, als er die Stufen erneut hinaufstieg; ein König in Körper und Geist, verwandelt wie Christus selbst. Nun traten die Earls, die die Symbole der Königswürde trugen, vor, um ihren König mit den Insignien des Reiches auszustatten: einer Tunika und einem Mantel aus Goldstoff, Curtana, dem Stab und dem Zepter. Zuletzt kam die mit fast augengroßen Rubinen, Saphiren und Smaragden besetzte Krone. Als sie ihm aufgesetzt wurde, erklangen begeisterte Jubelrufe seiner Untertanen.

»Halleluja! Lang lebe der König!«

Vor seinem geistigen Auge sah er seinen Vater auf Simon de Montfort und die rebellischen Barone zutrotten.

Bei Gott, ich werde mich nie einem Feind unterwerfen. Das werden sie noch lernen.

Das werden sie noch lernen!

Während der Jubel noch durch die Abtei von Westminster hallte, hob er eine Hand und nahm die Krone ab. Es dauerte ein paar Momente, doch dann erstarben der Beifall und die Lob-

preisungen allmählich, und die Leute wechselten erstaunte Blicke; fragten sich ganz offensichtlich, was er da tat.

»Ich stehe als euer König vor euch!«

Neuerlicher Applaus folgte auf diese Worte, ebbte aber ab, als Edward John de Warenne, der mit den anderen Edelleuten auf dem Podest stand, die Krone reichte.

Dann wandte sich der König wieder zu der Menge. »Aber ich schwöre vor Gott und allen Anwesenden, dass ich die Krone dieses Königreichs erst tragen werde, wenn ich das Land zurückerobert habe, das mein Vater hat abtreten müssen!«

Damals war er willensstark und entschlossen gewesen, von Ehrgeiz angespornt. Edward bezweifelte, dass die älteren Barone, die schon seinem Vater gedient hatten, ihn zu dieser Zeit überhaupt ernst genommen hatten. Wahrscheinlich hatten sie seine Worte als ein markiges Motto betrachtet, mit dem er seine Herrschaft einleiten wollte. Aber im Laufe der Jahre hatte er ihnen bewiesen, dass er meinte, was er sagte – erst mit Wales und Irland, dann mit der Gascogne und Schottland; Ländern, die zu Zeiten seines Vaters und anderer Könige immer wieder umkämpft worden waren. Jetzt galt es nur noch eine einzige Reliquie zu finden, nach der seine Männer Irland durchsuchten, dann war er der absolute Herrscher über Britannien. Nachdem er die Artuskrone und den Krönungsstein an sich gebracht hatte, gab es keinen Anlass mehr, die Einzelheiten der Prophezeiung innerhalb des Ordens unter Verschluss zu halten, und seine Geistlichen waren während der letzten Monate eifrig damit beschäftigt gewesen, die Kunde von seinen Taten unter seinen Untertanen zu verbreiten. Schon besangen die Dichter ihn als Retter des Reiches, als neuen Artus, der sie vor dem in der verloren gegangenen Prophezeiung des Merlin vorhergesagten Unheil bewahrte.

Ah, Gott! Wie oft sprach Merlin in seinen Prophezeiungen die Wahrheit, hatte der Chronist Peter Langtoft geschrieben. *Jetzt haben die Bewohner der Inseln wieder zueinandergefunden.*

Und Alba ist vereint unter den Herrschern, über denen allen König Edward steht.

Und hier auf dem Altar vor dem Schrein des Bekenners lagen diese Insignien. Curtana für England, die Artuskrone für Wales und der Krönungsstein für Alba – Schottland. Er hatte vollbracht, was er sich vor all den Jahren im Exil in der Gascogne vorgenommen hatte, als die Saat seines Ehrgeizes gesät worden war. Doch bei der Präsentation des Steins stand Edward alleine. Dies hätte ein großer Tag für ihn und für England sein sollen, doch statt seinen Namen zu preisen verfluchten die Barone ihn.

Als er im Jahr zuvor aus Schottland zurückgekehrt war, hatte er seinen Bruder Edmund begraben, dessen Leichnam aus der Gascogne überführt worden war, wo der Krieg nach wie vor mit unverminderter Heftigkeit tobte. Durch die Heirat seiner Tochter Bess mit dem Grafen von Holland hatte er ein neues Bündnis schließen können, doch das reichte nicht aus, um den Krieg zu gewinnen – dazu brauchte er Geld. Edward hatte sich zuerst an die Kirche gewandt, doch der neue Erzbischof von Canterbury, ein unbeugsamer Mann namens Robert Winchelsea, hatte ihm seinen Wunsch glattweg abgeschlagen. Im Gegenzug hatte er die Kirchenmänner für vogelfrei erklärt und seine Ritter ausgeschickt, um ihre Besitztümer zu beschlagnahmen, weil er davon ausgegangen war, dass ein harter Kurs sie gefügig machen würde – so war es bislang immer gewesen. Doch Winchelsea war aus härterem Holz geschnitzt als seine Vorgänger, er hatte die Geistlichen überzeugt, dem König zu trotzen, und war selbst mit gutem Beispiel vorangegangen. Und während all dieser Verzögerungen nahm der Krieg in Frankreich seinen Fortgang, und Edwards Truppen verloren einen Kampf vor Bayonne mit großen Verlusten, zu denen auch sein Halbonkel William de Valence zählte. Der Earl of Pembroke hatte während seines Exils in der Gascogne zu seinen standfestesten Anhängern gehört, und sein Verlust war ein furchtbarer Schlag für Edward, dessen Verbündete immer weniger wurden. Das hatte sich mit erschreckender Deutlichkeit bei einer Parlamentssitzung in Salisbury gezeigt.

Im Rahmen dieses Parlaments hatte Edward von seinen Baronen weiteren Militärdienst in der Gascogne gefordert und war auf einmütige Ablehnung gestoßen. Die Sitzung, einer der demütigendsten Momente seiner gesamten Herrschaftszeit, hatte damit geendet, dass die Barone nacheinander den Saal verlassen hatten. Sogar seine treuesten Anhänger, die Männer der Tafelrunde, hatten ihn schmählich im Stich gelassen. Der herausfordernde Abgang der Barone war ein Schock für Edward gewesen, und der Schock schlug in nackte Furcht um, als seine Spione ihm zutrugen, dass nicht weniger als vier seiner Earls – Norfolk, Warwick, Arundel und Hereford – sich zusammengetan hatten, um gegen seine Forderungen zu protestieren und ihre eigenen Anhänger zusammenzuziehen. Die jungen Drachenritter stellten sich zwar nicht offen gegen ihn, unterstützten ihn aber auch nicht mehr so bedingungslos wie zuvor, da sie zwischen der Treue zu ihrem König und der zu ihren Vätern, deren Landsitze und Titel sie einmal erben würden, hin- und hergerissen wurden. Edward hatte die Tafel schreinern lassen, um in seinen Vasallen ein Gefühl der Einheit zu wecken, wie sie unter den mythischen Kriegern von Artus' Hof geherrscht hatte. Und jetzt, fast in dem Moment, wo seine Pläne vor der Verwirklichung standen, brach die Runde auseinander. Das Gespenst des Bürgerkrieges ragte schwarz vor ihm auf. Nun, er würde ihn zu verhindern wissen.

Mit ungeheurer Anstrengung hatte er seinen Stolz hinuntergeschluckt und Frieden mit Winchelsea geschlossen. Jetzt würde er dasselbe mit seinen Baronen tun. Ihm blieb keine andere Wahl. Der französische Krieg, der sich als so verhängnisvoll für seine Herrschaft erwiesen hatte, musste zu Ende gebracht werden. Auch in Schottland gab es noch Probleme, aber er konnte sich nicht auf zwei Fronten zugleich konzentrieren. Morgen würde er vor dieser Abtei, in der er gekrönt worden war, vor seinen widerspenstigen Vasallen stehen und sie um Geduld bitten. Er würde nach Frankreich in den Krieg ziehen. Wenn er nicht zurückkehrte, würde sein Sohn Edward of Caernarfon den Thron besteigen. Die Artuskrone reichte nicht aus. Er musste ihnen beweisen, dass er noch immer ihr Kriegerkönig war.

Als Schritte in der Abtei widerhallten, drehte sich Edward um und sah einen seiner Ritter auf sich zukommen.

»Mylord, ich habe die Gefangenen gebracht. Sie erwarten Euch im Kirchenschiff.«

Edward wandte sich ab und überließ es den Arbeitern, den hölzernen Thronsitz über dem Krönungsstein zu befestigen.

Im Kirchenschiff standen drei von sechs Rittern flankierte Gestalten. Trotz des späten Sommers waren sie blass, denn er hatte ihnen nicht gestattet, ihre Kammern zu verlassen, sie hatten lediglich jeden Morgen im inneren Hof des Towers spazieren gehen dürfen, in den kein Sonnenstrahl fiel. Abgesehen davon wirkten sie gesund und kräftig. Edward hatte seine schottischen Gefangenen nicht schlecht behandelt, noch nicht einmal John Balliol, der in einem kleinen, aber bequem ausgestatteten Raum eingekerkert war und sogar eine Anzahl von Dienern zur Verfügung hatte. Trotzdem starrten die drei Comyn-Männer ihn hasserfüllt an.

Als er vor ihnen stehen blieb, blickten die Oberhäupter der Roten und Schwarzen Comyns ihm trotzig in die Augen, doch Badenochs Sohn schlug die Augen nieder. »Ich habe Euch einen Vorschlag zu unterbreiten«, begann Edward. »Ich bin bereit, Euch Euren Verrat und Eure Beteiligung an dem Pakt mit Frankreich zu vergeben, und ich bin sogar bereit, Euch Euer Land zurückzugeben.« Edward fixierte den jungen John Comyn, dessen Frau Joan de Valence kurz vor dem Krieg nach England zurückbeordert worden war. »Und Euch Eure Frau und Euer Kind.«

John scharrte mit den Füßen, und der Earl of Buchan runzelte argwöhnisch die Stirn. Johns Vater, der Lord of Badenoch, verzog keine Miene.

Der König sprach mit gepresster Stimme weiter. Was er hier zu tun gezwungen war, widerstrebte ihm zutiefst, aber da so wenige seiner Vasallen willens waren, ihm in Schottland oder Frankreich zu dienen, blieb ihm keine Wahl. »All das werde ich tun – als Gegenleistung für Eure Dienste.«

Buchan sah aus, als wolle er etwas sagen, aber Badenoch kam ihm zuvor. »Dienste, Mylord?«

»In Schottland, im Kampf gegen die Rebellen. Meine Männer haben sich in Irvine mit Douglas und Wallace getroffen, aber die Gewalt nimmt unter Morays Banner im Norden ihren Fortgang. Wenn Ihr auf meine Bedingungen eingeht, werdet Ihr Euch den Truppen von Sir John de Warenne und Hugh de Cressingham in Berwick anschließen. Von dort aus werdet Ihr Eure Vasallen zu den Waffen rufen und sie gen Norden führen, um Moray zu besiegen. Sobald der Aufstand niedergeschlagen ist und die Rädelsführer sich in meinem Gewahrsam befinden, werde ich zu meinem Wort stehen.« Als keiner der Männer antwortete, fragte Edward barsch: »Nun? Was sagt Ihr?«

Badenoch schielte zu Buchan, der ihm zunickte. Der Rote Comyn wandte sich zum König und sank auf ein Knie. »Wir schwören es, Majestät.«

55

AM WALDRAND ZÜGELTEN DIE vier Männer ihre Pferde. Robert sprang in das hohe Gras und reichte Nes die Zügel, die der Knappe schweigend entgegennahm.

»Sollen wir dich nicht lieber begleiten?«, fragte Alexander.

Christopher nickte zustimmend.

Als Robert sich zu ihnen umdrehte, schien ihm die Abendsonne golden in die Augen. Er hob eine Hand, um sich vor dem Licht zu schützen. Der salzige Geruch des Meeres hing in der Luft, und er konnte in der Ferne das Rauschen der Wellen am Strand von Turnberry hören. »Ich gehe allein.« Er ließ seine

Kameraden an der Baumlinie stehen und schritt in die grünen Schatten hinein.

Der Weg war zunächst leicht begehbar, Hirsche und andere Tiere hatten natürliche Pfade in das Unterholz getrampelt. Der Duft nach Pflanzen und Kiefern stieg ihm in die Nase, Sonnenlicht tanzte über den Waldboden. Irgendwo konnte er verborgene Bäche gurgeln hören, und Erinnerungen an Jungengelächter schienen in dem Plätschern des Wassers mitzuklingen. Vor seinem geistigen Auge sah er seine Brüder Thomas und Niall durch den Wald laufen, mit Stöcken auf das Farngestrüpp einschlagen und Kriegsrufe ausstoßen. Er selbst war vor ihnen, schneller als sie, setzte furchtlos über umgestürzte Baumstämme hinweg. Hinter ihnen kam Alexander hergetrottet. Nach all diesen Jahren waren ihm diese Wälder schmerzlich vertraut, aber Robert betrachtete sie jetzt mit anderen Augen – mit denen des verantwortungsvollen Besitzers.

Allmählich stieg das Land an, und sein Atem ging schwerer, als er einen Erdhang nach dem anderen erklomm und sich an knorrigen Ästen und Wurzeln festhielt. Als er den letzten Hang hinunterschlitterte, öffnete sich der Wald in ein Tal, an dessen Ende sich ein mit Ginster bewachsener Hügel erhob. Am Fuß des Hügels lag im Schatten einer Eiche ein kleines Gebäude. Robert löste sich aus dem Schatten der Bäume. Er fürchtete schon, sie könne nicht da sein, aber als er näher kam, sah er eine dünne Rauchschwade aus dem Dachabzug quellen.

Das Haus bot einen verwahrlosten Anblick. Unkraut und Büsche wucherten bis zu den Wänden und füllten das Innere des leeren Tierpferches. Die Ziegel der Fassade waren verrottet, der Türsturz hatte sich verzogen. Halb rechnete er damit, dass zwei schwarze Hunde auf ihn zustürzten, aber alles blieb ruhig. Robert bemerkte, dass die Eiche noch immer mit Zweignetzen übersät war, von denen jedes einen kleinen Gegenstand enthielt, von einem geflochtenen Band bis hin zu einem Bündel getrockneter Blumen, einer Holzpuppe oder einer kleinen Schriftrolle. Die Zahl der Schicksale war beträchtlich angewachsen, einige waren verwittert, andere ganz neu. Ein Baum voller Gebete. Als er die Tür erreichte, starrte er zu den höheren Ästen empor. Einen Moment lang dachte er, es wäre verschwunden, doch dann entdeckte er es: ein Geflecht aus knochenweißen Zweigen, das ein moosiges, zu einer Schlinge geknüpftes Seil umschloss. Die Schnur, mit der das Netz an den Ast gebunden war, war ausgefranst und zerschlissen.

Als er die Hand nach der Tür ausstreckte, hörte er in Gedanken die hohntriefende Stimme seines Vaters. Robert blendete sie entschlossen aus und ballte eine Faust, um anzuklopfen. Sein Großvater hatte an die Magie der alten Frau geglaubt, das war alles, was zählte. Dies geschah zu Ehren des alten Mannes und war eine Chance für ihn, Robert, den Eid, den er gebrochen hatte, erneut zu leisten. Eine Chance, Wiedergutmachung zu leisten.

LOCHMABEN, SCHOTTLAND
A.D. 1292

Die Kälte jagte Robert eine Gänsehaut über den Körper, als er vor dem Altar stand und seine Füße auf den kalten Fliesen taub wurden. Die Kerzenflammen flackerten in dem Luftzug, der unter der Tür hindurchwehte. Die Hunde in den Zwingern bellten, und die Tore der Palisade klapperten im Wind. Die ganze lange Nacht lang hatte er dem zunehmenden Sturm und dem Hagel gelauscht, der gegen die Fenster der Kapelle prasselte, während sein Haar nach dem rituellen Bad kalt auf seinem Schädel trocknete. Vor zwei Stunden war die Morgendämmerung angebrochen, aber der Himmel schimmerte immer noch mitternachtsschwarz.

Der Priester am Altar las einen Psalm aus seinem Brevier vor, die Worte Gottes kämpften gegen das Unwetter an. Abgesehen von dem Geistlichen und Robert wohnten nur noch fünf weitere Männer der Zeremonie bei, die eigentlich ein wesentlich größeres Fest erfordert hätte. Sein Großvater überragte alle anderen, seine weiße Haarmähne wehte ihm ins Gesicht. Bei dem Lord standen drei seiner Vasallen und der alternde Earl Donald of Mar, dessen Tochter Robert in der Woche zuvor am See geküsst hatte, in der Nacht, in der sie erfahren hatten, dass John Balliol König werden würde. Die Abwesenheit von Roberts Vater war nahezu greifbar zu spüren, ein Phantom, das niemand zu sehen vorgab. Man hatte Robert mitgeteilt, er habe sein Siegel unter den Vertrag gesetzt, das seinem Sohn die Grafschaft Carrick sowie den Anspruch auf den schottischen Thron übertrug. Kurz danach war er abgereist.

Nachdem der Priester geendet hatte, kam einer der Vasallen des Lords mit einem Überwurf, einer Tunika und einem Paar Stiefel zu Robert. Eine Windbö stieß die Kapellentüren auf und schmetterte sie gegen die Wände. Einige Kerzen flackerten auf und erloschen. Einer der anderen Ritter eilte den Gang hinunter, während Robert sich ankleidete. Über seine schlichte Tunika zog er den Überwurf, der einst seinem Vater gehört hatte und das Wappen von Carrick trug. Er war fleckig und ihm um Bauch und Schultern herum zu groß. Robert hatte seine Ritterschaft nicht in den Kleidern eines anderen Mannes beginnen wollen, schon gar nicht in denen seines Vaters, aber es war keine Zeit geblieben, andere schneidern zu lassen. Das würde zu den ersten Dingen gehören, die er in Angriff nahm.

Jetzt war es an dem alten Earl of Mar, mit einem Breitschwert in der Hand vorzutreten. Während Roberts gesamter Nachtwache hatte das Schwert auf dem Altar gelegen. Der Knauf bestand aus einem Bronzeball, der Griff war mit Leder umwickelt. Die Klinge konnte er nicht sehen, da sie in einer Scheide steckte, aber er erkannte, dass sie um einiges länger war als die sämtlicher Schwerter, die er bislang besessen hatte. Die Waffe eines Mannes. Eines Ritters. Sein Großvater, der sie letzte Nacht auf den Altar gelegt hatte, hatte ihm erzählt, sie stamme aus dem Heiligen Land. Die Klinge war aus Damaszenerstahl geschmiedet und hatte das Blut von Ungläubigen auf dem Sand vergossen, über den einst Jesus Christus gewandelt war. Die Scheide hing an einem Gürtel, den Earl Donald in der Hand hielt.

Robert begegnete dem Blick des alten Earls, als er den Gürtel um die Taille schlang und festzog. Als er zurücktrat, rückte er das Breitschwert so zurecht, dass es in einem leichten Winkel an seiner Hüfte hing. Nachdem er die Sporen an seinen Stiefeln befestigt hatte, war er bereit, den Ritterschaftseid zu schwören.

Auf ein Nicken seines Großvaters hin kniete er nieder, und der Earl zog sein eigenes Schwert.

»Schwörst du, dein Königreich zu verteidigen?«, fragte Earl Donald, gegen das Tosen des Windes ankämpfend. »Schwörst du, Gott zu dienen? Und schwörst du, das Land zu beschützen, das dir übereignet wurde, und deine Pflichten als Lehnsherr zu erfüllen?«

»Ich schwöre es.« Robert neigte den Kopf, als der Earl die Klinge hob und auf seine rechte Schulter legte, wo sie einen Moment ruhte, bevor der Earl das Schwert wieder hob.

Robert rechnete damit, dass Donald of Mar ihn nun auffordern würde, sich zu erheben, doch Donald trat zurück, und der Lord of Annandale nahm seinen Platz ein. Robert blickte in das zerfurchte Gesicht seines Großvaters. Die feurigen schwarzen Augen schienen bis auf den Grund seiner Seele zu dringen.

»Ich möchte, Robert, dass du als ein Abkömmling der Linie Malcolm Canmores, als ein Bruce und als mein Enkel schwörst, den Anspruch unserer Familie auf den Thron dieses Königreichs zu verteidigen, unabhängig davon, wer unseren Rechten zum Trotz darauf sitzt.« Seine Stimme klang gebieterisch. »Schwöre es mir in Gegenwart dieser Zeugen, im Hause Gottes.«

Robert zögerte kurz, bevor er antwortete. »Ich schwöre es.«

Einen Moment lang fuhr sein Großvater fort, ihn mit seinem Blick zu durchbohren, dann erhellte ein seltenes Lächeln sein Gesicht, und er bedeutete Earl Donald, die Zeremonie zu Ende zu bringen.

»So erhebt Euch, Sir Robert, denn mit diesem Eid und dem Gürten mit dem Schwert seid Ihr jetzt ein Ritter.«

Als Robert der Aufforderung folgte, leuchteten die Augen seines Großvaters auf. »Kommt«, sagte er zu den anderen. »Lasst uns das Fasten brechen und uns in meiner Kammer die Herzen mit Wein wärmen. Wir haben viele Gründe, dankbar zu sein.« Er sah Robert wieder an. »Denn Gott hat mir einen prächtigen neuen Sohn geschenkt.«

Als die anderen sich zur Tür wandten, blieb Robert zurück. Ihm ging eine Frage im Kopf herum, die ihn seit gestern plagte, als sein Großvater ihm mitgeteilt hatte, dass er zum Ritter geschlagen werden würde.

»Was ist?« Der alte Mann runzelte ob seines Zögerns die Stirn.

Ein Windstoß fuhr herein, als die Ritter die Türen öffneten, blies die restlichen Kerzen aus und fegte welke Blätter über den Steinboden.

»Verzeih mir, Großvater«, begann Robert ruhig, »aber wie soll ich unseren Anspruch verteidigen? In dem Moment, in dem John Balliol auf dem Krönungsstein Platz nimmt, wird er König und dann alle seine Erben nach ihm. Ich weiß nicht, wie ich das verhindern soll.«

Sein Großvater legte ihm eine Hand auf die Schulter. »Ich verlange nicht von dir, dass du es verhinderst, Robert. Der Krönungsstein macht genauso wenig einen König aus wie ein edles Pferd oder ein gutes Schwert einen Ritter. Balliol mag auf dem Stein sitzen, er mag sich König nennen, aber das ändert nichts an der Tatsache, dass sein Blut dünner ist als das meine. Es mag ein Jahr oder hundert dauern, aber so lange der Anspruch am Leben erhalten wird, bin ich überzeugt davon, dass die Zeit zeigt, welche Blutlinie die würdigere ist.«

Robert streckte erneut die Hand aus und klopfte an die Tür des verfallenen Häuschens. Nach einem Moment hörte er, wie der Riegel zurückgeschoben wurde. Die Tür schwang auf, und Affraig erschien. Ihre anfängliche Überraschung wich rasch unverhohlenem Misstrauen, doch sie sagte nichts, sondern öffnete nur die Tür weiter und trat zur Seite, um ihn hereinzulassen. Nach kurzem Zögern folgte er der stummen Aufforderung, und als er gezwungen war, sich unter dem Türsturz hinwegzuducken, wurde ihm bewusst, wie sehr er seit seinem letzten Besuch hier gewachsen war. Das vollgestopfte Innere der Hütte mit den an spinnwebenbedeckten Balken hängenden Kräuterbündeln bot kaum noch genug Platz für ihn. Robert konnte unter dem bitteren Duft der Pflanzen den beißenden Gestank nach Schweiß und Urin ausmachen.

In der Mitte des Raums brannte unter dem Rauchabzug ein Feuer. Auf der unordentlichen Bettstatt räkelte sich ein schwarzer Hund. Robert blickte sich um, als Affraig die Tür schloss und an ihm vorbei zu einem Stuhl ging, auf dem sie sich niederließ. Ihr braunes Kleid fiel in reichen Falten um ihren Körper. Sie griff nach einer mit einer dunklen Flüssigkeit gefüllten Schale und trank leise schlürfend. Robert kauerte sich unbehaglich vor dem Feuer nieder, wo ein paar Holzscheite aufgestapelt waren. Er griff nach einem davon und warf es in die Flammen, dabei merkte er, dass sie nicht aufgehört hatte, ihn anzustarren. Er hatte damit gerechnet, dass sie ihn fragen würde, was er hier zu suchen hatte, und sich eine Antwort zurechtgelegt, doch die Frage blieb aus. Die Stille zog sich hin, bis er es nicht länger ertragen konnte. »Du musst etwas für mich tun.«

Affraig ließ die Schale in ihren Schoß sinken und wischte sich mit der Hand über den Mund. Ihre Haut war fast durchscheinend blass und spannte sich dünn über ihren Wangenknochen und der hohen Stirn. Das aschweiße Haar hatte sie aus dem Gesicht zurückgestrichen und mit Lederstreifen zusammengebunden, sodass es ihr als dicker Pferdeschwanz über den Rücken fiel. Ihren ausgeprägten Zügen haftete immer noch etwas Faszinierendes an, aber der Eindruck wurde durch das schäbige Kleid, das wie ein Sack an ihrer gebeugten Gestalt hing, die schwarzen Fingernägel, die Schuppen auf ihrem Kopf und die Leberflecken auf ihren Händen beeinträchtigt. Sie erweckte in Robert eine seltsame Mischung aus Abscheu und Neugier, Widerwillen und Ehrfurcht.

Sie hatte ihm auf seine Worte keine Antwort gegeben.

Robert richtete den Blick wieder auf das Feuer. »Als ich zum Ritter geschlagen wurde, ließ mich mein Großvater schwören, den Anspruch meiner Familie auf den Thron zu verteidigen. Damals hatte ich keine Ahnung, wie ich diesen Eid erfüllen sollte. Ich wertete ihn als eine Art trotziger Aussage, mit der er den Männern Schottlands zeigen wollte, dass er nicht vor Balliol kuschen würde. Aber ich glaube, er meinte es ernst. Er wollte, dass unsere Familie den Thron für sich beansprucht, egal wie lange es dauern würde. Dieser Ehrgeiz brannte fast sechzig Jahre lang in ihm, seit König Alexander II. ihn zu seinem Erben ernannte. In England, am Hof König Edwards, wurde ich…« Robert brach ab und blickte auf seine Hände hinab. »Ich ließ mich von meinem Schwur ablenken, von der Aussicht auf Reichtum und Macht locken; Dinge, von denen ich dachte, meine Familie würde von mir erwarten, dass ich sie mir sichere. Das bewog mich dazu, einiges zu tun, was ich heute nicht mehr ändern kann.« Er starrte in die Flammen. »Ich brach meine Rittereide. Ich versagte, als es galt, mein Königreich zu verteidigen, mein Volk zu beschützen und meinen Pflichten als Earl nachzukommen, und ich habe den Schwur gebrochen, den ich meinem Großvater geleistet habe. Als mein Vater begann, mit König Edward zu verhandeln, mich überging und selbst Ansprüche auf den Thron erhob, ließ ich ihn kampflos gewähren. Wie kann ich den Thron eines Reiches besteigen, zu dessen Untergang ich beigetragen habe?«

Affraig hatte die Schale auf dem Boden abgestellt. Ihre Augen leuchteten im Schein der Flammen, aber noch immer sagte sie kein Wort.

»Bei den Verhandlungen in Irvine wurde mir klar, dass ich auf keine Seite gehöre. Die Engländer verabscheuen mich, und meine Landsleute trauen mir nicht. Wallace und die anderen rebellieren im Namen Balliols, daher kann ich nicht für ihre Sache kämpfen. Dadurch würde ich meinen Eid genauso brechen wie damals, als ich für England zu den Waffen griff. Aber ich weiß jetzt, was ich zu tun habe. Was ich schon vor Monaten hätte tun sollen.« Robert schämte sich fast, es laut auszusprechen. Tief in seinem Inneren begann die Stimme seines Vaters ihn erneut zu verhöhnen, doch er brachte sie entschlossen zum Schweigen. »Du musst mein Schicksal weben«, schloss er. »So, wie du es für meinen Großvater getan hast.«

Als sie endlich sprach, klang ihre Stimme tief und leise. »Und was ist Euer Schicksal?«

Robert sah ihr fest in die Augen. Alle Verlegenheit war verflogen. »König von Schottland zu werden.«

Ein Lächeln zuckte um ihre Mundwinkel. Es war nicht weich, sondern zeugte von eiserner Entschlossenheit. »Ich brauche etwas von Euch«, sagte sie, als sie sich erhob.

Robert verwünschte sich stumm für seine Dummheit. Er hatte Münzen mitgebracht, um sie zu bezahlen, aber sonst nichts. Er hätte an die Gegenstände in den Zweiggeflechten denken sollen. Rasch überlegte er, aber er hatte nur die Kleider, die er trug: eine blaue Tunika, eine Hose und Stiefel, dazu einen Dolch, den er nur für den Fall eines Falles in seinen Gürtel gesteckt hatte. Aber ein Dolch schien ihm kein angemessenes Symbol für die angestrebte Königswürde zu sein. »Ich habe leider nichts.«

Affraig runzelte nachdenklich die Stirn, dann trat sie zu einem mit Kräutern und Blättern übersäten Regal. Neben einem Mörser lag ein fleckiger Stößel. Sie streckte die Hand aus und zupfte eine Hand voll getrockneter Blumen aus einem Büschel an einem der Balken, dann blinzelte sie in das Dämmerlicht und pflückte zwei weitere Bündel ab. Als sie wieder in den Feuerschein trat, erkannte Robert, dass es sich bei der ersten Pflanze um Heidekraut und der zweiten um Geißklee handelte. Die dritte kannte er nicht.

Sie setzte sich auf ihren Stuhl und breitete die Kräuter auf ihren Knien aus. Robert machte es sich mit untergeschlagenen Beinen vor dem Feuer bequem und sah ihr bei der Arbeit zu. Als Affraig die dünnen Zweige auseinanderzupfte, füllte sich der Raum mit süßem Heidekrautduft. Nachdem sie die Stängel voneinander getrennt hatte, nahm sie drei davon und begann sie zusammenzuflechten. Trockene Blütenkrümel fielen von ihren Röcken zu Boden. Als ein Zopf fertig war, fing sie mit dem nächsten an. Ihre Finger bewegten sich geschickt und geschmeidig. Nach einiger Zeit hatte sie neun steife Zöpfe fertig gestellt, die sie zu einem Kranz wand. In jede Schlinge flochte sie Geißklee und Stränge des dritten Krauts hinein.

»Wermut«, murmelte sie. »Die Krone für einen König, so sagte man in den alten Tagen.«

Das Spiel ihrer Finger und der Geruch von Holzrauch und Kräutern wirkten geradezu hypnotisch. Robert spürte, wie seine Lider schwer wurden. Seit sie vor einer Woche Irvine verlassen hatten, hatte er nicht mehr richtig geschlafen. Seine Glieder fühlten sich bleischwer an.

Er kam mit einem Ruck wieder zu sich, als sie sich über ihn beugte. Sie hielt eine grüne Krone in der Hand; sein in einem Reif aus Heidekraut und Geißklee greifbar gewordenes Schicksal. Im Geist sah er sich mit seinem Großvater auf dem Moot Hill stehen, von Schatten umwabert, und der leere Sockel neben ihnen wartete auf einen neuen König. An jenem Abend hatte er gespürt, wie sich die Geister seiner Vorfahren auf dem Hügel gedrängt hatten, und jetzt spürte er ihre Anwesenheit hier in dieser vom Feuer erleuchteten Kammer, abwartend und hoffnungsvoll, als Affraig ihm die Krone auf den Kopf setzte. Dabei murmelte sie Worte, die er nicht verstand, eine seltsame Mischung aus Lateinisch und Gälisch.

Sobald das Ritual beendet war, trug Affraig die Krone zu dem Regal mit den Kräutern, griff in einen Sack zu ihren Füßen und entnahm ihm ein Bündel entrindeter Zweige, aus denen sie einen unförmigen kleinen Käfig flocht, in den die Kräuterkrone gerade hineinpasste. Nachdem sie sie hineingeschoben hatte, band sie das Zweignetz zu und befestigte eine Schnur daran.

Endlich drehte sie sich zu Robert um. »Es ist vollbracht.«

Robert erhob sich, um sein Schicksalsnetz mit einer Mischung aus Interesse und Zweifel zu betrachten. Konnte ihn dieser Reif aus Kräutern wirklich auf den Thron bringen? Er dachte an den Zauber seines Großvaters, der den Fluch des Malachias außer Kraft setzen sollte und das nach all diesen Jahren noch immer in der Eiche hing. »Wann hängst du es in den Baum?«

»Es muss eine Nacht am Feuer, eine am Wasser, eine dritte an der Luft und die letzte auf der Erde liegen. Erst dann ist es bereit, aufgehängt zu werden.«

Robert griff nach dem Geldbeutel an seinem Gürtel, doch Affraig hielt ihn zurück.

»Ich habe das nicht für Geld getan«, wehrte sie ärgerlich ab.

Robert zog die Hand zurück. Da es nichts mehr zu sagen geben schien, ging er zur Tür. Affraig begleitete ihn. Offensichtlich erwartete sie von ihm nicht mehr. Als er ins Freie trat, sah Robert, dass die Sonne untergegangen war und das Tal im Schatten lag. Der Wald dahinter war dunkel. Plötzlich drehte er sich um, weil ihm eine Frage durch den Kopf schoss. »Wie bekommst du das Netz eigentlich hoch in die Eiche?«

Affraig lächelte, und diesmal erreichte das Lächeln auch ihre Augen. Sie nickte zu einem langen Holzstab hinüber, der an der Hauswand lehnte. Das Ende war wie eine Gabel geformt.

Robert grinste, weil er sich daran erinnerte, dass er einmal gedacht hatte, sie müsse in den Baum hinauffliegen können. Doch dann wurde er ernst. »Ich weiß nicht, wie ich beginnen soll.«

»Ihr werdet es erkennen.«

56

ROBERT VERLIESS DEN WALD und kehrte zu seinen Kameraden zurück, die dort warteten, wo er sie zurückgelassen hatte, und abwechselnd aus einem Weinschlauch tranken. Als sie ihn sahen, spiegelte sich Erleichterung auf ihren Gesichtern wider. Inzwischen war ein heller Halbmond aufgegangen.

»Hast du gefunden, was du gesucht hast?«, erkundigte sich Alexander.

»Ja.« Robert wappnete sich dafür, weitere Fragen abzuschmettern – er hatte ihnen nicht gesagt, weshalb er in den Wald gegangen war, das war etwas, worüber er nicht reden wollte. Aber Alexander nickte nur und stieg auf sein Pferd.

Als sie über die Marschen zurückritten, hob sich Turnberry Castle dunkel von dem türkisfarbenen Himmel ab. Dahinter schimmerte das Meer silbrig-golden im Mondlicht. Sie lebten seit fast einer Woche in der Burg, aber ihr Anblick löste noch immer Trauer in Robert aus, denn sie erinnerte ihn stets an die Familie, die er verloren hatte. Das alte Gebäude, das er in der Obhut Andrew Boyds zurückgelassen hatte, befand sich in einem guten Zustand, und er hatte auch bereits Versammlungen einberufen und einige seiner Vasallen hierher bestellt, doch trotz des geschäftigen Kommens und Gehens wirkte Turnberry fremd und verlassen. Nur eine Hand voll Diener und Ritter, die er nicht kannte, huschte durch die Gänge, in denen das Dröhnen des Meeres widerhallte.

Robert war tief in seine Gedanken versunken, doch merkte er, dass etwas nicht stimmte, als die anderen ihre Pferde zügelten. »Was ist denn?«

»Die Tore.« Alexander musterte die Burg nachdenklich. »Sie waren geschlossen, als wir losgeritten sind.«

Jetzt endlich fiel auch Robert auf, dass die Tore weit offen standen. Sie erwarteten keinen Besuch, und es gab keinen Grund, weshalb jemand die Burg verlassen sollte – und schon gar nicht dazu, beide Tore zu öffnen, was nur dann notwendig war, wenn eine größere Reitergruppe eintraf oder aufbrach.

»Ihr solltet lieber hierbleiben, Sir Robert.« Christopher zog sein Schwert.

Robert tat es ihm nach. »Es ist meine Burg«, stieß er rau hervor, gab seinem Pferd die Sporen und galoppierte über das Feld auf den Pfad zu, der zu den Toren führte. Seit er Irvine verlassen hatte, empfand er einen immer stärkeren Beschützerinstinkt für sein Land, der auch jetzt wieder in ihm aufwallte – nicht zuletzt, weil sich seine Tochter innerhalb dieser Mauern befand.

Hinter den Toren sah er eine große Menschenmenge, die sich im Hof drängte. Viele saßen noch im Sattel oder standen neben ihren Pferden. Auch drei Karren waren eingetroffen. Stimmengewirr übertönte das Stampfen der Hufe. Als er sich umblickte, stellte er fest, dass die Setons und Nes dicht hinter ihm waren. Robert wandte sich wieder zum Tor. Erst jetzt fiel ihm das über der Menge wehende Banner auf, dessen satte Farben im bronzenen Fackelschein leuchteten. Er erkannte es sofort, denn es trug das Wappen seines Schwiegervaters, des Earl of Mar. Fast im selben Moment bemerkte er den hochgewachsenen jungen Mann, der mit Andrew Boyd sprach. Er hatte dunkles Haar, und sein Gesicht war seinem eigenen so ähnlich, dass er meinte, in einen Spiegel zu blicken. Beim Anblick seines Bruders, der so unverhofft im Hof des Heims ihrer Kindheit stand, entfuhr Robert ein leiser Freudenschrei. Edward drehte sich um. Ein breites Grinsen spielte um seine Lippen, als er sich einen Weg durch die Menge bahnte, um Robert zu begrüßen.

Robert sprang aus dem Sattel und umarmte seinen Bruder fest. Ihre letzte Begegnung lag erst wenige Monate zurück, aber nach all dem, was inzwischen geschehen war, kam es ihm viel länger vor. Alexander und die anderen ritten langsam in den Hof. Robert spähte über Edwards Schulter und entdeckte zu seiner Überraschung eine weitere vertraute Gestalt, die sich aus der Menge löste. Er hatte seine Schwester Christina vor drei Jahren zum letzten Mal gesehen, kurz vor ihrer Hochzeit mit dem Sohn und Erben von Donald of Mar. Damals war sie kaum mehr als ein schüchternes, linkisches Mädchen gewesen. Jetzt, mit fast fünfzehn, war sie zur Frau herangereift. Sie hielt sich sehr gerade, als sie seine Hände ergriff und sich auf die Zehenspitzen stellte, um ihn auf die Wangen zu küssen. Ihr Haar, hell wie das ihres Bruders Thomas, war zu einem dicken Zopf geflochten, und ihr Mantel wurde am Hals von einer hübschen Brosche zusammengehalten.

Ihr Mann Gartnait, Earl Donalds ältester Sohn, trat zu ihr. Er war sowohl durch die Heirat mit Christina als auch durch Roberts Heirat mit Isobel Roberts Schwager. Robert entdeckte viel von seiner verstorbenen Frau in Gartnaits schmalem, ernstem Gesicht. Er war mehr als doppelt so alt wie Christina, sein Haar wich schon aus der Stirn zurück, und Fältchen zogen sich um seine Augen, aber als sich Christina zu ihm wandte, registrierte Robert erfreut, dass die beiden eine aufrichtige Zuneigung verband.

Gartnait umarmte ihn etwas steif. »Bruder«, begrüßte er ihn, dann stellte er sich wieder neben seine junge Frau.

Robert wollte gerade zu der Frage ansetzen, was sie zu ihm führte, doch da entdeckte er in der Menge eine letzte Überraschung in Gestalt seines anderen Schwagers Sir John, des feurigen Earl of Atholl, dem Mann einer weiteren Tochter von Earl Donald. John trat vor. Sein von dunklen Locken umrahmtes Gesicht glühte im Fackelschein. Bei seinem Anblick keimte Unbehagen in Robert auf. Zwar hatte er den freimütigen Earl immer gemocht, aber der Mann war einer der Kommandanten des Heeres des Schwarzen Comyn gewesen, der zu Beginn des Krieges Carlisle angegriffen hatte. John streckte ihm eine Hand hin, die Robert nach kurzem Zögern ergriff.

»Es ist gut, Euch wieder in Eurer Heimat zu sehen, Sir Robert«, war alles, was der Earl sagte.

Dankbar für den ihm angebotenen Waffenstillstand nickte Robert nur stumm. »Ich hörte, Ihr wart im Gefängnis«, sagte er endlich leise.

»Ja, aber das Glück war mir hold. Im Tower war nicht genug Platz für alle, die Warennes Truppen bei Dunbar gefangen genommen hatten, und ich wurde mit Sir Andrew Moray unter Bewachung in ein Kloster bei Chester gebracht. Eines Nachts kamen Morays Männer und haben uns befreit, und Moray und ich sind über die Grenze geflohen.«

Robert wandte sich an Edward. »Woher wusstest du, dass ich hier bin?«

»Als wir erfuhren, dass du dich in Douglasdale den Befehlen unseres Vaters widersetzt hast, schrieb ich heimlich an Christina. Ich dachte, Sir Gartnait könnte dir vielleicht helfen oder dir wenigstens Zuflucht gewähren.«

»Mein Vater starb vor zwei Monaten«, fügte Gartnait hinzu. »Ich habe seine Nachfolge angetreten.«

Robert starrte seinen Bruder an. Er war so überwältigt, dass er keinen Ton hervorbrachte. Er hätte sich nie träumen lassen, dass irgendjemand sich Gedanken über seine Sicherheit gemacht haben könnte, nachdem er Douglasdale verlassen hatte, und schon gar nicht Edward, der ihm immer die Schuld an seinem Exil in England gegeben hatte. Seine Freude wurde von Kummer über den Tod des alten Donald getrübt, des Mannes, der ihn zum Ritter geschlagen hatte. Er sprach Gartnait behutsam sein Beileid aus, was dieser mit einem leichten Nicken beantwortete.

»Sir John und seine Frau waren bei ihnen«, fuhr Edward fort. »Wir vereinbarten, uns in Lochmaben zu treffen. Dort hörten wir, dass du mit den Anführern der Rebellion nach Irvine gegangen warst. Als wir dort ankamen, waren die Verhandlungen schon beendet. Anscheinend hatten die Engländer erfahren, dass Wallace Dundee belagerte, und begonnen, die Rädelsführer festzunehmen. Sie haben Lord Douglas und Bischof Wishart in ihre Gewalt gebracht.«

»Und James Stewart?«, fragte Robert mit schwerem Herzen.

»Wir glauben, dass er entkommen konnte.« Edward schüttelte den Kopf. »Tatsächlich schien niemand viel zu wissen – nur, dass du einige Tage vor Beginn der Verhaftungen verschwunden bist. Ich dachte mir, dass du hierherkommen würdest.«

»Hat dich unser Vater ausgeschickt, um mich zu finden?« Roberts Freude über das Wiedersehen schwand, als ein böser Verdacht in ihm aufkeimte. »Bist du deswegen hier?«

»Nein.« Edward blickte zu den Rittern und Knappen hinüber, von denen viele die Farben von Mar und Atholl trugen, und dämpfte seine Stimme. »Unserem Vater ist das Amt des Statthalters von Carlise entzogen worden, Bruder. König Edward ordnete es an, nachdem bekannt wurde, dass du desertiert bist. Er hat sich mit einem kleinen Gefolge auf seinen Landsitz in Essex zurückgezogen. Es ging ihm gesundheitlich gar nicht gut, als er aufbrach.«

Robert senkte den Kopf. »Vermutlich hasst er mich.«

Edward erwiderte nichts darauf. Er spähte zu Alexander und Christopher hinüber, die bei Nes standen. »Wie ich sehe, hast du neue Verbündete gefunden.« Er nickte den beiden jungen Männern verhalten zu, woraufhin diese ihrerseits die Köpfe neigten.

»Treue Verbündete«, bestätigte Robert mit fester Stimme, dann holte er tief Atem. »Ich habe mir auch schon überlegt, wie unsere nächsten Schritte aussehen.«

»Wir sollten Richtung Osten nach Dundee reiten und zu Wallace' und Morays Truppen stoßen«, warf John of Atholl ein, ehe Robert fortfahren konnte. »In Irvine haben wir Gerüchte gehört, dass die Engländer unter dem Befehl des Verräters und des Earl of Surrey gegen sie in die Schlacht ziehen wollen. Wir sollten ihnen vereint entgegentreten.«

Einige der anderen nickten zustimmend.

Gartnait jedoch mahnte zur Vorsicht. »Wallace' Armee besteht hauptsächlich aus Fußsoldaten. Sie können in einer offenen Schlacht nicht gewinnen. Wir sollten lieber verhandeln, statt zu kämpfen.«

»Wie Wishart und Douglas?«, höhnte John.

Als die Schwäger zu streiten begannen, hob Robert die Stimme. »Ich werde nicht an William Wallace' Seite kämpfen.« Augenblicklich trat Stille ein, und er fuhr fort: »Ihr alle kennt die Geschichte unserer Familie und wisst von der Feindschaft zwischen uns und den Balliols und den Comyns. Unser gegenseitiger Hass ist kein Geheimnis, genauso wenig wie die Tatsache, dass mein Großvater bis zu seinem Tod davon überzeugt war, einen größeren Anspruch auf den Thron zu haben als Balliol. Vor fünf Jahren habe ich ein Gelöbnis abgelegt, das ich jetzt einhalten werde.« Er legte eine kleine Pause ein. »Von hier aus werde ich die Männer von Carrick zu den Waffen rufen und sie gen Norden nach Ayr und Irvine führen. Während Wallace und Moray die Engländer im Osten bekämpfen, werde ich mich auf den Westen konzentrieren. Ich habe vor, das an das unsere angrenzende Land von Henry Percy zu befreien. Und dann ...« Wieder hielt er inne, denn er hatte keine Zeit gehabt, sich eine Rede zurechtzulegen. »John Balliol war König Edwards Marionette«, sagte er schließlich. »Unser Land braucht einen neuen König – einen König, der unsere Rechte und Freiheiten verteidigt, der unserem Volk Hoffnung bringt und es von denen befreit, die es unterdrücken wollen. Einen König, in dessen Adern das Blut und die Macht von Malcolm Canmore fließen.«

Als er geendet hatte, wurde Robert bewusst, dass er seine Absicht gar nicht in unmissverständliche Worte gefasst hatte, aber als er Edward ansah, wusste er, dass dies gar nicht nötig gewesen war. Das Gesicht seines Bruders glühte vor Stolz. Auch die Mienen der anderen verrieten, dass sie ihn genau verstanden hatten. Einige nickten, andere runzelten nachdenklich die Stirn, aber niemand erhob Einwände oder lachte höhnisch. Plötzlich entdeckte Robert Katherine in der Menge. Die Zofe hatte ganz offensichtlich gehört, was er gesagt hatte, denn sie hielt den Kopf hoch erhoben, und ihr Gesicht drückte begeisterte Zustimmung aus. Dann verschwand sie aus seinem Blickfeld, weil die Männer sich um ihn scharten; bereit, ihn mit Fragen zu überschütten, auf die er höchstwahrscheinlich keine Antworten hatte.

Also hob er die Hände, bevor einer von ihnen das Wort ergreifen konnte. »Wir wollen weiter über diese Dinge sprechen, wenn Wein und Fleisch vor uns stehen.« Er wandte sich an seinen Vasallen. »Sir Andrew, wir werden die Halle als Baracke benutzen und die restlichen Männer in den Ställen unterbringen. Sorgt dafür, dass jeder ein Nachtlager findet.« Als im Hof ein geräuschvolles Chaos losbrach, Diener Männer zu den Ställen führten und sich Alexander selbstbewusst John und Gartnait vorstellte, drehte sich Robert zu Edward um. »Kümmere dich um unsere Gäste«, wies er seinen Bruder leise an. »Wir können gleich über alles reden, aber vorher muss ich noch etwas erledigen.« Er hielt inne und nahm Edward bei den Schultern. »Ich muss mich bei dir entschuldigen, Bruder. Ich hätte auf dich hören sollen, denn ich wusste ja, dass du nie für England gegen unsere Landsleute kämpfen wolltest.«

»Jetzt bist du ja hier.« Edward lächelte. »Das ist alles, was für mich zählt.«

Robert überließ es seinem Bruder, die ungefähr fünfzig Männer und Frauen in das Hauptgebäude zu führen, und zog sich in seine eigene Kammer zurück.

Er bewohnte den Raum, der einst seinen Eltern gehört hatte. Ihr altes Bett beherrschte die Kammer, die roten Vorhänge waren inzwischen mottenzerfressen und ausgeblichen. In der ersten Nacht war es ihm seltsam vorgekommen, Katherine in dem Bett zu lieben, in dem er geboren worden war – von Affraigs runzeligen Händen auf die Welt geholt.

Das Feuer, das am Morgen entzündet worden war, war heruntergebrannt, aber das durch das Fenster scheinende Mondlicht spendete genug Helligkeit, um sehen zu können, als er zu seinen Habseligkeiten trat. Ein mit einem Sack bedeckter Gegenstand lehnte an der Satteltasche, die seine Decke und seine Kleidung zum Wechseln enthielt. Nes hatte den Schild für ihn getragen, seit er Lochmaben im Frühjahr verlassen hatte. Nach Douglasdale hatte Robert erwogen, ihn einfach zurückzulassen, es aber aus irgendeinem Grund nicht fertiggebracht. Er zog den Sack weg. Sein Blickfeld wurde scharlachrot. Robert griff nach dem Schild, verließ die Kammer und ging den Gang entlang, vorbei an dem Raum, den er einst mit seinen Brüdern geteilt hatte, bis er die Tür erreichte, die auf die Brustwehr hinausführte.

Draußen zogen Möwen am Himmel ihre Kreise, ihre weißen Schwingen schimmerten im Mondschein. Das Meer glitzerte, jede Welle funkelte wie Diamanten, wenn sie sich weit unter ihm an den Felsen brach. Robert hielt den Schild einen Moment lang von sich gestreckt. Er dachte an Humphrey und die Drachenritter. Seinerzeit hatte er sich für ihren Bruder, ihren

Kameraden gehalten, aber das war nur eine Illusion gewesen. Die Wahrheit lautete, dass er nie einer der ihren werden konnte, das Blut in seinen Adern ließ es nicht zu. Er hatte eine Pflicht – nicht nur gegenüber dem Andenken seines Großvaters oder den Bewohnern von Carrick, sondern gegenüber seinem alten Erbe und den großen Männern, von denen er abstammte. Unten in der Halle hing der Wandbehang, der zeigte, wie Malcolm Canmore Macbeth tötete und den Thron bestieg. Es war an der Zeit, sein Recht einzufordern. Sein Blut verlangte es von ihm.

Robert verdrängte entschlossen das Bild von Humphrey und schleuderte den hölzernen Schild über die Brustwehr. Der goldene Drache flammte auf und drehte sich, bis er auf den Felsen aufschlug. Die nächste Welle schwemmte ihn mit sich fort. Einen Moment lang war er noch auf der schäumenden Oberfläche zu sehen, dann wurde er in die Tiefe gezogen und verschwand.

57

FLAMMEN SCHLUGEN VON DER Brücke zum Himmel und flackerten rot im Rauch. Ihr Schein spiegelte sich in der Oberfläche des Forth wider. Funken sprühten auf, als Planken und Piere in der Hitze zerbarsten. Der Himmel über Stirling hatte sich schwarz verdunkelt und verdeckte die hoch über den Wiesen thronende Burg. Die Rauchwolken zogen über die morastige Ebene hinweg, die zwischen einer großen Schleife des Flusses lag, wo ein Damm von der Brücke zum Fuß des Abbey Craig verlief, einer eine Meile entfernten hohen Klippe. Unter dem Leichentuch aus Qualm spielten sich Szenen aus der Hölle ab.

Überall auf der Wiese zu beiden Seiten des Dammes lagen die Körper Tausender toter oder sterbender Männer. Das Gras war zu einem grauen Matsch zertrampelt worden, durch den

Ströme stinkender Flüssigkeiten flossen. Männer und Pferde waren in Knäuel aus zerfetzten Gliedmaßen und Kleidern verstrickt. Banner schwammen in Seen aus Blut. Ritter, Knappen, Fußsoldaten und Bogenschützen bildeten unabhängig von Rang und Namen riesige Haufen; sie waren zu grausamen Zerrbildern menschlicher Leiber verstümmelt und teilweise kaum noch als Menschen zu erkennen. Augen waren ausgestochen, Nasen aufgeschlitzt und Kiefer aufgerissen, Helme von Hammerschlägen und Axthieben verbeult worden. Schwerter und Pfeile ragten wie Hunderte Ausrufezeichen des Todes aus kaltem Fleisch. Der Gestank war so ekelerregend, dass sich auch den hartgesottensten Veteranen der Magen umzudrehen drohte.

Hier und da krümmten und wanden sich Männer in Todesqualen. Leises Wimmern und gellende Schmerzensschreie hallten zum rauchverhangenen Himmel empor, wo Krähen erwartungsvoll ihre Kreise drehten. Einige der Verwundeten zogen sich, nutzlose Gliedmaßen hinter sich herschleifend, über den Boden und würgten ob des den aufgeschlitzten Körpern entströmenden Gestankes, der ihnen entgegenschlug. Schottische Fußsoldaten bewegten sich wie Todesengel zwischen ihnen, sie hielten Dolche in den Händen und lauschten auf die Schreie der Sterbenden. Überall, wo sich ein Mann noch regte oder stöhnte, setzten sie seinem Leben ein Ende. In dem Gemetzel war es ihnen fast unmöglich festzustellen, wen sie da abschlachteten: Engländer, Schotten, Waliser oder Iren. Nur ihr Rang ließ sich an Kleidern und Waffen ablesen. Auch die Ritter, die am leichtesten zu identifizieren waren, entgingen dem brutalen Massaker nicht. Wallace hatte angeordnet, dass es keine Überlebenden geben dürfe. Es würden auch keine Lösegeldforderungen gestellt werden. Gnade wurde nicht gewährt.

Andere Schotten durchsuchten die Gefallenen nach möglichen Beutestücken. Männer, die barfuß in die Schlacht gezogen waren, rissen den Toten dankbar die Stiefel von den Füßen. Einige schnitten Beutel von Gürteln oder zogen Weinschläuche aus Satteltaschen. Wieder andere eigneten sich Helme,

Schwerter und andere Rüstungsgegenstände an. Um die Ritter, die Reichsten unter den Toten, hatten sich ganze Horden von Plünderern geschart, die sich um die besten Stücke stritten.

Anderswo auf dem Schlachtfeld nahmen die erbitterten Kämpfe ihren Fortgang, von Schmerzen gequälte und von nacktem Entsetzen erfüllte Männer hackten wie von Sinnen aufeinander ein.

Ein englischer Ritter, einer der wenigen, die noch auf ihren Pferden saßen, versuchte die Reihen der Schotten zu durchbrechen, indem er sein Schlachtross über den Damm auf den Abbey Craig zutrieb, den einzigen Fluchtweg aus dieser Hölle, seit die Brücke in Flammen stand. Männer sprangen zur Seite, um nicht niedergeritten zu werden. Einer von Wallace' Kommandanten duckte sich, schwang sein Schwert, als der Ritter auf ihn zukam, wappnete sich und hieb dem Tier die Klinge in die Hinterbeine. Die Wucht des Hiebes riss ihm die Waffe aus der Hand, aber der beabsichtigte Schaden war angerichtet, das Pferd wieherte schrill auf, stürzte auf die Vorderbeine, die unter seinem Gewicht brachen, und schleuderte seinen Reiter aus dem Sattel. Als er sich wieder aufzurichten versuchte, fielen drei Schotten über ihn her. Einer schrie triumphierend auf, als er dem Ritter den Helm vom Kopf riss und seinen Dolch quer über die Kehle des Mannes zog, wo die Klinge unterhalb seines verzerrten Mundes eine klaffende rote Wunde hinterließ …

Die Brücke von Stirling, der Schlüssel zum Norden, mit dem die Engländer die Tür zu dem Königreich hatten aufstoßen wollen, war ihnen zum Verhängnis geworden.

An diesem Morgen hatte die Vorhut der englischen Armee unter dem Befehl von Hugh de Cressingham den Damm überquert, nachdem William Wallace Verhandlungen schroff abgelehnt hatte. Die Truppen des Schatzmeisters setzten sich aus mehreren hundert Rittern, einem großen Kontingent in Gwent eingezogener walisischer Langbogenschützen und einigen durch irische Soldaten verstärkte Kompanien englischer Infanterie zusammen. Da immer nur zwei Reiter nebeneinander Platz auf dem Damm fanden, hatte der Rest der englischen Armee unter dem Kommando von John de Warenne auf der anderen Seite warten müssen.

Wallace und Moray hatten vom Gipfel des Abbey Craig aus verfolgt, wie die Engländer in einer langen, glitzernden Reihe über den meilenlangen Damm zogen, während ihre Trommeln einen bedrohlichen monotonen Rhythmus anstimmten. Unterhalb des Craig hielt sich eine jämmerlich kleine Anzahl schottischer Kavalleristen auf leichten Pferden bereit, die den englischen Schlachtrössern wenig entgegenzusetzen hatten. Doch was ihnen an schwerer Kavallerie fehlte, machten die Schotten durch ihre Infanterie wett, die die unteren Hänge der Ochil Hills bedeckte – Tausende größtenteils mit langen Speeren bewaffnete, zu allem entschlossene Männer. Trotzdem hatten die Engländer keine Anzeichen von Beklommenheit gezeigt, sondern waren zuversichtlich über den Damm auf die wartenden Schotten zugeritten. Cressingham hatte sich inmitten der Ritter gehalten, eine glänzende fette Schnecke von einem Mann in einem polierten Kettenhemd, Seidengewändern und kostbarem Mantel, dessen Pferd sein enormes Gewicht kaum zu tragen vermochte.

Ungefähr siebentausend Engländer hatten die andere Seite erreicht, als Wallace das Zeichen gab. Mit einer Hornfanfare, die zu seinen Truppen am Fuß des Hügels hinunterhallte und die englischen Ritter erschrocken aufblicken ließ, trieb der junge Gesetzlose sein Pferd den steilen Pfad des Craig hinunter. Unten stießen er und Moray auf ihre Männer und führten die kleine berittene Truppe über den Damm auf die Engländer zu. Gleichzeitig stürmten die schottischen Fußsoldaten die niedrigen Hänge hinab und rollten wie eine riesige Welle brüllend auf die englische Kavallerie zu. Cressingham befahl den Rittern, sich der schottischen Reitertruppe entgegenzustellen, während die walisischen Bogenschützen angewiesen wurden, auf die direkt auf sie vorrückende Masse der Infanterie zu schießen.

Hunderte von Schotten fielen in dem Pfeilhagel, viele wurden nach hinten geschleudert und prallten gegen ihre nachrückenden Kameraden. Doch viele andere folgten ihnen und sprangen über die Körper ihrer gefallenen Gefährten hinweg. Ein großer Teil dieser Truppe schwenkte in Richtung der Brücke ab, ließ dort die von Wallace ersonnene Falle zuschnappen und schnitt die eine Hälfte der englischen Armee von der anderen ab. Als Warenne und seine Männer, die sich noch immer auf der anderen Seite der Brücke befanden, begriffen, was geschah, war es bereits zu spät. Die Schotten hackten eine Schneise durch die verstreute englische Infanterie am Brückenkopf, der keine Zeit blieb, sich zu ihrer Verteidigung zu formieren. Sie nahmen die Brücke ein und bildeten eine tödliche Mauer aus Speeren, die noch nicht einmal die Ritter zu durchdringen vermochten, die Warenne ihnen entgegenschickte. Hätten sich die walisischen Bogenschützen in der Vorhut befunden, wäre das Ganze für die Schotten vielleicht nicht so glücklich ausgegangen, aber so konnten Warenne und der Hauptteil der englischen Armee nur hilflos mit ansehen, wie Cressinghams Truppen auf der Wiese hinter dem Wasser erbarmungslos niedergemetzelt wurden. Am Ende hatte Warenne befohlen, die Brücke in Brand zu stecken, und seine Männer Richtung Süden in die waldigen Hügel geführt, wohl wissend, dass die Schlacht verloren war.

Und jetzt stand das grausame Ende unmittelbar bevor.

William Wallace befand sich mit seinen Kommandanten auf dem mit Leichen übersäten Damm. Der Rebellenführer kauerte im Schlamm, sein Atem ging schwer, jede Faser seines Körpers schmerzte. Seine Haut und seine Kleider starrten vor Blut, große Klumpen klebten in seinem Haar und bedeckten sein langes Schwert, das er sich jetzt auf den Rücken geschnallt hatte. Vor ihm auf dem Boden lag Andrew Moray. Der junge Ritter, der die Männer aus dem Norden angeführt hatte, atmete zischend durch die Zähne, und sein Gesicht verzerrte sich, als einer seiner Männer eine klaffende Wunde in seiner Seite säuberte, durch die Wallace seine Rippen sehen konnte. Heute hatte er so viele menschliche Innereien zu Gesicht bekommen wie nie zuvor:

eine glitschige, von einer wenig Schutz bietenden Hautschicht zusammengehaltene Masse. Ein Schnitt hier, einer dort, und alles quoll heraus. Dem Anblick haftete etwas Unchristliches an – er erinnerte einen Mann daran, dass er letztendlich nichts als Würmerfutter war.

Morays schmerzverschleierter Blick heftete sich auf Wallace. »Ist es vorüber?«

»Ja.«

Moray grinste wölfisch. »Wir haben die Bastarde besiegt.« Sein Kopf fiel zurück, das Grinsen verwandelte sich in eine Grimasse. »Dem Himmel sei Dank, wir haben sie besiegt.«

Wallace blickte zu den Männern ringsum auf. Einige gehörten zu ihm, andere zu Moray. Die meisten waren verwundet, alle zu Tode erschöpft, aber in den Schmerz in ihren Augen mischte sich Triumph. Sie hatten vollbracht, was Edelleute wie Sir James Stewart und Bischof Wishart für unmöglich gehalten hatten: Sie hatten die englische Kavallerie im Kampf besiegt, ohne Ritter und fast ohne schützende Rüstungen.

Adam tauchte neben Wallace auf und drückte seinem Vetter einen Weinschlauch in die Hand. Sein pelzverbrämter Umhang war verschwunden, sein schweißüberströmter kahler Schädel mit Blut verkrustet. Wallace nahm den Schlauch und trank, bis kein Tropfen mehr kam. Der Wein brannte in seiner ausgedörrten Kehle, aber es war der süßeste, den er je gekostet hatte. Als er den Schlauch geleert hatte, starrte er ihn an. Das Leder war mit Juwelen besetzt.

Adam lächelte humorlos. »Ich habe ihn dem Verräter abgenommen.«

»Cressingham?«, entfuhr es Wallace scharf. »Du hast ihn gefunden?«

Adam nickte zu einem Kreis von Schotten ganz in der Nähe hinüber. »Dort drüben, Vetter.«

Wallace überließ Moray der Obhut seiner Männer und ging, gefolgt von Adam, zu dem Kreis hinüber. Als ihm die Männer den Weg freigaben, sah er einen grotesk fetten Leichnam auf dem Boden liegen. Er war nackt, seine übereinanderlappenden Fleischfalten so mit Wunden übersät, dass sich nicht mehr sagen ließ, welche ihn getötet hatte. Sein Gesicht war größtenteils unversehrt geblieben, nur ein Auge hatte sich mit Blut gefüllt. Aber es war sein Mund, den Wallace anstarrte, oder vielmehr das blutige Stück Fleisch, das ihm zwischen die Lippen gestopft worden war. Als er Cressinghams aufgeblähten Körper genauer betrachtete, begriff er, worum es sich handelte. Zwischen seinen schwammigen, von Adern durchzogenen Schenkeln prangte dort, wo seine Männlichkeit hätte sein sollen, eine kaum sichtbare dunkle Wunde.

»Ein passendes Ende für diesen Hurensohn«, grollte Adam neben ihm.

Einige Männer lachten. Sie tranken abwechselnd aus einem anderen juwelenbesetzten Weinschlauch. Wallace bemerkte, dass sich ein paar von ihnen seidene Kleidungsstücke, eindeutig die des Verräters, über die Schulter geworfen oder in den Gürtel gestopft hatten.

Ein Mann bückte sich plötzlich und zog einen Dolch, dann blickte er zu Wallace auf. »Master William, kann ich ein Stück von ihm haben?« Er musterte Cressinghams Körper. »Ich möchte den guten Leuten in Lanark beweisen, dass ich mitgeholfen habe, das Land von diesem Ungeheuer zu befreien.«

»Nimm dir, was du willst.« Wallace nickte. »Da, wo er hingeht, braucht er es nicht mehr.«

Der Mann grinste, hob eine von Cressinghams fleischigen Händen und begann, den Zeigefinger abzusägen. Die anderen sahen einen Moment lang zu, dann kamen sie näher, um sich gleichfalls eine Trophäe zu sichern, mit der sie vor ihren Kameraden und Familien damit prahlen konnten, dass sie den Tyrannen gestürzt hatten, der ihr Königreich wie ein übergroßer Blutegel ausgesaugt hatte.

Wallace ließ sie gewähren. Er würde ihnen alle Beutestücke überlassen, die sie haben wollten, und wenn sie gesättigt waren, würde er sie von neuem antreiben. Es war nicht vorbei. Noch nicht. »Hol Gray und die anderen«, befahl er Adam. »Wir brechen innerhalb der nächsten Stunde auf.«

»Vetter?«

Wallace starrte durch die Rauchschwaden zum Forth hinüber, wo die letzten Kolonnen von Warennes Armee zu sehen waren, die sich Richtung Süden entfernten. »Bei Ebbe überqueren wir die Fords of Drip und verfolgen die Engländer. Sie haben immer noch ihren Gepäcktross bei sich. Wir verschaffen uns ihre Vorräte und töten so viele Männer wie möglich.« Seine blauen Augen ruhten auf der sich zurückziehenden Armee. »Sie alle werden das Grauen dieses Tages nach England zurücktragen.«

Und während die Schotten neben den rauchenden Überresten der Brücke von Stirling, die in der Tat den Engländern zum Verhängnis geworden war, ihren Sieg feierten, begannen Krähenschwärme wie eine schwarze Wolke über das Festmahl auf dem Schlachtfeld hinwegzuschweben.

SECHSTER TEIL

A.D. 1299

Sie sollen Ketten um die Hälse brüllender Löwen schlingen und die Zeiten ihrer Vorfahren wieder aufleben lassen. Er soll … mit dem Haupte eines Löwen gekrönt werden. Sein Anfang soll von sich wandelnder Zuneigung bestimmt sein, sein Ende ihn zu den Gesegneten emportragen, die über ihm weilen.

Geoffrey of Monmouth,
»Die Geschichte der Könige Britanniens«

58

WÄHREND DES REGNERISCHEN, windigen Herbstes, in dem die Schotten in ihrem Sieg über die Engländer bei Stirling schwelgten, reiste Robert kreuz und quer durch Carrick, rief die Männer seiner Grafschaft zu den Waffen und verstärkte Turnberry Castle.

Anfangs scheuten sich viele trotz ihrer Abneigung gegen die Engländer, ihn zu unterstützen, weil sie Vergeltungsmaßnahmen seitens Percys und Cliffords fürchteten. Robert hätte ihre Dienste einfordern können, aber da er bezweifelte, dass ihm nervöse, von Bedenken geplagte Männer von großem Nutzen sein würden, akzeptierte er nur die, die freiwillig kamen. Bei den meisten davon handelte es sich um ehrgeizige Jugendliche, landlose Ritter und zweite Söhne, von denen nur wenige seinem Vater gedient hatten und die alle darauf brannten, seine Gunst zu gewinnen. Gartnait of Mar und John of Atholl blieben mit ihrem Gefolge und ihren Frauen in Turnberry, und da auch Edward und Christina da waren, erinnerte die überfüllte Burg Robert an die Zeit, wo die salzfleckigen Mauern seine gesamte Familie samt ihrer Dienerschaft beherbergt hatten.

Spät im Oktober, als die Männer auf den Feldern damit beschäftigt waren, die letzten Reste der Ernte einzubringen und überzähliges Vieh zu schlachten, hatte er Affraig besucht und ihr angeboten, die Verbannung zu beenden, in die sein Vater sie geschickt hatte. Doch die alte Frau hatte abgelehnt, sie zog es vor, in der Wildnis zu bleiben, statt in das Dorf zurückzukehren.

Im Lauf der Wochen schlossen sich nach und nach immer

mehr Männer seiner Kompanie an. Anfangs fiel Robert der Umgang mit ihnen schwer, und er musste oft seinen Stolz hinunterschlucken, aber er fand bald heraus, dass es Zeit und Geduld erforderte, das Vertrauen eines Mannes zu gewinnen. Als seine Vasallen sahen, dass er beabsichtigte, in Carrick zu bleiben und die Verteidigungsanlagen der Stadt auszubauen, begannen sie ihn nach Kräften zu unterstützen. Sein Gefolge wuchs im selben Maß wie sein Ruf. Er stellte fest, dass er ein natürliches Talent für Diplomatie besaß. Den Grundstock dafür hatte sein Großvater gelegt, von dem er viel gelernt hatte. Der alte Lord – ein Löwe, wenn man ihn reizte, ein Lamm, wenn es notwendig war – war von seinen Leuten sowohl gefürchtet als auch bewundert worden, was für einen guten Führer unerlässlich war. Sein Vater war ein strenger Herr gewesen, der seine Männer mehr wie Diener als wie Untertanen behandelt hatte. Roberts Willensstärke und seine Bereitschaft, seinen Vasallen zuzuhören, trug ihm rasch deren Respekt ein, und das war, wie er wusste, der erste Schritt auf dem Weg zum Thron.

Als er in Irvine die Entscheidung getroffen hatte, eines Tages König von Schottland zu werden, war sich Robert der ungeheuren Größe, vielleicht sogar der Undurchführbarkeit der vor ihm liegenden Aufgabe bewusst gewesen. Er hatte sein Blut und den Anspruch seines Großvaters auf seiner Seite, sonst nichts. Die meisten Männer des Reiches trauten ihm nicht, viele lehnten ihn offen ab. Die von Wallace angeführten Schotten kämpften für die Rückkehr John Balliols, nicht für die Wahl eines neuen Königs, und der Krönungsstein befand sich in Westminster. Schon um seine Entscheidung öffentlich bekanntzumachen benötigte er sehr viel mehr Unterstützung, als ihm im Augenblick zuteilwurde. Um sie zu gewinnen musste er sich beweisen, musste er tun, was Wallace und die anderen taten, und die Herzen seiner Leute erobern, indem er ihre verlorenen Ländereien zurückeroberte. Und als die Herbststürme einem bitterkalten Winter wichen, machte er sich daran, dieses Ziel zu verwirklichen.

Mit einer aus mehr als fünfzig Rittern und zweihundert Fußsoldaten bestehenden Truppe zog Robert nördlich durch Carrick nach Ayrshire hinein. Henry Percy war nicht dort, er eskortierte die schottischen Gefangenen von Irvine nach England und hatte die Hafenstadt Ayr unter dem Schutz einer kleinen Garnison zurückgelassen. An einem frostigen Morgen Ende November stürmten Robert und seine Männer die Stadt, überrannten Percys Garnison und brachen in die Baracken ein. Sechs von Percys Männern starben bei diesem Angriff, der Rest entkam in einem auf dem Ayr ankernden Boot, aber nach der Attacke war die englische Vorherrschaft in Ayrshire zu Ende. Und hier, in der befreiten Stadt, richtete Robert zur Erleichterung und freudigen Erregung seiner Leute seine neue Basis ein. Das hieß, dass seine Familie sicher küstenabwärts in Turnberry leben konnte, während er sich darauf konzentrierte, Überfalltrupps nach Irvine und zu anderen Ansiedlungen zu führen und den Rest von Percys Soldaten in Kämpfe zu verstricken.

Einige Wochen später musste er den Preis für seinen Aufstand zahlen. Henry Percy war zwar in England beschäftigt, aber Clifford war in Galloway geblieben und richtete seine Aufmerksamkeit augenblicklich auf das Land der Bruces in Annandale, wo er zehn Dörfer niederbrannte und die Menschen terrorisierte. Lochmaben Castle, dessen Garnison sich aus Vasallen von Roberts Vater zusammensetzte, hielt aus, aber die umliegenden Ansiedlungen wurden verwüstet und ein Schaden angerichtet, den zu beheben Jahre dauern würde. Für Robert war das ein schwerer Schlag. Annandale gehörte zwar seinem Vater, war aber seine Heimat, und die Vorstellung, dass es in Flammen aufgegangen war, ließ sich nur schwer ertragen.

Der Angriff brachte jedoch auch einen unerwarteten Vorteil mit sich. Dass ein bekannter englischer Kommandant das Land der Bruces in Schottland angegriffen hatte, bewies vielen, die Robert misstraut hatten, dass seine Desertion kein Täuschungsmanöver gewesen war. Es machte ihn zu einem Feind der Engländer – ein Umstand, der auch den Rädelsführern der Rebellion nicht entgangen war. Zu Anfang des Frühjahrs 1298 trafen Boten ein und forderten Robert auf, an einer großen Ratsversammlung im Herzen des Waldes von Selkirk teilzunehmen, der Wiege des Aufstands.

Der Wald prangte in jungem Grün, als Robert und seine Begleiter zwischen den Bäumen hindurchritten. Kiefern von der Breite zweier Männer ragten zum Himmel empor. Der Boden war mit Tannennadeln und Zapfen bedeckt, die unter den Hufen der Pferde knirschten. Die Leute pflegten zu sagen, die Wildnis von Selkirk sei ein Überbleibsel eines uralten Waldes, der einst das Königreich überzogen hatte. Sie war weitläufig und geheimnisvoll, voller Schatten und Lichtungen, das perfekte Basislager für eine Armee, die sich verborgen halten wollte, und Robert war sicher, dass er sich innerhalb eines Tages hoffnungslos verirrt hätte, wenn man ihm nicht gesagt hätte, auf welche Zeichen er achten musste.

»Da ist wieder eins.« Edward verlagerte sein Gewicht im Sattel und deutete auf einen knorrigen Baumstamm, auf den ein weißer Kreis mit einem Kreuz darin gemalt worden war. »Wir müssen ihnen näher kommen. Das ist das vierte seit heute Morgen.«

Roberts Blick wanderte an dem bemalten Stamm vorbei zu der Stelle, wo sich die Bäume in eine Lichtung öffneten. Er konnte Wasser rauschen hören. »Sag den anderen, dass wir hier Rast machen und dann den Nachmittag durchreiten«, wandte er sich an den hinter ihm reitenden Christopher Seton. »Ich möchte das Lager vor Einbruch der Dunkelheit erreichen.«

Der Knappe nickte, doch als er sein Pferd wendete, spürte Robert seine innere Anspannung. Er kannte den Grund dafür. Der junge, in Yorkshire geborene und aufgewachsene Mann stand im Begriff, das Basislager einer Armee zu betreten, deren Ziel es war, ihr Land ein für alle Mal von den Engländern zu befreien. Robert hatte dem Knappen versichert, dass er unter seinem Schutz stand, doch in Wahrheit konnte er weder für

Christophers Sicherheit noch für die von irgendeinem anderen Mitglied seiner Truppe garantieren. Als der Knappe den Befehl an den Rest der Gruppe weitergab, die daraufhin zwischen den Bäumen ausschwärmte, trieb Robert sein Pferd auf die Lichtung. Auf der anderen Seite gurgelte ein breiter Fluss über glatte braune Steine. Das Ufer war seicht genug, um die Pferde trinken zu lassen.

Robert stieg ab, als die anderen sich zwischen den Bäumen hindurchschlängelten. Mit den vierzig Rittern und den Knappen aus Carrick unterstanden siebenundsechzig Männer den Befehlen von Mar und Atholl. Christina hatte Gartnait begleitet, und Johns Frau ritt zusammen mit ihrem sechzehnjährigen Sohn David, einem Ebenbild seines Vaters, an seiner Seite. Vom langen Ritt steif und erschöpft, zogen die Ritter Weinschläuche und Salzfleisch aus ihrem Gepäck, während sich die Knappen um die Pferde kümmerten.

Katherine ergriff die Hand, die einer von Roberts Rittern ihr bot, und glitt von ihrer Stute. Nachdem sie dem jungen Mann ein bezauberndes Lächeln geschenkt hatte, klopfte sie den Staub von ihren Röcken, während Judith Marjorie aus ihrem Sitz hob. Katherine bedeutete einem der Diener, ihr Pferd zum Fluss zu führen, und streckte sich. »Bring mir etwas zu essen, wenn du Marjorie gefüttert hast«, rief sie Judith zu.

Das Mädchen war in den letzten Monaten ebenso sehr ihre Zofe wie Marjories Amme geworden, was Robert nicht entgangen war. Christina und Johns Frau, die eigene Kammerzofen hatten, wahrten Abstand zu den beiden, und besonders Christina verhielt sich Katherine gegenüber kühl. Robert hatte weder Zeit noch Lust, nach dem Grund dafür zu forschen. Er war der Politik und der Machtspiele überdrüssig. Seine Begleiter verfolgten alle ihre eigenen Absichten, auch wenn sie die seinen unterstützten. Gartnait stand, wie er wusste, nicht mit ganzem Herzen hinter seiner Entscheidung, die Besteigung des Thrones anzustreben, und riet ihm immer noch, einen Waffenstillstand mit den Engländern zu schließen. John of Atholl stand voll und ganz hinter ihm, misstraute aber den Setons, die seit dem Aufbruch aus Irvine nicht von Roberts Seite gewichen waren, und Alexander und Christopher verteidigten ihre Stellung als seine engsten Vertrauten eifersüchtig. Nur Edward schien mit allen gleichermaßen gut auszukommen.

Robert verschwand zwischen den Bäumen, um sich in Ruhe ein wenig die Beine zu vertreten. Der Wald, der sie seit Tagen umschloss, begann ihm Platzangst zu verursachen, und die Spannungen innerhalb seiner Kompanie waren stetig gewachsen. Nicht nur Christopher konnte sein Unbehagen kaum verbergen, auch John und Alexander hegten Bedenken bezüglich des Umstands, dass William Wallace Robert plötzlich in sein Lager bestellt hatte. Sie fragten sich, warum er nach so vielen Monaten ohne Kontakt nun auf einmal an einer Versammlung teilnehmen sollte. Er war ein Risiko eingegangen, indem er der Aufforderung Folge geleistet hatte, das räumte Robert ein. Er hatte keine Ahnung, wie der Empfang im Lager ausfallen mochte. Aber ihm kamen ständig Gerüchte über einen englischen Vergeltungsschlag zu Ohren. Angeblich zog der König eine riesige Armee für eine neuerliche Invasion Schottlands zusammen, und Robert wollte genau wissen, was ihnen bevorstand.

Ein Stück flussabwärts kauerte er sich am Ufer nieder. Als er sich über das Wasser beugte, starrte ihm sein Spiegelbild entgegen. Er hatte sich seit Tagen nicht rasiert, ein dunkler Vollbart umrahmte seinen Mund. Unter seinen Augen lagen tiefe Schatten. Vielleicht war es ein Fehler gewesen hierherzukommen? Vielleicht zeugte seine Bereitschaft, dem Ruf eines Rebellen zu folgen, von Schwäche? Robert tauchte die Hände in das Wasser, und sein Bild löste sich auf. Er formte mit den Handflächen eine kleine Schale und bespritzte sein Gesicht. Als das Wasser an seinen Wangen herunterrann, erschien ein weiteres Bild auf der Flussoberfläche. Eine Frau war hinter ihn getreten. Hastig erhob er sich und sah sich Katherine gegenüber. Das Rauschen des Flusses hatte ihre Schritte übertönt.

Sie lächelte ihn an. »Ich wollte dich nicht erschrecken.« Als er sich das Gesicht abwischte, trat sie zu ihm. »Lass mich das machen.« Mit einem Ärmel ihres weinroten Gewandes tupfte sie ihm die Stirn ab.

In diesem Kleid hatte sie ihn vor fünf Tagen an den Toren von Turnberry empfangen. Zusammen mit einem Gürtel aus Silberringen wäre es einer Gräfin würdig gewesen, hätte sich das Mieder nicht so eng um ihre Brust gespannt. Plötzlich verärgert packte Robert Katherines Handgelenk. »Warum trägst du dieses Kleid?«

Ihre Augen weiteten sich angesichts seines barschen Tons. »Gefällt es dir nicht?«

»Mir gefällt nicht, wie meine Männer dich ansehen.«

Katherine umschloss mit der Hand lachend seine Wange. »Dann werde ich es nicht mehr anziehen.«

Robert ließ ihren Arm los, um seine eisigen Finger mit den ihren zu verflechten. »Behalte es nur.« Er stieß vernehmlich den Atem aus. »Ich bin einfach nur müde.« Hinter den Bäumen konnte er die Stimmen seiner Männer hören. Sein Kopf hämmerte, das Wasser trocknete kalt auf seinem Gesicht.

Sie schlang die Arme um seinen Hals und presste sich an ihn. »Ich gehöre nur dir, Liebster.«

»Katherine«, murmelte er warnend.

Sie spähte über seine Schulter. »Sie können uns nicht sehen.« Sie bedachte ihn mit einem koketten Blick und stellte sich auf die Zehenspitzen, bis ihr Mund fast den seinen berührte. »Du gleichst einem verwundeten Keiler«, neckte sie ihn. »So gereizt.« Sie küsste ihn, dann grinste sie. »Und du musst dich rasieren.«

Robert presste seine Lippen auf die ihren und drängte sie gegen einen Baumstamm. Ihre Hände krallten sich in seinen Nacken, als sie seinen Kuss voller Glut erwiderte.

Als er einen Mann sich vernehmlich räuspern hörte, löste sich Robert von ihr und sah Alexander auf sich zukommen.

Katherine warf ihr Haar über die Schulter. »Sir Alexander! Wie glücklich Sir Robert sich schätzen kann, dass jemand so gut auf ihn Acht gibt.« Sie lachte, es klang spröde und gezwungen. »Ihr scheint tatsächlich überall dort zu sein, wo er gerade ist.«

»Der Wald birgt viele Gefahren«, erwiderte Alexander, ihr fest in die Augen blickend.

Katherine schlug als Erste die Lider nieder. »Ich werde nach Eurer Tochter sehen, Sir Robert.« Sie raffte ihre Röcke und stolzierte durch das hohe Gras davon.

Alexander wartete, bis sie außer Hörweite war. »Wir sollten reden, Robert.«

Robert schnaubte unwillig. »Ich habe dir doch gesagt, sie geht dich nichts an.«

»Ich meinte, wir sollten über das Lager sprechen, das wir suchen. Und darüber, wo wir hier hineingeraten.« Alexander hielt inne. »Aber offen gestanden ist sie auch ein Teil dieser Diskussion, mein Freund. Du hast bislang nur deine engsten Vertrauten in deine Absichten eingeweiht, was ich für klug halte, aber es wird der Tag kommen, wo du vor die Männer des Reiches treten und deinen Anspruch öffentlich bekannt geben musst. Wie kannst du erwarten, dass die Edelleute diesen Anspruch ernst nehmen, wenn du selbst es nicht tust?«

»Du glaubst, ich nehme das alles nicht ernst? Trotz allem, was ich in den letzten Monaten getan habe – und wobei du mir geholfen hast? Ich riskiere mein Leben und das meiner Familie, um meinen Thronanspruch durchzusetzen!«

»Wird Katherine deine Frau werden? Deine Königin?«

Robert wandte sich ab. »Natürlich nicht.«

»Dann kann ich dir nur noch einmal wiederholen, was ich dir vor einiger Zeit schon einmal gesagt habe: Nimm dir keine Magd als Gefährtin.« Alexander ging um Robert herum und zwang ihn, ihn anzusehen. »Die anderen erwähnen es dir gegenüber nicht, aber jeder sieht, dass sie die Nase viel zu hoch trägt. Sie hat sich mit Zähnen und Klauen von einer Dienerin zu einer Dame hochgearbeitet, und du hast es zugelassen.«

Robert trat zum Wasserrand und starrte in das grüne Dickicht der Bäume auf der anderen Seite. Auf der Straße nach Douglasdale war Katherine eine Ablenkung für ihn geworden, ein Gefäß, in das sich seine Zweifel und Bedenken ergossen hatten. Jeden Morgen war er, von den Sorgen des Tages erfüllt, erwacht, und jeden Abend hatte er seinen Frust bei ihr abgeladen. Er wusste seit Isobels Tod, dass er sich eines Tages eine andere Braut suchen musste, eine Braut von hohem Rang und aus gutem Haus, die ihm einen Sohn schenken konnte. Er war sich dessen stets bewusst gewesen, hatte den Gedanken aber verdrängt, obwohl die Angelegenheit noch nie so drängend gewesen war. Doch er hatte sich immer eingeredet, keine Zeit zu haben, sich mit wichtigeren Dingen beschäftigen zu müssen. Was auch zutraf, aber nicht der wahre Grund für seine Untätigkeit war. Er hatte sich nicht bemüht, eine Frau zu finden, weil Katherine längst keine bloße Ablenkung mehr war, sondern eine der wenigen Konstanten in seinem sich so rasch verändernden Leben. Sie bat ihn nur selten um etwas, und wenn sie mit ihm zusammen war, tat sie alles, um ihn zufriedenzustellen. »Ich brauche sie, Alexander«, bekannte er leise. »Gerade jetzt brauche ich sie.«

»Ich verstehe, dass du dich nach einer Frau sehnst, die dir dein Bett wärmt«, versetzte Alexander ruhig. »Welcher Mann würde das nicht verstehen? Aber du musst auch andere Dinge bedenken. Siehst du nicht, wie sehr euer … Verhältnis Earl Gartnait kränkt? Oder Earl Johns Frau? Lady Isobel war ihre Schwester. Du hast eine Dienerin zur Mutter ihres Kindes gemacht. Robert, sie trägt Isobels Kleider! Unsere Gefährten unterstützen dich. Wir brauchen all diese Getreuen.« Er hob die Schultern. »Ich frage mich, ob Gartnait nicht allein Katherines wegen nicht voll und ganz hinter dir steht.«

Als Robert den Kopf schüttelte und sich anschickte, empört Einwände zu erheben, bemerkte er, dass sich auf der anderen Seite des Flusses etwas bewegte. Eine ganz in Grün gekleidete Gestalt löste sich aus dem Unterholz. Sie hielt einen Bogen in der Hand. Robert stürzte sich auf Alexander und riss ihn zu Boden. Im nächsten Moment schlug ein Pfeil in den Baum hinter ihnen ein.

Alexander kämpfte gegen Roberts Griff an, ließ aber von ihm ab, als eine Stimme erklang.

»Das war eine Warnung. Der nächste trifft, wenn ihr nicht sagt, was ihr hier wollt.« Der Mann hatte einen zweiten Pfeil an die Sehne gelegt.

Robert erhob sich, streckte eine Hand aus und half seinem Kameraden auf, ohne den Blick von dem Bogenschützen zu wenden. »Ich bin gekommen, um William Wallace zu treffen. Mein Name ist Sir Robert Bruce.«

Andere Männer tauchten auf der anderen Seite aus dem Dickicht auf. Alle trugen Bogen bei sich und waren in Grün und Braun gekleidet. Weiter hinten erschollen Alarmrufe, und Roberts Männer, die die Gefahr erkannt hatten, hasteten durch den Wald. Edward und Christopher bildeten die Spitze, dicht gefolgt von John of Atholl. Robert rief ihnen zu, stehen zu bleiben, dann sah er wieder zu den Männern am Ufer hinüber. »Wir führen nichts Böses im Schilde. Wallace erwartet uns.«

Der Mann, der als Erster das Wort ergriffen hatte, ließ seinen Bogen langsam sinken. »Holt Eure Leute«, sagte er nach einer Pause. »Von hier aus führen wir Euch.«

59

ALS DREI STUNDEN SPÄTER DIE Abenddämmerung hereinbrach, wurden Robert und seine Männer in das Rebellenlager geleitet. Die leichtfüßigen Bogenschützen hatten sie unbeirrt durch das schwindende Licht geführt. Sie waren an weiteren weißen Wegweisern und fünf bewaffneten Patrouillen vorbeigekommen, die leise mit den Bogenschützen gesprochen und Robert und seine Männer dabei argwöhnisch beäugt hatten.

Vor ihnen erklang Stimmengewirr, untermalt von Hundegebell und Pferdegewieher. Die Luft roch nach Holzrauch. Zwischen den Bäumen standen Männer an Feuern und unterhielten sich oder gingen irgendwelchen Tätigkeiten nach. Sie trugen die unterschiedlichsten Kleider, von den Holzpantinen und groben Umhängen der Bauern bis hin zu den schenkellangen Tuniken der Highlander und den Kettenhemden der Ritter. Einige hielten mit dem, was sie taten, inne, um Robert und seine Begleiter anzustarren.

Überall an den Bäumen lehnten aus Zweigen errichtete Hütten, und Stoffbaldachine waren von Stamm zu Stamm gespannt worden, unter denen Decken auf dem morastigen Boden lagen. Darauf ruhten einige Männer, zumeist Verletzte. Robert sah einen Priester mit gesenktem Kopf neben einem Mann knien, dessen Bein am Knie abgetrennt und mit einem blutigen Tuch umwickelt worden war. Er und seine Gruppe folgten ihrer Eskorte einen breiten Fluss entlang, an dem Frauen Wäsche wuschen und Kinder am Ufer spielten. Robert fielen zwei große Kreise von Männern auf, die alle nach außen gerichtete lange Speere in den Händen hielten. Sie schienen irgendein Manöver einzuüben; auf den Ruf eines von ihnen hin sanken die vorderen Reihen auf ein Knie und stießen mit ihren Speeren zu. Hinter ihnen erstreckte sich eine mit Zelten übersäte Lichtung, auf die sie zusteuerten.

Die Stümpfe von Eichen und Erlen verrieten, dass Bäume gefällt worden waren, um Platz zu schaffen. In der Mitte der Lichtung brannte ein Feuer, um das sich ungefähr zwanzig Zelte zogen, zwischen denen mit Vorräten beladene Karren standen. Auf einem glitzerten silberne Platten, Kerzenleuchter und anderer Tand – vermutlich Beutestücke von Wallace' Raubzügen in Nordengland. So sehr sich Robert auch von den Rebellen distanziert hatte, er hatte die Ohren nicht von den Heldentaten des Gesetzlosen verschließen können, von denen im ganzen Reich berichtet wurde.

Überall hatten die Menschen nach der Schlacht von Stirling voller Ehrfurcht von dem jungen Helden gesprochen, der eine Bauernarmee zum Sieg über englische Ritter geführt, sie von dem verhassten Schatzmeister Cressingham befreit und den mächtigen Earl of Surrey bis zur Grenze zurückgejagt hatte. Die Hirten, Kutscher und Jäger, aus denen sich Wallace' Truppen zusammensetzten, hatten sich rasch um viele Freisassen verstärkt: Bürger, Ritter, Knappen und sogar Lords. Nach dem Tod von Andrew Moray, der kurz nach der Schlacht seiner Verletzung erlegen war, war Wallace nun der alleinige Anführer der Rebellion, und der feurige junge Schotte hatte seine noch immer von dem bei Stirling vergossenen Blut trunkene Armee nach England geführt.

Im frühen Herbst überquerten sie die Grenze, fielen in Northumberland ein und verbreiteten Schrecken und Entsetzen unter den Bewohnern des Nordens. Ernten wurden vernichtet, Vieh geschlachtet, Männer und Frauen mit dem Schwert niedergestreckt. Es hieß, die Gewalt sei teilweise so exzessiv gewesen, dass sich Wallace und seine Befehlshaber gezwungen gesehen hatten, einige ihrer eigenen Leute wegen der begangenen Grausamkeiten zu hängen. Ob dies nun der Wahrheit entsprach oder nicht, die Bevölkerung von Northumberland floh zu Tausenden und ließ Häuser und Kapellen, Schulen und Weiden brennend zurück. Erst im Winter, als der Schneefall einsetzte, kamen die Plünderer über den Tweed zurück. Zu dieser Zeit hatte Wallace einen neuen Namen erworben. William der Eroberer.

Als Robert auf der Lichtung abstieg, entdeckte er den Rebellenführer in der Nähe des Karrens mit der Beute. William überragte alle Männer, die ihn umringten – dem Äußeren nach zu urteilen handelte es sich um Edelleute –, um Haupteslänge. Die schlichte wollene Tunika, die er über seiner Rüstung trug, wirkte angesichts ihrer kostbaren Umhänge, bestickten Scheiden und polierten Kettenhemden seltsam fehl am Platz. Die Gruppe unterhielt sich angeregt, doch als einer der Bogenschützen zu ihm trat, wanderte der Blick des Mannes zu Robert. Wallace musterte ihn kühl, bevor er dem Bogenschützen zunickte und sich an einen kahlköpfigen Mann wandte, den Robert als seinen Vetter Adam erkannte. Ärger keimte in ihm auf, als Wallace davonging, ohne ihn zu begrüßen, doch im selben Moment löste sich eine vertraute Gestalt aus der Menge.

James Stewart kam zu ihm herüber. »Sir Robert.«

Robert grüßte den Großhofmeister abwesend, den Blick noch immer auf Wallace gerichtet.

Als Roberts Männer von ihren Pferden stiegen, bedeutete James ihm, ihm zu folgen, bis sie außer Hörweite waren. »Ich fürchte, wir haben uns in Irvine nicht im Guten getrennt. Aber ich hoffe, Ihr wisst, dass ich dem Vorschlag, Henry Percy Eure Tochter als Geisel zu überlassen, nie zugestimmt hätte.«

Robert las keine Lüge im Gesicht des Mannes. »Mir tut es auch leid, dass alles so gekommen ist.«

»Nun, das gehört der Vergangenheit an. Ich bin froh, dass Ihr hier seid, Robert.« James schien noch etwas hinzufügen zu wollen, doch sie wurden von dem Bischof von Glasgow unterbrochen.

»Sir Robert«, grüßte Wishart knapp.

»Ich hörte, Ihr wart im Gefängnis, Exzellenz?« Robert war überrascht, den Mann hier zu sehen – und auf der Hut.

»Das ist richtig, aber ich bat Erzbischof Winchelsea um meine Freilassung, und Gott sei Dank sorgte er dafür. Ich glaube, ich wäre nicht so glimpflich davongekommen, wenn Edward zugegen gewesen wäre, aber der König war in Flandern, und an seinem Hof herrschte ein heilloses Durcheinander. Der Erzbischof von Canterbury betrachtete meine Verhaftung als eine Beschneidung der Freiheit der Kirche.«

»Und Lord Douglas?«

Der Großhofmeister und der Bischof wechselten einen Blick.

»Lord Douglas wurde in den Tower gesperrt«, erwiderte Wishart. »Bevor ich London verließ, hörte ich, dass er dort gestorben wäre. Dieses Gerücht erwies sich dann leider als wahr. Sein Land fiel an Robert Clifford.«

Robert dachte an Lady Douglas und ihren kühnen jungen Sohn James.

»Noch ein gefallener Krieger Gottes«, fuhr Wishart schroff

fort. »Aber die Rebellion nimmt trotz unserer Verluste ihren Fortgang. Wir haben von Euren Erfolgen im Westen gehört – der Befreiung von Ayr und Irvine.«

Dem Tonfall des Bischofs war nicht zu entnehmen, ob es sich um ein Lob handeln sollte. »Im Vergleich zu Wallace' Leistungen war es nur ein kleiner Sieg«, wehrte Robert bescheiden ab.

Wishart grunzte zustimmend. »Nun, Master William ist der Grund dafür, dass wir uns hier zusammengefunden haben. Er verdient die Auszeichnung, die ihm morgen zuteilwerden wird.«

»Auszeichnung?«, fragte Robert mit einem Blick zu James.

»Seine Wahl zum Hüter von Schottland«, erwiderte der Bischof.

Robert starrte ihn an.

»Bis der Thron wieder besetzt ist«, fügte James hinzu.

»Schottland braucht dringender einen Beschützer als einen König«, entgegnete Wishart, wobei er einen viel sagenden Blick mit James wechselte. »William Wallace wird morgen zum Hüter des Reiches ernannt und wird uns, so Gott will, zum Sieg führen. Es heißt, dass König Edward eine ungeheure Armee zusammenzieht.«

Nach dieser Bestätigung, dass es Krieg geben würde, begann Robert sich sofort zu fragen, was Wallace' Wahl für seine eigenen Ziele bedeutete. Doch ehe er weitere Einzelheiten herausfinden konnte, kam sein Bruder auf ihn zugeeilt.

»Wir haben Besuch bekommen.« Edward nickte zu den Bäumen hinüber.

Robert drehte sich um und sah eine weitere Gruppe von Männern die Lichtung betreten. Die beiden Männer an der Spitze erkannte er sofort. Einer war Mitte fünfzig und hatte stumpfes graues Haar, der andere stand ihm selbst altersmäßig näher. Beide hatten schmale, blasse Gesichter, waren schwarz gekleidet und trugen rote, mit drei weißen Weizengarben verzierte Schilde. Robert starrte sie an. Jahre der Feindschaft drängten wieder an die Oberfläche. »Ich dachte, der Rote Comyn und sein Sohn wären bei Dunbar gefangen genommen worden«, murmelte er.

»Sie wurden von Edward unter der Bedingung freigelassen, dass sie helfen, die Rebellion niederzuschlagen«, erwiderte Wishart. »Sie waren mit John de Warennes Truppen in Stirling, haben sich aber nach Williams Sieg in das Grenzland abgesetzt, um sich auf unsere Seite zu schlagen, während der Earl nach England geflüchtet ist.«

»Und Wallace traut ihnen?«

»Sie kämpfen für dasselbe Ziel wie wir«, lautete Wisharts unverblümte Antwort.

Robert beobachtete, wie der Bischof die Lichtung überquerte, um die Neuankömmlinge zu begrüßen. Morgen würde William Wallace der mächtigste Mann im Reich sein. Wishart hatte recht – der Rebellenführer kämpfte für genau das, was auch die Comyns wollten: die Rückkehr von John Balliol. Für das Ziel, das alle seine Pläne zunichtemachen würde. »Die Männer sollen das Lager aufschlagen«, sagte er zu seinem Bruder, ohne die Augen von dem Lord of Badenoch abzuwenden.

Als Edward sich mit einem grimmigen Nicken abwandte, vertrat James Stewart Robert den Weg.

»Wir müssen reden.«

Ein Stück flussabwärts vom Lager sprudelte der Strom über einige felsige Plateaus, bevor er sich in einen tiefen Teich ergoss. Robert und James standen auf einem Felsvorsprung oberhalb dieses kleinen Sees. Das Rauschen des Wassers verhinderte, dass irgendjemand am Ufer ihr Gespräch mit anhören konnte. Zwischen den Bäumen flackerten Lagerfeuer, zwischen denen die Schatten von Männern umherhuschten.

»Ich wollte schon in Irvine mit Euch sprechen«, begann der Großhofmeister. Er stand Robert gegenüber am Rand des Vorsprungs, seine Augen wirkten im Fackelschein fast schwarz. »Aber die Ereignisse haben es verhindert. Bischof Wishart hat recht. William Wallace' Erfolge gehen weit über alles hinaus, was wir uns erhofft und erwartet haben. Es besteht kein Zweifel daran, dass der Mann den Titel verdient, der ihm morgen im Rahmen der Ratsversammlung verliehen wird.«

Robert erwiderte nichts darauf.

»Aber wir müssen über die Siege der Gegenwart hinausblicken und uns mit der Möglichkeit befassen, auch ohne Kämpfe und Blutvergießen die Stabilität im Reich zu wahren.« James schien seine Worte sehr sorgfältig zu wählen. »Ich verstehe Wisharts Begeisterung, aber ich habe während der vergangenen Monate mein Augenmerk hauptsächlich auf die vor uns liegende Zukunft gerichtet, die mir mehr am Herzen liegt als Kampfstrategien und Heldenehrungen. Und diese Zukunft ist nur gesichert, wenn ein König auf unserem Thron sitzt und es keine Probleme bezüglich der Erbfolge mehr gibt.« Er senkte die Stimme, bis Robert Mühe hatte, ihn über das Tosen des Wassers hinweg zu verstehen. »Es besteht keine Gewissheit, dass König John jemals zurückkehrt, um diese Rolle auszufüllen, egal wie sehr William und seine Männer dies von Edward verlangen. Egal wie viele Schlachten sie gewinnen. Es ist meine Pflicht als Großhofmeister dieses Reiches, für diese Möglichkeit Vorkehrungen zu treffen.« Er brach ab und musterte Robert forschend. »Viele, mich eingeschlossen, hielten Euren Großvater und nicht Balliol für den rechtmäßigen Thronkandidaten. Ich glaube, das war auch Edward klar, und er fürchtete, Euer Großvater könne weit weniger leicht zu lenken sein als John Balliol.«

Robert nickte nur stumm.

James' dunkle Augen begannen zu glühen. »Wenn ich in die Zukunft blicke, Robert, dann sehe ich Euch als denjenigen, der die von Balliol hinterlassene Lücke füllen kann. Ihr habt sowohl das Blutrecht als auch alle notwendigen Eigenschaften dazu.«

Angesichts dieser ernsten Worte spürte Robert, wie ihn eine tiefe Erleichterung durchströmte. Trotz allem, was er in den vergangenen Monaten getan hatte, um seinen Ehrgeiz voranzutreiben, hatte er die zweifelnden Stimmen in seinem Inneren nicht zum Schweigen bringen können. Vor allem die seines

Vaters höhnte immer wieder, es sei unmöglich, dass er, ein Verräter, den Thron besteige; dass das Volk von Schottland ihn nie akzeptieren werde und er weder über den Mut noch über die Willenskraft verfüge, König Edward die Stirn zu bieten. Wenn ein so weiser und erfahrener Mann wie James – ein Mann, dessen Familie seit Generationen das angesehene Amt des Großhofmeisters schottischer Könige bekleidete – an ihn glaubte, dann musste es möglich sein. Und hier, an dem gurgelnden Fluss, umgeben von Bäumen, die sich bis in die Schatten hinein erstreckten, konnte er fast seinen Großvater hören, der ihm dies bestätigte.

Robert holte tief Atem, dann erzählte er James von der Entscheidung, die er in Irvine getroffen hatte. »Es ist ein langer, steiniger Weg, das weiß ich«, schloss er. »Der Krönungsstein befindet sich in Westminster, und ich weiß nicht, wie ich das Vertrauen unserer Leute gewinnen soll.« Er zögerte. »Und wenn Wallace jetzt zum Hüter Schottlands ernannt wird, fürchte ich, dass meine kleinen Siege im Westen mir wenig nützen werden. Ich kann nicht neben Wallace stehen und erwarten, dass mich die Männer des Reiches ebenso respektieren wie ihn, egal wie groß mein Anspruch auf den Thron ist.«

James nickte, wirkte aber nicht entmutigt, sondern eher begierig, sich der Herausforderung zu stellen. »Es wird nicht leicht werden, da stimme ich Euch zu. Ich sehe den Weg auch noch nicht klar vor mir, aber ich habe eine Idee, wie wir beginnen können. Es gibt etwas, was Ihr morgen bei der Versammlung tun könnt. Etwas, was bewirken wird, dass alle Anwesenden Notiz von Euch und Eurer innigen Verbundenheit mit unserem Königreich nehmen werden.«

60

ÜBER DER LICHTUNG TAUCHTE DIE aufgehende Sonne die Spitzen der Kiefern in sattes Gold. Spinnweben glitzerten wie winzige Perlenschnüre zwischen den Ästen. Unter den Bäumen versammelten sich zahlreiche Männer, ihr Stimmengemurmel übertönte den zwitschernden Chor der Vögel. In der Mitte der Lichtung stand ein Karren, zu dem ein paar Stufen hinaufführten. Auf dieser provisorischen Plattform sprach der Bischof von Glasgow mit James Stewart.

Robert kämpfte sich zu dem Karren durch, bahnte sich einen Weg durch die Menge, die sich bereits am Rand der Lichtung drängte. Die Männer des Lagers brannten alle darauf, Zeuge der Zeremonie zu werden, dieses bedeutenden Moments für ihren Anführer und ihren Kampf. Es herrschte Festtagsstimmung; die Soldaten reagierten mit freudiger Erregung auf Wallace' Wahl. Vor Robert gingen die Setons mit Walter und fünf Rittern aus Carrick, die sich nach Kräften bemühten, ihm den Weg freizumachen. Christophers Hand schwebte beständig über dem Griff seines Schwerts, Alexander war wortkarg und in sich gekehrt. Seit ihrer Auseinandersetzung wegen Katherine hatte sich die Atmosphäre zwischen ihm und Robert merklich abgekühlt. Zu beiden Seiten von Robert schritten seine Schwäger John und Gartnait, dahinter sein Bruder Edward. Als sich Robert mit seinen Begleitern dem Karren näherte, ohne auf die feindselig funkelnden Augen zu achten, die sich auf ihn hefteten, fing er den Blick James Stewarts auf. Der Großhofmeister nickte ihm unmerklich zu. Robert nahm seinen Platz vor den Reihen der Männer ein. Bei dem Gedanken an das, was kommen würde, musste er nervös schlucken.

William stand mit seinen Kommandanten – Adam, einem narbenübersäten Mann namens Gray und einigen Lords – ganz in seiner Nähe. Zu diesen Lords, seinen engsten Vertrauten, zählten Gilbert de la Hay, der Lord of Erroll, gebaut wie eine kaledonische Pinie, mit einem blonden Haarschopf und einem roten, gutmütigen Gesicht, und Neil Campbell aus Lochawe, der sich Wallace nach der Befreiung von Dundee angeschlossen hatte. Näher bei Robert stand John, der Bruder des Großhofmeisters, neben James' Frau Egidia de Burgh, der Schwester des Earl of Ulster, die James vor dem Ausbruch des Krieges geheiratet hatte. Obwohl ihr Bruder König Edwards vertrautester Kommandant in Irland war, hatte Egidia es vorgezogen, während des Konflikts an James' Seite zu bleiben, und jetzt war sie mit ihrem ersten Kind schwanger. Von den anderen Männern kannte Robert nur wenige mit Namen, er verließ sich auf den Earl of Atholl, der seine Wissenslücken füllte, während sie auf den Beginn der Versammlung warteten.

Hinter John Stewart stand Malcolm Lennox, ein junger, auffallend attraktiver Mann mit glattem dunklem Haar, das er in einem mit Silberdraht umschlungenen Pferdeschwanz trug. Er war von einer Anzahl ungefähr gleichaltriger Männer umringt, die alle schwarze Tuniken und Hosen trugen. Robert hatte Malcolm zusammen mit seinem Vater, dem Earl of Lennox, während der Anhörung zur Wahl von Schottlands neuem König ab und an gesehen, aber nie mit ihm gesprochen. Malcolm, der kürzlich die Nachfolge seines Vaters angetreten hatte, war einer der Befehlshaber der Truppen gewesen, die am Vorabend des Krieges Carlisle angegriffen hatten. Er blickte in Roberts Richtung und musterte ihn flüchtig, bevor er sich abwandte.

Auf der anderen Seite des von einem Aschering umgebenen Lagerfeuers drängten sich die meisten Männer. In der vordersten Reihe befanden sich John Comyn und sein Sohn mit dem Earl of Buchan. Hinter den Oberhäuptern der Roten und Schwarzen Comyns kamen die Comyns von Kilbride, der Zweig der Familie, der bei der Schlacht von Lewes für Simon de Montfort gekämpft hatte. Ringsum standen viele enteignete Männer aus Galloway, alles frühere Vasallen von John Balliol, deren Ländereien Henry Percy sich einverleibt hatte. Unter ihnen entdeckte

Robert ein bekanntes Gesicht. Der dazugehörige Name fiel ihm einen Moment später ein: Dungal MacDouall, Hauptmann der Armee von Galloway und ein alter Feind seines Vaters. Doch die auffallendste Gestalt in der Menge war eine Frau mit kastanienbraunem Haar und einem harten, stolzen Gesicht: Eleanor Balliol, Frau des Roten Comyn und Schwester des verbannten Königs, stand hoch aufgerichtet inmitten der Männer, ein mächtiges Symbol der Unterstützung, die ihr Bruder noch immer unter den hier Versammelten genoss.

Als Wishart oben auf dem Karren zu sprechen begann, erstarb das Geraune der Zuschauer. »Mylords, wir haben uns heute hier im Angesicht Gottes versammelt, um Zeugen der Wahl eines jungen Mannes zu werden, der für sein Königreich Leib und Leben riskiert hat. Eines Mannes, der unsere Feinde mit Feuer und Schwert vertrieben und uns unsere Freiheit wiedergegeben hat!«

Jubelnder Beifall folgte auf Wisharts Worte. Am lautesten kam er von denen, die Wallace umringten. Als der Bischof fortfuhr und von Wallace' Sieg über die Engländer bei Stirling sprach, fiel Robert auf, wie unwohl der junge Riese sich ob dieser Lobeshymnen in seiner Haut zu fühlen schien. Er stand stocksteif inmitten seiner Kameraden und hielt die Hände hinter dem Rücken verschränkt.

»Seit zwei Jahren ist unser Königreich ohne König oder Führer. Hier und heute wendet sich das Blatt nun. Heute wählen wir Master William Wallace, den Helden von Stirling, zum Hüter des Reiches. Und wir können uns darob glücklich schätzen, denn William ist ein Krieger, der Gott den Herrn auf seiner Seite hat – ein Krieger mit dem Herzen des heiligen Andrew und den Tugenden des heiligen Kentigern!«

Jetzt erschreckte der aufbrandende Jubel die Vögel derart, dass sie von den Bäumen aufflatterten.

Roberts Blick wanderte von Wishart zu James Stewart. Seine Anspannung wuchs, als er sich fragte, wann der Großhofmeister wohl das vereinbarte Zeichen geben würde.

»Doch trotz des freudigen Anlasses müssen wir unser Augenmerk auf die vor uns liegenden dunklen Tage richten«, fuhr Wishart ernst und gemessen fort. »Der Krieg ist nicht zu Ende, er ruht nur vorübergehend. Bevor Master William sein Amt als Hüter antritt, möchte ich Lord John Comyn of Badenoch das Wort erteilen, denn er bringt uns Nachrichten aus England, wo er im Kerker gesessen hat.«

Robert fixierte den aus der Menge heraustretenden Comyn. Er war hohlwangig, sein Haar wurde schütter, doch trotz seines fortgeschrittenen Alters wirkte der Rote Comyn so gebieterisch wie eh und je. Er bedachte William Wallace mit einem verhaltenen, respektvollen Lächeln, ehe er die Stufen zu dem Karren hochstieg und Bischof Wishart einen Schritt zurücktrat.

»Trotz der dunklen Tage, die der Bischof vorhersagt, kann ich euch zumindest ein wenig Hoffnung bringen«, begann er. »Edward hält unseren König zwar nach wie vor im Tower gefangen, aber während meiner Zeit dort konnte ich einige Male mit ihm sprechen. Ihr sollt wissen, dass sich König John bei guter Gesundheit befindet und seiner eventuellen Wiedereinsetzung optimistisch entgegensieht.« Comyns Blick kreuzte sich mit dem des unten stehenden Robert. »Ich bin sicher, ihr alle schließt euch meinen Gebeten für seine baldige Rückkehr auf den Thron unseres Reiches an!«

Seine Worte lösten eine erneute Beifallsalve aus. Wallace nickte, Robert biss die Zähne zusammen.

»Wie viele von euch wissen werden, hat es in England große Unstimmigkeiten bezüglich des Krieges mit Frankreich gegeben. Als Edward letztes Jahr den Kanal überquerte, weigerten sich viele seiner Untertanen, ihm zu folgen.«

Grimmige Zustimmungsbekundungen erklangen.

Wishart unterbrach sie. »Leider ist der König zurückgekehrt und hat mit seinen Gegnern in England sowie mit König Philipp einen Waffenstillstand ausgehandelt. Der Schock von Master Williams Triumph in Stirling hat die Engländer gegen uns vereint. Unterliegt keinem Irrtum – sie lechzen nach Rache.«

Erneut hallte eine Vielzahl von Stimmen über die Lichtung.

Die von John of Atholl war die lauteste. »Wir sollten eine Delegation zu Köng Philipp schicken und sicherstellen, dass das Bündnis zwischen Frankreich und Schottland noch immer Bestand hat. Auch wenn er einen Pakt mit Edward geschlossen hat, dürfen wir nicht zulassen, dass wir darüber in Vergessenheit geraten!«

Wishart setzte zu einer Antwort an, doch andere Männer stimmten Atholls Vorschlag bereits lautstark zu.

Wallace löste sich aus der Menge und baute sich vor dem Karren auf. Er brauchte ihn nicht zu besteigen, da ihn auch so jeder sehen konnte. »Das wird bereits in die Wege geleitet. Als der Bischof von St. Andrews im letzten Herbst starb, entschieden Bischof Wishart und ich, dass Master William Lamberton, der Dekan von Glasgow, ein ehrenhafter und gottesfürchtiger Mann, seinen Platz einnehmen soll. Seine Wahl ist inzwischen angenommen worden, und Lamberton ist auf dem Weg nach Rom, wo er geweiht werden soll. Im Verlauf seiner Reise wird er sich auch mit König Philipp treffen und unser Bündnis erneuern. Seid versichert, dass Lamberton alles für unsere Sache tun wird, was in seiner Macht steht.«

»Aber während wir Hilfe im Ausland suchen, müssen wir uns im Inland enger zusammenschließen«, wandte sich nun Wishart wieder an die Menge. »Wir wissen, dass König Edward eine riesige Armee zusammenzieht sowie Langbogenschützen aus Wales und Infanterie aus Irland verpflichtet. Dank der Bemühungen von Master William sind viele der Garnisonen des Königs vertrieben worden, aber Roxburgh und Berwick verbleiben nach wie vor in englischer Hand. Bis jetzt waren diese Festungen isolierte und von unseren Truppen umzingelte Inseln, deren Nachschublieferungen gefährdet waren. Wenn es dem König jedoch gelingt, sie während seines Feldzugs zu befreien und die Kontrolle über die umliegenden Distrikte zurückzugewinnen, dann verfügt er über eine starke Basis im Süden, von der aus er in den Norden einfallen kann. Das dürfen wir nicht zulassen.«

»Unser Plan«, spann Wallace den Faden weiter, »sieht vor, das gesamte Land entlang der Grenze zu verwüsten – das Land, durch das der König und seine Männer marschieren müssen. Wir werden die Ernten verbrennen und das Vieh in den Wald treiben. Die Männer und Frauen der südlichen Grafschaften werden aufgefordert werden, mit allen Vorräten, die sie besitzen, gen Norden zu wandern. Es darf nichts zurückbleiben, was den Engländern als Nahrung dienen könnte. Je länger sie im Feld bleiben, desto schwieriger wird es für den König werden, seine Armee zu versorgen.«

»Wir müssen bereit sein, wenn sie kommen«, gab Wishart zu bedenken und nickte. »Wir müssen interne Feindseligkeiten beiseiteschieben und gemeinsam unter der Führung unseres neuen Hüters handeln.«

In diesem Moment sah Robert, wie sich James Stewart zu ihm umdrehte. Ein Ruck durchzuckte ihn, als der Großhofmeister nickte. Ehe irgendein anderer Mann das Wort ergreifen konnte, trat er aus der Menge heraus und ging zur Überraschung seiner Kameraden auf Wallace zu.

»Wir haben beschlossen, diesen Mann zu unserem Hüter zu wählen.« Roberts Stimme klang rau, als er auf Wallace deutete. »Aber dennoch ist er nur der Sohn eines Ritters.«

»Ihr wagt es, seine Wahl in Frage zu stellen?«, donnerte Adam.

Zornige Rufe brandeten auf.

»Ganz im Gegenteil«, erwiderte Robert und hob beschwichtigend die Arme. »Ich schlage nur vor, dass ein Mann wie William Wallace, ein Mann, der der einzige Hüter Schottlands sein wird, einen Titel trägt, der seinen Leistungen gerecht wird.« Er wandte sich an die Menge. »Ich, Sir Robert Bruce, Earl of Carrick, biete William Wallace die Ritterwürde an.« Er drehte sich zu Wallace. »Wenn er vor mir niederkniet.«

Die Unmutsbezeugungen gingen im Jubel von Wallace' Gefährten unter. Der Rebellenführer wandte den Blick nicht von Robert. Einen Moment lang sah es so aus, als werde er sich nicht von der Stelle rühren. Doch endlich, als der Beifall abebbte und erwartungsvoller Stille wich, trat Wallace einen Schritt auf Robert zu. Dabei murmelte er etwas. Robert konnte die Worte kaum verstehen.

»Das macht mich noch lange nicht zu Eurem Mann!«

Doch als er sein Schwert zog, um den vor ihm knienden William Wallace zum Ritter zu schlagen, war sich Robert der Macht dieser Geste bewusst. Und als er den giftigen Blick des Lords of Badenoch auffing, der über ihm auf dem Karren stand, erkannte er, dass Comyn es ebenfalls wusste.

61

WÄHREND DES FRÜHJAHRS UND der heißen Sommertage bereitete sich England auf den Krieg vor. Am Hof wurden Befehle ausgegeben, die die Männer des Reiches zu den Waffen riefen, von den mächtigen Earls und ihren Gefolgen bis hin zu den ärmsten Fußsoldaten in wollenen Tuniken, die nur mit Jagdmessern bewaffnet waren. Armbrustschützen und die Bogenschützen von Sherwood Forest wurden rekrutiert, und die Truppenbeauftragten reisten durch Nordengland und die Grafschaften des eroberten Wales, um Männer zwangszuverpflichten. Mehr als fünfundzwanzigtausend Mann wurde befohlen, in der Infanterie zu dienen, dazu kam ein großes Langbogenschützenkontingent aus Gwent.

Bauern ließen ihre Pflüge, Schmiede ihre Hämmer sinken, um zu den Werkzeugen des Krieges zu greifen. Jüngere Männer meldeten sich, von der Aussicht auf Sold und Beute angelockt, freiwillig. Wämser wurden genäht und verstärkt, Helme von Rost befreit, Kettenhemden ausgebessert, Schwerter geschärft. Als der Sommer ins Land zog, setzten sich die walisischen Fußsoldaten in Marsch, zogen in langen Kolonnen an der Küste entlang, überquerten die Bergpässe von Cader Idris und Snowdon und bewegten sich langsam, aber unaufhaltsam auf Carlisle und die nördliche Grenze zu. Die Beamten des Königs ritten zu Kornspeichern, Brauereien und Märkten, um Säcke voll Weizen und Hafer und Fässer mit Wein, Bier und eingesalzenem Hammelfleisch zu horten. Weitere Vorräte wurden aus Irland angefordert. Die Kaufleute der Cinque Ports waren unaufhörlich damit beschäftigt, in Dover, Rye und Hythe Schiffe für den Transport der Waren bereitzumachen, und im Kanal wurde eine Blockade errichtet, um zu verhindern, dass französische Schiffe den Schotten zu Hilfe kamen. Nach dem erfolglosen Feldzug in Flandern war es Edward zwar gelungen, einen vorübergehenden Waffenstillstand mit König Philipp zu schließen, aber er wollte trotzdem kein Risiko eingehen. Schließlich waren Abmachungen mit seinem kriegslustigen Vetter schon öfter nicht eingehalten worden.

Und während Vorräte zusammengetragen und Männer eingezogen wurden, war die englische Geistlichkeit eifrig damit beschäftigt, Hass zu schüren. In allen Städten und Dörfern Englands wurde der Name William Wallace mit Abscheu ausgesprochen. Das Volk war über die Geschichten über dieses Ungeheuer aus dem Norden empört, das Nonnen schändete und nur zu seinem Vergnügen Priester folterte. Berichte über seinen Überfall auf Northumberland wurden blutig ausgeschmückt, so hieß es, die mordlustigen Schotten hätten zweihundert Jungen in einer Schule in Hexham eingesperrt und das Gebäude dann in Brand gesteckt. Wallace, so wurde behauptet, habe gelacht, während er zusah, wie die Kinder elend verbrannten. Man nannte ihn Feigling, Räuber, Hurensohn und Mörder. In London wurde ein in die kurze Tunika der Highlander gekleidetes Abbild von Wallace unter dem Jubel der Zuschauermenge auf einem Scheiterhaufen verbrannt.

Nach dem in allen Grafschaften verbreiteten Aufruf zu den Waffen hatte Edward seinen Regierungssitz nach York verlegt. Hier wartete er mit steinerner Miene schweigend ab. Der Ärger seiner Barone über den langen Krieg in der Gascogne war angesichts der Niederlage von Warennes und Cressinghams Truppen vergessen. Die Männer Englands waren sich in ihrer Entschlossenheit einig, Wallace und seine Bauernarmee auszurotten und den Tod von Verwandten und Freunden zu rächen, die auf den Wiesen bei der Brücke von Stirling gefallen waren. Rebellen und Rebellionen kamen und gingen. Es war nicht das erste Mal, dass eine englische Armee in einer Schlacht besiegt worden war, aber das ungeheure Ausmaß des Blutbades hatte sogar die altgedienten Veteranen schockiert. Tausende von Infanteristen und Bogenschützen waren umgekommen, aber auch Hunderte von Rittern. Es waren keine Lösegelder gefordert und keine Gefangenen zum Austausch angeboten worden. Der Adel, der selten mit einem anonymen Tod auf dem Schlachtfeld zu rechnen hatte, musste plötzlich in Betracht ziehen, wie gewöhnliche Soldaten niedergemetzelt zu werden, was die Edelleute zutiefst verdross.

Edward trafen diese Verluste besonders hart. Seine Eroberung Schottlands war einer der schnellsten und leichtesten Feldzüge gewesen, die er je geführt hatte. Mit dem Raub des Krönungssteins, den erzwungenen Treueeiden oder der Inhaftierung der schottischen Edelleute und der Entthronung Balliols hatte er in seinem Erfolg geschwelgt. Aber William Wallace, den er als unbedeutenden Bauernflegel abgetan hatte, bedrohte ihn jetzt wie ein finsterer Geist, verhieß eine zweite Gascogne, einen weiteren langwierigen Konflikt, der seine Barone erneut gegen ihn aufbringen würde. Im Moment standen sie hinter ihm, seine Tafelrunde war unter seiner Herrschaft wieder vereint, und die Drachenritter lechzten nach Blut, aber wie würde es in fünf Monaten oder einem Jahr aussehen? Edward gedachte nicht, dies herauszufinden. Er war entschlossen, Wallace und alle seine Anhänger ein für alle Mal zu vernichten.

Anfang Juni versammelten sich die Ritter und Lords zusammen mit ihren Knappen und Bannerherren und mit mit Zelten und Ausrüstung beladenen Karren unterhalb der Mauern von

Burgh. In Städten und Dörfern in den nördlichen Grafschaften küssten Männer ihre Frauen zum Abschied, ehe sie sich zu den Soldatentruppen gesellten, die sich auf den Marktplätzen drängten. Weiße Bänder mit dem roten Kreuz des heiligen Georg wurden ausgeteilt, die die Männer sich stolz um die Oberarme wanden. Nervös und aufgeregt – einige hatten noch nie zuvor im Krieg gekämpft – zupften sie an ihren Tuniken herum und rückten Helme zurecht. Dann marschierten sie schwitzend und murrend unter einem blauen Himmel über staubige Straßen Richtung Norden, um zu der Armee walisischer Fußsoldaten zu stoßen, die sich an der Grenze zusammenfand.

Im Süden setzten die mit den Vorräten für das Heer beladenen Schiffe die Segel, und Ruderblätter wurden in das spiegelglatte Wasser getaucht, als sie langsam die Ostküste Englands hochglitten. Weit draußen auf der Nordsee türmten sich Wolken auf, die Regen verhießen. Die Seeleute beobachteten den sich verdunkelnden Himmel voller Unbehagen, während sie durch windstille Tage ruderten.

Hungrig, erschöpft, mit gesenkten Köpfen, aber entschlossen trotteten sie durch die Felder, ihre mit Blasen übersäten Füße schmerzten bei jedem Schritt. Die Dämmerung des Festtages der heiligen Maria Magdalena brach an, der Himmel wurde allmählich fahl. Schon konnten die Männer der englischen Armee die Wärme spüren, die sich in der Luft aufbaute und einen weiteren brütend heißen Tag versprach.

Humphrey de Bohun ritt im Gefolge seines Vaters, des Earl of Hereford und Essex und Konnetabel von England. Im blassen Licht erkannte er die Gesichter der Ritter des Earls, dahinter die seiner Kameraden: des jungen Thomas, seit dem Tod des Bruders des Königs amtierender Earl of Lancaster, gefolgt von Aymer de Valence, der ebenfalls seinen Vater in dem französischen Krieg verloren hatte, die Grafschaft Pembroke aber erst nach dem Tod seiner Mutter erben würde; Robert Clifford, Henry Percy; Ralph de Monthermer und Guy de Beauchamp. Auf allen rot verbrannten Gesichtern sprossen struppige Bärte, aber trotz ihrer offensichtlichen Erschöpfung trugen sie heute eine grimmige Entschlossenheit zur Schau, die Humphrey seit Wochen nicht mehr an ihnen bemerkt hatte. Das verlieh ihm neue Kraft, als der aschfarbene Himmel hell und eine zerstörte Landschaft sichtbar wurde, über deren schwarz verkohlten Feldern noch immer Rauchschwaden hingen.

Von Roxburgh über Lauderdale bis hin nach Edinburgh war die englische Armee durch ein verbranntes, stilles Land marschiert, vorbei an verlassenen Dörfern, deren Vorratskammern leer und die Brunnen mit fliegenverseuchten Schafskadavern vergiftet worden waren. Der Kampfgeist der Männer hatte in der drückenden Hitze und der Einsamkeit merklich nachgelassen. Infanteristen wurden in die Ansiedlungen geschickt, um nach Bewohnern zu suchen, aber es wurde niemand gefunden, und auch von Wallace und seinen Truppen entdeckten sie keine Spur. Und die ganze Zeit lang erstreckte sich der dunkle Wald von Selkirk Richtung Westen und drohte mit Hinterhalten und plötzlichen Angriffen, während sich der Himmel im Osten verdüsterte und ein heftiges Gewitter verhieß.

Der Sturm war eines späten Abends vom Meer her heraufgezogen, und Blitze hatten die Nacht zum Tag gemacht. Regen strömte vom Himmel, durchnässte jeden Mann bis auf die Haut und verwandelte die Felder in Sümpfe. Am nächsten Morgen grollte der Donner immer noch, als die Armee aufbrach. Schon bald blühte Rost auf den Rüstungen, die durchweichten Schabracken schlugen den Pferden schwer um die Beine, stinkender Schlamm trocknete auf Haut und Kleidern zu harten Krusten, und Männer wie Tiere wurden von Fliegen geplagt, die um ihre Lippen schwirrten und sich in Augenwinkeln niederließen. All diese Widrigkeiten machten den Marsch zur Qual, doch erst als die Engländer die Außenbezirke von Edinburgh erreichten, stellten sie fest, wie viel Unheil der Sturm tatsächlich angerichtet hatte, denn die Schiffe mit den Vorräten, die sie im Hafen von Leith hätten erwarten sollen, waren nirgendwo zu sehen.

König Edward ließ einen Teil seiner Truppen zurück, um auf die Schiffe zu warten, und begab sich mit dem Rest seines Heeres zu dem Sitz seiner Verbündeten, den Tempelrittern von Liston westlich der Stadt. Hier lagerte die Armee außerhalb des Ordenshauses der Templer, die den Feldzug unterstützt hatten, und wartete ausgehungert und angespannt auf den Nachschub und Informationen über den Aufenthaltsort der Feinde, denn der König hatte als Erstes Kundschafter ausgesandt. Sie pflückten in den Obstgärten der Templer ein paar unreife Äpfel und ein paar Hände voll Erbsen auf einem Feld, das der Brandschatzung der Schotten entgangen war, aber sonst gab es wenig, um die kargen Rationen aufzubessern. Die Tage verstrichen ohne ein Anzeichen von den Versorgungsschiffen oder Nachricht von den Kundschaftern. Die über die unzureichende Verpflegung verärgerten Waliser protestierten, weil ihrer Ansicht nach die Pferde der Ritter besser ernährt wurden als sie. Halb verhungerte und vor Durst fast wahnsinnige Männer stritten sich um schlammige Regenwasserpfützen und die knochigen Kadaver von Vögeln und Hasen. Als ein Schiff, das küstenabwärts vor dem Sturm Schutz gesucht hatte, endlich in den Hafen von Leith einlief, wurde seine Ladung sofort zu der ausgehungerten Armee geschafft, doch das Schiff hatte nur Wein an Bord gehabt. Der König ließ in einem unbedachten Moment die Fässer unter den unzufriedenen Soldaten verteilen, und der darauf folgende trunkene Streit zwischen Walisern und Engländern artete in ein wildes Handgemenge aus, das über hundert Tote forderte. Was als zielstrebiger Marsch gen Norden begonnen hatte, um den Feind vernichtend zu schlagen, war zu einem bitteren, kräftezehrenden Überlebenskampf ausgeartet.

Doch endlich, als es schon so aussah, als würde die englische Armee auf dem Feld verhungern oder sich gegenseitig zerfleischen, trafen aus Leith Karren mit Getreide, Bier und Fleisch ein und wurden von der Armee mit heiserem Jubel empfangen. Später an diesem Tag, als alle Mägen gefüllt und die Lebensgeister wieder geweckt waren, tauchte eine von Earl Patrick of Dunbar und dem Earl of Angus angeführte Kompanie im Lager auf. Die beiden Schotten, die Edward die Treue gehalten hatten, hatten den Aufenthaltsort der Feinde ausfindig gemacht. Wallace und seine Truppen befanden sich weniger als zehn Meilen entfernt in der Nähe der Stadt Falkirk.

Als Humphrey an den Männern seines Vaters vorbei nach vorne spähte, konnte er das Banner des Königs im fahlen Morgenlicht erkennen. Die drei goldenen Löwen glitzerten auf dem scharlachroten Grund. Edward und seine Ritter führten die Vorhut an. Letzte Nacht hatte die englische Armee draußen auf dem Feld gelagert, nachdem sie Temple Liston verlassen hatten. Der König hatte wie seine Männer auf dem Boden geschlafen, und im Dunkeln war sein Schlachtross Bayard auf ihn getreten und hatte ihm drei Rippen gebrochen. Die Nachricht von seiner Verletzung hatte sich rasch verbreitet, ließ die Männer sorgenvoll miteinander tuscheln. Doch der König hatte ihre Befürchtungen zerstreut und war, nachdem sein Page ihn in einen starren Mantel aus Metallplättchen geschnallt hatte, in den Sattel gestiegen, was seinen Truppen einige Bewunderung entlockt hatte. Humphrey entging nicht, wie steif Edward auf seinem Pferd saß und wie er schmerzlich das Gesicht verzog, wenn Bayard über unebenen Untergrund trottete, aber es war klar, dass sich der König unter keinen Umständen von seinem Ziel abbringen lassen würde.

Hinter der Vorhut ritten die Earls und ihre Gefolge. Sir John de Warenne schien mit ihnen zu verschmelzen. Der Earl of Surrey war durch seine Niederlage bei Stirling zutiefst gedemütigt worden und hatte, da Cressingham tot war, den Zorn des Königs allein über sich ergehen lassen müssen. Den Earls folgten fünfzig Templer in weißen Mänteln mit roten Kreuzen. Hinter ihnen kamen Armbrustschützen aus der Gascogne, Jäger aus dem Sherwood Forest und Langbogenschützen aus Südwales. Dahinter rumpelte ein riesiger Karrentross dahin, und über fünfundzwanzigtausend Fußsoldaten bildeten die Nachhut.

Eine so ungeheure Armee hatte Humphrey noch nie zu Gesicht bekommen. Der Anblick der sich hinter ihm erstreckenden endlosen Reihen, der Banner und Lanzen ließ sein Herz vor Stolz schwellen, und er schob den Drachenschild höher auf seinen Arm. Die unterschwellige Furcht, sie würden nicht lange genug leben, um den Schotten auf dem Schlachtfeld entgegenzutreten, war einer zielstrebigen Entschlossenheit gewichen. Die Rebellion hatte bei ihnen allen einen bitteren Nachgeschmack hinterlassen, vor allem aber bei Humphrey, der sich vorwarf, einem Mann vertraut zu haben, der sich als der größte Verräter von allen entpuppt hatte. Er hatte sich düster gefragt, ob er seinen früheren Freund wohl auf dem Schlachtfeld treffen würde, aber laut dem Bericht von Patrick of Dunbar hatte sich Robert Bruce in sein Hauptquartier in Ayr zurückgezogen. Humphrey hatte sich darüber gewundert, denn es hieß, fast der gesamte schottische Adel befände sich bei Wallace' Truppen, darunter auch die Comyns, auf deren Ergreifung es der König besonders abgesehen hatte, nachdem sie ihm ihre Freilassung mit dem Überlaufen zum Feind gedankt hatten. Doch wenn sie heute siegten, würde es nicht lange dauern, bis den Rest der Männer, die sich gegen den König aufgelehnt hatten – auch Robert Bruce –, ihre gerechte Strafe ereilte.

Laute Rufe rissen Humphrey aus seinen Gedanken. Männer zeigten aufgeregt in die Ferne, wo auf dem Hang eines Hügels Tausende und Abertausende von Speeren im Morgengrauen glitzerten.

Die Arme des jungen Mannes zitterten unter dem Gewicht des zwölf Fuß langen Speers, dessen Schaft nass von seinem Schweiß war. Das Ende der mit einer eisernen Spitze versehenen Waffe sank immer tiefer in den Boden ein.

»Halte ihn höher, Duncan!«

Duncan fuhr herum und sah, dass Kerald ihm das Gesicht zuwandte. Blaue Adern traten am Hals des älteren Mannes hervor. Seine rechte Hand, die den Speer umklammerte, wirkte kräftig und sehnig, die linke, an der von zwei Fingern nur noch

Stümpfe geblieben waren, schien ihm Schmerzen zu bereiten. Die Haut rund um die Amputationsstellen war schwarz angelaufen und geschwollen.

Kerald fletschte die Zähne. »Lasst uns diesen Hunden aus dem Süden zeigen, dass Schotten Stahl in sich haben!«, brüllte er über das Getöse des Schlachtfelds hinweg.

Ein paar Männer in dem Schildring lachten heiser, doch die meisten blieben stumm; jeder konzentrierte sich darauf, seinen Speer in Position zu halten, und wartete auf den nächsten Angriff der schweren englischen Kavallerie. Die Schlachtrösser machten in der Ferne kehrt, und die Ritter formierten sich nach einem weiteren Versuch, die gegnerischen Reihen zu durchbrechen, neu. Hornfanfaren erschollen, und Kommandanten donnerten Befehle. Ihre rauen Stimmen hallten in der stickigen Luft wider.

William Wallace hatte seine vier Schiltrons genannten Schildringe auf dem hohen Gelände zwischen Callendar Wood und den schlammigen Ufern des Westquarter Burn außerhalb der Stadt Falkirk platziert. Jeder Ring bestand aus zweitausend Männern. Die äußerste Reihe kniete, ihre Speere zeigten in einem schrägen Winkel nach oben. Die Männer hinter ihnen blieben stehen und hoben ihre Speere über die Köpfe ihrer Kameraden. Zwischen den Schiltrons hatte Wallace Bogenschützen unter dem Kommando von John Stewart, dem Bruder des Großhofmeisters, postiert. Dahinter wartete am Waldesrand die schottische Kavallerie. Wenn er den Kopf drehte, konnte Duncan die Reiter am Fuß des Hügels erkennen, die auf das Zeichen warteten, sich in das Kampfgetümmel zu stürzen. Die Engländer hatten sich auf den Hängen unter ihnen ausgebreitet. Duncan konnte nicht schätzen, wie viele es waren, aber ihm war, als wären die Heerscharen der Hölle vor ihm aufmarschiert. Der Himmel über dem Schlachtfeld wies die Farbe von Asche auf.

Duncan hob mühsam den Speer, dabei stieß er zischend den Atem aus. Der Untergrund war schlüpfrig, mit zähem, klebrigem Schlamm bedeckt, der seine Hose und seine Tunika bespritzt hatte. Alle Männer ringsum waren mit diesem zähen Brei bedeckt, der einen erdigen, modrigen Geruch verströmte. So musste das Grab stinken, dachte Duncan verzagt. Bei dem Gedanken schweifte sein Blick zu den auf dem Boden vor ihm verstreuten Leichen. Dort ragte eine niedrige Palisade aus zusammengebundenen Pfählen schützend vor dem Schiltron auf. Ein mächtiges Schlachtross hing über der Barrikade, seine toten Augen blickten trübe, und Schaum tropfte aus seinen Nüstern. Der Ritter, der das Tier in sein Verhängnis getrieben hatte, war im Sattel über dem Speer zusammengebrochen, der ihn durchbohrt hatte. Näher bei ihm lagen die Leichname einiger Schotten. Ein Mann, jünger noch als Duncan, war mit dem Gesicht in den Schlamm gerollt. Ein Breitschwert hatte seinen Schädel gespalten, die Waffe steckte noch immer in den Knochen, und eine undefinierbare Flüssigkeit quoll aus der Wunde.

Duncan wandte den Blick ab und murmelte ein Gebet.

»Sie kommen!«

Als der Schrei erscholl und die Hornfanare übertönte, richtete Duncan seine Aufmerksamkeit auf die sich nähernde Reihe von Rittern.

Die Schlachtrösser rückten so dicht nebeneinander, dass keine Lücke blieb, zunächst im Schritttempor vor. Unter den bunten, hin- und herschwingenden Schabracken blitzte Kettengeflecht auf. Dann verfielen sie in einen langsamen Trott, das Trommeln der Hufe schwoll an, die Erde begann zu erzittern. Duncan konnte das Pulsieren unter seinen Füßen spüren. Weitere Ritter hielten auf die anderen drei Schiltrons zu, doch er nahm sie kaum bewusst wahr. Die Angst verwandelte seine Eingeweide in Wasser. Seine Hände schlossen sich fester um den Speer; er wappnete sich mit jeder Faser seines Körpers für den Zusammenprall. *Allmächtiger Gott, verschone mich!*

Von links schwirrte ein Pfeilhagel durch die Luft und ergoss sich über die herannahenden Ritter, doch die meisten der Geschosse prallten wirkungslos von Helmen und Kettenhemden ab. Ein Pferd, das eine blau-weiß gestreifte Schabracke trug, geriet in Panik und brach aus der Reihe aus, aber sein Reiter riss es geschickt herum und trieb es wieder auf seinen Platz zurück. Die Welt schien unter der Wucht des Angriffs zu erbeben. Eisenbeschlagene Hufe donnerten über den morastigen Boden, die Schlachtrösser, ebenso furchtlos wie ihre Herren, streckten die mächtigen Köpfe vor. Im letzten Moment hoben die Ritter Lanzen oder schwangen Schwerter und stürmten auf die Schotten los. Duncan spürte das Gebrüll der Männer ringsum mehr, als dass er es hörte: ein dröhnender, misstönender Lärm. Das Blut rauschte in seinen Ohren. Kerald und die anderen pressten sich gegen ihn, Verzweiflung und Entschlossenheit äußerten sich abwechselnd in lautem Zähneknirschen und wild flackernden Augen. Auch Duncan entfuhr ein Schrei, als die Lanzen der englischen Ritter drohend vor ihm aufblitzten.

Der Zusammenprall war verheerend.

Ein Schotte neben Duncan taumelte zurück; eine englische Lanze hatte ihn in die Brust getroffen und gegen die Männer hinter ihm geschleudert. Heisere Schreie erklangen, und weitere Schotten eilten herbei, um die entstandene Lücke zu schließen. Immer mehr von ihnen fielen, wurden niedergemäht wie Weizenhalme. Einige Ritter schleuderten kurze Schwerter oder Äxte in die Schiltronreihen und machten dann kehrt. Da die meisten Schotten nur wollene oder lederne Tuniken trugen, zeigten diese mit enormer Wucht geworfenen Waffen fast immer eine tödliche Wirkung.

Duncan nahm die Schreie der Sterbenden kaum wahr. Er klammerte sich schrill kreischend an seinen Speer, dessen Spitze sich tief in den Hals eines Pferdes gebohrt hatte. Das Tier bäumte sich mit einem markerschütternden Wiehern auf, während sein Reiter heftig an den Zügeln zog. Als das Pferd heftig auszuschlagen begann, meinte Duncan, seine Arme würden aus den Gelenken gerissen. Plötzlich brach das Tier auf den Vorderbeinen zusammen, der Speer knickte ab, und die eiserne Spitze blieb in seinem Fleisch stecken. Duncan torkelte zurück. Der Ritter wurde aus dem Sattel geschleudert und landete auf den scharfen Spitzen der Palisade, die sein Kettenhemd durchbohrten, sodass er wie ein Fisch am Haken zappelnd hängen blieb und Blut durch das Visier seines Helms hustete. Rings um die Schiltrons wurden weitere Männer von ihren Pferden abgeworfen und von dem Speerdickicht aufgespießt oder von zusammenbrechenden Schlachtrössern zermalmt. Der Rest machte kehrt und ließ Dutzende von toten Schotten im Schlamm zurück.

Doch für jeden gefallenen Schotten kam ein anderer herbeigeeilt, der seinen Platz einnahm. Die Reihen schlossen sich wieder, die Verwundeten wurden in das Innere der Schiltrons gezerrt und von ihren Kameraden verbunden oder mit einem gemurmelten Gebet rasch getötet. Die Engländer hatten wenig Schaden angerichtet, aber wertvolle Pferde und Männer eingebüßt. Sie glichen einem Löwen, der ein Stachelschwein angreift und jedes Mal stärker blutend und vor Wut schnaubend den Rückzug antreten muss.

Duncan umklammerte immer noch seinen zerbrochenen Speer, seine Hände schienen unlösbar daran zu kleben. Der Ritter, dessen Pferd er getroffen hatte, wand sich noch immer auf dem Palisadenpfahl, der ihn aufgespießt hatte, und erstickte allmählich an seinem eigenen Blut. Duncan sah, wie sich auf dem Rücken des Mannes eine Beule bildete – die hölzerne Spitze trat auf der anderen Seite wieder aus. Er kämpfte einen heftigen Brechreiz nieder, schloss die Augen und sog die stinkende Luft in tiefen Zügen ein. Neben ihm ließ Kerald seinen Speer fallen, löste sich aus der Reihe, bückte sich und nahm dem Ritter den Helm ab. Das blasse, schweißüberströmte Gesicht eines jungen Mannes kam zum Vorschein. Seine Augen hatten sich vor Schmerzen zu schmalen Schlitzen verengt, doch er zischte Kerald durch blutverschmierte Zähne hindurch etwas zu. Der alte Schotte zog mit seiner gesunden Hand seinen Dolch aus dem Gürtel, trat vor den Ritter, sodass er Duncan den Blick auf dessen Gesicht versperrte, und stieß zu. Duncan sah, wie sich der Körper des Engländers aufbäumte und eine Blutfontäne in die

Höhe schoss, dann sackte der Mann leblos in sich zusammen. Kerald zog ihm einen Schlauch aus dem Gürtel, schob seinen blutigen Dolch in die Scheide zurück und nahm seinen Platz in der Schiltronreihe wieder ein. Dann zog er den Stopfen aus dem Schlauch, schnupperte argwöhnisch daran und trank dann gierig, bevor er den Schlauch an Duncan weiterreichte, der dankbar danach griff. Der Wein war stark und süß. Es kostete Duncan beträchtliche Überwindung, den Schlauch von seinen ausgedörrten Lippen zu lösen und seinem Nachbarn hinzuhalten. Kerald griff grinsend wieder nach seinem Speer. Sein Bart wies rote Flecken auf.

Hinter dem Schiltron erscholl die Stimme von William Wallace, der seinen Männern zubrüllte, dem Feind standzuhalten.

»*Ich habe euch in den Ring geführt!*«, hatte ihr Anführer an diesem Morgen geröhrt. »*Jetzt lasst sehen, ob ihr zu kämpfen versteht!*«

Und sie hatten gekämpft. Nach Monaten der Unterdrückung unter dem englischen Joch, während derer sie sich vor hochnäsigen Beamten verneigen und vor Soldaten kuschen mussten, nach Monaten des Lebens als Gesetzlose in der Wildnis bot sich ihnen die Chance, ihre Freiheit zurückzugewinnen. Obwohl alles dagegen gesprochen hatte, hatte Wallace sie auf den Wiesen von Stirling zum Sieg geführt. Jetzt schien Schottlands neuer Hüter entschlossen, sich den nächsten Triumph auf seine Fahne zu schreiben.

Von Wallace' ermutigenden Worten angefeuert, warf Duncan seinen zerbrochenen Speer fort und zog einen unversehrten aus dem schlammigen Boden. Die englischen Hörner dröhnten immer noch, doch statt sich für einen neuen Angriff zu formieren, galoppierten die Ritter zum Hauptteil der Armee zurück, wo König Edwards Banner im Wind wehte.

»Jetzt haben wir sie!«, grollte Kerald. »So können sie nicht weitermachen. Sie verlieren zu viele Ritter.«

Duncan schwieg. Stumm verfolgte er zusammen mit den anderen, wie eine lange Reihe von Männern auf das Feld eilte. Seine Augen wurden schmal, als er die gebogenen Waffen in ihren Händen sah.

»Bogenschützen«, murmelte jemand.

Keralds Grinsen erstarb.

Duncan hatte schon von den walisischen Bogenschützen und ihren todbringenden Langbogen gehört. Instinktiv spannte er die Muskeln an. Er hatte keinen Schild, keiner von ihnen hatte einen – sie benötigten beide Hände, um die Speere zu halten, und außerdem bildeten die Ringe selbst Schilde, die die Männer im Inneren schützten. Wie die meisten Soldaten in den Schiltrons trug Duncan auch keine Rüstung, sondern nur ein Paar schlecht sitzende Beinschienen, die er nach der Schlacht von Stirling einem toten englischen Ritter abgenommen hatte. Jetzt wünschte er, er hätte dem Mann sein Kettenhemd abgestreift.

Die Bogenschützen marschierten auf. Sogar aus der Entfernung konnte Duncan sehen, dass einige andere, eckigere und flachere Waffen als Bogen bei sich sich trugen.

»Armbrüste«, murmelte Kerald. »Die Bastarde haben Armbrüste.«

Die Männer legten Bolzen und Pfeile an die Sehnen ihrer Waffen. Auf ein Hornsignal hin schwirrten die Geschosse durch die Luft, der Himmel vor den Schotten verdunkelte sich und schien auf sie niederzustürzen. Duncan schloss die Augen und hielt seinen nutzlosen Speer fest. Er spürte, wie überall ringsum Bolzen einschlugen; hörte, wie gellende Schreie die Luft zerrissen. Ein heftiger Stoß in die Seite warf ihn zu Boden. Einen Moment lang dachte er, er wäre getroffen worden, und wappnete sich für den Schmerz, der gleich folgen musste. Als nichts geschah, schlug er die Augen wieder auf und erkannte, dass Kerald gegen ihn geprallt war. Den alten Schotten hatte ein Armbrustbolzen ins Gesicht getroffen; er war direkt unter dem Auge in seine Wange eingedrungen. Duncan schrie auf, als Kerald konvulsivisch zu zucken begann und das Gewicht des Mannes ihn immer tiefer in den weichen Schlamm presste. Weitere Pfeile prasselten auf sie nieder, immer mehr Männer fielen. Der Schildring gegenüber dem ihren löste sich unter der Attacke auf. Duncan versuchte sich unter Keralds Körper hervorzukämpfen, aber jetzt lag ein anderer gefallener Schotte auf seinem Bein, und er vermochte sich nicht zu rühren. Sein Gesicht sank in den Schlamm ein, der kalt und zäh bis zu seinen Lippen stieg. Aus panikerfüllten Augen sah er, dass sich die englische Kavallerie aufreihte, sah, wie sich die Pferde in Bewegung setzten und spürte, wie die Erde erneut zu erzittern begann.

62

JAMES STEWART, DER AUF SEINEM rauchgrauen Schlachtross in der Mitte der schottischen Kavalleriereihe saß, verfolgte mit wachsendem Entsetzen, wie die walisischen Bogenschützen ihr Ziel anvisierten. Der erste Pfeilhagel traf die äußeren Reihen der Schiltrons mit solcher Wucht, dass die Männer gegen ihre hinter ihnen stehenden Kameraden geschleudert wurden. Lücken taten sich überall dort auf, wo Tote und Verwundete umsanken und viele andere ihre Speere sinken ließen und sich zu Boden warfen, um den tödlichen Geschossen zu entgehen.

»Christus, rette uns«, keuchte jemand.

James hörte es kaum. Er stellte sich in den Steigbügeln auf. Schottische Bogenschützen unter dem Befehl seines Bruders beantworteten den Angriff mit eigenem Pfeilfeuer, aber es war schon nach der ersten Salve klar, dass der Gegenangriff wenig Schaden anrichten würde, denn ihre schusskräftigen Waffen erlaubten es den Gegnern, außerhalb der Reichweite der schottischen Pfeile zu bleiben. Eine Hornfanfare übertönte die Schreie. James erkannte den tiefen, hohlen Ton sofort: Es war Wallace' Horn – das Signal für die Kavallerie, in den Kampf einzugreifen. Die Männer ringsum vernahmen das Geräusch ebenfalls, klappten ihre Visiere herunter und packten die Zügel fester.

»Wartet!«, rief John Comyn plötzlich; er deutete dabei mit seinem Schwert hügelabwärts zu der Stelle, wo sich die englischen Ritter unter den Bannern der Earls of Lincoln, Hereford, Norfolk und Surrey formierten. Eine Standarte war größer als die anderen; auf scharlachrotem Grund prangte ein goldener Drache. Die Langbogenschützen hatten das Feuer eingestellt. Jetzt begannen die Ritter unter dem Kommando der Earls, die Schiltrons anzugreifen, die keine undurchdringlichen Speerringe mehr bildeten. Stattdessen war ein ungeordnetes Chaos ausgebrochen.

»Wir müssen ihnen zu Hilfe kommen!«, bellte James entrüstet.

»Wir können hier nicht mehr siegen«, grollte der Lord of Badenoch. Sein Blick ruhte auf einer Kompanie englischer Ritter, die hügelaufwärts auf sie zukam. Zwei Schiltrons waren nach dem Angriff zersprengt worden. Wallace' Horn dröhnte drängend. Comyn hob die Stimme und wandte sich an die ihn umringenden Männer. »Die Schlacht ist verloren. Wir können nichts mehr tun außer fliehen!«

»Wir können sie nicht dem sicheren Tod überlassen!«, protestierte James. Andere stimmten ihm nachdrücklich zu, doch einige Männer trieben ihre Pferde schon auf den Wald zu, fort von den heranrückenden Engländern.

»Ihr feigen Hurensöhne!«, donnerte einer von Wallace' Leuten.

Er löste sich aus der Reihe und galoppierte den Hügel hinunter. Eine Hand voll von Wallace' Kommandanten folgte ihm unter verzweifeltem Kriegsgeschrei. Ein paar englische Ritter jagten los, um die kleine Gruppe zu stellen, die geradewegs auf die sich auflösenden Schiltrons zuhielt. Viele Schotten rannten jetzt auf den schützenden Wald zu, verfolgt von den walisischen Infanteristen, die über den morastigen Grund rund um den Fluss ausschwärmten.

Als die englischen Ritter ihre Pferde unbeirrt auf die schottische Kavallerie zutrieben, riss John Comyn sein Schlachtross herum. Sein Sohn tat es ihm nach. Ihre Flucht löste einen wahren Exodus unter den Kavalleristen aus, von denen viele Verwandte oder Anhänger des Lords of Badenoch waren.

Malcolm, der attraktive junge Earl of Lennox, wechselte einen Blick mit James. »Welchen Nutzen habt Ihr für Euren König, wenn Ihr in der Zelle neben der seinen sitzt, Sir James?«, rief er ihm zu.

Als Lennox und seine Ritter ihre Pferde in Richtung Callendar Wood lenkten, blieb James zurück und versuchte verzweifelt, seinen Bruder irgendwo in dem Getümmel auszumachen.

»Sir?«, fragte einer seiner Männer. Sein Blick schweifte zwischen dem Großhofmeister und den mit jeder Sekunde näher kommenden Feinden hin und her.

Mit einem Fluch wendete James sein graues Schlachtross und galoppierte ebenfalls auf den Wald zu.

Der letzte Rest der Befehlsgewalt, die William Wallace noch über seine Truppen hatte, ging in dem nackten Entsetzen unter, das auf dem Schlachtfeld herrschte. Verschossene Pfeile und Speere bedeckten den Hang, der mit toten Schotten übersät war. Den Schreien der Verwundeten haftete nichts Menschliches mehr an. Diejenigen, die den Pfeilregen überlebt hatten, der die Schiltrons auseinandergesprengt hatte, krochen zwischen den Leichen ihrer Kameraden herum, um den englischen Rittern zu entkommen. Einige flohen in Richtung des Waldes, andere den Hügel hinunter und auf das Ufer des Flusses zu. Hier war der Schlamm dick und klebrig wie Leim und stellenweise trügerisch tief. Das Schlachtfeld, das Wallace wegen des natürlichen Schutzes ausgewählt hatte, den der Fluss bot, erwies sich jetzt für die Schotten als tödliche Falle. Die, die das Wasser erreichten, sprangen hinein und wateten mit letzter Kraft hindurch, doch die meisten kamen nie bis zur anderen Seite, sondern blieben im Moor stecken. In dem stinkenden Matsch gefangen, waren sie eine leichte Beute für die walisischen Bogenschützen.

In dieses Chaos ritten die Drachenritter hinein, das in Flammen gehüllte Ungeheuer auf ihren Schilden schimmerte im Morgenlicht. Sie ritten an der Seite ihrer Väter, der Männer der Tafelrunde. Ritten für ihren König.

Aymer de Valence führte die Männer aus Pembroke an, von denen viele seinem Vater jahrzehntelang gedient hatten. Sein blau-weiß gestreiftes Banner wehte hoch über ihm, während er Wallace' Bogenschützen brutal angriff und ihre Reihen mühelos durchbrach. Es war Aymers Lanze, die sich in die Brust von John Stewart bohrte, den Mann von den Füßen riss und zu Boden schleuderte, wo ein Huf von Aymers Schlachtross den Kopf des Schotten in den Schlamm trampelte. Aymer ließ den schlaffen Körper des Bruders des Großhofmeisters achtlos liegen, jagte weiter und schwang sein Schwert, um Hiebe gegen die Nacken und Rücken der flüchtenden Gegner zu führen. Dabei stieß er unaufhörlich ein wildes Gebrüll aus.

Henry Percy stürzte sich, angespornt von der Aussicht, die Demütigung zu rächen, die sein Großvater bei Stirling erlitten hatte, mit Rittern von seinen Yorkshire-Landsitzen in den Kampf. Ein paar Schotten drehten sich um, um sich ihnen zu stellen. Einem von ihnen gelang es, einem Pferd seinen Speer in die Seite zu stoßen, woraufhin das Tier zusammenbrach und seinen Reiter abwarf. Im nächsten Moment rammte einer von Percys Männern dem Schotten seine Lanze durch den Hals. Auch seine Kameraden wurden erbarmungslos niedergemetzelt. Der schottische Adel war vom Feld geflohen und hatte die Bauernarmee ihrem Schicksal überlassen. Die einzige Hoffnung, die diesen Männern noch blieb, lag in der Flucht oder einem schnellen Tod. König Edward hatte befohlen, William Wallace und die Rädelsführer der Rebellion lebendig gefangen zu nehmen, aber in diesem blutigen Durcheinander war es unmöglich, über das Schicksal eines einzelnen Mannes zu bestimmen.

Humphrey de Bohun, dem unter seinem Helm der Schweiß in Strömen über das Gesicht rann, ritt im Gefolge seines Vaters, das die Schotten hügelabwärts auf den Fluss zutrieb. Er wusste, dass die Schlacht gewonnen war. Jetzt galt es, jeden Mann auf dem Feld auszulöschen. Humphrey hatte seine Lanze auf einen Feind geschleudert und hielt jetzt sein Breitschwert in der Hand. Er holte aus, führte einen mächtigen Hieb gegen den Nacken eines vor ihm fliehenden Mannes und trennte ihm den Kopf vom Rumpf. Sein Vater befand sich ein Stück vor ihm; er verfolgte eine Gruppe auf das Wasser zustolpernder Schwertkämpfer. Der Earl setzte ihnen verbissen nach und hob gerade seine Lanze, als sein Pferd plötzlich unter ihm zusammenbrach.

Humphrey stieß einen heiseren Schrei aus, als er seinen Vater stürzen sah. Das Schlachtross, dessen Gewicht noch durch eine Kettenschabracke verstärkt wurde, und Hereford in seiner schweren Rüstung waren in ein Moor geraten. Humphrey rief nach seinen Männern, während er sein Pferd auf seinen Vater zutrieb, der seine Lanze fallen gelassen hatte und versuchte, das Tier aus dem dicken Schlamm herauszudrängen, doch es warf nur vor Angst schrill wiehernd den Kopf hoch und sank bei jeder Bewegung noch tiefer ein. Drei der schottischen Speerkämpfer, die der Earl vor sich hergejagt hatte, wandten sich jetzt gegen ihn. Sie waren leichter und beweglicher, trugen keine hinderliche Rüstung, und so standen sie nur knietief im Sumpf. Humphrey brüllte eine Warnung, die in seinem Helm widerhallte, als zwei der Männer auf seinen Vater losgingen.

Es gelang dem Earl, einen Speer mit seinem Schild abzuwehren, doch der andere traf ihn unter den Rippen so hart in die Seite, dass die Kettenglieder zersprangen und die Spitze in sein Fleisch drang. Es war keine tödliche Verletzung, denn das Kettenhemd hatte den Stoß größtenteils abgefangen, aber im Moment des Aufpralls sank das Pferd noch tiefer, fast bis zum Hals ein und brachte den Earl aus dem Gleichgewicht. Als Hereford schwankte und zur Seite kippte, grub sich der Speer durch Muskelgewebe und drang in die Lunge ein.

Humphrey schrie auf, als sein Vater aus dem Sattel des ertrinkenden Pferdes glitt. Der Schotte ließ seinen Speer fallen und eilte seinen Kameraden hinterher. Humphrey zügelte sein

Schlachtross, stieg unbeholfen ab und watete in den Schlamm, ohne auf die Warnrufe seiner Männer zu achten. Die graue Masse griff gierig nach ihm, reichte ihm rasch bis zu den Schenkeln. Sein Vater war ein Stück vor ihm schon halb untergegangen, der Speer ragte aus seiner Seite, sein Gesicht war dem Sumpf zugekehrt. Humphrey keuchte vor Anstrengung, als er sich durch das Moor kämpfte. Plötzlich verlor er den Boden unter den Füßen und sank bis zur Brust ein. Das Gesicht seines Vaters war jetzt vollständig untergegangen, nur noch sein Hinterkopf und sein Rücken waren zu sehen. Der Schlamm zerrte an Humphrey, packte ihn und zog ihn in die Tiefe. Panikerfüllt versuchte er sich zur Wehr zu setzen. Als ihn Hände von hinten packten, leistete er heftigen Widerstand, während er gleichzeitig mit ansehen musste, wie sein Vater endgültig versank. Einen Moment lang blitzte ein Stück blauweißer Seide an der Oberfläche auf, dann wurde es gleichfalls vom Moor verschlungen.

63

DIE KARRENRÄDER SACKTEN IN DEN durchweichten Boden ein, und die Zugochsen senkten die hornbewehrten Köpfe, um sich vor dem Regenguss zu schützen. Robert verfolgte ihre Ankunft voller Ungeduld. Der warme Regen rann ihm übers Gesicht, während er die Holzstapel auf den Ladeflächen der Gefährte musterte, die für Ayrs neue Palisade bestimmt waren.

»Heute sollen noch vier weitere Karren eintreffen, Sir. Der Rest kommt Ende der Woche.«

Robert sah den Mann an, der mit hochgezogenen Schultern neben ihm stand – ein einheimischer Zimmermann, den er zum Oberaufseher der Bauarbeiten ernannt hatte. »Ich möchte, dass die Arbeit an den Baracken morgen beginnt.« Er drehte sich zu den Holzgebäuden hinter ihm am Ufer des Flusses um. Sie waren ursprünglich für Henry Percys Männer errichtet worden, doch nach der Befreiung der Stadt hatte Robert sie für sich selbst beansprucht. »Sobald ihr dort fertig seid, fangt ihr mit den Verteidigungsanlagen der Stadt an.«

Der Aufseher nickte zustimmend, hob eine Hand, um den Karrenlenker zu grüßen, und stapfte über den schlammigen Hof davon.

Robert, der nichts mehr von den Rebellen gehört hatte, seit er den Wald von Selkirk verlassen hatte, wurde zunehmend von innerer Unruhe geplagt. In den Wochen nach seiner Rückkehr nach Ayr hatte er überlegt, ob es nicht klüger gewesen wäre, bei Schottlands neuem Hüter zu bleiben, denn was nützte ihm die eindrucksvolle Geste, Wallace zum Ritter geschlagen zu haben, wenn er sich danach wieder in die Anonymität zurückzog? Er hatte beabsichtigt, sich aktiv am Feldzug der Schotten zu beteiligen, um seine Fähigkeiten als Befehlshaber, vor allem aber seine Hingabe an den Kampf um sein Königreich unter Beweis zu stellen, doch James Stewart hatte ihm eindringlich davon abgeraten. Der Großhofmeister hatte ihn davor gewarnt, sich zu sehr in die Angelegenheiten von Wallace und den Comyns zu verstricken und sich stattdessen dafür ausgesprochen, dass er sich eine eigene Basis und einen eigenen Anhängerstamm schuf, bis die Zeit gekommen war, den Männern des Reiches seine Absichten zu offenbaren. Robert war enttäuscht gewesen, hatte aber einräumen müssen, dass James recht hatte. Wenn er überhaupt hoffen durfte, seine Pläne verwirklichen zu können, musste er sich seine Integrität bewahren, und das hieß, dass er nicht mit denen gemeinsame Sache machen durfte, die noch immer Balliols Rückkehr wünschten.

Als die Karren langsam zum Stehen kamen, hörte Robert jemanden seinen Namen rufen. Er drehte sich um und sah Christopher Seton auf sich zukommen.

Das helle Haar des Knappen klebte ihm am Kopf, und Regen tropfte von seiner Nase. Sein Gesichtsausdruck war ernst. »Mein Vetter möchte Euch sprechen, Robert. In Eurer Unterkunft.«

Robert runzelte die Stirn. »Warum?«

Christopher starrte zu Boden; vermochte ihm nicht in die Augen zu sehen. »Er sagte, es wäre wichtig, Sir. Ihr sollt sofort kommen. So schnell wie möglich.«

Christopher hatte schon vor einiger Zeit aufgehört, ihn »Sir« zu nennen. Die formelle Anrede löste Unbehagen in Robert aus. »Na schön.« Er wechselte noch rasch ein paar Worte mit dem Aufseher der Arbeiter und verließ dann mit Christopher das Ufer. Ihre Stiefel platschten durch den Schlamm.

In den Baracken herrschte geschäftiges Treiben, denn Roberts gesamte Kompanie war samt den Frauen und Kindern nach Ayr gekommen, nachdem sie den Wald verlassen hatten. Stallburschen misteten die Ställe aus und füllten Wassertröge. Eine Gruppe von John of Atholls Rittern hatte unter der Dachtraufe eines Gebäudes Schutz vor dem Regen gesucht und saß bei einem Würfelspiel. Die Männer nickten Robert zu, als er an ihnen vorbei auf die lange Holzhalle zueilte, in der sein Quartier lag.

Alexander erwartete ihn, in einen nassen Umhang gehüllt, vor der Tür.

»Was gibt es denn, mein Freund?«, fragte Robert neugierig. Aus dem Inneren der Halle drang das schwache Weinen seiner Tochter an sein Ohr. Alexander wirkte so grimmig, dass Robert sofort fürchtete, er habe ihn wegen Marjorie rufen lassen. »In Gottes Namen, Alexander, sag doch etwas! Ist etwas mit Marjorie?« Er drängte sich an dem Lord vorbei, doch Alexander packte ihn am Arm.

»Es geht nicht um deine Tochter, Robert.« Seine Stimme war kaum lauter als ein Murmeln. »Aber es gibt da etwas, was du sehen musst.«

Roberts Verwirrung wuchs. Stumm ließ er zu, dass Alexander die Tür für ihn öffnete, betrat das Gebäude und sah sich hastig um. Die erste Kammer bildete einen kleinen Empfangsbereich. Sie war nur mit einigen Stühlen möbliert; er hatte weder Zeit noch Lust gehabt, sie wohnlicher auszustatten, da er nicht vorhatte, für immer in dieser entlegenen Küstenstadt zu bleiben. Ohnehin hielt er sich ja nur zum Schlafen hier auf, die Bauarbeiten in der Stadt und die Verwaltung der Grafschaft nahmen jede Stunde des Tages in Anspruch.

Das Erste, worauf sein Blick fiel, war Judith. Die Amme war aufgesprungen, als die Tür geöffnet worden war. Sie hielt seine Tochter im Arm, ihr spitzes Gesicht war rot angelaufen. Marjorie weinte lauter, als sie ihren Vater sah, und streckte die Hände nach ihm aus. Judith stammelte etwas, doch bevor Robert enträtseln konnte, was das Mädchen meinte, hörte er einen anderen leisen Schrei, der diesmal aus der Schlafkammer kam, deren Tür nur angelehnt war. Robert drängte sich an Judith vorbei und ging hinein.

Die Schlafkammer war der größte der drei Räume des Gebäudes. Kerzenschein tauchte sie in ein weiches Licht. Neben einem Feuer, das in einer mit Ton ausgekleideten Grube prasselte, standen eine Bank und ein Tisch, an dem er seine Mahlzeiten einnahm. Mädesüß raschelte unter seinen schlammverklebten Stiefeln; das Kraut bedeckte wie ein duftender Teppich den Boden aus festgestampfter Erde. An einem Haken hingen seine und Katherines Kleider. Ein paar Truhen enthielten seine Rüstung, davor lag sein Breitschwert. Auf dem Tisch standen ein blau glasierter Krug und zwei Becher neben den Überresten eines Mahls, das bei seinem Aufbruch an diesem Morgen noch nicht dagewesen war. Robert nahm den vertrauten Anblick in sich auf, doch dann hörte er einen weiteren Schrei, und sein Blick wanderte zu dem Bett an der Wand am anderen Ende des Raumes hinüber. Es war von dicken Vorhängen umgeben, die an einem Balken hingen und es vor neugierigen Blicken abschirmten. Das Mädesüß dämpfte seine Schritte, als er durch den Raum ging, die Vorhänge packte und mit einem Ruck zur Seite zog.

Zuerst sah er Katherine. Sie war nackt, hatte das erhitzte Gesicht zu dem Balken gewandt und die Augen geschlossen. Unter ihr lag ein Mann, der ihre gespreizten Schenkel umfasste. Als die Vorhänge raschelten, schlug Katherine die Augen auf.

Ihr vor Wonne halb geöffneter Mund verzerrte sich vor Entsetzen, und sie stieß den Mann rasch von sich. Dieser fuhr herum und fluchte, als er Robert erblickte. Katherine griff hastig nach dem zerknitterten Leinenlaken und zog es über ihre Blöße. Der Mann, den Robert als einen der Einheimischen erkannte, die er angeheuert hatte, um die Stadt zu befestigen, kroch aus dem Bett und hob seine auf dem Boden liegende Hose auf. Er war nicht älter als achtzehn und hatte ein frisches, jungenhaftes Gesicht. Seine eben noch stolz aufgerichtete, feucht glänzende Männlichkeit begann bereits zu erschlaffen. Er schlüpfte in seine Hose und schnürte sie zu, während Robert schweigend zusah. Katherine atmete heftig. Ihr Blick heftete sich auf Alexander.

Robert, dem das in ihren Augen aufflammende Gift nicht entging, drehte sich um. Er hatte völlig vergessen, dass der Lord hinter ihm stand. Christopher war bei ihm. »Ihr wusstet also Bescheid.« Seine Stimme klang tonlos und gefährlich ruhig.

»Es tut mir leid, mein Freund.« Alexanders unversöhnlicher Blick richtete sich auf Katherine, deren Gesicht sich zu einer hasserfüllten Fratze verzerrte. »Aber du musstest es mit eigenen Augen sehen.«

»Schlange!«, fauchte Katherine. »Ihr habt mir nachspioniert?«

Robert bemerkte einen zerknüllten Stoffhaufen auf der Bettkante und bückte sich danach. Es war eines von Katherines Kleidern, tief ausgeschnitten und wie alle anderen etwas zu eng. Er warf ihr das Kleidungsstück hin. »Bedeck dich!«

Er wandte sich ab, als sie das Kleid überstreifte, und bemühte sich, ihre flehende Stimme zu überhören.

»Bitte.« Sie zog den Rock herunter und kam um das Bett herum auf ihn zu. »Versteht mich doch. Ich war einsam.« Zaghaft berührte sie seinen Arm.

»Verschwinde.«

Ihr Griff um seinen Arm verstärkte sich. »Sir Robert, bitte, ich …«

»Mach, dass du wegkommst!«

»Ich bin schwangor«, schluchzte sie plötzlich.

»Schwanger?« Seine Stimme klang kalt wie Marmor. »Wessen Bastard ist es denn?«

Katherine wurde blass, dann verhärteten sich ihre Züge. »Wer soll sich denn um deine Tochter kümmern?« Sie sah Judith an, die mit Marjorie in den Armen auf der Türschwelle stand. »Du glaubst doch nicht, dass sie das übernehmen kann? Das Mädchen würde umfallen, wenn ich sie nicht festhalten würde.«

»Meine Tochter geht dich nichts mehr an.«

»Wo soll ich denn hingehen? Und wovon leben?«

»Du kannst dein Gewerbe ohne Zweifel in fast jeder Stadt ausüben.«

Katherine starrte ihn an, schluckte hart und wandte sich dann ab, um ihren Umhang vom Kleiderhaken zu nehmen. Schwer atmend schob sie die Füße in ein Paar Schuhe, dann stopfte sie einige andere Habseligkeiten in eine Ledertasche. Robert hielt sie nicht zurück. Der junge Mann stand immer noch an der Wand neben dem Bett. Er hatte seine Tunika übergezogen und schien verzweifelt nach einem Fluchtweg aus der Kammer zu suchen.

Katherine schob sich an Alexander vorbei und steuerte auf die Tür zu. »Bastard«, zischte sie mit zusammengepressten Lippen, bevor sie in den Regen hinaustrat.

Einen Moment später schlüpfte der junge Mann mit seinen Stiefeln in der Hand an Robert vorbei. Robert musterte ihn. Einen Moment lang erwog er, ihn einfach gehen zu lassen, dann schlug eine Welle heißer Wut über ihm zusammen, und er packte den Jungen am Hals. Alexander rief ihm etwas zu, doch Robert achtete nicht auf ihn, als er den sich wild zur Wehr setzenden Mann an Judith und seiner schreienden Tochter vorbei in den Hof hinauszerrte. Alexander und Christopher folgten ihm hastig. Der junge Mann bat flehentlich um Gnade, doch Robert ging nicht darauf ein, stieß ihn in den roten Lehm und versetzte ihm einen Tritt in den Magen. Sein Opfer krümmte sich zusammen, und sein Gesicht verzerrte sich vor Schmerz. Ein paar von Atholls Rittern kamen herbeigeeilt. Robert ignorierte ihre verdutzten Fragen, packte die Tunika des jungen Mannes und zog ihn hoch, um ihm seine Faust ins Gesicht zu schmettern. Als Alexander ihn bei den Schultern packte und schüttelte, ließ Robert von dem Jungen ab und fuhr zu seinem Kameraden herum. Alexander duckte sich, doch statt nach ihm zu schlagen griff Robert nach seinem Schwert. Als er damit auf den blutenden, vor Entsetzen wie gelähmten jungen Mann im Schlamm losging, hielt Alexander ihn zurück.

»Der Junge hat nur genommen, was ihm aus freien Stücken angeboten wurde, Robert. Er hätte es nicht tun sollen, aber er verdient deswegen nicht den Tod.«

Der junge Mann rappelte sich hoch, ließ seine Stiefel dort liegen, wo er sie fallen gelassen hatte, und rannte über den Hof davon. Als zwei der Ritter, die den Kampf beobachtet hatten, ihn aufhalten wollten, befahl Alexander ihnen, zur Seite zu treten.

Wutentbrannt stellte Robert ihn zur Rede. »Was glaubst du eigentlich, wer du bist?«

»Ich bin einer der Männer, die alles aufgegeben haben, um dir zu folgen«, gab Alexander hitzig zurück. »Ich glaube, dass du König werden kannst, Robert. Aber du musst anfangen, es selber zu glauben.«

Im Hof waren erhobene Stimmen zu hören. Robert drehte sich um und sah seinen Bruder und John of Atholl auf sich zukommen, gefolgt von Walter und einigen Rittern aus Carrick. Aus ihren angespannten Gesichtern schloss er, dass sie die Auseinandersetzung mit angesehen hatten, doch als John das Wort ergriff, erkannte er, dass er sich geirrt hatte.

»Es sind Nachrichten eingetroffen. Wallace' Armee hat bei Falkirk eine verheerende Niederlage erlitten.«

»Und Wallace?« Alexander gab Robert frei.

Christopher war hinter sie getreten.

»Das wissen wir nicht«, warf Edward ein. Er sah seinen Bruder ernst an. »Die Kavallerie, die unter dem Befehl der Comyns stand, ist geflohen, ohne auch nur ein Schwert zu ziehen. Die

Bastarde haben ihre eigene Haut gerettet und alle anderen ihrem Schicksal überlassen.«

»Was ist mit König Edward?«, fragte Robert John. »Heißt das, dass die Engländer jetzt die Herrschaft über unser Königreich übernommen haben? Dass Schottland verloren ist?«

»Nichts steht sicher fest. Aber wir wissen, dass die Engländer auf dem Weg hierher sind.«

Robert verarbeitete diese Informationen schweigend, während der Regen ihn durchweichte. »Er kommt wegen mir.«

Sein Schwager nickte. »Du stellst jetzt die einzige echte Gefahr für ihn dar.«

Christophers Stimme klang gepresst. »Aber die Palisade ist noch nicht errichtet. Wir können Ayr nicht verteidigen.«

»Was schlägst du denn vor?« Edward fuhr zu dem Knappen herum. »Sollen wir wie Feiglinge davonlaufen? Die Stadt und alle ihre Bewohner der zweifelhaften Gnade deines Hurensohns von König ausliefern?«

Alexander ging dazwischen. »Mein Vetter ist genauso ein Teil dieser Kompanie wie du. Unabhängig von seinem Geburtsland.«

Robert stand schweigend dabei, als alle gleichzeitig zu sprechen begannen. Regen rann an der Klinge seines Schwerts hinunter. Aus dem Gebäude hinter ihm klang das Weinen seiner Tochter, und hinter den Dächern der Baracken stieg Rauch von den Häusern der Stadt auf. Er dachte an den Optimismus, der hier in den letzten Monaten zaghaft gewachsen war. Dann dachte er an die am Flussufer wartenden Karren mit Bauholz. »Wir brennen alles nieder.«

Die Männer verstummten verblüfft.

Robert sah sie an. Seine Stimme klang rau. »Wir brennen die Stadt nieder und ziehen uns in die Hügel zurück, dorthin können die Engländer uns nicht folgen. Und wir werden versuchen, James Stewart zu finden, falls er die Schlacht überlebt hat.«

»Wir sollen fliehen?« Edward schüttelte den Kopf.

Robert wich dem Blick seines Bruders nicht aus. »Wir können

die Engländer auf dem Schlachtfeld nicht besiegen. Noch nicht. Das Einzige, was wir tun können, ist, keinerlei Nahrungsmittel und keine intakten Unterkünfte für sie zurückzulassen. Je länger ihre Nachschublinien werden, desto schwerer wird es für sie, sich zu verpflegen.«

John of Atholl nickte. »Ich gebe meinen Männern Bescheid. Wir werden sofort mit der Evakuierung der Stadt beginnen.«

Wortlos reichte Robert Alexander sein Schwert und ging mit Atholl davon.

Als auch die anderen durch den Regen forteilten, blieb Alexander mit Christopher zurück. Er schob sein Schwert in die Scheide zurück, dann nahm er eine Börse aus dem Beutel an seinem Gürtel und reichte sie seinem Vetter. »Sorg dafür, dass der Bursche das hier bekommt. Weit kann er noch nicht sein.«

Christopher schüttelte ärgerlich den Kopf. »Nach allem, was du gerade gehört hast, denkst du *daran*?« Er wandte sich zum Gehen, doch Alexander nahm ihn am Arm. Christopher funkelte ihn an. »Ich wollte mich nicht daran beteiligen, das weißt du. Wir hätten es nicht tun sollen.« Er dämpfte die Stimme, als Alexander seinen Arm warnend drückte. »Robert hat mir das Leben gerettet. Und wir haben ihn hintergangen.«

»Katherine hat ihn hintergangen, nicht wir. Wir haben ihm nur die Augen dafür geöffnet, was sie ist. Wie leicht war es denn, sie dazu zu bringen, sich unter den nächstbesten jungen Hengst zu legen? Der Junge ist ziemlich schnell in ihrem Bett gelandet, nicht wahr? Robert war ja taub für sachliche Argumente. Katherine war ein weiteres Band, das durchtrennt werden musste, wenn er König werden soll. Wenn das geschieht, wirst du mir dankbar sein. Vergiss nicht, Vetter, dass wir genauso viel zu verlieren haben wie Robert, wenn es ihm nicht gelingt, den Thron zu besteigen. Wir müssen alles tun, was in unserer Macht steht, um ihm dazu zu verhelfen.« Alexander drückte Christopher den Beutel mit Münzen in die Hand. »Ich habe dem Jungen versprochen, ihn für seine Mithilfe zu entschädigen, und ich halte mein Versprechen.«

64

SIE KONNTEN DEN RAUCH schon riechen, lange bevor sie die Stadt erreichten; der heiße Wind trug den bitteren Gestank zu ihnen herüber, und der Horizont wies eine schmutzig graue Farbe auf. Die lange Reiterkolonne bewegte sich darauf zu, und die Herzen der Männer wurden so schwer wie ihre Arme und Beine, als sie erkennen mussten, dass sie am Ende der Reise weder ausreichende Mahlzeiten noch unversehrte Unterkünfte erwarteten. Die Vorräte, die per Schiff nach Leith gebracht worden waren, gingen zur Neige, und sie befanden sich tief in feindlichem Gebiet. Stachelige Disteln und Ginster wucherten auf den brach liegenden Feldern, und der trockene Wind blies ihnen immer wieder den Sand in die Augen.

Humphrey de Bohun ritt mit den Männern seines Vaters in der Vorhut. Schweigend starrte er in die rauchschwangere Ferne, wo sich das Meer wie eine silberne Klinge gegen das Land presste. Seit Wochen litt er unter einem nagenden Unbehagen; so, als habe er etwas Wichtiges vergessen oder verlegt. Er wusste, dass es mit seinem Vater zusammenhing, dessen Leichnam aus dem Moor geborgen und von einer Gruppe seiner Ritter nach England gebracht worden war, aber dieses Wissen hatte das Unbehagen nicht gelindert. Wenn überhaupt, war es stärker geworden, als sei die Erinnerung an seinen Vater eine tief in seinem Inneren befestigte Schnur, an der jemand unaufhörlich zog.

Der Sieg der Engländer bei Falkirk war ein großer Erfolg gewesen, das Schlachtfeld zum Grab für mehr als zehntausend Schotten geworden. Im Vergleich dazu hatte die Armee des Königs nur einen geringen Prozentsatz an Männern zu beklagen; bei den schmerzlichsten Verlusten handelte es sich um Humphreys Vater und den Ordensmeister der englischen Templer, der ebenfalls in dem tückischen Moorgebiet umgekommen war.

Trotz des Sieges war es ein wesentlich erbitterterer Kampf gewesen als die ersten dieses Feldzugs. Außerdem war William Wallace Zeugen zufolge gegen Ende der Schlacht vom Feld geflohen und im Kielwasser der schottischen Kavallerie nach Norden in Richtung Stirling gezogen. König Edwards Wut über das Entkommen von Wallace und den Edelleuten wurde nur von dem Umstand gemildert, dass der größte Teil der schottischen Truppen von Fliegen umschwirrt auf den Feldern von Falkirk verrottete. Die Gefahr, der die englische Armee jetzt ausgesetzt war, bestand in ihren schwindenden Vorräten, die Hoffnung, die sie auf dem Weg nach Ayr, dem angeblichen Basislager von Robert Bruce, gehegt hatten, erstarb in ihren blasenübersäten Mündern.

Die Felder der Außenbezirke der Stadt, auf denen der Weizen in der späten Augustsonne hätte reifen sollen, waren mit schwarzen Aschehaufen übersät, die Ernte nur eingebracht worden, um sofort verbrannt zu werden. Noch immer stieg Rauch von den Überresten des Getreides auf und wehte über die verkohlte Erde. Die Männer starrten das Bild, das sich ihnen bot, fassungslos an; der Anblick der bewussten Zerstörung quälte ihre knurrenden Mägen fast mehr als der Hunger.

»Ich bete zu Gott, dass die Hundesöhne im kommenden Winter ohne einen Bissen Brot verrecken«, grollte Henry Percy finster.

Humphrey schielte zu dem jungen Mann hinüber, dessen gerötetes Gesicht über seinem Visier vor Zorn glühte. Percy, dem der König zu Beginn der Besatzung die Grafschaft Ayrshire übertragen hatte, hatte sich am stärksten für eine Verfolgung von Robert Bruce eingesetzt, vielleicht, weil er und Clifford sich für dessen Flucht aus Irvine verantwortlich fühlten. Humphrey hatte sich zurückgehalten, sich nicht an den kriegerischen Diskussionen abends am Lagerfeuer beteiligt. Der Tod seines Vaters lastete schwer auf ihm. Doch als sie in die Ruinen des Hafens von Ayr ritten, wandten sich seine Gedanken seinem früheren Freund zu.

Nachdem ihm die Gerüchte über Roberts Desertion zu Ohren gekommen waren, hatte Humphrey noch eine Zeitlang gehofft, alles werde sich als Lüge erweisen, aber nach den Ereignissen in Irvine konnte er die Augen nicht länger vor der Tatsache verschließen, dass der Mann, mit dem er sich angefreundet und dem er vertraut hatte, ein Verräter war. Er machte sich Vorwürfe, weil er Robert nicht früher gesagt hatte, dass der Krönungsstein eine der vier in der Prophezeiung genannten Reliquien war. Vielleicht hätte er ihn dann von der Notwendigkeit überzeugen können, ihn an sich zu bringen, denn im Nachhinein stand es für ihn fest, dass der Diebstahl Robert dazu gebracht hatte, mit seinen Kameraden zu brechen. Ein Teil von Humphrey verstand das, brachte sogar Mitgefühl auf. Der Stein war immerhin ein Symbol für das Anrecht des Mannes auf den Thron von Schottland, ein Recht, das durch den Raub außer Kraft gesetzt worden war. Auf dem Marsch nach Norden hatte er beschlossen, Robert nicht nur um der Gerechtigkeit willen festzunehmen, sondern auch, um ihm in die Augen sehen zu können, wo er zu lesen hoffte, dass er sie aus Liebe zu seinem Königreich und nicht aus Hass auf das ihre verraten hatte. Dann würde er wenigstens die Gewissheit haben, dass er nicht blind vertrauensselig oder schlichtweg dumm gewesen war, als er Robert in ihren Orden aufgenommen hatte, sondern höchstens ein wenig naiv. Doch jetzt, während sie durch die verlassenen Straßen an verkohlten Häuserruinen vorbeiritten, verabschiedete sich Humphrey von dieser Hoffnung. Der Mann, der diese Stadt in Schutt und Asche gelegt hatte, wollte, dass sie beim Anblick des geschlachteten Viehs auf dem Marktplatz, diesem Scheiterhaufen schwarzer Knochen, Höllenqualen litten; dass sie fast den Verstand verloren, wenn sie die vor einer Brauerei in Stücke gehackten Bierfässer sahen, deren klebriger Inhalt den staubigen Boden getränkt und Schwärme von Fliegen angelockt hatte. Der Mann, der all dies getan hatte, der ihnen keinen einzigen Bissen Nahrung zurückgelassen hatte, wollte, dass sie elend umkamen.

Der König befahl seinen Rittern mit heiserer Stimme, die am

wenigsten beschädigten Gebäude zu durchsuchen, aber es sah so aus, als wäre niemand mehr hier, der ihnen hätte sagen können, wohin Bruce und seine Männer verschwunden waren. Die Engländer würden hier weder Vergeltung noch etwas Essbares finden. Als die Ritter abstiegen und zwischen den Trümmern umhergingen, glitt Humphrey müde aus dem Sattel und nahm einen Weinschlauch aus seinem Bündel. Sein Gesicht fühlte sich heiß an, die Haut spannte, und der Wein brannte auf seinen aufgesprungenen Lippen. Als er mit der Zunge darüberfuhr, schmeckte er Blut.

»Majestät!«

Humphrey sah, wie Robert Clifford auf den König zueilte.

Der Ritter war aus einem länglichen, fast unversehrt gebliebenen Holzgebäude gekommen. »Da ist etwas, das Ihr Euch ansehen solltet, Mylord.« Der für gewöhnlich so ruhige, gelassene Clifford wirkte sichtlich aufgebracht.

Humphrey folgte ihnen, als Edward Bayard bei seinem Pagen zurückließ und auf das Gebäude zuschritt. Aymer und Henry schlossen sich ihm an. Sie duckten sich unter dem Türsturz hinweg und gelangten in einen kahlen Empfangsraum. Nacheinander betraten sie die Hauptkammer, die von dem durch das einzige Fenster fallenden schwachen Licht erhellt wurde. Die Möbelstücke lagen zerbrochen auf dem mit Mädesüß bedeckten Boden verstreut. Ein Bett an der Wand wurde größtenteils von einem Vorhang verdeckt.

Als sich Humphreys Augen an das Dämmerlicht gewöhnt hatten, sah er, was Robert Clifford gesehen hatte. Sie alle sahen es. Mit roter Farbe war ein Bild an die Wand gemalt worden, grob, aber deutlich zu erkennen – ein roter, zum Sprung ansetzender Löwe, der sich über einem Drachen aufbäumte und dem Ungeheuer eine große Tatze auf den Kopf legte.

Bei dem Anblick wallte Wut in Humphrey auf. Er blickte den König an, der vor Zorn mit den Zähnen knirschte. »Vergebt mir, Mylord. Ich habe den falschen Mann ausgewählt und eine Schlange in unseren Kreis eingelassen.«

Edward drehte sich zu ihm um. »Das haben wir wohl beide getan.«

Auch in den Gesichtern von Aymer und Henry spiegelte sich nackte Wut wider.

Der König kehrte dem Bild den Rücken zu und streifte seine Kettenhandschuhe ab. »Kniet nieder, Sir Humphrey«, sagte er bestimmt. »Es ist Zeit für Euch, das Erbe Eures Vaters anzutreten.«

Humphrey verstand, aus welchem Grund der König den feierlichen Akt hier in diesen Ruinen vor dem primitiven, beleidigenden Bild durchführte, und die Kränkung traf ihn wie ein glühender Stich. Mit einem Streich verpflichtete Edward ihn, den Übeltäter aufzuspüren und zu bestrafen. Er sank steif auf ein Knie und zog seine eigenen Handschuhe aus. Dann legte er die Hände in die des Königs und schwor den Lehnseid für die Grafschaften Essex und Hereford sowie für das Erbamt des Konnetabels von England, das von seinem Vater auf ihn überging. Danach erhob er sich, um den Treueeid zu leisten, mit dem er seinem Herrn und König unerschütterliche Loyalität versprach.

»Wir werden diesen Anlass später angemessen feiern«, versprach Edward ihm. »Ich werde vorerst nach England zurückkehren. Ohne Vorräte können wir nicht weitermarschieren. Die Schotten haben bei Falkirk große Verluste erlitten, und ich werde mit den entflohenen Verrätern zu gegebener Zeit abrechnen. Inzwischen möchte ich, dass Ihr, Sir Humphrey, mit Euren Männern Richtung Süden nach Annandale reitet. Zerstört die Burg von Lochmaben und brennt jedes Dorf nieder, durch das Ihr kommt. Das, was von diesem Misthaufen übrig bleibt, darf in keinen Fingerhut mehr passen!«

Humphrey verneigte sich. »Wie Ihr befehlt, Mylord.«

Der König wandte sich ab, trat mit seinen Rittern in die rauchgeschwängerte Luft hinaus und ließ den roten Löwen Schottlands hinter sich zurück.

Die drei Schiffe glitten unter einem mondlosen Himmel in nördlicher Richtung durch das tiefschwarze Wasser des Kanals. Schwarze Segel blähten sich an ihren Masten, und nur das Knarren der Planken und das rhythmische Plätschern der Ruder zeugten von ihrer Gegenwart. Zwei waren lange, schlanke Galeeren, die von jeweils achtzig Ruderern bewegt wurden. Bei dem dritten handelte es sich um eine sperrige Handelskogge, die von zwei Rudern am Heck gesteuert wurde. Aus der Takelage der Kogge erschollen drei scharfe Pfiffe.

Als er das Geräusch hörte, ging der Kapitän zu der Backbordseite hinüber und starrte über das dunkle Wasser hinweg. Weit draußen am Horizont entdeckte er eine Anzahl kleiner leuchtender Punkte – gedämpfter Fackelschein.

»Master Pietro.«

Der Kapitän drehte sich um. Luca, einer seiner erfahrensten Seeleute, stand vor ihm. Seine Züge verschwammen in der Dunkelheit.

»Die Schiffsreihen erstrecken sich, so weit wir sehen können. Ich glaube nicht, dass wir die englische Blockade unbemerkt durchbrechen können.«

Pietro nickte. »Geh und sag es ihm.«

Zwei Stunden später, als sich der Himmel von Schwarz zu Blau verfärbte, näherten sich die zwei Galeeren und die Kogge der Blockade. Die englischen Schiffe dümpelten in großen Abständen an ihren Ankern, aber es war klar, dass sich höchstens ein Fischerboot unentdeckt dazwischen hindurchschmuggeln konnte. Trotzdem wurden sie erst bemerkt, als sie schon relativ nah herangekommen waren.

Bei dem vor ihnen aufragenden Schiff handelte es sich um eine schwerfällige englische Kogge mit dickem Mast und einem Rammbock mit einer eisernen Spitze am Bug. Bewaffnet war sie mit einem riesigen Katapult. Als die drei Galeeren auftauchten, hallten barsche Stimmen über das Wasser, und Männer mit Armbrüsten in den Händen traten in den Laternenschein entlang der

Schandeckel. Pietro befahl seiner Besatzung, die Geschwindigkeit zu reduzieren, und gab das Kommando an die Kriegsgaleeren weiter. Die Ruderer brachten die Schiffe nahe aneinander und gingen vor Anker. Die Besatzung der englischen Kogge warf Seile zu der ersten Galeere hinüber und machte längsseits von ihr fest. Pietro und Luca standen am Schandeckel und beobachteten, wie die englischen Soldaten an Bord der Kriegsgaleere gingen. Einige waren mit Schwertern, andere mit Armbrüsten bewaffnet, ein paar trugen Laternen. Einer der Männer war besser als die anderen in eine mit Goldbrokat gesäumte Tunika gekleidet. Pietro hielt ihn für den Kapitän. Der Kapitän sprach kurz mit dem Kommandanten des Kriegsschiffes, während seine Männer die Galeere inspizierten. Kurz darauf kamen die Engländer über lange Planken an Bord der Handelskogge.

Pietro trat auf den Kapitän zu, der, flankiert von zwei Armbrustschützen, an Deck sprang, und hob zum Zeichen seiner friedlichen Absichten beide Hände.

»Ihr seid in englische Gewässer eingedrungen, daher muss das Schiff auf Befehl von König Edward gründlich durchsucht werden.« Der Kapitän nickte zu der Kriegsgaleere hinüber. »Eure Eskorte berichtete mir, dass Ihr aus Genua kommt.« Weitere Soldaten kamen an Deck und verteilten sich zwischen den Bänken, was unter Pietros Ruderern eine spürbare Nervosität hervorrief. »Eine lange Reise, nicht?«

Pietro segelte die anstrengende Route zwischen Genua und Brügge und Dover seit über einem Jahrzehnt und hatte sich genug Englisch angeeignet, um zu begreifen, worauf der Mann hinauswollte. Nach einer Pause erwiderte er mit einem Akzent, der dem Kapitän ein Stirnrunzeln entlockte: »Lang, ja. Aber sicherer als Land mit wertvoller Fracht.«

Der englische Kapitän musterte das Schiff. Sein Blick blieb an der Öffnung hängen, die zu dem unteren Deck hinunterführte. »Was für eine Fracht?«

»Papier«, gab Pietro zurück. »Aus Mühle in den Bergen vor unserer Stadt. Wir liefern in Euren Hafen in Dover.«

Der Kapitän, der nur mit halbem Ohr zuzuhören schien, nickte langsam, während er die überfüllten Decks der Kogge betrachtete. »Warum segelt Ihr unter dem *lupo*?«, fragte er, dabei deutete er auf das schwarze Segel. »Da könnte man glatt meinen, Ihr habt etwas zu verbergen.«

»Ja«, antwortete Pietro. »Wertvolle Fracht. Das verstecken wir. Die See zwischen England und Frankreich ist gefährlich, seit Krieg zwischen beiden Königreichen herrscht. Wir müssen vorsichtig sein. Eure Feinde könnten angreifen. Verhindern, dass unsere Fracht Eure Küste erreicht.«

»Ich bezweifle, dass wir den Krieg mit Papier gewinnen«, erwiderte der Kapitän trocken. »Zeigt mir den Laderaum.«

Pietro und Luca führten ihn unter Deck. Die Stufen knarrten. Acht englische Soldaten folgten ihnen mit gezogenen Schwertern.

In einer Hälfte des Laderaums waren Holzkisten so aufgestapelt, dass ein schmaler Gang dazwischen blieb. Die andere Hälfte diente der Besatzung als Quartier. Decken lagen auf dem Boden, auf denen ungefähr zwanzig Männer im Schein von zwei an einem Balken hängenden Laternen schliefen.

»Durchsucht alles.« Der Kapitän nickte seinen Soldaten zu.

»Und die Kisten, Sir?«, fragte einer von ihnen.

»Öffnet sechs davon.«

Pietro begann Einwände zu erheben, doch der englische Kapitän schnitt ihm das Wort ab. »Euer Schiff befährt englische Gewässer und untersteht der Autorität unseres Königs. Wir befinden uns im Krieg. Ihr könntet unsere schottischen Feinde mit Waffen oder anderen Dingen beliefern. Es ist unser Recht, das festzustellen, bevor wir Euch weitersegeln lassen.«

Pietro verstand nur die Hälfte von dem, was der Mann sagte, entnahm dem Tonfall aber, dass es nicht ratsam war, weiter Widerstand zu leisten. Nach kurzem Zögern bedeutete er den Soldaten weiterzumachen, und sah zu, wie sie zwischen den Kisten umherhuschten und sechs aus verschiedenen Stapeln aussuchten, um sie genauer zu inspizieren. Er spürte, wie Luca neben ihm erstarrte. Weitere Engländer kamen zu ihnen hinunter, nachdem sie das obere Deck durchsucht hatten. Auf Befehl des Kapitäns begannen sie, sich den Schlafbereich vorzunehmen, die Männer zu wecken und auf die Planken zu klopfen, um nach Hohlräumen zu suchen. Die anderen öffneten die Deckel der Kisten. Weiche, aus eingestampftem Leinen hergestellte Papierbögen kamen zum Vorschein. Der Kapitän blätterte sie durch und hob die Bögen an, von denen jeder mit einem Wasserzeichen versehen war.

»Papier, Sir«, rief einer der Soldaten etwas weiter hinten im Laderaum. »Sie enthalten alle Papier.«

Der Kapitän wandte sich an die Männer, die das Quartier der Besatzung durchsuchten. »Habt ihr irgendetwas gefunden?« Als sie die Köpfe schüttelten, sah er Pietro wieder an. »Scheint alles in Ordnung zu sein.« Er bedeutete seinen Männern, ihm zu folgen, und stieg die Treppe zum Oberdeck wieder hoch.

Pietro begleitete sie. Der Himmel verfärbte sich im Osten türkisfarben.

Der englische Kapitän blieb am Schandeckel stehen und richtete den Blick auf das schwarze Segel. »Ab jetzt werdet Ihr Eure Farben hissen. Es besteht kein Grund mehr, aus Eurer Anwesenheit ein Geheimnis zu machen.« Mit diesen Worten ging er über die Planke zu der Kriegsgaleere hinüber und dann wieder an Bord seines eigenen Schiffes.

Pietro sah ihm nach. Seine Anspannung ließ allmählich nach, als seine Männer den Anker lichteten und die Ruder in das Wasser tauchten. Erst als das englische Schiff nur noch ein Punkt in der Ferne war, winkte er einen der Männer zu sich. »Sag Luca, wir haben es geschafft.«

Sobald ihm die Nachricht ausgerichtet wurde, nahm Luca, der im Laderaum wartete, eine Laterne von dem Balken, ging zu den Kisten hinüber und zählte sie ab, bis er zu der sechsten auf der rechten Seite kam – die neben der, die geöffnet worden war. Luca murmelte ein Gebet, als er den Deckel löste und zusammen mit der Laterne auf den Boden stellte. Er nahm die

Papierstapel heraus und legte sie sorgfältig auf den Deckel. Sie füllten die Kiste nur zu einem Drittel. Darunter befand sich ein weiterer hölzerner Deckel. Als Luca ihn hochhob, hörte er den zischenden Atem eines Mannes.

»Ihr seid in Sicherheit«, murmelte Luca. »Wir haben die Blockade passiert.«

Aus der hohlen unteren Hälfte der Kiste kroch ein drahtiger junger Mann und rieb sich stöhnend den Rücken. Er hatte ein faszinierendes Gesicht mit ebenmäßigen Zügen, die von dunklem Haar umrahmt wurden. Auf dem Hinterkopf prangte eine Tonsur, auf der im Laternenschein Schweißtropfen glitzerten. Aber es waren seine Augen, die Luca erneut in ihren Bann schlugen. Eines war himmelblau und funkelte vor wacher Intelligenz, das andere weiß wie eine Perle, milchig und blind.

»Wann werden wir Schottland erreichen?« Die Stimme des Mannes war heiser von der staubigen Luft, aber so gebieterisch und zwingend, dass sie eine prompte Antwort verlangte.

»Bei gutem Wind in sieben Tagen, Exzellenz.«

65

WÄHREND DER LETZTEN TAGE des Sommers betrauerte Schottland den Verlust so vieler seiner Söhne. In Städten und Dörfern hinter dem Forth, in die die Engländer nicht vorgedrungen waren, war der Name Falkirk zum Synonym für Schmerz und Trauer geworden, und Männer und Frauen murmelten ein Gebet, wenn er genannt wurde. Doch als der August verstrich und nach und nach ein kühler Herbst anbrach, begann sich der Kummer in ihnen zu verhärten. Sie trugen ihn mit sich herum, nahe an ihren Herzen; eine im Feuer der Qual geschmiedete Erinnerung, die zu stählerner Entschlossenheit abkühlte.

Zu Beginn des Krieges und während der gesamten englischen

Besatzungszeit hatte bei vielen der Glaube vorgeherrscht, der Konflikt könne noch beigelegt worden, und ihr König würde zu ihnen zurückkehren. Dieser Glaube hatte nach Stirling seinen Höhepunkt erreicht, als unter der Führung von William Wallace alles möglich schien. Sogar diejenigen, die sagten, der Krieg könne nicht auf dem Schlachtfeld gewonnen werden, vertraten die Meinung, Ratsversammlungen und Bündnisse könnten sie retten. Jahrelang war England ihr Nachbar und Freund gewesen, die Feindseligkeiten der Vergangenheit waren von den Lebenden vergessen worden wie der römische Wall, der die beiden Königreiche einst getrennt hatte. Mit Falkirk war eine über ein Jahrhundert währende Freundschaft zerstört worden. An der Stelle des verfallenen Walls eines Kaisers erbauten die Schotten eine andere, unsichtbare Barrikade aus Härte und Entschlossenheit, die tief im Boden des Grenzlandes verankert war.

Und während sich die Überlebenden in die Wälder zurückzogen, um wieder zu Kräften zu kommen und sich erneut zu Truppen zusammenzuschließen, führte König Edward seine Männer nach England zurück. Der Sieg bei Falkirk hatte einen hohen Preis gefordert, und es war eine stark dezimierte Armee, die im Herbst durch die Tore von Carlise gehumpelt war. Krankheiten und Desertion hatten auf dem Hungermarsch von den Ruinen von Ayr ihren Tribut gefordert. Der König hatte den größten Teil der schottischen Armee vernichtet, aber es war ihm nicht gelungen, die Alleinherrschaft über das Land an sich zu reißen. Das Reich war gespalten, das Gebiet südlich des Forth in englischer Hand, die Burgen von Edinburgh, Roxburgh, Berwick und Stirling wurden noch immer von den Männern des Königs gehalten, während alles Land nördlich des mächtigen Flusses von den Schotten beherrscht wurde. Nachdem er seine Garnisonen verstärkt und Earl Patrick of Dunbar zum Hüter von Südschottland ernannt hatte, kehrte Edward zu seinem Regierungssitz in York zurück, um seinen nächsten Feldzug zu planen.

Ihre Stimmen hallten laut über die Lichtung. Innerhalb des Kreises von Männern wurden Fäuste gehoben, und Gesichter röteten sich vor Zorn. Einige hatten im Kampf Narben oder nässende Wunden davongetragen, die sie mit Kleiderfetzen und schmutzigen Lumpen verbunden hatten. Viele andere wirkten von der wochenlangen Reise durch die Wildnis oder dem Leben von der Hand in den Mund im Wald abgrundtief erschöpft. In der Mitte der erregten Menge standen der Großhofmeister, der Bischof von Glasgow, William Wallace und Robert Bruce. Alle hatten sich hier zusammengefunden, um eine Entscheidung bezüglich der Zukunft ihres Reiches zu treffen – eine Zukunft, über die sie sich anscheinend nicht einigen konnten.

»Niemand kann ableugnen, was Sir William alles erreicht hat. Kein Lord oder Baron – kein *Bischof* hat so viel für dieses Reich getan!« Wishart übertönte alle anderen. »Er hat das Recht, der Hüter Schottlands zu bleiben!«

Ein paar Männer ergriffen gleichzeitig das Wort.

James Stewart setzte sich gegen alle durch. »Niemand leugnet das, Exzellenz, aber die Umstände haben sich geändert, und ich glaube, wir müssen einen neuen Kurs einschlagen.«

John of Atholl und Alexander Seton pflichteten ihm rasch bei.

Earl Malcolm of Lennox, der bei seinen schwarz gekleideten Rittern stand, tat gleichfalls seine Meinung kund. »Nach dem Tod von König Alexander hatten wir sechs Hüter. Ein ähnliches Machtgleichgewicht ist doch sicherlich vernünftiger als die Alleinherrschaft eines Mannes.«

»Der Zwölferrat war auch ein ausgeglichenes Machtgleichgewicht«, schnaubte Gilbert de la Hay. »Und genutzt hat er uns wenig.«

Neil Campbell, wie Hay ein glühender Anhänger von Wallace, stimmte ihm nachdrücklich zu.

Robert schielte zu Wallace hinüber, der in der Mitte der erhitzten Menge stand. Seine bis zur Schulter bloßen muskulösen Arme waren mit Verletzungen übersät, die er bei Falkirk erlitten hatte. Eine rot gezackte Narbe zog sich von der Braue bis zur Lippe über sein Gesicht; wahrscheinlich stammte sie von einer Klinge. Robert fand, dass der junge Mann müde wirkte, dass er eine Müdigkeit ausstrahlte, die mehr vom Herzen als vom Körper Besitz ergriffen hatte.

»Dies ist nicht der richtige Zeitpunkt, unseren Anführer auszutauschen«, grollte Gray, ein anderer von Wallace' Kommandanten. »Wir müssen unsere Kräfte sammeln, statt sie aufzuspalten. Die Engländer werden zurückkommen, um zu Ende zu bringen, was sie begonnen haben. Dann müssen wir bereit sein.«

»Ich schlage vor, wir entsenden eine Delegation zur päpstlichen Kurie und bitten Rom um Hilfe«, schlug Gartnait of Mar vor. »Diese Delegation soll zeigen, dass wir noch immer die Kontrolle über unser Reich ausüben, dass wir uns gemeinsam gegen die Tyrannei König Edwards zur Wehr setzen. Ich sage, der Großhofmeister hat recht. Lasst uns andere Männer wählen, die Sir William zur Seite stehen sollen.« Er deutete auf James und Wishart. »Vielleicht Euch, Sir James, und Euch, Exzellenz? Ihr habt von uns allen die meiste Erfahrung. Seine Heiligkeit wird auf Euch hören.«

James hob die Hände, als zustimmendes Gemurmel erklang. »Ich persönlich finde, dass es an der Zeit für frisches Blut ist.« Er sah zu Robert hinüber, doch ehe er weitersprechen konnte, trat ein griesgrämig dreinblickender Mann mit einem hässlichen Stumpf da, wo seine rechte Hand hätte sein sollen, vor.

»Sir William hat alles geopfert, um uns in den Krieg zu führen! Er hat bei Falkirk seinen Vetter und viele andere verloren, die ihm nahestanden! Und warum? Weil die Edelleute vom Feld geflohen sind und uns unserem Schicksal überlassen haben! Diese Männer können nicht für uns sprechen!«

Viele aus der Menge, alles Soldaten, bekundeten lauthals ihre Zustimmung.

»Ihr habt diesen Krieg verloren, nicht wir!«, giftete der von dieser Reaktion angespornte Griesgram. »Und jetzt wollt Ihr uns für Eure Feigheit bestrafen?«

James Stewart fuhr zu ihm herum. »Genug! Wir haben alle Verwandte und Kameraden verloren.« Seine Stimme klang heiser, weil er an seinen gefallenen Bruder John denken musste. »Keiner hier hat das alleinige Vorrecht auf Kummer und Schmerz.«

Die darauf folgende Stille wurde von einer Stimme zerrissen.

»Ich habe meine Entscheidung getroffen.«

Die Aufmerksamkeit der Menge richtete sich auf William Wallace; die am Rand Stehenden verrenkten sich den Hals, um ihn besser sehen zu können.

»Der größte Teil unserer Armee ist vernichtet. Wenn die Engländer morgen gegen uns ins Feld ziehen, haben wir ihnen nichts entgegenzusetzen. Wir müssen neue Kräfte sammeln.« Wallace' blaue Augen schweiften über die Männer hinweg und blieben auf Robert ruhen. »Sir Gartnait hat recht. Es ist an der Zeit, die Hilfe anderer zu suchen, wenn der Kampf fortgeführt werden soll. Ich werde mein Amt als Hüter von Schottland niederlegen und nach Frankreich gehen. Wir müssen dafür sorgen, dass König Philipp unser Bündnis nicht vergisst, auch wenn er mit England paktiert. Von Paris aus werde ich nach Rom reisen und mich persönlich an den Papst wenden.« Er wandte sich ab und verließ den Kreis. Männer traten zur Seite, um ihm den Weg freizugeben. Einen Moment lang herrschte Stille, dann brach ein Stimmengewirr los. Einge baten Wallace, seine Entscheidung noch einmal zu überdenken, der Rest versuchte, sich Gehör zu verschaffen.

Robert nutzte die Verwirrung, um sich gleichfalls davonzustehlen. Wallace war ein Stück vor ihm. Robert hatte seit seiner Ankunft im Wald mehrmals mit James Stewart unter vier Augen über die Frage des Hüteramtes gesprochen. Er wusste, dass James ihm den Weg ebnete, indem er sich für Wallace' Rücktritt starkmachte, und er gedachte, sich großmütig zu zeigen. »Sir William?«

Wallace blickte sich um, blieb aber nicht stehen.

Robert bemühte sich, ihn einzuholen. »Ihr und ich, wir sind nicht immer einer Meinung, aber ich kann nicht ableugnen, was Ihr in diesem letzten Jahr erreicht habt. Ihr habt eine Armee aus Hirten und Bauern aufgebaut, die für Euch durchs Feuer geht. Ihr habt sie zu Kriegern ausgebildet und ihren Kampfgeist geweckt. Sie folgen Euch begeistert. Stirling war ein ungeheurer Sieg.«

Wallace blieb abrupt stehen und drehte sich nun doch um. »Und Falkirk eine ungeheure Niederlage.« Er blickte zu der Menge hinüber. »Sie haben mich nicht zu ihrem König gewählt, sondern zu ihrem General, und ein General ist nur so gut wie sein letzter Sieg. Wenn die Männer mich jetzt ansehen, sehen sie diese mit unseren Toten übersäten Hügel. So wie der Triumph von Stirling ihre Herzen beflügelt hat, so hat Falkirk sie gebrochen. Ich will nicht zum Symbol unseres Untergangs werden.«

»Was Ihr vorhabt, birgt ein großes Risiko. Die Reise nach Frankreich wird gefährlich werden, vor allem, weil jetzt so viele Feinde Euer Gesicht kennen. Seid Ihr sicher, dass König Philipp Euch eine Audienz gewähren wird?«

Wallace deutete zwischen den Bäumen hindurch auf einen dunkelhaarigen älteren Mann, der alleine für sich am Rand der Menge stand und die hitzige Debatte verfolgte. »Mein Mann dort drüben war einst ein Tempelritter. Er hat mit dem Orden gebrochen, verfügt aber immer noch über Verbündete im Pariser Ordenshaus, die uns vielleicht nützlich sein könnten. Er glaubt, dass der König mich empfangen wird.« Wallace fixierte Robert mit einem durchdringenden Blick. »Ich weiß, dass Sir James Stewart Euch als unseren neuen Hüter sehen möchte. Bischof Wishart hat es mir erzählt. Und ich denke, viele andere werden diese Wahl gutheißen.« Wallace zögerte, dann streckte er eine vernarbte Hand aus.

Robert ergriff sie.

William Wallace nickte, wandte sich ab und schritt zwischen den alten Bäumen hindurch davon. Ringsum rieselten Blätter zu Boden.

Vor vier Tagen war Wallace als Hüter Schottlands zurückgetreten, und während dieser Zeit war der Disput über die Frage seines Nachfolgers weitergegangen, ohne dass eine Lösung gefunden worden war. Weitere Gruppen waren im Lager im Wald eingetroffen, und alle Neuankömmlinge hatten sich prompt in die Debatte eingemischt.

Am Tag von Wallace' Aufbruch hatte James Stewart vorgeschlagen, Robert zu wählen. Ein Teil der Männer unterstützte ihn, angeführt von John of Atholl, Gartnait und Alexander. Zusammen mit dem Großhofmeister bildeten die beiden Earls und der Lord eine mächtige Fraktion zugunsten von Robert, was aber zahlreiche andere Männer nicht davon abhielt, sich gegen ihn auszusprechen oder sich selbst zur Wahl zu stellen. Viele stimmten auch für James oder Wishart.

Am späten Nachmittag des vierten Tages trat der Großhofmeister vor die versammelte Menge und brachte seine endgültigen Argumente für Roberts Ernennung vor. Die Männer in den vorderen Reihen saßen auf dem moosbewachsenen Boden oder auf Holzklötzen und Baumstümpfen, der Rest stand inmitten der Bäume, während Stewart sie daran erinnerte, dass sich Robert während der vergangenen Monate als standfester Befürworter der Befreiung Schottlands vom Joch König Edwards erwiesen hatte. Wie Wallace und Moray vor ihm hatte der junge Earl of Carrick die Standarte der Rebellion in den Kampf getragen. Er hatte Ayrshire von der Herrschaft Henry Percys befreit und die englischen Garnisonen vertrieben. Er hatte ihre Kompanie um eine Truppe loyaler Männer verstärkt und sich als kühner, gerechter Kommandant erwiesen. Und sein Schwert war es gewesen, mit dem ihr Held Wallace zum Ritter geschlagen worden war.

»Außerdem«, fuhr James mit einem Blick zu Robert fort, der mit seinen Leuten ganz in der Nähe stand, »hat er in diesem Kampf viel verloren. Indem er mit seinem Vater brach, verlor er seine Familie und ein reiches Erbe. Indem er gegen die Männer des Königs in die Schlacht zog, beschwor er Edwards Zorn auf sich herab und musste mit ansehen, wie das Land der Bruces nicht nur ein Mal, sondern gleich zwei Mal niedergebrannt wurde. Wir erfuhren auf dem Marsch Richtung Süden, dass der König die Zerstörung Lochmabens angeordnet hat.«

Robert ballte die Fäuste, um die ohnmächtige Wut zu unterdrücken, die die Worte des Großhofmeisters in ihm auslösten. Er hatte erst letzte Woche, als er in das Waldlager gekommen war, von Lochmabens Zwangslage erfahren. Das Ausmaß der Verwüstung war noch nicht bekannt, doch es kursierten Gerüchte über brennende Städte und grausam abgeschlachtete Männer und Frauen. Und immer wieder wurde ein Name genannt. Bohun. Es trieb Robert fast zum Wahnsinn, dass ausgerechnet sein früherer Freund das Land seiner Familie dem Erdboden gleichmachte. Offiziell gehörten die Landsitze zwar noch seinem Vater, aber Robert bezweifelte, dass König Edward auch nur einen einzigen Gedanken an den alten, zurückgezogen in England lebenden Lord verschwendet hatte. Nein, der Angriff hatte allein ihm gegolten, hatte ihn dort treffen sollen, wo es ihn am meisten schmerzte.

»Sir Roberts Großvater war einer der mächtigsten und einflussreichsten Lords, die unser Land je hervorgebracht hat«, fuhr James fort. »Ein tapferer Kreuzritter und zugleich ein Befürworter des Friedens, dem zwei unserer Könige ihr Vertrauen schenkten. Sein Enkel verfügt über dieselben Eigenschaften und Tugenden, ein Umstand, der ihn meiner Meinung nach zu dem geeignetsten Mann macht, um unser Königreich in diesen kriegerischen Zeiten in die Freiheit zu führen!«

Als der Großhofmeister verstummte, forschte Robert in den Gesichtern der Männer. Einige nickten nachdenklich oder zustimmend, andere tuschelten mit ihren Nachbarn, ein paar schüttelten den Kopf. Es ließ sich unmöglich abschätzen, wie ihre Entscheidung ausfallen würde.

Wishart trat in die Mitte der Menge. Sein breites Gesicht wirkte mürrisch, aber entschlossen. Er hatte dafür gekämpft, dass Wallace blieb, aber nachdem diese Hoffnung zunichtegemacht worden war, hatte er sich der Wahl eines neuen Hüters ebenso energisch verschrieben wie James Stewart, obwohl er seinen bevorzugten Kandidaten nicht öffentlich genannt hatte. »Wir haben Argumente für und gegen die Nominierung von Sir Robert gehört. Ich schlage vor, wir finden uns in einer Stunde wieder zusammen, um …«

Er wurde unterbrochen, weil im Wald plötzlich Stimmen und vielfacher Hufschlag erklangen. Bischof Wishart drehte sich um und runzelte ärgerlich die Stirn. Auch andere Männer, unter ihnen Robert, blickten sich um. Eine Reitergruppe kam direkt auf sie zu. Die Pferde waren mit Schlamm bespritzt, ihre Nüstern bebten von dem anstrengenden Ritt. Roberts Blick heftete sich auf einen jungen Mann mit glattem schwarzem Haar und einem wölfischen Gesicht an der Spitze der Gruppe. Es war John Comyn, der Sohn des Lords of Badenoch. Er hatte ungefähr dreißig Männer bei sich, auf deren Überwürfen und Schilden verschiedene Wappen prangten. Viele waren mit drei Weizengarben auf Rot dekoriert, andere mit dem weißen Löwen von Galloway. Unter ihnen entdeckte Robert Dungal MacDouall. Seine Anspannung wuchs beim Anblick seiner Feinde, und er las dieselbe Besorgnis im Gesicht des Großhofmeisters.

John Comyn stieg von seinem schweißüberströmten Schlachtross und bahnte sich, gefolgt von seinen Rittern, einen Weg durch die Menge. Als er die Mitte erreichte, bedachte er Robert mit einem Blick voll feindseliger Verachtung, ehe er sich an Wishart und James wandte. »Ist die Entscheidung schon gefallen?«, erkundigte er sich. Seine hohe, hochnäsige Stimme übertönte das Gemurmel der versammelten Männer.

Wishart zog überrascht die Brauen zusammen.

»Wir haben vor einer Woche von dieser Versammlung erfahren«, fuhr John fort. »Mein Vater ist damit beschäftigt, unsere Festungen im Norden zu verstärken, und hat mich an seiner Stelle geschickt. Gestern traf ich eine Eurer Patrouillen und hörte, dass Sir William vom Amt des Hüters von Schottland zurückgetreten ist und ein Nachfolger gewählt werden soll. Meine Männer und ich sind die ganze Nacht hindurch geritten, um rechtzeitig hier einzutreffen.«

James musterte den streitbaren jungen Mann unwillig. »Sir Robert Bruce ist für diesen Posten vorgeschlagen worden.«

»Wurde er schon offiziell zum neuen Hüter ernannt?«, fragte Comyn barsch.

»Nein«, erwiderte Wishart, bevor James antworten konnte. »Noch nicht.«

»Dann will ich gleichfalls für das Amt in Betracht gezogen werden.« John Comyn drehte sich um und hob die Stimme, um sich über die zornigen Protestrufe von Roberts Anhängern Gehör zu verschaffen. »Ich habe das Recht, angehört zu werden!«

»Sir Robert ist ein Earl«, fauchte Alexander Seton. »Ihr seid nur ein Ritter. In dieser Frage sollte der Rang den Ausschlag geben.«

John Comyn funkelte ihn finster an. »Ich bin der Sohn und Erbe eines mächtigen Edelmanns des Reiches und der Neffe des Königs.« Er durchbohrte die Menge mit giftigen Blicken. »Will das irgendjemand leugnen?« Als niemand etwas erwiderte, verengten sich Comyns dunkle Augen triumphierend. »Hätte mein Vater gewusst, wie wichtig diese Versammlung ist, wäre er selbst gekommen, aber so werde ich in seinem Namen sprechen – und mich um das Amt des Hüters bewerben!«

»Ich unterstütze diesen Antrag!«

Die schroffe Stimme gehörte einem großen Mann mit gewölbter Brust und einem weißen Haarschopf, der sich aus den Reihen von Comyns Begleitern löste. Es war der ältere, als kampfeslustig bekannte Earl of Strathearn. Der Mann war ein Anhänger von William Wallace gewesen und hatte an seinem Raubzug in Northumberland im Jahr zuvor teilgenommen. Er war mit einer Schwester des Earl of Buchan verheiratet, dem Oberhaupt der Schwarzen Comyns, und stellte eine nicht zu unterschätzende Macht in der alten Hierarchie des Königreiches dar.

Robert schielte zu James Stewart hinüber und erkannte, dass sie Comyn wohl oder übel gewähren lassen mussten – nicht zuletzt, weil ihm ein Mann vom Ansehen Strathearns zur Seite stand.

»Dann solltet Ihr Eure Argumente jetzt vorbringen, Sir John«, gab der Großhofmeister schließlich nach. »Wir können uns keine Verzögerungen mehr leisten. Während wir hier unsere Zeit vergeuden, plant König Edward mit Sicherheit schon seinen nächsten Feldzug gegen uns!«

John Comyn quittierte das Drängen des Großhofmeisters mit einem ärgerlichen Blick, wandte sich dann aber an die Menge. »Nun gut.« Er hielt einen Moment inne, um seine Gedanken zu sammeln, und begann dann zu sprechen.

Seine Rede war klar und gut formuliert, was Robert überraschte, weil er den jungen Mann immer für einen blassen Schatten seines dominanten Vaters gehalten hatte.

John sprach von der Position seines Vaters als Justiziar von Galloway und einem der sechs nach dem Tod von König Alexander gewählten Hüter. Er sprach von der langen Verbundenheit seiner Familie mit dem schottischen Königreich und ihrem Kampf für die Rückkehr seines Onkels John Balliol. Es war ein gut durchdachtes Plädoyer für seine Person, das eindeutig das Interesse vieler Männer auf der Lichtung weckte, nicht zuletzt, weil seine offen bekundete Unterstützung Balliols ein Argument war, das James Stewart ausgelassen hatte, als er sich für Robert aussprach.

»Ich stehe treu zu König John«, schloss Comyn. »So wie es jeder tun sollte, der sich zu unserem Anführer aufschwingen will.« Dabei traf Robert ein herausfordernder Blick.

Erstaunlicherweise war es einer von Wallace' Männern, der stämmige Gilbert de la Hay, Lord of Erroll, der diese hochmütige Bemerkung nicht unwidersprochen hinnahm. »Diese Worte würden glaubhafter aus Eurem Mund klingen, wenn es nicht ausgerechnet die Comyns gewesen wären, die mit den Edelleuten vom Schlachtfeld von Falkirk geflohen sind und es William Wallace und seinen Fußsoldaten überlassen haben, der englischen Kavallerie entgegenzutreten!«

Robert, dessen Zuversicht bei Comyns Rede zu schwinden begonnen hatte, schöpfte neue Hoffnung, als er Gray und Neil Campbell nachdrücklich nicken sah.

John Comyn errötete, ging aber sofort zum Gegenangriff über. »Mein Vater war wenigstens in Falkirk, an der Seite seiner Landsleute! Der Mann, den Ihr zu unserem Hüter ernennen wollt, hat keinen Fuß auf das Schlachtfeld gesetzt!« Er deutete auf Robert. »Vielleicht hat die Furcht Bruce davon abgehalten, zu seinem Schwert zu greifen – oder seine alte Verbundenheit mit König Edward.«

Der Großhofmeister und andere protestierten heftig, doch Roberts Stimme erhob sich über die ihren. »Wenn mein früheres Bündnis mit dem König von England gegen mich spricht, sollten wir unser Augenmerk doch einmal auf *Eure* Situation richten. Immerhin seid Ihr mit der Base des Königs verheiratet und habt Euch erst sehr viel später als ich von Edward losgesagt!«

»Ich habe meine Ehe aufgegeben, als mein Vater und ich uns den Befehlen des Königs widersetzten – was schon vorher in unserer Absicht lag, wir aber erst in die Tat umsetzen konnten, als wir aus dem Tower entlassen wurden.« John Comyn achtete nicht auf die höhnischen Zwischenrufe von Edward Bruce. »Joan und meine Töchter befinden sich in England. Zum Wohle meines Reiches habe ich mich von meiner Frau und meinen Kindern getrennt. Welches Opfer habt Ihr denn gebracht, Sir Robert?«

Die Auseinandersetzung nahm ihren Fortgang, griff von Robert und John auf die gesamte versammelte Menge über. James Stewart und Wishart versuchten, Ordnung zu wahren und überschrien das Getöse, bis sie heiser waren, aber niemand hörte auf sie. Als Robert den Blick von Comyn losriss, sah er nur noch aufgerissene Münder und erhobene Fäuste. Comyns Männer standen seinen drohend gegenüber. Sein Bruder und John of Atholl hatten die Hände um die Griffe ihrer Schwerter gelegt, Dungal MacDouall das seine gezogen. Aus dem Augenwinkel heraus bemerkte Robert eine schlanke, drahtige Gestalt in einem schwarzen Gewand mit Kapuze, die sich einen Weg durch die Menge bahnte. Als der junge Mann in der Mitte des Kreises stehen blieb und die Kapuze zurückschlug, enthüllte er ein scharf geschnittenes, ungewöhnlich auffallendes Gesicht und eine Tonsur. Eines seiner Augen war blau, das andere seltsam weiß und milchig. Es dauerte einige Momente, bevor die erzürnten Streithähne ihn bemerkten.

Wishart, der in eine hitzige Diskussion mit Strathearn verstrickt war, brach mitten im Satz ab. Seine Miene änderte sich, seine Lippen öffneten sich überrascht. »Dem Himmel sei Dank, Lamberton! Ich hielt Euch für tot!«

Die anderen Männer verstummten ob dieses überschwänglichen Ausbruchs des Bischofs. Nach und nach richteten sich alle Augen auf den Neuankömmling, bei dem es sich, wie Robert dem Namen nach zu erraten meinte, um William Lamberton handeln musste, den Mann, dem Wallace und Wishart die Diözese St. Andrews übertragen hatten, das bedeutendste Bistum des Reiches.

»Meine Reise nahm mehr Zeit in Anspruch als veranschlagt, Exzellenz«, erwiderte Lamberton. Er hatte es nicht nötig, die Stimme zu erheben; in ihr schwang so viel gebieterische Macht mit, dass das letzte unwillige Gemurmel auf der Lichtung augenblicklich erstarb. »Aber ich kehre im Angesicht Gottes und von der Hand Seiner Heiligkeit Papst Bonifaz gesalbt zu Euch zurück. Und wie es aussieht«, fügte er trocken hinzu, »genau zur rechten Zeit.«

Wishart musterte Lamberton von Kopf bis Fuß. »Wie hat Euch Fortuna zu uns gebracht, mein Freund?«

»Eine gute Frage«, entgegnete Lamberton mit einem flüchtigen, harten Lächeln. »Und eine, die ich ein anderes Mal beantworten werde.« Er blickte sich in der Runde um. »Ich habe einiges von dem gehört, was hier besprochen wurde, und ich schlage vor, Sir Robert Bruce und Sir John Comyn gemeinsam zu Hütern des Reiches zu wählen. Wenn sich die Männer des Reiches in dieser Frage nicht einigen können, was eindeutig der Fall ist, dann liegt es doch nahe, die Ursache des Zwistes zu beseitigen und beide Parteien zu vereinen.« Als niemand etwas darauf erwiderte, fuhr Lamberton mit festerer Stimme fort: »Denn Einigkeit ist das, was wir jetzt am dringendsten brauchen. Es ist mir gelungen, Seine Heiligkeit in Rom dazu zu bewegen, uns in unserer Sache zu unterstützen, aber als ich in Paris war, fand ich heraus, dass der Waffenstillstand zwischen England und Frankreich jetzt offiziell bestätigt wurde.«

»Davon haben wir auch schon gehört, Exzellenz«, sagte James Stewart.

»Es steht aber schlimmer, als Ihr ahnt, Sir James«, versetzte Lamberton. »Aus dem Waffenstillstand wird ein dauerhaftes Bündnis werden, das im kommenden Jahr durch die Heirat von König Edward und König Philipps Schwester Marguerite besiegelt wird. Durch dieses Bündnis werden unsere früheren Verträge mit Philipp null und nichtig. Schottland steht alleine da.«

66

ROBERT KAUERTE SICH IN DER bewaldeten Senke nieder, hob einen Zweig vom Boden auf und schob die Kapuze seines grünen Umhangs zurück, um besser sehen zu können. Er wurde von einem Dutzend Männern umringt, die ähnliche Kleidungsstücke über ihren Kettenhemden trugen, um den glitzernden Stahl zu verdecken. Im Blätterdickicht über ihnen schimpften Amseln und Drosseln über die Störung durch die Eindringlinge. Hinter dem Ästegeflecht glühte der Himmel weiß vor Hitze. Die Bäume schützten die Männer vor der sengenden Sonne, doch die Luft war stickig, feucht und wimmelte von Insekten, die sie plagten: Mücken und Fliegen, zu denen noch Zecken und Läuse kamen, die einen Mann zum Wahnsinn treiben konnten, wenn sie sich auf der Kopfhaut oder in der Leistengegend einnisteten.

»Wir wissen, dass die Karren diese Straße entlangkommen.« Robert zeichnete mit dem Zweig eine Linie in die trockene Erde. »Sie wollen nach Roxburgh.« Er deutete auf einen Stein am Ende der Linie, bevor er am anderen Ende einen Kreis in den Staub malte. »Sir James und seine Männer werden hier nach ihnen Ausschau halten, wo das Gelände höher ist und sie den Pfad besser überblicken können. Unsere Leute warten inzwischen hier.« Er kratzte zu beiden Seiten der Linie ein Kreuz in das Erdreich. »Nun wissen wir nicht genau, wann die Engländer eintreffen werden, aber die Kundschafter glauben, dies wird irgendwann an diesem Nachmittag der Fall sein, ganz sicher aber vor Einbruch der Dunkelheit. Sir John und seine Männer haben den Weg abgeschritten.« Er blickte zu seinem Schwager auf. Dieser nickte, seine Augen funkelten. »Wir schätzen, dass der Gepäcktross ungefähr zehn Minuten, nachdem er an Sir James vorbeigekommen ist, bei uns eintrifft«, bestätigte er.

Robert sah John Comyn in die dunklen Augen. »Ich nehme an, Ihr habt einen Posten aufgestellt, der auf Sir James' Zeichen wartet?«

Comyns bleiches Gesicht verzog sich säuerlich. »Fergus wird das übernehmen.« Er nickte einem seiner Männer zu, einem drahtigen, athletisch wirkenden Schotten, der die Arme vor der Brust verschränkt hatte.

Robert musterte Comyns andere Begleiter. Sie setzten sich zum größten Teil aus seinen Rittern sowie aus ein paar Männern aus Galloway zusammen. Alle trugen mürrische Mienen zur Schau, was, wie er wusste, weniger auf die heranrückenden Feinde als vielmehr auf die Gegenwart seiner eigenen Leute zurückzuführen war. Von diesen schien sich nur Atholl auf den Plan zu konzentrieren. Gartnait runzelte die Stirn, Alexander Seton wirkte reserviert, Christopher nervös, und Neil Campbell stocherte mit einem Zweig, den er mit seinem Dolch zugespitzt hatte, in seinen Zähnen herum. Edward starrte John Comyn an. Abgrundtiefer Abscheu glomm in seinen blauen Augen auf.

»Gut«, versetzte Robert grimmig, sich wieder der Linie widmend, die er in den Staub gezogen hatte. »Der Großhofmeister lässt die Engländer in unsere Falle tappen, bevor er ihnen den Rückweg versperrt und wir besagte Falle zuschnappen lassen und …« Er brach ab, als er ein unmutiges Raunen hörte. Sein Blick heftete sich auf Dungal MacDouall, der rechts von Comyn stand. Unter seinem braunen Umhang trug er ein schenkellanges Kettenhemd. »Habt Ihr irgendetwas zu sagen?«

MacDouall sah ihn an, ohne mit der Wimper zu zucken. »Allerdings. Ich halte es für zu riskant, den Hinterhalt so nah bei der Burg zu legen. Wenn die Garnison von Roxburgh etwas von dem Überfall mitbekommt, könnte sie zum Gegenangriff übergehen. Warum verstricken Stewarts Truppen die Engländer nicht in einen Kampf, und wir kommen ihnen zu Hilfe?«

Ehe Robert antworten konnte, ergriff Edward das Wort. »Wir haben Eure Einwände bereits ausgiebig erörtert, MacDouall. Habt Ihr uns nicht zugehört?«

Robert warf seinem Bruder einen warnenden Blick zu und hob eine Hand, als Dungal etwas durch die Zähne zischte. »Dies hier ist die beste Stelle für einen Hinterhalt.« Wie um den Wald ringsum zu umschließen, spreizte er die Finger. »Das Gelände ist für die Pferde geeignet, und wir können von beiden Seiten zugleich angreifen. Wir wissen, dass der Tross gut bewacht wird. Die Kundschafter haben dreißig Berittene und fast doppelt so viele Fußsoldaten gezählt, dazu kommen die Karrenlenker. Nein, mein Entschluss steht fest. Wenn wir rasch handeln, können wir ihre Vorräte vernichten und uns in den Wald zurückziehen, ohne dass die Garnison von Roxburgh auch nur die geringste Chance hat, etwas zu unternehmen.«

Als Dungal John Comyn etwas zuraunte, schlug Robert gereizt nach einer Fliege, die um sein Gesicht herumschwirrte. Die Hitze war so zäh wie Sirup und machte das Atmen zur Qual. Er stellte sich einen walisischen Hügel in einer Schneenacht vor. Feuer loderten im Dunkeln, Leichen lagen um Karren herum verstreut, verwunderte Pferde wieherten jämmerlich. Er hatte den Hinterhalt mit Nefyn im Hinterkopf geplant, konnte aber nicht leugnen, dass sich die Lage hier anders darstellte, gefährlicher als für die Waliser, die sich in den Bergen hatten verstecken können. Erstens herrschte helles Tageslicht, und dann erleichterte die Beschaffenheit des Geländes ihnen zwar den Angriff, machte es dem Feind aber auch leichter, sie zu verfolgen, wenn etwas schiefging. Dungals Worte hatten nagende Zweifel in ihm ausgelöst. Roxburgh Castle wimmelte von halb verhungerten englischen Soldaten, die verzweifelt auf Nachschub warteten. Entschlossen unterdrückte er seine Bedenken. Es würde alles nach Plan verlaufen. Er erhob sich, warf den Zweig fort und sah seinen Mitstreiter an. »Kann ich mich auf Euch verlassen, John? Ich muss es wissen.«

Nach einer kleinen Pause nickte Comyn knapp.

»Für Falkirk.« Robert streckte eine Hand aus.

Comyn ergriff sie. Die beiden Männer schüttelten sich kurz die Hände, dann trennten sie sich.

Die zwei Gruppen verließen die Senke, Comyn und seine Ritter steuerten auf den Pfad zu, auf dessen anderer Seite der Rest ihrer Kompanie etwas abseits mit den Pferden wartete. Robert und seine Männer drangen tiefer in den Wald vor, der in der Nähe der Straße weniger dicht war und kaum Deckung bot – ein Problem, falls die Engländer Kundschafter vorausschickten, die sie vielleicht entdeckten und Alarm schlugen. Robert hatte angeordnet, dass die beiden Kompanien sich außer Sicht- und Hörweite hielten und auf das Zeichen des Großhofmeisters warteten.

Edward spähte über seine Schulter. »Diese Ratte MacDouall ist fest entschlossen, jede deiner Entscheidungen in Frage zu stellen.«

Robert sah ihn an. »Du kannst es ihm nicht verübeln, dass er uns ablehnt. Unser Vater hat seinen getötet.«

Edward hob die Schultern. »Sein Vater hat unseren angegriffen. Was hat er denn anderes erwartet? Außerdem ist das alles lange her.«

Robert gab keine Antwort, sondern ging schweigend weiter.

Auf einer Lichtung vor ihnen wartete der Rest seiner Kompanie, die im Wesentlichen aus Rittern Carricks, darunter auch Nes und Walter, und einigen Männern von Atholl und Mar bestand, insgesamt sechzig Kriegern, die zusammen mit John Comyns Truppen den ungefähr achtzig Engländern mehr als gewachsen waren.

»Hat der Wachposten seinen Platz eingenommen?«, fragte Robert, trat zu Walter und nahm den Becher Bier entgegen, den Nes ihm reichte.

Walter deutete zu den luftigen Höhen einer alten Eiche empor, wo Robert im Blätterdickicht die Beine eines Mannes zu beiden Seiten eines dicken Astes herabbaumeln sah.

Er trank sein Bier aus und machte es sich bequem, um abzuwarten. Es konnte Stunden dauern, bis das Zeichen gegeben wurde. Er sollte die Zeit nutzen, um sich auszuruhen. Überall ringsum erstreckte sich das Grün der Bäume; helles Licht fiel durch die Lücken in dem dichten Baldachin der Äste. Dieses Waldgebiet bildete den südlichsten Rand der Wälder von Selkirk, hier wuchsen hauptsächlich Eichen, Haselbäume und Birken statt der riesigen Kiefern im Herzen des Waldes. Dazwischen lagen mit Heidekraut bewachsene Hügel und steile Täler, aus denen unerwartet die alle aus demselben rosafarbenen Stein erbauten Türme von Abteien und Burgen aufragten.

Robert lehnte sich mit dem Rücken gegen einen Baumstamm und blickte zu seinen Männern hinüber, die Bier tranken und sich unterhielten. Alle waren in Schweiß gebadet, ihre Kleider starrten nach dem monatelangen Hausen im Wald vor Schmutz, und die meisten trugen zottige Bärte, weil sie weder Zeit noch Gelegenheit hatten, sich zu rasieren. Robert rieb sich über sein stoppeliges Kinn. Er selbst sah vermutlich nicht besser aus.

Während der letzten zehn Monate, seit er und John Comyn gemeinsam zu Hütern des Reiches ernannt worden waren, hatten sie einen langwierigen Kampf gegen die noch von den Engländern besetzten Burgen geführt, die sich selbst überlassen geblieben waren, als König Edward seine Armee über die Grenze geführt hatte. Da sie über keine Belagerungsgeräte verfügten, hatten sie keine Großangriffe durchführen können und sich stattdessen darauf konzentriert, die Garnisonen von dringend benötigten Nachschublieferungen abzuschneiden. Es hieß, dass die Engländer bei Stirling dem Hungertod nahe waren. Wenn Gott ihnen gnädig war, würde Roxburgh dasselbe Schicksal erleiden. Ein Sieg hier käme ihnen sehr gelegen, denn bei der Burg handelte es sich um einen strategisch äußerst bedeutsamen Ort in der Nähe der Grenze, und sie bildete die Basis, von der aus Edward im Jahr zuvor seinen Feldzug begonnen hatte.

Roberts Blick wanderte über seine Männer hinweg und blieb an Christopher Seton hängen. Zu Weihnachten hatte er den jungen Mann zur Belohnung für seine Loyalität während der letzten zwei Jahre zum Ritter geschlagen. Zu Roberts Verwunderung schien diese Ehrung den Knappen anfangs in Verlegenheit zu bringen, doch nach und nach hatte er sich in seine neue Rolle hineingefunden. Auch die anderen hatten sich mehr oder weniger gut an ihr neues Leben gewöhnt – jeder auf seine Art. Sein Bruder und Alexander Seton fühlten sich im Wald zu Hause, planten einen Hinterhalt oder Überfall und dachten nur von einem Tag zum nächsten. Dasselbe galt für John of Atholl, dessen Sohn David ihm als Knappe diente, aber er vermisste seine Frau, die mit den anderen Frauen und den Kindern im Waldlager geblieben war. Robert hatte auch Marjorie in Christinas und Judiths Obhut dort zurückgelassen. Die Amme hatte sich seit Katherines Abreise sehr zu ihrem Vorteil verändert und genoss es sichtlich, sich um seine Tochter zu kümmern. Nur Gartnait fand sich mit dem Dasein im Wald schwer ab, zum Teil, weil ihm die verdeckte Form der Kriegsführung missfiel, die sie praktizierten – Herumschleicherei, wie er es nannte. Aber auch er musste zugeben, dass es keine Alternative gab. Nach der Niederlage von Falkirk kam eine offene Feldschlacht nicht in Frage, sie verfügten weder über die notwendigen Truppen noch über einen charismatischen Anführer wie William Wallace, der jetzt ihren Kampf an Königshöfen und beim Papst mit Worten weiterführte.

Roberts Aufmerksamkeit richtete sich auf seinen Bruder, der mit Neil Campbell zusammensaß. Die beiden waren sich sehr ähnlich – beide hatten ein mit einem durchtriebenen Sinn für Humor gepaartes ungebärdiges Temperament. Robert wunderte es nicht, dass sie sich so eng aneinander angeschlossen hatten. Er selbst hatte Campbell, einem von Wallace' treuesten Anhängern, erst nach und nach Vertrauen geschenkt, aber die Furchtlosigkeit und das Kampfgeschick des Mannes waren ihm nicht entgangen, und allmählich hatte er festgestellt, dass sie viel gemeinsam hatten. Neil war zu Anfang der Rebellion zu Wallace' Truppen gestoßen, nachdem das Land seiner Familie in Lochawe von den MacDougalls zerstört worden war. Im Westen tobte der Krieg, der vor zwei Jahren zwischen den MacDougalls, Verbündeten der Comyns und Balliols, und den MacDonalds von Islay, die auf Seiten König Edwards standen, ausgebrochen war, unvermindert weiter. Das Oberhaupt der MacDonalds war vor kurzem getötet worden, die Nachfolge hatte Angus Og angetreten – der Mann, der Robert vor so vielen Jahren bei dem Fest in Turnberry Castle seinen Löffel geliehen hatte. Der Umstand, dass Neil die Verwüstung seines Landes hatte mit ansehen müssen und sein Erbe verloren hatte, verband ihn und Robert, der immer noch unter der Zerstörung Lochmabens litt, im Exil. Es war ein Los, das sie noch mit vielen anderen teilten.

König Edward war nicht zurückgekehrt, um sein grausames Werk fortzusetzen, obwohl Gerüchte über einen unmittelbar bevorstehenden Feldzug immer lauter wurden. Er war aber in der Ferne nicht untätig gewesen und hatte Parzellen beschlagnahmten Landes unter seinen Baronen verteilt. Der Earl of Lincoln hatte den früheren Besitz von James Stewart erhalten, Clifford die Burg Caerlaverock im Südwesten und Percy weitere von Balliols Festungen und Galloway. Doch im Moment konnten die Barone mit ihren neuen Landsitzen nichts anfangen, sie mussten warten, bis die Engländer Schottland unter ihre Herrschaft gebracht hatten.

Robert starrte seine Männer an, dabei dachte er über den Weg nach, den er sie entlangführte. Als er sich in Irvine entschieden hatte, den Thron anzustreben, hatte er gewusst, dass dieses Vorhaben ein langwieriger Prozess werden würde, aber jetzt begann er sich zu fragen, wie langwierig. Es gibt eine Zeit für alles, hatte James Stewart erwidert, als Robert ihn gefragt hatte, wann er die Männer des Reiches in seine Absichten einweihen sollte. Habt Geduld und folgt der natürlichen Ordnung der Dinge. Doch die natürliche Ordnung der Dinge schien Roberts Ansicht nach nur noch mehr Politik, weitere Angriffe auf Nachschublinien und mehr Anspannung mit sich zu bringen. Und mehr Wartezeit.

Die Sonne war am Himmel weitergewandert und versengte Fergus den Nacken. Seine Haut juckte, Schweiß rann ihm in Strömen über den Rücken. Er schlug nach einer Hornisse, die unaufhörlich um sein Gesicht herumsurrte. Das große Insekt schwenkte ab. Licht spielte auf dem borkigen Stamm der Eiche und ließ die bläulichen Panzer der Käfer aufschimmern, die über die Rinde krabbelten. Zwischen den Ästen unter ihm konnte er die Köpfe von Männern und die Kruppen von Pferden erkennen, hier und da auch Abschnitte des Pfades, der sich in die Ferne wand, wo das Land anstieg. Hinter sich sah er, wenn er sich den Hals verrenkte, ein Stück rosafarbenen Stein inmitten des Blattwerks: die Brustwehr von Roxburgh Castle.

Fergus rieb sich den Nacken und blinzelte nach oben. Das gleißende Sonnenlicht, das zwischen den höheren Ästen hindurchfiel, schmerzte in seinen Augen. Es sah aus, als hätte er von dort oben einen ebenso guten Ausblick, doch zwischen den Blättern wäre es schattiger. Die Hitze löste in seinem Kopf ein heftiges Pochen aus. Nach einem Moment zog er sich hoch, bis er auf dem Ast stand, auf dem er während der letzten beiden Stunden gesessen hatte. Seine Beine kribbelten, als das Blut in sie zurückfloss. Eine Stimme wehte zu ihm hoch.

»Fergus? Wurde das Zeichen gegeben?«

»Nein.« Fergus blickte in das zu ihm emporgewandte Gesicht von einem von Comyns Männern hinab. »Ich muss hier weg, ich klettere ein Stück höher.« Er schloss die Hände um den Ast über ihm und begann zu klettern, ohne den Blick von dem bewaldeten Landhöcker in der Ferne zu wenden, wo die Männer des Großhofmeisters postiert waren. Ein Summen verriet ihm, dass die Hornisse wieder da war, aber er achtete nicht auf sie, sondern zog sich weiter in die Höhe. Bei einer Astgabel kroch er auf die andere Seite des Baumes. Hier war das Geäst dichter, aber stark genug, um sein Gewicht zu tragen. Er wählte einen Ast, der ihm einen klaren Blick gen Osten und zugleich Schutz vor der Sonne im Westen bot, setzte sich breitbeinig darauf und zog sich daran entlang. Von irgendwo her ertönte ein neuerliches Summen. Noch mehr Hornissen. Ein paar flogen um ihn herum, und er schlug eine mit einem Fluch weg. Sie surrte davon, und Fergus beobachtete sie mit zusammengekniffenen Augen, bereit, das kleine Ungeheuer zu zerquetschen, falls es zurückkam. Dann stutzte er, und seine Augen wurden noch schmaler. Dutzende der lästigen Insekten umkreisten einen langen, dünnen Ast unter ihm. Durch das Blätterdickicht konnte er ein großes, beutelähnliches Gebilde daran hängen sehen.

Beim Anblick des Nestes erstarrte Fergus. Weitere Hornissen schossen auf ihn zu. Eine ließ sich auf seinem Bein nieder, und er schlug sie wütend weg. Sie kam sofort zurück, schwebte vor seinen Augen, und ihr zorniges Summen hallte in seinen Ohren wider. Fergus schüttelte wild den Kopf und fluchte lauter. Hier konnte er nicht bleiben, diese Teufel würden ihn von seiner Wache ablenken. Er wünschte sich verzweifelt, sich nicht von der Stelle gerührt zu haben, griff nach dem Ast über ihm und zog sich auf die Füße, um zu der Astgabel zurückzubalancieren und seinen alten Platz wieder einzunehmen. Als er die andere Hand um das Holz schloss, spürte er einen scharfen Stich. Instinktiv ließ er los, und als er die Hand wegzog, bemerkte er die zerquetschten Überreste einer Hornisse, die an seiner Handfläche klebten. Im selben Moment stach ihn etwas in den Nacken. Fergus schlug mit einem Grunzen nach der betreffenden Stelle, dabei verlor er den Halt und schlug hart auf dem Ast unter ihm auf. Blätter stoben auf, als der Ast brach. Fergus, der spürte, wie er unter ihm nachgab, packte den über ihm und blieb hilflos daran hängen, während sich das leise Surren der Insekten bedrohlich steigerte. Fergus brüllte eine Warnung, doch es war zu spät. Als das Nest mit einem dumpfen Aufprall auf dem Boden landete, platzte es auf, und eine Wolke von Hornissen schwirrte heraus. Sekunden später zerrissen die ersten Schreie von Männern und Pferden die Stille.

Ein Stück entfernt segelten nacheinander drei Pfeile zum blauen Himmel empor.

Auf der anderen Seite der Straße erklang tief im Schatten der Bäume vom Ast einer Bergulme ein lauter Pfiff. Robert sprang auf, seine träge Benommenheit verflog. Ein Blick in das Baumgeäst und ein Winken seines Wachpostens sagte ihm, dass es Zeit war. Auf sein Zeichen hin leerten seine auf dem moosigen Untergrund ausgestreckten Männer ihre Bierbecher, erhoben sich und liefen zu den Pferden. Ein paar entleerten in den Büschen noch rasch ihre Blase, während die Knappen die Pferde losbanden. Vögel flatterten, von der plötzlichen Unruhe aufgescheucht, schimpfend zwischen den Bäumen davon.

Robert trat zu Hunter und zog seinen Helm über seine Kettenhaube und die weiche Kappe, die er darunter trug. In der Ferne konnte er aus Comyns Lager Pferdegewieher hören.

»Können diese Schwachköpfe nicht wenigstens ihre Pferde ruhig halten?«, murrte Edward, schwang sich in den Sattel und zog sein Schwert.

»Die Engländer werden uns aus einer Meile Entfernung hören«, grollte Alexander.

Robert schob den Fuß in den Steigbügel. Seine Züge verhärteten sich. Er konnte das schwache Rumpeln von Karrenrädern hören. Da er schon einmal mit einem Gepäcktross gereist war, wusste er, welchen Lärm dieser auf einer unebenen Straße verursachte. »Sie werden uns nicht hören, ihre Karren sind zu laut«, rief er den anderen zu, schlang sich Hunters Zügel neben seinem Schild um die Faust und zog mit der anderen Hand sein Schwert. »Das sollte uns schützen, bis wir sie fast erreicht haben.« Er trieb das Schlachtross an. Seine Männer bildeten eine Reihe und rückten zwischen den Bäumen vor. John of Atholl sah ihn an, lächelte grimmig und riss sein Schwert aus der Scheide. Gemeinsam warteten sie schwer atmend ab.

Das Rumpeln kam jetzt näher, mischte sich mit dem Trommeln zahlreicher Hufe. Robert konnte das Wiehern von Comyns Pferden nicht mehr vernehmen. Er verdrängte jeden anderen Gedanken und konzentrierte sich wie ein Bogenschütze auf ein einziges Ziel. Die Ritter und seine Schwäger hielten sich an seiner Seite, die Knappen und Fußsoldaten hinter ihm. Letztere schwangen kurze Schwerter und Äxte. Nes wirkte nervös, aber bereit, Robert notfalls bis in die Hölle zu folgen. Walter war dicht hinter ihm. Der Knappe auf Wache, dessen Aufgabe es war, die Zeit zwischen dem Moment, wo das Zeichen bemerkt worden war, und der errechneten Ankunft des Trosses zu zählen, rutschte von seinem Baum herunter und nickte.

Robert lenkte Hunter aus dem Unterholz heraus. Seine Männer folgten ihm, duckten sich unter Zweigen hinweg und hielten ihre Pferde an kurzen Zügeln. Einige Tiere spürten die Anspannung ihrer Reiter und warfen die Köpfe hoch, wurden aber gleich wieder unter Kontrolle gebracht. Die Geräusche von heranratternden Karren und zahlreichen Reittieren schienen die gesamte Luft zu erfüllen. Als der Baumbestand dünner wurde, gaben die Angreifer ihren Schlachtrössern die Sporen und ließen sie antraben. Äste flogen an ihnen vorbei, Zweige brachen, Buschwerk wurde aufgerissen. Sonnenlicht blitzte zwischen den Blättern auf. Die Augen der Pferde leuchteten groß und weiß, ihre Nüstern bebten. Vor sich im Wald konnten die Reiter jetzt die Umrisse der schwerfälligen Karren und die bunten Farbflecke von Überwürfen sehen.

Als sie sich aus dem Wald lösten und auf den Pfad zudonnerten, fletschte Robert die Zähne und brüllte aus vollem Hals: »*Für Schottland!*«

Die Engländer, die sie kommen sahen, rissen ihre Pferde grob herum und zerrten ihre Schwerter aus den Scheiden. Die Fußsoldaten, die das rote Kreuz des heiligen Georg trugen, zückten gleichfalls ihre Waffen und bauten sich vor den Karren auf, um die kostbare Ladung zu verteidigen. Die vor die zehn mit Kisten, Säcken und Fässern beladenen Gefährte gespannten Zugpferde wieherten vor Angst, die Kutscher hatten Mühe, sie zu bändigen. Roberts Kompanie griff von der rechten Seite her an; die Ritter stießen wilde Kriegsrufe aus, als sie den leichten Hang zur Straße hinaufjagten.

Robert stürzte sich direkt auf einen Ritter an der Spitze des Trosses, der in Schwarz gekleidet war und ein blaues Kreuz auf seinem Schild trug. Er holte mit seinem Breitschwert aus, sodass der Stahl im goldenen Abendlicht aufblitzte. Der Ritter wehrte den Hieb mit seinem Schild ab. Ihm war keine Zeit geblieben, sein Visier hochzuklappen, sein Gesicht war verbissen verzerrt, als er die Klinge wegschlug und auf Roberts Seite zielte. Sein Schwert kratzte über Roberts Schild und zog eine Linie durch den roten Sparren. Der Ritter spie durch die Zähne aus und griff erneut an. Die Klingen trafen in der Luft aufeinander, das Klirren ging im allgemeinen Getöse unter. Robert zwang das Schwert des Gegners nach vorn und dann nach unten, Metall kreischte auf Metall, dann prallten die beiden Pferde gegeneinander. Als der Kreuzbogen seiner Waffe die Klinge des Ritters traf, drehte Robert sein Schwert und brachte den Mann aus dem Gleichgewicht. Während der Ritter sich im Sattel zu halten versuchte, löste er den Fuß aus dem Steigbügel und versetzte seinem Widersacher einen kräftigen Tritt in die Seite. Der Ritter, der ohnehin nur noch halb im Sattel hing, kippte mit einem Aufschrei nach rechts. Der Kopf seines Pferdes wurde grob zur Seite gerissen, als er stürzte und die Zügel mit sich zog.

Als der Mann hart auf dem Boden aufschlug, machte sich sein Schlachtross los, bäumte sich auf und schlug mit seinen eisenbeschlagenen Hufen aus. Ein Huf traf Hunter in den Nacken und brachte das vor Schmerz aufwiehernde Pferd zum Stolpern. Robert, der den Fuß noch nicht in den Steigbügel zurückgeschoben hatte, wurde nach vorne geschleudert, flog über Hunters gesenkten Kopf, landete auf dem Boden und rollte sich gerade rechtzeitig zur Seite, um den stampfenden Hufen eines Karrengauls zu entgehen. Zischend den Atem ausstoßend klaubte er sein Schwert auf, als der Ritter, der sich wieder auf die Füße gezogen hatte und aus dessen Nase Blut strömte, vor Wut schnaubend auf ihn zukam. Hinter ihm erspähte Robert ein Chaos aus Bewegungen und Farben auf dem Pfad, wo seine Männer die Engländer attackierten. Er brauchte eine Sekunde, um zu begreifen, dass Comyn und seine Truppe nirgendwo entlang der linken Flanke des Trosses zu sehen waren; eine Sekunde, während der eine eisige Hand nach seinem Herzen griff, dann stürmte der schwarz gekleidete Ritter auf ihn los, und er war gezwungen, sich zur Wehr zu setzen, sein Schwert über seinem Kopf zu schwingen und einen mächtigen Hieb gegen seinen Gegner zu führen.

Der Kampf tobte erbittert weiter, der ursprüngliche Vorteil der Überrumpelung, den die Schotten auf ihrer Seite gehabt hatten, war verflogen, die Engländer hatten sich rasch formiert und leisteten heftigen Widerstand. Ritter hackten und hieben aufeinander ein, ihre Pferde prallten auf dem beengten Raum mit voller Wucht gegeneinander. Fußsoldaten waren in Zweikämpfe auf Leben und Tod verstrickt, rangen einander zu Boden, stampften auf Finger, schmetterten Schwertgriffe in die Gesichter der Gegner und stießen Dolche in Kehlen und zwischen Rippen. Blut spritzte auf, Pferde kreischten schrill. Roberts Truppe gab ihr Bestes, aber ohne die Verstärkung von Comyns Truppen befanden sie sich in der Unterzahl. Innerhalb weniger Momente wendete sich das Blatt; einige schottische Ritter mussten sich zweier Engländer zugleich erwehren. John of Atholl stieß durch das Visier seines Helms ein mörderisches Gebrüll aus, während er die Angriffe eines Ritters abwehrte und gleichzeitig versuchte, einen zu Fuß auf ihn eindringenden Soldaten außer Gefecht zu setzen. Einer der englischen Ritter rief dem Lenker des vordersten Karrens zu, er solle durchbrechen und auf die Burg zuhalten. Der Mann gehorchte, ließ die Peitsche über die Rücken der Pferde knallen, und der Karren rumpelte über die unebene Straße auf Roxburgh zu.

Robert rang immer noch mit dem schwarz gewandeten Ritter, als er die zwei Zugpferde auf sich zukommen sah. Ihm blieb gerade noch Zeit, sich zur Seite zu werfen, bevor der Karren zwischen ihnen hindurchdonnerte. Einen Moment lang fand er sich allein auf der linken Seite des Trosses wieder, während sich das Kampfgeschehen auf die rechte konzentrierte. Er drehte sich nach Luft ringend zu den Bäumen um und brüllte Comyns Namen. Einen Augenblick lang meinte er, antwortende Rufe in der Ferne zu hören, dann ratterte ein weiterer Karren an ihm vorbei.

Edward Bruce hatte gerade einem Fußsoldaten, der ihn ins Bein zu stechen versucht hatte, sein Schwert in den Hals gestoßen, als er sah, dass sich die Karren in Bewegung setzten und die Kutscher ihre Peitschen hoben, um die Pferde anzutreiben. Er stieß seinem eigenen Pferd die Fersen in die Flanken und jagte dem durch das Chaos rumpelnden Gefährt hinterher. Sowie er sich auf gleicher Höhe mit den Zugpferden befand, durchtrennte er mit einem Schwerthieb das Geschirr von einem der beiden Tiere und schrie dann auf, als der Kutscher mit der Peitsche nach ihm schlug, sein Pferd auf die Kruppe traf und die Peitschenschnur sich tief in sein Fell fraß, woraufhin es erschrocken zu scheuen begann. Das befreite Zugpferd galoppierte in Richtung des Waldes davon, der Karren setzte mit dem verbleibenden Tier seinen Weg fort. Neil Campbell, der Edwards Absicht begriffen hatte, trieb sein Schlachtross an und hieb mit seinem Schwert von der anderen Seite her auf das Geschirr ein. Ein paar der schottischen Fußsoldaten hatten sich zwischen den Engländern hindurchgekämpft, zogen sich auf die Karren und kletterten über Kisten und Fässer, um zu den Kutschern zu gelangen. Zwei der Gefährte hatten kehrtgemacht und ratterten den Weg zurück, den sie gekommen waren. Ein paar englische Ritter eskortierten sie – unwissentlich genau auf James Stewarts Truppen zu.

Plötzlich tauchte von links eine Reitergruppe auf. Robert, der sich auf einen der Karren geschwungen hatte, die auf die Burg zurollten, sah sie mit John Comyn an der Spitze zwischen den Bäumen hindurch auf sich zukommen. Er brüllte Comyn zu, die Karren aufzuhalten, dann kroch er über die Säcke, um den Kutscher außer Gefecht zu setzen. Der Karren rumpelte durch Löcher in der Straße, Robert wurde auf und ab geschleudert, klammerte sich fluchend an den Seiten fest, richtete sich wieder auf und stürzte sich auf den Karrenlenker. Der Mann setzte sich zur Wehr, wurde aber mit einem Schwerthieb von seinem Sitz gestoßen und stürzte so hart zu Boden, dass sein Genick mit einem vernehmlichen Knacken brach. Da die verängstigten Pferde mit unverminderter Geschwindigkeit weiterjagten, ließ Robert sein Schwert fallen und packte die Zügel. Als es ihm gelungen war, den Karren zum Stehen zu bringen, hatte sich auch der Rest von Comyns Truppen aus dem Wald gelöst und griff die Engländer an. Von den zehn Karren waren sechs entkommen, vier von ihnen rollten auf Roxburgh zu, zwei über die Straße dorthin zurück, woher sie gekommen waren.

In Schweiß gebadet sprang Robert von dem Karren und rannte zu seinen Männern hinüber. Dabei klappte er sein Visier hoch und spie Staub und Blut aus. Der Weg vor ihm war mit Leichen übersät. Ein paar tote Pferde lagen zwischen den Männern, eines zuckte noch schwach. Im ersten Moment dachte Robert, es wäre Hunter, doch dann sah er, dass Nes, der mit seinem blutigen Schwert in der Hand auf seinem eigenen Pferd saß, das Schlachtross am Zügel hielt. Robert unterdrückte einen erleichterten Seufzer, dann stapfte er grimmig geradewegs auf Comyn zu, der inzwischen abgestiegen war. Dabei kam er an seinem Banner vorbei, das schlaff auf dem Boden lag, und blickte bekümmert auf den jungen Ritter aus Carrick hinab, der seit Carlisle nicht von seiner Seite gewichen war. Ein Dolch ragte aus der Seite von Walters Hals, der Kragen seiner Tunika war blutgetränkt. Seine Augen starrten blicklos zum Himmel empor.

Heiße Wut wallte in Robert auf, als er zu Comyn herumfuhr. Andere Männer gelangten taumelnd wieder auf die Füße oder glitten erschöpft aus dem Sattel. Seine eigene Kompanie befand sich bereits in einem erbitterten Streit mit Comyns Männern, John of Atholl brüllte Dungal MacDouall mit vor Wut heiserer Stimme lautstark an. Robert war so außer sich, dass er weder die roten Beulen in den Gesichtern und an den Händen vieler von Comyns Rittern bemerkte noch registrierte, dass einige von ihnen fehlten. Er musste all seine Willenskraft aufbieten, um nicht auf Comyn loszugehen. Stattdessen herrschte er ihn weithin vernehmlich an: »Wo warst du, du elender Hurensohn? Deinetwegen habe ich ein Dutzend Männer verloren!«

Comyns Augen glichen dunklen Schlitzen, als er Robert anfunkelte. »Und ich zehn!«

Dungal MacDouall hatte sich an Atholl vorbeigedrängt und stellte sich neben Comyn. Sein Gesicht war mit leuchtend roten Schwellungen übersät. »Wir sind von Hornissen attackiert worden.«

»Hornissen?«, höhnte Edward, der neben seinem Bruder stand. »Löwen hätte ich ja noch gelten lassen.« Er wandte sich an den Rest von Roberts Kompanie. »Wir haben mit Männern gekämpft und sie mit Insekten!« Er sah Comyn wieder an. »Aber es sieht den Angehörigen Eurer Familie ja ähnlich, einem Kampf um jeden Preis aus dem Weg zu gehen. Was war es denn in Falkirk? Ameisen?«

Als einige von Roberts Männern hämisch kicherten und Comyn rot anlief, stürzte sich Dungal auf Edward. Edward duckte sich unter dem Schlag hinweg, warf sich gegen seinen Angreifer und schleuderte ihn zu Boden. Comyns Ritter rückten protestierend näher, als Edward begann, den jungen Hauptmann aus Galloway mit den Fäusten zu bearbeiten. Roberts Männer schickten sich an einzugreifen; diejenigen, die ihre Schwerter bereits wieder in die Scheiden geschoben hatten, griffen erneut danach. Im nächsten Moment erklang von der Straße her Huftrommel – James Stewart und seine Truppe stießen zu ihnen. Einige hielten brennende Fackeln in den Händen. Beim Anblick des Großhofmeisters ließ Edward von Dungal ab, der schwankend auf die Füße gelangte, Blut ausspie und sofort wieder über seinen Widersacher hergefallen wäre, wenn Comyn ihn nicht zurückgehalten hätte.

James zügelte sein Pferd und blickte sich um. »Was in Gottes Namen ist hier vorgefallen?«, donnerte er, dabei musterte er Robert und Comyn finster. Dann betrachtete er die Leichen und die Karren, von denen bei zweien die Zugpferde fehlten. »Wo ist der Rest des Trosses?«

Robert schüttelte den Kopf. »Nach Roxburgh entkommen.«

James' Gesicht verhieß nichts Gutes, aber er sagte nichts, sondern nickte den Männern mit den Fackeln zu. »Steckt sie in Brand.« Als die Ritter zu den Karren hinüberritten, wandte sich Stewart wieder an Robert. »Wir müssen uns beeilen.« Mühsam verhaltener Zorn schwang in seiner Stimme mit. »Die Garnison wird schon in Alarmbereitschaft versetzt worden sein. Wir müssen hier weg!«

Die Männer setzten sich in Bewegung. Robert packte Comyn am Arm. »Ihr alle habt den Tod meiner Männer auf dem Gewissen«, zischte er.

Comyn riss sich stumm von ihm los.

67

AUF EINER MIT BLUMEN übersäten Wiese außerhalb der Stadt Canterbury fand ein großes Turnier statt. Die goldene Frühabendsonne warf ihren Schein über die Gesichter der zahlreichen Zuschauer, die das Feld säumten, und ließ die juwelenbesetzten Gewänder der Frauen des Hofes und die Helme der Ritter aufblitzen.

Zu beiden Seiten des Feldes waren mit scharlachrotem Stoff überzogene Plattformen errichtet worden, die für den Adel reserviert waren. Darunter hatte es sich das gewöhnliche Volk auf dem warmen Gras bequem gemacht. Am Ende des Feldes befand sich die königliche Loge, die wie die Brustwehr einer Burg geformt und mit den Wappen des Königs und seiner ihm frisch angetrauten Königin dekoriert war.

Edward, prächtig anzusehen in einem schwarzen, mit schwerer Goldborte besetzten Gewand, verfolgte das Spektakel von seinem gepolsterten Thron aus. Die Zweikämpfe des Nachmittags waren beendet, jetzt fand das Finale in Form eines Geschicklichkeitswettbewerbs statt. An einem Ende des Feldes war ein Holzpfahl aufgestellt worden, an dem eine mit dem Kopftuch und den Gewändern eines Sarazenen bemalte Holzpuppe mit einem großen roten Herzen auf der Brust hing. Die Ritter versuchten abwechselnd, den Sarazenen mit ihren Lanzen zu treffen. Als Ralph de Monthermer angaloppierte und seine Lanze auf das Ziel richtete, wobei sein gelber Mantel mit dem grünen Adler wie eine Fahne hinter ihm herwehte, folgte die Menge ihm mit den Blicken. Der Ritter des Königs traf das Herz genau in der Mitte und versetzte den Sarazenen in heftige Schwingungen. Ralph donnerte an der Figur vorbei, Erdklumpen spritzten unter den Hufen seines Schlachtrosses auf, und die Zuschauer begannen zu jubeln.

Edwards Blick wanderte zu den Rittern am anderen Ende des Feldes, die darauf warteten, dass die Pagen das Ziel wieder in Position brachten. Hinter ihnen hob sich das gehisste Drachenbanner, das einst über den staubigen Turnierfeldern der Gascogne geflattert hatte, dunkel vom orangefarbenen Himmel ab. Edward musterte die Ritter eindringlich – Humphrey de Bohun, den Helden des Turniers, Aymer de Valence, Henry Percy, Guy de Beauchamp, Robert Clifford, Thomas of Lancaster. Diese an seinem Hof ausgebildeten und auf seinen Schlachtfeldern zu

Kriegern gereiften Männer waren innerhalb eines von Kämpfen beherrschten Jahrzehnts erwachsen geworden, ihre Lehrzeit war vorüber. Jeder von ihnen hatten die Nachfolge ihrer Väter angetreten. Sie waren keine Drachenritter mehr, sondern hatten ihre Plätze als Gawain und Parsifal, Mordred und Lanzelot eingenommen. Die unsterblichen Namen dieser Ritter waren nicht nur in das Holz seiner Tafel, sondern auch in die Herzen derer eingeschnitzt, die in ihre Rollen geschlüpft waren. Von den Veteranen waren nur noch der alte John de Warenne, die Earls von Lincoln und Norfolk und der kriegerische Bischof Bek geblieben. Das Hier und Jetzt aber gehörte den jüngeren Männern.

Als er neben sich ein leises Händeklatschen hörte, drehte Edward sich um und sah, wie seine Braut Ralph de Monthermer pflichtschuldig Beifall spendete. Von ihrem Volk wurde Marguerite die Perle Frankreichs genannt. Und sie war ein wahres Juwel – dunkelhaarig wie ihr Bruder Philipp, mit milchweißer Haut, die zarte Gestalt in ein scharlachrotes Gewand mit rubinbesetztem Gürtel gehüllt, das Haar in ein Netz gebunden, das ihr herzförmiges Gesicht umrahmte. Es war Anfang September und die Luft noch mild, dennoch hatte sich die Königin eine Hermelinstola um die Schultern gelegt, um den ersten Anflug abendlicher Kühle abzuhalten. Marguerite, die Tochter der Kriegerkönige der Kapetingerdynastie von Frankreich, war eine Woche zuvor per Schiff in Dover eingetroffen, ein zerbrechliches Symbol des Friedens, nervös, aber gefasst. Begleitet wurde sie von einem großen Gefolge von Leibdienern und Zofen. Zwei Tage später hatte Edward sie vor den Toren der Kathedrale von Canterbury geheiratet. Auf die feierliche, von Erzbischof Winchelsea durchgeführte Zeremonie waren drei Tage voller Turniere und Feste gefolgt.

Edward hatte anlässlich seiner Hochzeit keine Kosten gescheut. Hinter dem Turnierfeld erstreckten sich gestreifte, mit Flaggen geschmückte Zelte. Rauch stieg von großen Feuern auf, über denen ganze Eber an Spießen gebraten wurden. Die Tische in den Zelten bogen sich unter silbernen und goldenen Platten mit warmem, würzigem Ingwerbrot, in Honig geschmorten Äpfeln, luftigen Törtchen, saftigem Wildbret, so zart, dass sich das Fleisch wie von selbst von den Knochen löste, und Zuckermandeln, dazu floss der Wein in Strömen. Vor den Zelten hängten Diener Laternen in die Bäume. Sobald der Abend hereinbrach, würde jeder in festlichem Glanz erstrahlen.

Als Marguerite spürte, dass der Blick des Königs auf ihr ruhte, krümmten sich ihre Lippen zu einem zaghaften Lächeln, das Edward höflich zurückgab, bevor er seine Aufmerksamkeit wieder auf das Turnierfeld richtete. Die Hochzeit war ein Anlass zur Freude, leitete das Ende des fünfjährigen Krieges zwischen England und Frankreich ein und sicherte dank der Vermittlung von Papst Bonifaz die Rückgabe der Gascogne an Edward und seine Erben. Aber die Festlichkeiten hatten das erdrückende Gefühl des Verlustes nicht mildern können, das sich während der letzten Woche in ihm angestaut hatte. Er war sechzig Jahre alt. Marguerite, gerade erst siebzehn, war süß wie Met und würde ihm in den Jahren, die ihm noch blieben, ohne Zweifel Freude bereiten, aber es würde ihr nie gelingen, seine Seele zu berühren. Dieser Teil von ihm war mit seiner spanischen Königin gestorben.

Hinter Edward erklang das Lachen seines Sohnes, der mit seinen Freunden ein paar Bänke hinter ihm saß. Mit fünfzehn war der junge Edward das Ebenbild seiner selbst als Jugendlicher, mit weichem, blondem Haar und einem länglichen, eckigen Gesicht. Er war im letzten Jahr gewachsen und versprach, die beeindruckende Statur seines Vaters zu erben. Neben ihm saß, einen Arm lässig auf das Geländer des Podests gelegt, ein hübscher Knappe namens Piers Gaveston. Der kohlenäugige Junge aus der Gascogne war der Sohn eines Ritters, der dem König während des Krieges treu gedient hatte. Nach dem Tod des Mannes hatte Edward Piers als Mündel in den königlichen Haushalt aufgenommen, und sein Sohn und der Knappe hatten sich sofort eng angefreundet. Der Hang seines Sohnes, viele Stunden mit Piers und seinen Freunden im Freien zu verbringen, statt zu trainieren oder sich seinen Studien zu widmen, hatte Edward anfangs Sorge bereitet, aber er wusste, dass der Junge noch früh genug erwachsen werden würde – vor allem jetzt, wo seine Verlobung mit König Philipps Tochter Isabella besiegelt war. Die Hochzeit würde erst in ein paar Jahren stattfinden, da die Prinzessin noch ein Kind war, aber in der Zwischenzeit hatte der König andere Pläne für seinen Sohn. Er beabsichtigte, ihn eng in seinen für das kommende Jahr geplanten Feldzug in Schottland einzubeziehen. Es war eine viel versprechende Zeit, denn das alte Jahr würde von einem neuen Jahrhundert abgelöst werden – eine Zeit der Veränderung und, so Gott ihm gnädig war, eine Zeit, in der es ihm gelingen würde, die Eroberung des gesamten Reiches zu vollenden.

Er hatte Agenten unter dem Befehl seines Leutnants Richard de Burgh, Earl of Ulster, nach Irland geschickt, um nach der vierten Reliquie zu suchen. Sobald er sie gefunden hatte, würde er sie vor seinem Volk zur Schau stellen, wie er es schon mit der Krone und dem Stein getan hatte, den Zeichen seiner höchsten Regierungsgewalt über ein vereintes Britannien. Wenn die Reliquie dann in der Abtei von Westminster vor dem Schrein des Bekenners präsentiert wurde, würde sich die Letzte Prophezeiung erfüllen. Menschen brauchten Legenden – etwas, was sie die Mühen und Plagen des täglichen Lebens vergessen ließ; etwas Goldenes, Glänzendes, das das Grau der weltlichen Existenz überstrahlte. Das war es, was das Blut schneller durch ihre Adern fließen ließ. Wenn er das Königreich vor dem von Merlin vorhergesagten Unheil bewahrte, würden seine Untertanen seinen Namen preisen, aber noch wichtiger war, dass die Erfüllung der Prophezeiung ihm die Treue jener jungen Männer sichern würde, deren Steuern und Abgaben in seine Schatztruhen flossen und die für ihn in den Krieg ziehen würden. Auch Artus' Ritter hatten sich gestritten und waren oft anderer Meinung gewesen als ihr König, aber am Ende hatte die Tafelrunde sie mit einer Loyalität aneinandergefesselt, die über Zeit und Raum hinausging. Das war es, was Edward erreichen wollte, denn er war entschlossen, es nie wieder zu einem zweiten Lewes kommen zu lassen; nie wieder erleben zu müssen, dass das Königreich durch den Ehrgeiz seiner Barone und die Schwäche seines Königs gespalten wurde. Nein. Sein Zirkel würde aus Gold bestehen, poliert und unzerbrechlich.

Er hatte kurz davor gestanden, wegen der Gascogne die Unterstützung des Adels zu verlieren. Die Angst vor einem drohenden Bürgerkrieg hatte ihn nie verlassen, doch die Schlacht von Falkirk hatte seine Männer wieder vereint. Aber es war noch nicht vorüber. Trophäen reichten nicht aus, um sein Reich zu vervollständigen. Schottland blieb ein Problem, denn die Rebellen waren nicht untätig gewesen. Jeden Monat trafen Berichte über Angriffe auf Nachschublieferungen ein. Winchelsea hatte im Namen des Papstes gegen seinen Einmarsch in ein christliches Land protestiert, und Edward hatte vor kurzem erfahren, dass es William Wallace gelungen war, die Kanalblockade zu durchbrechen und er nun als Gast am Hof von König Philipp weilte. Er hatte sich beunruhigt gefragt, wie sehr der Rebellenführer dem Waffenstillstand schaden konnte, aber bislang war alles ruhig geblieben. Er würde mit diesem Halunken zu gegebener Zeit abrechnen, doch erst musste er sich mit einem weit gefährlicheren Feind befassen.

Als sich das Turnier dem Ende zuneigte und die letzten Ritter ihre Lanzen auf das Herz des hölzernen Sarazenen richteten, zogen sich die Preisrichter zurück, um den Sieger zu bestimmen, dem bei dem Fest ein Preis – ein silberner, mit einem Drachen verzierter Helm – überreicht werden würde. Während einer kleinen Pause huschte ein Bote zwischen den Bänken entlang und flüsterte dem König etwas zu. Edward erhob sich, entschuldigte sich bei seiner jungen Königin und stieg von dem Podest herab. Die Edelleute tuschelten miteinander und schlossen Wetten ab.

Edward schlug einen Bogen um die Menge und steuerte, unauffällig von zweien seiner Ritter gefolgt, auf die Zelte zu. Das Licht erstarb rasch, und die Laternen in den Bäumern schimmerten wie bunte Juwelen. Ein Diener scheuchte fünf Pfauen in das größte Zelt, Spielleute begannen ihre Instrumente zu stimmen. In einem Flügel des prächtigen Pavillons des Königs wartete ein Mann in einem dunkelblauen Umhang und einem kurzen Kettenhemd und sah zu, wie die Diener die Tische mit Goldstoff deckten. Er wirkte älter und narbenübersäter als bei ihrer letzten Begegnung in der Gascogne. Edward ignorierte die respektvollen Verbeugungen der Dienstboten, bedeutete den Rittern zurückzubleiben, und trat alleine auf den Mann zu.

Adam drehte sich um und neigte den Kopf. »Majestät.«

»Ich nehme an, Ihr habt Euer Quartier bereits bezogen?«

»Ich bin ausgezeichnet untergebracht, Mylord, danke.« Adam hielt inne. »Aber ich muss gestehen, dass Eure Nachricht so kurz nach Ende des Krieges für mich etwas überraschend kam. Nun, ich habe meine Kompanie in Bayonne zurückgelassen, um die Garnison dort zu verstärken, und einem meiner Leutnants das Kommando übertragen. Bei ihm sind die Männer in guten Händen.«

Edwards Blick war auf die eifrig mit den Tischen beschäftigten Diener gerichtet, doch im Geist sah er das primitive Bild eines sich über einem Drachen aufbäumenden roten Löwen vor sich. »Ich habe eine spezielle Aufgabe in Schottland für Euch – ähnlich der, die ich Euch vor dreizehn Jahren übertragen habe.« Er sah Adam eindringlich an. »Es gibt wieder jemanden, der einen Unfall erleiden muss.«

68

ROBERT BRUCE UND JOHN COMYN standen einander gegenüber. Unverhohlene Aggressivität loderte in ihren Augen. Die runde Halle der Burg von Peebles wimmelte von Männern, die Atmosphäre war spannungsgeladen und feindselig. Regen trommelte auf das Dach, Donner grollte, und hinter den Ritzen der Fensterläden flammten weiße Blitze auf. Die Luft war von Schweißgeruch, heißem Atem und dem Gestank feuchten Pelzes von den durchweichten Umhängen der Anwesenden erfüllt.

»Ich habe Bruce gewarnt.« Comyns Stimme übertönte das Tosen des Sturms. »Ich war dagegen, den Angriff so nahe der Mauern von Roxburgh durchzuführen, aber er wollte nicht hören.«

»Und deshalb habt Ihr den Überfall sabotiert, um zu beweisen, dass Ihr recht hattet?«, giftete Edward.

John Comyn lachte bellend auf und wandte sich an seine hinter ihm stehenden Ritter. »Ich wusste gar nicht, dass die Bruces mir die Macht zutrauen, Hornissen herbeizurufen!« Sein Spott verflog, als er Robert wieder ansah. »Ihr und Euer Bruder wisst genau, was passiert ist und warum wir aufgehalten wurden.« Er schielte zu Stewart und den Bischöfen Wishart und Lamberton hinüber, die bislang versucht hatten, eine gewisse Ordnung aufrechtzuerhalten. »Ich habe zehn Männer und fünf Pferde verloren, verdammt! Was hätte ich denn tun sollen?«

»Ihr hättet einen fähigeren Wachposten aussuchen können«, versetzte Alexander Seton kalt. »Wenn sich Euer Mann seinen Ausguck genauer angesehen hätte, hätte er das Nest vielleicht entdeckt und anderswo Posten bezogen.«

»Fergus hat für seinen Fehler mit dem Leben bezahlt«, gab Comyn ärgerlich zurück.

»Genau wie ein Dutzend meiner Männer«, konterte Robert, ohne den Blick von dem zweiten Hüter zu wenden.

»Ich denke, wir sollten uns darauf einigen, dass niemand die Schuld an dem fehlgeschlagenen Angriff trägt«, mischte sich James ein. Den Großhofmeister hatte die Debatte, die seit fast einer Stunde ohne Ergebnis geführt wurde, sichtlich angestrengt.

»Da bin ich anderer Meinung, Lord Stewart«, widersprach der neben Comyn stehende Dungal MacDouall. »Wenn wir getan hätten, was Sir John und ich vorgeschlagen haben, und die englische Nachschublieferung ein Stück weiter straßenabwärts angegriffen hätten, dann hätten wir die Karren verfolgen können, falls uns dasselbe Missgeschick widerfahren wäre. Aber so befanden wir uns zu nah bei den Mauern von Roxburgh, um dieses Risiko einzugehen.« Er funkelte Robert an. »Das haben wir Bruce erklärt, aber er wollte nur dann kämpfen, wenn wir uns an seinen Plan hielten. Uns blieb keine Wahl, als uns zu fügen.«

»Verlogener Hurensohn!«, grollte Edward, trat einen Schritt auf MacDouall zu, und seine Hand fuhr zu seinem Schwert, griff aber ins Leere. James Stewart, der derartige Zwischenfälle vorausgesehen hatte, hatte das Tragen von Waffen verboten.

Robert schob sich vor Edward und bedachte ihn mit einem so drohenden Blick, dass sein Bruder einen Rückzieher machte, MacDouall, der auf einen Kampf zu brennen schien, aber weiterhin mit zusammengebissenen Zähnen fixierte. Andere Männer ergriffen für die eine oder andere Seite Partei, Beleidigungen flogen hin und her. Draußen zuckten immer grellere Blitze auf.

»Ich beantrage, Robert Bruce seines Amtes zu entheben!«, brüllte MacDouall über das Stimmengewirr hinweg. »Er ist als Hüter Schottlands nicht geeignet!«

Viele der Männer in seiner Nähe stimmten ihm hitzig zu.

Doch die lauteste Stimme kam von Gilbert de la Hay. Das von einem blonden Haarschopf umrahmte Gesicht des Lords war ernst. »Es scheint mir klar, dass weder Sir Robert noch Sir John weiterhin zusammenwirken können, ohne dem Reich zu schaden. Ich denke, wir sollten Verbindung mit Sir William Wallace aufnehmen und ihn zur Rückkehr auffordern. Wir wissen, dass der Waffenstillstand zwischen England und Frankreich Schottland ausschließt.« Er sah Lamberton an, der beharrlich schwieg. »Was nutzt uns Sir William jetzt an einem fremden Hof? Wir sollten ihn nach Hause rufen, wo er gebraucht wird. Die Engländer werden uns im neuen Jahr angreifen, das ist sicher. Wir müssen uns ihnen geschlossen entgegenstellen.«

»Genau dieser Waffenstillstand ist der Grund, warum Sir William bleiben sollte, wo er ist«, erwiderte James. »Wenn wir ausländische Hilfe für unsere Sache gewinnen wollen, brauchen wir dort einen einflussreichen Vertreter. Bündnisse können sich ändern, wie wir alle gesehen haben. Unsere Hoffnung ist nicht verloren. Noch nicht.«

John Comyn schien von dem Wortwechsel nichts mitbekommen zu haben. Er starrte Robert noch immer an, seine Augen glitzerten vor Hass. »Ich stimme MacDouall zu. Bruce sollte abgelöst werden. Sein unbedachter Plan hat uns nicht nur wertvolle Männer gekostet, sondern es den Engländern auch ermöglicht, die Hälfte ihres Nachschubs nach Roxburgh zu schaffen. Jetzt werden sie der Belagerung wesentlich länger standhalten, vielleicht sogar so lange, bis König Edward kommt, um sie zu befreien. Wer weiß«, fuhr er über die höhnischen Zwischenrufe von Roberts Männern hinweg fort, »vielleicht wollte er ja, dass der Überfall misslingt? Vielleicht wollte er der Garnison helfen, damit sein alter Verbündeter König Edward eine Basis hat, von der aus er erneut in unser Reich einfallen kann?«

Inmitten des Aufruhrs, der auf diese Worte folgte, erscholl Roberts Stimme. »Eure haltlosen Anschuldigungen sind eine armselige Maske für Euren eigenen Ehrgeiz, John. Ihr wollt mich loswerden, um die alleinige Macht an Euch zu reißen.« Nach außen hin wirkte er beherrscht, obwohl er nichts lieber getan hätte, als sich auf den Mann vor ihm zu stürzen, der kalt lächelnd über den Tod guter Männer wie Walter hinwegging. »Es ist ein Armutszeugnis für Euch, dass Ihr so absurde Behauptungen aufstellt, nur um Euer Ziel zu erreichen – auf Kosten unseres Königreichs!«

»Absurd?«, griff John das Wort eifrig auf. »Ist es wirklich so absurd, Euch etwas Derartiges zu unterstellen, wo Ihr doch zur Elite des Königs gehört und Euch mit einem Eid auf Leben und Tod seiner Sache verschrieben habt?«

Robert schüttelte verächtlich den Kopf, doch das Protestgemurmel erstarb bei Comyns Worten. Ein paar Männer blickten fragend zu ihm herüber.

Ehe Robert antworten konnte, sprach John Comyn weiter, dabei deutete er auf seinen Rivalen. »Er war einer der Männer, die

König Edward als seine Drachenritter bezeichnet. Ich weiß das, weil mein Schwager Sir Aymer de Valence zu ihnen gehört. Er hat mir vor einiger Zeit erzählt, dass Bruce in diesen Zirkel aufgenommen wurde. Wie können wir so einem Mann trauen? Wie können wir nur aufgrund der Hoffnung, dass er mit seinen alten Verbündeten gebrochen hat, die Zukunft unseres Reiches aufs Spiel setzen?«

Robert spürte, dass viele der Anwesenden ihn anstarrten. Wie lange hatte Comyn auf diesem Wissen gesessen wie eine Henne auf einem Ei, es warm gehalten und auf den richtigen Zeitpunkt gewartet, sein Geheimnis zu enthüllen? Robert hatte nur denen, die ihm am nächsten standen – seinem Bruder, den Setons, Atholl und Mar – von seiner Aufnahme in den Orden erzählt. Er bemerkte, dass James ihn mit hochgezogenen Brauen musterte, und machte Anstalten, sich zu rechtfertigen, doch Dungal MacDouall kam ihm zuvor.

»Bruce ist ein Verräter!«, spie er in die eingetretene Stille hinein. »So falsch wie sein Bastard von Vater und so hinterhältig wie sein Großvater! Möge sie alle ein Fluch treffen!«

Der Sturm, der sich in der Halle aufgebaut hatte, brach los. Edward stürzte sich auf Dungal MacDouall, packte ihn am Hals und schleuderte den jungen Hauptmann gegen die Holzwand. Männer beider Seiten gingen aufeinander los. Wishart drängte sich dazwischen und bellte Befehle, auf die niemand achtete.

Als sich Robert zu seinem Bruder durchkämpfen wollte, griff jemand von hinten nach ihm, und ein Arm schlang sich fest um seine Brust. Als er die zischelnde Stimme an seinem Ohr hörte, begriff er, dass John Comyn ihn gepackt hatte. Eine Sekunde später blitzte Metall vor seinen Augen auf, als Comyn ihm einen Dolch an die Kehle setzte. Robert spürte, wie sich der Stahl gegen seine Haut presste. Sein Blick fiel auf James Stewart. Jegliche Farbe war aus dem Gesicht des Großhofmeisters gewichen, er hatte protestierend die Hände gehoben, und sein Mund öffnete sich vor Entsetzen. In diesem Moment erkannte Robert das Ausmaß der Hoffnungen, die James in ihn gesetzt hatte, dann verstärkte sich der Druck der Klinge, und die Erkenntnis wurde von einer Welle von Wut und Furcht verdrängt. Comyn würde ihn töten. Dieser elende, heimtückische Feigling würde ihn hier und jetzt vor aller Augen töten.

»Auseinander! Bei Gott, ihr werdet sofort damit aufhören!«

Es war die dröhnende Stimme von William Lamberton, die durch den Raum hallte. Der Bischof von St. Andrews stand zornbebend in ihrer Mitte. Seine Augen, eines blau, eines weiß, sprühten Feuer. »Lass den Dolch sinken, John Comyn, oder ich schwöre bei unserem Herrn Jesus Christus, dafür zu sorgen, dass deine Familie in den tiefsten Abgrund der Hölle verdammt wird!«

Comyn rührte sich nicht. Robert spürte, wie sich die Brust des Mannes an seinem Rücken bei jedem Atemzug hob. Nach einem Moment zog er den Dolch zurück und gab ihn frei. Auf der anderen Seite der Halle tat Edward dasselbe mit Dungal MacDouall, als Neil Campbell ihn bei der Schulter packte. MacDouall rutschte nach Atem ringend an der Wand herunter. Robert wandte sich von Comyn ab.

»Die Versammlung ist beendet«, verkündete James Stewart. »Zieht euch in eure Unterkünfte zurück. Wir kommen erneut zusammen, sobald sich die Gemüter abgekühlt haben.«

Robert bahnte sich einen Weg durch die Menge und trat in den strömenden Regen hinaus. Seine Männer folgten ihm, ihre Stimmen übertönten das Tosen des Unwetters. Der Himmel über den Holzgebäuden der Burg, die von einem mächtigen Bergfried überragt wurden, war von dichten Wolken verhangen, die von innen von Blitzen erhellt wurden. Die Spätsommerstürme waren vor zwei Tagen von Osten her aufgezogen, der Boden war durchweicht und mit tiefen Pfützen übersät. Robert stapfte achtlos hindurch und schlug die Kapuze seines Umhangs hoch, als er auf den steilen Pfad zusteuerte, der in das Tal hinunterführte.

Unter ihm drängten sich die Häuser der Stadt sowie die Zelte und Pferde der Männer, die wegen der Ratsversammlung nach

Peebles gekommen waren. Die kleine Stadt lag ungefähr dreißig Meilen von Roxburgh entfernt in einem steilen Tal im Wald, der sie von allen Seiten umschloss. Robert hörte seine Männer hinter ihm palavern, als er den Hügel hinabstieg, aber ihre Worte kamen ihm so unzusammenhängend und immateriell vor wie der Wind, denn in seinem Kopf tobten wirre Bilder, die alles andere ausblendeten. Er sah John Comyns Gesicht, von wilder Entschlossenheit erfüllt, ihn zu vernichten. Auf diese Vision folgte die Unsicherheit, die er in James Stewarts Augen gesehen hatte, als Comyn den Eid preisgab, den er, Robert, König Edward geleistet hatte. Indem er zu der Stadt hinunterstieg, ließ er zwar die Burg hinter sich, nicht aber Comyns Anschuldigungen, die ihm beharrlich folgten und in seinen Ohren widerhallten.

Mit einem Eid auf Leben und Tod seiner Sache verschrieben … wie können wir so einem Mann trauen?

Ja, wie konnten sie das? Niemand, noch nicht einmal sein Bruder wusste, dass er den Drachenrittern geholfen hatte, den Krönungsstein aus der Abtei von Scone zu rauben. Das war eine Last, die er alleine trug. Robert hatte sich eingeredet, dass die anderen den Stein auch ohne ihn gestohlen hätten, wenn er sich an jenem Tag geweigert hätte, ihnen zu helfen – dass er sie nicht von ihrem Vorhaben hätte abhalten können –, aber das hatte nicht dazu beigetragen, seine Bürde zu mindern. Egal was er tat, um bei der Befreiung seines Reiches zu helfen, egal wie viele englische Nachschublinien er angriff, egal wie viele Schotten er unter seinem Banner versammelte, und egal wie viele Schritte er auf seinem Weg zum Thron zurücklegte, er konnte nie vergessen, dass die größte Bedrohung der Erfüllung seines eigenen Schicksals ebendieses Verbrechen war, das er begangen hatte.

Es gibt keinen Thron mehr.

Diese Tatsache flammte wie ein Leuchtfeuer vor ihm auf. Wo er auch hinblickte, er konnte es immer sehen. An dem Tag von Katherines Verrat hatte Alexander ihm gesagt, er müsse daran glauben, dass er König werden konnte. Der Lord hatte gedacht, sie würde ihn davon abhalten, und in gewisser Hinsicht mochte er recht gehabt haben: Vielleicht hatte er gemeint, eine billige Dienstmagd sei alles, was er verdiente. Aber der wahre Grund, weshalb er mit Zweifeln im Herzen auf den Thron zuschritt, war das, was er an jenem Tag in Scone getan hatte, im Schatten des Hügels, auf dem er einst die Geister seiner Vergangenheit gespürt hatte.

Er war so in Gedanken versunken, dass er die auf dem Pfad auftauchenden Gestalten erst bemerkte, als er sich unmittelbar vor ihnen befand. Vier waren Ritter aus Carrick. Sie führten zwei Männer zwischen sich, die mühsam vorwärtsstolperten, weil man ihnen Kapuzen über die Köpfe gezogen hatte, durch die erstickte Protestrufe drangen.

Robert blieb stehen, Edward und die anderen ebenfalls.

»Sir Robert«, begann einer der Ritter, während Donner über ihnen grollte. »Wir haben diese Männer dabei ertappt, wie sie in Euer Quartier eindringen wollten. Sie behaupten, Euch zu kennen, weigern sich aber, ihre Namen zu nennen.«

Bei diesen Worten setzten die Gefangenen sich noch heftiger zur Wehr. Robert hörte seinen Namen aus ihrem Gestammel heraus. »Nehmt ihnen die Kapuzen ab.«

Die Ritter gehorchten, und die geröteten, zornigen Gesichter zweier junger Männer kamen zum Vorschein. Sie trugen Tuniken und Mäntel aus blauem Leinen, durchnässt und schmutzig, aber von guter Qualität. Beide hatten Schwertgurte umgeschnallt, aber keine Waffen bei sich, sie waren ihnen zweifellos von seinen Männern abgenommen worden. Einer, der anscheinend ein paar Jahre älter war als der andere, war klein und untersetzt und hatte ein quadratisches, von einem rötlichen Bart und lockigem blondem Haar umrahmtes Gesicht. Der Jüngere war groß und schlank und hatte schulterlanges schwarzes Haar und ein jugendliches Gesicht. Beide starrten Robert an, während ihr Zorn Verblüffung wich.

Robert musterte sie einen Moment lang verwirrt, dann hörte er, wie Edward neben ihm einen Freudenruf ausstieß, und mit einem Mal wusste er, wen er da vor sich hatte.

Die Ritter von Carrick traten zögernd zur Seite, als Robert und Edward auf die Gefangenen zugingen und die vier jungen Männer sich dann einander lachend und mit freudig glänzenden Augen umarmten. Alexander Seton fing Christophers fragenden Blick auf und schüttelte, ebenso verdutzt wie sein Vetter, den Kopf, während John of Atholl, Gartnait of Mar, Neil Campbell und die anderen das Geschehen überrascht verfolgten.

Robert löste sich von dem schwarzhaarigen jungen Mann und betrachtete ihn von Kopf bis Fuß. »Himmel, Niall, du bist ja fast so groß wie ich!« Er starrte zu Thomas hinüber, der sich Edwards Umarmung entwand und über die stürmische Begrüßung lachte. Robert hatte seine jüngeren Brüder seit Jahren nicht mehr gesehen, denn sie waren auf Wunsch seines Vaters während des gesamten Krieges bei ihren Zieheltern auf dem Landsitz der Bruces in Antrim geblieben. Er staunte, wie attraktiv Niall geworden war; das dunkle gute Aussehen ihrer Mutter fand sich in seinen ausgeprägten Wangenknochen und den tief liegenden, humorvollen Augen wieder. Thomas war kräftig und stämmig geworden und glich mit seinem breiten Gesicht und Körper eher ihrem Vater.

Robert drehte sich grinsend zu den Männern hinter ihnen um. »Kommt her und lernt meine Brüder kennen!«

John of Atholl trat vor und musterte Niall kopfschüttelnd. »Ihr müsst ein Bürschchen von acht oder neun Jahren gewesen sein, als ich Euch das letzte Mal sah, Master Niall. Wie alt seid Ihr jetzt? Sechzehn? Siebzehn?«

»Achtzehn«, erwiderte Niall mit dem Stolz eines Jugendlichen auf der Schwelle zum Mann.

Die Setons und Neil Campbell begrüßten die beiden Männer höflich.

Nachdem die Vorstellungen beendet waren, deutete Robert den Pfad hinunter. »Lasst uns unser Wiedersehen irgendwo feiern, wo es trocken ist.« Er wandte sich an die vier Ritter, die seine Brüder zu ihm gebracht hatten. »Sorgt dafür, dass für meine Gäste eine gute Mahlzeit zubereitet wird.« Die Ritter eilten davon, und die anderen Männer folgten ihnen etwas langsamer.

Robert warf Niall immer wieder verstohlene Blicke zu. Er konnte kaum fassen, wie sehr sich sein Bruder verändert hatte, und war schier außer sich vor Freude, ihn in Fleisch und Blut vor sich zu sehen. Am liebsten hätte er dem jungen Mann einen Arm um die Schultern gelegt, aber seine Befangenheit hielt ihn davon ab. Die vielen Jahre der Trennung und alles, was geschehen war, standen zwischen ihnen. Ihm lagen tausend Fragen auf der Zunge, aber eine, die unverfänglichste, kam ihm als erste über die Lippen. »Warum um alles in der Welt hast du meinen Männern nicht eure Namen genannt? Wenn du erklärt hättest, wer ihr seid, wären sie nicht so grob mit euch umgesprungen.«

»Wir wussten nicht, wem wir trauen konnten.« Niall schielte zu Thomas hinüber, der zwischen Robert und Edward ging. »Wir haben während der letzten Jahre so viele Gerüchte gehört, dass man gar nicht mehr weiß, wer eigentlich gegen wen kämpft.« Er sah Robert an. Eine Frage flackerte in seinen Augen auf.

Robert vermutete, dass seine Brüder viele Fragen an ihn hatten. Einige würden schwer zu beantworten sein. »Woher wusstet ihr, dass wir in Peebles sind?«

»Als unser Schiff anlegte, gingen wir zuerst nach Turnberry«, erwiderte Thomas mit tiefer, rauer Stimme. »Sir Andrew Boyd erkannte uns. Er sagte uns, du hieltest dich im Wald verborgen und würdest gegen die Engländer kämpfen. Und je weiter wir in das Land vordrangen, desto leichter wurde es, deine Spur zu verfolgen.«

So angeregt ins Gespräch vertieft, überquerte die Gruppe den Burghof. Robert und seine Begleiter waren in einem Gasthaus direkt vor der Palisade der Burg untergebracht. Er führte seine Brüder auf das Gebäude zu. »Ich kann es immer noch kaum glauben, dass ihr beide hier seid.«

»Ich kann nicht glauben, dass du einer der Hüter Schottlands bist«, gab Niall zurück. »Warum hast du uns keine Nachricht geschickt?«

Als sie das Gasthaus erreichten, blieb Robert stehen, damit der Ritter, der davor Wache hielt, ihnen die Tür öffnen konnte. »Im letzten Jahr ist viel geschehen. Ich konnte keinen Mann entbehren.«

»Hast du etwas von unserem Vater gehört?«, fragte Thomas, als er hinter Robert das Gebäude betrat. »Wo ist er? Und was ist mit Alexander? Ist er immer noch in Cambridge?«

»Halt, halt«, protestierte Edward gutmütig, bevor Robert antworten konnte. »Ich bestehe darauf, dass ihr uns erst eure Neuigkeiten erzählt!«

Als sie die große Kammer betraten, die er mit seinen Männern bewohnte, nickte Robert Edward dankbar für die Ablenkung zu. Dann nahm er seinen nassen Umhang ab und reichte ihn Nes, der bei ihrer Ankunft von seinem Stuhl am Feuer aufgestanden war. »Warum seid ihr hergekommen?«, erkundigte er sich bei seinen Brüdern. Als Niall daraufhin einen Blick mit Thomas wechselte, schwante ihm Unheil.

»Der Landsitz unseres Ziehvaters wurde zerstört«, erwiderte Niall schließlich grimmig. »Von den Rittern von Sir Richard de Burgh bis auf die Grundmauern niedergebrannt.«

»Von dem Earl of Ulster?« Vor Roberts geistigem Auge entstand das Bild eines steinernen Herrenhauses an einem Fluss, umgeben von grünen, tauglitzernden Feldern. Auch Edwards Gesicht hatte sich bei der Nachricht verdüstert; vermutlich dachte auch er an das Heim des irischen Lords, der sie beide als Ziehsöhne aufgenommen hatte. »Warum sollte er so etwas tun?«

»Männer unter dem Befehl von Sir Richard haben das ganze letzte Jahr lang den Norden Irlands durchkämmt«, entgegnete Thomas. »Aber wir erfuhren erst vor ein paar Monaten davon, als sie sich Antrim vorzunehmen begannen. Als sie zu uns kamen, verwehrte ihnen der Lord den Einlass, aber sie drangen gewaltsam ein. Wir wurden unter Androhung der Todesstrafe gezwungen, die Burg zu verlassen, während sie sie durchsuchten. Als sie nichts fanden, steckten sie sie in Brand.«

»Zum Zeichen dafür, dass sie schon dort gewesen waren, sagten sie.« Nialls Züge hatten sich verhärtet.

»Wonach haben sie denn gesucht?«, wollte Edward wissen.

»Angeblich nach einer Reliquie, die der König von England unbedingt haben möchte.«

Robert zuckte merklich zusammen. »Was für eine Reliquie?«

»Sie bezeichneten sie als den Stab des Malachias«, erwiderte Niall nach einer Pause.

Es wurde schon dunkel, als Robert den Pfad emporstieg. Der Sturm war im Laufe des Nachmittags abgeflaut, aber noch immer zogen niedrige Wolken über den Himmel hinweg. Die Oberflächen der Pfützen auf dem Boden kräuselten sich leicht. Während der letzten beiden Stunden hatte er mit seinen Männern zusammengesessen, sich angehört, was seine Brüder von den Ereignissen in Irland zu berichten hatten, und verschiedene Möglichkeiten erwogen. Und als er jetzt, wo er seine Entscheidung getroffen hatte, auf die Burg zuging, fühlte er sich fiebrig, so energiegeladen wie das Wetterleuchten, das noch immer den Himmel erhellte. Keine Politik mehr. Keine Worte. Wenn alles seine Zeit hatte, dann war seine jetzt gekommen.

Rötlicher Fackelschein beleuchtete die Umrisse der runden Halle mit dem Kuppeldach, deren Holzwände regennass waren. Ritter in den Farben des Großmeisters standen davor Wache, ihre Gesichter glänzten im Licht der Flammen. Ein paar von ihnen nickten Robert zu, als er näher kam. Der Wind wehte ihm sein schwarzes Haar ins Gesicht und zerrte an seinem Mantel und dem mit dem roten Sparren von Carrick verzierten Überwurf. Einer der Ritter öffnete ihm die Tür, und Robert betrat die Halle.

Drinnen war es warm, Fackeln an den Wänden flackerten in dem Luftzug, den er mit hereinbrachte. Als die Tür hinter ihm geschlossen wurde, heftete er den Blick auf die drei Männer, die an dem langen Tisch am Ende der gewölbeähnlichen Kammer saßen. Ihre Unterhaltung verstummte, als er über den Holzboden auf sie zuging.

»Ich nehme an, Euer Bruder hat seine Krallen wieder eingezogen?«, bellte Bischof Wishart barsch. »So kann es nicht weitergehen, Sir Robert. Edward verdient für seine Attacke auf MacDouall Prügel – so wie John Comyn für seinen Angriff auf Euch.«

»Robert«, grüßte James Stewart, der sich halb erhoben hatte und Wishart einen beschwichtigenden Blick zuwarf. Er deutete auf den Tisch, auf dem ein Weinkrug und mehrere Kelche standen. »Setzt Euch zu uns.«

Robert schüttelte den Kopf. »Danke, lieber nicht.«

»Wir haben gerade über die Möglichkeit gesprochen, Bischof Lamberton als dritten Hüter einzusetzen«, erklärte Wishart, der nicht zu bemerken schien, dass James ob Roberts Ablehnung die Stirn runzelte, knapp. »Um zwischen Euch und Comyn zu vermitteln.«

Robert sah den neben dem Bischof von Glasgow sitzenden William Lamberton an. Der junge Geistliche musterte ihn mit seinen eigenartigen Augen forschend. »Das halte ich für eine weise Entscheidung, Exzellenz«, erwiderte er. »Doch ich werde mein Amt niederlegen.«

Bei diesen Worten sprang James ganz auf. »Niederlegen?« Er schien zwischen Überraschung und Ärger zu schwanken. »Warum? Wegen John Comyn?« Er fixierte Robert mit einem eindringlichen Blick. »Ich beschwöre Euch, Euch das noch einmal zu überlegen. Denkt an die Zukunft, Robert. Denkt daran, was Ihr durch Eure Handlungsweise aufs Spiel setzt.«

»Comyn ist nicht der Grund für meinen Rücktritt.« Robert hielt inne. »Er hatte nämlich in einem Punkt recht – meiner Verbindung zu König Edward. Eine Verbindung, von der ich glaube, sie zu unserem Vorteil nutzen zu können. Ihr habt vielleicht inzwischen gehört, dass meine Brüder heute Abend von unserem Landsitz in Antrim eingetroffen sind. Sie bringen Nachrichten mit, die mir neue Hoffnung geben. Sobald es mir möglich ist, werde ich mit ihnen nach Irland zurückkehren.«

»Irland?«, wiederholte Wishart. »Was in Gottes Namen wollt Ihr da finden, was Schottland helfen kann?«

»Etwas, das der König von England unbedingt in seinen Besitz bringen will.« Robert nickte dem Großhofmeister und den beiden Bischöfen respektvoll zu, wandte sich ab und durchquerte die Halle erneut.

Als er die Tür aufstieß, dachte er an Fionn mac Cumhaill und seine Kriegerhorde, deren Heldentaten er in der Halle seines Ziehvaters auswendig gelernt hatte. Von der Realität des Krieges in Wales desillusioniert und von Zweifeln bezüglich seiner Zugehörigkeit zu den Drachenrittern geplagt, hatte er diese Geschichten seiner Jugend aus seiner Erinnerung verbannt, als falsche Hoffnung abgetan. Was war ihm denn angeboten worden? Die Jagd nach einem Schatz, der das Schicksal eines Königreiches bestimmen konnte und ein Weg, Wiedergutmachung zu leisten. Als er auf den dunklen Pfad hinaustrat, spielte ein Lächeln um Roberts Lippen.

Affraig schritt in den hellen Morgen hinaus und kniff die wässrigen Augen zusammen, weil das grelle Sonnenlicht sie blendete. Der Sturm, der vor einigen Tagen von Osten her aufgezogen war und Regenströme die Hügel hatte hinunterrauschen lassen, war spät in der Nacht abgeflaut, der heulende Wind zu einem Flüstern abgeebbt, und die Wolken hatten sich aufgelöst, als der Nachhall des Unwetters Richtung Westen nach Arran weiterzog.

Der taufeuchte Boden war mit Zweigen und Stroh von ihrem Dach bedeckt, das der Sturm abgerissen hatte, aber der über ihrer Hütte aufragende Hügel hatte sie vor dem Schlimmsten bewahrt. Nachdem sie ein Dankgebet an die Götter der Luft gemurmelt hatte, bückte sie sich nach dem Eimer, den sie draußen stehen gelassen hatte, um Regenwasser aufzufangen. Dabei fiel ihr Blick auf etwas, was halb unter Laub und Reisig verborgen unter der Eiche lag. Ein Schicksal, das sich in dieser Nacht erfüllt hatte und herabgefallen war.

Affraig richtete sich auf und schlurfte über das nasse Gras. Die spröden Blätter kitzelten ihre nackten Füße. Dann kauerte sie sich nieder, wogegen ihre alten Knochen knarrend protestierten. Behutsam fegte sie das rostbraune Laub weg und legte ein Geflecht aus knochenweißen Zweigen frei. Das moosfleckige Seil darin war zu einer Schlinge geknüpft – die Wurzel des Fluchs des heiligen Malachias. Sachte berührte sie das verwitterte Holz, und ihre Atemzüge beschleunigten sich, als sie das ausgefranste Garn betrachtete, das das Schicksal des alten Lords so lange hartnäckig festgehalten hatte. Dann blickte sie zu den raschelnden Blättern empor. Ein Garnrest hing an einem der höheren Äste. Daneben schwankten weitere Zweignester sacht in der Brise. Affraigs Blick blieb auf einem ruhen, das noch frisch und braun war. Darin schwang eine an einem Faden hängende Krone aus Heidekraut und Geißklee im goldenen Licht hin und her, hin und her, hin und her …

Anmerkungen der Autorin

Im Juli 2007 war ich in Schottland, um Recherchen für *Blutsfeinde* anzustellen, den letzten Roman meiner ersten Trilogie, die auf dem Untergang des Templerordens basiert. Meine Hauptperson war ein Schotte, und ich hatte immer beabsichtigt, ihn von den Kreuzzügen zurückkommen zu lassen, um ihn in die Unabhängigkeitskriege zu verstricken. Der Kampf von William Wallace und seiner Rebellenarmee ergab eine wirkungsvolle Parallele zu dem Überlebenskampf der Templer während der Vergeltungsmaßnahmen gegen sie beide. Beide Konflikte erreichten 1314 mit der Schlacht von Bannockburn und dem Scheiterhaufentod des letzten Templergroßmeisters Jacques de Molay ihren Höhepunkt. Im Juni 2007 war ich in Paris gewesen, um an dem Ritteraspekt der Geschichte zu arbeiten, und die schottische Exkursion sollte mir dabei helfen, die andere Hälfte des Romans auszufüllen. Ich war drei Wochen unterwegs, reiste von einem Schlachtfeld, das jetzt einen Landsitz, eine verfallene Abtei oder eine efeuüberwucherte Ruine beherbergt, zum nächsten. Und mit jedem Tag löste sich eine Figur größer, klarer und lebensechter aus den Chroniken der Geschichte und der wilden Landschaft – Robert the Bruce. Er riss mich mit sich und trug mich in eine Geschichte hinein, die mich weit über die englische Invasion von 1296 und den darauf folgenden, von Wallace angeführten Aufstand hinaus direkt in das Herz erbitterter Familienfehden, zweier Bürgerkriege und den Kampf um eine Krone führte. Am Ende der Reise war ich so in Roberts Welt gefangen, dass ich die Templer – die Protagonisten in *Blutsfeinde* – fast vergessen hatte. Nach Hause zurückgekehrt, wurde mir klar, dass diese Figur unmöglich eine Nebenrolle in der Lebensgeschichte eines anderen Mannes spielen konnte. Die seine war einfach zu farbig, zu lebendig und zu gut, um zusammengestrichen und umgemodelt zu werden, damit sie sich in andere Ereignisse einfügt. Ich musste ihn freigeben und mich auf den dramatischen Aspekt konzentrieren, aber im Gegensatz zu Wallace, der nahtlos in meine Templergeschichte passte, weigerte sich Robert, sich sang- und klanglos zu verabschieden, und als es mir Wochen später immer noch nicht gelungen war, seine Stimme zum Schweigen zu bringen, rief ich meinen Agenten an, der mich schon um ein Konzept für meine nächste Romanserie gebeten hatte. Jetzt wusste ich, wie diese aussehen würde.

Als Verfasser historischer Romane beschreitet man immer einen schmalen Pfad zwischen Fakten und Fiktion. Es sind die Fakten, die uns zu unseren Geschichten inspirieren und es den Lesern ermöglichen, in diese verschwundenen Welten einzudringen, aber dieselben Fakten können sich manchmal nachteilig auf einen Roman auswirken. Die Quellen – sowohl die historischen als auch die zeitgenössischen – können äußerst widersprüchlich sein, und oft bleibt vieles unerklärt … Wir mögen wissen, was jemand wann getan hat, aber wir können nicht wissen, warum. Ein Historiker kann sagen, dies ist geschehen, und diese Fakten belegen es, und wir glauben es, aber ein Romanautor muss Motive für die Handlungsweise seiner Charaktere schaffen, wenn der Leser ihm Glauben schenken soll. Zum Beispiel haben wir keine konkrete Erklärung dafür, warum sich Robert an jenem Tag vor Douglas' Burg von seinem Vater und König Edward lossagte und sich der schottischen Rebellion anschloss. Er hatte so viel zu verlieren und so wenig zu gewinnen. Sogar die einfachste Theorie – dass es ein Akt des Patriotismus war – ist nicht hieb- und stichfest, wenn man das Gesamtbild betrachtet. Also habe ich das Ganze individualistisch gestaltet und der Entscheidung ein persönliches Motiv zugrunde gelegt: Roberts Frust und die Feindseligkeit zwischen ihm und seinem

Vater. Bedeutende geschichtliche Ereignisse werden häufig aus rein persönlichen Gründen geboren. Wir treffen Entscheidungen und tun Dinge, ohne ihre Auswirkungen erkennen zu können – das geschieht erst Jahre oder Jahrhunderte später. Die Geschichte bewegt sich oft nur auf Messers Schneide.

Die erste große dichterische Freiheit, die ich mir genommen habe, ist der Mord an Alexander III. Chronisten der damaligen Zeit und moderne Historiker halten seinen Tod auf der Straße nach Kinghorn für einen Unfall, und es gibt keinen Grund für anderweitige Vermutungen. Dennoch führte mich die Schnelligkeit, mit der Edward I. die Erlaubnis des Papstes, seinen Sohn mit der Maid of Norway zu verheiraten, eingeholt hat, zusammen mit dem Umstand, dass Alexander die Möglichkeit einer solchen Verbindung zwei Jahre zuvor in einem Brief angedeutet haben soll und dass nach seiner Hochzeit mit Yolande alle ihre etwaigen Nachkommen Edwards diesbezügliche Pläne zunichtegemacht hätten, rasch zu der *Was wäre, wenn*-Frage. Auch gibt es keine Beweise für die Annahme, beim Tod des Mädchens könne es sich um etwas anderes als einen tragischen Schicksalsschlag gehandelt haben. Ihre Mörder, die Comyns, tragen hier den schwarzen Mantel der Fiktion, denn man geht davon aus, dass die Prinzessin starb, weil sie auf der Reise etwas Verdorbenes gegessen hatte, und nicht durch einen heimtückischen Giftanschlag, obwohl es zutrifft, dass die Comyns den minderjährigen Alexander entführt haben, um zu versuchen, die Kontrolle über das Königreich an sich zu reißen.

Ich habe den Verlauf dessen, was viel später als die »Große Sache« bekannt wurde, stark vereinfacht. Die Anhörung, die König Edward anberaumte, um einen Nachfolger für den schottischen Thron zu wählen, war eine langwierige Angelegenheit, die zwar geschichtlich interessant, für einen Roman aber nicht geeignet ist – eine Reihe politischer Diskussionen und langer Warteperioden. Norham ist daher eine Zusammenfassung vieler Versammlungen, die innerhalb einer längeren Zeitspanne an verschiedenen Orten stattfanden.

Roberts Großvater hat in der Tat behauptet, von Alexander II. zum Präsumtiverben ernannt worden zu sein, obwohl ich dem Ganzen mehr Bedeutung verliehen habe, als es damals hatte. Die Übertragung der Grafschaft Carrick auf Robert kurz vor John Balliols Wahl zum König hat wirklich stattgefunden, die Übertragung des Thronanspruchs jedoch nicht. Dieser Anspruch ging vom Großvater auf den Vater über und sollte von diesem an seine Erben weitergegeben werden. Aber im Licht von Roberts dramatischem Seitenwechsel und der Tatsache, dass er schon während der Verhandlungen in Irvine beschuldigt wurde, nach dem Thron zu streben, habe ich seinen Großvater den Anspruch offiziell auf ihn übertragen lassen, um den späteren Ereignissen mehr Macht zu verleihen.

Merlins Prophezeiungen existieren wirklich. Sie wurden im 12. Jahrhundert von Geoffrey of Monmouth verfasst, der behauptete, eine frühere Quelle übersetzt zu haben. Zusammen mit der populären *Geschichte der Könige Britanniens* waren die *Prophezeiungen* weit verbreitet, und es ist bekannt, dass König Edward Abschriften davon besaß. Die *Letzte Prophezeiung*, die in dem Roman erwähnt wird, ist meine Erfindung, aber laut Monmouth soll es außer den veröffentlichten noch weitere derartige Vorhersagen gegeben haben. Am Ende seiner *Geschichte der Könige Britanniens*, wo Monmouth die Invasion der Sachsen beschreibt, spricht er von einer engelsgleichen Stimme, die den Britanniern prophezeit, dass sie nicht mehr über ihr Reich herrschen würden, bis zu einem vorherbestimmten Zeitpunkt die Reliquien der Heiligen zusammengetragen werden würden. Die vier Reliquien, auf die ich mich konzentriert habe, existieren alle wirklich. Edward hat die Artuskrone an sich gebracht, aber früher als in dem Roman, nämlich während des Eroberungsfeldzuges von 1282-84. Er hat auch den Krönungsstein aus Scone geraubt, obwohl der Krönungsstuhl, in den er eingelassen wurde, erst einige Jahre später angefertigt wurde. Als ich diese Passage in Monmouth' Werk las und mir Edwards Taten während der Invasionen von Wales und Schottland ansah – den Raub heiliger und königlicher Insignien –, wurde mir klar, dass beides zusammenhing. Edward war bekannt für seine Faszination für alles, was mit Artus zusammenhing. Er und Königin Eleanor bestatteten die Gebeine von Artus und Guinevere noch einmal in einer prunkvollen Zeremonie in der Abtei von Glastonbury. Zusammen mit anderen Edelleuten seiner Zeit organisierte er beliebte Tafelrundenturniere und ließ sich eine eigene Tafel anfertigen, die heute in Windsor Castle zu besichtigen ist. Die Drachenritter sind frei erfunden, die Mitglieder jedoch real.

Roberts Erlebnisse in Wales sind reine Fiktion, obwohl man glaubt, dass er während dieser Phase einige Zeit an Edwards Hof verbracht hat und sich daher mit ein paar jungen englischen Edelmännern angefreundet haben könnte. Sein Vater und ein Onkel haben während der Eroberung von Wales 1282-84 für Edward gekämpft und für ihre englischen Ländereien Militärdienste leisten müssen, so erschien es mir nicht zu weit hergeholt, Robert in Edwards Armee einzugliedern. Der Aufstand von 1295 und der Feldzug beruhen im Wesentlichen auf Tatsachen, nur Madogs Bruder Dafydd und dessen Hinrichtung sind Fiktion.

Viele kleinere Details habe ich abgeändert, um das Lesen zu erleichtern oder um fiktionalen Elementen Glaubwürdigkeit zu verleihen. So war zum Beispiel William Douglas' erste Frau James Stewarts Schwester, aber zu der Zeit, zu der wir ihm begegnen, war er mit einer Engländerin verheiratet. Auch heiratete Roberts Vater nach dem Tod von Marjorie of Carrick erneut, und die Setons waren nicht verwandt, obwohl sie denselben Namen trugen, aber es lag nahe, sie zu Vettern zu machen. John Comyn der Jüngere und andere schottische Edelleute dienten Edward in Frankreich, aber erst nach 1296. Humphrey de Bohuns Vater starb nicht bei Falkirk, sondern kurz danach. Diejenigen, die sich weitere Einblicke in diese Zeit verschaffen möchten, konsultieren bitte die Literaturauswahl.

Roberts Geschichte ist nicht nur wegen der Wechselfälle des Zeitgeschehens komplex. Ihm haftet nicht das Schwarzweißbild von Wallace an, sondern er ist eher grau; eine wandelbare, oft schwer zu greifende Figur, die während der Unabhängigkeitskriege von einer Seite zur anderen flattert und stellenweise im Nebel verschwindet, ehe er plötzlich mit Macht wieder auftaucht und dem Verlauf des Kampfes eine andere Richtung gibt. Sein Leben ist nicht leicht zu beschreiben. Aber in ihrer Komplexität, in Roberts Wankelmut, wie manche sagen würden, liegt die wahre Essenz und Schönheit seiner Geschichte – die menschlichen Schwächen und Stärken, die Fähigkeit, neue Wege einzuschlagen, zu zaudern, sich anzupassen und allen Widrigkeiten zum Trotz sein eigenes Schicksal zu bestimmen – in seinem Fall zugleich das Schicksal einer Nation.

Robyn Young, Brighton, Mai 2010

Hauptpersonen

(* steht für fiktive Charaktere, Beziehungen oder Gruppen)

*ADAM: Kommandant aus der Gascogne.

ADAM: Vetter von William Wallace.

*AFFRAIG: weise Frau aus Turnberry.

ALEXANDER II.: König von Schottland (1214–49), ernannte Roberts Großvater zu seinem Erben, bekam aber später einen Sohn, der als Alexander III. seine Nachfolge antrat.

ALEXANDER III.: König von Schottland (1249–86), durch seine erste Ehe Schwager Edwards I.; seine Frau und seine Kinder starben vor ihm, was ihn dazu zwang, seine Enkelin Margaret zu seiner Erbin zu bestimmen.

ALEXANDER BRUCE: Roberts Bruder.

ALEXANDER MACDONALD: Sohn und Erbe von Angus Mór MacDonald.

ALEXANDER MENTEITH: Sohn und Erbe von Walter Stewart, Earl of Menteith.

ALEXANDER SETON: Lord aus East Lothian und *Vetter von Christopher Seton.

ANGUS MÓR MACDONALD: Lord of Islay.

ANGUS OG MACDONALD: jüngster Sohn von Angus Mór MacDonald.

*ANDREW BOYD: einer von Roberts Vasallen in Carrick.

ANDREW MORAY: führte 1297 den Aufstand gegen Edward I. im Norden Schottlands an.

ANTHONY BEK: Bischof von Durham.

AYMER DE VALENCE: Sohn und Erbe von William de Valence, Vetter von Edward I. und einer der *Drachenritter.

*BRIGID: Affraigs Nichte.

CHRISTINA BRUCE: Roberts Schwester, mit Gartnait of Mar verheiratet.

CHRISTOPHER SETON: Sohn eines englischen Ritters aus Yorkshire und *Vetter von Alexander Seton.

*DAFYDD: Bruder von Madog ap Llewelyn.

DAVID OF ATHOLL: Sohn von John, Earl of Atholl.

DERVORGUILLA BALLIOL: Mutter von John Balliol.

DONALD OF MAR: Earl of Mar, durch die Heirat seiner Tochter Roberts Schwiegervater.

DUNGAL MACDOUALL: *Sohn des Haushofmeisters von Buittle, später Hauptmann der Armee von Galloway.

EDMUND: Earl of Lancaster, jüngerer Bruder von Edward I.

EDWARD I.: König von England (1272–1307).

EDWARD OF CAERNARFON: Sohn und Erbe von Edward I.

EDWARD BRUCE: Roberts Bruder.

EGIDIA DE BURGH: Schwester von Richard de Burgh, mit James Stewart verheiratet.

ELEANOR BALLIOL: Schwester von John Balliol, mit John Comyn II. verheiratet.

ELEANOR VON KASTILIEN: erste Frau von Edward I., Königin von England.

ELIZABETH (BESS): Tochter von Edward I.

ERIK II.: König von Norwegen, Vater von Margaret, der Maid of Norway.

*EVA OF MAR: Tochter von Donald, Earl of Mar.

FLORENCE: Graf von Holland.

GARTNAIT OF MAR: Sohn und Erbe von Donald, Earl of Mar, mit Christina Bruce verheiratet.

GILBERT DE CLARE: Earl of Gloucester.

GILBERT DE LA HAY: Lord of Erroll.

*GILLEPATRIC: Vasall von Roberts Vater.

GRAY: Freund von William Wallace.

GUY DE BEAUCHAMP: Sohn und Erbe des Earl of Warwick und einer der *Drachenritter.

*HELENA: Tochter des Earl of Warwick.

HENRY III.: König von England (1216–72).

HENRY PERCY: Lord of Alnwick, Enkel von John de Warenne und einer der *Drachenritter.

HESILRIG: Sheriff von Lanark.

HUGH DE CRESSINGHAM: englischer Beamter des Königs, später Schatzmeister von Schottland.

HUMPHREY DE BOHUN: Earl of Hereford und Essex und einer der *Drachenritter.

ISABEL BRUCE: Roberts Schwester, heiratete Erik II. und wurde Königin von Norwegen.

ISOBEL OF MAR: Tochter von Donald, Earl of Mar, und Roberts erste Frau.

JAMES DOUGLAS: Sohn und Erbe von William Douglas und Neffe von James Stewart.

JAMES STEWART: Großhofmeister (Truchsess) von Schottland.

JOAN DE VALENCE: Schwester von Aymer de Valence und Base von Edward I., heiratete John Comyn den Jüngeren.

JOHN OF ATHOLL: Earl of Atholl und Sheriff von Aberdeen, heiratete eine Tochter von Donald, Earl of Mar, was ihn zu Roberts Schwager machte.

JOHN BALLIOL I.: Lord of Barnard Castle, kämpfte für Henry III. in der Schlacht von Lewes.

JOHN BALLIOL II.: Sohn von John Balliol of Barnard Castle, Lord of Galloway und Schwager von John Comyn of Badenoch, wurde König von Schottland (1292–96).

JOHN COMYN I.: kämpfte für Henry III. in der Schlacht von Lewes.

JOHN COMYN II.: Lord of Badenoch, Justiziar von Galloway, Schwager von John Balliol und Oberhaupt der Roten Comyns.

JOHN COMYN III. (DER JÜNGERE): Sohn und Erbe von John Comyn II. und Eleanor Balliol, heiratete Joan de Valence.

JOHN STEWART: Bruder von James Stewart.

JOHN DE WARENNE: Earl of Surrey.

*JUDITH: Amme von Roberts Tochter.

*KATHERINE: Zofe von Roberts Frau.

LLEWELYN AP GRUFFUDD: Prinz von Wales, wurde während des Eroberungsfeldzugs 1282–84 getötet.

MADOG AP LLEWELYN: Führer eines Aufstands gegen Edward I. in Wales.

MALCOLM: Earl of Lennox.

MARGARET: Halbschwester Roberts aus der ersten Ehe seiner Mutter.

MARGARET (MAID OF NORWAY): Enkelin und Erbin von Alexander III.; sie sollte nach seinem Tod Königin von Schottland werden, starb aber auf der Reise von Norwegen dorthin.

MARGUERITE VON FRANKREICH: Schwester von Philipp IV., zweite Frau von Edward I. und Königin von England.

MARJORIE BRUCE: Tochter von Robert und Isobel of Mar.

MARY BRUCE: Roberts Schwester.

MATILDA BRUCE: Roberts Schwester.

NAVRE: Bischof von Bergen.

NEIL CAMPBELL: ein Ritter aus Lochawe.

NIALL BRUCE: Roberts Bruder.

*NES: Roberts Knappe.

PATRICK OF DUNBAR: Earl of Dunbar.

PHILIPP IV.: König von Frankreich (1286–1314).

RALPH DE MONTHERMER: Ritter des Königs und einer der *Drachenritter.

RICHARD: Earl of Cornwall.

RICHARD DE BURGH: Earl of Ulster und Leutnant von Edward I.

ROBERT BRUCE V.: Lord of Annandale und Roberts Großvater, einer der Bewerber für den Thron.

ROBERT BRUCE VI.: Earl of Carrick und Roberts Vater, übertrug die Grafschaft seinem Sohn und wurde nach dem Tod seines Vaters Lord of Annandale.

ROBERT BRUCE VII.: Sohn und Erbe des Earl of Carrick.

ROBERT CLIFFORD: Ritter des Königs und einer der *Drachenritter.

ROBERT WINCHELSEA: Erzbischof von Canterbury.

ROBERT WISHART: Bischof von Glasgow.

SIMON DE MONTFORT: Earl of Leicester, führte eine Rebellion gegen Henry III. an.

THOMAS BRUCE: Roberts Bruder.

THOMAS OF LANCASTER: Sohn und Erbe von Edmund, Earl of Lancaster, Neffe Edwards I. und einer der *Drachenritter.

*WALTER: ein Ritter aus Carrick, Roberts Bannerträger.

WALTER STEWART: Earl of Menteith.

WILLIAM COMYN: Oberhaupt der Comyns von Kilbride, kämpfte in der Schlacht von Lewes für Simon de Montfort.

WILLIAM DOUGLAS: Lord of Douglas, Vater von James.

WILLIAM LAMBERTON: Bischof von St. Andrews.

WILLIAM ORMESBY: englischer Justiziar von Schottland.

WILLIAM DE VALENCE: Earl of Pembroke, Halbonkel von Edward I. und Vater von Aymer.

WILLIAM WALLACE: Anführer der schottischen Rebellion gegen Edward I. im Jahr 1297.

YOLANDE OF DREUX: zweite Frau von Alexander III. und Königin von Schottland.

*YOTHRE: Roberts Ausbilder.

Glossar

ARTUSKRONE: von den Prinzen von Gwynedd, namentlich von Llewelyn ap Gruffudd, dem selbst ernannten Prinzen von Wales, getragener Stirnreif. Edward I. erbeutete die Krone sowie andere bedeutende walisische Reliquien während seines Eroberungsfeldzugs von 1282–84 und schickte sie in die Abtei von Westminster.

BELAGERUNGSGERÄTE: alle Geräte und Maschinen, mit denen Festungen während einer Belagerung angegriffen werden konnten, zum Beispiel Steinschleudern, Katapulte und rollende Türme.

BOLZEN: Pfeile für Armbrüste.

CURTANA: wegen seiner symbolisch abgebrochenen Spitze auch Schwert des Erbarmens genannt. Es soll Edward dem Bekenner gehört haben und wurde Teil der bei englischen Krönungszeremonien eingesetzten königlichen Insignien.

ERSTGEBURTSRECHT: das Recht, dem zufolge der erstgeborene Sohn Titel und Besitz erbt.

GEOFFREY OF MONMOUTH: Monmouth, von dem man annimmt, er sei ein gebürtiger Waliser oder Bretone gewesen, lebte während des 12. Jahrhunderts in Oxford, wo er vermutlich Chorherr am St. George's College war. Später wurde er Bischof von St. Asaph. Während seines Lebens verfasste er drei bekannte Werke. Als das berühmteste gilt seine *Geschichte der Könige Britanniens*, von der die *Prophezeiungen des Merlin* und dann *Das Leben des Zauberers Merlin* ein Teil wurden. Obwohl er Fakten der britischen Geschichte mit romantischer Fiktion mischte, gab Monmouth seine Werke als Tatsachenberichte aus, was ihm viele Leser abnahmen und König Artus und Merlin für real existierende historische Persönlichkeiten hielten. Obwohl sie von einigen zeitgenössischen Kritikern angefeindet wurden, waren Monmouth' Werke im Mittelalter sehr populär, und seine *Geschichte der Könige Britanniens* legte den Grundstein für die Vielzahl von Artussagen, die im Lauf der nächsten Jahrhunderte in Europa im Umlauf waren. Chrétien de Troyes, Malory, Shakespeare und Tennyson wurden alle von ihm beeinflusst.

JUSTIZIAR: hoher Gerichtsbeamter. In Schottland gab es zu der Zeit, in der dieser Roman spielt, drei Justiziare: die von Galloway, Lothian und Scotia.

KRÖNUNGSSTEIN: auch Stein der Vorsehung genannt. Er war der alte Krönungssitz schottischer Könige. Seine Herkunft ist nicht bekannt; man nimmt an, dass er von Schottlands König Kenneth MacAlpine im 9. Jahrhundert nach Scone gebracht wurde. Während der Invasion 1296 wurde er von Edward I. geraubt und in die Abtei von Westminster geschafft, wo er in einen speziell entworfenen Thron eingegliedert und Teil der englischen Krönungszeremonie wurde. Dort blieb er bis 1950, als vier Studenten ihn stahlen und Schottland zurückgaben. Später wurde er nach England zurückgebracht, bevor er 1996 offiziell Edinburgh Castle übergeben wurde, wo er bis heute zu sehen ist. Für künftige Krönungen soll er nach Westminster ausgeliehen werden.

KRUMMSCHWERT: kurzes Schwert mit gebogener Klinge.

MAGNAT: hochrangiger Adeliger.

MERLIN-PROPHEZEIUNGEN: von Geoffrey of Monmouth während des 12. Jahrhunderts verfasst. Ursprünglich als separates Werk gedacht, wurden die *Prophezeiungen* später in seine *Geschichte der Könige Britanniens* eingegliedert. Monmouth behauptete, sein Werk von einem älteren Text ins Lateinische übersetzt zu haben. Ihm wurde damals die Schöpfung des Merlin zugeschrieben, aber heute glaubt man, dass er seine rätselhafte Figur früheren walisischen Quellen entnommen hat.

SCHILTRON: für gewöhnlich aus Speerkämpfern bestehender schützender Ring.

STUDIERZIMMER: privater, im oberen Stock einer Burg oder eines Hauses liegender Raum.

ÜBERWURF: langes, ärmelloses Kleidungsstück, das über einem Kettenhemd oder einer Rüstung getragen wurde.

VASALL: Lehnsmann, der seinem Lehnsherrn als Gegenleistung für sein Land einen Eid schwören und Kriegsdienst leisten musste.

VISIER: hochklappbarer Schutz der unteren Gesichtshälfte.

ZIELPFAHL: hölzerner Pfahl mit einem beweglichen Balken, an dem ein Schild befestigt war, auf den die Soldaten mit einer Lanze zielten, um sich im Umgang mit dieser Waffe zu üben

Danksagungen

Einen Roman zu verfassen ist eine langwierige, schwierige Aufgabe, die in ihrer Gesamtheit selten von einer einzelnen Person bewältigt werden kann. Dieser Roman bildet da keine Ausnahme, und daher möchte ich mich bei all denen bedanken, die mir bei seiner Entstehung zur Seite gestanden haben – zuerst den Fremdenführern und Kuratoren, die ich in Schottland kennen gelernt habe und die mir mit enormer Sachkenntnis und Begeisterung von der Geschichte vieler Burgen, Abteien und Schlachtfelder erzählten, die ich besucht habe. Mein besonderer Dank gilt Clair für die unglaubliche Tour durch Glen Trool. Ich danke Jane Spooner vom Tower of London dafür, dass sie sich die Zeit genommen hat, mich herumzuführen und mir wertvolle Einblicke in die Geschichte dieses Ortes zu verschaffen. Ein Dankeschön geht an John Dudeney, der verhindert hat, dass seine Pferde mich umbringen … ich hege jetzt viel größeren Respekt vor den Reitkünsten meiner Ritter … und an Ken Hawes, der so offen und nicht beschönigend mit mir über seine Kampferfahrungen gesprochen und in mir mehr Verständnis für die Psyche des Krieges geweckt hat. Viel Dank schulde ich dem Historiker Marc Morris, dem Autor von *A Great and Terrible King*, der mein Manuskript gründlich gelesen und viel zusätzliches Wissen eingebracht hat. Ohne Gelehrte seines Kalibers, deren Werken ich etliche Schätze entnommen habe, wäre dieser Roman nicht zustande gekommen. Richard Foreman verdanke ich wertvolle Bekanntschaften. Dem Schriftstellerverein danke ich für redaktionelle Perlen und den Spaß an gemeinsamen Wortschöpfungen, mit besonderem Dank an Niall Christie für sorgfältiges Lesen und an meinen Freund und Kollegen C. J. Sansom, der mir an dunklen Tagen sein Ohr geliehen hat. Ferner danke ich dem Rest meiner Freunde und Familie, vor allem aber Lee – deine Unterstützung und Liebe bedeuten mir mehr, als du ahnst.

Großer Dank gebührt auch wie immer meinem fantastischen Agenten Rupert Heath, Dan Conway von Writers House, dem Team der Marsh Agency und allen Verlegern, die an den internationalen Ausgaben arbeiten, sowie allen Mitarbeitern von Hodder&Stoughton. Ausdrücklich bedanke ich mich bei meinem wundervollen Redakteur Nick Sayers, bei Anne, Laura, Emma und den Verkaufs- und Werbeteams und den oft unbesungenen Helden: Lektoren, Korrektoren und den Gestaltungs- und Produktionsteams.

Literaturauswahl

Ashbee, Jeremy A., *Conwy Castle*, Cadw, 2007

Barber, Richard, *The Knight and Chivalry*, The Boydell Press, 1995

Barbour, John, *The Bruce* (trans. A.A.M. Duncan), Canongate Classics, 1997

Barrow, G.W.S., *Robert Bruce and the Community of the Realm of Scotland*, Edinburgh University Press, 1988

Barrow, G.W.S., *The Kingdom of the Scots*, Edinburgh University Press, 2003

Beam, Amanda, *The Balliol Dynasty 1210–1364*, John Donald, 2008

Chancellor, John, *The Life and Times of Edward I*, Weidenfeld and Nicolson, 1981

Cummins, John, *The Hound and the Hawk, the Art of Medieval Hunting*, Phoenix Press, 2001

Daniell, Christopher, *Death and Burial in Medieval England 1066–1550*, Routledge, 1997

Edge, David, and Paddock, John M., *Arms and Armour of the Medieval Knight*, Bison Group, 1988

Fawcett, Richard, *Stirling Castle (Official Guide)*, Historic Scotland, 1999

Gravett, Christopher, *Knights at Tournament*, Osprey Publishing, 1988

Gravett, Christopher, *English Medieval Knight 1300–1400*, Osprey Publishing, 2002

Houston, Mary G., *Medieval Costume in England and France*, Dover Publications, 1996

Hyland, Ann, *The Horse in the Middle Ages*, Sutton Publishing, 1999

Impey, Edward, and Parnell, Geoffrey, *The Tower of London (Official Illustrated History)*, Merrell, 2006

Kieckhefer, Richard, *Magic in the Middle Ages*, Cambridge University Press, 2000

Mackay, James, *William Wallace, Braveheart*, Mainstream Publishing, 1995

McNair Scott, Ronald, *Robert the Bruce, King of Scots*, Canongate, 1988

McNamee, Colm, *Robert Bruce, Our Most Valiant Prince, King and Lord*, Birlinn, 2006

Monmouth, Geoffrey of, *History of the Kings of Britain* (trans. Lewis Thorpe), Penguin Classics, 1966

Monmouth, Geoffrey of, *The Vita Merlini* (trans. John Jay Parry), BiblioBazar, 2008

Moore, David, *The Welsh Wars of Independence*, Tempus, 2007
Morris, J.E., *The Welsh Wars of Edward I*, Sutton Publishing, 1998
Morris, Marc, *A Great and Terrible King, Edward I and the Forging of Britain*, Hutchinson, 2008
Nicolle, David, *The History of Medieval Life*, Chancellor Press, 2000
Oram, Richard, *The Kings and Queens of Scotland*, Tempus, 2004
Rixson, Denis, *The West Highland Galley*, Birlinn, 1998
Spufford, Peter, *Power and Profit, the Merchant in Medieval Europe*, Thames and Hudson, 2002
Tabraham, Chris, *Scotland's Castles*, Historic Scotland, B.T. Batsford, 2005
Tabraham, Chris (ed.), *Edinburgh Castle (Official Guide)*, Historic Scotland, 2003
Talbot, C.H., *Medicine in Medieval England*, Oldbourne, 1967
Taylor, Arnold, *Caernarfon Castle*, Cadw, 2008
Yeoman, Peter, *Medieval Scotland*, Historic Scotland, B.T. Batsford, 1995
Young, Alan, *Robert the Bruce's Rivals: The Comyns, 1212–1314*, Tuckwell Press, 1997